nicht einmal, als ihre Mutter noch lebte und unseren Schulbus fuhr.

Deshalb weiß ich, wie sehr es sie stört, dass sie zu Hause als das Mädchen gefeiert wird, *das seine bescheidene Herkunft hinter sich gelassen und etwas aus sich gemacht hat.*

Dass sie etwas aus sich gemacht hat, heißt, dass sie mit einem Abschluss in Buchhaltung und einer eigenen Steuerberatungsfirma nach Hause kam, die inzwischen für die halbe Stadt die Steuern erledigt. Und sie liebt es.

Und Chandler heiraten und eine Familie gründen?

Das wäre die Kirsche auf dem Eisbecher, der Emmas Leben darstellt.

»Na klar mache ich das«, sage ich – hoffentlich mit der Überzeugungskraft, die ich benötige, um mir auch selbst zu glauben.

Theo kann echt ein Arsch sein, und so was wie Verantwortungsbewusstsein würde er nicht mal erkennen, wenn es oben auf Ol'Snaggletooth, dem Goldgräber-Denkmal vor unserem heimischen Rathaus, einen Striptease vor ihm hinlegen würde. Emma beschwert sich längst nicht mehr darüber, dass sie ihn im Alter wird unterstützen müssen. Ich habe den Verdacht, das liegt mehr an der Loyalität ihrer Familie gegenüber und daran, dass sie vor niemandem schlecht über ihn reden will, als an einem plötzlichen Mangel an Sorgen um Theo. Allerdings ist er dafür bekannt, sich immer gut zu amüsieren.

Das Flamingo-Kostüm, das Flirten und die Drinks?

Einhundert Prozent Theo.

»Ich würde ja Sabrina fragen, aber die hat ihm die ganze Zeit Fratzen geschnitten …«, setzt Emma an.

»Wahnsinn«, seufze ich, ehe ich mich zurückhalten kann.

»… sicher nur aus Loyalität Chandler gegenüber, weil er doch ihr Cousin ist und weil sie Kollegen sind und all das. Chandler war heute Nachmittag echt stinksauer, weil er gestresst ist …«

»Alle wollen, dass in deiner Hochzeitswoche alles wie am Schnürchen läuft.«

»Und was Claire betrifft …« Sie lässt seufzend den Kopf in die Hände sinken, wobei sie die letzten Reste des Proteinriegels auf ihrer Stirn verschmiert, und murmelt irgendwas.

Ich nehme ihr den Riegel weg und wische ihr die Stirn sauber. »Ja, Süße?«

»Er wird sie verführen, ehe der Abend gelaufen ist, und dann muss ich mich auch noch mit ihrem gebrochenen Herzen herumschlagen, weil sie keine Ahnung hat, dass er der Typ ist, der nichts anbrennen und seine Opfer dann sitzen lässt«, zischt sie mir zu. »Was zu jeder anderen Zeit auch kein Problem für sie gewesen wäre, allerdings ist sie nach einer fürchterlichen Trennung momentan superverletzlich, weshalb ich ihr das nicht zumuten will. Ich möchte sie in keinem noch übleren Zustand sehen als vor ihrer Ankunft hier.«

Damit könnte sie richtigliegen.

Theo zieht ihre Aufmerksamkeit auf sich, als wäre er eine Sirene und sie ein liebeshungriger Seemann, der seit Wochen auf dem Meer herumirrt, was nicht so ganz zu der Claire passt, an die ich mich erinnere. Claire war immer gut drauf und Herrin ihrer Sinne, sodass sie ganz sicher nicht mit Theo geflirtet hätte. Zudem ist sie nicht die Einzige am Pool, die Theo ihre ungeteilte Aufmerksamkeit zukommen lässt.

Allerdings könnte es sein, dass Chandlers Großtante Brenda ihn böse anfunkelt. Wobei man manchmal nicht genau sagen kann, ob sie irgendwen böse anfunkelt oder ob sie gerade über ihn in Verzückung gerät.

Ich schlucke schwer. »Keine Sorge, Em, ich bin da.«

»Nur für ein paar Tage. Ich schwöre, sobald Chandler etwas Abstand von Theo hat und dazu kommt, einfach am Strand abzuhängen oder ein, zwei Runden Golf zu spielen, wird es ihm wieder gut gehen, und Theo wird ihn nicht mehr so sehr interessieren.«

»Absolut. Kein Problem.«

»Und vielleicht könntest du auch mal mit Sabrina reden und herausfinden, warum sie so sauer auf ihn ist.«

»Emma. Wenn es sonst nichts ist … Vertrau mir, ich hab alles im Griff.«

»Nur eine Sache noch.«

Ich sehe sie an.

Sie sieht mich nicht an. »Wir haben einen Bungalow zu wenig, deshalb habe ich dich bei … ihm untergebracht«, platzt sie heraus.

Keinen Mucks jetzt, Delaney. Du bist eine Kingston. Du zählst zu Emmas engsten Freundinnen. Du bist wegen ihr hier. Das ist ihre Woche. Hier geht es um ihre Hochzeit. Ihre Traumhochzeit. Keinen. Mucks. Jetzt.

Aber es klappt nicht.

Ich zucke zusammen.

Und dann fällt mir ein, was meine Eltern sagen würden. Sie sind nicht gerade Fans von Theo und bekämen einen Anfall, wenn sie mich seinen Bungalow betreten sehen würden.

Ich zucke abermals zusammen.

Meine Eltern haben sich auch nicht die subtile Bemerkung darüber verkniffen, wie schön es doch sei, dass Emma heirate, während *ich* vor einem Jahr den Antrag ihres Lieblingskandidaten ausgeschlagen hätte. Sie würden sich doch Sorgen machen, ich könnte als einsame alte Jungfer ohne irgendwelche Aussichten enden, wenn ich nicht langsam mal anfangen würde, die Männer, die meine Mutter mir dauernd vorstellte, wenigstens in Betracht zu ziehen.

»Der Bungalow ist riesig«, versichert sie mir viel zu enthusiastisch. »Mit zwei Schlafzimmern. Sämtliche Häuser haben mindestens zwei Schlafzimmer. Und ich bearbeite das Personal hier täglich – nein, stündlich –, dir einen eigenen zuzuweisen, sobald einer frei wird. Ich weiß, du hattest vor, dir einen mit deinen Eltern zu teilen, sodass wir sie nicht in das überbuchte Hotel stecken müssen, und ich weiß auch, es wäre okay für dich, wenn du mit Claire und Sabrina zusammenwohnen würdest, da gibt es nämlich Ausziehbetten und so, aber dann ist mir klar geworden …« Sie hält kurz inne, seufzt und beäugt aufs Neue Theo. »… dass es dir leichterfallen würde, ihn für ein paar Tage von Chandler fernzuhalten, wenn du die ganze Zeit bei ihm wärst«, flüstert sie mir schließlich zu.

Ich brauche definitiv vier von dem, was in den Ananas ist, die Theo gerade verteilt. »Oh, mein Gott, Em, das ist doch das Mindeste, was ich für dich tun kann.« Ich kreische praktisch.

Was sie natürlich mitbekommt.

Und sie weiß auch, dass sie keine von uns um etwas Schlimmeres bitten könnte.

Aber es ist ja nur für ein, zwei Tage. Nur so lange, bis sich irgendwo etwas ergibt und die Spannungen nachlassen und alles wieder in normalen Bahnen verläuft. Für ein, zwei Tage schaffe ich das schon.

Für drei jedoch eher nicht – meine Eltern treffen in drei Tagen hier ein –, aber ich kann ohne Frage helfen, Spannungen abzubauen, indem ich Theo bis dahin von Chandler fernhalte.

Ich klopfe ihr auf die Schulter und verkneife mir ein Stirnrunzeln über ihre allzu spitzen Schulterblätter. Dabei hatte sie immer Probleme, ihr Gewicht zu halten. Der Stress tut ihr offenbar nicht gut.

Während meine Eltern Theo verabscheuen, lieben sie Emma. Das Mädchen, das nach dem tragischen Tod seiner Mutter, als wir in der Middleschool waren, dem Haus eines alleinerziehenden Tierpräparators entwuchs und zu einer geachteten Steuerberaterin wurde, die ihre Rechnungen selbst bezahlt und Umgang mit den richtigen Leuten in Tooth pflegt.

Meine Eltern würden wollen, dass ich für Emma tue, was in meiner Macht steht, damit sie glücklich und wohlauf ist. »Keine Sorge. Ich bin schon bei der Arbeit. In fünf Jahren blicken wir auf diese Woche zurück, während deine Kinder ihre Geburtstagsgeschenke auspacken und wir uns darüber kaputtlachen, wie dumm wir damals alle waren und wie fantastisch alles am Ende doch ausging. Alles unter Kontrolle, ich schaffe das.«

Sie zieht mich in eine Umarmung. »Danke.«

»Em, es ist deine Hochzeit. Das ist doch selbstverständlich.«

»Ich weiß, es ist schrecklich, dich darum zu bitten …«

»Nein, ist es nicht. Schrecklich wäre, wenn du mich bitten würdest zu überwachen, mit wem dein Onkel flirtet.«

Sie lacht.

Ich lache.

Wir hören uns beide wie hoffnungslose Idiotinnen an.

»Em, du heiratest Chandler, und nach einer Woche Hawaii geht es auf die Fidschi-Inseln. Darauf hast du dein ganzes Leben lang gewartet. Selbst nachdem ihr euch auf dem College getrennt hattet. Und die Wartezeit, bis der Blödmann dir einen Antrag gemacht hat, zählt doppelt, oder nicht?«

Sie lacht wieder, als sie sich aus der Umarmung befreit, und dieses Mal klingt es schon normaler. »Du bist die Beste, Laney. Echt.«

Ich lächle sie an. »Wart's ab, bis ich dich um einen Gefallen bitte, wenn ich mal heirate.«

»Oh Gott, sag bloß, du triffst dich mit diesem Banker, mit dem deine Mutter dich letzte Woche bekannt gemacht hat.«

Und dafür liebe ich Emma. »Nein, aber ich denke darüber nach, mit jemandem auszugehen, der überhaupt nicht zu mir passt, nur um meine Eltern in den Wahnsinn zu treiben«, scherze ich, auch wenn es nicht mehr ganz so lustig ist wie noch vor einem Jahr.

Sie sieht zuerst mich an.

Dann Theo.

Dann wieder mich.

»Nein«, sage ich.

Sie kichert.

Das Ganze grenzt immer noch an Hysterie.

»Jedenfalls nicht sofort«, sage ich schnell. »Vielleicht … später. Nachdem sie mir die Firma überschrieben haben und es nicht mehr rückgängig machen können.«

Was irgendwann in den nächsten fünf Jahren stattfinden soll, damit sie in den Ruhestand gehen und ihren Lebensabend genießen können.

Ich habe meinen Job, ich liebe unsere Mission, unsere Zielsetzung, und ich freue mich sehr darauf zu erweitern, was ich sie habe aufbauen sehen, als ich aufwuchs. Ich wünschte nur, es wäre nicht mit ganz so vielen an sämtliche Aspekte meines Lebens gerichtete Erwartungen verbunden gewesen.

Früher war das nie der Fall, doch als *Kingston Photo Gift* expandierte, wurden meine Eltern in allen Belangen immer unbeweglicher und wählerischer. Vor allem, wenn es darum geht, wer ihrer würdig ist. Und glaubt mir, es gibt Tage, an denen ich denke, dass sie sich da bei mir noch immer nicht sicher sind.

Wieder werfe ich einen Blick auf Theo.

Ihn betreffend gibt es keinerlei Erwartungen, denen er gerecht werden müsste. Also kreuzt er bei einer Ferienhochzeit auf Hawaii auf und tut, wonach ihm der Sinn steht.

»Was macht er jetzt?«, zische ich Emma zu. »Ich meine, in echt, benötige ich irgendwelche Zusatzinfos zu dem Kostüm?«

»Das Kostüm ist Theos Idee.« Sie verdreht die Augen. »Er und Onkel Owen haben es im Schaufenster eines Second-

Hand-Ladens entdeckt. Und Onkel Owen hat ihn angestachelt, es anzuziehen. Und wie ich schon sagte, ist das Resort hier ein bisschen unterbesetzt, also hat er beschlossen, beim Servieren der Getränke zu helfen. Ist ja auch irgendwie lustig, oder?«

»Soll ich dafür sorgen, dass er es morgen nicht zum Frühstück anzieht?«

»Das wäre super. Aber wenn du mit ihm redest, sag ihm nicht …«

»Em, ich glaube, ich weiß, wie ich deinen Bruder anpacken muss, zumindest weiß ich, was ich besser nicht sage.«

»Meistens.«

Ich habe Theo, seit ich vom College nach Hause gekommen bin, nicht willentlich gemieden, war andererseits jedoch auch nicht betrübt, weil unsere Wege sich so selten gekreuzt haben.

Sie sackt erleichtert zusammen, im selben Moment holt Chandler mit dem Tennisschläger nach irgendwas aus.

»Was …«, beginne ich, verstumme aber, als ihr Augenlid zu zucken beginnt.

»Das Ungeziefer hier steht echt auf Chandler«, flüstert sie. »Das ist womöglich nicht der ideale Hochzeitsort für ihn.«

»Das …?«

»… ist ein Elektroschocker für Insekten in Tennisschlägerform. Den hat er von Theo, und zuerst hat er sich deswegen furchtbar aufgeregt, aber inzwischen benutzt er ihn dauernd. Und, bist du bereit?«

Richtig.

Bereit.

Für meinen Job, für das Einzige, was meine beste Freundin während ihrer Hochzeitswoche wirklich glücklich macht.

Theo umkreist den Pool und nähert sich dem Tisch des Bräutigams. Sein wuscheliges hellbraunes Haar weht im Wind, als er das Tablett mit dem letzten Ananas-Drink in der einen Hand und die Flamingo-Zügel in der anderen hält. Seine Haare sind nicht wirklich lang. Eher reif für einen Haarschnitt, was eine Riesenveränderung gegenüber den Tagen darstellt, in denen er sie bis auf die Kopfhaut kurz geschoren trug – die unmittelbare Folge eines Unfalls mit einem Streichholz und fermentiertem Apfelsaft in der Cafeteria unserer Middleschool. Und wäre er nicht Theo, würde ich sein Brust-Tattoo womöglich genauso unverwandt angaffen, wie Claire es tut.

Aber er ist Theo. Und er nähert sich zweifellos Chandler, was genau das ist, das zu verhindern ich soeben aufgefordert wurde.

»Ich bin dran«, sage ich.

Das habe ich nicht kommen sehen, hätte vermutlich aber damit rechnen müssen.

Warum hätte Theo ausgerechnet in diesem Paradies ein anderer sein sollen als er selbst?

Und wem sonst hätte Emma vertrauen sollen als ihrer Spaßbremse von Freundin?

Ich unterdrücke ein Seufzen. Und wann werde *ich* Spaß haben?

Gar nicht, wenn deine beste Freundin dich braucht, damit sie auch wirklich ihre Traumhochzeit bekommt.

»Ich schwöre, ich besorge dir eine andere Unterkunft, bevor deine Eltern hier eintreffen«, sagt sie jetzt. »Und ihnen auch, wenn ich keinen anderen Bungalow erwische.«

»Mach dir deshalb keinen Kopf. Darum kümmere ich mich schon.«

Wir sind schon sehr lange beste Freundinnen. Es ist ganz normal, dass sie weiß, dass meine Eltern nicht mitbekommen sollen, wenn ich viel Zeit mit Theo verbringe. So, wie ich euch versichern kann, dass sie die Flatter kriegt, sich aber trotzdem sicher ist, diese Heirat wirklich zu wollen. Alles wird ganz wunderbar werden und sie die glücklichste Emma in der Geschichte sämtlicher Emmas, und sie wird eine Familie gründen …

Vorher muss nur noch ihre Hochzeitswoche großartig verlaufen.

Theo bleibt neben Chandlers Tisch stehen und bietet eine Ananas mit Papierschirmchen feil.

Und dann passiert es.

Als er mit dem ausgestreckten Tablett dasteht, muss Theo plötzlich niesen.

Was nichts mit normalem Niesen zu tun hat.

Normale Menschen niesen.

Theo allerdings überkommt ein Anfall mit vollem Körpereinsatz – mit Lunge, Nase und Stimmbändern –, der sich anhört, als würde ein mit Höchstgeschwindigkeit dahinrasender Güterzug plötzlich abbremsen und sein Signalhorn auslösen.

Er gehört zu *dieser Sorte* Niesern.

Bei denen es ganz plötzlich kommt.

Die laut niesen.

Und so erschreckend, dass Chandler »Um Himmels willen!« schreit und mit seinem Elektroschocker in Richtung der Gefahr ausholt, bei der es sich, wie es der Zufall will, um Theo handelt.

Aber er trifft nicht Theo.

Oh nein.

Er trifft etwas weit Schlimmeres.

Nämlich ein Papierschirmchen.

Es gibt ein irgendwie zischendes Geräusch, als der Elektroschocker auf den in Theos Hand überschwappenden Drink prallt. Unmittelbar gefolgt von einem unverkennbaren »Puff«.

Begleitet von einem Feuerfunken.

»Oh, mein Gott!« Ich lasse meine Handtasche fallen sowie die Überreste des Proteinriegels und setze zu einem Sprint an.

Das Papierschirmchen ist in Flammen aufgegangen.

Es brennt lichterloh.

Und zu nah an Theos Kostüm.

Viel zu nah.

»In den Pool!«, schreie ich, während ich um das Schwimmbecken renne. »Theo, spring in den Pool!«

Die Sullivan-Drillinge zerstreuen sich, einer kommt näher, um Fotos zu machen, die anderen beiden beeilen sich, die Älteren vor dem Feuer in Sicherheit zu bringen, während Chandler Theo anglotzt.

Theo wiederum wendet mir den Kopf zu, in dem Moment entzündet sich sein Kostüm. Der Flamingo-Kopf steht in Flammen.

Er steht in Flammen.

Wir sind Bergbewohner. Wir lassen nichts anbrennen.

Am wenigsten Flamingos.

Doch Theo sieht mich mit einem Blick an, den ich schon so häufig gesehen habe, dass ich ihn förmlich in meinem Kopf sagen höre: *Oh gut, Prinzessin Plainy-Laney ist hier!*

Ich habe noch meine Sneakers an. Die sind praktisch, wenn man fliegt oder um einen Pool rennt, sodass ich jetzt schnell vorwärtskomme.

»Du brennst!«, kreische ich ihn an.

Endlich – endlich! – guckt er nach unten.

Und dann grinst der Blödmann. »Ah, machst du dir Sorgen um mich, Laney?«

»Du. Stehst. In. Flammen!«, schreie ich noch einmal. Ich bin fast da. *Fast da.*

»Was zur Hölle tust du da, du Arsch … du Vollidiot … Theo?«, schnappt Chandler nach ihm.

»Theo! Theo! Spring in den Pool!«, ruft jetzt Chandlers Mom hinter dem Drilling, der sie aus der Gefahrenzone zu schaffen versucht.

Der kriegt mich nicht klein.

Er ist mindestens fünfzehn Zentimeter größer und um fünfzig bis sechzig Pfund Muskelmasse schwerer als ich, aber ich werde mich von einer Kleinigkeit wie seiner Größe und Kraft nicht aufhalten lassen.

Er wird jeden Moment selbst lichterloh brennen.

In dieser Situation gibt es nur noch eine Möglichkeit: Ich ändere meinen Anflugwinkel und spüre die zunehmende Hitze, als ich neben ihm aufschlage und ihn mit der ganzen Wucht meines Anpralls ins Wasser stoße.

Unglücklicherweise hat sich die Wucht meiner Ankunft damit nicht verbraucht. Denn als er die Augen aufreißt und ihm klar wird, dass er rückwärtsfällt, greift er nach dem nächsten Halt.

Und der bin ich.

Und damit lande auch ich schlussendlich im Pool.

2. Kapitel

Theo Monroe alias der Typ,
der macht, was er kann, wenn es darauf ankommt –
dem andererseits aber kaum etwas leidtut

Onkel Owens Mutproben sind im Allgemeinen nicht ganz so witzig. Meistens fallen sie eher schlicht aus, so wie damals, als wir einen Haufen Mäuse im Park ausgesetzt haben. Ausgestopfte Mäuse. Nur damit das klar ist.

Nachdem die Leute sich beruhigt hatten, gingen wir damit als *Colorado-Mäusestadt* auf Instagram viral. Sogar die nationale Presse rückte an, um alle möglichen Einwohner zu interviewen, die vorgaben, keine Ahnung zu haben, woher so viele ausgestopfte Mäuse hergekommen sein könnten.

Die Nummer hier dürfte ähnlich große Aufmerksamkeit auf sich ziehen. Decker Sullivan hat alles aufgenommen.

Was nicht heißen soll, dass ich *vorgehabt* hätte, ein Flamingo-Kostüm anzuzünden und von der sittenstrengen besten Freundin meiner Schwester in den Pool geschubst zu werden.

Irgendwie passiert immer irgendein komischer Scheiß, wenn ich dabei bin.

Es ist echt der Wahnsinn, ich zu sein. Jedenfalls denke ich das, als ich wieder an die Wasseroberfläche komme.

Dann schüttle ich mir das Wasser aus den Haaren, streiche sie mir nach hinten und erkenne den Ausdruck abgrundtiefen

Kummers in Emmas Gesicht, als sie Chandler weiter vom Schwimmbecken abzudrängen versucht. Von mir.

Fuck!

Lucky Sullivan, ein weiterer der Drillinge, bekommt anscheinend nicht mit, wie Braut und Bräutigam reagieren. Grinsend reicht er mir eine Hand, um mir aus dem Pool zu helfen. »Kannst dich doch nicht einfach in Brand setzen, Junge. Und dir ausgerechnet von dem letzten Menschen den Arsch retten lassen, von dem man erwarten würde, dass er vollständig bekleidet in einen Pool springt … Ein Klassiker, Mann, echt ein Klassiker.«

Ich erwidere sein Grinsen, während ich mutwillig beschließe, die entsetzten Blicke aller hinter ihm zu ignorieren. Da steht jetzt nicht mehr nur Em, sondern es haben sich praktisch alle aus Chandlers weitläufiger Verwandtschaft, die mit uns hergekommen sind, versammelt.

»Was soll ich sagen? Gefahr ist mein Geschäft.«

Er schnaubt.

Ich grinse noch breiter und stürze um ein Haar zurück in den Pool, als ich hinauszuklettern versuche.

Das Aufblaskostüm ist nass reichlich unhandlich. Wer hätte das gedacht?

»Sei zukünftig vorsichtiger«, sagt Jack Sullivan, Drilling Nummer drei, während er einen halben Meter neben mir Delaney Kingston aus dem Pool zerrt. »Das Teil läuft mit Batterien. Die Sorte Batterien hat zwar nicht genug Saft, um den Pool unter Strom zu setzen, trotzdem sollte man bei Elektrizität und Wasser kein Risiko eingehen.«

»Tja, wenn es hieße, entweder an einem Stromstoß zu versterben oder Emmas Bruder in Flammen aufgehen zu sehen, entscheide ich mich lieber für das geringere Risiko«, keucht Delaney und spuckt ein bisschen Poolwasser.

»Spielverderber«, brummt Lucky.

»Wer von uns beiden?«, gebe ich zurück.

Er würgt an einem weiteren Lachanfall, während ich den Rest meines schlaffen Kostüms aus dem Pool ziehe.

Ich fange auch wieder an zu lachen, doch dann fällt mein Blick abermals auf Emma.

Ihr Stirnrunzeln, ihr neuerlicher frustrierter Blick in meine Richtung ist ganz klar etwas, das ich zu verantworten habe. Meine Aktionen haben zum Ziel, dass sich ihr Verlobter mies fühlt. Ich wusste natürlich, dass Chandler seekrank werden würde, als ich vorschlug, heute Vormittag mit allen zum Tiefseefischen zu gehen, und ich war schuld dran, dass sein Bildschirm während des Fluges kaputtging, sodass er sich den ganzen Flug über Filme angucken musste, die *ich* ausgesucht hatte, weil er hinter mir saß. Offenbar hatte ich ihm auch das Ende des letzten *Avengers*-Film verraten.

Lucky schaut in ihre Richtung und seufzt seinerseits. »Ich kapier es nicht, Alter«, sagt er. »Chandler ist doch sonst nicht so engstirnig wie ein entzündeter Schließmuskel, und hey, wir sind hier, mitten im Paradies ...«

»Das hab ich jetzt nicht gehört«, erwidere ich. Das Letzte, was wir jetzt gebrauchen können, ist, dass Chandlers Trauzeugen auf ihn losgehen. Der Junge hat Probleme. Und er braucht diese Woche ein bisschen Beistand. Allerdings nicht von mir. Von mir ganz sicher nicht. »Stell dich gefälligst auf seine Seite.«

»Es sollte gar keine Seiten geben.«

»Die gibt es immer. Aber sag Emma nichts davon.« Chandler ist nicht gerade mein Lieblingsmensch auf Erden, aber ich heirate ihn ja auch nicht.

Emma heiratet ihn.

Ihre Entscheidung. Und ihr gutes Recht. Schließlich hat er

sie häufiger glücklich gemacht als unglücklich. Um ihretwillen sollte ich mich gut benehmen.

»Nachher an der Bar?«, will Lucky wissen.

Ich werfe noch einen verstohlenen Blick auf meine Schwester, die gerade Chandler tröstet, als wäre er der Mann, dessen Gesicht fast wegen eines Elektroschockers und der Fehlfunktion eines Papierschirmchens abgebrannt wäre. Ich sehe Lucky an und schüttle den Kopf. »Nee, du hast deine Pflichten als Trauzeuge zu erfüllen, mein Freund. Wir treffen uns nächste Woche zu Hause.«

»Ich schreib dir, wenn er früh schlafen geht. Ein Stück weiter gibt es eine Karaoke-Bar.«

»Fuck, ja.« Ich liebe Karaoke.

»Wenn wer früh schlafen geht?«, fragt Decker, als er zu uns stößt.

Vermutlich hat Chandlers Mom sich von dem Anblick eines den Flammentod sterbenden Flamingos erholt und muss sich nicht länger an ihm festklammern, während er alles mitschneidet.

»Du«, antwortet Lucky. »Du bist zu langweilig für Bars.«

Beide brechen in Gelächter aus.

Würde ich auch gern – mit den beiden herumzualbern ist normalerweise ganz mein Ding –, doch Emma sieht schon wieder zu mir her. Und ihr Blick ermahnt mich, ihrem Zukünftigen um Gottes willen ein bisschen Abstand zu gönnen.

Sie trifft eine Stelle in mir, die seit der Highschool superempfindlich ist. Es ist schon lange her, seit mich ein derart schlechtes Gewissen beschlichen hat. Aber wir sind hier im Paradies, wo bis vor fünf Minuten noch alles prima war, bis Chandler mich mit einem Geschenk von mir in Brand gesetzt hat.

Gut, ich habe geniest.

Jeder niest mal.

Aber anscheinend darf ich für den Rest der Woche nicht mehr niesen.

Zeit für einen Neustart.

»Viel Spaß heute Abend«, sage ich zu Lucky und Decker, während ich mich mühsam aufrapple und das triefend nasse Kostüm um mich raffe, damit niemand meine Unterhose sieht.

Den Drillingen scheint aufzufallen, dass wir die Einzigen auf der Terrasse sind, die sich amüsieren, worauf sich ein kollektives Seufzen zwischen den dreien erhebt – ein völlig gleichlautendes Seufzen, so, wie auch alle drei identische braune Haare, helle Haut und blaue Augen haben. Aber wenn man erst mal den Charakter jedes einzelnen Drillings kennt, kann man sie ziemlich gut auseinanderhalten.

Sogar Jack seufzt, als er Delany endlich wieder auf ihre Füße gestellt hat.

»Erinnert mich daran, rechtzeitig abzuhauen, wenn ich mal meine Traumfrau gefunden habe«, sagt Lucky. »Dieser Hochzeitskram ist bloß stumpfsinniger Stress.«

»Als würde dich eine haben wollen«, meint Decker.

»Fuck, und ob mich eine haben will. Schließlich bin ich der Hübscheste von uns dreien.«

Normalerweise würde ich darüber lachen.

Und die anderen beiden auch. Stattdessen seufzen sie wieder.

»Willst du wirklich noch ausgehen?«, fragt Decker.

»Nee.« Ich werde heute Abend definitiv noch einen trinken gehen. Aber ohne die drei.

Chandler könnte betrübt sein, wenn seine Trauzeugen ihn sitzen lassen.

Das kann ich nicht verantworten.

Ich bedeute Emma mit einem Wink, Chandler aus dem Weg gehen zu wollen, dann nicke ich Delaney zu. »Danke für die Rettung. Ich schulde dir was, wenn du mal Feuer fängst.«

Ihre Nasenflügel zucken. »Ich helfe, wo ich kann.«

Typische Antwort einer Streberin.

Wie nicht anders zu erwarten.

Sie will noch etwas sagen, doch ich mache mich auf den Weg um den Pool herum, als hätte ich es nicht bemerkt.

Wenn Chandlers Schließmuskel diese Woche zu eng ist, dann ist Delaney Kingstons seit ihrer Geburt praktisch zugewachsen.

Wofür sie nichts kann. Vermutlich. Aber es wäre meine Schuld, wenn ich noch länger hierbleiben und ihr auf den Zeiger gehen würde, nachdem ich ihr bereits zu einem Bad im Pool in vollständiger Bekleidung verholfen habe. Nichts ist schlimmer, als den Bräutigam *und* die Braut zu verstimmen.

Also mache ich mich besser rar.

Claire, Ems blonde Verbindungsfreundin und weitere Trauzeugin, öffnet den Mund, als wollte sie mich fragen, ob wir womöglich nicht zusammen langweilig sein könnten.

Mir fällt wieder ein, dass Emma von mir enttäuscht ist, und ich setze meinen Weg fort.

Diese Woche ist echt verrückt. Was nicht heißen soll, dass Emma für mich nicht eigentlich immer an erster Stelle stehen würde, doch in dieser Woche gelten *besondere* Regeln. Aber anscheinend habe ich mich noch nicht genug gemäßigt, um das Paar der Stunde wirklich glücklich zu machen.

»Alles okay, Sohnemann?«, fragt mein Vater, als ich den Rand des Poolbereichs streife.

»Nur ein bisschen angesengt«, vermelde ich grinsend.

Onkel Owen lacht schallend.

Dad schüttelt seufzend den Kopf, und ich gehe weiter.

Es war nicht vorgesehen, dass er ein alleinerziehender Vater zweier kleiner Kinder wurde. Aber er tut, was er kann, und mehr können wir nicht verlangen.

Und ich weiß, dass er Emma genauso verehrt wie ich.

Sie ist ein so aufrichtig guter Mensch, dass man gar nicht anders kann, als sich für sie zu freuen, wenn sie glücklich ist, auch wenn man manches vielleicht nicht versteht, zum Beispiel, dass es Chandler Sullivan sein muss, der sie glücklich macht.

Man möchte sich trotzdem in ihrem Glanz sonnen. Man möchte der Grund sein, warum sie glänzt, denn je mehr sie strahlt, desto besser ist die Welt.

Allerdings ist jetzt nicht der Moment, mich in ihrem Glanz zu sonnen. Sondern der Moment, Abstand zu ihr zu halten.

Was echt scheiße ist.

Denn sie ist einer meiner Lieblingsmenschen. Was diese Woche umgekehrt leider nicht gilt und sich viel zu sehr so anfühlt wie damals auf der Highschool.

Ich schüttle den Gedanken ab und rufe mir, während ich den von Kokospalmen gesäumten Weg zu meinem Bungalow hinunterschlendere, ins Gedächtnis, dass Hochzeiten eben blödsinnig stressig sind und dass unser Leben nächste Woche wieder in normale Bahnen einscheren wird.

»Also … das war ein nettes, erfrischendes Bad«, bemerkt Delaney Kingston, als ich fast da bin.

Aha.

Dann ist sie es, die hinter mir herschnauft.

Dann geht es hier wohl auch zu ihrem Bungalow. Und vermutlich muss ich mich bei ihr für das unerwartete Bad im Pool entschuldigen, das sie mir zu verdanken hat.

Aber dazu habe ich keine Lust.

»Hey, *Prinzessin Plainy-Laney.*« Ich grinse sie über die Schulter an – sie ist, abgesehen von Chandler, der einzige Mensch von zu Hause, der mich nervös machen kann. »Schöne Schuhe. Die quietschen echt hübsch.«

»Sie sind eben nicht nur bequem, sondern auch musikalisch.«

Ha. Überraschende Antwort.

Ich hätte damit gerechnet, dass sie die Augen verdreht und mich darüber belehrt, dass man mit einem Elektroschocker gegen Ungeziefer einem Papierschirmchen nicht zu nahe kommen sollte. Wenn man wissen will, wie man sich an die Regeln hält, irgendein Problem löst oder darüber unterrichtet werden will, wie es in der Welt eigentlich zugehen sollte, wendet man sich am besten an Laney.

Nicht aber, wenn man einen Scherz hören will. Sie ist der Typ, der Spaß nicht mal erkennen würde, wenn er in einem braunen Umschlag, auf dem unübersehbar *Spaß* steht, auf ihrem Schreibtisch landet. Ich habe mal erlebt, wie sie sich weigerte, Schlitten zu fahren, weil es unten am Hang keine Auffangnetze gab. Auf der Highschool wurde sie zu der Schülerin gewählt, die höchstwahrscheinlich einhundertsechs Jahre alt werden würde, weil sie jeden Tag Zahnseide benutzte. Sie würde niemals vorzeitig von einem Herzleiden infolge entzündeten Zahnfleischs dahingerafft werden.

Ich habe Delaney Kingston nicht vermisst, seit sie nicht mehr bei Partys auf meiner Seite der Stadt erschienen ist – und seit ich meinerseits aufgehört habe, in Bars und Restaurants auf ihrer Seite zu gehen.

Aber sie gehört zu Emmas besten Freundinnen, also werde ich nett zu ihr sein, und wenn es mich umbringt.

Ich grinse noch mal über die Schulter. Diesmal ergänzt um ein Zwinkern. »Soll ich dir deine Tasche in dein Zimmer tragen?«

»Sehr freundlich, aber wie ich sehe, hast du schon alle Hände voll zu tun, und es ist ja nur eine Handtasche.«

»Eine Handtasche? Die hat die Ausmaße eines Koffers.

Würde mir gar nichts ausmachen, das Kostüm hier liegen zu lassen und dir das Ding abzunehmen.«

»Mir ist schon klar, dass dir das keine Mühe machen würde, aber ich will nicht, dass Emma wegen Erregung öffentlichen Ärgernisses aus dem Resort geworfen wird, also trage ich meine Tasche lieber selbst. Aber vielen Dank, sehr freundlich von dir.«

Emma wäre superenttäuscht, wenn ich das jetzt auch noch vergeigen würde. Verdammte Schuldgefühle.

Ich hasse sie. Ich habe so etwa die letzten zehn Jahre hart daran gearbeitet, darüber hinwegzukommen und auf der Sonnenseite zu leben, aber da ist sie nun und wirft damit um sich wie mit Konfetti für Emmas Hochzeitswoche.

Lächelnd nähere ich mich meinem Bungalow, ignoriere das Stechen unter der Haut und rede mir ein, dass es sich dabei lediglich um eine allergische Reaktion auf eine Spielverderberin handelt.

Vor meiner Tür drehe ich mich zu ihr um. »Schön, dich zu sehen, Prinzessin Plainy. Aber wenn du mich das nächste Mal in einen Pool stößt, könntest du dabei vielleicht wenigstens einen Bikini anhaben.« Erneut zwinkere ich ihr zu.

Sie gibt das Zwinkern zurück.

Delaney Kingston … gibt mein Zwinkern zurück.

Stoff für feuchte Träume für den Theo der Highschool, und ja, ich habe auch hart daran gearbeitet, *das* zu vergessen.

Was zum Henker geht hier vor?

»Wäre das nicht lustig?«, fragt sie. »Oh, gut, wir sind da. Danke, dass du mir den Weg zu meinem Bungalow gezeigt hast.«

Ich schaue mich suchend um.

Und dann noch einmal.

Der nächste Bungalow ist eine Gebäudelänge entfernt, und Laney versucht, an mir vorbei meine Veranda zu betreten. »Wenn du mich jetzt entschuldigst …«

»Hast du dich verlaufen?«

»Nein, das ist mein Bungalow.«

»Das denke ich nicht.«

»Plumeria-Bungalow. So steht es hier auf dem Umschlag mit meiner Schlüsselkarte.«

Sie zeigt mir den Umschlag, in dem ihre Schlüsselkarte steckt, und … Nein!

So steht es da.

Aber … Nein!

Ich verschränke die Arme, lasse mein tropfendes, halb verbranntes Flamingo-Kostüm von den Hüften fallen, sodass ich nur noch in meiner schwarzen Unterhose dastehe. An einem äußerst gefährlichen Ort.

Und mein Verstand registriert allmählich, dass Laney in diesem Moment auf eine Weise rattenscharf aussieht, die definitiv nicht sein dürfte. Und das nicht bloß, weil mich die Anstrengung, die sie unternommen hat, um mich in den Pool zu stoßen, bei jeder anderen Frau angemacht hätte.

Aber nun ist sie scharf, weil sie stark ist *und* klatschnass.

Ihre mausbraunen Haare sind total zerzaust. Das teure Shirt klebt ihr auf der Haut. Unter dem Stoff recken sich ihre Brustwarzen, auch die Umrisse ihres unscheinbaren BHs zeichnen sich deutlich ab. Ihre Leinenhose haftet an ihren Hüften und offenbart die Konturen ihres Slips. Über hellblauen Augen haben sich dunkle Wimpern verklumpt. Und noch immer quietschen ihre Sneakers.

»Auch wenn ich nichts dagegen habe, mein Zimmer mit einer hübschen Lady zu teilen«, sage ich gedehnt, während ich meinem Schwanz befehle, nicht auf die vor mir stehende triefnasse Frau anzuspringen: »Außerdem glaube ich nicht, dass ich die Sorte Mitbewohner bin, auf die du abfährst.«

»Schätze, da liegst du falsch«, zwitschert sie, geht um mich herum und hüpft munter die drei Verandastufen hinauf. »Weil das nämlich auch mein Bungalow ist.«

Ich blinzle.

Dann blinzle ich noch mal.

Und dann werde ich sauer, und wenn ich sauer bin, werde ich nur noch saurer, weil ich es nicht ausstehen kann, sauer zu werden.

Ich hasse es, sauer zu sein.

Ich habe es mir sogar zur Lebensregel gemacht, niemals sauer zu werden.

Doch Delaney Kingston ist ein nerviger, unerträglicher, wohlerzogener Blaustrumpf, eine Frau, die sich im Leben nicht dazu herablassen würde, sich ein Zimmer mit einem Mann zu teilen, der am Samstagabend nichts lieber tut, als mit seinen Kumpels harmlose Streiche auszuhecken, die manchmal darauf hinauslaufen, dass wir zu gut drauf sind, um noch vernünftige Entscheidungen zu treffen.

Vertraut mir. Ich würde es wissen. Denn ich habe mir zu viele Jahre gewünscht, sie *würde* sich dazu herablassen; habe mir vorgestellt zu erleben, wie sie mit offenen Haaren und ohne ihre Verklemmung aussieht.

Und gerade hat sie gesagt: »Auch mein Bungalow.«

Als wüsste sie, dass das hier *mein* Bungalow ist.

Und wenn sie weiß, dass das hier mein Bungalow ist … Fuck!

Plötzlich passt eins zum anderen.

»Ich brauche keine Babysitterin«, knirsche ich mehr wie der Versager auf der Highschool als wie der Mann, der ich heute bin, und erklimme nun selbst die Stufen und trete ihr in den Weg.

»Ich bin keine Babysitterin. Du solltest mich eher als einen Puffer sehen. Du willst sicher nicht, dass Chandler versehentlich noch mehr Klamotten von dir in Brand steckt, oder? Warte. Nein. Spar dir die Antwort darauf.«

An der Tür schiebe ich mich vor sie und versperre ihr den Weg. Etwas Schlimmeres als das hätte Emma mir gar nicht antun können.

Ich liebe meine Schwester. Ich bete meine Schwester an. Wir beide haben manchen Mist zusammen durchgestanden und sind auf der anderen Seite heil wieder herausgekommen, und ich würde alles für sie tun.

Ich verbiege mich diese Woche weit mehr, als sie überhaupt weiß, und es ist wirklich egal, ob sie es jemals herausfindet. Ich will bloß, dass sie glücklich ist, auch wenn ich die ganze Zeit keine Ahnung habe, was sie glücklich macht.

Aber mir Laney als Babysitterin auf den Hals zu schicken?

Das ist grausam.

Und es wird auch nicht dazu kommen. Das geht einfach zu weit. »Amüsierst du dich eigentlich auch mal, *Prinzessin Plainy-Laney*?«

»Manchmal schon, dann stehe ich nachts auf, lege Puzzles und gieße einen Schuss Brandy in meinen Kamillentee. Aber nur einen Schuss. Mehr als das würde mir feuchte Träume bescheren.«

Ich bin augenblicklich sprachlos.

Vor allem deshalb, weil ich nicht unterscheiden kann, ob sie es ernst meint oder ob sie mich verarscht.

Sie lächelt jetzt breiter, ihre blauen Augen funkeln beinah. Und als ich meine Gedanken entflechte, nachdem Delaney Kingston mich vor meinen Augen auf den Arm genommen hat, weicht sie mir aus und hält die Schlüsselkarte an den Mechanismus *meiner* Hotelzimmertür.

Es klickt, und sie schlendert in *meinen* Bungalow.

Und knallt mir die Tür vor der Nase zu.

Fuck.

Fuck!

Interessiert es mich, wo ich schlafe? Nein.

Aber werde ich zulassen, dass diese Frau frei in meinem Bungalow herumläuft, obwohl ich weiß, was sich im zweiten Schlafzimmer befindet … und sie nicht?

Fuck, fuck, fuck!

Die regelkonforme Delaney Kingston darf nicht unbeaufsichtigt in meinem Bungalow bleiben.

Auf gar keinen Fall.

Ich will in meine Tasche greifen, da fällt mir ein, dass ich nichts als meine Unterhose anhabe, und mache einen Satz hin zu dem tropfnassen, verstümmelten Kostüm auf der Bungalowterrasse. Aber es dauert ein bisschen, bis ich meine Schlüsselkarte in der Innentasche gefunden habe. Endlich springt die Tür klickend auf.

Und als ich eintrete – nachdem ich erst mal über mein Kostüm gestolpert bin und es mit einem Tritt zur Seite befördert habe –, sehe ich Delaney.

Ich reibe mir die Augen.

Blinzle ein paarmal.

Gebe mich haufenweise Hoffnungen hin.

Nichts bringt irgendetwas.

Sie ist immer noch da – in der Mitte des tropisch gemusterten Teppichs im Wohnzimmer zieht sie auf dem Weg zum ersten Schlafzimmer einen gottverdammten, floral gemusterten Rollkoffer hinter sich her.

»Das ist mein Zimmer«, bemerke ich.

Sie ändert die Richtung, wie nur Miss Allwissend es kann, und steuert nun die geschlossene Schlafzimmertür auf der anderen Seite des geräumigen Wohnbereichs mit einer Kitchenette an der Wand an.

»Das ist auch mein Zimmer.«

»Du benutzt *beide* Schlafzimmer.« Das ist keine Frage, sondern eine Feststellung, als wollte sie darauf hinweisen, dass ich ein Vollpfosten bin.

Ich bin ein lockerer Typ. Ich amüsiere mich gern. Ich liebe es, den Menschen um mich herum Vergnügen zu bereiten. Ich komme mit vielem klar. Ich *bewirke* vieles.

In letzter Zeit fast nur harmloses Zeug, davon aber sehr viel.

Aber mir ein Zimmer mit Prinzessin Plainy-Delaney zu teilen, damit sie meine Babysitterin spielen kann? Nein!

Einer von uns muss gehen.

Und an jedem anderen Tag, an jedem anderen Ort, wenn sonst was im zweiten Schlafzimmer unterkriechen würde, wäre ich der, der sich freiwillig verziehen würde. Aber das kommt hier nicht infrage.

»Ja«, sage ich, als wäre sie die taube Nuss, obwohl ich weiß, dass sie das nicht ist. »Ich benutze beide Schlafzimmer.«

In ihrem Gesicht zuckt es, wie man es hätte erwarten können. »Emma arbeitet mit dem Management daran, einen eigenen Bungalow oder ein Zimmer im überbelegten Hotel für mich aufzutreiben, aber bis es so weit ist, wäre es hier eigentlich gar nicht so übel. Und ich *weiß*, dass du nicht beide Schlafzimmer benutzt.«

Sie nervt echt wie die Hölle, wenn sie etwas weiß.

Und wieso hat Emma mir das nicht selbst gesagt? »Du kannst das Ausziehsofa haben. Die Schlafzimmer gehören mir.«

»Theo, du kannst nicht in zwei Schlafzimmern gleichzeitig schlafen.«

»Vielleicht will ich *dich* einfach nicht hier haben.«

Es ist lange her, dass wir nennenswert Zeit miteinander verbracht haben. Genau genommen fast unser gesamtes Erwachsenenleben, und ich habe null Zweifel, dass sie den alten Chaos-Theo von der Highschool erwartet, nicht den erwachsenen Theo, der sein Leben im Griff hat.

Prompt lassen mich ihre Erwartungen in alte Gewohnheiten zurückfallen, die ich vor langer Zeit besaß und die mir überhaupt nicht mehr gefallen.

»Ich bin eine unkomplizierte Mitbewohnerin«, behauptet sie rundheraus mit einem riesig breiten, falsch ins Gesicht geklebten Lächeln. Bestimmt ist sie auch nicht glücklich über dieses Arrangement. »Versprochen. Mucksmäuschenstill. Du wirst nicht mal mitbekommen, dass ich hier bin.«

Sie war während meiner gesamten Schulzeit die einzige Klassenkameradin, die ich nicht rumkriegen konnte. Bis ich schließlich beschloss, es sein zu lassen, auch wenn es mich innerlich noch so fertigmachte, weil ich wusste, wie sehr ich sie rumkriegen *wollte*. Und dann bittet Emma ausgerechnet *sie*, meine Babysitterin zu spielen?

Das ist beleidigend bis zur totalen Kränkung. »Du hast, seit du zur Tür reingekommen bist, nicht aufgehört zu reden.«

»Ich verbrauche bloß alle Wörter, damit ich später still sein kann. Außer du möchtest, dass ich weiterrede.«

»Nein.« Shit! Ich weiß nicht, ob ich es ihr mit gleicher Münze heimzahlen oder ob ich ehrlich zu ihr sein soll.

»Passt für mich. Ich weiß auch nicht, ob ich noch viel länger mit dir reden soll.«

»Du nimmst kein Blatt vor den Mund, nicht wahr, Prinzessin Plainy?«

Sie zuckt die Achseln, als wollte sie den Spitznamen durch die Balkontüren und in die Finsternis über dem Pazifik abschmettern, und geht noch einmal zu der geschlossenen Schlafzimmertür. »Als käme es darauf an. Wo wir doch beide wissen, dass wir nie gute Freunde sein werden. Aber immerhin wissen wir, wie wir zueinander stehen, richtig? Ich mache das für Emma. Für Emma würde ich alles tun.«

Ich sehe sie an und wackle mit den Brauen. Ich kann nicht

anders. Leichter kann ich sie unmöglich ärgern. »Und wenn Emma wollte, dass du dich vor und mit mir nackig machst?«

Sie verschränkt die Arme und blickt mir unverwandt in die Augen. »Was auch immer sie von mir verlangt.«

In meinem Kopf läuten alle Alarmglocken.

Um ehrlich zu sein, nur zwei Alarmglocken, denn mehr besitze ich nicht, aber wenn beide gleichzeitig läuten, besteht Grund zur Sorge.

»Willst du mich verarschen?«, frage ich sie.

Sie antwortet nicht.

Stattdessen antwortet mir ein sehr lautes Geräusch hinter der geschlossenen Schlafzimmertür, das ich gähnend imitiere. »Bin müde. Geh weg. Ich brauche mein Schönheitsschläfchen, bevor ich die ganze Nacht feiern gehe.«

Sie blickt mich an.

Dann sieht sie zur Tür, durch die es viermal leise miaut.

»Raus!«, wiederhole ich und deute auf den Ausgang, während ich über den Teppich pirsche, um zu verhindern, dass sie die Tür öffnet.

Jetzt lächelt sie nicht mehr. »Sag jetzt nicht, dass du Tiere für deinen Dad zusammensammelst.«

Meine Gereiztheit, die im Allgemeinen so präsent in mir ist wie Alarmglocken, erwacht zum Leben, als hätte sie jemand mit einem glühenden Schürhaken gepiesackt. »Verschwinde. Verdammt noch mal. Raus aus meinem Zimmer!«

Doch sie ignoriert mich und marschiert zur Tür meines Reserveschlafzimmers.

Ich ignoriere, dass sie mich ignoriert, schneide ihr den Weg ab und positioniere mich zwischen ihr und dem Türknauf.

Sämtliche Kätzchen in dem Zimmer kommen überein, gleichzeitig ihre Stimmbänder zu bemühen, was in Anbetracht ihrer Winzigkeit echt beeindruckend ist.

»Theo«, sagt sie ganz leise meinen Namen. Als wäre sie eine gottverfluchte Lehrerin und ich in Schwierigkeiten, weil ich ein verletztes Backenhörnchen mit in den Unterricht gebracht hatte. Aber nicht, um darauf zu warten, dass es verstirbt, um es meinen Vater zum Ausstopfen mitzubringen, wie meine Lehrerin damals ebenfalls vermutete.

»Ich werfe dich nur deshalb nicht auf der Stelle von meinem Balkon, weil ich Emma damit den Tag verderben würde«, presse ich durch zusammengebissene Zähne.

»Und weil wir hier praktisch auf der Höhe des Meeresspiegels sind, sodass ich ziemlich sanft landen würde«, entgegnet sie. »Was wiederum ganz sicher *dir* den Tag verderben würde, weil du wegen fast nichts so viel Aufwand betrieben hättest. Und ich bin kein Weichei, wie du vielleicht bemerkt hast, als ich dich vor Minuten erst vor einem Feuer gerettet habe. Du möchtest sicher nicht, dass ich meine Muskelkraft an einem Tag zweimal an dir vergeude, oder?«

Wer *ist* diese Frau?

Auf jeden Fall nicht die Laney aus der Middleschool, die mich darüber in Kenntnis gesetzt hätte, dass sie mich bei der Lehrerin verpetzen würde, wenn ich weiter einen Tennisball gegen die Wand warf, während wir angewiesen worden waren, uns still selbst zu beschäftigen. »Du kannst das Ausziehsofa haben. Weil Emma dann zufrieden sein wird. Aber mach diese Tür nicht auf. Denn wenn du das tust, werde ich, verdammt noch mal, den Rest deines Lebens ruinieren, ganz gleich, welche durchgeknallte Muskelkraft du zu haben meinst. Und bleib meinem Schlafzimmer fern!«

Ihre blauen Augen flackern, dann tritt sie einen halben Schritt zurück. »Ich sehe ein, die Situation ist für uns beide nicht angenehm«, sagt sie leise. »Aber ich bin zuversichtlich, dass wir uns für Emma damit arrangieren können. Und du wirst sicher verstehen, dass es mindestens unerwartet ist, aus deinem Reserveschlafzimmer etwas zu hören, das sich wie eine Horde Katzen anhört.«

»Ich kann nur schlafen, wenn es noch ein Zimmer hinter geschlossener Tür gibt, in dem die ganze Nacht Tierfilme laufen.«

Sie öffnet den Mund.

Und macht ihn wieder zu, als wäre sie zu dem Schluss gelangt, dass sie die Wahrheit gar nicht wissen will.

Dann lässt sie ihren Blick über meinen Körper wandern, als würde sie jetzt erst bemerken, dass ich nur in meiner Unterwäsche vor ihr stehe.

Die gute Nachricht ist, ihr Charakter hat jeden Wunsch in mir, einen Ständer zu bekommen, mal wieder gründlich zerstört.

Ich lehne mich gegen die Schlafzimmertür. »Sabrina wohnt zwei Bungalows weiter. Geh, und penn bei ihr.«

Ihr Blick fährt abrupt hoch zu meinen Augen. »Nein.«

»Es gibt hier nicht viel Verhandlungsspielraum, Prinzessin Plainy.«

»Emma will, dass ich hier übernachte.«

Hinter mir miauen leise die Kätzchen. Ich muss nachsehen, wie es ihnen geht. Entscheiden, ob ich morgen den Tierarzt kommen lasse, damit er sie noch einmal untersucht. Aber das will ich nicht tun, solange sie hier herumsteht.

Oder solange ich fast nackt bin, was mir persönlich nichts ausmacht, Emma aber vermutlich schon, wenn es dadurch hier zu einem Zwischenfall kommt.

Ich überlege kurz, ob Laney lügt und Emma gar nicht will, dass sie mich im Auge behält, dabei weiß ich sehr gut, dass sie nicht lügt.

Erstens, weil es keinen Grund gibt, aus dem sie lügen sollte. Ihre Mutter hat mich während eines Tanzabends auf der

Highschool zur Seite genommen, um mir mitzuteilen, dass »Delaneys Untenrum für solche wie dich Sperrgebiet ist«. Was vollkommen unnötig war, wenn man bedenkt, dass ich mir nie Illusionen darüber gemacht hatte, Delaney könnte in mir irgendetwas anderes sehen als eine Verschwendung von Sauerstoff.

Und Laney hat danach noch häufiger, als ich mich erinnern möchte, bekräftigt, dass sie mit ihrer Mutter übereinstimmt.

Schlimmer noch, Emma ist maximal gestresst, und Chandler hat sich bei jeder sich bietenden Gelegenheit wie ein Drecksack benommen.

Und gewöhnlich tun wir beide, was wir können, um uns um Emmas willen zu vertragen.

Aber diese Reise – diese Reise ist nicht der Normalfall. Und er ist der Bräutigam, was ihn zu etwas Besonderem macht.

Deshalb bekommt er keine Babysitterin aufgedrückt.

Ich aber schon.

Und Em würde nicht ihre Kommilitonin darum bitten. Nicht, nachdem sie mir gesagt hat, ich soll nicht mit Claire flirten, die momentan nicht noch mehr Männerdramen gebrauchen kann. Wahrscheinlich hat sie angenommen, ich würde sie anbaggern, nur weil ich Claire einen Drink angeboten habe. Habe ich aber nicht getan. Ich wollte nur nett sein. Ehrlich.

Sabrina würde sie auch nicht bitten, und das nicht bloß, weil Sabrina Chandlers Cousine und damit verpflichtet ist, sich auf Chandlers Seite zu schlagen. Sabrina hat ihre eigenen Gründe, auf mich sauer zu sein, und während sie das verdammte Fort Knox ist, wenn sie ein Geheimnis hat, das sie keinem verraten will, ist sie niemals sauer auf jemanden, ohne dass alle Welt es mitbekommt.

Und nur fürs Protokoll – ich habe sie nicht aufs Kreuz gelegt. Ich habe ihr lediglich *nicht* gesagt, was sie hören wollte.

Und die Drillinge würde Emma auch nicht fragen. Die würden mich bei der ersten Gelegenheit, mir eine Lektion zu erteilen, von einem Balkon werfen – von einem deutlich über dem Meeresspiegel wohlgemerkt.

Nur so zum Spaß.

Und mit etwas Weichem als Landeplatz.

Danach würden wir zusammen ein Bier trinken und uns darüber kaputtlachen, weil wir ständig gemeinsam abhängen und derartigen Blödsinn verzapfen.

Die Drillinge sind als Babysitter grundsätzlich nutzlos, was Chandler nur noch wütender machen würde.

Laney war also die erste Wahl.

Ich kann Emma schlecht vorwerfen, keine kluge Entscheidung getroffen zu haben. Schließlich tut sie das schon ihr Leben lang.

»Er hat, verdammt noch mal, angefangen«, brabble ich wie ein Kleinkind.

Aus Laneys Körper scheint sämtliche Luft zu entweichen. »Es tut mir leid. Es muss schwierig sein, sich nicht mit dem Verlobten seiner Schwester zu vertragen.«

Misstrauen trifft das, was ich fühle, als ich sie mustere, nicht einmal annähernd. Ich bin an die Delaney gewöhnt, die mich ebenso geringschätzig ansieht wie ihre Mutter. Aber mir irgendwas zugutezuhalten und an meine Gefühle zu denken?

Das rechtfertigt jedes Misstrauen.

Sie zuckt mit einer Schulter. »Na ja, er war nicht ganz unschuldig daran, dass du Feuer gefangen hast. Und ich bin sicher, es ist dir unangenehm, mich jetzt am Hals zu haben.«

»Ist das ein Trick?«

»Nein, das bin nur ich, die gern duschen und in ihren Pyjama und dann ins Bett schlüpfen würde. Das war ein langer Tag.

Aber ich muss mich darauf verlassen, dass du hierbleibst, während ich das tue. Auch wenn ich weiß, dass du deine Schwester liebst und absichtlich nicht noch etwas anstellen würdest, um sie zu stressen, glaubt sie, dass *immer* irgendwas schiefgeht, wenn du in der Nähe bist, unabhängig von deinen Absichten. Also hat sie mich gebeten, ein Puffer zu sein, und genau das habe ich vor. Zu euer *aller* Wohl.«

In meinem Zweitschlafzimmer miaut vernehmlich die Katzenmama.

Delaney zuckt nicht mit der Wimper.

Als wollte sie mir damit telegrafieren: *Du kannst mir vertrauen, ich frage dich auch nicht mehr, wieso du in deinem Reserveschlafzimmer Katzen hältst.*

Und das kann nur eines bedeuten: dass sie in dem Moment, in dem ich ihr den Rücken kehre, in dieses Zimmer einbrechen und die Katzen rauslassen wird.

Wäre das der Weltuntergang?

Womöglich schon. Diese Kätzchen sind noch nicht alt genug, um unbeaufsichtigt auf der Insel herumzustreunen. Dabei bin ich eigentlich keiner, der sich um irgendwen oder irgendwas schert, der oder das gerade unbeaufsichtigt ist.

Und kommt mir jetzt nicht damit, dass wilde Katzen seit Jahrzehnten auf dieser Insel überleben.

Das. Will. Ich. Verdammt. Noch. Mal. Nicht. Hören.

Zum einen bin ich mir sicher, dass ihre Mama eine Hauskatze ist. Und zum anderen sind das jetzt *meine* Katzen – zusammen mit ihrer Mama –, deshalb werde ich sie bis zum bitteren Ende beschützen.

Außerdem werde ich Emma nicht wissen lassen, dass ich sie hier halte, aus Furcht, sie könnte ausflippen, weil ich deshalb aus dem Resort geworfen werden könnte.

Laney hat recht.

Vieles geht schief, wenn ich beteiligt bin. Und ich werde nicht zulassen, dass irgendwas mit meinen Kätzchen schiefgeht.

Ich deute auf das an mein Schlafzimmer grenzende Bad. »Du kannst da duschen.«

Delaney sieht gar nicht erst hin.

Stattdessen glotzt sie mich weiter an. »Wie kann ich sicher sein, dass du nicht verschwindest, während ich dusche?«

»Kannst du nicht.«

Ich starre sie an.

Sie starrt zurück.

Und dann macht sie, womit ich zuallerletzt gerechnet hätte. Schon wieder.

Sie dreht sich um und geht zum Badezimmer und zieht ihr Gepäck hinter sich her, als würde sie mir vertrauen.

Die Delaney Kingston, die ich in der Schule kannte, wäre stehen geblieben und hätte mich notfalls die ganze Nacht angestarrt, um sicherzugehen, dass ich mich gut benehme.

Und was macht diese Delaney?

Sie ist meine Babysitterin und lässt mich trotzdem unbeaufsichtigt.

Als würde sie mir trauen.

Ich traue mir, aber ich traue ihr nicht zu, dass sie mir traut.

»Ich treffe mich mit den Drillingen«, rufe ich durch die geschlossene Tür.

»Spitze. Das wird Emma bestimmt gefallen«, ruft sie zurück.

Fuck!

Sie hat mich am Wickel.

Das bedeutet Hausarrest.

Und das nicht, weil ich falsch geniest und am Pool in Brand geraten bin.

Nach Thanksgiving und dem Flug und dem Fischen heute

früh, ganz zu schweigen von dem Gefallen, um den Chandler mich gebeten hat, und davon, dass er es gehasst hat, darum bitten zu müssen, war das hier wohl unvermeidlich.

3. Kapitel

Laney

Ich mache das nur für Emma. Ich mache das nur für Emma. Ich mache das nur für Emma.

Wenn ich das oft genug wiederhole und mein Warum kenne, wird es vielleicht erträglicher.

Bis dahin sinke ich, kaum dass die Badezimmertür sich geschlossen hat, auf den Fußboden und luge durch den Spalt zwischen Tür und Kacheln hindurch.

Da steht Theo, in seiner Unterhose, und starrt stirnrunzelnd – nein, finsteren Blickes – die Badezimmertür an; dabei sieht er einerseits aus wie Theo, andererseits aber auch wie ein erwachsener Mann, der mit bloßen Händen einen Felsbrocken zerschmettern könnte, um ihn anschließend mit seinem eindringlichen Blick dazu zu bewegen, sich wieder zusammenzusetzen.

Ich halte die Luft an.

Zumindest versuche ich es.

Er blickt die Tür lange an. Wartet er darauf, dass das Wasser zu rauschen anfängt? Kann er sehen, dass ich ihn unter der Tür hindurch beobachte? Was macht er da? Wieso bewegt er sich nicht?

Ist er in Wahrheit ein Roboter?

Benötigt er so was wie einen Neustart?

Fast möchte ich das Badezimmer mit irgendeiner lahmen

Entschuldigung verlassen, zum Beispiel, dass ich mir in der winzigen Küche der weiß gestrichenen Suite ein Glas Wasser holen möchte, doch da wendet er sich mit einem letzten Blick auf die Badezimmertür, hinter der ich auf meinen Beobachtungsposten allmählich einen steifen Nacken bekomme, ab, dreht den Knauf der Tür des zweiten Schlafzimmers und verschwindet dahinter.

Endlich.

Ich springe auf, öffne so leise wie irgend möglich die Badezimmertür und schleiche, gegen innere Widerstände, durch den Wohnbereich zum Reserveschlafzimmer.

Die ausdrücklichen Anweisungen und besonderen Wünsche anderer nicht zu befolgen geht mir einigermaßen gegen den Strich. Besonders wenn es jemandem so wichtig ist, wie es bei Theo offenbar der Fall ist.

Aber wenn er hier Katzen hält, ohne dass das Resort darüber Bescheid weiß, könnte er deshalb vor die Tür gesetzt werden.

Und derartige Schwierigkeiten für Theo wären ein weiterer Dämpfer für Emma.

Als ich die Hand nach der Tür ausstrecke, höre ich es.

Nicht nur das leise Miauen von Katzen, sondern Theos Stimme. Und die lässt mich wie angewurzelt stehen bleiben.

»Braves Kätzchen«, gurrt er leise. »So ein braves Kätzchen.«

Oh. Mein. Gott.

Das ist womöglich das Aufregendste, was ich seit einer Ewigkeit gehört habe.

Ich ziehe die Nase kraus. Spricht er überhaupt zu einem Kätzchen? Oder eher mit irgendeiner Frau, die er sich da drin hält und mit der er gerade herummacht?

Ja. Schon viel wahrscheinlicher.

Es muss so sein, denn wenn er dort wahrhaftig Kätzchen hat, schmelze ich dahin, und das kann ich unmöglich zulassen.

Es ist Theo. Es spielt keine Rolle, dass ich das Tattoo an einem seiner Oberarme bemerkt habe, das den Namen seiner Mutter inmitten von Rosen zeigt, oder wie faszinierend das von Dornen umrankte *You are enough* auf dem anderen Oberarm rüberkam. Es ist mir egal, dass ich irrtümlich von ihm fasziniert war, ehe mir am Pool bewusst wurde, wer er wirklich ist. Und es ist mir auch egal, wenn er eigenhändig jede einzelne streunende Katze auf dieser Insel rettet.

Aber ich muss meine Gefühle um Emmas willen zurückstellen und herausfinden, was in diesem Zimmer vorgeht. Und mir überlegen, was ich dagegen unternehmen könnte. Dafür sorgen, dass Theo sich vom Personal des Resorts nicht mit Tieren in seinem Zimmer erwischen lässt.

Keine Ahnung, wie er sie überhaupt hier hereinbekommen hat. Oder warum. Aber das spielt eigentlich keine Rolle.

Der Punkt ist, dass er hier nicht mit Tieren ertappt werden darf.

Vermutlich schulde ich es Emma, der Sache auf den Grund zu gehen, andererseits bin ich mir einigermaßen sicher, dass die Reaktion meiner Eierstöcke auf Theo, wie er in Babysprache mit Kätzchen herumsäuselt, meinen Selbsterhaltungstrieb momentan deutlich steigert, und dabei würde ich mir wünschen, es wäre eine Frau, weil ich ihn dann nicht leiden können müsste.

Ich flitze über den tropisch anmutenden Teppich, vorbei an der elfenbeinfarbenen Couch und dem Sesselensemble im Wohnbereich und zurück zu dem an das Hauptschlafzimmer anschließende Bad.

In dem Schlafzimmer verfängt sich mein Blick sofort an der Tasche mit Stricksachen neben dem zerwühlten Bett.

Und an dem Ringlicht.

Und an dem lachhaft großen, in Geschenkpapier eingewickelten Hochzeitsgeschenk. Und mit lachhaft groß meine ich richtig groß.

Theos Stimme wird durch die andere Tür gedämpft, trotzdem kann ich die leisen Töne noch hören, was bei mir definitiv zu Reaktionen im Unterleib führt.

Aber wer würde bei einem Kerl, der in Babysprache mit Kätzchen spricht, nicht ein bisschen schwach werden? Und was ich gehört habe, waren zweifellos Katzengeräusche.

Außer er verarscht mich.

Verdammt. Das ist es.

Er verarscht mich. Und fast wäre ich ihm auf den Leim gegangen.

Als würde ich mir anmerken lassen, dass ich auf ihn hereingefallen bin.

Also ziehe ich mich schleunigst ins Badezimmer zurück, vergesse jedes bisschen Erziehung, das ich genossen habe, seit ich alt genug war, um mich an den Satz »Wir haben Dürre, Delaney, kein Wasser vergeuden« zu erinnern, und drehe das Wasser bis zum Anschlag auf, während ich nach meinem Handy lange und meine Textnachrichten öffne.

Mir Emma zu sprechen kommt nicht infrage. Und mit Sabrina? Das ist ein Muss.

Laney: Hey, bist du da? Ich habe hier ein … Problem.

Sabrina: Willkommen im Club, Süße. Wo steckst du?

Laney: In Theos Badezimmer.

Sabrina: WAS?

Laney: Nicht, was du denkst. Em hat mich gebeten, auf ihn aufzupassen, und meinte, das ginge am besten, wenn ich in seinem Bungalow übernachte. Wichtiger ist, sie meinte auch, du seist sauer auf ihn. Was ist los?

Sabrina: Ist das dein Ernst? Wer ist denn superangepisst seit der

Sache mit der »hässlichen Erbin«? Wer von uns hat sich volllaufen lassen, um sich von dem Verdacht zu erholen, er könnte den Titten-Poncho, mit dem er in der ganzen Stadt rumgelaufen ist, bei der Firma ihrer Eltern bestellt haben? Wer redet heute noch davon, dass sie den einzigen Blechschaden in ihrem Leben Theo und seiner alten Klapperkiste zu verdanken hat? Und da fragst du mich, ob ich Grund habe, sauer auf Theo zu sein?

Laney: Das ist ja wohl die ausweichendste Antwort auf eine Frage in der Geschichte ausweichender Antworten.

Sabrina: Em hat dich gefragt, ob du auf ihn aufpasst? Was für ein Scheiß. Was willst du deinen Eltern sagen?

Laney: Ich spiele bloß für einen Tag den PUFFER! Das wird sich alles noch vor ihrer Ankunft aufklären. Könntest du dich, wenn du mir schon nicht verraten willst, wieso du wütend auf ihn bist, nicht wenigstens hier vor der Tür rumdrücken, damit er nicht abhaut, während ich dusche. Ich will Em nicht schon eine Stunde, nachdem ich den Auftrag angenommen habe, im Stich lassen.

Sabrina: Wenn man bedenkt, dass er dank dir im Pool nicht geröstet wurde …

Laney: DU WARST DA? Ich hätte dich gern in den Arm genommen und Hallo gesagt.

Sabrina: Ich war NICHT da. Cousin Sullivan hat den Gruppen-Chat angeleiert. Ich meine, Chandler haben wir rausgehalten, schließlich ging es ja um ihn … Falls dir das eine Hilfe ist, fünfundneunzig Prozent der Familie sind außerdem der Meinung, dass wir alles tun sollten, um Chandler *und Theo* auseinanderzuhalten, bis Em endlich zur Familie gehört, aber die Drillinge können sich auf keinen Fall mit Theo blicken lassen, ohne es sich gründlich mit Chandler zu verderben.

Laney: Dachte ich mir schon. Zu blöd, dass von deinen Tanten und Onkel keiner mehr rüstig genug ist, um an ihm dranzubleiben.

Sabrina: Es passt mir gar nicht, dass du dafür am besten geeignet bist. Aber zugleich gefällt es mir, dass Em dich darum bitten und sich ein wenig Luft verschaffen kann. Wie ist es so in seinem Bungalow? Riecht es da drin? Hat er tatsächlich Damenbesuch gehabt? Rennt er splitternackt herum, damit du dich unwohl fühlst und verschwindest?

Laney: Hat er das mit dir gemacht, und du bist deshalb sauer auf ihn?

Sabrina: Hallo? Reiß dich mal zusammen.

Laney: Echt jetzt. Warum bist du wütend auf ihn? Was kann ich tun, damit sich das ändert?

Sabrina: Laney, ich liebe dich. Ich VEREHRE dich. Und ich weiß, du würdest sogar die Hölle zu einem besseren Ort machen, wenn du die Möglichkeit dazu hättest. Aber hier … Hier musst du jetzt durch.

Laney: Oh, mein Gott. Wie übel ist es?

Sabrina: Ich bin jetzt mal schon groß und lasse mich darauf ein, eine Weile auf den Mann aufzupassen, okay? Hier. Guck. Ich stehe direkt vor eurem Bungalow. Er wird also nicht abhauen, während du duschst.

Sabrina: *Foto der Tür des Plumeria-Bungalows mitsamt dem schlaffen Flamingo-Kostüm auf der Veranda*

Laney: DANKE! Abgesehen davon werde ich dich später bis obenhin mit Mai Tais abfüllen, damit du mir verrätst, was eigentlich los ist.

Sabrina: Priorität hat erst mal, dass Emma mit meinem Cousin verbandelt wird. Ich kann es nämlich nicht erwarten, dass sie offiziell dem Gesetz nach zu meiner Familie gehört. Mit Alkohol abfüllen kannst du mich, wenn wir wieder daheim sind.

Laney: Versprochen?

Sabrina: Wenn wir wieder daheim sind, wirst du wahrscheinlich wollen, dass ICH DICH betrunken mache, um zu vergessen, dass du Theos Babysitterin warst.

Laney: Ist ja nur für ein paar Tage. Nur bis Chandler sich wieder beruhigt. Und sich für mich was anderes auftut.

Sabrina: Ich überlege gerade ernsthaft, ob eine betrunkene Laney keine bessere Babysitterin für Theo wäre als eine stocknüchterne. Kann sein, du bist in der Sache zu optimistisch.

Laney: Stopp. Alles gut. Im Großen und Ganzen ist das bloß eine kleine Gefälligkeit für Emma. Theo ist so stinkig darüber, dass ich in seine Privatsphäre eindringe, dass ich davon ausgehe, er wird Chandler aus eigenem Antrieb aus dem Weg gehen, sodass ich bei dir und Claire unterkriechen kann, bis mehr Zimmer frei werden.

Sabrina: Das ist keine kleine Gefälligkeit.

Laney: Doch, doch. Was sind schon ein paar Tage in einem Leben, wenn einer meiner Lieblingsmenschen dafür in seiner Hochzeitswoche weniger Stress hat?

Sabrina: Okay, heilige Laney.

Laney: Du würdest das Gleiche für mich tun. Und Emma auch.

Sabrina: Solange du keine durchgeknallte Verwandtschaft hast, die deine Eltern zu deiner Hochzeit einladen wollen und von denen einer mit FRAUEN ausgehen will, um einen Grund zum Heiraten zu haben, wobei jeder von uns weiß, was dabei herauskommt, weil Christopher der Langweilige ist.

Laney: Vielleicht finde ich auf einer Dating-App hier auf Hawaii eine scharfe Braut.

Sabrina: Während du auf Theo aufpasst? Er ist nicht mehr der Unruhestifter, der er auf der Highschool war, aber immer noch ganz schön schwierig. Deine Zuversicht kennt wahrhaftig keine Grenzen.

Laney: Eine Frage noch, dann muss ich aber wirklich unter die Dusche: Weißt du, ob Theo … ein Problem mit … Tieren hat?

Sabrina: *Emoji mit hervorquellenden Augen* Liegt es an der Autokorrektur, oder hast du mich gerade wirklich gefragt, ob Theo ein Problem mit Tieren hat?

Laney: Ich bin ihm jahrelang nur selten begegnet, aber ich habe den Eindruck, dass er sehr … tierlieb … ist.

Sabrina: Ich werde jetzt die Tür aufbrechen.

Laney: NEIN! Mach Emma nicht noch mehr Probleme. NICHT! Ich will bloß wissen, ob es für ihn normal ist, dass er überall, wo er hinkommt, irgendwas mit Tieren anstellt. Ist das vielleicht irgendein Projekt für seinen Dad? Oder verarscht er mich nur, um mich hier rauszuekeln?

Sabrina: Laney, Theo hat sich in den letzten vier Jahren oder so buchstäblich nicht länger als zwei Stunden am Stück vor die eigene Haustür getraut. So was wie »überall, wo er hinkommt« existiert für ihn gar nicht. Und, nein, er stellt zu Hause nichts mit Tieren an. Was ZUR HÖLLE geht in diesem Zimmer vor?

Laney: Vergiss es, mir wird gerade klar, was das für eine blöde Frage war. Theo verarscht mich. Er steht drauf, Leute zu verarschen. Ich bin sicher, die komischen Geräusche in dem Zimmer kommen nur aus dem Fernseher.

Sabrina: Theo steht nicht drauf, Leute zu verarschen.

Laney: Aber ja doch.

Sabrina: Aber nein. Er verfolgt zwei Hauptziele im Leben: sich zu amüsieren und sich dabei nicht erwischen zu lassen. Und davon weicht er nie ab, um Leute zu verarschen. Jedenfalls nicht so.

Laney: Nicht mal Leute, die in der Hochzeitswoche seiner Schwester in seinen Bungalow einziehen?

Sabrina: Sag mir bitte, er hat nur Geckos in seinem Zimmer und nicht die wilden ZIEGEN, die überall auf der Insel herumwandern.

Laney: Ich schwöre bei meiner Ehre als eine Kingston, dass er keine Ziegen in dem Zimmer hält. Und ich glaube immer noch, dass er mich verarscht, damit ich ihm nicht länger in die Quere komme.

Sabrina: Ich will diese Annahme mal deiner langen Anreise zuschreiben. Geh jetzt duschen, ich werde Theo inzwischen nicht aus seinem Zimmer lassen, und falls er doch rauskommt, verspreche ich, ihn nicht gleich zu ermorden. Wegen Emma. Aber ich verspreche nicht, dass ich nicht in sein Zimmer eindringe, um herauszufinden, was zur Hölle er da drin treibt. Okay?

Laney: Wir müssen uns bald persönlich unterhalten, statt uns mit dreieinhalb Metern Abstand Nachrichten zu schicken.

Sabrina: Geh duschen. Ich bleibe hier.

4. Kapitel

Theo

Laney steht eine Million Stunden unter der Dusche, und als sie endlich wieder auftaucht, steckt sie in Shorts und einem Tanktop.

Ohne BH.

Und die Shorts sind short und offenbaren die langen, schlanken Beine unter ihrem Hintern.

Ich glotze ihren Po an – und ich schwöre bei Gott, sogar ihr Hintern ist kultiviert –, während sie zum Ausgang des Bungalows eilt, die Tür öffnet und Sabrina Sullivan hereinzerrt.

Wenn Emma der Schlaukopf in dem Trio war, das sie bildeten, als Em die zweite Klasse übersprang und zu uns in die dritte stieß, als wir anderen schon acht waren, dann ist Delaney die Perfektion in Person und Sabrina die Lustige mit den grünen Augen und roten Haaren.

Außerdem ist Sabrina die schlimmste Klatschtante in ganz Snaggletooth Creek.

Sie weiß Dinge, die sie nicht wissen dürfte.

Sie kann allerdings auch ein Geheimnis für sich behalten. Jedenfalls meistens. Es sei denn, sie profitiert davon, es weiterzugeben.

Was mich etwas aus der Ruhe bringt, als sie mich jetzt mit

kühlem Blick mustert. »Theo, schön, dich zu sehen – und deine Unterhose.«

Eine Babysitterin habe ich schon, und jetzt kommt meinen Kätzchen auch noch die Klatschbase der Stadt zu nah.

Ich bin hier im Paradies, und es ist ein verdammter Misthaufen. »Sabrina, ich habe dich am Pool vermisst.«

Sie reckt ihre Nase den Bruchteil eines Zentimeters in die Luft. »Ich habe mich woanders amüsiert.«

Klar.

Sie ist immer noch stinksauer auf mich.

Sie wird darüber hinwegkommen. Oder auch nicht. Aber ihr bei ihrem Problem zu helfen würde nur neue Probleme für mich nach sich ziehen, also wird sie wohl eine andere Lösung finden müssen.

»Wir wollten eine Kleinigkeit zu Abend essen«, sagt Laney, die es eindeutig vermeidet, mich und meine Unterhose anzusehen. »Aber ich bin gleich wieder da.« Sie winkt mir mit zwei Fingern zu, greift nach Sabrina, und dann entschwinden die beiden zur Tür hinaus.

Ich warte eine Minute, dann springe ich zur Tür und luge durch den Spion.

Ja.

Da stehen sie und tuscheln miteinander.

Perfekt.

Ich mache mich rasch ans Werk. Ich muss mein Aufzeichnungsequipment unter dem Bett verstecken. Das Strickzeug unter meine Unterwäsche und die Badehose in meine Reisetasche stopfen. Den Computer ausstöpseln und hinter dem Hochzeitsgeschenk verstauen, das Chandler sicher überhaupt nicht gefallen und über das Emma sich ohne Ende vor Lachen ausschütten wird.

Dann spähe ich erneut durch den Spion.

Die Frauen sind noch da.

Ich könnte über die Veranda auf der Meeresseite verschwinden, aber damit würde ich riskieren, dass Laney die Kätzchen entdeckt, wenn sie hier überall herumschnüffelt. Und momentan habe ich kein besseres Versteck für sie und keine Möglichkeit, sie zu einem besseren Versteck zu bringen, ohne dabei von meiner Wächterin vor der Tür ertappt und verhört zu werden.

Ich sitze in der Falle.

Ich hasse es, in der Falle zu sitzen.

Ich. Hasse. Das.

Das erinnert mich an die Schule.

Lieber an den Pool. Abhängen. Tropische Drinks. Mit ein paar Ladys flirten. Fisch essen.

Essen.

Nur essen.

Doch statt mich in Selbstmitleid zu suhlen, befasse ich mich mit Katzenpflege. Miss Doodles – ja, das ist die Katzenmama, und nein, ich bedaure den Namen keineswegs – ist lange nicht so feindselig, wie sie es sein könnte, trotzdem riskiere ich, von ihr gekratzt zu werden, weil sie ihre Kätzchen beschützt, die, wie ich vermute, ungefähr einen Monat alt sind. Ihre Augen sind offen. Die Ohren aufgestellt. Sie spielen miteinander. Benutzen das Katzenstreu. Und stürzen sich auf das Spielzeug, das ich gestern, nachdem ich sie gefunden hatte, besorgt habe.

Aber sie hängen noch an Miss Doodles Zitzen, während ich daran arbeite, die Katzenmama vollends für mich einzunehmen.

Wenn ich hier einziehen und die Kätzchen in dem gigantischen Badezimmer des Hauptschlafzimmers einschließen könnte, würde ich es tun. Aber das geht nicht.

Dieses Schlafzimmer gehört zu einer offen gestalteten Suite. Nur eine halb hohe Wand trennt Bett und Badewanne. Ich müsste sie schon im Klo selbst einsperren, was ich den Kätzchen jedoch nicht zumuten werde. Sie in dem anderen Schlafzimmer unterzubringen kommt ebenso wenig infrage. Nicht, wenn ich Zugang zu Wasser benötige, um ihre Hinterlassenschaften zu beseitigen.

Die Kätzchen hatten einen ereignisreichen Tag mit der Erkundung ihrer Umgebung hier. Nun dauert es nicht lange, bis sie genug von mir haben und sich neben ihre Mama kuscheln, um zu schlafen, also lasse ich sie in Ruhe. Dann halte ich mich im Wohnbereich auf, schalte zwischen Sit-ups, Push-ups und Liegestützsprüngen von einem Kanal zum anderen – ich habe noch keinen Moment stillgesessen – und fühle mich endlich wieder mehr wie ich selbst, mehr wie jemand, der damit klarkommt, eine Babysitterin zu haben, als Delaney in mein Zimmer zurückkehrt. Ich wappne mich gegen den Zusammenstoß und warte darauf, dass sie ausflippt und wegen meiner kleinen Nebentätigkeit auf mich losgeht, da ich davon ausgehe, dass Sabrina ihr verraten hat, wie sie mich am besten dazu bewegen kann, mich zu benehmen, doch stattdessen sagt sie kein Wort.

Sie lehnt sich bloß gegen die Tür und sieht mich an, als wäre sie müde und lieber woanders.

Ich bin kein Seufzer. Ich verwende meine Zeit und meine Kraft lieber darauf zu leben, mich zu amüsieren und alle anderen um mich aufzubauen, so wie meine Mutter mich immer aufgebaut hat, statt zu murren und zu knurren.

Doch jetzt entschlüpft mir ein beschwerlicher Seufzer.

»Nimm das Schlafzimmer«, brumme ich.

»Es macht mir nicht aus, auf …«

»Nimm. Das. Verdammte. Schlafzimmer.« Sie hat diese Woche eine schwierigere Aufgabe vor sich. Sie ist nicht nur in die Hochzeit involviert, sondern muss auch noch dafür sorgen, dass Chandler nicht auf mich wütend ist, nur weil ich Atemluft verbrauche.

Aber das ist ein Problem für Chandler. Kein Problem für mich.

Ich weiß, er ist nicht wütend, weil ich Atemluft verbrauche. Er ist aus anderen Gründen wütend auf mich.

Aber es ist nicht wichtig, aus welchem Grund Chandler von mir abgeschirmt werden muss, wichtig ist nur, dass Emma es für erforderlich hält. Und Emma hält nun mal Laney für diejenige, die diese Aufgabe am besten bewältigen kann.

Und deshalb sollte Laney ein richtiges Bett bekommen.

Und deshalb blicke ich nun schließlich auf die Little Miss Perfect von Tooth und gebe meinen Kampf gegen meine Babysitterin endgültig auf.

Damit meine Schwester glücklich ist.

Da kann ich noch so angepisst sein, weil ich vor einer Stunde noch mein vertrautes, gut gelauntes, auf Unfug versessenes Selbst war und nun unversehens zu einem *Problem* geworden bin, das einer *Lösung* in Gestalt von Delaney Kingston als Babysitterin bedarf.

Das alles erinnert mich so sehr an meine Zeit auf der Highschool, dass ich auf die Uhr meines Handys schauen möchte, um mich davon zu überzeugen, dass ich nicht irgendwie in eine Zeitmaschine geraten bin. Darüber, was das Ganze mit meiner geistigen Gesundheit anstellt, will ich lieber gar nicht reden.

Ihr ganzer Körper sackt in sich zusammen, und sie blickt auf ihre nackten Füße, bevor sie wieder hochschaut und meinem Blick begegnet. »Danke. Wir können tauschen. Kein Problem. Ich kann auch …«

»Halt beim nächsten Mal nach dem Danke lieber den Mund.« Fuck, ich hasse es, so ein Miesepeter zu sein, aber wenn es Laney betrifft, geht es meistens nicht anders.

Nennt es meinethalben Selbsterhaltungstrieb.

Sie beäugt mich viel zu lange, dann blickt sie abermals viel zu lange auf die Tür des Reserveschlafzimmers.

»Okay«, sagt sie endlich. »Danke. Ich werde mich still verhalten, wenn ich morgen früh aufstehe. Wenn du möchtest, dass ich irgendwas zum Frühstück mitbringe …«

»Geh schlafen, Delaney.«

Fuck sei Dank hört sie auf mich.

Kaum hat sich die Schlafzimmertür hinter ihr geschlossen, strecke ich den Kopf aus dem Bungalow.

Sabrina hebt eine Braue und schaut mich an. Sie steht an der Kante der Veranda, als hätte sie eine Art Theo-Radar, die Arme vor der Brust verschränkt und dank ihrer klobigen Sandalen größer, als ihre Gene sie gemacht haben.

Legt euch nie mit einer kaum eins fünfundfünfzig großen Rothaarigen an, die eure gesamte Schmutzwäsche kennt.

Lasst es einfach.

»Hey, Sabrina.« Ich grinse sie an, als wäre ich nicht total aus dem Häuschen darüber, wie sehr heute alles den Bach runtergegangen ist. »Schöne Schuhe. Die Blume zwischen deinen Zehen passt gut zu den Tropen.«

»Wenn du dich rausschleichen willst, ziehst du dir lieber zuerst eine Hose an.« Sie schießt schnell ein Foto von mir und steckt ihr Handy dann wieder weg.

Erpressungsmaterial. Großartig.

»Emma wäre bestimmt sehr angetan.«

Ich mag Sabrina.

Sie hat mich nie verurteilt, weil ich ein miserabler Schüler war. Ab und an trinkt sie was mit mir. Und manchmal lässt sie einen kleinen Hinweis fallen, wen ich ärgern kann und wen nicht – oder wem ich besser unter die Arme greife.

Wenn man wissen will, was in Tooth abgeht, ist sie die richtige Ansprechpartnerin. Vorausgesetzt, sie erachtet einen der Information würdig.

Und ich benötige momentan dringend mehr Informationen. Weil die Bombe, die sie gestern auf mich abgeworfen hat, mir noch schwer auf der Seele liegt, auch wenn ich keineswegs die Absicht habe, ihr aus der Patsche zu helfen. Eine Menge Leute in der Stadt würden tun, worum sie mich gebeten hat.

»Wieso hast du Laney nicht gefragt, was du mich gefragt hast?«

»Überlegst du es dir noch?«

»Kein Mensch würde mir für dich was leihen, und das weißt du auch.«

»Und *du* weißt, dass du dir dafür nichts leihen musst.«

Ich zucke die Achseln.

Wobei sie gar nicht mal so falschliegt. Meine Nebentätigkeit bringt ganz schön was ein, es gefällt mir bloß nicht, dass sie das weiß.

Und ihr gefällt vermutlich nicht, dass ich jetzt etwas gegen sie in der Hand habe. Was nicht heißt, dass ich es gegen sie verwenden würde. Das ist nicht meine Art.

Sie wird mich nicht dabei ertappen, ihr vorzuhalten, dass *Bean & Nugget* sich mit der Ausdehnung auf angrenzende Gemeinden, die an Kaffee aus Snaggletooth Creek nicht besonders interessiert waren, übernommen hat. Oder dass sie mit der Steuer zwei Jahre im Rückstand ist. Oder dass sie kurz davor steht, ihren Laden dichtmachen zu müssen.

Sabrina benötigt dringend jemanden, um ihrem Geschäft aus der Patsche zu helfen.

Und damit ist sie zu mir gekommen.

Ich frage mich, ob sie weiß, dass ich auch für die Hochzeit diese Woche aufkomme. Auf Chandlers Bitte hin. Wovon Emma vermutlich keine Ahnung hat.

Ja, und wegen seines verfluchten Stolzes habe ich jetzt eine Aufpasserin … und er nicht. Ich arbeite hart daran, deshalb nicht angepisst zu sein.

Ich weigere mich jedoch nicht, Sabrina unter die Arme zu greifen, weil ich ein Arsch bin oder weil ich will, dass *Bean & Nugget* den Bach runtergeht.

Ich weiß, dass sie das Geld auftreiben kann. Schließlich hat sie Freunde wie Laney, deren Familie das Café, ohne mit der Wimper zu zucken, vor dem Ruin bewahren könnte, denn *King Photo Gifts* hat sich verflucht prächtig geschlagen.

Die Kingstons sind vielleicht nicht meine Lieblingsmenschen, aber ich kann nicht leugnen, dass sie Erfolg hatten und seither sehr viel für die Stadt und ihre Bürger getan haben.

Außerdem sind sie nicht die Einzigen, die es sich leisten könnten, *Bean & Nugget* zu retten.

Aber sosehr ich meine Heimatstadt und ihre Bewohner auch mag, will ich doch nicht, dass sie etwas von meiner Nebentätigkeit erfahren oder was sie für mich bewirkt hat. Denn sobald die Leute dahinterkommen, dass man im Geldregen gestanden hat, heißt es nicht mehr, »mit dem hängen wir im Stadtpark Gürkchen in die Bäume und warten ab, wie lange es dauert, bis die Leute herausfinden, dass wir das getan haben«.

Dann heißt es: »Hey, willst du einen Logenplatz im Sportstadion? Brauchst du zufällig einen Finanzberater, ich würde dir liebend gern dabei helfen, dass dein Geld dir noch mehr Geld einbringt? Du, Theo, lass uns nach Vegas fahren und zusehen, dass wir da reinkommen, wo um die richtig großen Summen gezockt wird.« Oder eben: »Hey, kannst du mir einen Haufen Geld pumpen, denn ich hätte unser Familiencafé nicht um mehr Filialen erweitern sollen, als wir bedienen können, sodass uns die Schulden jetzt um die Ohren fliegen?«

Und wenn ihr dann noch dazu darüber nachdenkt, auf welche Art ich mir etwas dazuverdiene, werden die Probleme sogar noch größer.

Ich habe die ersten zwanzig Jahre oder so als das schwarze Schaf von Snaggletooth Creek gelebt, bis ich schließlich herausfand, was zu mir passt und was ich wirklich liebe. Wenn ich heute mit den Drillingen in eine Bar gehe, weiß ich, sie gehen mit mir, weil sie gern mit mir zusammen sind, und nicht, weil ich ihnen irgendeinen superteuren Whiskey ausgebe.

Wenn ich mit dem Bautrupp ranklotze, mit dem ich jetzt seit fünf Jahren zusammenarbeite, sind meine Kollegen nicht freundlich zu mir, weil sie hoffen, ich schmeiße Weihnachten vor ihren Häusern mit Geldsäcken um mich. Und der Chef fragt mich nicht nach meiner Meinung, weil er denkt, ich könnte den Eigentümer auszahlen oder ihm Tipps geben, wie er mit einer Nebentätigkeit selbst zusätzlich Kohle machen kann.

Ich behalte den Job, mit dem ich meinen Lebensunterhalt verdiene, nicht zur Tarnung. Ich behalte ihn, weil ich ihn gern mache. Und er bestimmt darüber, wer ich für die Stadt bin.

Und ich bin jemand für die Stadt.

Mit meinen Händen etwas dazu beizutragen, dass die Stadt vorankommt, bedeutet mir viel. Und gibt mir ein gutes Gefühl.

Und es interessiert mich durchaus, dass *Bean & Nugget* in Schwierigkeiten steckt.

Denn es betrifft Emma. Und es betrifft ihre Freunde. Es betrifft die ganze Stadt.

»Warum hast du Laney nicht gefragt?«, erkundige ich mich noch einmal.

Sabrina seufzt und reibt sich mit den Handflächen die Augen. »Hab ich doch schon.«

»Du weißt, dass du jedes Mal, wenn du lügst, so komisch den Mund verziehst?«

»Gar nicht wahr.«

Doch, es ist wahr, aber ich sage ihr nicht, was mir eigentlich verrät, dass sie tatsächlich lügt. »Ich kann dir nicht helfen, wenn du nicht mit mir sprichst.«

»Du würdest mir sowieso nicht helfen. Obwohl du damit auch Emma helfen würdest.«

»Wenn Emma meine Hilfe wollte, hätte sie mich selbst darum gebeten.«

Wieder verzieht Sabrina das Gesicht, dann schweift ihr Blick zu den Lichtern der übrigen Bungalows am Weg.

Ich beiße mir auf die Zunge, um sie nicht zu fragen, ob Emma Bescheid weiß.

Sie kennt Chandler.

Sie weiß, worauf sie sich eingelassen hat. Ständig erzählt sie mir, sie hätten keine Geheimnisse voreinander. Was bedeutet, dass sie mir wahrscheinlich nichts sagen will, weil sie weiß, dass ich den Mann nicht ausstehen kann. Und wenn ich mich noch so anstrenge, es mir nicht anmerken zu lassen. Oder falls er Geheimnisse vor ihr hat, bin ich der Schurke, wenn mir unversehens etwas herausrutscht.

Als ich schon glaube, Sabrina könnte irgendetwas darüber brummen, sich irgendwen sonst zu suchen, der ihr das Geld leihen kann, blickt sie mir mit finsterer Miene unverwandt in die Augen. »Ich kann Laney nicht fragen, weil meine Familie von ihrer Familie nichts annehmen würde. Mehr musst du nicht wissen. Aber wenn ich das Geld, um die Firma zu retten, erst mal habe, kann ich Chandler auszahlen und *dieses* Problem lösen.«

Mein Vater leitet ein Taxidermie-Imperium, das dank Emma, die unserem Dad das Internet schmackhaft gemacht und sich um den Vertrieb und die Werbung gekümmert hat, im digitalen Zeitalter noch gewachsen ist. Trotzdem ist es für die Gemeinde nicht so bedeutend wie *Bean & Nugget*.

Würde *Rocky Roadkill* untergehen, würde es niemanden interessieren. Niemand hat sich jemals sonderlich dafür interessiert. Warum auch.

Aber wenn *Bean & Nugget* den Bach runtergeht, verliert Tooth einen seiner bevorzugten Treffpunkte. Und ein Haufen Leute wären ihre Jobs los. Em würde dem Druck nur so lange standhalten, wie Chandler damit klarkommt. Auch wenn sie sich selbst mit ihrem Steuerberatungsbüro durchbringen kann.

Und ihn noch dazu.

Trotzdem kann sie das Café nicht von seinen Schulden befreien. Über so viel Bargeld verfügt selbst sie nicht.

»Uns bleiben vielleicht noch zwei Monate, Theo«, sagt Sabrina jetzt. »Stell dir nur mal vor, was für ein Hochzeitsgeschenk du Emma damit machen könntest.«

Und was für ein Geschenk ich Sabrina damit machen würde. Das Café ist ihr Leben, auch wenn ihre Mutter ihren Anteil daran Chandlers Eltern abgetreten hat, um Sabrina aufs College schicken zu können. Auch die Eltern der Drillinge haben ihren Anteil an Chandlers Eltern verkauft. Die wiederum nicht lange nach dem Ableben von Großmutter Sullivan die Zügel in Chandlers Hände gegeben haben.

»Wenn Emma mich um Hilfe bitten wollte …«, setze ich an.

»Sie würde dich niemals fragen, weil sie genau weiß, du willst nicht, dass irgendjemand erfährt, dass du es dir leisten könntest. Und sie weiß, wie sehr Chandler es hassen würde, wenn er wüsste, dass er dank dir schuldenfrei wäre.«

Ich habe das Gefühl, jeden Augenblick aus der Haut zu fahren.

Wenn es mit *Bean & Nugget* vorbei wäre, käme eben irgendein anderer geschäftstüchtiger Bürger von Snaggletooth Creek und würde ein neues Café eröffnen.

Kaffee würde es für uns immer geben. Die Leute würden

ihre Jobs zurückbekommen. Und wir hätten einen neuen Treffpunkt.

Manche Leute hassen Veränderungen.

Ich liebe sie. Veränderungen wohnt der Zauber des Möglichen inne. Der Überraschungen. Des Vergnügens.

Aber zu wissen, dass Veränderungen auch schmerzhaft ins Zentrum treffen können, gefällt mir deshalb nicht. Am wenigsten, wenn meine Schwester darunter leiden könnte.

Und es gefällt mir auch nicht, mich in der Falle und erpresst zu fühlen.

Ein weiterer Haken auf der Liste der Gründe, warum ich nicht will, dass die Leute meine finanzielle Lage kennen – des Kontos wohlgemerkt, das ich *nicht* bei der Bank von Tooth unterhalte.

»Willst du die ganze Nacht hier draußen sitzen?«, frage ich Sabrina.

»Für Emma und Laney? Ja. Außerdem habe ich auf der anderen Verandaseite Glasscherben verstreut. Falls du also vorhast, dich hinten hinauszuschleichen, solltest du es dir besser noch mal überlegen.«

Ich weiß, dass sie weiß, dass ich weiß, dass sie lügt, aber ich weiß auch, dass sie, wenn ich mich verdrücke und auf Chandler treffe und es geht wieder irgendetwas schief, noch etwas viel Schlimmeres tun wird. Also brumme ich vor mich hin und wende mich wieder der Tür meines Bungalows zu.

Ich werde schon damit klarkommen, eine Nacht hier gefangen zu sein, auch wenn es mich höllisch reizbar macht.

Und Chandler wird für Emma schon über seinen Schatten springen – so wenig ich ihn leiden kann, muss ich doch zugeben, dass er meine Schwester gut behandelt und sich wegen ihr auch mit mir arrangiert. Und morgen wird alles gut.

»Und hab Nachsicht mit Laney«, fügt sie leise hinzu. »Sie

wird alles regeln, damit Emma ihre Traumhochzeit bekommt. Es wird für alle einfacher, wenn du Chandler bis nach der Hochzeit aus dem Weg gehst. Egal, wie ungerecht es ist, dass du diese Woche dann nicht so genießen kannst, wie es dir zustünde.«

»Verdammt, weiß sie etwa auch, dass ich die Hochzeit bezahlt habe?

»Sag bloß Emma *nichts* davon.« Sie schaut finster, sagt aber nicht, dass ich ihr Schweigen erkaufen kann, indem ich ihr Familiencafé rette.

Zwei Punkte für Sabrina. Vielleicht bleiben wir ja immerhin über diese Woche hinaus Freunde. Und nicht, weil sie mich um ein Haar erpresst hätte.

»Und ich werde es mir überlegen«, murmle ich noch.

Zwei Monate.

Da muss ich mich nicht jetzt schon entscheiden.

Das Café hat noch zwei Monate. Emma kann bis dahin aus den Flitterwochen zurück sein. Dann können wir uns zusammensetzen und reden. Reinen Tisch machen. Dann kann ich sie fragen, *was* sie von mir erwartet. *Wie* ich tun kann, was sie von mir erwartet. Oder ob sie überhaupt nichts von mir erwartet.

Ich wünsche Sabrina eine gute Nacht und gehe zurück in den Bungalow. Die Türen beider Schlafzimmer sind noch geschlossen, dafür stehen die Balkontüren im Wohnbereich offen, durch das Fliegengitter dringen das Rauschen der Brandung und der Geruch nach Meer zu mir.

Keine schlechte Art zu schlafen. Und ich bin echt reif fürs Bett.

Ich habe mich den ganzen Tag lang abgeplagt.

Höchste Zeit, schlafen zu gehen.

Ich schleiche zum Sofa und schubse die Kissen aus dem Weg, um das Klappbett herauszuziehen.

Oder wenigstens versuche ich es.

Ich bekomme das Ding halb raus, dann bleibt es stecken. Bewegt sich keinen Zentimeter mehr.

Ich ziehe.

Keine Reaktion.

Ich ziehe noch einmal.

Wieder nichts.

Das Bett ragt ein Stück vor und hängt im 45-Grad-Winkel über dem Sofa.

Also will ich es zurückschieben, doch das funktioniert ebenso wenig.

Dann versuche ich, die untere Hälfte auszuklappen.

Keine Chance.

Sosehr ich auch drücke, ziehe, zerre, hebe oder sonst was versuche, das verfluchte Ding will sich nicht rühren.

»Willst du mich verscheißern?«, knurre ich es an.

Ich bin hier nicht auf Ärger aus.

Nicht mehr.

Doch anscheinend sucht mich der Ärger diese Woche an allen möglichen ungelegenen Orten heim.

Im Hauptschlafzimmer miaut laut die Katzenmama.

»Ganz recht, Miss Doodles«, antworte ich. Mir ist sonnenklar, dass die Katzen mich nicht einladen, ihnen Gesellschaft zu leisten. Sie würden mich nur höllisch zerkratzen, was Emma bemerken würde und Laney natürlich auch, die mich dann wegen der Katzen verpfeifen würde, und dann würde mir schließlich alles um die Ohren fliegen. Also warte ich besser erst mal, bis sie wissen, ob sie mich mögen, ehe sie mir mitten in der Nacht das Gesicht zerfleischen. »Ich bezahle für diese Bude.«

Und auf einmal weiß ich, was ich mache.

Ich habe hier nämlich drei Betten, und in einem davon werde *ich* schlafen.

Und wenn es noch so ätzend wird.

5. Kapitel

Laney

Ein Geräusch reißt mich aus dem Schlaf, der so tief und fest war, dass ich mich kaum erinnern kann, dass ich mich hingelegt habe und wo ich bin.

»Ich hab das mit dem nackten Mann geregelt«, japse ich.

»Muss ein toller Anblick gewesen sein«, antwortet eine tiefe Stimme.

Hawaii.

Emmas Hochzeit.

Und *Theo*. Da steht er in der Tür, vor dem matten Leuchten einer Nachttischlampe irgendwo außerhalb meines Zimmers – ohne Hemd, ohne Hose und definitiv breiter und muskulöser, als ich ihn in Erinnerung habe. Und mehr Tattoos hat er auch, auch wenn ich sie im Dunkeln nicht richtig erkennen kann. Es ist nur die Ahnung von sehr viel Tinte auf Brust, Bauch und Armen.

Aber was zum Teufel soll das eigentlich, dass ich hier über Theos Körper und seine Tattoos nachdenke?

»Ein großes Unternehmen hat dreitausend Kaffeebecher mit seinem Logo bestellt, aber dann wurden die Entwürfe verwechselt, und was sie dann dort bekamen, waren dreitausend Kaffeebecher mit einem Typen drauf, der sich eine Nikolausmütze vor seinen …«

Klappe, Delaney, den Mann interessiert nicht, warum du verspätet hier angekommen bist. Oder dass du nachts von deiner Arbeit träumst. Oder dass du drauflosschwatzt, weil deine niederen Instinkte dein besseres Wissen überrennen.

Ich räuspere mich.

»Was machst du da?«

»Rutsch rüber«, gibt er zurück.

»Rutsch ... Was?«

»Ich kriege *diese* Seite.«

»Du ... Hä?« Ich bin inzwischen zu hundert Prozent wach, doch seine Befehle haben mir den Verstand geschrottet, sodass ich keinen richtigen Satz mehr rausbringe.

»Die verdammte Couch ist hinüber. Und hier steht ein Doppelbett. Also: Rutsch rüber oder schlaf auf dem Fußboden.«

Mir liegt das *Nein* auf der Zunge, will aber nicht heraus. »Ich repariere die Couch«, stottere ich.

»Tu, was du nicht lassen kannst.«

Seine Antwort macht mich nervös.

Ich gebe mir solche Mühe, nett zu ihm zu sein. Und er benimmt sich wie ein totaler Arsch.

Dabei sollte ich froh sein, dass er sich wie ein Arsch benimmt. Sein Charakter sollte eigentlich meine hormonelle Reaktion auf seinen Körper und seine Stimme aufwiegen.

Was allerdings nicht passiert.

Meine Nippel sind hart, und in meinem Unterleib regt sich angesichts der Vorstellung, mit Theo in einem Bett zu schlafen, fieberhafte Vorfreude.

Es ist schon über ein Jahr her, seit ich meinen Eltern das Herz brach, weil ich Christophers Heiratsantrag zurückgewiesen habe, was bedeutet, es ist über ein Jahr her, seit mir klar wurde, dass ihre Vorstellung davon, wie mein Leben aussehen sollte, und meine eigenen Wünsche für mein Leben nicht übereinstimmen.

Die Arbeit ist gut, eigentlich sogar toll. Beruflich bin ich derselben Meinung wie sie, wo es mit der Firma hingehen soll, und ich fühle mich aufrichtig geehrt, dass ich ihnen zeigen kann, dass ich das Zeug dazu habe, den Betrieb zu übernehmen, wenn sie in den Ruhestand gehen.

Nicht, weil ich ihnen mit dem, was ich denke, gefallen will, sondern weil ich tatsächlich glaube, dass sie die richtige Richtung eingeschlagen haben, damit das Geschäft auch weiterhin wachsen und gedeihen kann.

Die Spannungen entstehen außerhalb der Arbeitszeit. Meine Eltern legen es *wirklich* darauf an, dass ich mit einem sicheren Kandidaten einen neuen Anlauf in die Welt der Verabredungen wage. Einem respektablen Kandidaten. Mit guten Genen für die Herstellung der nächsten Kingston-Generation – am liebsten gleich zwei oder drei Babys, für den Fall, dass die Nummer eins kein perfekter Klon meiner selbst ist.

Im Grunde wollen sie, dass ich einen Traum aus viktorianischen Zeiten lebe, gendermäßig allerdings mit umgekehrten Vorzeichen.

Stattdessen hole ich mit fast dreißig die Phase jugendlicher Aufmüpfigkeit nach.

Kein guter Zeitpunkt für meine hormonelle Reaktion auf Theo Monroe.

Es ist etwas anderes, jemanden zu daten, den ich in einer Bar kennengelernt und in den ich mich verknallt habe, als meinen Eltern erklären zu müssen, dass ich mit Theo in einem Bett schlafe.

Ich werfe mich aus den Laken, dann fällt mir auf, dass ich nur Tanktop und Höschen am Leib habe, ich kreische und stürze mich auf meine säuberlich gefaltete kurze Schlafanzughose auf dem Nachttisch. »Umdrehen!«

»Ich hab schon mal nackte Frauen gesehen, Laney.«

»Dreh. Dich. Um.«

Wisst ihr, was das Nervigste an Theo Monroe ist?

Dass er, als wir aus dem Pool auftauchten, das breiteste Grinsen seit Menschengedenken aufgesetzt hatte. Ich weiß noch, dass er auf der Highschool *immer* so gegrinst hat. Er hat sich stets prächtig amüsiert. Selbst wenn er in Schwierigkeiten geriet, fand er immer einen Grund zu lächeln. Was offenbar noch immer so ist. Was wirklich schön sein muss.

Aber mich lächelte er nie an. Jedenfalls damals nicht.

Und hier hat er mich heute nur einmal kurz angelächelt, bis ihm klar wurde, dass es mein Job ist, ihm die Laune zu verderben. Jedenfalls nehme ich an, dass er meine Aufgabe, als Puffer zwischen ihm und Chandler zu fungieren, so wertet.

Ich verstecke mich hinter dem Bett und ziehe schnell meine Schlafanzughose an. »Ich tue echt, was ich kann, um das Beste aus dieser Situation zu machen. Würde es dich umbringen zu würdigen, dass ich deiner Schwester einen Gefallen tue, und dir auch, wenn man es recht bedenkt? Dass ich nicht vorhabe, dir das Leben zur Hölle zu machen? Ist es so schwer, in dieser Lage selbst so freundlich wie möglich zu sein?«

Er antwortet nicht, stattdessen schmeißt er sich bäuchlings auf die linke Bettseite, vergräbt das Gesicht im Kissen und brummt irgendetwas.

Ich hole tief Luft und seufze vernehmlich durch die Nase.

Nun murmelt er etwas anderes ins Kissen.

Vergesst es!

Ich marschiere ins Wohnzimmer; wenn ich schon nicht schlafen kann, kann ich mich ebenso gut auf die Couch legen.

Er hat das zugeklappte Bettgestell in einem schrägen Winkel halb aus der Couch stehen lassen.

Ich verdrehe die Augen und ziehe an dem Griff am oberen Ende, doch das Gestell gibt nicht nach.

Also ziehe ich fester.

Noch immer nicht die kleinste Regung. »Na komm, du schaffst das. Braves Sofa«, brumme ich hilfsbereit. Doch zu meinem Entsetzen bringt auch das nichts.

Ich ziehe. Ich drücke. Ich probiere verschiedene Griffe an der Vorrichtung. Ich zerre und lege mein ganzes Gewicht in meine Bemühungen, mit dem einzigen Erfolg, dass die Couch nun über den Fußboden poltert und holpert.

Und jetzt schwitze ich auch noch.

Ich werfe einen Blick auf die geschlossene Tür des zweiten Schlafzimmers.

Irgendetwas dahinter faucht.

Das wird also nichts. Und ist zudem ein Problem, um das ich mich morgen kümmern muss.

Ich kann die Couch weder zu einem Klappbett ausziehen, noch kann ich das Gestell wieder zusammenbasteln, um auf der Couch zu schlafen. Noch habe ich das Werkzeug, um die Scharniere auseinanderzunehmen und dem Problem genauer auf den Grund zu gehen.

Aber ich muss dringend schlafen, um morgen auf der Höhe zu sein und unternehmen zu können, was in meiner Macht steht, um Theo in den kommenden Tagen von Chandler zu trennen, was im Grunde eine Gemeinheit ist, wenn man bedenkt, dass die beiden auf der Highschool gut befreundet waren.

Mist, verdammter.

Wie kann ich Theo am besten im Auge behalten? Indem ich das verfluchte Bett mit ihm teile.

Gut schlafen werde ich so nicht, aber wenigstens bekomme ich es dann mit, wenn er mitten in der Nacht aufsteht.

Tief atmen, Delaney. Tief, sehr tief atmen.

Das wird schon.

Ich schaffe das.

Es ist ja nur für ein paar Nächte. Nur bis Chandler wieder da ist, wo es ihm gut geht, und bis Theo mich so satthat, dass er eine Lösung findet, wie er Chandler freiwillig aus dem Weg gehen kann.

Also trotte ich zurück ins Schlafzimmer. Ohne indes auf die theoförmige Beule auf der linken Bettseite zu achten. Dann steige ich behutsam auf der rechten Seite ins Bett, die Shorts behalte ich an.

Ich mache die Augen zu. Und sofort frage ich mich, ob ich wohl, ohne es zu wissen, schnarche. Oder ob Theo schnarcht. Oder ob er im Schlaf niest. Oder ob er nachts strampelt.

Ich weiß, dass ich mich im Schlaf nicht herumwälze. Ich lege mich auf den Rücken, schließe die Augen, schlafe ein und wache am Morgen auf dem Rücken wieder auf.

Ich bringe mein Bettzeug nur durcheinander, wenn ich krank bin.

Herrgott, bin ich langweilig.

Ich räuspere mich. »Gute Nacht.«

Er grunzt.

»Wegen der Couch rufen wir morgen den Wartungsdienst an. Wenn sich der Schaden nicht beheben lässt, können die bestimmt …«

»Gute Nacht, Delaney.«

Tja.

Das war dann wohl das deutlichste »Halt die Klappe!«, das ich jemals vernommen habe.

Wieder seufze ich. Und rutsche näher an die Bettkante. Für alle Fälle.

Schüttle mein Kissen auf.

Mache die Augen zu.

Und dann spüre ich, dass mich jemand anstarrt.

Nee, er starrt mich bestimmt nicht an. Ganz bestimmt nicht.

Er ist vollkommen desinteressiert an allem, was ich mache, und es ist gewiss nur ein Hirngespinst, dass ich das Gewicht seines Blickes auf mir spüre.

Wenn ich die Augen öffne und nach seiner Seite des Bettes schiele, werde ich sehen, dass er noch immer das Gesicht im Kissen vergraben hat und mich keineswegs anschaut, dass meine Fantasie nur mit mir durchgeht und mir eine sehr ähnliche und doch vollkommen unterschiedliche Situation vorgaukelt wie in den Liebesromanen, die Sabrina mir überreichlich zusteckt und von denen meine Mutter keine Ahnung hat, dass ich sie lese.

In den Romanen geht es immer um zwei Menschen, die insgeheim aufeinander stehen.

Aber ich stehe keineswegs auf den Bruder meiner besten Freundin.

Und er steht ganz sicher nicht auf mich. Das hat er mir unmissverständlich klargemacht.

Verdammt.

Jetzt kann ich nicht einschlafen.

Mein. Verstand. Will. Nicht. Abschalten.

Ich muss eine Meditations-App oder so was aufrufen, will aber andererseits von Theo nichts darüber hören.

Ich lasse ein Auge aufploppen. Richte es auf ihn.

Mist.

Dank des durchs Fenster scheinenden Mondlichts ist es hier drin hell genug, um ihn deutlich erkennen zu können. Und er starrt mich zweifellos an.

Ich drehe mich auf meine Seite und damit zur Wand.

Erzähl dir eine Geschichte, Laney. Erzähl dir eine Geschichte.

Als wenn das irgendwas bringen würde.

Das wird eine sehr, sehr, sehr lange Nacht.

6. Kapitel

Theo

Also, das kommt jetzt unerwartet. Ich hatte gedacht, ich würde auf dem Boden aufwachen. Gefesselt, sodass ich nirgendwo hinkann. Wahrscheinlich unter einem Haufen Klamotten, denn während die meisten Frauen einen mit nichts als einer Unterhose am Leib vor die Tür setzen, wenn man sie verärgert hat, gehört Laney nicht zu dieser Sorte Frauen. Sie würde wollen, dass ich mich anziehe, bevor sie mich zwingen würde, ihr aus den Augen zu gehen.

Stattdessen wache ich auf, und sie hat meinen Schwanz in der Hand.

Sie hat sich neben mir zusammengerollt, atmet gegen meine Schulter, ihre schlaffe Hand steckt in meiner Unterhose und liegt auf meinem brettharten Schwanz.

Bei jeder anderen würde ich diese Gelegenheit nicht verstreichen lassen.

Aber bei Laney?

Sie wird ziemlich schnell mitbekommen, dass sie mir damit Schweißperlen auf die Stirn treibt.

Kein gutes Omen, wenn wir heute wieder in die richtige Spur kommen wollen.

Keine Ahnung, ob Emma klar ist, dass sie die schlechteste aller möglichen Entscheidungen getroffen hat, als sie ausgerechnet Laney bat, als Puffer zwischen mir und Chandler zu fungieren.

Wahrscheinlich schon.

Und das versetzt mir einen Stich.

Nein, nicht bloß einen Stich. Ich finde das oberscheiße.

Irgendwann zwischen dem ersten und dem letzten Schuljahr fiel mir auf, dass Laney ein Mädchen ist. Eine Klugscheißerin, Streberin und verwöhnte Nervensäge, aber doch ein Mädchen.

Ein Mädchen dazu, dessen Anblick mich jedes Mal mit Wärme erfüllte, wenn ich sah, wie sie mit meiner Schwester lachte oder sich mit meinem Vater unterhielt, wann immer sie Emma besuchte, als wäre es nicht irgendwie schräg, dass er ständig von ausgestopften Tieren umgeben war, mit denen er häufiger sprach als mit Em oder mir.

Aber dann gab Laney mir, wann immer sie überhaupt mit mir sprach, das Gefühl, der größte Versager der Welt zu sein.

Ich wollte sie nicht mögen. Warum sollte ich auch? Für sie war ich nur der faule, unterdurchschnittliche, chaotische Bruder ihrer besten Freundin, der nichts tat, als Unruhe zu stiften. Sie war stets höflich zu mir. Natürlich. Selbst in einer Kleinstadt wie Snaggletooth Creek gibt es Leute mit guter Kinderstube, und je reicher deren Eltern werden, desto mehr bestehen sie auf ihrer vornehmen Erziehung.

Und damals stand ich weit unter ihr, und ich wusste es.

Ich bin inzwischen finanziell unabhängig – sogar mehr als das –, trotzdem bin ich noch immer nur dieser Typ. Der Typ, der sich auf der Arbeit krankmeldet, weil gerade frischer, zum Snowboarden perfekter Pulverschnee gefallen ist. Der Typ, der mitten in der Nacht wahllos Kartoffeln mit aufgeklebten Glotzaugen auf Parkbänken platziert. Der Typ, der noch keiner Mutprobe aus dem Weg gegangen ist, dessen Anwesenheit in Bars irgendwie zu größeren Wetten und derberen Scherzen provoziert, den es im Grunde nicht interessiert, welche Gabel zu welchem Gang gehört oder warum Mahlzeiten überhaupt in Gänge aufgeteilt werden.

Und auch, wenn ihre Hand an meiner erwartungsvollen Erektion die feuchten Träume meines inneren Teenagers triggert, bleibt sie doch die Letzte, die fortsetzen würde, was sie angefangen hat, wenn sie wach wird und erkennt, woran sie sich im Schlaf festgehalten hat.

Fuck!

Jetzt sind da nicht nur Schweißperlen auf meiner Stirn, jetzt dringen auch noch Tropfen aus meinem Schwanz.

Und sie hält mein bestes Stück in der Hand. Und wenn sie so aufwacht, wird sie denken, ich hätte mich über uns beide ergossen, womit das Spiel für mich endgültig aus wäre.

Mir ist so schnell nichts peinlich.

Ich habe in den vergangenen Dekaden zu viel Zeit darauf verwendet, mich damit zu arrangieren, wer ich bin, was ich will, wo ich versagt habe und wo ich in der Welt hingehöre, um mir jetzt wegen Kleinigkeiten wie der Frage, was kleinkarierte Menschen, denen ich es sowieso nicht recht machen kann, von mir halten. Aber mit ihr in diesem Bett aufzuwachen? Ihr Körper an meinem? Zu spüren, was mein Teenager-Ich sich jahrelang ausgemalt hat, und dabei so zu tun, als würde ich mich nicht im Geringsten zu ihr hingezogen fühlen – und auch noch zu wissen, dass sie mich doch nur wieder abweisen würde?

Das steht auf einem anderen Blatt.

Und lasst mich gar nicht erst davon anfangen, was es mit mir macht, dass sie mit ihrem Gesicht an meine Schulter gequetscht schläft, nachdem sie sich vorher die ganze Nacht hin und her gewälzt hat.

Sie hat sogar ein bisschen auf mein Kinn gesabbert.

Zum Niederknien.

Nein.

Nein.

Überhaupt nicht zum Niederknien.

Nervig. Ich muss mir Delaneys Sabber auf der Stelle abwaschen.

Aber sie ist doch süß, flüstert das verräterische Arschloch ganz hinten in meinem Kopf.

Zeit zu verschwinden.

Ich bewege mich einen Millimeter, und schon richtet sie sich blitzartig auf, wobei ihr das Tanktop hochrutscht und mir die weiche Haut an ihrem Bauch präsentiert.

Höher, befiehlt ein instinktiver Teil von mir, über den ich keine bewusste Kontrolle habe, ihrem Shirt. *Höher, gönn mir den Kick meines Lebens, zeig mir einen Laney-Nippel.*

»Oh, mein Gott, wer bin ich?«, japst sie.

»Mein Schwanz wüsste auch gern die Antwort darauf.« Jesus, wie ich es hasse, das unleidige Arschloch zu sein.

Warum weckt sie diese Seite in mir?

Weil du dich mit ihr wieder wie fünfzehn fühlst und weil fünfzehn scheiße ist, erklärt mir der vernünftige Part meines Gehirns.

Sie zieht sich die Decke bis zum Kinn und starrt mich an.

Während sie noch immer meinen Schwanz umklammert.

Was sie anscheinend mit ihrer dritten Hand macht.

Moment …

»Halte bitte dein Geschlechtsorgan aus unseren sämtlichen Gesprächen raus«, sagt sie beinah so steif, wie mein Schwanz unter ihrer Hand aufragt.

Nur ist es gar nicht ihre Hand.

Kann sie nicht sein.

Ich sehe ja ihre beiden Hände.

Jetzt schwitze ich am ganzen Körper.

Wer hält meinen Schwanz fest? Irgendwer tut es jedenfalls. Oder?

Ich wackle ein bisschen mit den Hüften.

Aber ja, irgendwer hält ihn fest, keine Frage.

Sie runzelt die Stirn. »Theo?«

»Ist hier irgendwer reingeschlichen und hat mir eine falsche Hand auf meine Morgenlatte gelegt?«, flüstere ich.

Was nicht außerhalb des Möglichen liegt. Ich habe schon Verrückteres erlebt. Ein-, zweimal war ich womöglich sogar selbst in verrücktere Dinge verwickelt.

Sie verzieht die Lippen. »Was erzählst du da?«

»Zeig mir deine Hände.«

Ohne mich aus den Augen zu lassen, zeigt sie mir beide Hände, eine nach der anderen, damit sie sich weiter die Decke vor den Busen halten kann. Dass ich immer noch ihre entblößte Haut am Rücken sehen kann, wo ihr Shirt nach oben gerutscht ist, lässt mich noch härter werden. Auch wenn mein innerer Sex-Freak enttäuscht ist, weil sie nicht wie ein Frühstücksbüfett, über das ich gierig herfallen könnte, vor mir ausgebreitet liegt.

Diese verfluchten morgendlichen Hormone.

»Irgendwer hat meinen Schwanz in der Hand«, sage ich.

»Sehr komisch.«

»Nein, wirklich.«

Sie schnaubt. »Hör zu, mir ist bewusst, dass Männer Bedürfnisse haben, aber könntest du dir, bitte, keinen runterholen, wenn ich im Bett neben dir liege?«

»Ich hole mir keinen … Sind wir hier allein?«

»Ja, Theo, wir sind allein.«

»Aber jemand hält meinen Schwanz fest.«

»Da ich es eindeutig nicht bin, musst du es selbst sein.«

»Ich denke, ich wüsste, wenn ich meinen eigenen Schwanz in der Hand hätte.«

Sie holt scharf durch die Nase Luft, wobei sie die Augen schließt, und als sie den Atem unter Beteiligung ihres ganzen Körpers wieder ausstößt, öffnet sie die Augen wieder und sieht mich ganz genau so an, wie sie es jeden einzelnen Tag auf der Highschool getan hat.

Als wäre ich eine Zumutung.

Und noch einmal für die billigen Plätze: Ich will nicht, dass meine Hormone sich zu dieser Frau hingezogen fühlen.

Ich hatte ja keine Ahnung, dass meine Schwester mich so sehr hasst. Aber es sieht ganz danach aus.

»Dann heb die Bettdecke«, knirscht sie, »und schau nach.«

Ha!

Gar keine üble Idee.

Darauf hätte ich vermutlich selbst kommen können, wäre ich nicht so neben der Spur gewesen.

Aber ich habe meinen Schwanz nicht in der Hand.

Und sie auch nicht.

Wer dann?

Sie hebt die Brauen. Und es ist deutlich zu sehen, was ihr durch den Kopf geht: *Wenn du glaubst, ich gucke unter die Bettdecke, hast du dich gewaltig geschnitten. Ich kriege es mit, wenn ein Kerl plant, mir sein Ding zu zeigen.*

Aber ich plane hier gar nichts.

Jemand hält meinen Schwanz fest.

Ich stoße ein Knurren aus und schlage die Decke zurück. Und, ja, ich schlage sie so weit zurück, dass sie es sehen kann, ganz gleich, wo im Bett oder im Zimmer sie sitzt, denn ich will ihr, verdammt noch mal, beweisen, dass jemand mit uns in diesem Zimmer ist.

Ich schaue nach unten.

Und sehe …

Oh.

Ah.

Fuck!

Meine Hand.

Es sei denn, jemand hat die gleichen Tattoos am Unterarm und die gleiche Narbe unterm Knöchel seines Zeigefingers, die ich mir bei jenem Zwischenfall mit einem Murmeltier, einem Mountainbike und dem Kieferknochen eines Waschbären zugezogen habe.

Also hält meine Hand meinen Schwanz fest. Obwohl sie sich nicht wie meine Hand anfühlt, hält sie doch mein bestes Stück.

»Soll das ein Scherz sein?«, brummt sie.

»Keine Ahnung, wie die dahin gekommen ist.« Ich will sie bewegen, aber sie rührt sich nicht.

Ich versuche es noch mal.

Nichts.

Mein Blick fliegt zu Laney. »Sie bewegt sich nicht.«

Sie sieht mich mit einem Mörderblick an. »Sehr lustig, Theo. Eilmeldung: *Ich passe heute kein bisschen weniger gut auf dich auf, weil du dich vor mir entblößt.*«

»Sie bewegt sich nicht. Sie …«

Oh, oh, geht doch. Es kribbelt. Es kribbelt in meinen Fingerspitzen. »Sie … sie ist eingeschlafen«, stammle ich. »Ich konnte nicht … ich habe nicht … Guck!«

Mit der anderen Hand schäle ich meine Hand von meinem Schwanz, hebe den gefühllosen Arm und lasse ihn auf meinen Bauch fallen. »Sie ist eingeschlafen. Ich konnte sie nicht spüren. Deshalb dachte ich …«

»Ich bin so froh, dass wir das geklärt haben.«

»Ich wollte dir nicht mein Ding zeigen.«

»Okay.«

»Und ich hab mir auch keinen von der Palme gewedelt.«

»In Ordnung.«

Klar, dass ich im Schlaf die Hände an meiner Unterhose habe, spricht absolut für mich. »Meine Hand war eingeschlafen.«

»Klar.«

Sie geht zur Tür hinaus, wobei sie mir ihre kurze, seidige Schlafanzughose präsentiert, die sich tief in die Falte ihres kultivierten Pos gegraben hat, und … Fuck!

»Ich mache das nicht mit Absicht«, rufe ich ihr nach und ziehe mir mit der wachen Hand die Hose hoch. »So was *passiert* mir einfach. So macht das Leben Spaß. Eines Tages wirst du erkennen, wie viel Freude, Spaß und Lachen dir entgangen sind, weil du dauernd einen Stock im Hintern hast.«

Delaney Kingston, Snaggletooth Creeks hochnäsige Prinzessin ohne Fehl und Tadel, reagiert mit ihrem gestreckten Mittelfinger.

»Toll gemacht«, knurre ich meine Hand und meinen Schwanz an.

Meine Linke prickelt darauf ein wenig mehr.

Was verdammt wehtut.

Doch nicht so arg wie mein Ego, von dem ich nicht wusste, dass es überhaupt noch verletzt werden kann.

7. Kapitel

Laney

Ich mache das für Emma. Ich mache das gern für Emma.

Trotzdem wasche ich mir das Gesicht viel länger als nötig, um das Bild von Theo in seiner ganzen nackten Pracht loszuwerden – wie er da im Bett liegt, im Hintergrund meilenweit Muskeln und tätowierte Haut, und seine beeindruckende Erregung in der Hand hat.

Objektiv ist er ein attraktiver Mann. Das muss ich zugeben.

Aber ich weiß auch ganz genau, dass ich mich *niemals* auf irgendeine Weise zu Theo hingezogen fühlen werde. Der sich einen runterholt, wenn er mit einer Frau im Bett liegt, mit der er nicht mal befreundet ist.

Und erzählt mir jetzt nicht, dass er das nicht getan hat.

Theo Monroe hat sich, solange ich zurückdenken kann, einen perversen Spaß daraus gemacht, mich zu quälen – oder er hat mir zumindest zu verstehen gegeben, dass er mich für eine Spaßbremse hält. Und obwohl ich durchaus verstehe, dass ein erwachsener Mann keine Babysitterin um sich haben will, verstehe ich keineswegs, wie er im selben Bett mit mir masturbieren kann.

Und *wieso* frage ich mich überhaupt, wie gut er sich darauf versteht, seine *Ausstattung* zum Wohl eines anderen Menschen einzusetzen?

Vermutlich, weil er der absolut Falsche für mich ist, weil ich seit einer Ewigkeit mit niemandem mehr ausgegangen bin und weil ich es satthabe, dass meine Mutter mich mit Geschäftsleuten aus Denver traktiert und über gute Partien oder die Verlängerung unseres Familienzweigs schwadroniert, als wären wir Angehörige der besten Gesellschaft von Manhattan statt eine kleine, unbedeutende Familie, die zum richtigen Zeitpunkt mit dem passenden Geschäftsplan in der richtigen Branche rangeklotzt hat.

Und weil er, als er mich gestern am Pool angrinste, so viel Vergnügen zu versprechen schien.

Vergnügen.

Großer Gott.

Ich werde meine rebellische Ader nicht ausgerechnet während der Hochzeit meiner besten Freundin entdecken. Ich werde meine rebellische Ader nicht ausgerechnet während der Hochzeit meiner besten Freundin entdecken. Ich werde meine rebellische Ader nicht ausgerechnet während der Hochzeit meiner besten Freundin entdecken …

Ich kann ebenso gut eine verfluchte Woche warten und meine rebellische Ader dann entdecken.

Fein.

Und da ich mir nun ins Gedächtnis gerufen habe, worum es hier geht, und meine Rebellion in meinem Kalender auf einen passenderen Tag verschoben ist, haben sich meine Lebensaussichten beträchtlich verbessert.

Und um so weit zu kommen, habe ich lediglich achtundvierzig Minuten unter der Dusche gebraucht. Bei verschlossener Tür und mehreren Minuten angeregten Selbstgesprächs darüber, dass ich mir keinerlei neuen Frust aufladen muss, indem ich meine Hände über meinen Körper wandern lasse, weil ich nämlich *nicht* masturbiere und dabei an Theo Monroe denke.

Meine Mutter wäre entsetzt darüber.

Was nicht heißt, dass ich ihr erzähle, an wen ich beim Masturbieren denke – oder dass ich überhaupt masturbiere.

Sie wäre schon entsetzt, wenn sie wüsste, dass ich einen Vibrator besitze. Und überhaupt: Sex ruiniert einem das Leben mit Babys, die du dir nicht leisten kannst, wenn der verantwortliche Kerl dich ohne Unterhalt sitzen lässt.

Trotzdem stehe ich hier, mit taufrischen Bildern von Theos Penis im Kopf.

»Lass es, lass es einfach«, knurre ich mein Abbild im Badezimmerspiegel an.

Oder besser die ungefähre Richtung, wo ich mein Abbild eigentlich sehen müsste.

Na, das nenne ich mal eine heiße Dusche.

Ich drehe mich nach meinem Gepäck um, nur um mich daran zu erinnern, dass ich es gar nicht mit hereingebracht habe.

Ich.

Habe.

Meine Sachen.

Nicht mit ins Bad genommen.

Jedes Nervenende in meinem Körper vereist, und sofort beschleicht mich die niederschmetternde Gewissheit, dass ich, hätte ich hier ein eigenes Hotelzimmer, jetzt nur mit einem Badetuch umwickelt, zu meinem Bett flitzen könnte, ohne dass mich irgendwer sehen oder einen Gedanken an mich verschwenden würde.

Doch während Theo sich absolut wohlzufühlen scheint, wenn er alles heraushängen – oder herausragen – lässt, gilt das für mich ganz sicher nicht.

Zu viele Jahre hat man mir eingebläut, dass es allein an mir liegt, wenn ich Männer dazu verführe, mich mit skandalösen, eindringlichen Blicken zu bedenken. Zu viele Jahre hat man mich gelehrt, eine vorbildliche Bürgerin und immer perfekt zu sein. Sodass ich, wenn ich *Kingston Photo Gifts* eines Tages übernehmen will, sicherstellen muss, dass von mir selbst keinerlei fragwürdigen Bilder in Umlauf sind.

Nachdem ich mit Christopher Schluss gemacht und erkannt hatte, dass ich *leben* wollte, während meine Eltern eher ein *sicheres* Leben für mich im Sinn hatten, habe ich noch einmal darüber nachgedacht, was ich eigentlich von der Arbeit und den Annehmlichkeiten des Lebens erwarte. Oder vom Sex. Oder vom Leben selbst.

Ich habe im vergangenen Jahr gelernt, mich in meiner eigenen Haut erheblich wohler zu fühlen, aber meine Haut vor Theo zur Schau zu tragen ist noch mal was anderes, als mich in meiner eigenen Haut wohlzufühlen.

Nicht, dass ich Gefahr laufen würde, mit Theo zu schlafen. Also, im Sinne von Sex haben, meine ich.

Trotzdem muss ich mich entscheiden, wem ich mich fast nackt zeigen will und wem nicht. Ich wollte *nicht*, dass er mich in dem einzigen Schlafanzug sieht, denn ich hierher mitgebracht habe, und ich habe auch nicht vor, dass er mich noch einmal darin zu sehen bekommt. Aber leider habe ich gerade nichts anderes, womit ich mich bedecken könnte. Nur den Pyjama oder ein Badetuch.

Oder doch nicht?, flüstert tief in mir eine Stimme, die ich kaum wiedererkenne.

Willst du leben, Laney? Oder willst du weiter so prüde bleiben, dass du dich dein ganzes Leben davor fürchtest, jemand könnte dich nackt sehen?

Oh, mein Gott.

Ich wirble herum, um mich noch einmal im Spiegel zu betrachten, wobei ich es kaum fassen kann, dass ich ernsthaft daran denke, splitterfasernackt aus der Tür zu treten und es Theo so mit gleicher Münze heimzuzahlen, doch ich kann mich immer noch nicht richtig erkennen.

Zu viel Dampf in dem ohnehin feuchten Raum.

Aber mal im Ernst.

Warum *darf* ich hier nicht nackt hinausspazieren?

Warum *kann* ich nicht Herrin der Haut sein, in der ich geboren wurde?

Schließlich versuche ich, mir genau das seit einem Jahr einzureden. Ist doch so, oder nicht? *Dein Körper ist gar nicht so übel. Niemand muss sich seiner Haut schämen. Flüchtiger Sex wird dein Leben nicht ruinieren. Du willst doch endlich leben.*

Doch ich verstecke mich im Badezimmer, statt mich zu meinen Wünschen zu bekennen.

Also überrede ich mich zu einem guten, alten »Scheiß drauf!« und dazu, splitternackt aus dem Badezimmer zu marschieren, um mir zu beweisen, dass ich dazu fähig bin, doch da höre ich, wie die Tür des Bungalows zufällt.

Entweder kommt Theo, oder er ist gegangen.

Was so oder so schlecht wäre.

Schnell winde ich mich in ein Badetuch, reiße die Badezimmertür auf und luge in den Wohnbereich.

Kein Theo.

Kein Theo im Wohnbereich.

Kein Theo im Schlafzimmer.

An der Tür zum zweiten Schlafzimmer, die geschlossen ist und hinter der Katzen rumoren, klebt ein äußerst eindeutiger Hinweis.

Dieses Zimmer wird für etwas genutzt, wovon du besser nichts weißt, und, jawohl, Nacktheit und pornografische Geräusche gehören auch dazu. Falls du diese Tür doch öffnest, werde ich mittels einer Sicherheitskamera darüber verständigt, worauf deinen Eltern umgehend fotografische Beweise dafür, dass du mein gehei-

mes Kind der Liebe unter deinem Herzen trägst, zugestellt werden.

Ich staune Bauklötze.

Dann staune ich noch mehr Bauklötze.

Theo verarscht mich doch.

Das kann er doch unmöglich ernst meinen.

Ich lege Hand an den Türgriff. Das ist sicher ausgemachter Blödsinn. Ich werde jetzt ein für alle Mal nachsehen, was sich hinter dieser Tür verbirgt. Danach werde ich weiterschauen, was ich damit anfange.

Richtig?

Richtig?

Quatsch zum Ersten.

Will ich überhaupt wissen, ob er da drin Pornos herstellt?

Quatsch zum Zweiten.

Während ich hier wie erstarrt stehe, ist Theo irgendwo da draußen, angezogen oder nicht, und ich kann unmöglich der Puffer zwischen Chandler und ihm sein, wenn ich nicht weiß, wo er sich gerade aufhält.

Als ich mich von der Schlafzimmertür abwende, dringt von drinnen dreifach leises Maunzen an mein Ohr.

Kätzchen.

Das sind definitiv Kätzchen.

Aber, er … er benutzt doch *sicher keine* Kätzchen, um Pornos herzustellen, oder doch?

Nein.

Nein, so was tut er nicht.

Andererseits, wir reden hier über Theo. Und so etwas sähe ihm durchaus ähnlich. Oh, mein Gott. Gut möglich, dass er Pornos herstellt. Und er ist in diesem Moment auf freiem Fuß.

Ich ziehe mich in Windeseile an, dann stürze ich zur Tür hinaus. Wo will ich überhaupt hin?

Keine Ahnung.

Wo würde ich hingehen, wenn ich Theo wäre und mich vor mir in Sicherheit bringen wollte?

In dem Wunsch, eine genauere Vorstellung zu haben, laufe ich in Richtung Hotelhalle und Souvenirladen, als ich jemand meinen Namen rufen höre.

»Laney!«

Ich wirble herum. »Sabrina. Gott sei Dank.«

Sabrina Sullivan ist die Verkörperung eines unter Koffein stehenden Eichhörnchens, und ich bete sie dafür an. Sie ist etwa zehn Zentimeter kleiner als ich, daheim hat sie einen Hund, der sogar größer ist als sie, und sie trägt ständig Schuhe mit hohen Absätzen oder klobige Stiefel, sodass wir einander fast Auge in Auge gegenüberstehen und dabei beide zu Emma hinaufschauen müssen. Sabrina und ich haben uns schon im Kindergarten schnell angefreundet, weil Annabelle Fitzsimmons sich standhaft weigerte, uns mit »ihrer« Lieblingspuppe spielen zu lassen.

Sabrina baute stattdessen ein Café auf, mit dem wir Spaß hatten – sie war im ersten *Bean & Nugget* zur Welt gekommen, selbstverständlich nicht absichtlich, aber absolut passend für Sabrina –, und als sie mir meinen ersten imaginären Cappuccino kredenzte, wurden wir Freundinnen fürs Leben.

Sie bestürmt mich mit einer Umarmung, und als ich diese mit Nachdruck erwidere, als hätten wir uns nicht erst gestern Abend gesehen, gerät mir eine ihrer roten Locken in den Mund.

Anscheinend fühlen wir uns beide, als zögen wir in die Schlacht, auch wenn ich nicht recht weiß, warum *sie* sich so fühlt.

»Gut geschlafen?«, will sie wissen.

»Wir mussten uns ein Bett teilen«, hauche ich. »Und als wir

wach wurden, sagt er so: ›Lass mein Ding los!‹, und ich so: ›Ich bin nicht an deinem Ding.‹ Er tut, als würde er sich gerade *keinen* runterholen. Er sagt, ihm sei die Hand eingeschlafen, aber mal ehrlich, wer glaubt denn so was?«

Sabrinas Mund steht ein bisschen offen, bevor sie ihre Sprache wiederfindet. »Hat das Bett gewackelt?«

Nun ist es an mir, sie anzustarren. Hat es gewackelt?

Ich denke nicht, aber … »Na ja, irgendwas hat mich geweckt.«

»Wieso musstet ihr euch ein Bett teilen?«

Mein Augenlid zuckt. »Er hat das Ausziehsofa kaputt gemacht und wollte mich nicht in das andere Schlafzimmer lassen, warum, weiß ich nicht, und den Grund, den er mir genannt hat, hab ich ihm nicht abgekauft.«

Sabrina weiß immer *alles*. Ich will nicht behaupten, dass sie eine Klatschtante ist – weil meine Mutter Klatsch und Tratsch missbilligt –, ich würde eher sagen, sie besitzt die Gabe, immer Bescheid zu wissen, wenn es irgendwas zu wissen gibt. Sie hat eine Nase für gute Geschichten, die sie weitererzählt, wenn es sich lohnt, sie zum Wohle der Menschheit weiterzuerzählen.

Als sie aber die Nase krauszieht und fragt: »Was war denn in dem Zimmer?«, weiß ich, dass sie auch keine Ahnung hat.

Noch nicht.

Und ganz ehrlich, ich will ihr auch lieber nicht sagen, was ich denke. Ich habe lieber ein Geheimnis. »Weiß ich nicht. Ich habe gehört, wie er gegangen ist, als ich unter der Dusche stand. Und ich dachte, es ist wichtiger, ihn zu finden, bevor ich ihn dazu bringe, mir zu zeigen, was er in dem Zimmer hat. Außerdem muss ich zur Rezeption und darum bitten, dass der Wartungsdienst das Ausziehsofa richtet. Aber wo könnte Theo hingegangen sein? Und wo steckt Chandler?«

»Wenn du dir nicht denken kannst, wo Chandler steckt, haben wir allerdings größere Probleme als Theo, der heute Morgen Radau gemacht und dich geweckt hat.«

»Golf?«

Sie nickt. »Golf.«

»Spielt Theo Golf?«

»Ich würde denken, nicht im strengen Sinn, nein.«

»Und was Golf im *nicht strengen* Sinn sein könnte, möchte ich gar nicht wissen, oder?«

»Im Interesse der Laney, die *Spaß versteht* und von der du dauernd sprichst, wahrscheinlich schon, aber nicht heute. So, wollen wir uns trennen und sehen, ob wir ihn aufspüren können?«

»Bist du immer noch wütend auf ihn?«

»Lass es gut sein, Laney. Das willst du nicht wissen.«

Geheimnisse. *Geheimnisse.* Wir haben alle Geheimnisse, nicht wahr? Aber *so* hätte Emmas Hochzeitswoche jedenfalls nicht beginnen sollen.

Sie zeigt auf den Souvenirladen. »Ich fange da an. Du läufst inzwischen zur Rezeption und siehst zu, dass in eurem Zimmer alles repariert wird. Emma freut sich wie verrückt auf irgendein geheimes Hochzeitsritual ihrer Studentenverbindung mit Claire und einer Handvoll Kommilitoninnen, die gestern Abend hier angekommen sind. Irgendwie nett, dass jetzt mehr Leute dabei sind, weil das Ganze mangels Küchenpersonal von gestern auf heute verlegt werden musste.«

Ich lege die Stirn in Falten. »Das Küchenpersonal ist nicht aufgetaucht?«

»Es ist … Argh! Ich glaube, das Resort leidet an, ähm, irgendwelchen Wachstumsschmerzen. Aber wenn wir alle mit anpacken, wird schon alles gut werden. Kümmere du dich erst mal um dich. Danach findest du Theo. Ich lasse dir den aktualisierten Terminplan zukommen. Und dann essen wir was zu Mittag.«

Ich *hoffe*, wir können zu Mittag essen.

Das hängt ganz von Theo ab. Und womöglich von seinen Katzen.

Und von dem, was Theo angestellt hat, um Sabrina so wütend zu machen, und schließlich davon, ob sie es um Emmas willen zurückstellen können.

Ich denke, Sabrina kann das.

Aber Theo?

Theo verkörpert das unvorhersehbare Chaos.

Und ich habe keinem Schimmer, wie ich ihn unter Kontrolle halten soll.

8. Kapitel

Theo

Ich weiß, was Emma sich wünscht.

Emma wünscht sich eine entspannte Hochzeitswoche. Was bedeutet, dass ich sie und Chandler in Ruhe lassen muss.

Nach der Sache mit der Hand heute Morgen bin ich nicht allzu scharf darauf, den ganzen Tag mit Laney zu verbringen. Also gehe ich, nachdem ich nach den Katzen geschaut und ihnen frisches Futter, Wasser und Katzenstreu gegeben und mich bei Lucky erkundigt habe, ob Chandler weit entfernt von diesem Teil des Resorts Golf spielt, zum Strand, um ausgiebig im Meer zu schwimmen.

Ich hatte noch nie das Talent, die Füße stillzuhalten. Wenn ich Dad und Onkel Owen suchen würde, würden die beiden sich vermutlich am Pool entspannen und darüber streiten, welchen tropischen Drink sie als nächsten probieren, oder sie würden in irgendeinem Restaurant abhängen und die Qualität des ausgestopften Fischs an der Wand diskutieren.

Ich liebe sie beide, aber: nein danke.

Heute nicht.

Heute möchte ich mir lieber selbst was Gutes tun, wieder einen klaren Kopf kriegen und im durch einen Damm von der stärkeren Dünung getrennten salzigen Meerwasser ordentlich ins Schwitzen kommen.

Schließlich wate ich wieder an Land und entdecke am Strand eine gute Stelle für eine Sandburg, genau genommen eher für einen Sandberg.

Die Stelle eignet sich sogar bestens für eine ganze Gebirgskette. Der goldene Sand ist von schwarzen Lavafelsen in sämtlichen Formen und Größen unterbrochen, was bedeutet, dass das passende Terrain schon vorhanden ist. Ich helfe lediglich ein wenig nach.

Drei Kids schlendern herbei, um mir zu helfen – alle jünger als sieben, würde ich meinen, und der Jüngste trägt aufblasbare Schwimmreifen um die Arme –, während ihre Eltern uns die ganze Zeit im Auge behalten.

Eine Mom sieht zu genau hin. Was mir zu Hause nichts ausmachen würde.

Daheim sind alle an mich gewöhnt. Und vertrauen mir ihre Kinder an, weil sie mich kennen.

Ich achte bewusst nicht auf die neugierige Mutter, während wir zusammen im Sand spielen und immer neue Kinder zu uns stoßen.

Gemeinsam mit einer Bande Kids zu spielen, ihnen zu zeigen, wie man zusammenarbeitet, um mithilfe ihrer Vorstellungskraft etwas zu erschaffen, wobei wir einander auf Augenhöhe begegnen, keiner schlecht oder perfekt ist und alle ihren Spaß haben? Das ist meine Vorstellung des verfluchten Himmels.

Unsere Sandberge verwandeln sich in Windeseile in Sandvulkane, die unsere Dinosaurier auszulöschen drohen, für die sämtliches Strandspielzeug der Kinder herhalten muss. Dazu noch Lavasteine. Schnorchel. Schaufeln. Was wir nicht für einen Dinosaurier halten können, nennen wir einfach trotzdem »Dinosaurier«.

Und so findet mich Delaney. Wie ich einer inzwischen zu

einem Dutzend angewachsenen Kinderschar helfe, Dinosaurier vor dem Ableben durch aufgeblasene Flamingo-Drachen sowie kurz vor dem Ausbrechen stehende Sandvulkane zu schützen.

Ich *spüre* sie in der Sekunde, als sie den Strand betritt. Es ist ihre Mischung aus Geringschätzung, Verärgerung und Neugier, die in meine Sinne eindringt und mich dazu bringt, mich verstohlen nach ihr umzusehen, während ich über den Strand flitze und den »Drachen des Todes« steigen lasse.

Und da ist sie.

Sie trägt einen Strohhut mit breitem Rand, eine Sonnenbrille, ein Tanktop mit null Ausschnitt und einen langen gemusterten Rock. Sie lässt sich dort, wo der Resort-Rasen auf den Sandstrand trifft, auf einem flachen Lavafelsen nieder. Dann zieht sie, als hätte sie im Paradies nichts Besseres zu tun, als zu arbeiten, das Handy aus ihrer Handtasche aus Krokodilleder.

Die Frau nervt mich ohne Ende.

»Ah!«

Oh, verdammt!

Nun habe ich ein kleines Mädchen umgerannt, weil ich nur noch auf meine Babysitterin geachtet habe anstatt darauf, wo ich hinlaufe.

»Oh, nein!«, rufe ich. »Der Flamingo des Todes hat Briley erwischt!«

»Tod dem Flamingo!«, kreischt ein Junge mit Namen Xavier. Dann lässt er einen Tarzan-Schrei vom Stapel – echt, man sollte meinen, der Kleine würde sich für *Braveheart* entscheiden, aber er steht offenbar total auf die Tarzan-Nummer – und stürzt sich auf den Flamingo-Drachen und überschüttet ihn mit Lava oder eher Wasser. »Nimm das, Flamingo des Todes!«

Während er sich mit dem Flamingo anlegt, gehe ich vor dem armen Mädchen in die Hocke, das meiner Ablenkung zum Opfer gefallen ist. »Tut mir leid. Ich vergesse wohl manchmal, dass ich selbst kein kleines Kind mehr bin. Alles gut?«

Ihre Nase zuckt, sie blinzelt ein paarmal schnell hintereinander, dann nickt sie. Doch ich fühle mich noch schuldig, bis sie dem Nicken ein Grinsen folgen lässt. »Tod dem Flamingo des Todes!«

Die Kinder versammeln sich um sie und Xavier und feiern sie als ihre Helden.

Aber die Stimmung ist versaut.

Zumindest für die Eltern.

Zwei Mütter rufen ihre Kleinen zu einem Snack zurück. Eine dritte erklärt, dass sie noch zu spät zu ihrem Wanderausflug kommen würden. Anschließend marschieren sie im Gänsemarsch davon, nehmen ihr Spielzeug mit und lassen mich mit einer Reihe zerstörter Sandvulkane und unter den wachsamen Augen meiner Babysitterin zurück.

»Willst du den ganzen Tag da sitzen bleiben und so tun, als würdest du mich nicht beobachten?«, richte ich das Wort an den Ozean, während ich einen Vulkan wiederaufzubauen versuche.

Mit einer Antwort rechne ich nicht. Wellen sind nicht lautlos, und ich habe das Gesicht abgewendet.

Doch sie steht nun direkt hinter mir und hat mich zweifellos gehört. »Nein, ich dachte, ich helfe dir, den Sand wieder glatt zu streichen.«

Ich drehe mich um und sehe sie an. *Den Sandglattstreichen*? »Wir könnten aber auch eine Sandburg bauen.«

Sie blickt mich an, als hätte ich soeben den letzten Funken Verstand verloren.

Doch ich bleibe dabei. Wenn ich schon eine Aufpasserin haben muss, stelle ich die Bedingungen, und das sind meine Bedingungen.

»Das nennt man *Spaß*«, sage ich aufmunternd. »Im Sand

spielen? Irgendwas bauen? Sich was einfallen lassen? Komm schon, bauen wir eine Sandburg.«

Ihre Nase zuckt, und sie mustert mich, als könnte sich hinter meiner Aufforderung, eine Sandburg zu bauen, irgendeine Geheimbotschaft verbergen.

Oder vielleicht denkt sie auch, dass ich mich kindisch benehme, will es aber nicht aussprechen.

»Sandburgen sind nicht nur was für Kinder«, sage ich.

»Das habe ich auch nicht gesagt.«

»Sicher?«

»Ja.«

Sie hört sich aber nicht sicher an. Sie hört sich an, als könnte sie den Gedanken, ich könnte recht haben, nur schwer ertragen.

Schwamm drüber. Ich kann mich auch woanders vergnügen. Seufzend reibe ich mir mit einer Hand über das Gesicht. »Könntest du bitte mal für eine Minute in Betracht ziehen, dass … Au.«

Fuck.

Plötzlich tut mir mein Auge weh.

Ich blinzle, blicke nach unten, blinzle erneut, während mein Auge tränt und brennt.

Ich hebe die Hand, um abermals zu reiben, doch Delaney greift danach, bevor ich das Auge berühre.

»Hast du gerade Sand ins Auge bekommen?«

»Nein.« *Ja.*

»Lass mal sehen.«

»Nein.«

»Theo.«

»Es geht schon.« Au, au, au. Fuck. Fuck! Mein Augapfel ist verletzt. Allerdings nicht so sehr wie mein Stolz in diesem Augenblick – ein eindeutiges Zeichen dafür, dass weder mein Bad im Meer noch der mit Kinderspielen verbrachte Morgen genügen, um über meine Reaktion auf Laney hinwegzukommen, wann immer ich ihr begegne.

»Du hast Sand im Auge. Hier, guck mal hoch; ich habe Augentropfen in meiner Handtasche.«

»War ja klar.«

Sie knurrt. *Delaney knurrt.*

Und, verdammt, dieser Laut wirkt sich unmittelbar auf meinen Schwanz aus, während ich mit Sand in den Augen dasitze.

»Das ist bloß Sand«, brumme ich. »Damit komme ich klar, ohne dass du mich behandelst, als wärst du meine verfluchte Babysitterin. Und meine Hand war nur eingeschlafen!«

Sie seufzt. »Ja, fein, deine Hand war eingeschlafen. Kannst du dir jetzt, bitte, von mir helfen lassen, bevor du bei der Hochzeit deiner Schwester noch wie ein Seeräuber mit einer Augenklappe rumläufst?«

Ich funkle sie böse an, aber den Blick zu heben stellt sich momentan als keine gute Idee heraus.

Hab ich in beiden Augen Sand?

Fantastisch, jetzt habe ich in *beiden* Augen Sand.

Ich senke den Blick und blinzle erneut. Grell reflektiert das Wasser die Sonne.

Der Sand ist jetzt offiziell eine schlimmere Nemesis als Delaney.

»Wenn sie mich darum bittet, trage ich auf ihrer Hochzeit auch eine Augenklappe«, sage ich.

»Sie flippt aus, wenn sie dich *so* sieht, weil für sie gerade auch Kleinigkeiten eine große Sache sind.«

»Ob du es glaubst oder nicht, ich verursache nicht absichtlich Probleme.«

»Was geschehen ist, ist geschehen; wir können jetzt nur noch zusehen, dass wir den Schaden beheben, und dann dafür sorgen, dass so etwas nicht noch einmal vorkommt.«

»Du hörst dich an wie deine Mutter.«

Der Strand gefriert. Frost legt sich über den Sand. Die Wellen erstarren, weil sie vom Zauber der Eiskönigin erfasst wurden, der gesamte Ozean hat sich offiziell in einen Gletscher verwandelt.

Warum?

Weil es sich so anfühlt, wenn, nun ja, Theo mal wieder bis zum Anschlag ins Fettnäpfchen getreten ist. Na, und ob ich das bin.

Schließlich geht es hier um Laney.

Und damit war es unvermeidlich.

»Fuck! Nun senk schon deinen Kopf!«, befiehlt Delaney.

Erstens, heilige Scheiße, hat sie *Fuck* gesagt, zweitens ist ihr Gehabe echt geil. Als wollte sie sagen: *Wenn du nicht Gefahr laufen würdest, dein Augenlicht zu verlieren, würde ich das Gleiche mit dir machen, was ich gestern mit dir gemacht habe, als ich dich in den Pool stieß, nur dass ich deinen Kopf diesmal so lange unter Wasser drücken würde, bis du nicht mehr mein Problem wärst.*

Hallo, mein Name ist Theo, und ich bin unbezähmbar hingerissen von der abschätzigen Little Miss Perfect, die keine Sandburg mit mir bauen will, und ich habe keine Ahnung, warum.

Ich lege den Kopf schief.

Sie packt die Haut um meine Augenhöhle – die um das schlimmere Auge – samt Augenlid, zwingt sie gewaltsam auseinander und spritzt mir eine Flasche Augentropfen von der Größe ihrer Handtasche ins Auge.

Das tut weh.

Als wäre in meinem Auge eine gottverdammte Hämorrhoide explodiert.

Aber ich zucke nicht mit der Wimper. Ich winsele auch nicht.

So gern ich es auch tun würde.

Wenn dies meine Arznei ist, dann werde ich sie schlucken wie jemand, der seinem bevorstehenden Tod stoisch ins Auge blicken muss.

Es ist, als *wollte* sie, dass ich wieder sehen kann, bevor sie mich tötet. Das muss ich ihr wohl lassen.

Ich habe sogar eine Menge Respekt davor.

Das ist echt Hardcore.

Und ich steh drauf.

Andererseits spüre ich trotzdem noch Sand darin knirschen, als sie die komplette Flasche in mein Auge entleert hat.

»Besser?«, erkundigt sie sich.

Um ehrlich zu sein, hört es sich so an, als würde sie mir befehlen, es für besser zu halten, um es hinter sich zu haben.

»Ja«, lüge ich.

Sie packt mein Gesicht und schaut prüfend in meine Augen, was ich weniger deshalb erkenne, weil ich plötzlich wieder klar sehe, sondern vielmehr, weil ein vage menschlicher Umriss vor mir aufragt, der nach dem Shampoo riecht, dessen Duft sie gestern Abend im Badezimmer hinterlassen hat.

Nicht fruchtig oder blumig oder irgendwie nach Gebäck, sondern der Geruch erinnert mich eher daran, wie ich als Kind mit meiner Mutter zu ihrem schicken Friseur ging, den sie vor ihrem Tod noch aufgetan hatte – und wo sie sich ab und an einen Haarschnitt gönnte.

»Hast du irgendwas hierher mitgenommen? Wo hast du deine Schuhe?«, fragt Laney.

»Ich bin barfuß gegangen.«

»Steh auf. Ich bringe dich zum Arzt.«

»Ich werde nicht …«

»Du wirst dein verfluchtes Augenlicht nicht unter meiner Aufsicht verlieren, okay? Steht auf. Beweg dich. Auf geht's. Mach schon!«

Ich hasse Autorität.

Hab ich schon immer getan. Und werde ich auch immer tun.

Doch als ich hinter ihr herstolpere, könnte ich schwören, dass sie »Das war's dann mit der Sandburg« murmelt.

Als hätte sie eine bauen wollen, doch ohne zu wissen, wie sie Ja dazu sagen sollte.

Zum ersten Mal im Leben geht mir auf: So wenig ich der bin, für den Laney mich hält, so wenig ist sie womöglich ihrerseits die, für die ich sie bisher gehalten habe.

9. Kapitel

Laney

Ich sollte jetzt mit Emma und Sabrina bei einem verspäteten Mittagessen sitzen, stattdessen helfe ich Theo, aus der Notfallklinik am anderen Ende der Stadt auszuchecken, nachdem man dort seine Augen ausgewaschen hat.

Und er flirtet schamlos mit der Frau am Empfangsschalter.

Er grinst. Zwinkert mit geschwollenen Augen. Lehnt sich weit über den Tresen, um ihr näher zu sein, tut dabei aber so, als müsste er sich nur aufstützen. Genau so hat er gestern mit Claire geflirtet, und genau so hat er sich mit den Drillingen amüsiert, nachdem ich sein Kostüm gelöscht hatte.

»Zeigen Sie mir bitte noch mal, wo ich unterschreiben muss«, sagt er zu der Empfangsdame. »Ich sehe nämlich noch nicht so gut.«

Mir kommt dabei die Galle hoch.

Sie führt seine Hand zu der Linie, auf der er unterschreiben muss, betrachtet dabei, länger als erforderlich, seinen tätowierten Unterarm, dann strahlt sie ihn an, als wäre er das uneheliche Kind von Pele, der Göttin der Vulkane, und Ryan Reynolds. »Und Sie waren bestimmt noch nie hier?«

»Mein erstes Mal auf der Insel.«

Wieder betrachtet sie seinen Arm. »Sie kommen mir so bekannt vor.«

Wird er … wird Theo etwa *rot*?

Mag er sie etwa?

Natürlich mag er sie. Theo mag jede und jeden. Alle außer mir. Und sooft ich mir auch einzureden versuche, dass mir das nichts ausmacht, macht es mir durchaus etwas aus.

Ich bin nicht böse. Ich brenne keine Häuser nieder, ich stehle keine Haustiere, ich schummle nicht bei Brettspielen.

Großer Gott, ich bin langweilig.

Kein Wunder, dass Mr Fun mich nicht ausstehen kann.

»Ich hab sicher so ein Dutzendgesicht«, sagt er nun.

Sie kneift die Augen zusammen. »Ich glaube nicht, dass mir Ihr Gesicht bekannt ist, aber es kommt mir vor, als hätten wir schon miteinander gesprochen. Ist das nicht schräg?«

»Wenn du so weit bist, Süßer, wir müssten jetzt langsam echt zum Essen«, unterbreche ich dreist. Ich lächle die Empfangsdame falsch an. »Hochzeitspläne.«

»Nicht unsere Hochzeit, und sie nennt mich nur ›Süßer‹, weil sie meine Schwester ist«, sagt Theo zu der Empfangsdame.

Ich hasse ihn. Offiziell. Ich hasse ihn. Und wenn ich Theo Monroe nach dieser Woche nie wiedersehen werde, bin ich glücklich und zufrieden.

»Sonst noch was, Darling?«, wendet er sich an die Rezeptionistin.

Sie lächelt ihn an, als würde sie am liebsten nach seiner Telefonnummer fragen. »Unsererseits nicht. Benötigen *Sie* noch irgendwas?«

Seine Augen sind rot geschwollen, blutunterlaufen. Also, so richtig übel blutunterlaufen. Das Hemd hat er sich falsch und nicht mal bis oben zugeknöpft. Die Haare stehen ihm zu Berge, Sand klebt sichtbar darin, und doch flirtet sie mit ihm und ist entzückt, dass er sie »Darling« genannt hat.

Ich gebe es auf mit dem Leben. Wirklich. Ich gebe es auf.

Ich bin eine nette, achtbare, erfolgreiche, einigermaßen attraktive Frau, aber niemand dreht sich nach mir um, wie sich Frauen selbst dann noch nach Theo umdrehen, wenn er wie ein Komparse in einem Redneck-Zombie-Film aussieht.

»Wir müssen los«, bemerke ich knapp.

Auch wenn es aussieht, als müsste er sich aufs Äußerste anstrengen, um seine geschwollenen Lider zu einer derartigen Bewegung zu nötigen, zwinkert er der Rezeptionistin noch einmal zu. »Sagen Sie dem Doc, ich bin ihm mächtig verbunden, weil er mein Augenlicht gerettet hat. Und Ihnen auch. Ohne Sie wäre das nichts geworden.«

»War uns ein Vergnügen, Theo.«

Ich schaffe ihn zur Tür hinaus, als mir einfällt, dass keiner von uns mit dem Auto hier ist. Da müssen wir wohl für eine Mitfahrgelegenheit sorgen.

Doch er kommt mir zuvor. »Ich mach das schon, Sweetheart.«

»Siehst du überhaupt genug, um die App zu bedienen?« Ja, ich bin unleidlich. Was jedoch weit besser ist als das *Nenn mich nicht Sweetheart!*, das ich ihm am liebsten an den Kopf werfen würde.

Er hat mich gefragt, ob ich eine Sandburg mit ihm bauen will. Er wollte eine Sandburg mit mir bauen. Mit mir. Mit der Frau, die er »Plainy-Laney« nennt. Er wollte sich mit *mir* amüsieren.

Aber ich habe nicht schnell genug Ja gesagt, weil mich seine Aufforderung dermaßen überrascht hat, dass ich irgendeine Falle dahinter vermutet habe, und jetzt stehen wir hier, und ich werde niemals erfahren, wie es ist, *nicht* langweilig zu sein.

Er hebt sein Handy dicht vors Gesicht und … *Echt jetzt*? Seine Handyhülle zeigt eine exakte Nachbildung der ineinander verschränkten Tattoos auf seinem Arm, als hätte er ein Foto davon gemacht und die Hülle danach anfertigen lassen.

»Ist die Handyhülle eine von unseren?«, platze ich heraus, ehe ich es verhindern kann.

Er schaut mich nicht an. »Eher von eurer Konkurrenz.«

Ich zucke zusammen.

Ich zucke und beiße mir einmal mehr auf die Zunge. Ich klinge wie meine Mutter!

Als ich Emma schrieb, ich würde es nicht zum Lunch schaffen, weil ich etwas mit Theo erledigen müsste, hat sie geantwortet, dass Chandler einen besseren Tag erwischt hätte und dass ich deshalb sicher nicht viel länger am Ball bleiben müsste, aber dass sie es andererseits ehrlich zu schätzen wüsste, wenn die beiden heute noch voneinander getrennt bleiben würden.

Und dass es ihr furchtbar leidtäte, aber das Management hätte noch immer kein eigenes Zimmer oder einen freien Bungalow für mich.

Dann schrieb mir Sabrina, Em sei heute so gut drauf wie in der ganzen Woche noch nicht. Dass sie heute geradezu *über dem Erdboden schweben* würde. Dass sie aussehen würde wie eine Braut im Paradies, die ihren Lebenstraum, im *Midnight Orchid Club Resort* zu heiraten, in vollen Zügen genieße, auch wenn das Rezeptionspersonal regelmäßig fehle und die Hälfte der Bestellungen zum Mittagessen wegen Personalmangels falsch geliefert worden sei.

Nun stehe ich mit verschränkten Armen am Rand des Parkplatzes, kurz davor, mir einen eigenen Wagen zu rufen und Theo ein paar Stunden lang auf die Welt loszulassen, als er im Vorübergehen meinen Arm streift und auf einen weißen Subaru zuhält, der gerade auf den Parkplatz einbiegt.

»Der Wagen ist vorgefahren.«

»Nach nur einer Minute?«, brumme ich.

»Gutes Auto-Karma.«

»Ich gehe zu Fuß.«

Er sieht mich an, und als ich schon denke, gleich reibt er sich wieder frustriert die Augen, starrt er seine halb erhobene Hand an, verzieht das Gesicht und lässt sie schnell wieder sinken. »Ich gehe. Du steigst in das Auto.«

»Wenn du gehst, schaffst du es nur, irgendeinen Surfer aufzutreiben, der dich über die gesamte Insel kutschiert, da springt ihr dann zusammen ins Meer, um in irgendeiner geheimen zauberhaften Bucht zu schwimmen, wo du dann mit einer Qualle aneinandergerätst. Der Typ bietet dir Gras an, damit es nicht so wehtut, worauf du dich vor genau dem Falschen nackig machst und ihr zwei im Knast landet, aus dem ich dich schließlich, anstatt mit der Hochzeitsgesellschaft zu Abend zu essen, auf Kaution wieder herausholen muss.«

Zu meiner totalen Verblüffung widerspricht er mir nicht.

Stattdessen verzieht er die Lippen zu einem Grinsen. »Du hast die Stelle vergessen, an der wir Kokosnüsse zu knacken versuchen, ohne daran zu denken, dass wir keinen Schimmer haben, wie man mit Macheten umgeht, und schlussendlich wieder in der Notaufnahme landen.«

Ich grabe tief nach etwas mehr Geduld und etwas weniger Verärgerung. Wie wäre mein Leben wohl, wenn ich in Sachen *Spaß* derart leichtfertig wäre? Wenn ich mal aus mir herausgehen, den BH verbrennen, jede Vorsicht in den Wind schießen und herausfinden könnte, wie viel Leben ich in einen einzigen Tag quetschen könnte, worüber ich nun schon seit einem Jahr nachdenke?

Ich *will* es ja. Wieso *kann* ich es dann nicht? »Steig bitte ins Auto.« Nein. Von Spaß keine Spur.

»Ja, Laney. Was immer du verlangst, Laney.« Grinsend klettert er hinein. Mit rot geschwollenen Augen und allem.

Unter stillem Protest folge ich ihm, wobei ich mir sage, dass ich nur mitfahre, weil ich nicht will, dass er irgendwo landet, wo er nicht sein sollte, während ich mir ausdrücklich ins Gedächtnis rufe, warum ich ihn noch nie leiden konnte.

Weil er mir das Gefühl gibt, mein Leben vollkommen falsch zu führen. Als wäre ich zu ernst. Als würde ich meine Prioritäten falsch setzen. Als wäre er im Besitz eines großen Geheimnisses über das Leben. Und als wäre ich nicht würdig, in das Geheimnis eingeweiht zu werden, wo ich doch *so gern* eingeweiht wäre. Wirklich.

Emma hat heute *ohne mich* einen besseren Tag.

Ich weiß, sie hat *wegen mir* einen besseren Tag, nur bin ich nicht da. Ich bin nicht bei ihr. Und Theo hat mich heute echt nicht gebraucht.

Ich habe es verkackt.

Er hat sich, weit weg von Chandler, prächtig mit einem Haufen Kinder amüsiert, was, offen gestanden, dermaßen zum Niederknien war, dass ich mich ihnen am liebsten angeschlossen hätte. Ich wusste bloß nicht, wie, weil ich so furchtbar ungeschickt darin bin, all das zu tun, was er getan hat.

Ich weiß nicht, wie man mit einem Eimerchen über den Strand flitzt und so tut, als wäre es ein Dinosaurier, und selbst wenn ich es wüsste, würde ich dabei nicht annähernd so scharf aussehen wie Theo – mit seinem zerzausten Haar, seinem Mördergrinsen und seinem muskulösen tätowierten Körper.

Und als er mich dann fragte, ob ich eine Sandburg mit ihm bauen würde, erstarrte ich zur Salzsäule, weil ich nicht glauben konnte, dass Theo Monroe *mich* aufforderte, mich mit ihm zu vergnügen.

In diesem Moment fühle ich mich sehr, sehr allein und abgemeldet. Was wahrscheinlich wenigstens teilweise meine eigene Schuld ist.

Theo schwatzt während der gesamten Fahrt mit dem Fahrer.

Ich gebe vor, nicht zuzuhören, als sie sich darüber unterhalten, wo man die besten Surfbretter mieten kann. Wo man die besten Calamari der Insel isst. Ob es sich lohnt, bei Nacht zum Vulkanpark rauszufahren. Wo man abgelegene Wasserfälle findet. Dass der Cousin des Fahrers Fallschirmsegeln anbietet und dass Theo seinen Namen dalassen soll, um einen Preisnachlass zu bekommen.

Und als wir aussteigen, tauschen sie ihre Telefonnummern.

Während ich mich wie die altbackene Spaßbremse fühle. Noch mal, ich hasse es, mir wie eine Spaßbremse vorzukommen. Was könnte schlimmer sein?

Dass Theos Augen inzwischen schon wieder praktisch ungetrübt sind.

Und dass sein Onkel, der in dem Moment um die Ecke biegt, in dem wir in die Hotelhalle schlendern, kein Wort über seine anhaltende Röte verliert.

Wozu auch?

»Theo«, zischt er stattdessen, »willst du ein Geheimnis wissen?«

Ich beiße mir – fest – auf die Zunge, um nicht an seiner Stelle zu antworten.

Was nicht daran liegt, dass ich denke, besagtes Geheimnis, was es auch sein mag, könnte irgendwelche Probleme für Emma oder ihre Hochzeit verursachen. Sondern weil ich es wissen will.

Sabrina will mir nicht verraten, warum sie wütend auf Theo ist. Theo will mir überhaupt nichts verraten. Und ich weiß, dass mehr dahintersteckt, wieso Emma will, dass ich mich zwischen Theo und Chandler stelle, als sie mir gesagt hat.

Mir ist bewusst, dass sie mich manchmal nur schützen wollen, wenn sie mich nicht in ihre Geheimnisse einweihen, aber in den meisten Fällen wollen sie nur Zeit schinden, um ihre Probleme ohne mich zu lösen.

Es ist sehr gut möglich, dass ich halb Snaggletooth Creek an der einen oder anderen Stelle mit einem Lösungsvorschlag meinerseits verärgert habe.

Aber ich will, verdammt noch mal, auch mal ein Geheimnis kennen.

»Vielleicht später«, sagt Theo.

Sein Onkel wippt auf den Absätzen und lässt das typische Monroe-Grinsen aufblitzen. »Ist aber ein gutes.«

»Bestimmt. Aber ich erfreue mich an dem Gedanken, dass du noch eine Weile darauf sitzen bleibst.«

»Willst du es denn gar nicht wissen?«

»Ich muss mich heute Abend in Schale schmeißen. Da hab ich lieber noch was, worauf ich mich beim Essen freuen kann.«

»Sie können es mir sagen«, gehe ich dazwischen.

Doch Onkel Owen sieht mich nicht einmal an. Stattdessen kichert er nur und wendet sich ab. »Dein Pech«, wirft er Theo noch über die Schulter zu.

Nein, mein Pech. Mein verdammtes Pech.

Als würde ich das jemals laut zugeben.

Kingstons tratschen nicht – wie oft habe ich meine Mutter das schon sagen hören …

Theo dringt tiefer ins Resort ein. Und ähnlich wie gestern trotte ich hinter ihm her.

Den ganzen Fußweg zu seinem Bungalow.

Unserem Bungalow? *Seinem* Bungalow?

Jedenfalls an den Ort, den mein Gepäck zurzeit sein Zuhause nennt.

Ich hole tief durch die Nase Luft.

Zeit für eine Standortbestimmung.

Ich bin hier im Paradies. Ich kann das Meer rauschen hören.

Ich rieche die salzige Brise. Die Blumen sind leuchtend bunt, sie riechen fantastisch und sehen hinreißend aus, und es gibt so viele verschiedene Arten. In einem der Gläser auf dem Waschbecken im Badezimmer habe ich heute früh einen Strauß Strickherzen gefunden. Emma ist glücklich. Ich muss nicht arbeiten und checke keine Mails, was mir schwerfällt, aber auch wirklich toll ist. Theo ist nicht erblindet. Ich habe ein Bett, in dem ich schlafen kann, und ich kann den Zimmerservice anrufen, ich bin nämlich nicht sicher, ob ich heute schon irgendetwas gegessen habe.

Habe ich?

Habe ich gegessen?

Hatte ich *heute* einen Proteinriegel? Oder war das gestern?

Theo öffnet die Tür zum Bungalow und hält sie mir auf.

»Danke«, sage ich automatisch.

Er beäugt mich.

Und dann seufzt er schon wieder so, wie *ich* es für gewöhnlich tue – ein Laut, den ich Theo vor niemandem sonst von sich geben höre. Nur vor mir.

Ich bringe noch den größten aller Spaßvögel zum Seufzen.

Dann brummt er etwas und geht durchs Wohnzimmer zur geschlossenen Schlafzimmertür.

Das Klappbett ragt immer noch in schiefem Winkel aus der Couch. Die hauchdünnen Vorhänge beiderseits der Balkontür wehen im Wind, weil ich vergessen habe, die Haustür zu schließen. Und Theo sieht mich an, als würde ich ihn neuerlich aufhalten.

»Kommst du?«

Einfach so. *Kommst du?* Keine richtige Aufforderung. Keinerlei Hinweis darauf, dass sich irgendetwas verändert haben könnte, seit ich heute früh aus der Dusche getreten bin und die Nachricht entdeckt habe, dass meine Eltern ein Bild, das mich mit ihm im Bett zeigt, sowie die Mitteilung erhalten würden, dass ich mit seinem unehelichen Kind schwanger sei. Einfach nur »Kommst du?«, als stünde fest, dass ich hingehen will, wo er hingeht.

Er zuckt.

Offenbar signalisiert ihm meine Miene, dass ich ihn, seit wir hier sind, am liebsten in einen Vulkan stoßen würde.

»Komm, Laney. Komm und sieh selbst, dann wirst du dich besser fühlen.«

»Ich würde mich besser fühlen, wenn ich etwas essen und mein Leben ohne dich fortsetzen könnte.«

Er kratzt sich, ohne im Geringsten beleidigt zu wirken, die unter dem klaffenden Hemd nackte Brust. »Betrachte es als Entschuldigung. Und als Dankeschön, weil du mich vor dem Erblinden bewahrt hast.«

Ich komme mir vor, als würde ich in eine Falle rennen.

Doch meine Neugier ist größer als meine Furcht.

Wenn ich herausfinde, was sich hinter dieser Tür verbirgt, finde ich auch heraus, wie ich damit klarkomme und nicht länger mit Theo in einem Bett schlafen muss.

Denn eines ist sonnenklar: Er wird niemanden vom Wartungsdienst in die Nähe des Klappbetts lassen, solange ein Schlafzimmer seiner Suite ein großes Geheimnis birgt.

»Hast du hinter dieser Tür wirklich eine Kamera mit einem Filter, der mein Gesicht auf einen nackten Frauenkörper montiert und meine Eltern automatisch per E-Mail verständigt, dass ich hier in eine Orgie verwickelt bin?«

Er reagiert nicht, er windet sich weder noch wird er rot oder wirkt im Geringsten alarmiert, trotzdem habe ich irgendwie das Gefühl, dass ihm die Nachricht inzwischen peinlich ist. Woher mein Gefühl rührt, kann ich allerdings nicht sagen. Aber es ist da.

Doch er grinst nur, als würde er sich mit mir amüsieren. Nicht über mich. Offenbar amüsiert er sich tatsächlich *mit mir.* »Ja«, antwortet er, »aber es lohnt sich trotzdem nachzusehen, was außerdem noch da drin ist.«

»Ich habe bei Gott keinen Schimmer, warum Emma dich so sehr liebt.«

Er zuckt die Achseln, als wäre das nur eine weitere Beleidigung, die von seinem Schutzschild aus Tätowierungen abprallt. »Sie muss wohl.«

Ich schließe die Augen. »Entschuldige, das war grob.« Fällt es mir schwer, das zu sagen? Ja. War das, was ich gesagt habe, grob unhöflich? Abermals ja. Und das hier wird ungleich einfacher, wenn wir beide uns vertragen.

»Komm, Laney. Sieh nach, was hinter Tor Numero zwei versteckt ist. Danach wirst du vergessen, was für eine Zumutung ich bin. Versprochen.«

Ich werde todsicher in eine Falle laufen.

Doch meine Neugier und der überwältigende Drang, die Lage zu bereinigen, erweisen sich als stärker. Zusammen mit dem verzweifelten Wunsch, an einem Spaß teilzuhaben. An jeder Art Spaß. Worum auch immer es sich handeln oder wie sehr ich es anschließend bereuen mag.

Es ist an der Zeit zu sehen, was hinter der zweiten Schlafzimmertür steckt.

10. Kapitel

Theo

Ich kenne etwa eine Million Wahrheiten über Delaney Kingston. Eine der bedeutsamsten ist, dass sie sich niemals auf Mutproben einlässt. Dass sie sich niemals in Gefahr begibt. Sie ist einer der langweiligsten Menschen, denen ich jemals begegnet bin, und hält sich streng an jede gegebene Regel.

Ich sage das als ein Mann, der irrationale Anfälle von Anziehung in ihre Richtung erlitten hat, *obwohl* sie so langweilig ist.

Außerdem ist mir bewusst, welches Risiko ich eingehe, wenn ich sie in mein Geheimnis einweihe.

Aber sie hatte einen beschissenen Tag, und ich hasse es, wenn Menschen einen beschissenen Tag haben, ob ich schuld daran bin oder nicht.

Das gilt sogar für Laney. Vielleicht sogar besonders für Laney.

Als hätte sie ihren Kampfgeist aufgegeben, lässt sie sich von mir zuerst in das Reserveschlafzimmer schieben. Als hätte ich schon nach zwei Tagen ihren Willen gebrochen. Eigentlich nach nicht mal zwei ganzen Tagen. Genau genommen nach nicht einmal vierundzwanzig Stunden.

Großer Gott.

Ich bin in manchen Kreisen als der Typ bekannt, der dafür sorgt, dass es anderen besser geht. Nicht als der Typ, der andere runterzieht.

Doch dann kommt so ein Rückfall in alte Gewohnheiten, und schon wedle ich, nur so zum Spaß, mit meinem Schwanz herum.

Nie wieder.

Das habe ich schon seit Jahren besser drauf.

Höchste Zeit, mich daran zu erinnern und nicht länger dagegen anzukämpfen.

»Aber beeil dich, damit sie nicht abhauen«, murmle ich in ihr Haar, das jetzt, als ich die Tür öffne und sie mit der Hand im Kreuz rasch hindurchschiebe, wie ein sonnendurchfluteter Salon duftet.

Sie beeilt sich.

Ich schlüpfe hinter ihr in den Raum und schließe rechtzeitig die Tür, als ich sie leise nach Luft schnappen höre.

Miss Doodles, die große, gefleckte Katzenmutter, sieht uns von ihrem Platz auf dem Waschbecken des offen gestalteten Reserveschlafzimmers aus wachsam an und taxiert Laney, während eines der Kätzchen an ihren Zitzen nuckelt.

»Oh Gott, es sind tatsächlich Katzen und nichts Pornografisches«, flüstert Laney.

»Magst du keine Katzen? Und wie steht es mit den Kleinen? Kätzchen sind der Hammer.«

»Meine Eltern sagen, Katzen sind Satansbraten.«

»Deine Eltern sind voreingenommene Spinner. Kätzchen sind der *Hammer.*«

Sie sieht mich schräg von der Seite an.

Doch irgendwas an ihrem misstrauischen Blick kommt mir gar nicht mal so misstrauisch vor. Eher gekränkt.

»Ich mache eine Menge Dummheiten, aber ich bin kein Lügner«, teile ich ihr mit. »Man muss nicht lügen, wenn man sowieso nichts bereut. Wenn ich also sage, Katzen sind der Hammer, dann ist es die Wahrheit.«

»Du hast meine Eltern eben ›Spinner‹ genannt.«

Mist.

Aber wenn ich etwas auf die Spitze treibe, treibe ich es richtig auf die Spitze. Und ich tue es lächelnd. »Auch darin erkenne ich keine Lüge.«

Sie findet das nicht lustig.

Streng dich an, Theo. Streng dich, verdammt noch mal, an.

Meine Augen brennen immer noch, also reiße ich mich erneut zusammen, bevor ich mir die Augen reibe, dann grabe ich tief und fördere ein noch heller strahlendes Theo-Monroe-Lächeln zutage. »Deine Eltern sind liebenswerte Menschen, die, was Katzen angeht, total falschliegen. Aber für nichtsnutzige Teufelsbraten aus der Hölle wie mich sind Katzen der Hammer. Weil wir zusammenpassen. Wir sind gute Kameraden. Aus demselben Holz geschnitzt.«

Aber sie nimmt mich selbst mit meinem Lächeln noch ernst. Sie zieht ihre Nase kraus, und auch wenn sie mir nicht versichert, kein »Teufelsbraten aus der Hölle« zu sein, treffen mich ihre folgenden Worte doch gänzlich unvorbereitet.

»Das haben sie immer gesagt, wenn ich mir eine Katze gewünscht habe. Dass Katzen Satansbraten sind.«

Heilige Scheiße.

Sie hat ihnen nicht geglaubt.

Sie haben sie damit gekränkt.

Im nächsten Moment bücke ich mich und locke das freundlichste Kätzchen leise glucksend an, weil ich für Delaney tun möchte, was ihre Eltern ihr verweigert haben.

Ich bin fest entschlossen.

Mir ist egal, wer sie ist oder was früher zwischen uns stand. Mir ist egal, dass es womöglich höllisch wehtut, wenn ich sie mit einem Kätzchen sehe und all die alten, unterdrückten Gefühle mit Getöse wieder zum Leben erwachen.

Ein Mädchen sollte eine Katze haben, wenn es sich, verflixt noch mal, eine Katze wünscht.

»Na, komm her, Jellybean«, sage ich zu dem grauen Kätzchen, das vor zwei Nächten in meiner Hand eingeschlummert ist.

Und als das winzige, kaum ein Pfund schwere Fellknäuel mit hoch in die Luft gerecktem Schwänzchen, weit geöffneten blauen Augen und neugierig aufgerichteten Ohren zu mir gewackelt kommt, hebe ich es rasch vom Boden auf.

Dann nehme ich Laneys Hand und lege das Kätzchen hinein.

Laney quiekt.

Jellybean maunzt.

Und dann geschieht, genau wie ich es vorhergesehen habe, das Allerschlimmste auf der Welt.

Laney Kingston schmilzt vor meinen Augen wegen des Kätzchens dahin.

»Oh, was bist du *niedlich*«, haucht sie, indem sie Jellybean hochhebt, bis sie einander, fast Nase an Nase, anblicken und blaue Augen sich in blaue Augen verlieben.

Ich hebe schon die Hand, in der Absicht, Laneys Schultern zu ergreifen und sie zu dem Stuhl in der Ecke zu führen, damit sie sich hinsetzen und ganz dem Kätzchen – oder allen Kätzchen – widmen kann, doch ich fürchte mich davor, sie noch einmal zu berühren.

Die brave Delaney? Die Delaney, der man ein Kätzchen vorenthalten hat? Die tief gekränkte Delaney?

Sie ruft unweigerlich meine Höhlenmenscheninstinkte wach, die ich mir versagt habe, seit ich sie damals auf der Highschool nicht mehr kontrollieren konnte.

»Du bist so weich«, flüstert Laney jetzt. »Wie kannst du nur so weich sein?«

Jellybean sieht sie an und miaut.

»Oh, sieh dir nur deine Augen an. Und erst deine Ohren. Wie groß sie sind für dein Köpfchen. Und deine Pfötchen. Oh, mein Gott, was hast du für winzige Pfötchen?«

Heilige Scheiße, ich muss hier raus, aber ich muss auch dafür sorgen, dass die Katzen frisches Wasser und ausreichend Futter bekommen, und ich muss dafür sorgen, dass Laney niemandem verrät, dass sie hier sind.

Ob ich deshalb Schwierigkeiten kriege, interessiert mich nicht. Aber ob jemand meinen Kätzchen wehtut?

Wagt es. Verdammt noch mal. Nicht.

Laney trägt Jellybean ganz allein am Bett vorbei zum Korbsessel in der Ecke neben den geschlossenen Balkontüren, wobei sie vorsichtig um die um ihre Füße schwärmenden übrigen Kätzchen herumgeht.

Alle außer Fred.

Fred mag Menschen nicht, versteckt sich immer.

Ich werfe einen prüfenden Blick unters Bett und überzeuge mich davon, dass er sich tatsächlich noch dort befindet. Der schwarz gefleckte Kerl fährt bei meinem Anblick zurück.

Schnell greife ich nach einer Spielzeugmaus und schiebe sie für den Fall, dass er herumtoben will, so weit unters Bett, wie ich kann, ohne ihn aufzuscheuchen, dann eile ich in den Badbereich hinter der halb hohen Wand, die das Schlafzimmer von Waschbecken, Duschwanne und Toilette trennt.

»Was machst du da?«, fragt Delaney, als ich die offene Duschkabine betrete, und entlockt den anderen Kätzchen eine Runde anbetungswürdigen Baby-Maunzens.

Dass sie keine Babylaute verwendet, zeigt mir an, dass sie mit mir redet. »Katzenstreu wechselt sich nicht von allein«, antworte ich.

Und wieder sieht sie mich an, als würde sie sich fragen, mit welchem außerirdischen Freak sie sich ein Zimmer teilt.

Womöglich schockt es sie, dass ich das Katzenklo saubermache. Ich war nicht gerade der Typ, der so etwas tat, als wir uns das letzte Mal regelmäßig sahen.

Aber so bin ich nicht mehr.

Ich habe keine Ahnung, wie sehr sie sich seit der Highschool verändert hat, also führe ich mich um unserer Vergangenheit willen lieber nicht auf wie ein Esel.

»Leckerchen liegen da bei dir«, sage ich. »Die in dem lila Beutel mögen sie am liebsten.«

»Wie kommst du an die Katzenfamilie?«

»Ich hab sie an dem Tag, als ich hier ankam, in einem Müllcontainer wimmern hören.«

»Oh, mein Gott. Jemand hat sie einfach weggeworfen?«

Ich zucke die Achseln. »Ich weiß nicht. Es gibt hier viele Streuner. Vielleicht hat Miss Doodles sich auch nur einen schlechten Ort ausgesucht, um ihre Kleinen zu bekommen. Aber sie mag Menschen.«

Sie legt die Stirn in Falten. »Ist es normal, dass Streuner Menschen mögen?«

»Hier? Ich schätze, das hängt davon ab, wie viele Leute sie füttern. Kann sein, dass sie in der Nachbarschaft einer Ferienanlage von den Leuten gehätschelt werden, die ihre Katzen daheim vermissen.«

Glaube ich, dass sie jemand weggeworfen hat? Ja. Ja, das tue ich.

Die Streuner beim Resort mögen zutraulich sein, aber bestimmt nicht so wie Miss Doodles.

Miss Doodles hat zweifellos mal mit Menschen gelebt.

Aber werde ich Laney das sagen? Nein, da sie wahrscheinlich darauf bestehen würde, Miss Doodles Halter zu ermitteln und Gerechtigkeit walten zu lassen.

Aber das mache ich nicht. Keine verfluchte Chance.

Der Gerechtigkeit wird Genüge getan sein, wenn meine Katzen ein freundliches Zuhause haben. Nicht, indem jemand für seine Schandtaten bezahlt.

Was mich betrifft, hat mir dieser Jemand einen Gefallen getan.

»Man darf hier im Resort doch sicher kein Zimmer voller Katzen haben, oder?«

»Ich werde diesen Laden, verdammt noch mal, niederbrennen, wenn man von mir verlangt, diese Kätzchen und ihre Mama auf die Straße zu befördern.«

Kurz fällt ihr die Kinnlade runter, dann schluckt sie schwer.

Liegt das irgendwie an der Beleuchtung, oder verdunkeln sich ihre Augen?

Habe ich die Königin der Regeln etwa angeturnt, als ich ihr mitteilte, die Regeln könnten sich zum Teufel scheren?

»Aber was willst du mit ihnen machen?«, fragt sie mit einer dermaßen belegten Stimme, dass sich meine Eier zusammenziehen.

»Sie mit nach Hause nehmen.«

Sie blinzelt.

Dann blinzelt sie wieder.

»Wer den Schatz findet, darf ihn behalten. Die Katzen gehören jetzt mir, und sie werden ein verflucht fantastisches Leben haben.«

»Das habe ich alles nicht gehört.«

»Das ist kein Verbrechen.«

»Aber es ist, es ist …«

»Alles gut«, beende ich ihren Satz. »Spiel mit den Kätzchen, und freu dich über das, was du hast. Aber wenn du Emma erzählst, dass ich hier Katzen halte, schicke ich deinen Eltern das Selfie wirklich, das ich letzte Nacht von uns im Bett geschossen habe.«

Sie blickt finster drein.

Ich grinse. Ich kann nicht anders. Es ist so einfach, sie zu reizen. Außerdem löst die finster blickende Laney einen Großteil der Spannung in meinen Eiern.

Es erinnert mich daran, dass sie eine Spaßbremse ist. Jedenfalls meistens.

Ich denke, ich vertraue darauf, dass sie mein Katzen-Geheimnis für sich behält. Und wenn ich damit falschliege, gewinne ich trotzdem.

Es interessiert mich nicht immer, ob ich gewinne oder verliere – meistens ist eher der Weg das Ziel und das Vergnügen dabei –, aber in diesem besonderen Fall würde ich alles tun, damit ich gewinne.

Als ich in die Duschkabine schlüpfe, um die Katzenklos auszuspülen, kann ich sie nicht mehr sehen, weil sie hinter der Duschwand steht. Aber ich kann sie hören.

»Das ist mein Schnürsenkel, du Dummerchen! Du liebe Güte, wer hat euch erlaubt, so niedlich zu sein? Wo kommt ihr überhaupt her? Oh, hi, du bist dann wohl die Mama. Du bist aber hübsch. Miss Doodles? Was für ein bescheuerter Name. Du siehst viel eher wie eine Kleopatra aus. Oder wir nennen dich einfach Empress, was meinst du?«

Wenn ihre Eltern ihr weisgemacht haben, dass Katzen Satansbraten sind, hat die Lektion offenbar nicht gefruchtet. Entweder das, oder sie hat sich heimlich in einem Tierheim um Katzen gekümmert, um ihren Willen zu bekommen.

Nein, nein, nein, nein … Ich werde mir nicht vorstellen, wie sie ihre Eltern hintergeht, um einsamen Katzen zu helfen, ein Zuhause zu finden.

Das Bild im Kopf kann ich echt nicht gebrauchen.

Ich bin fertig und stopfe die neuen Säcke Katzenstreu in den komplizierten Windeleimer, den ich gekauft habe, damit hier drin niemand etwas riecht und ich nicht zweimal am Tag mit Katzenstreusäcken durch die Ferienanlage latschen muss. Schließlich trete ich aus der Dusche, und mir bietet sich ein Anblick, der meinen Willen zu brechen droht.

Miss Doodles liegt in Delaneys Schoß. Laney streichelt sie und redet leise gurrend mit ihr, während die Katze so laut schnurrt, dass man es durchs ganze Zimmer hört.

Drei Kätzchen klettern auf ihr und dem Sessel herum.

Laney sieht aus, als wäre sie im siebten Himmel. Lächelnd. Nein, nicht nur lächelnd.

Sie erleuchtet die ganze verfluchte Insel.

Wir sind im Paradies. Da braucht es schon einiges, um zu verbessern, was die Natur hier bereits geleistet hat.

Doch ihr gelingt es. Ihr Lächeln verwandelt mein Inneres in etwas Warmes, Klebriges, als hätte sie meine sämtlichen Einzelteile zusammengefügt, sodass ich jetzt ein frisch gebackener Schokocookie bin, dessen einziger Daseinszweck darin besteht, die Welt zu einem besseren Ort zu machen.

»Ich mochte dich auf der Highschool.« Die Worte kommen aus meinem Mund, ehe ich sie zurückhalten kann. Sie verwirrt meinen Verstand. Und meine Zunge. »Du warst immer zu gut für mich, aber ich mochte dich trotzdem, deshalb war ich so ein Arschloch, weil es einfacher war, dich von mir zu stoßen, als mich der Tatsache zu stellen, dass du bis in alle Ewigkeiten besser sein würdest als ich und mir niemals eine Chance geben würdest. Also war es leichter, für dich ein Arschloch zu sein. Das ist mir in Fleisch und Blut übergegangen. Es tut mir leid. Ich werde mich bessern.«

Ihre Lippen teilen sich, ihre Hand bewegt sich nicht mehr. »Bist du …« Sie unterbricht sich. Leckt sich die Lippen.

Beim Anblick ihrer rosa Zunge schwillt mein Schwanz schon wieder an.

Sie schüttelt den Kopf. Und setzt neu an. »Machst du dich über mich lustig?«, fragt sie sehr leise.

»Wie könnte ich mich damit über dich lustig machen?«

»Weil wir uns kein bisschen ähnlich sind, weil es absolut keinen Grund gibt, dass einer wie du eine wie mich mögen könnte.«

»Ich weiß«, krächze ich.

»Das ist null komisch.«

Mein Gesicht beginnt zu glühen. Genau wie meine Hoden. »Nein, überhaupt nicht.«

»Du hast mir das Gefühl gegeben, nicht attraktiv zu sein, eine Nervensäge … und dass meine bloße Existenz ein Fehler ist. Und das tust du immer noch.«

»Ich wollte nicht … wusste nicht. Das ist nicht das, was ich …«

»Und die ganze Zeit hast du dich immer prächtig amüsiert. Einfach prächtig. Während ich – hast du überhaupt eine Ahnung, wie schwer es ist, in einer Welt zu existieren, in der du dich auch gern mal amüsieren würdest, aber alles immer nur schlecht oder verboten oder gefährlich ist oder was für Leute, die keine Zukunft haben. Wenn du perfekt sein musst, obwohl du weißt, dass du diesem Anspruch niemals genügen wirst, aber dass du dich trotzdem immer anstrengen musst, weil du vielleicht, nur vielleicht, eines Tages doch die Ausnahme der Regel sein wirst, nach der niemand perfekt ist. Um dann von denselben Menschen, die du so, so sehr beneidest, weil sie solchen Erwartungen nicht im Entferntesten gerecht werden müssen, wie der letzte Dreck behandelt zu werden.«

Vier Kätzchen jaulen verstört.

Ein weiteres flitzt in die Dusche.

»Ich … ich kann es mir vorstellen«, presse ich heraus.

Hör auf zu reden, Theo. Hör. Verdammt noch mal. Sofort. Auf zu. Reden.

Eigentlich kenne ich mich mit solchen Situationen aus. Ich bin der Kerl, zu dem die Bauarbeiter kommen, wenn sie einen Rat brauchen, denn sie wissen, dass ich zwar gern Spaß mache, aber auch, dass mich das Leben einiges gelehrt hat, was ich gern mit anderen teile. Die Sullivan-Drillinge und ich albern viel gemeinsam herum, aber wenn einer von ihnen ein Tief hat und seine Brüder nicht greifbar sind, taucht er vor meiner Tür auf – für ein Bier und die nötige Aufmunterung.

Ich bin nicht mehr der Versager, der ich auf der Highschool war. Ich habe meine Lektionen angenommen, sie umgedreht und an die Welt ausgegeben, um anderen zu helfen, damit sie sich nie, niemals so fühlen müssen wie der Versager, für den ich mich die meiste Zeit meines Lebens gehalten habe.

Doch hier bin ich gelandet, fühle mich wieder wie ein Versager und so, als hätte ich zudem auch noch Laney wehgetan.

»Ich bezweifle aufrichtig, dass du die geringste Ahnung hast, wie es mir überhaupt jemals ergangen ist«, sagt sie steif. »Danke, dass du die Kätzchen befreit hast. Ich werde keinem was sagen. Sie sind hier offensichtlich glücklich, und darauf kommt es schließlich an.« Sie erhebt sich, worauf Miss Doodles wegspringt, während Laney sich ungeschickt von den Kätzchen befreit, die sich an verschiedenen Stellen in ihre Kleider krallen und an ihr hochklettern, damit sie – und damit ihr persönliches Klettergerüst – nicht geht. »Wenn du mich jetzt entschuldigst, ich muss was zu essen für mich auftreiben. Bevor wir zum Abendessen losmüssen, bin ich wieder zurück. Geh nicht ohne mich.«

»Laney …«

»Wenn ich Emma helfen will, ihre Traumhochzeit zu erleben, benötige ich jetzt eine Pause.«

Sie sagt nicht, dass ich hier auf sie warten soll.

Sie hat auch keinen Rat für mich, wie ich die Kätzchen in der Ferienanlage geheim halten kann.

Sie sagt mir weder, wann genau sie zurück ist, noch, wo sie überhaupt hingeht. Sie schlüpft lediglich still zur Tür hinaus. Wobei sie darauf achtet, dass Jellybean ihr nicht nachläuft.

Miss Doodles sieht mich an.

»Ich wollte bloß das Richtige tun«, sage ich zu ihr.

Sie blinzelt.

Ich schwöre bei Gott, ihr Blinzeln bedeutet: *Für dich? Oder für sie?*

Und wisst ihr was?

Ich kenne die Antwort auf diese Frage nicht.

11. Kapitel

Laney

Er hat mich gemocht?

Das ist doch absurd.

Ich weiß wirklich nicht, ob er denkt, er könnte Jahre, in denen ich mich wie ein Stück Dreck gefühlt habe, ungeschehen machen, indem er mir weismacht, er hätte mich nur deshalb an den Zöpfen gezogen, weil er mich mochte. Aber damit kann ich mich im Augenblick nicht beschäftigen. Und ich kann auch nichts damit anfangen.

Spaß zu haben und wie ein Fußabtreter behandelt zu werden sind zwei sehr, sehr verschiedene Dinge. Und dann noch mit der Ausrede, mich eigentlich gemocht zu haben … Ich greife nach meiner Kreditkarte und meinem Ausweis in meiner Handtasche und schiebe beides in meine Rocktasche – ich liebe das Teil –, stürze zur Tür hinaus und pralle auf der Veranda mit Sabrina zusammen.

»Da bist du ja wieder.« Sie schließt mich in eine kurze Umarmung. »Was ist?«

»Ich brauche einen Mai Tai.«

Sie blickt zur Tür.

Ich verziehe das Gesicht. »Wenn er abhaut, binde ich ihn, sobald wir ihn gefunden haben, höchstpersönlich mit unzerstörbaren Fesseln an das halb ausgeklappte Sofa und lasse ihn so für den Rest des Wochenendes schmoren. Und ich kann dir versichern, dass er das weiß.«

»Dann also Mai Tais«, nickt Sabrina.

Zwanzig Minuten später sitzen wir am Pool. Ich ohne Badeanzug, den habe ich im Zimmer gelassen. Aber in einer Hand halte ich einen Mai Tai, in der anderen ein Krabbenspießchen, ich trage Strohhut und Sonnenbrille, und neben mir sitzt Sabrina.

»Das wandert in den Tresor, und wir sprechen niemals wieder davon«, sage ich zu ihr, bevor ich ihr von fast allem berichte, was ich heute erlebt habe.

Im Flüsterton.

Weil das Gebüsch hinter uns Ohren haben könnte.

Und das Thema Kätzchen umgehe ich, erwähne es überhaupt nicht. Aus Loyalität den Katzen gegenüber.

Mehr ist es nicht, ich schwöre. Es ist nicht so, dass ich einen Groll hegen oder ein Geheimnis für mich behalten wollen würde, wo schon alle um mich herum ihre Geheimnisse für sich behalten.

Als ich zu der Stelle komme, an der Theo mir versicherte, dass er mich immer gemocht hat, reagiert sie überhaupt nicht darauf. So was von überhaupt nicht.

»Hallo?«, flüstere ich. »Du könntest wenigstens nach Luft schnappen. Oder *Was zur Hölle!* fluchen. Oder du könntest sagen: *Wie gemein von ihm, dir nicht zu sagen, dass er dich auf der Highschool anziehend fand, um sein schlechtes Benehmen ungeschehen zu machen.*«

Ihr Gesichtsausdruck ist komplett ausdruckslos. »Hm.«

»Setz jetzt bloß nicht so ein Pokerface auf.«

»Laney.«

Ich schiebe mir eine Krabbe in den Mund und komme mir

vor wie Emma gestern mit ihrem Proteinriegel. War das wirklich erst gestern? »Und sprich meinen Namen nicht aus, als wolltest du mir etwas mitteilen, das ich nicht hören *will*, aber dringend hören *muss*, sodass du es mir auf jeden Fall sagen wirst. Den Tonfall kann ich gerade nicht gut vertragen.«

»Hier, trink noch was von dem Mai Tai.«

Ich schlucke.

Und bedeute ihr mit einem Blick, mir nicht zu sagen, was ich nicht hören will.

Einem Blick, der sagt: *Was es auch sein mag, es gibt auf der Welt nicht genug Alkohol dafür, und ich hatte gerade erst einen Teelöffel davon.*

Doch sie beachtet mich gar nicht. »Emma hat mir schon im ersten Jahr erzählt, dass Theo einen Crush auf dich hat, aber ich musste ihr schwören, nichts zu verraten, weil es ihm superpeinlich war.«

»Dann ist es peinlich, mich zu mögen.«

Sie steckt mir ein Stückchen Krabbe in den Mund. »Deine Eltern haben ihm unmissverständlich klargemacht, dass er nicht gut genug für dich sei, und es war ihm peinlich, weil er dachte, sie hätten recht.«

»Abaabaaba …«

»Du sollst nicht mit Shrimps im Mund sprechen. Hier. Nimm noch einen.«

Ich schlage ihr den zweiten Shrimp aus der Hand. »Sabrina. Das ist furchtbar.«

»Theo war auf der Highschool für niemanden gut. Er war so wild, wie es ging, ohne Sinn und Verstand.«

»Wie meinst du das?«

»Weißt du noch, als er suspendiert wurde, weil … ach, such dir irgendeinen Grund aus, aus dem er suspendiert wurde. Irgendeinen x-beliebigen.«

Ich verziehe das Gesicht, denke daran, wie er einmal nach der Schule auf einem Fotokopierer saß, um seinen Hintern zu scannen, den er dann als *Arsch vom Direx* beschriftete und, tausendfach kopiert, in der ganzen Stadt verteilte, und trinke noch einen Schluck Mai Tai. Nur gut, dass der Drink superschwach ist. Denn wenn nicht, würde ich mich nach der Menge Mai Tais, nach der mir gerade ist, nicht mehr auf den Beinen halten können.

Gott, bin ich langweilig.

»Er hat Grenzen überschritten, die er heute nicht mehr überschreiten würde«, meint Sabrina. »Weil ihm, als er alt genug war, um zu begreifen, wie ungern er im Knast landen will, klar geworden ist, dass die Konsequenzen inzwischen erheblich schwerer wiegen würden. Außerdem hat er jetzt … einen Job.«

»Was macht er denn?«

»Was soll das heißen, was macht er denn?«

»Du hast gezögert, als du sagtest, er hätte einen Job. Womit verdient er sein Geld? Für Miete, Essen, Klamotten – nein, warte, er zieht ja anscheinend keine Klamotten mehr an –, für ein Auto … Also er braucht doch Geld für Benzin und die Autoversicherung. Und womöglich für eine Jacke und Hausschuhe für daheim.«

Sabrina grinst mich unter ihrem Strohhut an, der zu meinem passt, weil wir unsere Hüte vor zwei Wochen zusammen gekauft haben. »Du bist sogar auf Mai Tais noch hundertpro Delaney.«

»Wie meinst du das?«

»Mir gefällt einfach, dass du dich darum sorgst, wie die Leute ihre Autoversicherung bezahlen. Ist dir klar, dass du mich gerade daran erinnert hast, *meine* Versicherung zu bezahlen? Warte. Ich nehme nur kurz mein Handy und mach das, bevor ich es wieder vergesse.«

»Deine Versicherung wird automatisch abgebucht, du versuchst bloß abzulenken.«

»Tue ich nicht«, lügt sie. Breit grinsend. »Oh, guck mal, mein Hundesitter hat ein Foto von meinem Hund Liebling geschickt. Willst du meinen Schatz mal sehen?«

»Ablenkungsmanöver.«

Sie grinst noch breiter. »Laney, jetzt bin ich beleidigt.«

Ist sie nicht. Aber gut. Gut.

»Weißt du was? Du hast recht. Es spielt keine Rolle.«

»Okay, okay. Wenn du es unbedingt wissen willst, er arbeitet …«, setzt sie an, doch ehe sie ihren Satz beenden kann, trifft uns beide eine gewaltige Fontäne aus dem Pool.

Ich japse, stammle und wimmere, als ich sehe, dass meine Krabbenspießchen mit Wasser aus dem Schwimmbecken getränkt sind.

Und viereinhalb Meter entfernt taucht Theo aus dem Pool auf.

»Schönen Nachmittag, Ladys«, ruft er. »Melde mich gehorsamst zum Babygesittet-Werden.«

Da ist er wieder, der alte Theo.

Und tut so, als hätte er mich nicht vor einer Stunde mit der Mutter aller Paukenschläge bedacht.

War das ein Paukenschlag? Ja, kann man wohl sagen.

Weil ich ihn nämlich auch mochte, was ich aber nie, niemals im Leben nicht laut ausgesprochen hätte. Ich konnte es mir ja kaum selbst eingestehen.

Er war verboten. Ein Spaßvogel. Und er war gefährlich.

Und danach verzehrte ich mich.

Ich wusste es besser. Natürlich. Ich hatte – habe noch immer – eine große Zukunft in unserem Familienunternehmen. Was auf der Highschool bedeutete, dass meine unmittelbare Zukunft darin bestand, gute Noten zu ergattern, um ein angesehenes College besuchen und eine gute Ausbildung absolvieren zu können – die nötige Grundlage, um eines Tages in die Fußstapfen meiner Eltern zu treten und *Kingston Photo Gifts* zu leiten.

Zum Teil fühlte ich mich verpflichtet fortzuführen, was sie begonnen hatten, aber ich wollte es auch.

Und das will ich noch immer.

Es erfüllt mich mit Stolz, mitzuhelfen und weiterzuentwickeln, was meine Eltern aufgebaut haben. Es gefällt mir, dass unserer Produkte Familien, Freunden und auf so vielfältige andere Weisen verbundenen Menschen so viel Freude bereiten.

Aber eine Kingston zu sein ist auch noch mit anderen Erwartungen verknüpft.

Erwartungen, die ich nicht länger erfüllen will. Von denen ich mich jedoch noch immer nicht befreit habe.

Jedenfalls noch nicht vollständig.

Und ich habe mich, seit ich mit Christopher Schluss gemacht habe, auch noch nicht so sehr dafür angestrengt, wie ich mir selbst einrede, dass ich es will.

»Du schuldest Laney einen frischen Teller Shrimps«, ruft Sabrina Theo zu.

»Setz es auf meine Rechnung«, ruft er zurück.

Und dann ist er fort, schwimmt, als wäre er im Meer geboren statt in einem furztrockenen Kaff in den Bergen von Colorado.

»Er ist noch immer wild und unberechenbar«, bemerkt Sabrina, die weitermacht, als hätte er uns nicht soeben unterbrochen, »aber er übernimmt inzwischen Verantwortung und steht für seine Fehler gerade.«

»Oh, mein Gott, versuchst du etwa, mich dazu zu bringen, dass ich ihn mag?«, fauche ich.

»Es wäre doch schön, wenn ihr zwei wenigstens Freunde sein könntet.« Sie zuckt die Achseln. »Em hat sich immer bemüht, möglichst keine Pläne zu machen, bei denen ihr beide zur selben Zeit am selben Ort mit ihr landen würdet. Sie wusste, er würde sich wie ein Arsch benehmen und du würdest deshalb pingelig werden, was dein gutes Recht wäre, aber ich denke, wenn du wüsstest, wieso er sich so benimmt, könntest du ihn womöglich leichter ertragen.«

»Ich kann solche Typen nicht ausstehen.«

Am Beckenrand hustet und prustet Theo.

Aber erst als sein Gesicht burgunderrot anläuft, bevor er sich abstößt und ganz bis zum entgegengesetzten Ende des Pools gleitet, lasse ich den Kopf auf meine Knie sinken. »Sag mir bitte, dass er jetzt nicht für den Rest des Wochenendes herumläuft und allen erzählt, dass ich lesbisch bin.«

»Ich kümmere mich darum«, versichert mir Sabrina. »Ich weiß, wo er seine Schmutzwäsche aufbewahrt.«

»Du machst mir Angst, und ich liebe dich.« Ich seufze und lehne mich zurück. »Und weißt du, was das Schlimmste ist?«

»Dass er leider supergut aussieht?«

Ich verdrehe die Augen, als wäre das nicht wahr, aber das ist es nun einmal. Allerdings ist es nicht das Schlimmste. »Es kommt mir vor, als hätte ich die besten Jahre meines Lebens versäumt und es wäre jetzt zu spät, noch anzufangen, weil es viel zu tief in mir steckt, ein braves Mädchen zu sein.«

Sie antwortet nicht sofort.

»Stimmt doch, oder?« In dem Wissen, dass ich mich äußerst unbehaglich fühlen würde, wenn *mich* jemand so genau in Augenschein nähme, blicke ich sie an. Aber Sabrina, Emma und ich haben schon zu viel zusammen durchgemacht, dass Sabrina mir niemals absichtlich mit der Wahrheit wehtun würde. »Ich gebe mir solche Mühe, das Richtige zu tun und die Erwartungen zu erfüllen, dass mir so viele Gelegenheiten, mich auch mal zu amüsieren, entgangen sind.«

»Wie betrunken bist du?«

Ich hebe mein Glas, das, nicht nur, weil Theo noch mehr Wasser hineinspritzt, noch halb voll ist.

»Gut. Komm, lass uns shoppen gehen.«

Ich spähe über den Pool.

Theos Onkel Owen ist nicht zu sehen, also besteht wenig Gefahr, dass er Theo zu einer weiteren Mutprobe anstachelt.

Von der Strandseite nähert sich Claire, mit einer Handvoll ihrer und Emmas Verbindungsschwestern, die zur Hochzeit gekommen sind, aber nicht in die Planung involviert sind. Claire wird, sobald sie mitbekommt, dass Theo im Pool ist, *definitiv* hier verweilen.

Und das sage ich nicht, weil ich denke, sie will sich ihm an den Hals werfen oder ihn den übrigen Frauen vorstellen. Eher schon, weil ich mir sicher bin, dass auch sie weiß, welche Not Emma wegen seines Benehmens leidet. Ich fand Claire immer toll, wenn ich ihr irgendwo begegnet bin. Und ich weiß, dass sie sich genau wie ich eine schöne Hochzeitswoche für Emma wünscht.

Sie wird helfen.

»Wo steckt Chandler?«, erkundige ich mich bei Sabrina.

»Beim Golfen. Schon wieder.«

»Und Emma?«

»Shoppen mit den Müttern. Die wollen Souvenirs kaufen und sich ein bisschen die Stadt ansehen. Zum Abendessen kommt sie zurück. Komm, wir verschaffen dir ein wenig Amüsement.«

»Welche Art Amüsement?«

»Die Art, die erfordert, dass du dir in dem überteuerten Touristenladen einen brandneuen Bikini kaufst und dich mit einer höllischen Arschbombe in den Pool schmeißt.«

Mein Magen erstarrt zu Eis.

Und ich weiß, sie weiß es.

Ich blicke düster an mir hinab.

Sie hat recht. Genau das sollte ich machen.

»Deine Eltern sind nicht hier, Laney«, bemerkt Sabrina leise. »Und du verdienst es zu erleben, wie es ist, wenn die halbe Hochzeitsgesellschaft mit dir flirtet, weil du in einem sexy Bikini auftauchst.«

Sie hat nur Unsinn im Kopf.

Verglichen mit dieser rothaarigen Sexbombe und Emmas weltumspannenden Strahlen bin ich nur die graue Maus mit dem flachen Hintern. Aber ich bin auch diejenige, die aus dieser Rolle ausbrechen will. Die mehr Risiken eingehen will. Ich bin hier mit Menschen zusammen, die mich lieben, die mir vertrauen und mich nie im Leben irgendeine Dummheit begehen lassen würden … falls ich doch mehr von diesem Mai Tai getrunken habe, als ich annehme.

Ich werfe noch einen Blick auf Theo, der munter im Wasser planscht und die Blicke jeder einzelnen verfluchten Person am Beckenrand auf sich zieht.

Dann schaue ich wieder Sabrina an. »Okay, gehen wir.«

12. Kapitel

Laney

Dieser Bikini ist so winzig, ich bin froh, dass ich mich letzte Woche gewachst habe. Mein Bauch ist nicht so ganz flach. Meine Oberschenkel sind dermaßen weiß, dass sie praktisch durchsichtig wirken. Und dank der beiden briefmarkengroßen, tropisch bunt gemusterten und von Zahnseide zusammengehaltenen Stückchen Stoff habe ich sogar so was wie ein Dekolleté. Aber mir scheint, als wäre meine rechte Pobacke ein klein wenig größer als die andere, weil ich das Bikinihöschen nicht weit genug darübergezogen bekomme, um sie vollständig zu bedecken, so heftig ich mich auch winde oder meine Gesäßmuskulatur anspanne.

»Nee, geht nicht«, unterrichte ich Sabrina durch die Kabinentür. Ich ziehe mich in einem kleinen Bad in der Nähe des Pools um, damit mir weniger Zeit zum Kneifen bleibt. Was eindeutig nur leidlich funktioniert.

»Gegen einen Bikini hab ich nichts, aber der hier ist womöglich ein bisschen drüber.«

»Okay«, gibt Sabrina zurück.

»Okay?«

»Dein Spiel, deine Regeln.«

»Bitte, überrede mich dazu.«

»Sicher?«

»Nein.«

»Bist du angezogen?«

»Schon, aber nicht anständig.«

»Mach die Tür auf.«

Sie weiß genau, dass ich ihr nicht widerspreche, wenn sie mich anspricht, als wollte sie sagen: *Du wirst tun, was ich sage, oder ich komme durch diese Tür wie der Gecko an der Wand, der dich abschätzig ansieht, weil du deine Haut zu Markte tragen und die Kerle in Versuchung führen willst.*

Ich öffne seufzend.

Wenn ich schon von den Geckos abschätzig beäugt werde, ist es höchste Zeit, entweder weniger oder mehr Mai Tais zu trinken. Ich bin mir nicht sicher.

Sabrina mustert mich vom Scheitel bis zur Sohle, während ich mir Mühe gebe, mich im Spiegel nicht selbst zu betrachten. »Was gefällt dir daran nicht?«

Ich deute auf meinen Vorbau. »Ich krieg davon … Ausschnitt.«

Sie zeigt auf ihren unter einem weißen Tanktop kunstvoll zur Schau gestellten Busen. »Hältst du mich für ein Flittchen, weil ich den Ansatz meiner Brüste zeige?«

»Sabrina.« Sie packt meine Wangen und zieht meinen Kopf zu ihrem hinunter.

»Du bist klug, du bist stark, du bist schön, und du wirst den Körper genießen, in dem du lebst. Wenn auch nur einer da draußen am Pool dich zu blamieren versucht, weil du eine Göttin mit einem geilen Arsch bist, die ein Problem mit ihrem Selbstbewusstsein hat, werde ich denjenigen höchstpersönlich vernichten. Man hat dir zu viele Jahre eingeredet, du müsstest dich nach unrealistischen, puritanischen Idealen richten und dass dein gesamtes Leben zu Ende wäre, wenn du den Schwanz eines Mannes anfasst. Also, sag mir jetzt, was *du selbst* willst. Willst du auf dem Weg zu deinem Vergnügen in diesem Bikini da rausgehen und in den Pool springen? Eine falsche Antwort gibt es nicht, außer der, die du mir nur gibst, weil du denkst, irgendwer sonst auf der Welt könnte sie hören wollen.«

Regel Nummer eins, wenn man mit Sabrina befreundet ist: Frag sie nie nach ihrer Meinung, wenn du sie nicht hören willst. »Danke, dass du kein Blatt vor den Mund nimmst.«

»Dafür bezahlst du mich.«

Ich starre sie eine Sekunde lang an, dann beginne ich, schallend zu lachen.

Sie grinst.

Ich straffe die Schultern und schaue an ihr vorbei auf mein Spiegelbild. Ich weiß nicht, wer diese Frau ist. Ihre Wangen zeigen eine rosige Röte, die sich über ihren Hals und Busen ausbreitet. Der voll und rund ist und Aufmerksamkeit erregt, ohne Rückenprobleme zu verursachen. Das Bikinihöschen verbirgt so viel, dass selbst ihre Hüften beinah hübsch wirken. Ihre Arme sind gebräunt und schlank.

Vielleicht lege ich mal ein wenig mehr Selbstvertrauen an den Tag und tue für eine Stunde so, als wäre ich sie.

Aber wenn meine Eltern Fotos von mir sehen …

Ich winde mich ein wenig. Es ist einfacher, folgenden Satz im Geiste zu formulieren, als zu glauben, dass ich tatsächlich dazu fähig bin, ihn auszusprechen: … *dann werde ich sie daran erinnern, dass ich eine erwachsene Frau bin, die sich in den Ferien eigenverantwortlich amüsieren kann.*

Aber ich muss dazu fähig sein, wenn ich mich wirklich mit der Vorstellung anfreunden will, mein Leben selbst in die Hand zu nehmen.

»Alles ist viel schwerer, wenn deine Eltern in deinem geliebten Beruf deine Vorgesetzten sind«, flüstere ich.

Sabrina legt einen Arm um meine Taille und bettet ihre Stirn an meinen Arm, um mich ebenfalls im Spiegel zu betrachten. »Ich weiß, Süße.«

»Also gut, los geht's, schließlich muss ich meinen Enkelkindern später erzählen können, wie ich die Familie schockierte, weil ich einmal einen Bikini angezogen habe.«

»Oh, Laney«, sagt sie lachend. »Du bist echt einmalig.«

»Kann ich noch einen Mai Tai haben?«

Sie nimmt ihr Glas vom Marmorwaschbecken und reicht es mir.

Ich trinke einen großen Schluck, und ja … Ich kriege das hin.

Wer hätte das gedacht?

Dann schreite ich hoch erhobenen Hauptes aus dem Bad und gebe vor, Sabrina zu sein statt *Prinzessin Plainy Laney*. Dabei hilft, dass ich meine Sonnenbrille wieder aufgesetzt habe, sodass niemand auf den Grund meiner unsicheren Seele blicken kann.

Ich bewundere Frauen, die so selbstbewusst sind, am Pool einen Bikini zu tragen, warum belege ich mich dann in Gedanken mit den übelsten Schimpfworten?

Still, ihr verdammten Stimmen, befehle ich. *Ihr lügt doch nur. Verzieht euch!*

Was ansatzweise funktioniert.

Aber nicht ganz.

Nicht, als ich bemerke, dass alle am und im Schwimmbecken sich zu mir umdrehen und mich anglotzen, einschließlich der Sullivan-Drillinge, die noch gar nicht hier waren, als ich zum Shoppen aufbrach.

Und jetzt schwellen die inneren Stimmen an: *Laney hat einen Nervenzusammenbruch. Laney ist außer Kontrolle. Was werden Laneys Eltern dazu sagen?*

Wie alt muss man werden, bevor es einem egal ist, was die Leute über einen sagen? Ich frage nicht nur für eine Freundin.

»Die checken dich so was von ab«, flüstert Sabrina neben mir.

»Bist du dir sicher, dass sie nicht bloß denken, ich hätte den Verstand verloren?«

»Die Kerle sind allesamt Idioten, die denken, du hättest es für sie getan und heute wäre ihr Glückstag. Claire ist stolz auf dich und feuert dich an, auch wenn sie nicht recht weiß, wieso. Und Theo scheißt sich gerade ein, weil ihm klar wird, dass er sich der aufregendsten Frau von Snaggletooth Creek gegenüber in den letzten zwanzig Jahren wie ein Arsch benommen hat.«

»Bah, ich will aber nicht in einem vollgeschissenen Pool schwimmen.«

Sabrina lacht so heftig, dass ihr die Augen tränen.

Ich muss lächeln, und die Spannung im Nacken lässt nach. Es gibt nichts Schöneres, als die beste Freundin so zum Lachen zu bringen, um sich auf jede erdenkliche Art besser zu fühlen, nachdem man eben noch dachte, man wäre Miss Langweilig.

»Oh ja, Laney, die Drillinge haben *absolut* ein Auge auf dich geworfen«, haucht sie nun, immer noch kichernd. »Keine Sorge, wenn du Hilfe brauchst, um sie auseinanderzuhalten, ich bin bei dir.«

»Ich glaube, ich kann deine Drillingscousins sehr gut auseinanderhalten«, gebe ich leise zurück.

»Echt? Und wer checkt dich gerade am heftigsten ab?«

»Das ist ungerecht, weil deine Vorstellung von ›heftig‹ sich deutlich von meiner unterscheidet.«

»Laney. Jack ist gerade ein ganzer Calamari-Kringel aus dem Mund gefallen.«

»Ich dachte, es waren Pommes.«

Sie gluckst.

Ich kichere mit.

Aber was ich *eigentlich* mache, ist, nicht in Richtung Pool zu blicken, sondern in Richtung Theo, der neben Claire am Beckenrand sitzt, die genauso eine echte, unvergleichliche Sexbombe ist wie Sabrina.

»Ich mache das nicht wegen Theo«, zische ich Sabrina zu.

»Nein, du trägst den Bikini für dich selbst. Und, wie fühlt es sich an?«

»Nackig.«

»Ich kann keine deiner Brustwarzen erkennen, und deine Vagina lugt auch nirgendwo raus.«

Lucky Sullivan verfehlt seinen Mund und schmiert sich seinen Hamburger quer über die Backe, während er mich anstarrt, und Decker verschüttet seinen Drink.

»Sag mir bitte, das ist ein Zeichen für Anziehung und nicht für Entsetzen. Aber auch nicht zu viel Anziehung.«

»Laney?«

»Ich weiß, ich weiß, ihr dummen Stimmen, verschwindet aus meinem Kopf, und lasst mich mit jedem Quadratzentimeter Haut den Sonnenschein genießen.«

Sie grinst. »Fühlt sich toll an, nicht?«

»Oh, mein Gott … und ob es sich gut anfühlt. Meinst du, ich leide womöglich an Vitamin-D-Mangel?«

»Delaney. Stürz dich, Arsch voran, ins Wasser, und amüsiere dich.«

»Ich hab kein …«

»Ich besorge dir sämtliche Badetücher, die du brauchst, wenn du wieder aus dem Pool steigst. Geh jetzt. Husch, husch. Hab Spaß. Für dich.«

Genau. Spaß.

Sind meine Arme ein bisschen schwabbelig? Und meine Oberschenkel? Werden die Drillinge glauben, dass ich mit allen drei Sex haben will, weil ich am Pool so viel Haut zeige?

»Laney?«, flüstert Sabrina. »Sex ist normal und gesund, und es macht *Spaß*.«

»Oh Gott, habe ich das eben laut gesagt?«

»Du und Mai Tais sind echt eine Kombi für die Ewigkeit.«

»Du musst mit mir in den Pool und mich am Reden hindern. Und in den Mai Tais ist kaum Alkohol drin.«

»Heute gibt es nichts zu bereuen. Heute nimmst du dir von allen Erwartungen frei. Das hast du dir verdient.«

Wir haben den Beckenrand erreicht. Ich kann jetzt reinspringen. Abtauchen. Mit dem Arsch voran.

Ich lasse mich am Rand nieder, um langsam hineinzugleiten, um mich an die Wassertemperatur zu gewöhnen.

»Schwimmen kannst du aber, Laney, oder brauchst du Schwimmflügel?«, ruft Theo.

Mehr als seine Stichelei benötige ich nicht.

Wusste er das? Wusste er, was ich hören musste?

Oder ist er einfach bloß ein Arsch?

Sein Lächeln sagt, dass er gerade kein Arsch ist. Sein Lächeln sagt: *Du kannst mir vertrauen, ich ziehe dich nur auf, um dich daran zu erinnern, wer ich früher mal war, aber der Mann bin ich nicht mehr, und ich weiß, du hast eine fantastische Arschbombe drauf.*

Oder in mir spricht wieder nur der Mai Tai.

Aber darauf kommt es nicht an. Es kommt darauf an, endlich etwas zu tun.

Also richte ich mich wieder auf und nehme sieben Riesenschritte Anlauf. Und dann noch drei. Und dann setze ich zum Sturmlauf an, hebe ab, als ich zum Beckenrand komme, und gebe mein Bestes, die Knie bis ans Kinn zu ziehen, als ich auf Wasser treffe.

»Arsch…«, schreie ich, verschätze mich und kreische »… bombe!«, als ich bereits eintauche – in der festen Überzeugung, die schwächste aller schwachen Arschbomben hingelegt zu haben.

Es hat nicht richtig gespritzt.

Das fühle ich.

Was nichts damit zu tun hat, dass ich eine größere Fontäne provozieren wollte als Theo eben. Jedenfalls nicht zu hundert Prozent.

Es ist eher so, dass ich nicht mal gut genug Arsch voran eintauchen kann, um mich dabei zu amüsieren.

Und?

Ich habe Wasser geschluckt. Worüber ich mich, nebenbei bemerkt, gar nicht beklagen will. Das gehört zum Spaß dazu.

Ich strample zurück an die Oberfläche, der Bikini fühlt sich irgendwie komisch an. Also, irgendwie noch komischer, als ich dachte.

Und als ich wieder auftauche, wird mir auch klar, warum.

Ich kreische noch einmal, kreuze die Arme vor meinen Brüsten, um sie zu bedecken, und tauche sofort wieder unter die Wasseroberfläche. Und ich denke daran, für immer dortzubleiben.

Der Bikini? Weg.

Zumindest das Oberteil. Ich habe nach einer Arschbombe, die nicht mal ordentlich gespritzt hat, mein Bikinioberteil verloren.

Verschluck mich, Pool. Verschluck mich einfach.

Doch dann trete ich im Wasser, um wieder nach oben zu gelangen, dabei gebe ich mir alle Mühe, meine Brüste zu bedecken, während ich mit halben Schwimmzügen zum Beckenrand paddle und mich verzweifelt nach meinem Bikinioberteil umsehe. Das irgendwo im Pool sein muss.

»Da ist das *Ding*!«, brüllt Decker vom Beckenrand.

Dann spritzt eine ungeheure Fontäne auf – fast so groß

wie die, die Theo verursacht hat, aber nicht ganz –, und dann schwimmt Decker, in Kakishorts und Hawaiihemd, an mir vorbei, und fischt etwas vom Grund des Schwimmbeckens. Sabrina hockt sich am Beckenrand vor mich hin, ihr Gesicht die Studie eines Menschen, der sich das Lachen verkneift.

»Es tut mir so leid«, sagt sie leise. »Ich hätte mir den Knoten doch genauer ansehen sollen.«

Japsend taucht Decker neben mir auf. »Bitte sehr, Laney, deine Sonnenbrille.«

Sabrina entreißt sie ihm. »Danke.«

Er blickt auf meine Brüste, die ich, so gut ich kann, mit dem Arm verdecke.

Dann in mein Gesicht.

Dann wieder auf meine Brüste.

Und dann wird sein Gesicht knallrot.

»Raus mit dir, bevor ich allen erzähle, was du gestern im Clubhaus-Bad getrieben hast«, säuselt Sabrina.

Decker wirft einen letzten Blick auf meinen Arm vor meinen Brüsten, dann klettert er schnell aus dem Becken.

Und jetzt geschieht das Allerschlimmste in der Geschichte der schlimmen Dinge.

Theo spricht.

Er ist an meiner anderen Seite erschienen. »Hast du das hier auch verloren, Laney?«

Mein Gesicht wird so heiß, dass ich damit in weniger als zehn Sekunden den gesamten Pool zum Kochen bringen könnte. Doch ich wende mich ihm zu und sehe mein Bikinioberteil von seinen Fingern baumeln.

Das Sabrina ihm nicht entreißt.

Sie droht ihm auch nicht damit, seine Geheimnisse auszuplaudern, wenn er es mir nicht sofort übergibt.

Sie hockt bloß am Beckenrand und lässt das alles auf sich wirken.

»Ich h…habe …« Meine Zähne klappern, so warm der Pool auch sein mag.

»Brauchst du Hilfe beim Anziehen?«

»S…Sabrina kann es nehmen.«

Der Blick seiner dunklen Augen bohrt sich in meine – am helllichten Tag, sodass es alle mitbekommen, denn ich habe keine Sonnenbrille, die mich davor bewahren würde, den Blick unverwandt zu erwidern.

Auf der Highschool mochte ich dich.

Wir mochten einander auf der Highschool.

Und wir wussten beide, dass das keine gute Idee war. Und keiner von uns hat es jemals zugegeben. Am wenigsten ich, nicht mal vor mir selbst.

Bis jetzt.

Jetzt und hier.

An einem Ort, der zwar fremd, aber auch so warm und einladend ist. Dass ich Dinge tun möchte, nach denen ich mich *gesehnt*, die ich aber sehr lange verleugnet habe.

Nach einer Ewigkeit lässt er das Oberteil auf die Poolterrasse fallen. »Sag nicht, ich hätte dir nicht helfen wollen.«

Wenn der Pool jetzt zu kochen anfinge, läge es nicht an meinem heißen Gesicht.

Sondern an der Hitze, die die Intensität unserer Blicke auslöst.

Doch Theo unterbricht den Blickkontakt und durchquert, ohne sich noch einmal umzuschauen, das Schwimmbecken. Dann taucht er neben Claire und den übrigen Verbindungsfrauen wieder auf.

Er sagt etwas, das ich nicht verstehe, und alle lachen.

Ich sehe erneut Sabrina an, die wieder ihr Pokerface aufgesetzt hat. »Willst du das wieder anziehen oder lieber ein Handtuch überwerfen?«

»Kann ich auch Möglichkeit C nehmen und gleich hier im Pool sterben?«

»Nicht danach. Das, meine Freundin, war das Größte, was du seit langer, langer Zeit erlebt hast.«

Verflixt.

Ich habe befürchtet, dass sie das sagen würde.

Und ganz ehrlich?

Ich glaube, ich möchte gar nicht im Pool sterben, weil ich mich gedemütigt fühle. Noch einmal klappern meine Zähne.

Doch ich gebiete ihnen, damit aufzuhören.

Und sie hören auf.

»Sabrina?«, hauche ich.

»Ja?«

»Morgen werde ich das lustig finden.«

Sie lacht. »Gut. Noch besser wär's, du würdest es schon heute lustig finden. Du hast nichts falsch gemacht, und du musst dich auch für nichts schämen. Du wirst zu leben anfangen, Laney. Und du wirst lernen, den Augenblick zu genießen.«

»Du sagst das immer wieder, und ich *möchte* es immer wieder glauben.«

»Wirst du. Eines Tages. Dazu braucht es nur etwas Übung.« Sie senkt die Stimme. »Außerdem hast du einen erwachsenen Mann dazu gebracht, vollständig angezogen in den Pool zu springen, um *deine* Sonnenbrille zu retten.«

Ich blicke sie an.

Sie erwidert den Blick.

Dann brechen wir beide in Lachen aus.

13. Kapitel

Theo

Die Welt ist ein wunderschöner Ort, mit ein paar Leuten, die ich gern schlagen würde.

Wunderschön?

Laney im Bikini zum Beispiel, auch wenn ich einen Ständer davon gekriegt habe, den ich nicht mal hinter einem Berg hätte verstecken können und der auch jetzt noch nicht ganz verschwunden ist.

Und Leute, die ich schlagen möchte?

Die Sullivan-Drillinge.

Alle drei.

Ja, sie sind meine Freunde. Sogar drei meiner besten Freunde.

Aber sie haben, verdammt noch mal, Laney im Bikini gesehen.

Ich hätte niemals gedacht, dass Decker annehmen würde, sie hätte ihre Sonnenbrille verloren und nicht ihr Bikinioberteil, aber er ist nur deshalb noch am Leben.

Und ich bin nur deshalb in der Lage, heute Abend an Laneys Seite zum Abendessen zu gehen, weil ich mich dazu zwinge zu bedenken, wie mausetot Sabrina mich machen würde, wenn ich Laney fragen würde, ob ich ihrem Bombenarsch später zur Hand gehen soll. Sabrina würde annehmen, ich wäre bloß an Laneys Figur interessiert.

Und damit hätte sie vermutlich recht.

Also kämpfe ich nach wie vor mit meiner Erektion, als ich mich vor der Lanai – das ist eine überdachte Veranda, wo wir heute zu Abend essen – mit Laney und Emma treffe. Chandler ist nicht dabei.

Warum, ist mir egal, ich bin bloß froh, dass ich mir keine Sorgen machen muss, weil ich ihn vor Emma schief ansehen könnte.

Em ist wie immer ganz Lächeln und Strahlen und Glück, während sie Laney quiekend umarmt und sich erkundigt, wie ihr Tag war.

Laney verliert kein Wort über Ausflüge zum Krankenhaus, Kätzchen oder den Verlust ihres Bikinioberteils. Man hört von ihr nur: »Was für ein schöner Ort!« Und: »Ich bin so froh, dass wir hier sind!« Und: »Ich kann nicht glauben, dass du endlich heiratest!«

Heißt das … heißt das, wir zwei stehen auf derselben Seite?

Nein. Auf keinen Fall.

Zu solchen Hoffnungen versteige ich mich nie wieder.

»Ah, wer ist die hübscheste kleine Schwester aller Zeiten?«, frage ich, als ich an der Reihe bin, Emma zu umarmen.

»Hör auf damit, du Idiot.«

»Aber das bist du.«

Sie strahlt mich an. Und nicht mit einem gewöhnlichen Strahlen, sondern so, als wollte sie mir bedeuten, dass jetzt endlich alles wahr wird, was sie sich erträumt hat, seit sie neun Jahre alt gewesen ist – damals, als sie beschloss, eines Tages in dieser Ferienanlage auf Hawaii, die sie in einem Magazin entdeckt hatte, zu heiraten.

Ein Strahlen wie ein Tiefschlag. Weil ich mich den ganzen Tag von ihr ferngehalten habe und sie den besten Tag ihres Lebens hatte.

Lass es, sage ich mir. Es geht hier nicht um dich. Freu dich einfach für sie, und freu dich, weil du selbst auch einen guten Tag hattest.

Und was war das für ein guter Tag.

In Nachhinein ist es eine Anekdote für die Ewigkeit, dass ich heute früh mit meinem Schwanz in der Hand wach geworden bin und es nicht gemerkt habe, weil meine Hand eingeschlafen war. Das muss ich in meinem nächsten Video verwenden. Laney mit den Kätzchen war auch gut. Und ich bereue nicht, ihr gesagt zu haben, dass ich sie auf der Highschool mochte.

Welche Frau fühlt sich nicht besser, wenn man ihr sagt, dass sie attraktiv ist?

Auch wenn wir noch daran arbeiten müssen, weil sie mir nicht glaubt. Ich hätte nie gedacht, dass Laney Kingston Probleme mit ihrem Selbstwertgefühl haben könnte.

Doch reinen Tisch machen heißt reinen Tisch machen, also musste ich es ihr sagen, wenn wir weiterkommen wollen.

»Du bist aber auch gar nicht so übel«, wendet sich Emma nun an mich. »Wie ich höre, warst du heute Morgen der Superstar der Kinder am Strand.«

»Ich hab lediglich entdeckt, zu wem mein Reifegrad passt.«

Sie verdreht die Augen und umarmt mich noch einmal. »Danke, dass du Chandler aus dem Weg gegangen bist und nicht sauer auf mich warst«, flüstert sie.

»Ich habe am Strand ein Kind über den Haufen gerannt und Sand in die Augen bekommen, sodass ich zum Arzt gebracht werden musste, um nicht blind zu werden«, gebe ich leise zurück.

Sie lacht.

Allerdings nur, bis sie ihr Lachen unterbricht, zurückschreckt und mich entsetzt anblickt. »Oh, mein Gott, du meinst das ernst; *deshalb* warst du nicht beim Mittagessen?«

Sie schaut zwischen mir und Laney hin und her, und als Laney sich windet und eine Miene aufsetzt, die besagt: *Er lügt nicht, aber wir haben das geregelt, und alles ist wieder gut*, kreischt Emma auf, als hätte ich gerade ihren Glücksballon zum Platzen gebracht.

»Niemand ist gestorben, und ich sehe wieder bestens.« Ich lächle meine Schwester an und lege einen Arm um Delaneys Schulter. »Brillante Idee von euch, mir eine Aufpasserin zu schicken, die mit Leichtigkeit jedes Problem löst.«

Em errötet. »Theo, ich …«

»*Theo, du hast recht*«, werfe ich mit verstellter hoher Stimme ein. »*Ich bin brillant, was sich von selbst versteht, und Delaney ist viel hübscher als Chandlers alte Tante Brenda, und ich bin froh, dass du erkennst, was für einen Riesengefallen ich dir mit deiner Begleiterin für diese Woche getan habe.*«

»Wenn ihm nichts weiter einfällt, als dass ich hübscher bin als Chandlers uralte Tante Brenda mit ihrem ewig finsteren Gesicht, dann erledige ich meine Aufgabe wohl ganz ordentlich«, unkt Laney.

»Wie war das, du kleines Flittchen?«, lässt sich hinter uns Tante Brenda vernehmen.

Emma macht einen Satz. Delaney schnappt nach Luft, und ihr Gesicht verwandelt sich in eine Tomate.

Ich drehe mich langsam um und sehe Tante Brenda stirnrunzelnd an.

Genau genommen ist sie Chandlers Großtante, aber eigentlich ist sie die schrullige, alte Tante der gesamten Stadt.

Und jetzt bleiben ihr noch zehn Sekunden, um zurückzunehmen, was sie gesagt hat, bevor der hässliche Theo sich ins Gespräch einschaltet. »Hey, Tantchen, beleidigst du etwa meine Begleiterin? Ts, ts, wie unhöflich, was würde deine Mutter wohl dazu sagen?«

Laney gibt einen erstickten Laut von sich.

Die alte Schachtel peilt mich an. »Und was würde *deine* Mutter davon halten?«

»Von dir und wie du meiner Schwester und ihren Hochzeitsgästen Beleidigungen an den Kopf wirfst?«

»Von *dir*.«

Grinsend zwinkere ich ihr zu, obwohl sie auf meiner Abschussliste steht. »Sie wäre vermutlich froh, dass ich mich mit jemandem in meinem Alter eingelassen habe, statt den ganzen Avancen zu erliegen, die du mir im Lauf der Jahre gemacht hast.«

Wieder gibt Laney einen Laut von sich, dieses Mal jedoch eindeutig eher belustigt.

Da schiebt sich Emma zwischen uns. »Du sitzt bei meinen Eltern und meinen Cousins und bei ein paar deiner Nichten und Neffen, Tante Brenda. Erinnerst du dich noch an meinen Cousin Sandor? Er hört bestimmt gern, wie viele Frauen, die ihre BHs verbrannt haben, du damals verhaftet hast.«

Sandor, der arme Kerl, beweist schrecklich miserables Timing, als er hinter Tante Brenda auftaucht und Emma einen entsetzten Blick zuwirft.

»Unanständige Hippies«, grollt Tante Brenda.

Laney zuckt zusammen.

Und ich sehe plötzlich wieder ihre Arschbombe und die Folgen am Pool vor mir.

Eine Fünf minus auf der bis zur Zehn gehenden Arschbomben-Skala.

Aber ich gebe mir große, sehr große Mühe, daran zu denken, statt meinen Verstand Spekulationen darüber anstellen zu lassen, was ich unter Wasser verpasst habe, als ihr Oberteil flöten ging, und wie gern ich mich heute Nacht mit ihr zum Pool schleichen würde, um sie in Sachen Performance zu beraten.

»Ah, da ist ja auch Sandor.« Emma lächelt ihn an. »Er ist Banker. Man sollte ihn fragen, ob er schon mal einen Betrug mitbekommen hat.«

Tante Brenda beäugt mich noch immer. »Sie ist zu gut für dich, und das weißt du auch.«

»Wer?«, frage ich.

»Die Frau, von der du sagst, sie sei deine Begleiterin.«

»Hast du sie nicht gerade erst etwas sehr wenig Schmeichelhaftes genannt?«

»Flittchen sind zu gut für dich.«

»Was nicht heißt, dass ich mich nicht amüsieren könnte, bis sie selbst dahinterkommt.« Wieder zwinkere ich ihr zu. »Wer anderen übel nachredet, landet in der Hölle, Tantchen.«

Sie deutet auf mich und sieht Emma an. »Ich will neben *ihm* sitzen. Er braucht jemanden, der aufpasst, dass er sich gut benimmt.«

Emma wirft mir *den* Blick zu.

Den Blick, den Emma im Grunde nur aufsetzt, wenn sie mal nicht der unerschütterlich optimistische Sonnenschein ist, der von allen immer nur das Beste annimmt.

Wirklich schade, denn ich tue nicht vieles lieber, als Tante Brenda bis aufs Blut zu reizen.

Bis sie entweder sauer wird oder lacht, das ist mir im Allgemeinen gleich. Es geht mich nichts an, wenn Tante Brenda ihr ganzes Leben Trübsal blasen will. An einer solchen Bestimmung kann man nicht rütteln.

Aber wenn Emma nicht möchte, dass ich eine Szene mache, dann mache ich eben keine Szene. Jedenfalls keine noch größere Szene.

»Ich habe echt schlimme Blähungen«, wende ich mich an Tante Brenda. »Laut und übel riechend, ich würde an deiner Stelle lieber nicht neben mir sitzen wollen.«

Mit Verspätung fällt mir wieder ein, dass sie, bevor sie Hippies verhaftete, die ihre BHs verbrannt hatten, Turnlehrerin an einer Middleschool war. Daher sind ihre Geruchsknospen vermutlich längst ausgebrannt. Was vielleicht der Grund dafür ist, dass sie ständig so unleidlich ist. Wäre ich auch, wenn ich weder Kaffee, Cookies, Blumen noch Laneys Shampoo riechen könnte.

Stopp, Vollpfosten. Nicht Laneys Shampoo.

Aber das war vermutlich die falsche Taktik.

Tante Brenda blickt jetzt noch finsterer.

Das war definitiv die falsche Taktik.

Sie packt Sandor am Arm. »Witze über Flatulenz sind was für Leute, die keine zwei Gehirnzellen besitzen, die sich aneinander reiben könnten. Zu meiner Zeit hätte man mit Älteren gar nicht darüber gesprochen. Kommen Sie, junger Mann, Sie leiden gewiss nicht an Flatulenzen, nicht wahr?«

»N…nein«, stottert Sandor, als Tante Brenda ihn auch schon auf die Lanai zieht, auf der wir heute Abend in den Genuss von Luau-Speisen und Tanzunterricht kommen werden.

»Theo«, faucht Emma und funkelt mich blitzend an, als Tante Brenda abmarschiert. »Sie hatte in den letzten Jahren ernsthafte Verdauungsstörungen, die zu einigen entsetzlich peinlichen Vorfällen in der Öffentlichkeit geführt haben.«

Ich öffne den Mund. Und mache ihn wieder zu. *Ups.* »Sorry, Em, ich werde mich beim Essen ausschließlich über Sport, Babys und die unaufhaltsame Macht der Physik unterhalten. Ehrenwort.«

»Schön, suchen wir unsere Plätze«, wirft Laney mit erstickter Stimme ein. Dann umarmt sie noch einmal Emma. »Mach dir keine Sorgen, Süße, alle wissen, mit wem du verwandt bist, und niemand macht dich dafür verantwortlich.«

»Ja, du bist mit *fantastischen* Menschen verwandt«, sage ich.

»Mit den besten der besten, und du bist sogar noch *besterer* als der Rest von uns.«

Delaney greift nach meinem Arm und zieht daran.

Ich folge ihr wie ein verflixtes Hündchen.

Doch nach vier Schritten durch den schmalen, von tropisch bunt blühenden Sträuchern gesäumten Korridor zu der Lanai macht sie ein Geräusch, das beinah wie ein unterdrücktes Lachen klingt.

Ich werfe ihr einen Blick zu.

Kann es sein …? Heilige Scheiße.

Ja, es kann sein.

Sie lacht.

»Magst du Pupswitze?«, frage ich sie mit meiner verführerischsten Stimme. »Denn wenn du Pupswitze magst, habe ich jede Menge davon auf Lager.« Ich kann nicht anders. Meine Hormone haben entschieden, dass es Zeit ist, mir Delaney gewogen zu machen. Und meine übliche Taktik kommt bei ihr nicht infrage.

Hier heißt es: ganz oder gar nicht.

Gib dich so albern, dass du, wenn sie dein Interesse an ihr nicht für voll nimmt, weißt, dass du selbst schuld daran bist.

Ist das Selbstschutz? Oder bin das ich, der *die* Delaney wiedersehen will, die mir heute Morgen zugeflüstert hat, dass sie eine Sandburg mit mir bauen will.

Fuck.

Es bin definitiv ich, der die Laney will, die Sandburgen bauen möchte.

Obwohl sie die Lippen zusammenkneift, entfleucht ihr ein gedämpfter, schriller Laut, und dann tut sie, was nicht untypischer für Delaney sein könnte: Nach einem kurzen Blick hinter uns zieht sie mich vom Weg ins Gebüsch.

Dort schaut sie aufs Meer, dann packt sie fester zu und zerrt mich noch tiefer in einen schummrig erhellten Winkel zwischen den Gebäuden der Ferienanlage, dem Strand und der Lanai.

Jaaaa, jubelt mein Schwanz.

Ich befehle ihm, die Klappe zu halten.

Wahrscheinlich will sie nur sichergehen, dass wir hier außer Hörweite sind.

Endlich bleibt sie unter einer Kokospalme stehen. Ich spähe nach oben. In höchste Höhen.

Könnte uns hier womöglich eine Kokosnuss auf den Kopf fallen?

Der Wind setzt die Palmwedel über uns in Bewegung, und ich schiebe Laney zu einer kleineren Palme, die keine Nüsse trägt.

Sie schaut auf, als würde sie die Kokospalme jetzt erst bemerken.

Ihre Augen werden riesengroß.

Dann quiekt sie und macht einen langen Schritt weg von der Palme. Und krümmt sich zusammen, als hinter mir etwas aufprallt.

Soll das ein Witz sein?

Wo wir gerade noch standen, liegt eine frische Kokosnuss.

Und sie lacht.

Laney.

Laney Kingston.

Prinzessin Plainy-Laney.

Die prüde, propere, regelkonforme Delaney lacht sich über Pupswitze schlapp und weil sie fast von einer Kokosnuss erschlagen worden wäre.

Laney lacht?

Das geht zehn Stufen über die Laney hinaus, die mit Kätzchen spielt.

Und ich bin nicht bloß der Kerl, der auf der Highschool auf diese Frau stand. Ich bin der Idiot, der immer noch auf sie steht.

Emma ist ein Sonnenschein. Sabrina ist ein Spaßvogel.

Aber Laney?

Laney ist wie ein verborgenes Schloss. Ein Mysterium. Ein Rätsel. Ich wollte immer schon glauben, dass sie irgendetwas Zauberhaftes, etwas Besonderes, nicht ganz von dieser Welt, hinter ihrer beherrschten Schale verbirgt.

Und nun möchte ich glauben, ich könnte der Mann sein, der ihr zu entdecken hilft, was, vermutlich ohne ihr Wissen, in ihr steckt.

Der Grund dafür sind Augenblicke wie dieser.

Augenblicke, in denen ihre sämtlichen Mauern fallen. In denen sie loslässt und sich gestattet, die hellere Seite des Lebens auszukosten.

Ich möchte in ihr Schloss eindringen.

Ich möchte herausfinden, wo sich ihre amüsante Seite verbirgt, ihre abenteuerliche Seite, und ich möchte ihr helfen, das alles herauszulassen.

Und in diesem Augenblick sehe ich zu, wie sie einfach nur *ist*. Und wie sie es genießt, einfach nur zu *sein*. Und zu lachen, als hätte nichts sonst auf der Welt Bedeutung.

Und ich weiß, sie vertraut mir und lässt zu, dass ich der Mann bin, der diesen Augenblick mit ihr teilt.

»Wir können nicht zum Abendessen gehen«, japst sie zwischen Lachanfällen.

»Warum nicht?«

»Gott, Theo, weil einfach immer irgendwas schiefgeht, wenn du dabei bist. Wahrscheinlich gibt es zum Nachtisch flambierten Pfirsich, und nur weil du im Raum bist, schlagen die Flammen dann zu hoch und setzen die Bananenbäume in Brand.«

Ich schlucke.

Einmal auf der Highschool, ich kam damals schon an ein Auto und konnte fahren, besuchte Emma ein schickes Abendessen zu irgendjemandes Ehren, zu dem auch die Familien ihrer Kommilitonen eingeladen waren. Sämtliche guten, klugen und richtigen Kids kamen … und ich.

Und Delaney.

Sie sah aus, als hätte sie gerade erfahren, dass sie von sämtlichen Colleges des Landes abgelehnt worden war, weil ihre Noten nicht gut genug waren und ihre ganze Welt kopfstand.

Und ich kannte den wahren Grund.

Ihr adretter Freund hatte ihr den Laufpass gegeben, weil sie unterschiedliche Erwartungen ans Leben gehabt hatten.

Und ich hätte sie am liebsten über meine Schulter geworfen, das Abendessen abgeblasen und sie zum Marmot Cliff hinaufgeschleppt, um mit ihr in die Sterne zu schauen und ihr klarzumachen, wie wenig der ganze schicke und spießige Quatsch und die ganzen Arschlöcher bedeuteten, wenn man die Milchstraße sehen konnte – aber ich wusste, sie würde mir nur zu verstehen geben, das sei *nicht angemessen.* Also sagte ich das Abendessen ab und schleppte mich selbst dort hinauf.

Und ich hatte überhaupt nichts davon.

Denn ich war in Gedanken bei der aufgebrachten Laney und sauer auf mich, weil mir das so naheging, dass ich mir davon einen großartigen Abend auf der Klippe verderben ließ, und weil ich sowieso nicht den Mut hatte, Laney vorzuschlagen, diese Stunden mit mir zu teilen.

Und jetzt legt mir Laney nahe, ein Abendessen mit der Familie abzublasen, bei dem ich Chandler aus dem Weg gehen, Tante Brenda meiden und davon Abstand nehmen müsste, den Sullivan-Drillingen unterschwellig zu drohen, weil sie Laney schief angesehen haben?

Der Wind trägt uns Chandlers abstoßendes Lachen zu, das jeden Muskel in meinem Rücken wie ein Drahtseil strafft.

Doch dann schaue ich zu Laney, die immer noch so sehr lacht, dass sie sich die Tränen aus den Augen wischt.

Dann werfe ich einen Blick auf die Sonne, die sich zwischen der Lanai, auf der das Familienessen stattfinden soll, und dem mit schwarzen Felsen gesprenkelten Strand, an dem ich jetzt lieber wäre, schon tief über den Horizont neigt.

Bananenblätter haben einen hohen Wasseranteil. Ich bezweifle, dass sie so leicht Feuer fangen. Aber sie hat trotzdem nicht unrecht.

Wenn ich da hingehe und irgendetwas läuft aus dem Ruder, wäre das natürlich meine Schuld, und wenn es etwas gibt, das ich mir für meine Schwester wünsche, dann dass sie glücklich ist.

Mit mir oder ohne mich.

Ich nicke einmal, dann nehme ich Laney beim Ellbogen, wobei ich das Gefühl ihrer zarten Haut an meinen Fingerspitzen und den Schauer ignoriere, der meinen Arm hinaufrieselt. »Ich fahre.«

14. Kapitel

Laney

Ich sollte die Ferienanlage besser nicht mit Theo gemeinsam verlassen, aber ich habe es so satt, ständig daran zu denken, was ich sollte oder nicht sollte.

Warum darf ich mich nicht amüsieren?

Warum darf ich nicht auch unverantwortlich handeln?

Ich hasse es, Emma nicht zu sehen. Schließlich ist dies ihre Woche, und ich möchte für sie da sein und sie mehr als fünf Minuten am Stück in meiner Nähe haben. Aber an dem Dinner heute Abend nehmen vierzig Gäste teil. *Vierzig*. Eltern, Großeltern, Tanten, Cousins … Auch wenn es nur ein Familienessen ist, kommt doch ein Haufen Leute zusammen.

Ich rede mir ein, dass ich Theo dabei helfe, sich von Chandler fernzuhalten, was gut für Emma ist, dass sie heute einen tollen Tag hatte, weil ich mich um alles Theo-Betreffende gekümmert habe.

Aber ich bin auch völlig aus dem Häuschen, weil ich mir bewusst bin, dass ich etwas tue, das ich nicht tun sollte. Etwas Verbotenes. Etwas Gefährliches.

Etwas, das für mein Leben womöglich gravierendere Folgen haben wird als der Verlust meines Bikinioberteils heute im Pool. Wonach meine Mutter anderthalb Herzattacken erleiden würde.

Was es nur umso verlockender macht.

Nicht weil ich meine Mutter leiden sehen will. Sondern weil ich endlich leben will. Und ich kann nicht in Furcht vor einer Welt leben, in der ich mit eingezogenem Kopf zu existieren habe.

Und nun ist es so weit.

Ich erlebe meine Rebellion. Und nun, da sie einmal begonnen hat, kann ich sie nicht mehr aufhalten.

Und das will ich auch gar nicht. Das kann nicht bis nächste Woche warten.

Es muss *jetzt* passieren.

Theo bleibt neben einem roten Cabriolet stehen. »Steig ein.«

»Ernsthaft?«

Er klimpert mit dem Schlüssel.

Meine Kinnlade landet auf dem Gehsteig. Ein Cabriolet. »Wann hast du …?«

»Am Flughafen. Nach der Landung.«

»Aber wir sind doch …«

»Der Wagen zum Krankenhaus und zurück? Nicht mal ich fahre Auto, wenn ich nichts sehe, und ich lasse dich bestimmt nicht hinters Lenkrad dieses Schätzchens hier.«

Er sagt das mit dem gleichen koketten Grinsen, mit dem er früher am Tag die Empfangsdame des Krankenhauses eingewickelt hat. Das mich an das Lächeln erinnert, mit dem er mich bedachte, als er mich zu meiner Arschbombe gedrängt hat.

»Weil ich als miserable Fahrerin verschrien bin?«, frage ich wie die *alte* Laney und würde es am liebsten auf der Stelle zurücknehmen.

Doch er grinst noch breiter. »Nein, weil das Auto für hohe Geschwindigkeiten gemacht ist, nicht für deine großmütterlich vorsichtige Fahrweise.«

Erneut betrachte ich den Wagen. Rot. Glänzend. Offenes

Verdeck. Aus dem Fußraum der Beifahrerseite lugt eine wilde schwarze Katze zu mir hoch.

Dann schaue ich wieder Theo an.

»Ich hab das Auto nicht geklaut«, sagt er.

In seinen Worten liegt etwas Freches, aber auch noch etwas anderes. Als hätte er erwartet, dass mir als Erstes die Frage in den Sinn kommen würde, ob er das Auto gestohlen hat, weil ich ihn das auf der Highschool bestimmt als Erstes gefragt hätte.

Aber er ist nicht mehr der Theo von damals. Und ich bin nicht mehr die Laney von damals.

Ich schlucke. »Das habe ich nicht behauptet.«

»Und ich habe nicht behauptet, ich hätte *noch nie* ein Auto geklaut. Das hier aber nicht.«

Lieber Gott, ich brenne mit einem Bad Boy durch.

Lieber Gott, ich brenne mit einem Bad Boy durch.

Vielleicht nicht mit derselben Sorte Bad Boy, die er auf der Highschool war, aber immer noch weit außerhalb meiner normalen Dating-Kreise.

Das wird wie im Märchen.

Ich zögere für den allerkürzesten Augenblick, dann öffne ich die Beifahrertür, verscheuche die verirrte Katze – Theo hat schon genug Katzen, und dieser fehlt ein Stück von einem Ohr, was darauf hindeutet, dass sie ein Streuner ist – und steige ein.

Theo rührt die Tür auf seiner Seite nicht an.

Stattdessen macht er es wie ein Filmstar und schwingt die Beine über die Wagenseite, gleitet hinters Steuer, lässt sich eine Minute Zeit, um sein Hawaiihemd bis unten aufzuknöpfen, bevor er über der dunklen Jeans den Sicherheitsgurt anlegt und endlich den Knopf drückt, der den Motor startet.

Das Auto erwacht röhrend zum Leben und lässt mich vibrieren.

Nicht. Gut.

Aber das kann ich ignorieren.

Rasch schreibe ich Emma: *Wie sich zeigt, hat Theo TATSÄCHLICH Blähungen. Viel Spaß beim Tanzen! Ich habe alles unter Kontrolle.*

Theo sieht mich an. »Hast du meiner Schwester gerade geschrieben, dass ich Blähungen habe?«

»Ja.«

Warum nur geht er schon wieder mit seinem koketten Grinsen auf mich los. »Gut. Sie weiß, wie übel ich dann riechen kann. Schreib ihr auch noch, dass ich heute Mittag Sardinen gegessen habe.«

Und dann legt er den Arm um meinen Sitz, während er hinter sich blickt und den Wagen zurücksetzt.

Als gäbe es im Armaturenbrett vor seiner Nase keine Rückfahrkamera.

Nun knistert es in meinem gesamten Körper.

Ich werde heute Abend ein Bad Girl sein.

Für genau einen Abend.

Aus guten Gründen.

Ich werde die Person sein, von der mir immer gesagt wurde, dass ich sie nicht sein wollen dürfte, der ich jedoch mit jedem Tag des zurückliegenden Jahres mehr auf den Grund gehen wollte.

»Wohin fahren wir?«, frage ich über das Motorengeräusch hinweg, als Theo den Wagen vom Parkplatz lenkt.

»Spielt das eine Rolle?«

Die Frage sollte mich nicht aus dem Konzept bringen, tut es aber trotzdem.

Und das nicht, weil ich die richtige Antwort darauf nicht wüsste, denn sie lautet eindeutig: nein.

Doch wie oft in meinem Leben mache ich schon mal etwas Zielloses?

Niemals.

Was nicht verkehrt ist. Aber vielleicht ist es einfach nicht genug.

»Ich will Fisch-Tacos«, teile ich Theo mit.

Das ist mir jetzt einfach so eingefallen. Ich habe Hunger. Und Fisch-Tacos hört sich irgendwie gut an.

Bloß nicht zu viel denken.

Ich will einfach Fisch-Tacos.

Eine Viertelstunde später halte ich, einem hiesigen Drive-in sei Dank, eine Tüte Fisch-Tacos in Händen, während Theo uns zur Stadt hinausfährt.

Ich frage nicht noch einmal, wohin die Reise geht oder warum er sich selbst nichts bestellt hat.

Stattdessen mampfe ich Fisch-Tacos und sehe zu, wie die Sonne untergeht, bis er auf eine landeinwärts führende Straße abbiegt und den Sonnenuntergang hinter uns lässt.

Wir fahren nirgendwohin.

Oder zu einem besonderen Ort, der eine Überraschung sein soll.

Theo ist still. Gemessen an meinen Erwartungen, eine ungewöhnliche Seite an ihm. Als könnte er den Chaosregler manchmal zurückdrehen und trotzdem ganz entspannt bleiben.

Ich würde ihn gern fragen, was er arbeitet, aber das wäre zu sehr Laney von mir. Also lecke ich mir lieber die köstliche Fisch-Taco-Soße von den Fingern und schneide ein sehr wahrscheinlich riskanteres Thema an.

»Gefällt dir Emmas Hochzeitswoche?«

Sein Blick wandert kurz zu mir, und ich schwöre, er weiß, dass es mir auf der Zunge lag, ihn zu fragen, womit er seinen Lebensunterhalt verdient.

»Könnte schlimmer sein«, antwortet er schließlich und fährt wieder sein typisches Lächeln hoch. »Tante Brenda könnte meine Babysitterin sein.«

Wie gut, dass ich aufgegessen habe, sonst würde ich jetzt an einem Stück Fisch-Taco ersticken. »Die hätte bestimmt nichts dagegen gehabt, wenn du mit eingeschlafener Hand aufgewacht wärst.«

»Wenn *du* morgen mit eingeschlafener Hand wach wirst, werde *ich* mich vor Lachen wegschmeißen.«

»Ich wache aber nicht mit eingeschlafenen Gliedmaßen auf.«

»Natürlich nicht.«

»Ich schlafe immer gut.« *Halt die Klappe, Delaney. Halt. Die. Klappe.*

Seine Lippen verziehen sich zu noch größerer Belustigung. »Hast du heute zum ersten Mal nackt gebadet?«

»Ich war nicht … ähm. Entschuldige. Nein. Nein, hab ich nicht.«

Der Wagen schlingert. Also, der Wagen schlingert wahrhaftig, als Theo das Lenkrad verreißt, weil er mich ansieht, während wir die mit schwarzem Lavagestein bestreute Landschaft hinter uns lassen und ein wüstenartiges Gebiet im Inneren der Insel ansteuern. Hoffentlich besuchen wir, während wir hier sind, auch noch die Regenwaldseite. Ich möchte gern die ganze Insel sehen.

»Wann hast du schon mal nackt gebadet?«, will er wissen.

Bilde ich mir das nur ein, oder klingt seine Stimme jetzt ein wenig heiser?

Alles nur in meinem Kopf, beschließe ich, oder eine Nebenwirkung des Fahrtwindes, der um das offene Verdeck fegt.

Trotzdem lächle ich ihn an, als wäre seine Stimme heiser geworden. »Genau wie Sabrina kann ich schweigen wie ein Grab. Fisch-Tacos reichen nicht, um mir dieses Geheimnis zu entlocken.« Und natürlich werde ich ihm vergelten, dass er für mein Essen bezahlt hat.

Ich habe vor dem Abendessen meine Geldbörse nicht eingesteckt. Und eine Kreditkarte oder meinen Ausweis habe ich auch nicht dabei. Ich tanze auf einem Vulkan.

»Aha«, sagt Theo. »Dann hast du in der Senior Dare Night im Dunkeln kurz mal deinen Badeanzug runtergezogen.«

»Nein.« Okay, ja, hab ich, aber das zählt nicht.

Und ich habe den Badeanzug auch nicht komplett abgestreift. Und es war auch nur für eine halbe Sekunde oder so. Ich wollte nicht die mit runterhängendem Badeanzug sein, wenn man uns erwischt hätte. Meine Eltern wären gestorben.

Schon schlimm genug, dass ich überhaupt dabei war.

Trotzdem, ich hätte mich ganz trauen sollen.

»Nackt in der eigenen Wanne zu hocken zählt nicht«, meint er grinsend.

»Wie oft stellst du dir mich eigentlich nackt vor?«

»So ziemlich jeden Tag.«

Nun prickeln meine Nippel. Ich gebiete ihnen, damit aufzuhören, weil wir diese Sorte Spaß heute Abend gewiss nicht haben werden, aber sie hören nicht auf mich. Und mein Mund kriegt die Botschaft irgendwie auch nicht mit. »Heißt das *einmal täglich*, oder ist es *mehrmals täglich*, also zum Frühstück, zum Mittagessen und zum Abendessen, Zeit, an nackte Menschen zu denken? Gehst du deine Kontakte durch und stellst dir alle darin nackt vor oder nur bestimmte Leute?«

»Nur bestimmte Leute. Die aber gewöhnlich mehrmals pro Stunde.«

»Sagst du das, damit ich mich unbehaglich fühle, oder ist das wahr?«

»Willst du die Antwort darauf wirklich wissen?«

Will ich das?

Normalerweise eher nicht.

Und heute?

»Ja, will ich.«

Wieder sieht er mich an. »Wirst du wieder sagen, du kannst ›solche Typen nicht ausstehen‹, wenn dir die Antwort nicht gefällt?«

»Ja. Das ist mein Abwehrmechanismus, damit mir deine sehr aparten Bauchmuskeln nicht auffallen.« Oh, mein Gott, das habe ich laut ausgesprochen.

Ich habe es ausgesprochen, und jetzt spannt er seine Bauchmuskeln an.

Der Mann spannt seine Bauchmuskeln an.

Für mich.

Heute war ein verrückter Tag. Total verrückt. Zuerst, nach dem Aufwachen, äußerst unerwartet seine eingeschlafene Hand und ihre Folgen, als Nächstes sehe ich ihn am Strand mit einer Kinderschar spielen, woraufhin ich mich um seine Augen kümmern muss, dann waren da die Kätzchen, die er klammheimlich gerettet hat, und sein Bekenntnis, dass er mich früher gernhatte. Später kam dann das Bikini-Missgeschick im Pool, und jetzt brenne ich praktisch mit ihm durch.

Der Mann lässt echt nichts aus.

In *jeder* Hinsicht.

»Wie ist es, wenn es einem egal ist, was andere über einen denken?«, frage ich, ehe ich es mir verkneifen kann.

»Wer sagt, dass es mir egal ist?«

»Wenn es dir was ausmachen würde, wärst du nicht so …«

»Dumm?«, legt er vor.

»Nein, ich wollte sagen … Wie nennt man jemanden, der allzeit bereit ist, sich auf womöglich gefährliche oder manchmal unkluge Abenteuer einzulassen, ohne es sich vorher gründlich zu überlegen? Aber als ich so darüber nachdachte, ging mir auf, dass das wieder nur nach *Frumpy Dumpy Delaney* klingen würde, aber die bin ich heute Abend nicht, also lösch meine Frage aus deinem Gedächtnis. Es gibt sie nämlich gar nicht.«

»Du meinst, es interessiert mich nicht, wie man über mich denkt, weil ich *spontan* bin.«

»Ich finde, du bist sechsundvierzig Stufen über spontan. Und ich denke, dir ist nicht egal, was Emma von dir hält, sonst wären wir jetzt nicht in diesem Auto, um zusammen durchzubrennen. Du hättest mich sitzen lassen können.«

»Vielleicht ist das ja mein Plan.«

Ich schnappe nach Luft.

Ich schnappe tatsächlich nach Luft.

Er lacht, hört aber damit auf, als er merkt, dass ich ihn halbwegs ernst nehme. »Ich werde dich nicht mitten auf der Insel aussetzen.«

»Ich weiß ja auch von deinen Kätzchen. Ich könnte dir das Leben zur Hölle machen.«

»Ich habe erheblich größere Geheimnisse als diese Kätzchen.«

»Zum Beispiel?«

Er sieht mich noch mal scharf an und gluckst vergnügt. »Träum weiter, Laney.«

»Und wenn ich allen von deinen Kätzchen erzähle, wenn du nichts sagst?« Was ich bestimmt nicht machen werde. Aber es fühlt sich an, als würde ich mit ihm flirten. Als würde ich mich amüsieren. Als müsste ich nicht auf jedes Wort, das aus meinem Mund kommt, achten, um mich zu vergewissern, ob es auch den Erwartungen gerecht wird, die alle Welt, wie man mir eingebläut hat, an mich richtet.

Und er hat mich nicht aus dem Auto geworfen. Und langsamer wird er auch nicht. Und der Sonnenuntergang ist so entzückend, dass er sogar die im Osten hängenden Wolken wieder mit einem hinreißenden Rosa-Orange erhellt.

Ich liebe die Sonnenaufgänge und -untergänge zu Hause, aber dieser Sonnenuntergang hier ist spektakulär.

»Du wirst keinem von meinen Kätzchen erzählen.«

Seine Gewissheit ärgert mich. »Warum nicht?«

»Weil ich sonst eine Kampagne starte: *Rettet die Kätzchen, damit Theo sie mit nach Hause nehmen kann.* Die geht dann viral, und ich sammle Tausende Dollar Spenden aus aller Welt, sodass sämtliche Frauen im Resort mich umschwärmen, während du der neueste *Liebling des Internets* sein wirst.«

Dieses Mal schnappe ich nicht nach Luft.

Ich kreische.

Ich schwöre, er ist der Typ, der so etwas draufhaben könnte.

Kann dieses Auto mich vielleicht komplett verschlucken? Da versuche ich, Spaß zu machen, und schon komme ich mir wie die fürchterliche Person vor, die, um ein Geheimnis zu erfahren, die Zukunft einer Katzenfamilie opfern würde.

Wieder blickt Theo mich scharf an. »Laney, wenn du irgendwem davon erzählen wolltest, hättest du es schon längst getan. Du durchgeknallte Rebellin, du.«

»Ich kann Spaß haben.«

Er reagiert darauf nicht.

»Ich kann. Es ist bloß nicht einfach, wenn man so unter Druck steht, immer das Richtige zu tun und dabei ordentlich auszusehen, um nicht seine Zukunft zu ruinieren.«

»Darf ich dich was fragen?«

Die richtige Antwort darauf lautet: nein. Und meine sämtlichen Instinkte schreien mich an, Nein zu sagen.

Ich achte nicht darauf. Heute Abend geht es darum zu ignorieren, was man mich gelehrt hat, und mich darauf zu konzentrieren, eine andere zu sein. »Klar.«

»Wie lange soll es denn dauern, bis diese magische Zukunft für dich anfängt, in der du mal leben willst, und glaubst du wirklich, es würde dir gefallen, wenn es dann so weit ist?«

Mein Verstand zerbricht. Splittert und zerschellt und bricht klaffend auf. »Ich ... ich ... ich meine, ich lebe doch schon darin, aber ich muss auch daran denken, was nächstes Jahr wird und in zehn Jahren, und ...«

»Und, gefällt es dir wirklich?«

Wieder kenne ich die richtige Antwort: *Ja, ja, das ist es, was ich will, und es macht mich glücklich.* Doch statt zu antworten, erstarre ich zu Eis.

Ich liebe meinen Job. Die Erfüllung. Trotzdem stehe ich noch immer unter Druck.

Eines Tages übernimmt Delaney Kingston Photo Gifts. *Sie ist wie dafür gemacht. Vielleicht ziehen wir uns ja frühzeitig aufs Altenteil zurück. Wir machen uns da gar keine Sorgen. Die Firma wird in den besten Händen sein. Jetzt braucht sie nur noch den perfekten Ehemann, der ihr zur Seite steht.*

Theo sagt nichts zu meinem Schweigen.

Es spricht für ihn, dass er auch nicht breit grinst. Sich nicht über mich lustig macht, weil ich die langweilige *Prinzessin Plainy-Laney* bin.

Ich hole tief Luft, fest entschlossen, ihm zu sagen, dass ich meine Arbeit liebe, aber, jawohl, im Privatleben keine rechte Erfüllung finde, jedoch unermüdlich daran arbeite – *langweilig, Laney, langweilig* –, als etwas vollkommen anderes aus meinem Mund kommt: »Reh, Reh, *Reh*!«

Es gibt auf Hawaii keine Rehe. Anders als zu Hause. Aber irgendein Tier rennt da auf die Straße, und ich habe keine Ahnung, was es ist, weiß aber, dass ich jetzt etwas wie *Stoßstange, rechts!* oder so rufen müsste, um ihn zu informieren, wo genau das Tier ist. Doch stattdessen schert er aus und tritt auf die

Bremse, als sich von vorn ein Stoß und ein Knirschen vernehmen lassen und sich mit einer plötzlichen weißen Explosion die Airbags entfalten.

»Oh, mein Gott!«, schreie ich, als ich infolge des Aufpralls durchgerüttelt werde.

»Öfter mal was Neues«, sagt Theo.

»Dein Auto? Mietwagen? Hast du die Zusatzversicherung abgeschlossen?« Verdammt. Kann ich nicht mal für eine Stunde die andere sein?

Theo löst den Gurt, stößt die Fahrertür auf und steigt aus.

Ich rutsche ebenfalls rasch vom Sitz und zucke zusammen. Theo wird stinksauer sein. Ich laufe vorn ums Auto herum und mache mich auf den Anblick gefasst, wie er gegen den Reifen tritt, wie er mit mir schimpft und mich anschreit, weil ich die Nerven verloren habe. Wie er das Tier anbrüllt, das wir angefahren haben, weil es über die Straße gerannt ist, doch stattdessen …

Stattdessen sehe ich Theo, der den Kopf neigt und mit nachdenklichem Gesicht ein fassförmiges schwarzes Tier betrachtet, dessen Länge ungefähr ein Drittel der Länge des Cabriolets beträgt.

»Was … was ist das?«, frage ich leise.

Er zückt sein Handy und richtet es auf das tote Tier, als wollte er es fotografieren. »Ein Schwein, wie es aussieht.«

Und er will ein Foto zur Erinnerung machen.

Natürlich, Laney, weil die Versicherung danach fragen wird. Er fotografiert keine toten Tiere zur Erinnerung.

Ich werfe einen Blick auf die total verbeulte Stoßstange. Ein Scheinwerfer ist zerbrochen. Die schöne rote Motorhaube ist eingedellt. Ein Kotflügel ebenso.

Können wir damit noch fahren? Wird das Auto überhaupt anspringen?

»Tut mir leid«, platze ich heraus. »Ich hätte schon eher was sagen müssen. Oder deutlicher. Aber das Tier kam aus dem Nichts. Es tut mir leid.«

»Du kannst nichts dafür.«

»Aber ich habe es gesehen, bevor mir einfiel, was ich sagen sollte. Ich hätte schneller reagieren müssen.«

Er hebt den Blick und mustert mich, als wäre er irgendwie perplex. »Du bist nicht für alles auf der Welt verantwortlich, Laney.«

»Nein, aber ich …«

»… bin nicht gefahren«, souffliert er.

»Aber ich habe es gesehen, und du …«

»Ich auch. Ich wollte noch ausweichen. Hat aber nicht geklappt. Alles noch dran an dir?«

»Ja, aber …«

»Bist du verletzt?«

»Nein, aber …«

»Kein bisschen?«

»Nein, gar nicht. Mir geht's gut.«

Er betrachtet mich länger als absolut notwendig, dann tut er das Letzte, womit ich gerechnet hätte, was, ehrlich gesagt, das Erste hätte sein sollen, womit ich hätte rechnen müssen, wenn man bedenkt, dass es sich um Theo handelt.

Er grinst. »Meinst du, wir können das Tier ins Auto laden, damit mein Paps es ausstopfen kann?«

»Was?«

»Das Schwein. Ich glaube nicht, dass er schon mal ein hawaiianisches Schwein ausgestopft hat.«

»Ist das … ist das gerade dein Ernst?«

Sein Lächeln wird noch breiter und womöglich noch anziehender. »Das ist ein Wildschwein. Wenn wir in der Anlage geblieben wären, hättest du heute Abend sowieso so eins gegessen. Und das da ist bloß ein Auto. Ein Haufen Metall. Ersetzbar. Mir geht es gut. Dir auch. Also, komm in die Hufe und hilf mir, das Ding in den Kofferraum zu verfrachten.«

»Ganz bestimmt nicht. Und nicht etwa, weil ich eingebildet bin und mich an die Regeln halte. Sondern weil null Gutes dabei rauskäme, wenn wir dieses Ding in den Kofferraum packen würden.«

»Du verwehrst meinem Dad die Gelegenheit, mit einer neuen Spezies zu arbeiten?«

»Ist das überhaupt erlaubt?« Ja, genau das kam aus meinem Mund.

Theos Lippen krümmen sich zu einem dreckigen, unartigen Grinsen. »Mir war nie bewusst, wie sehr ich darauf stehe, dass du dich so an Regeln hältst. Es ist eine Herausforderung. Ich mag Herausforderungen. Du forderst mich heraus, Laney. Danke dafür.«

Mein Magen sackt ab, mein Mund wird trocken. »Tust du jetzt allen Ernstes so, als würdest du unter Verwendung eines toten Schweins mit mir flirten?«

»Ich tue nicht nur so. Jetzt komm, hilf mir, das Tier im Kofferraum zu verstauen.«

»Wir könnten jemanden verständigen. Den Sheriff zum Beispiel. Gibt es auf der Insel einen? Oder die Polizei? Wer ist für überfahrene Tiere zuständig? Wird sich das Auto noch von der Stelle rühren? Oder benötigen wir den Abschleppdienst? Oh Gott. Emma. Sie wird sich furchtbar aufregen.« Nun zücke ich mein Handy und …

Kein Signal.

»Em geht es gut. Wir sind nicht verletzt. Und falls du es vergessen hast, *Rocky Roadkill* hat uns während unserer gesamten Kindheit mit Essen und Klamotten versorgt. Der Kreislauf des Lebens ist ihr vertraut.«

Damit hockt er sich neben das Schwein und macht ein Selfie.

Ein Selfie.

Ich unterdrücke ein weiteres Kreischen.

»Es macht mehr her, nachdem es ausgestopft wurde, wenn man weiß, wo es herkommt«, erklärt er, als wäre es das Vernünftigste von der Welt. »Ruhe sanft, kleines Schweinchen. Wir wollten dich nicht umbringen. Aber ich verspreche, wir finden ein dauerhaftes Zuhause für deinen Körper, wo man dich liebt und in Ehren hält.«

»Kein Netz. Ich kann niemanden anrufen, wenn ich kein Signal habe.«

»Es wird schon irgendwer kommen. Die Leute haben schon lange, bevor es Handys gab, auf der Straße Tiere überfahren und überlebt, um ihre Geschichte erzählen zu können.«

»Wir gehen zu Fuß. Kann nicht weit sein, bis wir wieder Empfang haben.«

»Zuerst das Schwein in den Kofferraum.«

»Ich werde dir ni…«

Ich beende den Satz nicht. Ich kann nicht. Weil das tote Tier auf einmal das unheiligste, lauteste Quieken in der Geschichte untoten Quiekens von sich gibt, aufspringt, als hätte ihm jemand einen glühenden Schürhaken in den Hintern gerammt, und auf Theo losgeht.

»Es ist ein Zombie-Schwein!«, schreie ich. »Kopf runter! Duck dich! Beine in die Hand! *Zombie-Schwein!*«

Theo bekommt die volle Wucht des Schweins gegen die Brust ab und schlägt rücklings lang aufs Pflaster.

Kreischend springe ich zu ihm.

Doch das ist genau die falsche Reaktion, denn jetzt ist das Zombie-Schwein stinksauer, und ich bin sein neues Angriffsziel.

»Heilige Scheiße, das Vieh lebt noch«, ächzt Theo.

Besagtes Vieh geht mit geblähten Nüstern auf mich los, Mordlust funkelt in seinen Augen. Es stampft einmal auf, schnaubt und greift an.

Ich klettere schreiend auf die Motorhaube. Oder versuche es jedenfalls.

Wirklich, während ich auf der glatten Oberfläche Halt finden will, rammt das Schwein den Wagen.

»Hey! Schluss! Aus!«, blafft Theo das Tier an, springt auf und rennt, ein klein wenig wankend, auf das Schwein zu.

Hat er sich den Kopf gestoßen? Hat er eine Gehirnerschütterung?

Das Schwein wendet scharf und wirft seinen massigen Körper nun wieder Theo entgegen, der sich auf die andere Wagenseite absetzt. »So ist es richtig, Fucker! Nimm dir lieber einen Dickschädel von deiner Sorte, mit angeboren gutem Aussehen und strammen Muskeln, vor!«

Ich will immer noch am Auto hochklettern, um mich über die Windschutzscheibe hineinzustürzen, gleichzeitig versuche ich, nicht über seine Albernheiten zu lachen. »Steig ins Auto, Theo! Steig endlich ein!

Er macht einen Hechtsprung.

Der Wagen schüttelt sich, und ich rutsche mit dem Hinterteil an den Rand der Motorhaube.

Es kracht, als das Schwein gegen den Wagen prallt und die Tür trifft, über die Theo gerade erst in das Cabriolet gehechtet ist.

»Kann es springen?«, kreische ich. »Wird es uns auffressen?«

»Schweine können nicht springen.« Theo rappelt sich auf, steigt auf den Vordersitz und streckt über die Windschutzscheibe seinen Arm nach mir aus.

»Bist du sicher?«

»Nein. Komm rein. Wir verschwinden von hier, bevor wir eines Schlechteren belehrt werden.«

Er zerrt mich über die Windschutzscheibe, während ich mich meinerseits daran hochzuziehen versuche, allerdings bin ich noch nie über eine Cabriolet-Windschutzscheibe geklettert.

Am allerwenigsten, während das Auto wiederholt wie von einem Rammbock von dem massigsten Schwein, seit es furchterregende wilde Schweine gibt, traktiert wird.

Endlich schaffe ich es mit Theos Hilfe das letzte Stück der Windschutzscheibe hinauf, doch erst dann geschieht das Allerschlimmste in der Geschichte schrecklicher Ereignisse.

Ich verliere das Gleichgewicht.

Falle ich aus dem Auto und werde von dem äußerst wütenden Wildschwein niedergetrampelt?

Nein.

Stattdessen strauchle ich und lande kopfüber auf Theo.

Und da verliert *er* das Gleichgewicht.

Und dann liegen wir beide auf dem Beifahrersitz, der unter uns zurückgeklappt ist, keuchen, fast Nase an Nase, und jeder Quadratzentimeter seines festen Körpers ist an meinen gedrückt.

Bauch an Bauch.

Meine Brüste an seine breite Brust gequetscht.

Meine Schenkel um sein Becken gespreizt.

Auge in Auge.

Und unsere verschränkten Blicke sind das Schlimmste.

Vielleicht.

Ebenso gut könnte die anschwellende Wölbung an meinem Schambein das Schlimmste sein.

Okay, nicht das Allerschlimmste. Noch schlimmer ist ohne Frage, dass das Schwein weiter gegen das Auto anstürmt, sodass das ganze Ding zu schaukeln beginnt, wodurch meine Brustwarzen sich an Theos Brust reiben, während sein Schwanz sich an einer Stelle in gefährlicher Nähe zu meiner Klitoris bewegt, ohne sie wirklich zu berühren.

Doch ich will die Berührung.

Aus roher, urtümlicher Lust. Ich war seit Monaten, okay, seit über einem Jahr mit keinem Mann mehr zusammen.

So wahr mir Gott helfe, so nah bin ich Sex seit über einem Jahr nicht mehr gekommen.

Und das mit Theo.

Das Schwein schmeißt sich, gottlos quiekend, gegen die Wagenseite. Mein Bein rutscht weg und schiebt mich zur Seite, sodass meine Klitoris an Theos Schwanz reibt, während das Auto um uns ruckelt und zuckelt.

Ein Versehen.

Ich schwöre.

Ich will mich doch nur festhalten. Wenn ich zu dem Zweck zufällig meine Beine um ihn schließen muss, dann ist das der Preis, den ich dafür zu zahlen bereit bin.

Theos Blick bohrt sich in meinen, seine Pupillen weiten sich, seine Augenlider senken sich. Er leckt sich die Lippen. Schluckt erkennbar. »Das Vieh ist sauer«, sagt er dann, als das Tier erneut das Cabriolet rammt.

»W…wärst du au…auch.« Oh Gott, wie gut er sich anfühlt. Sündhaft gut.

Das sollte es nicht.

Tut es aber.

Und, macht das nicht Spaß?, flüstert eine leise Stimme, die sich wie mein längst vergessenes Ich anhört, in den Tiefen meines Verstandes.

Das Auto wackelt. Theos Erektion reibt sich schamlos an meiner Klitoris. Ich unterdrücke angesichts der schieren Lust, die durch meinen Körper rauscht, ein Stöhnen und gebe vor, vor Entsetzen zu wimmern.

Wie wäre mein Leben, wenn ich das hier einfach genießen könnte?

Was, wenn ich einfach loslasse?

Was, wenn ich mich nackt ausziehe und hier und jetzt Sex mit Theo habe, mitten auf der Straße, während ein Schwein auf unser Auto losgeht?

»Das muss aufhören.« Theos Stimme klingt belegt. Er schließt die Augen, die Sehnen an seinem Hals sind straff gespannt. »Es wird sich noch wehtun.«

Sagt er, *ich* soll aufhören?

Ich will aber nicht aufhören.

Es fühlt sich gut an.

Ich komme mir verwegen vor. Wagemutig. Abenteuerlustig. Was falsch ist. Aber auf die denkbar beste Weise.

Ich beiße mir auf die Unterlippe, als ein besonders harter Aufprall des Schweins das Auto noch heftiger erschüttert. Die Bewegung löst tief in meiner Vagina eine Spirale des Verlangens aus, der ich am liebsten nachgeben würde.

Ich will, dass ich komme.

Auf der Stelle.

»Meinst du, es wird auch mal … müde?« Meine Stimme klingt ebenfalls belegt, und sie bleibt vor dem letzten Wort hängen, als das Schwanken des Wagens meine Klitoris besonders köstlich über Theo gleiten lässt.

»Ich weiß … nichts … über die … Ausdauer … von Schweinen.«

Oh Gott.

Er ist auch erregt.

Und wie erregt er ist.

Das Schwein trifft das Auto.

Mist, Mist! Fuck! Nein, nein, *nein* …

Der letzte Ruck ist zu viel für mich, und ich komme.

Ich komme.

Ich erlebe einen verfluchten Orgasmus auf Theo, der so angestrengt atmet, dass ich glaube, er kommt gerade ebenfalls.

Ernsthaft.

Ich glaube, ich habe ihn gerade durch unsere Kleider zum Höhepunkt gebracht, auf den Angriffswellen eines Wildschweins, das unser ramponiertes Cabriolet durchrüttelt.

Du wolltest doch leben, Laney, flüstert tief in mir die Stimme der Versuchung und der Sünde, während kleine Erdbeben meinen Körper erschüttern.

Ja.

Ja, ich will leben.

Aber diese Richtung habe ich mein Leben nicht einschlagen sehen, als ich heute Morgen aufgestanden bin.

Theo erstickt tief in seiner Kehle einen weiteren Laut, als mir auffällt, dass sich der Wagen unter uns nicht mehr bewegt.

Das Schwein ist verschwunden.

Das verfluchte Schwein treibt uns beide zum Orgasmus, und anschließend macht es einfach die Biege?

Lange, sehr, sehr lange sagt keiner von uns ein Wort.

Wir liegen einfach da, ich auf Theo, während er unter mir die Luft anhält – in einem Autowrack mitten auf einer Straße nach nirgendwo –, bis wir endlich den Mumm aufbringen, einander anzublicken.

Und als ich Theo ansehe, ist mir, als würde ich einen vollkommen anderen Menschen sehen.

Als gäbe es keine gemeinsame Geschichte. Keine Animositäten. Keine Komplikationen.

In diesem Augenblick sind wir nur zwei Menschen, die einander nach einer unerwarteten erotischen Erfahrung stützen, die ihnen von einem Wildtier im Paradies beschert wurde.

»Geht es dir gut?«, sagt er endlich.

»Ja. Und dir?«, hauche ich.

»Wieso hast du gedacht, ich sei wütend auf dich?«

Ich brauche eine brennend heiße Minute, bis ich die Frage verstehe. Und als ich begreife, dass er davon spricht, wie ich ausgerastet bin, weil ich ihn nicht schnell genug vor dem Schwein gewarnt habe, zucke ich zusammen und realisiere, dass ich mich bewegen muss.

Dass ich von ihm runtermuss.

Wir stehen hier mitten auf der Straße, und es wird schnell dunkler. Wir könnten leicht von einem durchfahrenden Auto getroffen werden. Oder eine Wildziege könnte beschließen, unsere Party ebenfalls zu sprengen, und Ziegen *können* springen.

Doch als ich mich ihm entwinden will, packt mich Theo bei der Taille und hält mich fest. »Es ist nicht deine Schuld, dass ich ein Schwein angefahren habe. Und ich weiß, du hast mich, so gut du konntest, zu warnen versucht.«

Wenn ihr mir vor zwei Tagen gesagt hättet, Theo Monroe könnte einen wunden Punkt in mir berühren, dass ich hören muss, dass irgendwas nicht meine Schuld ist, hätte ich darüber gelacht, bis ich keine Luft mehr gekriegt hätte und schließlich wegen Sauerstoffmangel in Ohnmacht gefallen wäre.

Und doch, hier sind wir nun, und er lindert einen Schmerz, von dessen Existenz ich nicht einmal wusste.

»Hör auf zu reden«, flüstere ich.

»Wir sind gar nicht so unterschiedlich, oder? Wir leben beide nach den Erwartungen, die die Welt an uns hat.«

Meine Welt hört auf, sich zu drehen. Die Schwerkraft setzt aus, und mein ganzes Dasein entweicht meinem Körper, gerät wirbelnd und strudelnd außer Kontrolle, um zu kompensieren, dass die Welt, wie ich sie für möglich gehalten habe, nichts mit der Welt gemeinsam hat, wie sie wirklich ist.

Theo sitzt in der Falle.

Er ist ebenso sehr in geringen Erwartungen gefangen, wie ich in hohen gefangen bin.

Er hat recht.

Im Grunde sind wir gleich.

Und das ändert *alles*.

Ich werde nie, niemals wieder nur einen schlichten Unruhestifter in ihm sehen.

15. Kapitel

Theo

Ich glaube, ich habe erwähnt, dass es nicht viel gibt, das mir peinlich ist.

Liebend gern wäre ich Nudist, würde ich nicht an einem Ort leben, an dem einem die Hälfte des Jahres alles abfriert. Ich habe im Knast gesessen, und ich mache keinen Hehl daraus. Nie habe ich, wenn mein Kontostand niedrig war, gezögert, meinen Kumpels zu sagen, sie sollen mir ein Bier ausgeben, wenn sie mit mir um die Häuser ziehen wollten. Ich wusste immer, ich würde es ihnen später schon irgendwie zurückzahlen.

So geht es eben zu in der Welt. Wenn man sein Bestes gibt, gleicht sich alles irgendwie aus. Das hat mir meine Mom vor langer Zeit beigebracht, und es hat sich mein Leben lang bewahrheitet.

Aber nichts gleicht aus, dass ich dank Laney Kingston und einem Wildschwein in meiner Hose gekommen bin. Was mir, ohne Laney als Teil der Gleichung, nicht ganz so peinlich wäre.

Ich weiß nicht, ob sie es weiß.

Aber wenn ich überhaupt *irgendetwas* über Laney weiß, dann dass es nicht lange dauern wird, bis sie es bereut. Und Folge ihrer Reue wird sein, dass sie weiter meine Babysitterin spielen und so tun wird, als wäre nichts vorgefallen und als hätte sich nichts geändert, während für mich nichts mehr so sein wird wie zuvor.

Also warte ich ihre Reue nicht ab.

Stattdessen verdrücke ich mich, als wir die Karaokebar am Ende der Straße von der Ferienanlage erreicht haben und Laney sich auf Sabrina und Emma gestürzt hat, in die Nacht. Hier soll die After-Dinner-Party stattfinden, nachdem die Luau-Tänzer nach dem Abendessen wider Erwarten nicht erschienen sind und die Tanzstunde deshalb ausfiel.

Ich liebe Karaoke. Aber heute Abend kann ich unmöglich bleiben. Ich muss mir über meine Gefühle klar werden. Mit meinen Kätzchen spielen. Stricken.

Teufel, es ist eine gute Nacht, um ein bisschen Arbeit für meine Nebentätigkeit zu schaffen. Ich bin gerade in genau der richtigen Stimmung dafür. Und mein nächster Auftrag ist ein bisschen überfällig.

Immer noch.

Doch stattdessen halte ich mich gerade mal lange genug in meinem Zimmer auf, um mir eine andere Hose anzuziehen, dann laufe ich zum Strand.

Ich benötige ein wenig Frieden und Abgeschiedenheit. Meditationszeit. Um eins mit der Natur zu sein. Um meine Gedanken zu ordnen und mich nicht mehr ganz so peinlich berührt zu fühlen, bevor ich mich wieder von meiner Kätzchen-Brigade in Beschlag nehmen lasse.

Ich will nicht, dass sie wissen, was ich getan habe.

Sie wären nur auf die falsche Weise putzig zu mir.

Und würden mich daran erinnern, wie sehr Laney sich heute Nachmittag in sie verliebt hat.

Dann würde ich mir nur wünschen, sie wäre da und ich könnte sie küssen. Sie in mein Bett zerren und ihr zeigen, dass ich kein Anfänger bin, der in seine Hose kommt.

Jesus Christ.

Wann ist mir das zuletzt passiert?

Noch nie.

Ich weiß nicht, wie lange ich gehe, bis ich den perfekten Felsen gefunden habe, um mich niederzulassen und dem Rauschen des Ozeans zu lauschen, die Lichter gelegentlich vorbeifahrender Schiffe zu betrachten.

Ich bin dankbar, dass der Mond so hell leuchtet, auch wenn das bedeutet, dass ich die Milchstraße diese Woche nicht beobachten kann. Dankbar für die kleinen Stricknadeln, die zusammen mit einem ebenso kleinen Wollknäuel in meine Tasche passen.

Nichts gegen das Stricken.

Es ist meditativ.

Sogar wichtig.

Außerdem erinnert es mich an meine Mom. Sie hat es mir in der Hoffnung beigebracht, es könnte genügen, um mir in Zeiten, in denen ich stillsitzen muss, *etwas* in die Hand zu geben, womit ich hantieren kann.

Was nicht heißt, dass ich jemals so mutig war, mein Strickzeug zur Schule mitzunehmen, wo es mir wahrscheinlich am meisten geholfen hätte.

Aber ich wollte nicht, dass die anderen Kinder sich über mich lustig machen.

Ironischerweise lieben die Fans und Follower meiner Nebentätigkeit es anscheinend am meisten an mir.

Schließlich finde ich meinen inneren Frieden wieder. Als ich den Rückweg antrete, fühle ich mich vollkommen zen. Im Einklang mit allem, was sich heute Abend zugetragen hat.

Ja, ich bin wie ein Teenager in meiner Hose gekommen. Aber Laney ist eine Frau. Eine attraktive Frau, für die ich insgeheim immer schon geschwärmt habe und die sich an mir gerieben hat. Klar habe ich da die Kontrolle verloren. Wer hätte das nicht?

Dazu kommt: Meine letzte Affäre ist schon eine Weile her. Ich werde wohl wählerischer.

Wählerischer?

Oder unsicherer?

Fuck. Beides.

Sollte man nicht denken, oder?

Ja, ich weiß, dass ich gut aussehe. Hat ja auch lange genug gedauert, bis ich diese Muskeln entwickelt hatte.

Aber man wächst nicht auf, wenn man weiß, dass andere einen nur nach dem Äußeren beurteilen, ohne sich zu wünschen, dass man jemanden findet, der sich wegen innerer Werte zu einem hingezogen fühlt.

Und dieser Körper?

Ist nicht von Dauer. Am Ende werde ich trotzdem älter. Und an die Diät kann ich mich auch nicht ewig halten. Ich *hasse* diese Scheißdiät.

Laneys Tacos haben mich fertiggemacht. So verflucht gut haben die gerochen.

Doch solange meine Nebentätigkeit erfordert, dass ich so aussehe, esse ich keine Bratfisch-Tacos in was auch immer für einer magischen Soße, die Laney sich von den Fingern geleckt hat, als hätte sie in ihrem gesamten Leben noch nie etwas derart Köstliches gegessen.

Und ich habe keine Lust mehr, an Tacos zu denken.

Oder daran, dass Laney den Abend spätestens dann bereuen wird, wenn sie dahinterkommt, woher das meiste Geld auf meinem Bankkonto stammt.

Und meine Nebentätigkeit ist wichtig.

Sie macht einen Unterschied. Auf unkonventionelle Weise,

aber deshalb bin ich auch so verdammt gut darin. Was ich tue, setzt sich über Regeln hinweg.

Ich setze mich über Regeln hinweg.

Und das ist gut so.

Ich bin nicht hungrig.

Ich habe meinen Frieden wiedergefunden.

Ich bin – verdammt!

Ich bin fast wieder auf dem Weg, der vom Strand zu den Gebäuden der Ferienanlage führt, als ich Chandler höre.

»Ja, sicher, wir haben einen Bungalow nur für dich, der dich erwartet, wann immer du hier ankommst und … nein. Nein, natürlich nicht. Keiner hier weiß irgendwas. Du bist einfach ein alter Freund, okay? Ja, ich weiß ganz genau, was du meinst, Mann. Absolut. Hundertprozentig.«

Fuck!

Das hab ich jetzt nicht gehört.

Ich habe das *nicht* gehört.

Es gibt da einen Subtext, einen Kontext und eine Geschichte, die ich nicht kennen will, aber was viel wichtiger ist: Ich will nicht, dass Laney bei mir auszieht.

Da.

Nun ist es raus.

Wenn es noch einen freien Bungalow gibt, könnte Laney dorthin umsiedeln, aber ich will nicht, dass sie das tut.

Dann vernehme ich das weniger subtile Geräusch eines Elektroschockers für Ungeziefer, der Ungeziefer elektroschockt, und zucke zusammen. Er benutzt immer noch diesen verfluchten Brandbeschleuniger.

»Ja, Mann. Ich meine, wir gehören zur selben Sippe, also benehmen wir uns auch so. Zur *guten* Art Sippe. Könnte mir für Geld keine bessere Sippschaft kaufen. Hey, ich mache nur Witze. Wobei, irgendwie auch nicht, wenn man bedenkt, dass du nur … egal. Komm einfach her, dann wirst du schon sehen, und ich werde keinem verraten, wer du bist. Außer du willst es. Im Ernst, es wäre mir lieber, die Ankündigung käme erst, *nachdem* ich aus den Flitterwochen zurück bin. Aber keine Sorge, die werden alle begeistert von dir sein. Ich meine, entweder du oder der Laden macht dicht. Dagegen lässt sich schlecht was einwenden, oder?«

Ja. Genug gehört. Ich muss hier nicht bleiben. Das ist nicht meine Baustelle. Und ich werde es nicht zu meiner Baustelle machen.

Ich habe schon lange gelernt, dass nichts Gutes dabei herauskommt, wenn ich Emma davon erzähle, dass Chandler irgendwas treibt, was ihn zu etwas Geringerem als einem Gott machen könnte.

Das will sie bestimmt nicht von mir hören. Es gefällt ihr nicht, wenn wir nicht miteinander auskommen. Denn sie liebt uns beide, auch wenn wir einander nicht ausstehen können. Und da sie darauf besteht, dass die beiden keine Geheimnisse voreinander haben, weiß sie ohnehin über alles Bescheid.

Und wisst ihr was?

Ich bin froh, weil es sich anhört, als hätte Chandler endlich eine Lösung für die Geldsorgen des Cafés gefunden.

Es freut mich zu wissen, dass er ihr die Familie und das Leben gibt, das sie sich wünscht, und dass sie ihr Leben als Eheleute ohne ein verschuldetes Geschäft beginnen.

Oder zumindest, dass der Laden doch nicht kurz vor der Schließung steht.

Er ist der, den sie will.

Ich vollziehe eine abrupte Kehrtwende, um mich auf einem Umweg zu meinem Zimmer zu begeben, damit ich Chandler nicht begegne – oder damit er mir nicht begegnet –, stattdessen stolpere ich über eine Frau, die plötzlich vor mir steht und eine Hand gehoben hat, als wollte sie mir auf die Schulter klopfen.

Sie macht quiekend einen Satz rückwärts und presst ihre Hand aufs Herz. »Um Himmels willen, jetzt hab ich mir vor Schreck beinah in die Hose gemacht.«

»So reagieren die Leute häufig auf mich.«

Sie kichert, und da erkenne ich sie – von heute Vormittag. Sie ist die Mutter eines der Kinder am Strand.

Und jetzt mustert sie mich von Kopf bis Fuß, als würde sie überlegen, ob sie ein Stück von mir abbeißen will, von Theo dem One-Night-Snack.

»Sie waren heute früh am Strand und haben mit meinem Sohn Sandburgen gebaut«, sagt sie mit deutlichem Südstaatenakzent.

Nickend wende ich mich meinem Fluchtweg zu. »Im Herzen ein Kind. So bin ich halt.«

»Ich wollte mich bloß bedanken. Mein Elijah hat keinen Vater oder sonst irgendeinen verlässlichen Kerl, der ihm ein Vorbild sein könnte, deshalb war, was Sie getan haben, etwas unfassbar Besonderes für mich.«

»Gern.« An jedem anderen Abend würde ich bleiben und mit ihr plaudern. Aber nicht heute.

»Ich denke schon den ganzen Tag, dass Sie mir irgendwie verflixt bekannt vorkommen. Waren Sie schon mal in Goat's Tit, Alabama?«

Ich werde am ganzen Körper rot, am liebsten würde ich mir mein Hemd vom Leib reißen, um mir damit Luft zuzufächeln. Das ist die einzige Seite meiner Nebentätigkeit, unter der ich mich gequält krümme. Was nicht sein dürfte. Niemand dürfte mich erkennen.

Meine Tattoos müssen wohl unverwechselbar sein.

Oder meine Stimme.

»Das Vergnügen hatte ich noch nicht«, entgegne ich.

»Sicher?«

»Ich war überhaupt noch nie in Alabama. Aber wenn ich jemals dorthin komme, fahre ich zuerst in eine Stadt, die *Goat's Tit* heißt.«

Eine Hand legt sich fest auf meine Schulter.

»Der gute alte Theo hier hat den Staat Colorado bis zu dieser Woche noch nie verlassen«, verkündet Chandler. »Bewährungsauflage.«

Ich weiß, meine Schwester liebt den Mann, aber er führt sich wie ein Arschloch auf. Und das nicht nur, weil es ihm nicht passt, dass ich die Hochzeit bezahle.

Der Kerl sollte mir verflucht dankbar sein. Statt mir damit zu drohen, der ganzen Stadt zu verraten, wo das Geld herkommt, falls ich auch nur ein Sterbenswörtchen darüber verliere, wer für alles hier aufkommt.

Was ich sowieso nicht tun würde.

Ich knirsche mit den Zähnen und zwinge mich, die Frau anzulächeln. »Auf Bewährung war ich nur einmal, mit neunzehn, nachdem ich um drei Uhr früh nur in meiner Unterhose mit einem Gokart eine Spritztour auf der Hauptstraße unternommen hatte.«

Chandler versteift sich.

»Aber da lag zu viel Schnee«, fahre ich fort. »Also bin ich mit dem hochverehrten Denkmal von *Snaggletooth dem Goldgräber* zusammengestoßen und habe eine Schramme in seine Spitzhacke gemacht.«

Das war eine lustige Nacht. Ich hatte mir mit meinen sämtlichen Kumpels, von denen einige nach ihrem ersten Semester auf dem College wieder in der Stadt waren, Bier erschlichen, während der Rest von uns den Freitagabend genoss – nach einer langen Arbeitswoche in irgendwelchen Mindestlohnjobs, in denen wir, wie unsere Eltern hofften, nur die Zeit überbrückten, bis wir etwas Besseres mit unserer Lebenszeit anfangen würden.

Und Chandler war auch dabei.

Mittendrin im Getümmel.

Und mittendrin, als es darum ging, alle anderen an die Cops zu verpfeifen. Danach dachte er immer, wir anderen wären zu betrunken gewesen, um uns daran zu erinnern, was wirklich passiert war. Doch ich erinnere mich sehr wohl. Ich war keineswegs zu betrunken.

Nicht, dass die Cops mir geglaubt hätten.

Warum sollten sie auch? So sind die Regeln nun mal. Es hängt sehr vom gesellschaftlichen Stand deiner Eltern ab, wie man mit dir umspringt und wie viel man dir abkauft. Chandlers Eltern produzierten das Schmiermittel, das Snaggletooth Creek am Laufen hielt, während meine Familie in der kurzen Zeitspanne, in der die Jäger keine Hirsche, Elche, Bären und Löwen anschleppten, tote Tiere von der Straße kratzte, um sie anschließend auszustopfen.

Also brach es mir nicht gerade das Herz, als Emma und Chandler sich, nicht lange, nachdem sie nach diesen Winterferien zu ihrem jeweiligen College zurückgekehrt waren, voneinander trennten.

Und so übel war das Gefängnis gar nicht.

Am Ende hat es mir sogar gutgetan, ehrlich.

Trotzdem wäre es mir lieber gewesen, wenn Emma nicht wieder mit Chandler zusammengekommen wäre, als sie nach dem College nach Hause zurückzogen.

Die Frau blickt jetzt zwischen uns hin und her, die Falten um ihre Augen werden auf einer Seite etwas tiefer als auf der anderen.

Oder es ist ein Effekt der Beleuchtung.

»Dann ... dann habe ich wohl an jemand anderen gedacht«, sagt sie schließlich in ihrem ausgeprägten Singsang.

»Noch einen schönen Abend«, rufe ich ihrer Rückansicht nach, als sie abrupt wegläuft.

Nicht das erste Mal, dass Chandler mir bei einer Frau die Tour vermasselt.

Aber das macht mir nichts aus, um der Wahrheit die Ehre zu geben.

Eigentlich interessiert mich diese Alleinerziehende aus dem Süden gar nicht.

Mein Schwanz ist zu sehr von einer anderen besessen.

Was mich indes interessiert, ist, warum Chandler auf mich losgeht, als wäre ich das Problem.

Ich weiß, dass ich es nicht bin, und wenn er meint, er könnte es so hinbiegen, dass ich mir wie der Versager auf der Highschool vorkomme, hat er sich gewaltig geschnitten.

»Was hast du gehört?«, knurrt er.

Na schön, sagen wir, er *versucht* zu knurren. Der Bursche kann nicht gut knurren. Sein Ton wird dann schriller als beabsichtigt. Bei mir kommt er damit schon ungefähr seit der Fünften nicht mehr durch, als ich ihn fragte, ob das Lama aus *Ein Königreich für ein Lama* sein Daddy sei.

Danach wurde ich wegen der anschließenden Rauferei suspendiert. Chandler hatte eine gebrochene Nase und bekam einen Lutscher sowie ein Geschenk, sodass alle auf der Stelle vergaßen, dass er zuerst zugeschlagen hatte.

Weil es leichter war, als es ihm nachzutragen, ließ ich es ihm durchgehen. »Ich hab gehört, wie die hübsche Lady mit mir geflirtet hat.«

»Davor.«

»Das Meer. Nächtliche Insekten. Musik. Touristen.«

Er starrt mich weiter an, als wollte er ergründen, ob ich ihn verarsche.

Ich schaukle auf den Absätzen und sehe ihn fragend an.

Was?

»Besser, du bist wirklich so bescheuert, wie du dich anstellst.« Wieder versucht er es mit Knurren.

Und ich frage mich, wie groß sein Schwanz sein muss, wenn meine überaus intelligente Schwester diesen Typen allen Ernstes zu heiraten gedenkt. »Wenn du auch nur ein einziges beschissenes Wort weitertratschst, mache ich dich alle.«

Jawohl.

Das ist der Typ, den Emma zum Mann nehmen wird. Ein Typ, der mich nicht bei seiner Hochzeit haben will, aber weiß, dass er nichts dagegen einwenden kann, weil er sonst seine Braut unglücklich machen würde. »Oh, das würde Em bestimmt gefallen«, sage ich.

In seinem Gesicht zuckt es.

Ich nicke ihm zu. »Ich gehe jetzt besser wieder zu meiner Babysitterin. Viel Spaß mit dir selbst.«

Damit wende ich mich ab, ohne ihn daran zu erinnern, wer hier die Zeche zahlt. Das hätte keinen Sinn, und er würde nur die Gelegenheit ergreifen, mir zu drohen, dass er mein größtes Geheimnis verraten könnte.

Aber das werde ich zu *meinen* Bedingungen offenlegen.

Nicht, weil es mir peinlich wäre. Sondern weil mir bewusst ist, dass es anderen peinlich wäre. Sie würden glauben, sie müssten mich retten. Dass etwas an meiner Entscheidung, wie ich etwas in der Welt bewirken will, nicht stimmt.

Chandler folgt mir zu meinem Zimmer.

Ich tue so, als würde ich nicht bemerken, dass er dicht hinter mir ist.

Für Emma.

Es geht mir immer nur um Emma. Sie ist es, die, als wir aufwuchsen, jedes Mal, wenn ich mal wieder in ein Riesenfettnäpfchen getreten war, an meine Schlafzimmertür kam, leise anklopfte und flüsterte: »Ich weiß, es war nicht bloß deine Schuld, Theo, und ich liebe dich trotzdem, du bist noch immer der beste Bruder der Welt.«

Deshalb würde ich alles für sie tun.

Ich kann nicht zählen, wie oft sie mir versichert hat, etwas sei nicht meine Schuld.

Besonders nach Moms Tod.

Und ich weiß, dass sie weiß, dass der ganze Scheiß mit Chandler nicht bloß meine Schuld ist. Und ich weiß, es ist okay, wenn sie einen Kerl liebt, der niemals mein bester Freund sein wird.

Wer bin ich, etwas dagegen zu haben, solange er sie in jeder anderen Hinsicht in ihrem Leben glücklich macht?

In der Minute, in der ich meine Suite betrete, zücke ich mein Handy. Delaney würde sagen, ich müsste die Autovermietung anrufen, um den Papierkram auf den Weg zu bringen, aber ich will – und muss – erst mal etwas anderes erledigen.

Ich rufe niemanden an. Stattdessen schreibe ich Emma.

Muss morgen früh arbeiten. Du kannst Delaney für ein paar Stunden zurückhaben. Auch schon über Nacht. Ich geh nicht mehr raus. Versprochen!

Ich erwarte keine sofortige Antwort, aber da ist sie schon.

Ähm … da du darauf zu sprechen kommst … Wir sind unterwegs zu dir. Laney ist ein bisschen … aufgedreht … und würde gern ins Bett gehen. In ihr Bett. Sie sagt dauernd, du hättest etwas, das alles besser machen würde, dass sie aber nicht sagen könne, was es ist, weil sie auch ein Geheimnis für sich behalten könne. Und es bin NICHT ich, die dich fragt, ob das, was du hast und wodurch es ihr besser gehen würde, irgendwas mit deinem Körper zu tun hat.

Immerhin droht sie mir nicht damit, mich auszuweiden, falls ich meinen Penis benutze, damit es Laney besser geht.

Aber das würde sie auch nicht tun.

Wir haben eine Abmachung.

Wir mischen uns nicht in unser Privatleben ein, es sei denn, wir sind der Meinung, die Lage sei irgendwie toxisch.

Trotzdem bin ich nicht so dumm, das als Freifahrtschein misszuverstehen.

Alles klar, schreibe ich zurück.

Ich nehme sie zum Frühstück mit, dann kannst du morgen am Vormittag arbeiten, fügt Em hinzu.

Ich werfe einen Blick auf das Klappbett, das noch immer halb ins Nichts ragt, weil ich dem Wartungsdienst ein Trinkgeld gegeben habe, damit sich keiner hier blicken lässt.

Was vermutlich nicht nötig gewesen wäre.

Ich habe hier seit unserer Ankunft noch keinerlei Zimmerservice bemerkt. Der Andenkenladen war, trotz der angegebenen Öffnungszeit bis acht Uhr am Abend, schon vor dem Abendessen geschlossen. Gerüchte, die ich gehört habe, behaupten, das Restaurant gehe nicht gut.

Wie es scheint, hat Emma sich für ihre Hochzeit ein absteigendes Resort ausgesucht.

Aber wenn sie glücklich ist, bin ich es auch.

Allerdings nur so glücklich, wie es mir möglich ist, jetzt, da Laney auf dem Rückweg zu mir ist.

Nur gut, dass sie einen sitzen hat.

Denn von betrunkenen Frauen lasse ich die Finger.

Ich hoffe nur, sie schläft schnell ein. Und schnarcht. Und sabbert. Und kotzt vielleicht sogar.

Nicht weil ich möchte, dass sie sich schmutzig macht, sondern weil sie dann vielleicht ein kleines bisschen weniger anziehend ist.

Ich schrecke vor dem Gedanken zurück.
Seien wir ehrlich, das würde vermutlich nichts bewirken.
Und an den Gedanken muss ich mich erst gewöhnen.

16. Kapitel

Laney

Piña Coladas machen viel, viel mehr Spaß, wenn sie keine Mai Tais sind und wenn deine Freundin den Barmann besticht, extra Rum auf den extra Ananassaft auf dem extra Rum zu gießen, und wenn sie köstlich sind und dich dazu bringen, dich zum Narren zu machen.

Ha, ha, Delaney Kingston macht sich zum Narren! *Nehmt das, Erwartungen!*

Aber die Treppe hochzugehen macht keinen Spaß.

»Warum sind die so groß?«, stöhne ich, während ich mit beiden Händen meinen Oberschenkel hoch, hoch, hoch in die Luft hebe, um meinen Fuß auf die unterste Verandastufe setzen zu können.

Neben mir lacht Sabrina. »Weil es auf die Größe ankommt, Süße.«

»Aber zu groß ist auch nicht gut«, ergänzt Emma.

»Woher willst du das wissen?«, schießt Sabrina zurück. »Du heiratest *Chandler*, also den einzigen Kerl, mit dem du jemals geschlafen hast.«

»Ich hab größere Dildos ausprobiert, wenn er auf Geschäftsreise war«, erwidert Emma.

Darüber muss ich lachen. Ich muss so lachen, dass ich nicht mehr geradeaus schauen kann.

Stehe ich noch?

Ich weiß nicht, ob ich noch stehe.

Oder sitze.

»Ich fühle meinen Hintern nicht mehr«, flüstere ich.

Etwas berührt mich dort. »Ist noch da«, erklärt Sabrina.

»Ist er immer noch flach und hässlich?«

Emma japst. »Laney. Dein Hintern ist weder flach noch hässlich. Sondern rund und anbetungswürdig.«

»Hast du eine Ahnung, wie oft ich mir deinen Hintern gewünscht habe?«, fügt Sabrina hinzu.

»Er ist wie der perfekte Traumhintern, um den wir anderen dich seit Jahren beneiden«, fährt Emma fort.

Sabrina packt mich fester, während wir eine weitere Stufe bewältigen. »Du hast nie das Problem, dass deine Jeans hinten nicht sitzen.«

»Oder rutschen.«

»Und die Männer glotzen ihn die ganze Zeit an.«

»Du hast echt den perfekten Hintern.«

»Den besten Arsch am Start.«

»Ist das die Stelle, an der ich ins Spiel komme, oder verzieh ich mich besser?«, fragt Theo.

Theo.

Der verflixte Theo.

»Sei still«, befiehlt Sabrina.

Emma macht eines ihrer niedlichen Emma-Geräusche, das Zustimmung bedeutet. »Du hältst dich bereit, falls wir dich brauchen, um Laney reinzutragen.«

»Oder in *meinen* Bungalow«, ergänzt Sabrina. »Wo wir meiner Meinung nach gleich hätten hingehen sollen.«

»Nee. Ich ge'e ssu Theeeoos Hungalow«, rufe ich ihnen ins Gedächtnis. »Wegen des Geheimnisses. Ha! Ich hab nämlich AUCH ein Geheimnis.«

Aber ich verrate ihnen mein Geheimnis nicht.

Meine Lippen sind versiegelt.

Weil es wichtig ist.

»Warum, weiß ich nicht mehr, aber wenn ich ein Geheimnis wahre, dann wahre ich ein Geheimnis.«

Es gibt nicht genug Piña Coladas auf der Welt, um dieses Geheimnis platzen zu lassen. Nicht, wenn ich ein Geheimnis für mich behalten muss.

Habe ich das gerade gesungen?

Ich halte, die Hand um meinen Oberschenkel gekrampft, inne, um den letzten gargantuesken – ja, das Wort gibt es wirklich, weil die Piña Colada es mir einflüstert – Schritt zu bewältigen, und teste mein Mundwerk.

Ja, ich habe das eben laut gesungen.

Jetzt ist aber Schluss.

Stattdessen schaue ich hoch zu Theo. Zu seiner Brust mit den ganzen Tattoos. Und zu seinen Armen. Und seinem Gesicht.

Er hat ein nettes Gesicht.

Mir gefällt sein Gesicht. Ein Bad-Boy-Gesicht. Und es hat auch Geheimnisse.

Ich zwinkere ihm zu, und die Welt wird finster. Aber als es wieder hell wird, ist er immer noch da.

Hab ich geblinzelt. Oder habe ich ihm doppelt zugezwinkert?

Nicht wichtig.

»Ich hab nichts gesagt«, teile ich ihm mit.

»Fein gemacht«, sagt er trocken, wobei seine Lippen zittern, als wollte er vermeiden, mich auszulachen.

»Nein, *nicht* fein gemacht«, entgegne ich. »Es ist ein böses Geheimnis. Du könntest deswegen Probleme kriegen. Aber ich sage nichts. Ich stecke da mit drin. Ich bin nämlich ein böses, sehr böses Mädchen.«

Sabrina kichert.
Emma gibt erstickte Laute von sich.
Und Theo – der verdammte Theo – gibt auf und lächelt.
Wow.
Wow!
Er hat ein hübsches Lächeln.
Nein, nicht hübsch.
Himmlisch.
Ein tropisch-himmlisches Lächeln.
Ich sehe ihn an und ziehe die Nase kraus, während Sabrina und Emma mich auf der Veranda stützen. »Nimm das weg. Ich mag das nicht.«
Er blickt auf seine Shorts.
Dann wieder auf mich. »Ich hab sie noch an.«
»Dein Läscheln, Doofkopp. Tu dein Läscheln weg.«
»Ich finde, wir sollten sie nicht mit dir allein lassen«, sagt Emma.
»Ich gehe mit rein«, informiert Sabrina sie. »Geh du deinen Bräutigam suchen. Aber sei auf … Nein, das darf ich nicht zu dir sagen. Er ist immer noch mein Cousin. Geh einfach – und mach, was Bräute so machen.«
»Du bist auch betrunken.«
»Ich bin fröhlich. Ich vertrage meine Mai Tais.«
»Ich hatte achtundzwanzig Piña Coladas, weil ich Kokosnüsse mag«, wende ich mich an Theo. »Aber du darfst mich im Bett nicht anfassen. Das verstößt gegen die Regeln.«
Wieder gibt Emma Erstickungsgeräusche von sich.
»Wie ich schon sagte«, sagt Sabrina. »Ich gehe mit rein.«
»Shhhhh«, mache ich. »Das darfst du nicht. Du würdest hinter das Geheimnis kommen.«
»Laney, Süße, sag, kennst du mich noch? Ich kenne alle Geheimnisse?«

»Aber ich wusste es zuerst.«

»Rein mit euch.« Theo stößt die Tür auf, damit die beiden Sabrinas mir hineinhelfen können.

Oh, oh.

Zwei Sabrinas sind kein gutes Zeichen.

Ich glaube, zwei Sabrinas habe ich noch nie gesehen, dabei hab ich einmal sogar in einer Stunde drei Jägermeister gekippt. Aber nur ein einziges Mal, denn das war unverantwortlich von mir.

»Ich bin so langweilig«, platze ich heraus.

»Du bist nicht langweilig«, entgegnet die vordere Sabrina. »Und jetzt komm, hier, setz dich auf … Tja, nicht auf die Couch.«

Die Couch sieht aus wie ein Riesenmaul, das den übrigen Wohnbereich zu verschlingen versucht, und ich muss darüber prusten.

Prusten ist so unkultiviert.

Ich kichere und pruste zugleich aus der Nase, sodass ich von den Piña Coladas rülpsen muss.

Bäh.

Die haben abwärts erheblich besser geschmeckt als auf dem Rückweg.

Wer hat eigentlich Rülpser erfunden?

Die bräuchten mal eine Auszeit.

»Nacht, Em«, höre ich Theo sagen. »Hab dich lieb. Geh dich amüsieren. Wir haben sie im Griff.«

»Ich weiß. Du bist der Beste.«

Ich schiele die vielen Sabrinas an.

»Wusstest du schon immer, dass Theo ein netter Kerl ist?«, flüstere ich.

»Nein«, gibt sie zurück. »Wieso hat der Wartungsdienst heute deine Couch nicht repariert?«

»Willst du das wirklich wissen?«, fragt Theo.

Sabrina seufzt.

Ihr Seufzen gefällt mir nicht.

Es klingt nach Frustration. Ich kann Frustration nicht ausstehen. Ich mag andere F-Wörter.

Schmutzige F-Wörter.

Und lustige F-Wörter.

Zum Beispiel Felisch. Ich meine *Felix*. Wie der Kater.

Kater.

Ich mag Katzen.

»Geh weg«, sage ich zu Sabrina. »Ich liebe dich. Du bist meine Lieblingsfreundin. Aber du musst gehen. Ich will mich heimlich vergnügen.«

»Ich ziehe ihr nicht die Kleider aus, und ich mache gar nichts, wenn sie sich ihre Kleider selbst auszieht«, sagt Theo.

Ihn gibt es nur einmal.

Ich frage mich, ob das so ist, weil er so einzigartig ist. Als würden die ganzen besonderen Extra-Theos in ihm drinstecken, statt neben ihm zu stehen.

Wir sind gleich, nur genau anders.

Mein Verstand versucht, das immer noch zu begreifen.

Was echt schwer ist. Vor allem nach so viel Kokosnuss-Rum.

»Was ist hinter der geschlossenen Tür?«, will Sabrina wissen.

»Seine ganzen Extra-Muschis. Geh weg!« Dann pruste ich wieder.

»Ich gehe ganz sicher *nicht* weg«, sagt Sabrina.

»Wenn du mich liebst, gehst du weg«, sage ich zu ihr.

Sie lacht mich aus. »Keine Chance, Süße.«

»Du bekommst auch einen Cookie von mir.«

»Verrate mir ein Geheimnis, vielleicht gehe ich dann.«

Ha. Das krieg ich hin. »Ein Schwein hat Theos Auto angegriffen. Jetzt geh!«

»Das hast du uns schon an der Bar erzählt«, erwidert sie.

»Ups.«

Ich schaue Theo nicht an.

Dass ich das Geheimnis schon ausgeplaudert habe, weiß ich auch unter dem Einfluss von tausend Piña Margaritas.

»War Emma böse?«, frage ich leise.

»Hieß das Schwein Chandler?«

»Jetzt schon.«

Sämtliche Sabrinas krümmen sich vor Lachen.

»Chandler lässt beim Personal für jemanden einen Bungalow freihalten«, sagt Theo.

Die Sabrinas hören auf zu lachen.

»Wieso ist das nicht lustig?«, frage ich.

Nicht, dass mich das interessieren würde.

Ich möchte mich in einem Haufen Kätzchen tummeln.

Pst.

Das ist ja das Geheimnis. Dass Theo Kätzchen hat. Und ich möchte sie alle mit Liebe überschütten.

Ich möchte eins stehlen. Und mit nach Hause nehmen, damit ich auch ein Kätzchen habe.

Alles, was ich mir je gewünscht habe, als ich klein war, war ein Kätzchen.

»Dir ist klar, was ich tue, wenn du sagst, du hast das von mir«, ergänzt Theo.

Ich versuche, zur Tür des Reserveschlafzimmers zu schleichen, während alle Sabrinas irgendwas mit Theo tuscheln, aber dann taucht aus dem Nichts ein Stuhl auf, über den ich stolpere.

»Was nicht heißt, dass ich finde, sie sollte heute Nacht allein bleiben«, höre ich Theo hinzufügen.

Ich zeige ihm den Mittelfinger.

Glaube ich.

Funktionieren meine Finger überhaupt noch.

Und welcher war noch mal der, mit dem man den Mittelfinger zeigt?

»Das ist dein kleiner Finger, Laney«, sagt Theo.

Als ich seine Stimme meinen Namen sagen höre, wird mir ganz warm.

Ich hebe meine Hand und lasse vier von meinen fünf Fingern nacheinander Platz nehmen, bis nur noch einer übrig ist.

»Das ist der Zeigefinger, Laney«, bemerkt Theo.

Irgendwer fängt an zu singen.

Klingt unheimlich.

So unheimlich, dass Sabrina anfängt, Sachen zu sagen, für die meine Mutter sie den Mund mit Seife auswaschen lassen würde.

Wer singt da?

Ich nicht.

Und wenn doch, singe ich jedenfalls nicht *dieses* Lied. Es hört sich an, als wäre hier drin eine echte Party im Gang.

Warum singen ... Oh, jetzt weiß ich's.

Das ist Sabrinas Tonklingel.

Tonklingel?

Klingelton?

Angestrengt blinzelnd sehe ich den Stuhl an, der mich zu Fall gebracht hat, während Sabrina drangeht. »Hab ich das auch richtig gedacht?«, frage ich den Stuhl und wälze mich herum, während ich meinen Körper in einen kleinen Streit mit ihm verwickle.

Er antwortet nicht.

Blöder Stuhl.

Da zieht mich eine der Sabrinas auf die Beine und hält mein Gesicht fest, sodass ich sie ansehen muss, als wäre es irgendwie wichtig, dass ich genau zuhöre, was sie jetzt zu mir sagt.

Das schaffe ich.

Sie spricht. Anders als der Stuhl.

»Laney, Süße, das war Tante Lisa, die mich angerufen hat. Tante Brenda ist auch ein bisschen beschwipst, aber im Unterschied zu dir, die sich beschwipst absolut tadellos benimmt, schmeißt Tante Brenda Barhocker nach dem Personal, das noch da ist. Die Drillinge sind verschwunden, deshalb muss ich los, um dazwischenzugehen. Aber ich komme wieder, okay?«

»Furz auf sie«, sage ich.

Theo lacht.

Er lacht.

Ein total verblüfftes, aber fröhliches Lachen.

»Ich *komme* wieder«, verspricht Sabrina noch einmal.

»I'll be back«, schicke ich den Nachhall meiner besten Arnold-Schwarzenegger-Imitation hinterher.

»Emma wird dir nichts tun, aber du weißt verdammt gut, dass ich zurückkomme«, sagt Sabrina.

Oh Gott.

Oh Gott, oh Gott, oh Gott …

Ich bin ein Problem.

Ich bin ein Problem, weil ich die Selbstkontrolle verloren habe, was bedeutet, dass ich Theo womöglich dazu provoziere, meine Lage auszunutzen und sich Ärger mit Emma einzuhandeln.

Ich dachte, ich würde mich bloß amüsieren und Dampf ablassen, stattdessen bin ich *ein Problem.*

Ich breche in Tränen aus. »Ich habe nicht getrunken, um böse zu werden«, schluchze ich. »Es tut mir leid. Ich will es nicht wieder tun, ich will nicht wieder das Problem sein.«

»Oh, Laney, Süße, wir wissen doch, dass du dich nicht betrinken wolltest.« Sabrina nimmt mich kurz in den Arm. »Und du darfst dich an sicheren Orten und mit deinen Freunden hundertprozentig betrinken. *Du bist nicht das Problem.* Du bist umwerfend und perfekt, und ich liebe dich. Wir alle lieben dich. Ich habe Theo gedroht, ihm die Eier abzuschneiden, wenn er sich nicht, solange ich weg bin, so vortrefflich um dich kümmert, wie er kann.«

»Er ist ein netter Kerl«, schluchze ich. »Er macht so nette Sachen.«

»Er ist bereit, es zu beweisen. Leg dich bald schlafen, Süße. Hab dich lieb. Du bist in Ordnung. *Du bist nicht das Problem.* Sich zu vergnügen ist *kein* Problem. Aber ich *muss* jetzt los. Tut mir leid.«

Ich blinzle, dann ist sie fort, der Stuhl hat sich bewegt und steht jetzt wieder zwischen mir und der Tür zu den Kätzchen, und ich möchte einfach nur mit einem Kätzchen schmusen.

Da rückt Theo in mein Blickfeld.

Er sieht verschwommen aus, aber ich bin mir ziemlich sicher, er guckt wie ein Reh im Scheinwerferlicht.

Und jetzt wie ein Schwein im Scheinwerferlicht.

»Ich heule immer, wenn ich zu viel getrunken habe«, schluchze ich. »Aber alles wird gut. Es geht mir gut. Es wird mir gut gehen, wenn ich wieder nüchtern bin. Morgääääähn.«

»Möchtest du ein Kätzchen halten?«

»Ja, bitte.«

»Soll ich dich ins Zimmer tragen?«

So betrunken, dass ich ihm die falsche Antwort gebe, bin ich auch wieder nicht, trotzdem höre ich sie mit dem nächsten Schluchzen meinem Mund entweichen. »Ja, bitte.«

Na schön.

Vielleicht bin ich doch so betrunken.

So etwas ist mir vielleicht viermal im Leben passiert. Weil ich *langweilig* bin.

Ich kann *Theo den Verschwommenen* nicht so deutlich erkennen, dass ich sagen könnte, ob er mich immer noch wie eine verwundete Berglöwin ansieht oder ob er sich darauf freut, mich wieder anfassen zu können.

»Ich wäre gern so lustig wie du«, jammere ich. »Ich möchte trinken, ohne zu heulen. Ich will *leben*. Ich möchte mich nicht schmutzig und falsch fühlen, weil ich im Auto auf deinen Körper reagiert habe.«

Er sagt nichts, hebt meinen Arm und legt ihn um seinen Nacken.

Nun kann ich ihn gar nicht mehr sehen. Er ist nur noch ein großer Fleck aus hellbraunen Haaren und von der Sonne geküsster heller Haut. Und greifbarer Wärme, an die er mich wie eine Porzellanpuppe drückt.

»Liege ich über deiner Schulter?«, frage ich.

»Nein.«

»Ich fühle mich irgendwie kopfüber.«

»Das kommt daher, dass deine Unterwäsche immer viel zu eng ist. Drück die Tür auf, wenn du die Kätzchen sehen willst.«

Er trägt mich.

Theo Monroe, der Fluch meiner Schulzeit, trägt mich in ein Zimmer voller Katzen, weil ich weine … weil ich betrunken bin.

»Warum bist du so nett?«

»Weil ich mich gern selbst leiden mag.«

Er kickt die Tür hinter uns zu, während ein Chor winzig leisen Maunzens anhebt.

»Die sind so niedlich«, heule ich.

Meine Augen wollen sich nicht weit genug öffnen, um sie anschauen zu können. Sosehr ich mich auch anstrenge, ich bekomme meine Augenlider einfach nicht weit genug auf, um sie in ihrer ganzen Niedlichkeit zu betrachten. Außerdem bedeutet mir Theo ständig mit Lauten, nicht so herumzuzappeln.

Ich spüre die Laute an meiner Brust. Wie eine Vibration, die meine Nippel kitzelt.

Allerdings nur einen Nippel.

Nur den in seiner unmittelbaren Nähe.

»Warum bist du so attraktiv?«, frage ich.

»Weil ich in Wahrheit ein Gott bin, der vom Olymp geschickt wurde, um alle Frauen auf die Probe zu stellen und herauszufinden, welche den supercoolen Kerl hinter dieser hinreißenden Oberfläche erkennt.«

Nun zwinge ich meine Lider weiter auseinander und bohre mir fast den Finger ins Auge, als ich zu lachen anfange, obwohl ich noch immer flenne. »Ich kann nichts sehen.«

Er seufzt schwer, stellt mich ab, und plötzlich blitzt in allen vier Ecken des Zimmers Licht auf.

»Stopp«, heule ich. »Kein Gewitter, bitte. Mach, dass … oh. Oh.«

Er hat das Licht eingeschaltet.

Deshalb konnte ich nichts sehen. Weil das Licht aus war.

Es lag nicht an meinen Augen.

»Ich bin so doof«, jammere ich.

Theo nimmt meine Hand, kehrt die Handfläche nach außen, setzt einen weichen, fluffigen, pelzigen Körper hinein und wendet sich ab.

Ich muss aufstoßen.

Ich werde nie wieder trinken. Das ist so entwürdigend.

Und wenn es schon entwürdigend ist, während ich noch betrunken bin, kann ich mir nicht einmal ausdenken, wie es mir morgen gehen wird.

»Hi, Mieze«, flüstere ich schief durch die Schluchzer, die ich verzweifelt zu unterdrücken versuche.

»Das ist Snaggleclaw«, erklärt Theo von irgendwoher im Zimmer.

»Du hast sie nach Snaggletooth benannt?«

»Den Namen hat sie sich selbst gegeben.«

Dieses Kätzchen.

Ich werde *diese* Mieze stehlen. Sie schnurrt in meiner Hand, und ihr Name ist Snaggleclaw, und ich habe gerade eine Träne in ihr Fell fallen lassen, also gehört sie mir.

Da taucht Theo wieder auf und geht vor mir in die Hocke.

»Mehr Kätzchen?«, hauche ich.

Er antwortet mir nicht.

Stattdessen wischt er mit einem weichen, feuchten Tuch über mein Gesicht. »Sei nicht so nett zu mir.«

»Ich hab das selbst schon häufiger durchgemacht, Laney. Du wirst es überleben.«

»Ich habe gesagt, du sollst nicht nett zu mir sein.«

»Wenn dir Arschloch-Theo lieber ist, den habe ich schon vor Jahren weitgehend auf die Bretter geschickt. Jetzt ist nur noch Theo übrig. Ein Charaktermanko. Tut mir leid, Prinzessin.«

Wieder fährt er mit dem feuchten Tuch über meine Wangen. Es ist warm, aber nicht zu warm. Und ich rieche ihn. Seife, mit einem Hauch Salz und Geheimnis.

»Ich habe dich damals auch gemocht, aber ich durfte nicht«, flüstere ich mit geschlossenen Augenlidern.

»Du bist jetzt eine erwachsene Frau, du kannst tun, was du willst.«

»Nein, kann ich nicht.«

»Doch, kannst du.«

»Ich will ja, aber ich weiß nicht, wie.«

Snaggleclaw windet sich in meiner Hand, gräbt ihre winzigen Krallen wie Nadelspitzen in meine Handfläche, die mich abrupt daran erinnern, wo genau ich bin und was genau ich gerade tue.

»Oh Gott«, sage ich leise. »Ich habe Emma in Schwierigkeiten gebracht.«

»Emma hat sich höllisch gefreut zu sehen, dass du mal Spaß hattest.«

Mir tut der Kopf weh, und mein Kleid rutscht an mir hinunter.

Mein Kleid rutscht an mir hinunter.

»So was macht man aber nicht, Jellybean.« Theo hört auf, mir das Gesicht zu waschen.

Wieder zupft etwas an meinem Rock, und im nächsten Augenblick halte ich zwei Kätzchen in den Händen, und mein Kleid rutscht nicht länger an mir hinunter.

»Schmuse mit den Kätzchen, Laney. Sie brauchen dich.«

»Sie brauchen mich?«

»Ja, sie brauchen dich.«

Er wischt noch ein letztes Mal mit dem Waschlappen über mein Gesicht; ich schließe die Augen und neige mich der kühlen Empfindung entgegen. Und das Schluchzen lässt endlich nach.

Ja. Ich werde mich morgen entwürdigt fühlen. Aber nicht jetzt.

Jetzt fühle ich mich bloß schwer. Wie an diesen Stuhl geschmiedet. Aber auch irgendwie leicht.

Klar.

Frei.

Sauber.

Glücklich.

Das liegt am Alkohol. Ich sollte echt nicht trinken. Ich sollte *nie wieder* trinken.

Aber vielleicht liegt es nicht nur am Alkohol.

Vielleicht liegt es auch an Theo.

An den Kätzchen. An Theos Lächeln. Seiner sachten Berührung.

Warum kann ich nicht glücklich sein?

Warum kann ich nicht einfach beschließen, glücklich zu sein?

»Hier kannst du nicht schlafen«, sagt er leise. »Sie würden dich die ganze Nacht wachhalten. Und du würdest Emma einen Haufen Kratzer erklären müssen.«

»Ich werde nicht schlafen.«

»Laney.«

»Pst, das ist nur ein Traum. Ein sehr, sehr übler Traum.«

»Wieso ein übler Traum?«

»Emma heiratet Chandler, und sie glauben, du bist der Schurke im Stück.«

»Was ist falsch daran, dass Emma Chandler heiratet?«

»Sie verdient einen anderen, den, der sie vor fünf Jahren gefragt hat.«

»Wer hat sie vor fünf Jahren gefragt?«

»Niemand. Aber er hätte es tun sollen. Aber das hat er nicht. Weil er keine Eier in der Hose hatte.«

»Hast du dafür fotografische Beweise?«

Ich lächle mit geschlossenen Lidern. Theo ist witzig.

»Warum hat er sie so lange warten lassen?«, frage ich ihn.

»Keine Ahnung.«

»Macht er sie glücklich?«

»Scheiße, mehr als das.«

»Scheiße, mehr als das«, sage ich nickend.

Theo lacht leise.

Es ist warm und kollernd, und es kitzelt in meinem Bauch, was nicht allein an den Katzenkindern in meinem Schoß liegt.

Sie sind warm und schnurren, und sie kitzeln an meinen Oberschenkeln.

Nicht im Bauch.

Nur Theos Lachen kitzelt in meinem Bauch.

»So, die Kätzchenzeit ist um, Laney«, sagt Theo leise. »Komm jetzt, ich bringe dich ins Bett.«

»Das ist aber riskant.«
»Wieso?«
»Weil die betrunkene Laney dich mag.«
»Der nüchterne Theo wird Abstand halten.«
»Aber das will die betrunkene Laney gar nicht.«
»Die betrunkene Laney wird es mir morgen früh danken.«

17. Kapitel

Theo

Wisst ihr, was eine Nacht in die Länge zieht? Wenn du dich stundenlang herumwälzt und auf dem Fußboden einzuschlafen versuchst, weil du der Versuchung widerstehen willst, die beste Freundin deiner Schwester in deine Arme zu ziehen – weil sie so verflucht unwiderstehlich ist –, und fünf Minuten, nachdem du endlich eingeschlafen bist, fällt sie aus dem Bett und landet genau auf dir.

Und was ist das Schlimmste daran?

Dass sie dabei kaum wach wird.

Nicht einmal, als ich sie ins Bett zurückwuchte.

Als mir ihr leises Nuscheln im Schlaf verrät, dass sie der Bettkante abermals gefährlich nah kommt, stehe ich auf, bevor sie es schafft, zum zweiten Mal aus dem Bett zu fallen, und schiebe sie weiter in die Mitte.

Und als sie ihren Arm um meinen schlingt, ihn knutscht und stillvergnügt seufzt?

Scheiß drauf.

Ich tue, was ich, wie ich sehr wohl weiß, nicht tun dürfte, und krieche zu ihr ins Bett.

Nur als ihr Schutzwall, damit sie nicht noch einmal aus dem Bett fällt, rede ich mir ein.

Die betrunkene Laney ist ein Fiasko.

Und das gefällt mir. Denn die Laney, mit der ich aufgewachsen bin, die Laney, die ich immer schon kannte, ist dermaßen tough, dass alle anderen sich ihr automatisch unterlegen fühlen.

Aber die betrunkene Laney? Laney das Fiasko? Die nicht ganz so perfekte Laney? Die mag ich.

Was nicht heißen soll, dass ich ihren Kummer irgendwie auskosten würde. Sondern dass sie mir einen Blick hinter den Vorhang gewährt. Dass sie mir vertraut und mir ihre Risse zeigt. Dass sie mich um Hilfe gebeten hat.

Mich. Den Typ, dem man auf der Highschool am wenigsten zugetraut hätte, bei Laney Kingston landen zu können.

Sie wollte lieber in mein Zimmer kommen, als bei Sabrina zu bleiben.

Ja, ich weiß, wegen der Kätzchen.

Aber kaum wirft sie einen Arm über meine Brust und kuschelt ihre Wange an meine Schulter, hört sie auf, im Schlaf zu nuscheln.

Sie gibt noch einmal ihr schweres, zufriedenes Seufzen von sich, dann ist ihr langsames, tiefes, regelmäßiges Atmen das einzige Geräusch im Raum.

Ich sage mir, das bedeutet nicht, dass sie mich braucht. Nicht einmal, dass sie mich *will*. Ich bin lediglich der gerade greifbare warme Körper, der ihr das Gefühl gibt, nicht allein zu sein.

Scheiße, der Himmel weiß, dass ich im Leben zu oft allein war. Ich nehme an, das gilt irgendwann einmal für die meisten Menschen. Für manche häufiger als für andere.

Doch Laney schien immer über allem zu stehen. In der Schule war ihr größtes Problem, an der Grenze zwischen der A- und B-Note zu kratzen. Oder welches Kleid sie zu Schulfesten anziehen sollte. Welches College sie aus den vierzehn auswählen könnte, die sie annehmen wollten. Ob sie die Firma ihrer Eltern vor ihrem dreißigsten Geburtstag leiten oder ob sie vierzig werden würde, bevor ihr Vater und ihre Mutter sich in den Ruhestand zurückziehen würden.

Wenn sie einen Typ mochte, ging sie mit ihm aus. Wenn sie genug von ihm hatte, gab sie ihm den Laufpass. Wenn der Typ zuerst Schluss machte, wurde er ausgestoßen, während sie dafür geliebt wurde.

Sie stand ganz oben auf der Liste für Sonderprogramme, die ihr eine Auszeit von der Schule erlaubten, und bekam trotzdem den Preis für *regelmäßige Teilnahme am Unterricht*, die dämlichste Auszeichnung in der Geschichte der Auszeichnungen.

Und jetzt gehen wir alle auf die dreißig zu, und plötzlich ist sie es, die sich auf Chandlers Tante Brendas Kosten über Furzwitze wegschmeißt, sich in einem Cabriolet auf mir windet, während wir von einem Wildschwein angegriffen werden, und sich, um schlafen zu können, im durch die offenen Fenster fallenden Mondschein an mich kuschelt.

Ich möchte ihr übers Haar streichen.

Ich möchte meine Arme um sie schließen und sie an mich ziehen, und wenn es mich noch so scharf macht.

Ich möchte mich mit ihr unter die Dusche stellen und ihr die Haare waschen, sie küssen, bis ich keine Luft mehr bekomme, und sie an der Wand der Dusche vögeln.

Aber alles, was ich tun kann, ist, hier zu liegen und ein Schutzwall für sie zu sein, damit sie sich nicht wehtut – und nur zu gut zu wissen, dass sie es morgen bereuen und mich zurückweisen wird.

Ich schlafe mit einem Ständer und Halluzinationen von Laney ein, wie sie mich mit Küssen weckt, sich ihr Shirt auszieht, um mich ihre Brüste sehen zu lassen, und mich in die Besinnungslosigkeit reitet.

Das alles ist so real, dass ich, als ein Schrei und ein Stöhnen mich in einem mit Morgenlicht gefluteten Schlafzimmer ins volle Bewusstsein zurückholen, zuerst einmal überprüfe, ob ich meine Shorts noch anhabe.

»Oh Gott, mach das Licht aus«, ächzt Laney.

Ja. Ich hab meine Sachen noch an.

Sie ebenso.

Aber ich bin so hart, dass es fast schmerzt.

Zum Glück scheint sie es nicht zu bemerken. Oder irgendwas dagegen unternehmen zu wollen.

»Das ist die Sonne, Laney.« Ich checke meine Hände – heute sind beide hellwach – und merke, dass der Arm, auf dem Laney geschlafen hat, kalt und nass ist.

Sie hat wieder auf mich gesabbert.

Ganz gleich, was sich in meiner verbleibenden Lebenszeit noch abspielen wird, ich werde für immer wissen, dass Laney im Schlaf sabbert, und das wird mir für immer an ihr gefallen.

»Was habe ich letzte Nacht gemacht, und wo ist mein Arm hin?« Ihre Stimme ist so heiser, dass ihr Wimmern meinen Schwanz noch mehr anschwellen lässt.

»Welcher Arm?«, frage ich.

»Der, den ich nicht bewegen kann.«

»Welchen kannst du denn bewegen?«

»Den hier.«

Nichts bewegt sich.

Gar nichts.

Ihre Augen sind fest geschlossen. Ihr Haar ist ein struppiges Vogelnest auf dem weißen Kissen. Ihre Haut ist blass, fast grün.

Ich rutsche zu ihr herum, sehe sie an und verkneife mir ein Grinsen, das sie bestimmt nicht schätzen würde.

Wieder wimmert sie. »Ich will von dem Boot runter.«

»Kannst du deine Arme schon spüren?«

»Sie sind weg. Die hat der Elf mitgenommen.«

Und damit habe ich den Kampf offiziell verloren, denn jetzt grinse ich sie unverwandt an. »Was für ein Elf?«

»Der mich gestern Abend zum Trinken verführt hat.«

»Die gute Nachricht ist, der Elf ist weg, und deine Arme sind noch da, ich kann sie sehen.« Behutsam berühre ich einen ihrer Oberarme, wobei ich so tue, als würde ich die Berührung ihrer Haut unter dem Ärmel ihres Kleides, das über Nacht nach oben gerutscht ist, nicht genießen.

Sie quiekt zuerst, dann murrt sie.

»Das bin nur ich, Laney.«

»Das kitzelt«, japst sie.

»Aha. Es kitzelt. Komisch. Fühlt es sich an … als wäre dein Arm eingeschlafen?«

Sie jammert. Kneift die Augenlider zusammen.

Ich streiche mit einem Finger über ihre Haut.

Ihrer Kehle entfleucht ein erstickter Laut.

Aber sie sagt nicht, dass ich aufhören soll.

»Wie komisch«, entfährt es mir, unfähig, sie nicht aufzuziehen. »Gestern erst war ich mit einer Frau zusammen, die behauptete, ihr würden die Glieder niemals einschlafen.«

»Ich sage dir jetzt nicht, wie sehr ich dich gerade hasse.«

Ich wünschte, ich könnte sagen, ich würde mich gerade selbst nicht ein bisschen hassen. Aber ich bin gerade genau dort, wo ich sein will, auch wenn sich das ändern wird, sobald wir wieder zu Hause sind und sie zu ihrem normalen Leben zurückkehrt.

Ich könnte mir einreden, dass ich hier einen Schlussstrich unter eine alte Schwärmerei ziehe, aber das wäre weit hergeholt.

An meinen Empfindungen, die ich seit gestern für sie zu hegen beginne, ist überhaupt nichts *alt*.

»Wie spät ist es?«, will sie wissen. »Wo werden wir als Nächstes erwartet?«

»Es ist halb acht.«

»Nachts?«

»Morgens. Wieso bist du schon wach? Die erste Regel, wenn man verkatert ist, lautet, man muss am nächsten Tag mindestens bis Mittag schlafen.«

»Mein Körper *lässt* mich nicht.«

»Dein einer Arm ist noch eingeschlafen. Andere Teile von dir sind eindeutig voll da.«

Sie wendet den Kopf zur Seite und nötigt, abermals wimmernd, ein Auge, sich zu öffnen. »Habe ich mich gestern Abend komplett zum Narren gemacht?«

»Du warst lustig.«

»Oh nein. Hab ich geflennt? Ja, oh Gott, ich habe geflennt. Aber es ging mir gut dabei. Ich schwöre, das ist wie …«

Ich bringe sie mit einem Finger an ihren Lippen zum Schweigen. »Bist du wirklich so verklemmt, dass du deine Gefühle nur rauslassen kannst, wenn deine Hemmungen vom Alkohol gemindert werden?«

Sie windet sich. Dann windet sie sich wieder, als würde sie Qualen leiden, wenn sie sich windet. »Was bist du, ein Therapeut?«

»Klar. Lassen wir es dabei bewenden.«

»Es tut mir leid, dass ich geheult habe. Ich wollte dir das nicht zumuten. Oder so viel trinken. Aber gestern war ein langer und … unerwarteter Tag. Heute werde ich viel besser drauf sein.«

Ich blicke sie an.

Eine Minute betrachtet sie mich mit einem Auge, dann schließt sie es wieder.

Als würden wir *Ich sehe was, was du nicht siehst* spielen.

»Die Welt wird nicht untergehen, wenn du mal nicht perfekt bist, Laney.«

»Du hast gut reden, *perfekt* war nie dein Maßstab.«

Ich sollte mich aus dem Bett wälzen. Duschen. Mich auf die Suche nach Kaffee und etwas zu essen begeben, das gegen den Kater hilft. Gebratene Poi-Bällchen auf verkaterten Magen wären allerdings ein faszinierendes Experiment.

Stattdessen bleibe ich im Bett liegen, während sie die Augenlider fest zusammenkneift.

»Glaube es oder nicht«, wende ich mich leise an sie, »die niedrigen Erwartungen anderer vergessen zu machen ist auch kein Vergnügen.«

Ein Lid geht ein klitzekleines bisschen auf. »Wieso?«

»Alle Welt sieht, was sie sehen will, da kann man sich noch so abmühen. Und wenn man aufhört, sich abzumühen, wenn man der Überzeugung erliegt, ebenso gut den Niemand spielen zu können, den alle Welt zu sehen erwartet … Du hast dagegen immer gewusst, dass du jemand bist, selbst wenn es nicht der Jemand ist, der du gern sein würdest.«

Jetzt hat sie beide Lider geöffnet. »Das ist ganz schön heftig, wenn man verkatert ist«, sagt sie leise.

Die Untertreibung des Jahres.

»Darf ich dich was fragen?«

»Als du mich das das letzte Mal gefragt hast, hast du anschließend meine ganze Welt aus den Angeln gehoben.«

Ich ignoriere das implizite Nein. »Hattest du gestern Spaß?«

Ihr Gesicht nimmt ihr die Antwort vollständig ab. *Ja, und es hat sich gelohnt. Zumindest bis jetzt, da ich Zweifel und Reue spüre. Und wenn ich meine Lider nur fest genug zusammenkneife, muss ich nicht über diese Frage und ihre eventuellen Konsequenzen nachdenken.*

Verständlich.

Ich stemme mich hoch und stehe auf, wobei ich das Bett so wenig wie möglich erschüttere. »Was magst du, wenn du verkatert bist?«

»Ich weiß nicht. Ich … ich war vorher vielleicht zweimal verkatert.«

Auf meinem Handy sehe ich eine Nachricht von Emma. Wie es aussieht, hat sie uns beiden geschrieben, und sie freut sich auf den Brunch mit Laney um zehn.

»Schlaf noch etwas. Du musst noch ein paar Stunden nirgendwohin. Ich komme wieder.«

»Aber …«

»Und ich halte mich von Ärger fern«, füge ich trocken hinzu.

»Ich weiß«, flüstert sie, »du suchst den Ärger nicht, der Ärger sucht dich.«

»Dann halte ich danach Ausschau und meide ihn, wenn ich ihn kommen sehe.«

Ein tiefes Seufzen entweicht ihr, als ihr Körper zurück auf die Matratze sinkt. Ihr rechtes Bein hat sie unter der Decke hervorgestreckt, und ich sehe, dass sich auf einer ihrer Schultern ein neuer blauer Fleck bildet.

Wahrscheinlich, weil sie in der Nacht aus dem Bett gefallen ist.

»Tut mir leid, dass ich dir gestern wegen deiner Hand nicht geglaubt habe«, ergänzt sie noch leiser. »Es ist unangenehm, wenn deine Arme wieder wach werden.«

Ich lächle. Dann verdrücke ich mich, vergnügt glucksend, aus dem Bungalow.

Das wird nicht anhalten. Ich werde nie der Mann sein, den Laney in ihrem Leben braucht, wie zufrieden ich auch mit mir selbst und meinem Leben sein mag.

Aber fürs Erste will ich das Beste daraus machen.

18. Kapitel

Laney

Es gibt auf der ganzen Welt keine Sonnenbrille, die ungeschehen machen könnte, was in den letzten zwölf Stunden passiert ist. Oder die wirksam genug das Sonnenlicht aussperrt.

»Es tut mir so leid, dass ich mich in deiner Hochzeitswoche zum Narren gemacht habe«, sage ich zu Emma, als wir uns zu einem späten Frühstück in einem süßen, kleinen Strand-Bistro hinsetzen, von dem aus man auf den Ozean hinausschauen kann. Durch die offenen Fenster weht die sanfte Meeresbrise herein, an der Wand hinter uns hängen gemalte Bilder vom Strand. Unser Tisch ist ein bisschen wacklig, doch in seiner Mitte steht ein Fischglas mit Strickherzen. Wahrscheinlich ein Leitmotiv des Resorts.

Sie lacht. »Laney, zu sehen, wie du dich amüsiert hast, war ein Geschenk. Mir tut bloß leid, dass es dir heute so mies geht.«

Ich verziehe das Gesicht. Ich *habe* mich amüsiert, aber ich komme mir vor wie eine Vollidiotin.

»Hat Theo sich benommen?«, fragt Sabrina.

Auch sie trägt eine dunkle Sonnenbrille. Ein Großteil der vergangenen Nacht ist relativ verschwommen, doch ich erinnere mich, dass sie wegmusste. Irgendwas wegen ihrer Tante Brenda.

Und ich denke lieber an sie als daran, wie sehr ich in der vergangenen Nacht von der Rolle war. Und wie verständnisvoll Theo heute Morgen darauf reagiert hat.

»Theo ist, was den Umgang mit einem Kater angeht, ein Vollprofi«, sagt Emma. »Ich nehme an, er hat dir Donuts gebracht und Pommes frites oder gebratene Poi-Bällchen, weil man die hier bekommt und er immer gern was Neues probiert, dazu Kaffee, Cola light und …«

»Frisch gebackene Cookies«, lege ich vor.

Sabrina schnappt stöhnend nach Luft. »Frisch gebackene Cookies? Wie frisch?«

»Noch warm.«

»Oh Gott, waren sie gut?«

»Wundervoll.« So wundervoll, dass ich meine bisherigen Lebensentscheidungen überdenken möchte, um neue Entscheidungen zu treffen, die dazu führen, dass Theo mir Schokosplitter-Cookies ans Bett bringt.

Was ich ihm natürlich nicht gesagt habe. Nicht, dass er mir groß dazu Gelegenheit gegeben hätte.

Er ist mit Cookies aufgetaucht, hat drei davon aufs Bett gelegt und, bevor ich auch nur einmal abbeißen konnte, gesagt, er würde nach den Kätzchen sehen, und ist verschwunden.

Er hat mich mit der Erkenntnis allein gelassen, dass mein Moment der Rebellion gestern Abend nur dazu geführt hat, dass er, ungeachtet meiner zunehmenden Verliebtheit, seinerseits *null* an mir interessiert ist.

Zunehmend?

Erneuert?

Ich bin ein Fiasko.

Emma sieht mich blinzelnd an. »Frisch gebackene Cookies?«

»Außer ich bin noch betrunken und halluziniere.«

Sie runzelt die Stirn. »Mit Schokosplittern?«

»Und obendrauf mit Salz bestreut. Und geschmeckt haben sie wie geschmolzener Karamell.«

Ihr Stirnrunzeln vertieft sich, und sie greift nach ihrem Handy, dann schüttelt sie den Kopf und lässt es wieder in ihre Handtasche gleiten.

»Was hast du denn gegen Cookies mit Schokosplittern?«, will Sabrina wissen.

Emma schüttelt den Kopf. »Nichts. Gar nichts.«

Sabrina und ich wechseln einen Blick.

Ganz klar nicht *nichts*.

»Meinst du, er hat eine Bäckerei ausgeraubt?«, fragt Sabrina.

Emma verschluckt sich an ihrem Wasser. »Schluss jetzt! Er hat keine Bäckerei ausgeraubt. Laney, du musst mir mehr von dem Zwischenfall mit dem Schwein gestern erzählen. Du hast dich gestern Abend nicht besonders klar ausgedrückt.«

Mit dem dringenden Wunsch, nicht länger über Theo reden zu müssen, greife ich nun selbst in meine Tasche.

Mag ich ihn?

Ja.

Mag ich ihn so sehr, dass ich ihn besser kennenlernen möchte?

Ja.

Kann ich da gerade mit umgehen?

Nein. Nein, kann ich nicht, weil ich mir wie eine Idiotin vorkomme. Wie ein Totalausfall in Sachen Spaß. Als wäre *ich* das Problem. Als wäre *ich* ein Pflegefall.

Während er nichts als lieb, freundlich und einfühlsam war – auf eine Weise, mit der ich nicht gerechnet hatte und nach der ich mich, wie ich festgestellt habe, sehne.

»Keine Geschichten, bevor wir was getrunken haben, okay?«

Damit stelle ich drei schillernde Wein-Tumbler auf den Tisch und warte.

Und ihre Reaktion lohnt das Warten.

»Das hast du nicht …«, kreischt Emma, wovon ich, ehrlich gesagt, ein bisschen Kopfweh bekomme, aber das ist mir egal.

Sabrina bricht in Lachen aus. »Oh, mein Gott, du hast!«

»Schien mir angebracht«, sage ich grinsend.

Emma greift nach dem nächsten Wein-Tumbler und hält ihn ins Sonnenlicht, um sich das Logo genauer ansehen zu können. »Erinnert ihr euch noch an unser Clubhaus der Hässlichen Erbinnen?«

Nicht lange, nachdem Theo uns die *Hässlichen Erbinnen von Tooth* getauft hatte – Sabrina als Erbin des *Bean & Nugget*, ich die Erbin von *Kingston Photo Gifts* und Emma als Erbin von *Rocky Roadkill* –, fand Sabrina in Laufweite von unserer Schule auf dem Grundstück ihrer Großeltern ein altes Baumhaus. Wir drei beschlossen, uns den Spitznamen gründlich zu eigen zu machen und einen Club samt wackligem Clubhaus zu gründen, um dort immer nach dem letzten Klingeln, und bevor wir nach Hause mussten, hinaufzusteigen.

Ich nicke. »Wir hatten echt Glück, dass das Ding nicht auseinandergefallen ist.«

»Hey, in unserer Familie werden nur baufällige Baumhäuser gebaut, wenn wir wissen, dass sie stabil sind«, ruft Sabrina.

»Ist es noch da?«, fragt Emma.

Sabrina schüttelt den Kopf. »Nein, Tante Lisa hat es abreißen lassen, als Großmama nicht mehr aus dem Haus konnte, um regelmäßig nachzusehen, ob es noch stand.«

Emma rümpft ein wenig die Nase, sagt aber kein böses Wort über ihre zukünftige Schwiegermutter. »Das war vermutlich so am sichersten.«

Nun nimmt auch Sabrina ihren Becher und inspiziert die Inschrift. »Ich kann nicht fassen, dass du dich daran erinnert hast und es hast machen lassen.«

»Ich schon«, sagt Emma leise.

Meine Wangen glühen. Und ich richte mein Augenmerk abermals auf den Mann, der, da bin ich mir absolut sicher, längst von der Schwärmerei geheilt ist, die er vielleicht mal für mich gehegt hat. »Rückblickend hätte ich es vielleicht nicht so persönlich nehmen sollen, als Theo uns so genannt hat. Es ist sehr gut möglich, dass eine von uns – wahrscheinlich ich – ihn auf die Palme gebracht und er es uns damit heimgezahlt hat. Nach allem, woran ich mich aus unserer Kindheit noch erinnere, folgte es unmittelbar auf die Ansage meiner Mutter, ich müsste lernen, mich gut anzuziehen, weil ich mit meinem Gesicht im Leben keinen Mann finden würde.«

»Oh Süße«, sagt Emma leise.

Ich winke ab. »Ich weiß ja, sie meinte es gut; um meine Erwartungen zu dämpfen, wisst ihr.«

»Bloß, dass du hinreißend bist«, bemerkt Sabrina.

»Nicht neben euch beiden.«

»Soll das jetzt dein Ernst sein?« Emma deutet auf ihren Arm. »Siehst du die Sommersprossen? Und das, obwohl ich stündlich siebentausend Gallonen LSF 100 draufschmiere. Gar nicht davon zu reden, dass ich wie ein laufender Stecken mit spitzer Nase, spitzem Kinn und Elfenohren aussehe. Und ich kann noch so viel essen, ich sehe immer *krank* aus.«

»Du bist *auch* hinreißend«, versichert ihr Sabrina.

»Das musst du sagen, weil ich die Braut bin.«

»Nein, ich sage das freiwillig, weil ich deine Freundin bin und deine ganze Schönheit sehe. Und weil ich weiß, dass du dich gesund ernährst, regelmäßig zum Arzt gehst, dass du nichts für deinen Stoffwechsel kannst und dass dein Gesicht total bezaubernd und einnehmend ist … und dass du es einfach *rockst*.«

»Und du besitzt die größte innere Schönheit von uns dreien«, stimme ich ein.

»Richtig. Ich bin innerlich eine Megazicke«, grinst Sabrina.

»Ich auch«, sage ich.

Meine beiden besten Freundinnen finden das saukomisch.

»Doch, das finde ich wirklich«, insistiere ich. »Zumindest für … manche Leute.«

»Diese Leute haben dich dein ganzes Leben provoziert«, sagt Sabrina trocken.

»Was nicht heißt, dass ich darauf anspringen und sie ebenfalls provozieren muss.« Ich winke ab. »Aber zurück zu Emma. »Wie findest du deine Hochzeitswoche? Ist alles so, wie du es dir erhofft hast? Woran fehlt es? Was brauchst du noch?«

Sie lächelt.

Ihr typisches strahlendes Lächeln, das auch ihre Augen selbst dann strahlen lässt, wenn sie die Augenwinkel zusammenkneift. »Die Woche ist gut. Meine Familie ist hier. Meine Freunde. Mein Bräutigam. Wir sind im Paradies. Ich habe alles.«

»Aber …«, sagt Sabrina.

»Kein Aber.«

Und ob es ein Aber gibt. »Komm, Em, was stimmt nicht?«, dränge ich.

Sie öffnet den Mund. Macht ihn wieder zu. Dann schaut sie sich in dem Bistro um, als hätte sie Angst, jemand könnte sie belauschen. »Habt ihr bemerkt, dass hier alles irgendwie … langsam ist?«

»Du meinst, die Zeit auf der Insel vergeht langsamer?«, fragt Sabrina, was kompletter und totaler Unsinn ist.

»Nein, irgendwie … noch langsamer. Als wäre die halbe Belegschaft gar nicht hier oder so etwas. Zuerst dachte ich noch, der erste Tag wäre eine Ausnahme gewesen, aber allmählich mache ich mir Sorgen. Chandler hat sich gestern beschwert, weil die Poolbar nur an einem Abend geöffnet war und weil das Clubhaus gestern erst eine halbe Stunde nach der Abschlagzeit aufgemacht hat und er deshalb kein Golfcart bekommen konnte. Und … wir sind hier fast die einzige Festgesellschaft, trotzdem haben sie kein Zimmer für dich, Laney. Und …«

»Ach, Em, ein kleiner Personalmangel wird dir deine Hochzeit schon nicht verderben. Du wirst am Ende der Woche trotzdem Mrs Sullivan sein.« Ich greife nach ihrer Hand und drücke sie. Als ich sie gefragt habe, was sie brauche, dachte ich daran, ein Taxi zu rufen und zu irgendeinem Laden rauszufahren, um eine Ladung Kerzen für ihre Hochzeitsnacht zu besorgen.

Ich hatte nicht gedacht, sie würde darauf herumreiten, dass die Ferienanlage ihren Erwartungen nicht gerecht wird.

Und war da nicht was über …

Ich unterbreche meinen Gedankengang, als Sabrinas Blick mir bedeutet, *jetzt bloß nicht das zu sagen, was du, wie ich befürchte, gerade sagen willst.*

Richtig.

Ich war gestern Abend betrunken.

Selbst wenn ich über freie Bungalows gehört habe, was ich gehört zu haben glaube, fehlt mir doch der Zusammenhang.

Und ganz ehrlich … Ich bin mir nicht sicher, ob ich überhaupt noch umziehen will.

Was nichts mit Theo zu tun hat, rede ich mir ein, obwohl ich mir selbst kein Wort glaube. Aber es ist keine Lüge, wie traurig es mich machen würde, wenn ich keine Zeit mehr mit den Kätzchen verbringen könnte.

Ich komme mir momentan selbst sehr kompliziert vor.

»Es ist eben was ganz anderes, von deiner Hochzeit zu *träumen* und so große Erwartungen daran zu knüpfen, als sie wirklich zu *erleben*«, sagt Emma. »Ich hab zum Beispiel gedacht, dem perfekten Mann zu begegnen wäre wie im Märchen, aber eine Beziehung zu führen ist in Wahrheit ein Haufen Arbeit. Und ich habe geglaubt, ich würde die ganze Woche mit dem magischen Gefühl herumlaufen, eine Prinzessin zu sein, stattdessen mache ich mir Sorgen, ob mein Dad und mein Onkel sich mit Chandlers Familie vertragen und warum nicht genug Zimmer da sind, ob es zu allen Mahlzeiten ausreichend zu essen gibt, ob Chandler hier wirklich eine gute Zeit erlebt oder ob er mir nur was vormacht, um mir zu gefallen, und ob Theo sich amüsiert oder ob er bloß anfängt, sich zu … Na ja, ob er die Woche eben auch genießt.«

»Du musst dir offiziell keine Sorgen machen und bist hiermit angewiesen, den Rest des Tages am Strand zu verbringen«, sagt Sabrina. »Ohne Verwandtschaft. Ohne zukünftige Verwandtschaft. Das heißt, mich ausgenommen, aber ich habe ja schon zu dir gehört, bevor Chandler zu dir gehört hat, deshalb zähle ich nicht zu deiner *zukünftigen* Verwandtschaft. Und angeheiratete Cousinen zählen sowieso nicht. Wir waren schon immer eine Familie.«

»Ich frage an der Rezeption noch mal nach zusätzlichen Zimmern«, schlage ich vor. »Und nach dem Catering erkundige ich mich auch.«

»Aber du hast doch schon alle Hände voll zu tun, weil du auf meinen Bruder aufpassen musst.« Emma windet sich. »Das kam jetzt falsch rüber.«

»Nein, das kam schon ganz richtig rüber«, bemerkt Sabrina lächelnd.

Doch keine von uns lacht.

Ich vor allem deshalb nicht, weil ich keine Ahnung habe, was mein Gesicht als Nächstes tun wird. »Em, du weißt, ich war noch nie Theos größter Fan. Wenn ich dir also sage, dass ich nicht glaube, dass er absichtlich Probleme verursacht, oder dass ich nicht mal glaube, es wären überhaupt Probleme, wenn es nicht gerade deine Hochzeitswoche wäre, dann hat das doch sicher was zu sagen, oder? In seiner Gegenwart passiert eben immer einfach irgendwas. Seien wir ehrlich, wer muss genau in dem Moment niesen, der dazu führt, dass er sich selbst in Brand setzt? Und wer stößt mit einem Wildschwein zusammen und muss sich dann in seinem Auto verstecken und dort ausharren, weil er es mit dem einzigen tollwütigen Wildschwein auf der gesamten Insel zu tun bekommen hat?«

Und wem hat das gefallen?

Dieser Frau hier.

Der braven Laney, die einen Orgasmus hatte, von dem sie ihren besten Freundinnen allerdings nichts sagen wird, weil ich das nämlich selbst erst verarbeiten muss.

So, wie ich verarbeiten muss, dass es mir Spaß gemacht hat.

Und keiner ist deshalb gestorben. Nicht mal das Schwein.

Die Firma meiner Eltern ist nicht den Bach runtergegangen.

Es ist auch kein Unwetter aufgezogen, das uns mit Donner und Blitz vertilgt hätte, und ich bin auch nicht schwanger geworden, weil ich in einem schaukelnden Auto mithilfe von Theos unglaublichem Schwanz einen Soloorgasmus erlebt habe.

Ich habe höchstens einen Blick auf das erhascht, was möglich ist, wenn ich mal loslasse und mich köstlich amüsiere.

Was andererseits vermutlich das schalste Vergnügen war, das Theo und sein bestes Stück jemals erlebt haben.

Emma runzelt die Stirn. »Meinst du, sie fangen es und bringen es zur Strecke?«

Ich schrecke auf.

Das Schwein, Laney. Sie redet sicher nicht davon, Theos Penis zur Strecke zu bringen.

»Das hoffe ich«, sagt Sabrina. »Und ich hoffe, sie bringen es deinem Dad, damit das ausgestopfte Wildschwein Chandlers Geschenk zum ersten Hochzeitstag wird, falls er nicht alles in seiner Macht Stehende tut, um dich zur glücklichsten Frau auf der ganzen Welt zu machen.«

Emma verdreht lächelnd die Augen. »Er hat noch nie ein hawaiianisches Schwein ausgestopft. Und er liebt es, neue Tiere von seiner Liste zu streichen.«

»Das hat Theo auch gesagt, als er gestern Abend Fotos von dem Schwein gemacht hat«, berichte ich, in der Hoffnung, mir nicht anmerken zu lassen, dass ich an Theos Penis denke.

Sie grinst. »Hat er dich gebeten, ihm dabei zu helfen, das Schwein im Kofferraum zu verstauen?«

»Ja.«

»Und hast du Nein gesagt?«, will Sabrina wissen.

»Es gab buchstäblich keine andere Antwort. Und stellt euch nur mal vor, wir hätten es in den Kofferraum gepackt, bevor es wieder zu sich kam.«

Bevor *es* kam.

Bevor es *mir* kam.

Sabrina kichert.

Emma versucht, sich das Lachen zu verkneifen, prustet dann aber durch die Nase.

»Ich wollte *lustig* sein, aber sogar Lustig-Sein hat seine Grenzen«, erkläre ich.

Sabrina kichert noch lauter. Emma prustet zweimal so heftig.

»Wenn wir von einem wütenden Schwein ermordet worden wären, würdet ihr nicht so lachen«, sage ich. »Hey, wo steckt die Bedienung? Wir brauchen Wasser.«

»Kaffee und Mimosas«, korrigiert Sabrina, immer noch kichernd.

»Also, *ich* brauche Wasser, *du* kannst deinen Mimosa und

den ganzen Kaffee haben, den dein koffeinverseuchtes Herz begehrt.«

»Wir machen uns nicht über deine Leiden lustig, Laney, versprochen«, sagt Emma. »Es ist nur die Vorstellung, wie das Schwein Theo jagt …«

»Das brennende Vergnügen, uns vorzustellen, wie er um sein Leben schreit«, stimmt Sabrina zu.

»Dass dir etwas zustoßen könnte, kommt in der Gleichung gar nicht vor.«

»Oder das Bedürfnis, den Rest der Woche häufiger darauf, als auf alles andere anzustoßen.«

Ich winke ab und stehe auf. »Ich schau mal, ob ich was finde, womit wir unsere Becher füllen können. Kein Problem. Alles gut, wenn es dich glücklich macht, Em, dann ist mein Daseinszweck erfüllt.«

»Ihr macht mich beide glücklich«, wendet sie sich an uns.

Doch als ich mich entferne, höre ich, wie sie Sabrina zuflüstert: »Was meinst du, kann es sein, dass er seine Charme-Nummer mit Laney abzieht?«

»Ganz bestimmt nicht«, flüstert Sabrina zurück. »So weit würde er niemals gehen.«

Ich versteife mich, gehe aber weiter, als hätte ich nichts gehört. Aber ich habe den Eindruck, dass mehr an Theo ist, als ich ihm zugetraut habe.

Und nach allem, was da im Auto vorgefallen ist – worüber ich momentan ganz sicher nicht und womöglich niemals mit den beiden reden werde –, und wie er sich um mich gekümmert hat, als ich betrunken war … Und wie ich dann, über ihm ausgestreckt, aufgewacht bin, hätte ich gedacht, wir finden vielleicht die ein oder andere Gemeinsamkeit. Besonders nach seinem Bekenntnis, ständig die negativen Erwartungen anderer erfüllen zu müssen, während ich stets darauf aus bin, den hohen Erwartungen zu entsprechen. Aber nachdem er dann fort war und ewig brauchte, um zu mir zurückzukommen, und dann vollends verschwand, um mit den Kätzchen zu spielen, während ich kaum ausreichend Zeit hatte, mir etwas überzuziehen und zum ersten Programmpunkt von Emmas Hochzeit zu eilen …

Ich denke, er gewährt mir Raum, um wieder ich selbst zu werden. Oder wer immer ich zu werden versuche.

Im Urlaub passieren komische Sachen.

Weiter nichts.

Wenn wir wieder zu Hause sind, wird alles wie gewohnt in normalen Bahnen verlaufen.

Aber ich glaube, das ist es nicht, was ich eigentlich will.

Ich glaube, ich will Theo bitten, mir zu zeigen, wie ich noch mehr Spaß haben kann.

Ich weiß bloß noch nicht, wie ich das anstellen soll. Oder wie ich ihn darum bitten soll.

19. Kapitel

Theo

Bis es später am Nachmittag Zeit für den gemeinsamen Junggesellen- und Junggesellinnenabschied sein würde, hielt ich mich die meiste Zeit in meinem Bungalow versteckt. Es liegt nicht in meiner Natur, die Füße stillzuhalten, nichts zu unternehmen und nirgendwohin zu gehen, doch die Kätzchen und ihre Mama waren eine gute Gesellschaft, und ich habe mich ein wenig um meine Arbeit gekümmert.

Jetzt schlendere ich am Pool entlang zu den abendlichen Events, wobei ich daran denke, wie Laney gestern ihr Oberteil verloren hat, und schon wandern meine Gedanken in eine Richtung, die sie in Gesellschaft besser nicht nehmen sollten.

Ich verliebe mich auf keinen Fall noch einmal in sie.

Aber wann habe ich jemals darauf gehört, was ich *nicht* tun sollte.

»Hi, Theo.« Plötzlich steht Claire vor mir auf dem Fußweg zum Andenkenladen. »Du warst heute gar nicht am Pool.«

Ich lächle. »Klar war ich da. Hast du mich nicht gesehen? Dann muss ich wohl ziemlich unauffällig gewesen sein.«

Sie lacht. »Du bist echt lustig.«

»Das ist mein Fluch.«

»Dann kommst du zum Junggesellinnenabschied?«

Ja.

Der Junggesellinnenabschied.

Genauer, ein kombinierter Junggesellinnen-Junggesellen-Abschied, was mir durchaus recht ist.

Genau genommen sogar mehr als recht. Schließlich bin ich nicht daran interessiert, mit dem Verlobten meiner Schwester in einem Striplokal abzuhängen, Bier zu trinken, Zigarren zu rauchen und so zu tun, als würde ich ihn nicht umbringen, wenn er eine der Tänzerinnen betatscht.

Ich bin mir ziemlich sicher, dass er Emma nicht betrügen würde. Dass er nicht der Arsch ist, den er diese Woche gibt. Oder sogar den größten Teil des vergangenen Jahres.

Die meiste Zeit, seit die beiden nach dem College wieder zusammengekommen sind, habe ich ihn toleriert, bis er ihr einen Heiratsantrag gemacht hat.

Vielleicht hat er aber auch mich bis zum Heiratsantrag toleriert.

Oder bis ich tonnenweise Geld verdient habe, während er die Firma seiner Familie vor die Wand gefahren hat.

Man muss kein Genie sein, um zu wissen, dass ihn das ohne Ende ärgert.

Was nicht heißt, dass ich es ihm ständig unter die Nase reibe. Er ist damit zu mir gekommen, nicht umgekehrt. Und ich bin auch nicht gerade glücklich darüber, dass er weiß, dass ich mir ein Vermögen aufgebaut habe.

Em schwört, dass sie es ihm nicht absichtlich verraten, sondern dass er es zufällig herausgefunden hat, als sie letztes Jahr meine Steuererklärung machte, aber auch die beiden halten sich an die Regel, keine Geheimnisse voreinander zu haben.

Was allerdings anscheinend nicht so weit geht, dass Chandler ihr mitgeteilt hätte, wer für ihre Traumhochzeit aufkommt.

Ich nicke Claire zu. »So sieht's aus. Warst du schon mal bei so was?«

Hier kommt es auf Small Talk an. So kann man am Ball bleiben, während man die übrige Hochzeitsgesellschaft im Auge behält.

Zum Beispiel eine der Trauzeuginnen, die heute nicht mehr in unserem gemeinsamen Zimmer erschienen ist, auch wenn ich weiß, dass ihr Brunch mit Emma und Sabrina schon seit Stunden vorüber sein müsste.

Hat einer von den Drillingen mit ihr geflirtet?

Haben mehrere von den Drillingen mit ihr geflirtet?

Fuck!

Ich hoffe nur, es ist ihr nicht peinlich.

Ich hätte ihr sagen sollen, dass ich schon ein- oder zweimal so betrunken war, dass mir die Tränen gekommen sind.

Ich hätte nicht so lange brauchen dürfen, um mit dem Katerfrühstück zu ihr zurückzukommen. Aber ich konnte unmöglich ohne die Cookies dastehen.

Das ging einfach nicht.

Ich wollte unbedingt, dass Laney die Cookies bekommt.

»Und du hast einen Schleier mit Penissen drauf getragen?« Claire blickt mich an, als wüsste sie nicht, was sie von mir halten soll.

Ich spule zu den letzten Fetzen unseres Gesprächs zurück, auf die ich nicht geachtet hatte, und ... jawohl.

Sie hat so etwas gesagt wie: *Aber du hast bei einem Junggesellinnenabschied bestimmt noch keinen Penisschleier getragen?*, worauf ich geantwortet habe: *Klar hab ich.* Weil das nämlich Standard ist.

Ja, das habe ich getan. Was immer ihr wollt, ich habe es getan.

Grinsend zwinkere ich ihr zu. »Warum nicht? Alle waren darüber happy.«

»Worüber waren alle happy?«, will Sabrina wissen.

Sie und Laney lungern hinter einem gewaltigen Hibiskus herum, der dringend zurückgeschnitten werden müsste.

Laney hat ihr Pokerface aufgesetzt.

Fuck!

Hat sie mitgekriegt, wie ich Claire zugezwinkert habe?

Ich bin ein Idiot. Ich bin mit Brief und Siegel ein Idiot, der dringend sein Zwinkern unter Kontrolle bringen muss.

»Theo hat mir gerade erzählt, wie er mal mit einem Penisschleier in einen Junggesellinnenabschied geplatzt ist«, sagt Claire.

»Davon hab ich nie was gehört«, entgegnet Sabrina. Was so viel heißt wie: *Wenn ich nichts davon weiß, ist es auch nicht geschehen.*

Ich schlage sie mit strengstem Blickkontakt. »Du hörst auch nicht alles.«

Ja.

Das saß.

Sie verzieht die Lippen und sieht mich aus schmalen Augen an.

Laney packt mich beim Ellbogen. »Komm, Theo, wir sitzen während der Instruktionen hinten.«

Sie ist so steif wie *Prinzessin Plainy-Laney* früher auf der Highschool.

Und ich komme mir ganz genauso ungeschickt und überfordert vor wie damals auf dem Höhepunkt meiner Schwärmerei für sie.

Vor allem, weil ich vom Gefühl ihrer Hand an meinem Ellbogen eine Gänsehaut bekomme.

Eine Gänsehaut von der *vortrefflichen* Sorte.

Was sie wahrscheinlich bemerkt.

»Mein Augenlid hat gezuckt«, erkläre ich ihr, während ich mit ihr Schritt zu halten versuche und hoffe, dass ihr lediglich jene Nacht peinlich ist und sie es vor mir verbergen will. »Ich habe Claire nicht zugezwinkert.«

Laney wird im Eiltempo zu einem meiner Höhepunkte der Woche.

Und das möchte ich keinesfalls missen, während ich die bevorstehende Hochzeit täglich mehr fürchte.

»Aha, bestimmt eine Nachwirkung von dem ganzen Sand gestern in deinem Auge?«

»Muss wohl.«

Sie glaubt mir nicht.

Und sie ist sauer, weil ich eine andere Frau angelächelt und ihr zugezwinkert habe.

Worauf mein Schwanz sozusagen meine Eier abklatscht. *Sie steht auf uns.*

»Hattest du Spaß beim Brunch mit Emma und Sabrina?«, frage ich.

»Ja.«

»Ganz schön lange, wie? Du hast mich unbeaufsichtigt gelassen.«

»Ich habe stattdessen Chandler beaufsichtigt.«

»Puh.«

Sie wirft mir einen Blick zu. Als ihre Lippen zucken, grinse ich triumphierend.

Ich habe sie zum Lächeln gebracht. Oder wenigstens dazu, lächeln zu *wollen*.

Und nur fürs Protokoll – *dieses* Grinsen, mit dem ich Laney bedacht habe, war von der besten Sorte. Nicht so ein Aufschneidergrinsen, wie ich es Claire gezeigt habe.

»Ich schätze, meine Babysitterin zu sein ist *danach* gar nicht mehr so schlecht.« Ich stupse sie mit dem Ellbogen an.

Ihre Lippen zucken jetzt deutlicher. Sie seufzt schnaubend, was, wie ich annehme, ihre Methode ist, ihre Gesichtszüge unter Kontrolle zu bringen, damit ich nicht mitbekomme, dass sie sich über mich amüsiert.

Aber als sie ihre Miene wieder beherrscht, wandert ihr Blick zu meiner Brust.

In die ich mich sofort werfe.

Nur ein bisschen, nicht allzu offensichtlich, gerade so sehr, dass sie sieht, was ich mit meinem Körper angestellt habe.

»Warum knöpfst du dir nie dein Hemd zu?«, fragt sie mich, als hätte sie deshalb so genau hingesehen.

»Weil es hier heiß ist. Solltest du auch mal versuchen.«

»Das hättest du wohl gern.«

»Ja. Es ist befreiend. Und ich möchte, dass du dich frei fühlst.«

Wieder sieht sie mich von der Seite an. Diesmal mit geröteten Wangen, worüber ich noch breiter grinsen muss.

»Oh, fuck, deine Eltern sind angekommen, nicht wahr?« Die Worte verlassen meinen Mund, bevor ich sie aufhalten kann.

Und ich hätte sie aufhalten müssen.

Weil sie mich jetzt finster ansieht. »Nein, Theo, meine Eltern sind noch nicht hier.«

»Ich wollte damit nichts …«

»Schon gut.«

»… Bestimmtes sagen. Außer vielleicht … Nein, nichts. Ich wollte damit überhaupt nichts sagen.« Außer dass ihre Eltern ein Albtraum an Prüderie sind und Laney beigebracht haben, dass Spaß schlecht und Pflicht alles ist, was zählt.

»Emma hat darum gebeten, dass wir beide bei der Schnitzeljagd ein Team bilden, und sie hat mir sämtliche Anhaltspunkte und Lösungen verraten, die ich allerdings nicht mit dir teilen werde, damit wir sicherstellen können, dass du Chandler nicht über den Weg läufst.«

Ich habe mir die Anhaltspunkte und Lösungen schon vor Stunden woanders beschafft, was ich ihr aber wirklich nicht auf die Nase binden muss. »Ich habe Chandler nicht … Fuck! Ich *habe* Chandler gesehen.«

Sie hält inne und sieht mich an, und dann zerrt mich Laney, zum zweiten Mal in zwei Tagen, ins Gebüsch an ein lauschigeres Plätzchen, während das Geräusch von Stimmen anschwillt und näher kommt. Sie blickt rasch in den Himmel, dann schiebt sie mich vorbei an der Stelle, an der wir uns gestern Abend getroffen haben, zu einer Stelle, die noch weiter von der Lanai und der Hochzeitsgesellschaft entfernt ist, allerdings ohne Palmen über uns, die uns mit Kokosnüssen zu bewerfen drohen.

Ja, brüstet sich mein Körper. *Wir vergnügen uns im Gebüsch.*

Leider ist Laney ganz und gar geschäftlich unterwegs. Sie hält Abstand und setzt zum Verhör an. »Was ist passiert?«

Ich zucke die Achseln. »Ich habe lediglich zufällig ein Telefonat mitbekommen, dann hat er mich bemerkt und war angepisst. Die Geschichte meines Lebens mit Chandler. Er sieht mich … und ist angepisst.«

Wäre ich Laney, käme ich mir jetzt mit: *So wirkst du halt auf die Leute.*

Oder vielleicht erwarte ich das nach einem Leben wechselseitiger Kritik auch nur von ihr.

Stattdessen legt sie ihre Stirn in noch tiefere Falten. »Worüber hat er gesprochen?«

»Weiß ich nicht. Hat mich nicht genug interessiert, um darauf zu achten.«

»Theo.«

»Ich weiß es nicht«, sage ich noch einmal. »Wieso? Weißt du etwas, was ich nicht weiß?«

Sie macht den Mund auf.

Schließt ihn wieder.

Und bekommt dann wieder rosarot verfärbte Wangen.

Ich beginne zu lächeln.

Es ist ihr egal, dass ich Chandler gesehen habe.

Sie wollte nur einen Grund, um mich ins Gebüsch zerren zu können.

Und nun sieh uns einer an, wie wir hier Nase an Nase stehen, sie beugt sich zu mir vor, ich beuge mich zu ihr vor …

»Ich habe bloß das Gefühl, dass jeder hier irgendwelche Geheimnisse hat, und das gefällt mir nicht«, sagt sie endlich. »Dadurch fühlt sich alles hier *falsch* an. Aber ich will nicht, dass sich irgendwas bei Emmas Hochzeit falsch anfühlt.«

Bevor ich es verhindern kann, pflichtet ihr meine Miene versehentlich bei.

»Du spürst es auch.« Sie schiebt sich näher heran, zögert dann aber, als käme ihr zu Bewusstsein, was sie tut, doch dann macht sie einen mutigen Schritt mitten in meine Komfortzone. »Du spürst auch, dass hier etwas nicht stimmt. Aber was? Was geht hier vor?«

Ich habe zurzeit so viele Geheimnisse, dass ich sie nicht mehr zählen kann. »Laney, es ist nicht deine Aufgabe, daran irgendwas zu ändern.«

Sie runzelt die Stirn. »Das hat Sabrina auch gesagt. Aber warum eigentlich nicht? Wir sprechen hier von Emmas Leben, und ich komme mir vor, als hätte man mich aufgefordert, an der Seitenlinie zu sitzen. Und das gibt mir das Gefühl … Das gibt mir das Gefühl, ich hätte als ihre Freundin versagt«, beendet sie den Satz im Flüsterton.

»Es liegt nicht an dir.«

»Nein?«

Fuck. »Es liegt an mir.«

»Theo.«

»Ich sage das nicht nur so daher. Es liegt an mir. Chandler hat ein Problem mit mir. Das Geheimnis bin ich.«

Jetzt höre ich mich wie ein verfluchter Egomane an.

»Wieso bist du das Geheimnis?«

Verdammt.

Verdammt.

Irgendwas muss ich ihr jetzt auftischen. Irgendwas. Bevorzugt etwas, wovor sie nicht entsetzt zurückschreckt. Ich lege den Kopf in den Nacken und schaue in den Himmel.

Kann ich es tun?

Kann ich es ihr sagen?

»Theo, ich war letzte Nacht sturzbetrunken, trotzdem habe ich zu niemandem etwas über *du weißt schon was* gesagt. Warum meinst du, du könntest mir nicht vertrauen, wo ich doch nie, niemals mehr Alkohol trinken werde?«

»Weil du so perfekt bist …«

Sie schnaubt. »Ich bin meilenweit entfernt von perfekt. Willst du Beweise? Dann frag meine Eltern.«

»Deine Eltern sind Arschgeigen.« *Halt. Verdammt. Noch. Mal. Die. Klappe. Halt einfach die Klappe, Theo!*

Sie seufzt. »Wieso hat Chandler ein Problem mit dir?«

Tja, Laney, weil ich angefangen habe, Videos von mir zu drehen, in denen ich mit Ständer, ohne dass man mein Gesicht sieht, stricke und Frauen erkläre, dass sie höhere Ansprüche haben sollten. Damit wurde ich zu einem der beliebtesten Creators auf GrippaPeen.com. *Und weil es Chandler nicht gefällt, dass ich mit meinem Schwanz in einer Woche mehr Geld verdiene, als er mit seinem Verstand in einem Jahr verlieren kann.*

Nee. Das werde ich ihr bestimmt nicht sagen.

Außerdem: Wenn das das einzige Problem wäre, wäre es ausschließlich *sein* Problem und nicht auch noch meines. »Dreh es mal um, Prinzessin.«

»Gut, warum hasst du Chandler?«

Das verrate ich ihr lieber auch nicht.

Besser nicht.

Damit muss ich klarkommen. Nicht sie.

Aber das Geheimnis ist weniger schwerwiegend, als ihr zu sagen, dass ich einer Nebentätigkeit als Online-Adult-Entertainment-Star nachgehe. Und dieses andere Geheimnis trage ich ganz allein mit mir herum, seit Emma und Chandler nach ihrer Rückkehr vom College wieder was miteinander angefangen haben. Und alle halten sie für so perfekt und süß, die überambitionierte Tochter des Tierpräparators der Stadt und den Vorzeigesohn, der die Leitung des *Bean & Nugget* übernimmt.

Laney wird erst zu fragen aufhören, wenn ich ihr einen Grund liefere. Also liefere ich ihr einen.

Ich hole tief Luft und überwinde mich, ihr in die Augen zu sehen. »Erinnerst du dich an den Zwischenfall mit dem Snaggletooth-Denkmal und dem Gokart?«

Sie nickt einmal.

»Chandler war der Fahrer. Aber er hat allen gesagt, ich sei es gewesen.«

Sie schnappt nach Luft. Sie schnappt buchstäblich hörbar nach Luft.

»Pst.« Ich lege einen Finger an ihren Mund und wünsche mir auf der Stelle, es nicht getan zu haben.

Himmel, sind ihre Lippen weich. Und voll. Und rosig. Und heiß.

»Theo«, flüstert sie, »du bist dafür ins Gefängnis gegangen.«

»Mein Wort stand gegen seines. Wer hätte mir schon geglaubt?«

»Aber …«

»Das ist Jahre her. Und ich bin mit größerem Verständnis dafür, was ich im Leben will und was nicht, wieder herausgekommen. Und wer fragt jetzt noch danach?«

»*Du* fragst danach.«

Ich zucke mit den Schultern. »Besser nicht. Schließlich hat es mein Leben zum Besseren geändert.«

»Aber es war das Gefängnis.«

»Es war ein Weckruf.«

»Aber er hat gelogen. Und du hast dafür bezahlt.«

»Ganz unschuldig war ich nicht. Immerhin war ich dabei. Ich habe ihn angestachelt. Und du weißt ja, was alle sagen: *So großes Potenzial. Hat seine Lektion gelernt. Und nun ist er der CEO eines aufstrebenden Café-Imperiums mitten in den Bergen* … Und mir gefällt zufällig sehr gut, wohin mein Leben mich seitdem geführt hat. Also hat aus meiner Sicht alles ein gutes Ende genommen.«

Sie zuckt so heftig zusammen, dass ich es bis in meine Brust fühle.

Oder es liegt an der Last all der Übertreibungen, die soeben aus meinem Mund gekommen sind, dass mir das Herz schwer wird.

»Trotzdem hättest du nicht für seinen Fehler bezahlen dürfen«, sagt sie leise. »Das ist nicht fair.«

Und nun fühle ich etwas anderes in meiner Brust: Wärme. Trost. Erleichterung.

Sie glaubt mir.

Sie glaubt mir.

»Lange her«, sage ich noch einmal.

»Weiß Emma Bescheid?«

»Du weißt ja, sie und Chandler haben keine Geheimnisse voreinander.« Ich schaue so ausdruckslos drein, wie ich kann, um Laney möglichst nicht auf den Umstand hinzuweisen, dass Emma meiner Meinung nach keine Geheimnisse vor Chandler hat, ich aber keineswegs sicher bin, ob das auch umgekehrt gilt.

»Weiß *Sabrina* es?«

»Was weiß Sabrina nicht?«

»Aber sie hat … Natürlich hat sie nicht. Warum sollte sie mir auch was sagen? Aber warum hat sie nicht …?«

»Laney. Lange her. Lass es gut sein.«

Sie mustert mich, als wollte sie dahinterkommen, was ich ihr verschweige. Als wollte sie die Teile der Geschichte ergründen, die ich auslasse.

Auch wenn keiner dieser Teile irgendeine Rolle spielt.

Nicht für mich.

»Du möchtest, dass ich nicht danach frage, aber es ist immerhin so wichtig für dich, dass du deshalb Probleme mit Chandler hast.«

Verdammt. Ich hasse Logik. »Aber du glaubst mir«, sage ich, statt mir weitere Entschuldigungen einfallen zu lassen, warum Chandler auf meiner Abschussliste stehen könnte.

Denn *darauf* kommt es für mich an.

Dass sie mir glaubt.

Sie zuckt zusammen. »Es tut mir leid, wenn ich jemals den Eindruck erweckt habe, dir nicht zu glauben.«

»Na ja, ich war jahrelang nicht gerade der verlässlichste Typ.«

Was leider wahr ist. Mich vor dem, der ich damals war, zu verstecken würde nichts bringen.

»Aber du stehst zu dem, was du tust. Der Satz *Ich war das nicht* kommt in deinem Vokabular nicht vor. Warum sollte ich dir also nicht glauben, wenn du mir sagst, dass du es nicht getan hast?«

»Weil ich nicht will, dass meine Schwester einen Vollpfosten heiratet.«

Fuck.

Fuck, fuck, *fuck*.

Das sollte jetzt ganz bestimmt nicht aus meinem Mund gekommen sein.

»Ich will damit nicht sagen …«, setze ich an, doch sie fällt mir ins Wort.

»Ganz ehrlich, als sie wieder anfingen, miteinander auszugehen, war er auch nicht derjenige, den ich für sie ausgesucht hätte, andererseits gibt es nicht viele, die ich für Emma aussuchen würde. Sie ist einfach viel zu *gut.* Aber er macht sie glücklich. Und das schon seit langer Zeit. Ich weiß, sie liebt ihn. Und du weißt, dass sie es nicht erwarten kann, eine Familie mit ihm zu gründen, und das ist *ihre* Entscheidung. Nicht unsere.«

Unsere.

Es gefällt mir, wenn sie *unsere* sagt.

Wieder zieht sie die Nase kraus. »Und in Tooth hätte sie es wirklich schlechter treffen können.«

»Ich wäre lieber allein, als es schlechter zu treffen.«

Erneut mustert sie mich und erneut viel zu genau. »Hast du ihr gesagt, wie du darüber denkst? Dass es dir noch immer etwas ausmacht?«

»Die Spannung ist hoch. Hochzeiten sind anstrengend. Wahrscheinlich hab ich in den letzten Jahren zu viel Mist gebaut und ihm Dinge angetan, an die ich mich heute nicht mal mehr erinnern kann. Was vermutlich ebenso meine Schuld war wie die von irgendwem sonst. Ich werde ihr das hier nicht vermasseln, weil ich mich in Erinnerungen wälze. Ich werde darüber hinwegkommen.« Ich hebe eine Hand, bevor sie mir widersprechen oder mir mit Logik und Vernunft kommen kann, weil sie meint, ich müsste Emma irgendwas sagen. »Jetzt komm, jetzt gilt's. Gehen wir die Schnitzeljagd aufmischen.«

»Du hast recht«, sagt sie langsam. »Hochzeiten sind anstrengend.«

Sie legt ihre Hand in meine, ihr Gesicht ist eine Studie von *Etwas ist zerbrochen, und ich kann es nicht reparieren*, und ich fühle es ebenso.

Wärme. Aber nicht die üble Sorte Wärme, bei der ich mir die Klamotten vom Leib reißen will, um es mir bequem zu machen.

Die gute, heilsame Sorte Wärme.

Bei der ich mir ebenfalls die Klamotten vom Leib reißen will, aber aus einem vollkommen anderen Grund. Und bei dieser *speziellen* Sorte möchte ich mir nicht mal die Klamotten vom Leib reißen.

Als wäre es egal, wie ich bin.

Ich weiß, es ist eine Lüge. Etwas Vorübergehendes. Ein Ferienglücksfall, der in der Minute enden wird, wenn sie herausfindet, was ich in meiner Freizeit treibe.

Aber für den Moment ist es real.

20. Kapitel

Laney

Das letzte Mal, als mein Leben normal war, saß ich im Flugzeug, gesegnet mit Unwissenheit, wie viele Komplikationen genau die Hochzeit meiner besten Freundin mit sich bringen würde.

Und ich sollte mich für sie – für sie *beide* – freuen, dass sie endlich hier sind. Ich sollte.

Doch irgendwie kann ich gerade nicht tief genug in mich gehen, um mich dazu zu zwingen.

Aber Emma strahlt. Sie leuchtet geradezu. Ich bin nicht sicher, ob ich sie schon mal so glücklich erlebt habe wie jetzt, als sie auf der von Petroleumfackeln erhellten Lanai ihre Familie und Freunde umarmt, während sie und Chandler ihre Runde drehen, um alle zu begrüßen.

Sie wurde zur Braut geboren.

Und sie wird auch eine fantastische Ehefrau und Mutter sein. Eine große Familie ist im Grunde alles, was sie sich, solange ich sie kenne, gewünscht hat.

Ich würde nur lieber nicht wissen, was Theo mir vorhin erzählt hat, kann nicht fassen, dass Theo für Chandler im Gefängnis war.

Das hat mich umgehauen.

Wegen etwas, das beide Männer – und meine engsten

Freunde – seit mehr als einem Jahrzehnt gewusst haben. Über das sie – zumindest weitgehend – schon lange hinweg sind. Also muss ich es auf sich beruhen lassen.

Was allerdings einfacher wäre, wenn Chandler nicht so aussehen würde, als würde er das Gewicht von tausend Monden schultern, etwas, das mir noch nie an ihm aufgefallen ist. Und jetzt frage ich mich, ob Hochzeiten ihn generell stressen, wie Theo meinte, oder ob er immer schon so war und ich bloß Scheuklappen anhatte, weil ich nur gesehen habe, wie sehr Emma ihn anbetet.

Und er hat mich nie so wütend gemacht, wie Theo es tat.

Ich weiß, dass Emma sich im letzten Jahr häufiger über ihn beklagt hat, aber das schien mir ziemlich normal zu sein. Streiten nicht alle Paare mehr, wenn sie ihre Hochzeit planen?

Ich habe auf der Arbeit mit genug glücklich verlobten Paaren telefoniert, die wegen ihrer enttäuschten Erwartungen derart außer sich waren, dass sie zu der festen Überzeugung gelangten, dass die Hochzeitsplanung die entscheidende Prüfung für die Hingabe zweier Menschen zueinander darstelle.

Hätte ich genauer hinsehen müssen?

Ich habe Mühe zu lächeln, während ich Emma und Chandler umarme, als wir an der Reihe sind, obwohl ich lieber Theo umarmen und ihm versichern würde, dass er kein schlechter Mensch ist. Und dass mir jedes einzelne Mal, als ich mich ihm gegenüber wie eine hochnäsige Rotzgöre benommen habe, leidtut. Und dass ich meine vor Jahren geäußerte schwarzweiß gefärbte Meinung, der zufolge gute Menschen Gutes und schlechte Menschen Schlechtes tun, liebend gern zurücknehmen würde.

Vor Jahrzehnten.

»Wir hätten einen Haufen Geld sparen können, wenn wir einfach alle schon jedes Mal umarmt hätten, als sie uns daheim über den Weg gelaufen waren«, wendet sich Chandler an Emma, die ihn lachend ermahnt, still zu sein.

In Theos Wange zuckt es.

Die beiden Männer umarmen sich nicht.

Geben sich nicht mal die Hand.

Sie würdigen sich keines Blickes, was wirklich schräg ist.

Dabei hat Theo diese Woche alle angelächelt. Mich. Sabrina. Claire. Seinen Vater und seinen Onkel. Die Drillinge. Das Personal der Ferienanlage.

Er hat sogar Tante Brenda angelächelt, als er ihr gestern Abend um eine Nasenlänge voraus war.

»Irgendein Hinweis darauf, was uns am Ende der Schnitzeljagd erwartet?«, frage ich Emma in der Hoffnung, sie von der Spannung zwischen ihrem Verlobten und ihrem Bruder abzulenken.

»Ich hab selbst keine Ahnung«, antwortet sie. »Das war ein Angebot des Resorts. Die richten das Ganze auch aus. Oh, Liebling, schau nur, Cecelia hat es hergeschafft.«

Sie stürzt mit Chandler im Schlepptau davon, um den Neuankömmling zu begrüßen, und ich sehe Theo an. Nicht, weil Emma sichtlich nach einer Entschuldigung gesucht hatte, damit die beiden Männer keine Sekunde länger beieinanderstehen mussten, sondern … weil das Resort das Ganze ausrichtet.

»Hast du deshalb auch so ein komisches Gefühl?«

»Alles gut.«

Was er nicht weiter ausführt, während er den Raum scannt.

Ich schaue mich meinerseits um, weil ich mich frage, wonach er sucht.

»Theo, ich weiß nicht, ob es dir aufgefallen ist, aber …«

»Ist es. Und ich habe mich drum gekümmert.«

»Du …«

»Die Schnitzeljagd ist angerichtet.«

»Die …«

»Ich habe alles gecheckt.«

Ich starre ihn an.

Er hebt die Brauen.

»Du weißt, ich bin davon besessen, Probleme zu lösen«, sage ich.

Er grinst. »Hab ich gemerkt.«

»Es ist echt … attraktiv … wenn andere etwas zuerst hinkriegen.«

Er wahrt Blickkontakt, während ich ihn stumm anflehe, sich nicht über mich lustig zu machen, weil ich ihn *attraktiv* genannt habe.

Das ist hart.

Das ist echt hart.

Aber das ist er nun mal. Er ist attraktiv. Und wenn ich ihm das nicht sage, flirtet er mit anderen Frauen und zwinkert ihnen zu und gibt mir wieder das Gefühl, eine eifersüchtige Langweilerin zu sein.

Aber vielleicht flirtet er trotzdem noch mit anderen Frauen. Vielleicht ist es ihm egal, dass ich ihn attraktiv finde.

Aber ich muss das Risiko eingehen.

Ich muss tapfer sein. Ich muss mutig sein. Ich muss *amüsant* sein.

Einer seiner Mundwinkel zuckt, und ich möchte ihn küssen.

Oh Gott, wie sehr ich ihn küssen möchte.

Er rückt näher, das Grinsen weicht einem schwelenden Lächeln.

»Laney Kingston, gibst du zu, dass meine verborgenen Fähigkeiten dich anmachen?«

»Ja«, hauche ich.

Nun grinst er noch breiter. Dann friert sein Grinsen ein.

»Bin gleich wieder da«, murmelt er.

»Aber …«

»Laney. Oh, mein Gott. Laney Kingston?« Addison Hunter tritt vor mich hin und erstickt mich in einer Umarmung, während ich mit großen Augen Theos Rückzug beobachte. »Ich kann nicht glauben, dass du es bist. Wir haben uns seit der Highschool nicht mehr gesehen.«

Verflixter Theo. Wo will er denn hin? Und warum ausgerechnet jetzt?

Wir hatten einen besonderen Augenblick. Hatten wir doch?

»Ich habe gehört, du übernimmst als eine der jüngsten zukünftigen CEOs im ganzen Land die Firma deiner Eltern«, ergießt es sich aus Addison. »Ich weiß noch, wie sie früher nur T-Shirts für unsere Fußballmannschaften gemacht haben. Und jetzt gehört ihnen praktisch die komplette Foto-Branche.«

»Ja, ziemlich cool.« Wo ist er hin? Da ist Sabrina. Ob sie weiß, wo er hingegangen ist? Nee. Sie achtet nicht auf mich oder Theo.

Nicht, dass Theo irgendwo wäre, wo irgendwer auf ihn achten könnte. Er ist total und komplett von der Bildfläche verschwunden.

»Laney?«, sagt Addison.

»Es tut mir so leid«, sage ich schnell. »Aber ich glaube, meine Periode hat gerade angefangen, und ich muss den Waschraum aufsuchen.«

Lügnerin, schimpfe ich mich innerlich.

Zu Hause windet sich sicher meine Mutter und weiß nicht mal, warum. Aber ich weiß, sie windet sich.

Ich kann es fühlen.

Wir sprechen zu Hause nicht über die Periode, das ist eine Privatangelegenheit, und wir tun wegen meines Vaters so, als würde so etwas gar nicht existieren.

Hier jedoch ist es die perfekte Ausrede, um von der Lanai zu stürzen und herauszufinden, wohin Theo verschwunden ist.

Ja, ja, ich bin die Sorte Frau, die hinter einem Kerl herrennt, nachdem er vor ihr davongelaufen ist, als sie ihm sagte, dass sie ihn attraktiv findet.

Aber ich brauche nicht lange, um zu bemerken, dass ich es vergeblich tue.

Denn natürlich kann ich ihn nicht finden.

So ist Theo.

Sein Verstand tickt auf eine Weise, die ich womöglich nicht verstehen kann.

Sosehr ich es mir auch wünsche.

Trotzdem sehe ich mich überall um. Im Andenkenladen. In dem Winkel, in den ich ihn dauernd hineinzerre, um mit ihm zu reden. Am Strand. In unserem Bungalow.

Ich beeile mich, wobei mir sonnenklar ist, dass ich einen Mann jage, der soeben verschwunden ist, weil ich ihm peinlicherweise verraten habe, dass ich ihn anziehend finde.

Und ich muss mich der Tatsache stellen, dass er nicht der Mann ist, auf den ich meine Aufmerksamkeit richten sollte.

Doch Zeit mit Theo zu verbringen verleiht mir den Mut, aus meiner Komfortzone herauszukommen. Dennoch darf ich das mit ihm nicht für eine langfristige Angelegenheit oder irgendwas halten.

Das würde vermutlich schlecht für mich ausgehen.

Wie schnell würde er sich wohl langweilen?

Superschnell.

Ich laufe zurück zur Lanai und komme mir wie eine komplette Vollidiotin vor, weil der verflixte Theo dort auf mich wartet.

Und er wartet nicht nur auf mich.

Er legt sogar einen Arm um meine Taille, als würden wir miteinander gehen oder irgendwas.

»Wo warst du?«, frage ich leise. Gott, es fühlt sich gut an, so von ihm gehalten zu werden.

Und der Ausblick unter sein offenes Hemd … Hallo! Was für Brust-Tattoos. Ein Berglöwe, der inmitten der Landschaft seiner übrigen Tätowierungen über den Gipfel schaut, den wir zu Hause vom Marmot Cliff aus sehen können.

Wer immer das gestochen hat, hat ein Meisterwerk geschaffen.

Ich bin nicht mehr versucht, ihn zu fragen, wieso er sich nie sein Hemd zuknöpft.

Ich möchte sein Hemd gar nicht zuknöpfen.

»Nach dem Catering sehen«, antwortet er.

»Mit dem Catering ist alles prima. Ich war heute Nachmittag an der Rezeption und habe mich selbst davon überzeugt.«

Er schüttelt lächelnd den Kopf. »Wie ich höre, hast du deine Periode.«

Ozean, verschling mich jetzt. Übrigens, ich möchte dir sagen, dass ich aus meiner No-No-Box blute. »Oh Gott. Hab ich vergessen. Hab ich ganz vergessen.«

»Dass du deine Periode hast?«

»Dass Addison eine ebenso große Klatschtante ist wie Sabrina, nur dass Sabrina weiß, wann sie Tratsch nur *sammeln,* aber nicht *weitererzählen* darf.«

»Benötigst du ein Schmerzmittel oder so was? Wärmepads? Eine Schulter zum Ausweinen? Ein Kriegsbeil?«

Meint er das ernst?

Er zuckt die Achseln, als er meinen Gesichtsausdruck bemerkt. »Mom war nicht da, als es bei Em losging, und Dad wusste nicht, was er machen sollte, da dachte ich, ich könnte als großer Bruder auch mal *irgendwas* richtig machen.«

Ja.

Ich stehe total und komplett auf diesen Mann. »Ich erinnere mich«, flüstere ich. Dann schüttle ich den Kopf. »Aber ich habe meine Tage *nicht* bekommen. Das war bloß meine Ausrede, um nach dir suchen zu können.«

»Niemand sonst hier weiß, dass es nur eine Ausrede war«, versichert er mir. »Wir könnten uns entschuldigen. Behaupten, du würdest dich nicht wohlfühlen. Mindestens zwei Drittel der Familie des Bräutigams fühlen sich jetzt schon unbehaglich, weil sie den Raum mit einer Frau teilen, die es wagen könnte, aus ihrer No-No-Box zu bluten.«

Ich verschlucke mich an der Luft.

Liest er meine Gedanken? Weiß er, dass ich gerade buchstäblich dasselbe gedacht habe?

Senden wir auf derselben Wellenlänge?

Oh, mein Gott.

Er könnte nur No-No-Box gesagt haben, weil … weil … weil meine Mutter es zu ihm gesagt hat.

Sie ist die Einzige in Tooth, die statt Vagina *No-No-Box* sagt.

»Wir verschwinden nicht von noch einem Programmpunkt der Hochzeit«, sage ich wie das pedantische Weibsbild mit dem flachen Hintern, das ich verzweifelt nicht mehr zu sein versuche.

Er grinst und drückt mir einen Kuss auf die Schläfe, als würde er tatsächlich mit mir gehen.

Und irgendwie gefällt mir das.

Bis mir wieder einfällt, dass morgen meine Eltern hier eintreffen und dass sie *dies hier* nicht unbedingt mitbekommen müssen.

Noch nicht.

Halt, verdammt noch mal, die Klappe, Laney!

Ja, mit dem *verdammt* und allem anderen.

Theo ist ein anständiger Kerl. Ich hätte ihn nicht verurteilen dürfen und meine Eltern auch nicht. Und selbst wenn er vor ein paar Jahren *tatsächlich* eine Decke mit Möpsen darauf bei uns bestellt hat, die er sich umhängen wollte, finde ich nicht, dass ihn das wesentlich ausmachen würde. Jedenfalls bestimmt nicht als den Übeltäter, als den meine Eltern ihn immer abgestempelt haben.

»Hat meine Mutter jemals mit dir über No-No-Boxen gesprochen?«, erkundige ich mich.

»Ich würde ja gern weiter über deine No-No-Box reden. Und der Begriff *Vagina* macht mir auch nichts aus.«

Ich weiß nicht, ob mich das anmacht oder ob es mir peinlich ist, aber ich weiß, was von beidem ich gern fühlen würde. »Machst du dich über mich lustig?«, frage ich leise.

Er drückt mich fester. »Ich versuche, Spaß mit dir zu haben, aber wenn dir das unangenehm ist, höre ich sofort damit auf.«

»Nein, ich *will* Spaß haben.«

»Es gibt alle möglichen Arten Spaß. Die müssen einem nicht alle gefallen.«

Ich luge zu ihm hoch.

Er beobachtet das Geschehen ringsum, als würde er auf etwas warten, trotzdem habe ich nicht den Eindruck, dass er unaufmerksam ist.

Oder ist er *zu* aufmerksam?

Tut er so, als würde er mir ganz unverbindlich anbieten, mir zu zeigen, was Spaß ist?

Addison beobachtet uns nicht, sie plaudert mit Theos Vater, seinem Onkel und seinem Cousin. Sabrina und Decker tuscheln heftig miteinander. Und Chandlers Familie scharwenzelt größtenteils um Emma herum.

Alles wirkt ziemlich normal.

Da erhebt sich Lucky und schlägt mit dem Löffel an sein

Glas, ehe ich noch die Antworten auf meine Fragen herausfinden kann. »Ladys und Gentlemen, danke, dass ihr so zahlreich zu Chandlers und Emmas Junggesellinnen-Junggesellen-Abschied erschienen seid. In einer Minute geben wir euch Anhaltspunkte, mit denen ihr euch in die Nacht und zu einer Schnitzeljagd aufmachen könnt, um das fantastischste Geschenk für die Brautparty zu finden. Das ihr aber nicht behalten, sondern dem glücklichen Paar überreichen sollt. Seid ihr bereit?«

Inzwischen sind vermutlich sechzig Gäste hier, und alle brechen in lauten Jubel aus.

»Alles klar! Das will ich hören. Partygäste finden die Geschenke! Yeah, und: Los geht's! Meine Brüder, stellt die Anhaltspunkte bereit!«

Theo sortiert sich neu, sodass er seinen Arm um meine Schulter schlingt, seine Hand hängt locker über meinem Schlüsselbein.

Und es ist ein Kick.

Ein echter Kick: sexy, weil mich ein Mann berührt.

Ja, ich weiß, es ist nur Theo, der mit allem flirtet, was sich bewegt. Sein Vergnügen geht ihm über alles, und das jetzt ist mir ein Vergnügen.

Aber es erfüllt mich auch mit Wärme und macht mich mehr als nur ein bisschen an. Ich sage mir, dass das nur daran liegt, dass ich im Grunde die beste Freundin des schlimmsten Bad Boys spiele, seit es den ersten Bad Boys in Tooth gegeben hat. Dass der Kick darin besteht, gegen die Vorstellung zu rebellieren, dass er für eine anständige Frau aus einer Familie der oberen Mittelschicht unerreichbar ist, die, wie Addison meinte, das größte Photo-Gift-Business des Landes führen wird.

Doch der Gedanke, er könnte nicht gut genug für mich sein, weckt gleichzeitig den Wunsch in mir, auf irgendetwas einzuschlagen.

Er ist kein schlechter Kerl. Sabrina hat recht. Seit er rechtliche Grenzen akzeptiert, begnügt er sich mit harmlosen Späßen.

Zudem hat er anscheinend ein Problem in Zusammenhang mit der Schnitzeljagd behoben, bevor ich auch nur auf die Idee gekommen bin, dass es überhaupt ein Problem geben könnte. »Was genau meinst du damit«, frage ich leise, als Jack mit einem Korb voller Anhaltspunkte auf uns zukommt, »wenn du sagst, *du hättest dich darum gekümmert?*«

»Das werde ich dir im Interesse deiner Unschuld, falls alles den Bach runtergeht, was unweigerlich passieren wird, nachdem ich eine gute Tat vollbracht habe, nicht verraten. Aber bevor alles den Bach runtergeht, solltest du wissen, dass ich alles in meiner Macht Stehende unternommen habe, als die Leute von der Ferienanlage zu tun versäumt haben, wofür sie, verdammt noch mal, bezahlt wurden.«

Jack bleibt vor uns stehen. Er sieht zuerst Theo, dann mich an, schließlich blickt er auf Theos Arm. »Oha, da werden gewisse Eltern aber einen Herzkasper kriegen«, bemerkt er.

»Ich weiß«, murmelt Theo und nickt. »Dad hat gehofft, ich fliege auf eine Motorradbraut mit mehr Tattoos und vielleicht sogar einem längeren Vorstrafenregister als ich, aber so ist es nun mal.«

Jack gluckst. »Hier, Laney, ich wette, du kommst schneller dahinter als er. Viel Glück und nicht schummeln.« Er deutet mit zwei Fingern auf seine Augen, dann auf Theo, und dann wieder auf seine Augen. »Ich behalte dich im Blick.«

»Nicht so genau wie ich dich.«

Beide grinsen und vollführen einen komplizierten Handschlag, dann bewegt sich Jack weiter zum nächsten Paar.

»Macht dir das nichts aus?«, frage ich Theo.

»Dass Jack, Lucky und Decker meinen, dass es sich lohnt, dich im Blick zu haben?«

»Dass sie dich runtermachen müssen, damit du etwas Nettes über jemanden sagst.«

»Ich habe jeden Einzelnen von ihnen schon zu oft spätabends aus irgendeiner Bar gezerrt, um irgendeinen von ihnen noch für voll nehmen zu können. Und an dem Tag, an dem einer von den Kerlen eine Frau mit Klasse findet, die ihm ordentlich Dampf macht, stelle ich mich hinten an, um ihm dasselbe zu sagen. Und ich prügle jedem, der ihn so beleidigt, wie ich beleidigt werde, die Scheiße aus dem Leib.«

Nun folgen wir allen anderen von der Lanai, obwohl sowohl Theo als auch ich genau zu wissen scheinen, wohin die Anhaltspunkte uns führen werden. Das Personal soll während der Schnitzeljagd Essen bereitstellen, und wir werden uns aufs Trefflichste amüsieren.

»Du hörst dich an, als wärst du ihr Bruder«, sage ich.

»Brüder im Herzen. Die Sullivan-Drillinge sind lustig.« Er grinst, nimmt den Anhaltspunkt und liest vor: »Du wirst heute Abend dein Glück finden. Im Bett.«

»Das ist *nicht*, was unser Anhaltspunkt uns sagt. Hey, du hältst ihn falsch herum.«

»Sicher?«

»Theo.«

»Möchtest du etwas Böses tun, Laney?«

Von der Nasenspitze bis in die Vagina durchzuckt mich ein Blitz. »Es ist Emmas Hochzeitswoche«, zische ich.

Er dirigiert mich vom Fußweg hinter das hübsche, kleine Strandbistro des Resorts, wo Sabrina, Emma und ich heute sehr, *sehr* lange gebruncht haben – ein Riesenspaß, wobei wir länger auf etwas zu essen warten mussten als jemals zuvor im Leben –, und dann tut er etwas, das mich entsetzt aufschreien lässt.

Er dreht den Türgriff der Hintertür mit der Aufschrift *Nur für Personal* und zieht mich hinein.

»Oh, mein Gott, hier dürfen wir nicht rein«, flüstere ich im Dunkeln.

»Weißt du, was das hier ist?«

»Ja, die Bistroküche. Wir gehören nicht zum Personal. Wir dürfen – warte, sag nichts. Ich weiß, was du denkst: *Die auf Regeln versessene Plainy-Laney gönnt sich keinen Spaß.* Aber dafür wird man uns rausschmeißen, Theo. Wir haben hier nichts zu suchen.«

»Weißt du, wer hier etwas zu suchen hätte?«

»Wir. Nicht.«

»Die Leute, die das Abendessen für Emmas Junggesellinnenabschied zubereiten sollten.«

»Was?«

Er schaltet ein Licht ein.

Ich zucke zusammen.

»Das Personal, Laney. Das Küchenpersonal. Die Bedienung. Das Personal, das, wie man dir an der Rezeption versichert hat, hier sein würde. Das ist es aber nicht.«

Oh nein. Oh nein, nein, nein.

»Also, willst du dich amüsieren und mir helfen, noch ein Problem zu lösen, oder willst du lieber hier rumstehen und mir erzählen, dass wir nicht hier sein dürften.«

Mein Verstand knickt ein, während er sich noch für die Idee erwärmt, ein Problem zu lösen.

Ich bin mir ziemlich sicher, er weiß, dass er damit ebenso gut bei mir ankommt wie mit Dirty Talk.

»Warum ist das Personal nicht hier?«

»Das ist jetzt nicht unsere größte Sorge, Prinzessin.«

»Okay, okay …« Ich atme langsam aus. »Richtig. Ein Problem. Machen wir uns an die Lösung. Gibt es hier Essen? Ich kann nämlich nicht kochen. Ich meine, ich kann schon kochen, aber nicht für …«

»Waren die Tacos gestern Abend gut?«, will er wissen.

Ich sehe ihn blinzelnd an.

»Laney. Waren die Tacos gestern Abend gut?«

»Ja, aber nur, bis wir deshalb mit einem Wildschwein zusammengestoßen sind.«

Er grinst. »Das ist die richtige Einstellung. Bist du dabei? Oder willst du zulassen, dass Emma ausflippt, wenn in einer Stunde kein Essen für die Gäste auf dem Tisch steht?«

Kommt, wenn er es so ausdrückt, noch irgendeine andere Lösung infrage?

Ich werfe meine Arme um ihn und küsse ihn impulsiv auf die Wange. »Machst du Witze? Klar bin ich dabei? Packen wir's an!«

21. Kapitel

Theo

Nichts befeuert schnelles Zupacken so sehr, wie Laney mitzuteilen, dass es ein Problem gibt. Sie hängt sich ans Telefon und ordert Tacos für eine Hundertschaft, noch ehe wir den Parkplatz erreicht haben, auch wenn wir höchstens sechzig Gäste zu versorgen haben.

Es ist höllisch heiß.

»Oh Mist«, sagt sie plötzlich. »Womit sollen wir die Tacos abholen?«

Ich ziehe einen Satz Schlüssel aus der Tasche und entriegele den Jeep drei Parklücken weiter.

Sie sieht den Jeep an.

Dann mich.

Dann wieder den Jeep.

Und dann noch einmal mich.

»Wie … was … wann …?«

Sie ist süß, wenn sie überrascht ist. »Manche von uns können sogar erwachsen sein, obwohl sie es gar nicht wollen.«

»Du hast noch ein Auto gemietet?«

Ich zucke die Achseln. »Ich sitze nicht gern in der Klemme. Denkst du, so viele Tacos passen in die Karre?«

Die Frage ist eher, ob das Restaurant binnen einer Stunde so viele Tacos samt Füllung aus dem Hut zaubern kann.

Und die darauffolgende Frage lautet, ob sie sich mir noch einmal an den Hals werfen wird.

Hoffentlich.

Ich spüre noch ihre Lippen auf meiner Wange, und ich will mehr davon.

Und der Schmerz danach?

Ist mir egal.

Die Trennung?

Wenn es denn sein muss.

Im Moment interessiert mich nur, dass dies meine Chance bei Laney ist, und die will ich mir nicht verderben.

»Ich will nicht wissen, wie deine Kreditkartenabrechnung aussehen wird, wenn das alles hier vorbei ist«, brummt sie. »Und ich bekomme mein Abendessen. *Keine Widerrede.*«

»Was immer dich glücklich macht. Spring rein! Dieser Wagen verfügt über einen Schweineradar.«

Sie lacht, während sie mir noch einen schrägen Blick zuwirft, als ich ihr die Beifahrertür aufhalte. Die Frage steht ihr ins Gesicht geschrieben: *Was machst du, dass du dir das leisten kannst?*

Aber sie stellt die Frage nicht.

Und ich möchte sie dafür küssen.

Ich möchte mir einbilden, sie wäre nicht entsetzt, wenn sie wüsste, dass ich mit meinem Schwanz für meine Kreditkarten geradestehe, und ich möchte sie küssen. Auf der Stelle, an der Flanke des Jeeps. Ich will sie küssen, bis sie keinen klaren Gedanken mehr fassen kann, bis sie mir das Hemd vom Leib fetzt und mit den Händen über meinen Körper fährt und mich anfleht, ihr überall gute Gefühle zu verschaffen.

Ich möchte ihr die Haare zerzausen. Ihr Make-up verschmieren. Und sie so oft zum Höhepunkt bringen, dass sie sich nicht mehr an ihren eigenen Namen erinnern kann.

»Theo?«

Fuck.

Wenn sie meinen Namen so ausspricht, wenn sie mich so ansieht, mit dunkler werdenden Augen, die auf meinen Mund gerichtet sind, glaube ich, dass sie es auch will.

Als hätte sie mich nicht bloß auf die Wange geküsst, weil sie sich gefreut hat, dass ich ihr die Gelegenheit gegeben habe, ihrer Lieblingsbeschäftigung nachzugehen.

Ich räuspere mich und bedeute ihr einzusteigen.

Sie leckt sich die Lippen.

Worauf ich hart werde.

»Es gefällt mir *wirklich*, mit dir in einem Team zu sein«, flüstert sie.

Und dann steigt sie, Gott sei Dank, in den Jeep.

Ich lasse mir Zeit, während ich den Wagen umrunde, um auf der Fahrerseite Platz zu nehmen, wobei ich mehrmals tief Luft hole und meinen Schwanz ermahne, sich zu beherrschen.

Sie mag *diesen* Theo.

Sie mag, was ich sie sehen lasse.

Aber würde sie mich auch noch mögen, wenn sie wüsste, dass ich in den vergangenen drei Jahren für jede, die zwanzig Dollar erübrigen konnte, Strick-Videos mit meinem nackten Körper gemacht habe?

Und dieser Gedanke – dass sie mich gewiss verurteilen würde, wenn sie alles über mich wüsste – hält mich davon ab, den Jeep an den Straßenrand zu lenken, um meine Theorie, dass sie mich genauso küssen will wie ich sie, auf ihren Wahrheitsgehalt zu prüfen.

Während der Fahrt und während wir warten, lenkt sie die Unterhaltung auf sichere Themen wie Achterbahnen oder darauf, ob Tacos oder Hamburger besser sind.

Achterbahnen werden überschätzt.

Und über Hamburger zu reden macht mir mehr Appetit als die Unterhaltung über Tacos, doch beides weckt den dringenden Wunsch, mir den eigenen Arm abzunagen.

Auch wenn ich in den Videos mein Gesicht verberge, zeige ich doch meinen Waschbrettbauch. Und solange ich damit noch etwas bewirke, werde ich das Risiko, mein Sixpack zu vermasseln, nicht eingehen.

Was ich Laney jedoch nicht sagen werde.

Ich bin ein komplizierter, inspirierender Pornostar, steht nicht auf der Liste der Themen, die ich mit Frauen bespreche, mit denen ich keine gemeinsame Zukunft sehe.

Was nicht heißen soll, dass ich überhaupt eine Zukunft mit irgendeiner Frau gesehen hätte, seit mein Kanal an den Start gegangen ist. Ich hatte nicht erwartet, dass die Paranoia in Sachen Beziehungen mit finanziellem Erfolg einhergehen würde, aber so ist es nun mal.

Das Restaurant vollbringt ein Wunder, und Laney und ich sind wieder im Resort und laden Tacos aus, noch ehe die meisten Schnitzeljäger zurück sind.

Die Erste ist Sabrina.

Natürlich.

Und ihr fallen fast die Augen aus dem Kopf, als sie uns Karren voller Tacos hereinrollen sieht. »Was? Nein, wisst ihr was? Ich will es gar nicht wissen. Was ich wissen will, ist, was in dieser Riesenkiste am Ende der Schatzsuche ist und wer zur Hölle gedacht hat, es wäre eine gute Idee, einem Paar, das *auswärts* heiratet, ein derart gigantisches Hochzeitsgeschenk zu machen, aber danach frage ich auch lieber nicht.«

Sie und ihr Schnitzeljagd-Partner Decker springen ein und helfen uns, alles auszupacken, bevor Emma zurückkommt.

Na ja, gut, bevor sie mit ihrem Liebsten zurückkommt.

Wobei ich das hier nicht für ihn getan habe.

Sabrina tuschelt mit Laney darüber, dass diese Ferienanlage Emmas seit ihren Kindertagen gehegten Träumen wahrhaftig nicht gerecht wird, doch als nach und nach die übrigen Hochzeitsgäste auf der Lanai eintrudeln, strahlen wir alle wieder übers ganze Gesicht.

Als Onkel Owen mich entdeckt, deutet er mit den Zeigefingern wie mit Pistolen auf mich, kichert und geht, als Emma und ihr Bräutigam zurückkehren, zum Buffet, um sich mit einem Taco zu versorgen. Dad, der mit Tante Brenda verkuppelt worden ist, sieht aus, als bräuchte er etwas Hochprozentiges sowie ein paar ausgestopfte Elchschädel als Gesprächspartner, um über das Erlebnis hinwegzukommen. Dabei trinkt er sonst nicht sonderlich viel.

Allerdings redet er sehr gern, solange er es mit seinen Kunstobjekten tun kann.

»Du meine Güte, *was* ist das für ein Ding?« Emma zeigt auf das überaus große eingepackte Geschenk am Ende des Brautpaartischs.

Und mit *überaus großes eingepacktes Geschenk* meine ich, dass es den Tisch weitgehend mit Beschlag belegt und dass Sabrina und Decker es vermutlich mit einer Sackkarre herschaffen mussten, nachdem sie es gefunden hatten.

Laney beäugt mich misstrauisch.

Ich weiß, dass sie weiß, woher es kommt.

Schließlich stand es in den letzten Tagen in unserem Zimmer. Und ihr entgeht so schnell nichts.

»Das ist dein Geschenk«, erklärt Sabrina.

Emma macht riesengroße Augen. »Ich hoffe wirklich, es ist eine Schachtel in einer Schachtel in einer Schachtel.«

»Wer das gekauft hat, sorgt auch für den Transport, Baby«, sagt Chandler.

Worauf sie ihn nachsichtig anlächelt.

Ich wende den Blick ab.

Ich muss das echt nicht sehen.

Seine Einmischung in meine Unterhaltung mit der alleinerziehenden Mutter gestern Abend hat etwas verändert – oder Laneys Reaktion auf eine zehn Jahre alte Wahrheit.

Wie auch immer, mir fällt es heute schwerer, ihn mit meiner Schwester zu beobachten. Es fällt mir schwerer, mich damit abzufinden, dass eine Frau, die mir so viel bedeutet, ihr Leben mit einem Mann verbringen will, der sich regelmäßig wie ein Arschloch aufführt.

»Sind alle wieder da?«, fragt Em. »Du liebe Güte … Es gibt … Tacos?«

»Sieht ganz so aus«, bemerkt Sabrina.

In ihrem Blick blitzt Irritation auf, dann lächelt sie steif, als müsste sie sich dafür anstrengen. »Toll! Fantastisch! Es gibt Tacos! Also, esst bitte, solange sie heiß sind.«

Emma liebt Tacos.

Ich weiß, dass sie Tacos liebt.

Warum also …?

»Ich mag keine Tacos«, sagt Chandler zu Emma.

Nicht laut.

Aber laut genug, um zu erklären, wieso Emma nicht begeistert ist.

Und laut genug, dass Laney den Rücken durchdrückt und einen finsteren Blick aufsetzt.

Das hätte sie besser nicht gehört.

Das hätte sie jetzt besser nicht gehört.

»Wink es durch«, brumme ich.

»Aber du hast ihnen, verflixt noch mal, das Abendessen gerettet.«

»Genau genommen warst du das.«

Sie knurrt.

Und wieder erregt mich diese Frau in aller Öffentlichkeit.

»Keine Ahnung, warum sie zu Tacos gewechselt haben«, sagt Emma zu Chandler. »Ich gehe jemanden fragen.«

Da schiebt sich Sabrina neben meine Schwester. »Ich gehe«, sagt sie. »Du isst. Und genießt. Und dann will ich wissen, was in dem Riesenpaket ist.«

Laney schießt noch einen Blick auf mich ab und zieht mich weiter von der Braut und ihrem Bräutigam weg. »Was ist in dem Paket?«

»Woher soll ich das wissen?«

»Theo.«

Grinsend zwinkere ich ihr zu. »Du meinst wohl, ich müsste es wissen, weil es bei mir auf die Größe ankommt?«

Nun nagelt sie mich mit einem Blick samt erweiterten Pupillen fest, die zarte Stelle an ihrem Hals zuckt kurz, und … ja … ich muss mich setzen.

Nicht weil ich eine peinliche Erektion habe – nicht nur jedenfalls –, eher weil ich keine Szene provozieren will. Um Emmas willen.

»Amüsierst du dich gut?«, fragt Laney leise, als sie sich in den Sessel neben mir sinken lässt.

Ich brauche einen Moment, bis mir klar wird, dass sie das Geschenk meint, nicht die Ausbuchtung in meiner Hose.

»Ich denke schon.«

Sie lächelt, aber zugleich legt sie gestresst die Stirn in Falten.

Ich rutsche mit meinem Sessel näher an sie heran. »So schlimm ist es nicht«, teile ich ihr mit. »Andere werden auch ihren Spaß damit haben.«

»Nein, davon bin ich überzeugt. Ich dachte nur gerade, was sonst noch alles schieflaufen könnte, wenn das Resort, nachdem Emma mir erklärt hat, dass alles unter Kontrolle sei, nicht das Abendessen liefert, für das sie bezahlt hat? Wird alles für die Hochzeit bereit sein? Wer sorgt für die Servicekräfte? Wer stellt die Stühle auf? Wer kümmert sich um die Dekoration? Um das Catering, die Musik und die Torte für die Hochzeitsfeier? Um *alles*!?«

Ich öffne den Mund und schließe ihn wieder.

»Wenn es sein muss, kampiere ich die ganze Nacht vor der Rezeption, um mir das Management vorzuknöpfen«, sagt sie noch.

Ich möchte nicht nur die Stressfurchen von ihrer Stirn küssen. Ich möchte alles an ihr küssen.

Ich wünschte, diese Frau würde nur einen Bruchteil der Liebe, die sie für meine Schwester hegt, für mich empfinden.

Und das hat mich immer schon an Laney fasziniert.

Dass sie sich sorgt. Dass sie sich einlässt. Sie mag sich an die Regeln halten und eine Pedantin sein, aber sie kann lieben – und zwar im ganz großen Stil.

Es gibt nicht viel, was sie für die Menschen, die sie liebt, *nicht* tun würde.

Sie hatte nichts dagegen, auf mich aufzupassen, oder etwa nicht? Und mir ist klar, dass das das Letzte war, was sie tun wollte, als sie hierherkam.

Und jetzt?

»Oh, mein Gott, ihr zwei.« Addison lässt sich mit einem dank Tacos und Tortilla-Chips überladenen Teller in den Sessel neben uns fallen. »Das hätte ich jetzt nicht gedacht. Hätte ich aber tun sollen. Gegensätze ziehen sich an, stimmt's? Ihr seht bezaubernd aus. Echt jetzt. Und kotzen deine Eltern deshalb schon im Schwall, Laney?«

Laney zuckt weder, noch schreckt sie zurück, noch verschluckt sie sich.

Sie schaut einfach Addison stirnrunzelnd an. »Warum sollten meine Eltern sich über Entscheidungen empören, die ich als die ausgewachsene, kompetente, rational denkende Frau getroffen habe, zu der sie mich erzogen haben?«

In der Stille, die Addison mit einem auf halbem Weg zu ihrem Mund erstarrten Taco verursacht, knurrt hörbar mein Magen.

Sie liegt ja nicht falsch: Laneys Eltern hassen mich.

Wahrscheinlich sollte ich ihr – *bevor* ihre Eltern ankommen – beichten, dass ich nach unserer Unterhaltung damals auf der Highschool darüber, dass ich die Finger von Delaneys No-No-Box lassen sollte, für die Schmiererei am elterlichen Auto verantwortlich war.

Doch ich bin ehrlich selbst einigermaßen verblüfft über Laneys Reaktion. Sonst ist sie immer besorgt, was ihre Eltern denken könnten. Ich könnte schwören, dass ich sie irgendwann in den letzten beiden Tagen dabei belauscht habe, wie sie Derartiges Sabrina zugeflüstert hat.

»Ich … Du weißt doch, wie Eltern sind«, stottert Addison. »Sie lassen uns niemals los.«

»Das ist dann aber ihr Problem, oder?«

Wieder knurrt mein Magen. Aber ich achte nicht darauf.

Meint sie das ernst?

Würde sie ihre Eltern ernsthaft, aufrichtig, wahrhaftig auffordern, sich zu verpissen, wenn sie ihre Entscheidungen nicht akzeptieren wollten? Würde sie ihre Eltern *wegen mir* auffordern, sich zu verpissen?

Nun schaut Laney mich stirnrunzelnd an. »Wann hast du das letzte Mal was gegessen? Komm! Zeit für Tacos!«

»Hab keinen Hunger.«

Ihr Stirnrunzeln vertieft sich, als wollte sie sagen: *Ich werde dich ausweiden, wenn du nicht sofort aufstehst und mich von Addison wegbringst.*

Und darüber muss ich lächeln, als wäre Lächeln das Einzige, worauf es jetzt ankommt.

»Ja, du hast recht. Ich bin doch hungrig.« Ich befehle meinem Schwanz, den Kopf einzuziehen, was besser funktioniert, wenn ich den Befehl mit Gedanken an Tante Brenda paare, wie sie es mit meinem Onkel Owen treibt, dann erhebe ich mich vom Tisch und folge Laney zur Taco-Schlange.

»Ich habe dich in den letzten beiden Tagen überhaupt noch nichts essen sehen«, überlegt sie laut.

»Du bist nicht die Einzige hier mit Ninja-Fähigkeiten.« Selbst in meinen Ohren klingt das lahm.

Sie begegnet meinem Blick und schaut dann auf mein weit offenes Hemd.

»Nicht«, brumme ich.

»Du isst nichts.«

»Ich esse.«

»Wieso isst du nichts?«

»Ich esse doch.«

»Was isst du?«

Ich zwinge mich zu lächeln. »Wenn man Laney den kleinen Finger …«

»Es geht hier nicht darum, dass ich dafür sorgen will, dass du während Emmas Hochzeit nicht aus den Latschen kippst, oder darum, dass ich recht habe, oder um Regeln; es geht um die Tatsache, dass Menschen essen müssen, und darum, dass du … du …«, sie deutet auf mein weit offen stehendes Hemd, »… *so* aussiehst. Und um so auszusehen, braucht man eine Diät und Training, auch wenn die Muskelprotze auf TikTok behaupten, das sei alles Natur und dass Männer keine Probleme mit ihrem Körper hätten.«

»Ich …« Ich schneide mir selbst das Wort ab, weil ich absolut keine Ahnung habe, was ich dazu sagen soll.

»Du bist ein menschliches Wesen mit Bedürfnissen, die zu viele um dich herum übersehen«, spricht sie zu Ende.

Ich bin sprachlos.

Absolut. Fucking. Sprachlos.

Der Theo von der Highschool würde ihr die passende Antwort nicht schuldig bleiben, ihr das Gefühl geben, ein Miststück zu sein, weil sie angedeutet hat, dass er ein Totalausfall ist, für den sich niemand hinlänglich interessiert. Aber was ist mit dem hungrigen Theo, der *wirklich* nicht genug isst, weil er genau weiß, dass nicht ewig währen wird, was er zurzeit am Laufen hat, und deshalb, solange es geht, so gut wie möglich aussehen muss?

Vor allem, wenn man bedenkt, dass mir mein Gesamtpaket – mein Schwanz, meine Bauchmuskeln, die Strickerei, meine Geschichten – in den Kommentaren größere Zustimmung eingebracht hat als im richtigen Leben seit einer Ewigkeit.

Womöglich überhaupt.

Ja, dieser Theo, der Zustimmung aus Kommentaren im Internet zieht, hat Probleme.

Und Emma hat gar nicht gemerkt, dass ich auf meine Ernährung achte. Mein Dad hat nicht bemerkt, dass ich auf meine Ernährung achte. Meine Kumpels unter den Bauarbeitern haben nicht bemerkt, dass ich auf meine Ernährung achte.

Aber Laney hat es bemerkt.

Ich schlucke schwer. »Okay.«

Sie betrachtet mich zu genau. Viel zu genau.

Als wüsste sie, dass ich Angst habe, meinen Waschbrettbauch zu verlieren. Dass Wildfremde mir mit dem Tag, an dem mein Körper nicht mehr so fest und definiert ist, nicht mehr mitteilen könnten, dass ich sie inspiriert oder ihnen Trost gespendet oder sie aufgerichtet habe.

Ich bin durch einen Zufall zu *GrippaPeen* gekommen, aber es war der beste Zufall meines Lebens. Zugleich aber auch der schlimmste.

Laney sagt nichts weiter, während wir zum Anfang der Schlange vorrücken.

Je intensiver der Duft der Tacos wird, desto lauter knurrt mein Magen.

Wir haben es fast bis ganz nach vorn geschafft, als Chandlers Stimme einen Muskel in meinem Gesicht zucken lässt.

»Was zum Henker!?«, ruft er.

Emma gibt einen Laut von sich. »Chandler, ich habe dir doch gesagt, geguckt wird nicht.«

»Das ist ein verdammtes Hamsterrad für Menschen«, faucht er.

»Ist es nicht.«

»Ist es wohl. Sieh doch!« Damit reißt er das schicke Geschenkpapier von dem Paket auf dem Brautpaartisch, und Emmas Miene durchläuft ungefähr sechsundvierzig unterschiedliche Gefühlsstadien, während sie den Karton studiert.

Laney rückt dichter an mich heran. »Ist es wirklich ein Hamsterrad für Menschen?«

»Zwei«, gebe ich mit gesenkter Stimme zurück. »Zum Aufblasen. Damit sie ihren Frust abarbeiten können, wenn sie sich gestritten haben.«

Sie unterdrückt einen Laut, dann unterdrückt sie ihn noch einmal, indem sie eine Hand vor den Mund schlägt.

»Lachst du oder weinst du?«, frage ich.

Ihre Augen geben mir die Antwort.

Sie lacht.

Jackpot!

Und sie ist nicht die Einzige.

Kickern und Glucksen ergießt sich über die Lanai.

»Wann treffen wir uns zu einem Spieleabend bei euch?«, will Jack wissen.

»Alter, da steig ich nur rein, wenn die beiden da drin keine komischen Sachen treiben, wie frisch Verheiratete sie machen. Also bevor ich in so ein Ding klettere, muss da erst mal einer mit Desinfektionsmittel ran«, lässt Decker vernehmen.

»Ist euer Garten nicht ziemlich hügelig, Chandler?«, schaltet sich Lucky ein.

»Oh, mein Gott, die haben auch die perfekte Größe für meinen Hund«, bemerkt Sabrina.

»Warum?«, flüstert mir Laney ins Ohr, mit erstickter Stimme, als hätte sie immer noch Mühe, nicht zu lachen.

»Wer braucht keinen Satz davon?«, flüstere ich, verschwörerisch grinsend, zurück.

Mit der Hand dämpft sie neuerliches Lachen.

Ein verdammter Homerun.

Mal abgesehen davon, dass Chandler mir einen eisigen Blick zuwirft.

Aber er sagt kein Wort.

Muss er auch nicht.

Denn auch Emma sieht mich an und windet sich unbehaglich.

Verdammt.

Verdammt!

Sonst nichts.

Wann schlägt sie sich auf *meine* Seite.

Sie hat gesagt, sie wolle einen Satz von diesen Dingern. Bei Dad lag an Thanksgiving eine Zeitung voller Anzeigen anlässlich der anstehenden Feiertage herum, in denen wir blätterten, bevor Chandler sich künstlich über irgendwas aufregte, und Emma deutete, schallend lachend, auf die Hamsterräder für Menschen und meinte, die seien doch bestimmt lustig.

»Und wo ist das *richtige* Geschenk?«, will Chandler wissen.

»Schatz, wir heiraten im Paradies«, sagt Emma. »Das spielt doch keine Rolle.«

»Er hat mein richtiges Geschenk gestohlen. Er hat mein Abendessen vertauscht, und er hat mein richtiges Geschenk gestohlen.«

Laney schnellt hoch wie eine Sprungfeder.

»Tu das …«, setze ich an, doch es ist zu spät.

»Die Tacos habe ich besorgt«, verkündet sie. »Die Leute von der Anlage haben das Catering versaut. Es gab nichts zu essen. Da habe ich Tacos besorgt. Und das da ist ein *tolles* Geschenk. Wenn ihr es nicht wollt, nehme ich es. Heute war ein vermurkster Tag. Ihr seid hier im verfickten Paradies. Also, stell dich nicht an wie ein Baby.«

»… nicht«, beende ich den Satz.

Chandler starrt sie mit offenem Mund an.

Emma hat das Gesicht in derart vollkommener Verwirrung verzogen, dass sie vermutlich nicht mehr geradeaus gucken kann.

»Aber … aber … aber du machst doch sonst nicht so einen Quatsch«, sagt Chandler.

Emma windet sich noch heftiger. »Chandler …«

»Und du weißt, dass ich Tacos nicht ausstehen kann«, fügt Chandler hinzu.

»Aber Emma liebt Tacos.« In der mörderischen Gelassenheit von Laneys Stimme liegt eine so deutliche Warnung, dass meine Hoden eigentlich zu kalten, harten, vertrockneten Walnüssen schrumpfen müssten. Stattdessen weckt ihre Verteidigung meiner selbst – und vertut euch nicht, jeder auf der Lanai weiß genau, dass es das ist, was sie gerade tut – mein Verlangen nach ihr.

Brennendes Verlangen.

Nicht, um es zu Ende zu bringen.

Nicht, um ein Urlaubstechtelmechtel zu starten.

Sondern Verlangen nach absolut allem.

Höchste Zeit für den Abgang.

Ich kann das nicht.

Ich begehre sie zu sehr.

Aber ich darf Laney nicht so sehr begehren, weil ich weiß, dass es selbst der aus ihrer Komfortzone heraustretenden Laney nicht gefallen würde, wenn sie wüsste, dass sie mit einem Star aus der Pornoszene flirtet.

Das geht zu weit.

Während aufs Neue das Geplapper darüber anhebt, wer das Geschenk angeschleppt hat und ob es lustig oder geschmacklos ist – und wer noch weiterspielen will und wer Tacos mag und wer nicht –, ziehe ich mich bis zum Rand der Lanai zurück.

Und verschwinde klammheimlich.

Wenn ich es nicht tue – wenn ich auf Laney warte –, wird alles noch viel schlimmer werden.

Und an einem Tag, an dem ich ohnehin bereits fürchte, meine Schwester zu verlieren, ist mein Herz nicht für den Schmerz gewappnet, einen weiteren Traum zerstört zu sehen.

22. Kapitel

Laney

Theo ist verschwunden.

Mal wieder.

Aber dieses Mal stehle ich mich nicht von der Party, um nach ihm zu suchen, weil ich Emma versprochen habe, ich würde dafür sorgen, dass er Chandler keine Schwierigkeit bereitet.

Dieses Mal stehle ich mich von der Party, weil ich mir Sorgen um *ihn* mache.

Wenn alles, was Emma anfasst, zu Gold wird – und wahrlich, so ist es –, dann zerfällt offenbar alles, was Theo anfasst, zu Staub.

Aber das ist nicht fair.

Weil er sich genauso sehr wie ich dafür ins Zeug legt, dass Emma ihre Traumhochzeit bekommt.

Und sagt mir jetzt nicht, er würde sich nicht dafür ins Zeug legen.

Ich hege null Zweifel daran, dass Chandler gelacht hätte, wenn ich ihm gesagt hätte, *ich* hätte am Ende der Schnitzeljagd sein Geschenk ausgetauscht.

Es wirkt so, als *wollte* er wütend auf Theo sein. Und das ärgert mich ohne Ende.

Zuerst sehe ich am Strand nach. Keine Spur von Theo. Als Nächstes in unserem Bungalow. Aber da ist er auch nicht.

Nicht mal bei den Kätzchen und ihrer Mama.

Der Miet-Jeep steht noch auf dem Parkplatz, wenn er sich also irgendwohin zurückgezogen hat, dann hat er es zu Fuß getan.

Er hätte in jede Richtung gehen können, und er könnte überall sein.

Ich sehe mich noch einmal auf der Party um – kein Theo, keine Überraschung –, dann schreibe ich Sabrina und frage nach seiner Nummer, während ich ein weiteres Mal zu unseren Zimmern laufe.

Doch als ich am Bistro vorübereile, bemerke ich, dass in der Küche Licht brennt.

Und ich rieche etwas Süßes.

Ich will schon denken: *Er wird doch nicht*, da fällt mir ein, dass wir hier über Theo reden, und ich umrunde das Gebäude.

Als ich den Kopf zur Hintertür hineinstecke, bin ich sowohl überrascht als auch wieder nicht, ihn dort zu entdecken.

Er hat sein Hemd ausgezogen und nur ein einziges Licht in der weiß und stahlgrau glänzenden Küche eingeschaltet. Die Arbeitsplatte ist ein Chaos aus Mehl und Zucker, Butter, Eiern und Schokosplittern sowie schmutzigen Löffeln und Schüsseln. Und gerade zieht er ein Blech Cookies aus dem Backofen.

Und es duftet wie im Himmel.

Und nach meinem Katerfrühstück heute Morgen.

Emma wusste es. Sie wusste, dass er einen Ort für selbst gebackene Cookies gefunden hatte.

Ich schlüpfe durch die Hintertür und lasse sie hinter mir zufallen.

Er zieht die Schultern hoch, als er mich hört.

»Ehrenwort, ich flippe nicht wegen der Regeln aus«, sage ich leise. »Dafür riechen die einfach zu gut.«

»Du hast das Abendessen ausgelassen.«

»Ach, ich hatte gestern erst Tacos. *Du* hast das Abendessen ausgelassen.«

»Das passt gerade jetzt nicht.«

»Für wen? Für mich? Dich? Für uns beide?«

»Für dich.«

»Es dürfte nicht nur in *deiner* Verantwortung liegen, zu dem Verlobten deiner Schwester nett zu sein. Er hätte dir danken müssen. Du hast diese Woche jede Menge für die beiden getan, und mir ist egal, welchen Grund er haben könnte, es ist einfach nicht richtig, dass er sich deshalb so schäbig aufführt.«

»Geh weg, Laney.«

Seine schroffe Zurückweisung trifft mich wie eine Kanonenkugel ins Herz und ist das Letzte, womit ich gerechnet hatte.

Theo war jahrelang ein rotes Tuch für mich. Aber mir wird bewusst, dass ich ihn falsch eingeschätzt habe. Oder wenigstens habe ich mir nie die Zeit genommen, mir anstelle des Jungen, der er, wie ich angenommen hatte, sein Leben lang bleiben würde, den Mann anzusehen, zu dem er herangewachsen war.

Ich habe nie darüber nachgedacht, *warum* er tut, was er tut.

Was ihm etwas bedeutet. Über die Dinge, die er durchgemacht hat und über die niemand gern redet. Dass man ihm erlaubt hat, stets nach seinen eigenen Regeln zu leben, oder darüber, dass die Menschen über einen urteilen, auch wenn man glücklich mit seiner Situation ist … und mit dem, was man macht.

Aber niemand sollte darüber urteilen.

Ich sollte es nicht.

Das geht auf meine Kappe. Das ist mein Fehler.

Wenn ich ihm keine Gelegenheit dazu gebe, wird er mich niemals anders ansehen.

Und um ehrlich zu sein, glaube ich, dass er mich dazu bringt, mich selbst anders zu sehen.

Nicht alle Regeln sind unumstößlich. Menschen ändern sich. *Gut* zu sein ist nicht unbedingt *besser*.

Jedenfalls nicht, wenn es mir das Gefühl gibt, gar nicht wirklich *lebendig* zu sein.

Ich weiß seit über einem Jahr, dass mir im Leben etwas fehlt. Aber ich habe erst während dieser Reise begriffen, wie sehr ich mir mit den ganzen Regeln, die ich unbewusst befolge, die jedoch gar keine Regeln sein dürften, noch immer selbst im Weg stehe.

»Hat dir schon mal jemand gesagt, dass etwas nicht deine Schuld ist? Hat dir schon mal jemand gesagt, dass du recht hast und jemand anderes falschliegt?«, frage ich.

Er sieht mich nicht an, während er weitere Teigbällchen auf ein Backblech klatscht. »Ich bekomme haufenweise Zustimmung von vielen Stellen.«

Ich schlucke meinen nächsten Einwand hinunter. *Und hier? Wie steht es hier mit deiner Wertschätzung. Deine Schwester hat dir eine Babysitterin verpasst. Was hat das mit Wertschätzung zu tun?*

Es hat keinen Zweck, das auszusprechen. So viel steht fest.

Er würde das von mir nicht hören wollen. Und ganz gleich, wie sehr wir beide Emma verehren, sie hätte mich nicht bitten dürfen, auf Theo aufzupassen.

Chandler hätte seinen Teil der Verantwortung übernehmen müssen. Und nun heiratet sie ihn in zwei Tagen.

Weil er wahrhaftig ihr Seelenverwandter ist?

Oder weil sie sich schon so lange eine eigene Familie wünscht und sich nicht vorstellen kann, diese mit jemandem zu gründen, den sie nicht so lange kennt wie Chandler, nicht einmal, wenn dieser Jemand besser zu ihr passen würde?

Ich kenne Emma schon seit langer Zeit, und der Schluss, dass ich nichts weiter tun kann, als mich zurückzuziehen, gefällt mir überhaupt nicht – auch nicht, dass es bis zwei Tage vor ihrer Heirat gedauert hat, bis ich das alles überhaupt infrage stelle.

»Ich weiß zu schätzen, was du heute Abend getan hast, wozu auch immer das gut sein mag«, sage ich zu Theo.

»Geh. Weg.«

»Warum?«

Er knallt das Blech mit Cookies auf die Arbeitsfläche, der Backofen hinter ihm steht offen, und er schaut mich endlich an.

In seinem sonst so leichtfertigen, in letzter Zeit jedoch eindringlichen Blick liegt nun eine untypische Intensität, die mich einen halben Schritt zurückweichen lässt.

Es ist keine Wut.

Es ist auch keine Enttäuschung.

Es ist …

Oh, mein Gott.

Es ist pures Begehren.

Theo will mich.

»Wenn du es nicht tust«, antwortet er mit leiser, rauer Stimme, »nagle ich dich an die nächste Wand und küsse dich, bis du nicht mehr weißt, wo oben und unten ist, und wenn ich dich erst einmal küsse, höre ich erst wieder damit auf, wenn wir beide uns hier mit nackten Hintern und vollkommen ausgelaugt auf dem Fußboden wälzen.«

Ich atme scharf ein, meine Brüste spannen, meine Klitoris kribbelt, und ich bekomme nicht genug Luft.

Theo war immer tabu. Er war der Bad Boy. Der Regelbrecher. Der Typ, über den die Mädchen auf dem Highschool-Flur tuschelten, für den sie ihre Jungfräulichkeit aufgeben wollten, von dem Gerüchte behaupteten, er wüsste mehr über Sex, als es einem Jungen auf der Highschool zustand.

Aber das ist über zehn Jahre her. Als er noch wild und unberechenbar war. Die wilde Seite hat er noch immer. Und unberechenbar ist er auch noch.

Aber er ist auch *mehr* als das. Als hätte er das Chaos in sich gezügelt und wüsste, wann er es zu seinem maximalen Nutzen von der Leine lassen muss.

Und er ist *amüsant*. Positiv amüsant.

Und er hat ein Stück von Emmas Sonne in sich, was mir früher nie aufgefallen, doch jetzt unübersehbar ist. Abgesehen von dem Moment, als ihm aufging, dass er mich nicht mehr loswerden würde, blieb er ungeachtet aller Hindernisse, die sich ihm in den Weg stellten, heiter und zuversichtlich.

Und seine Zuneigung zu bemerken – und dass das Ausmaß seiner Zuneigung ihn absolut unwiderstehlich wirken lässt – macht das alles umso schlimmer.

Ich will ihn.

Ja, so ist es. Ich begehre ihn.

Er wirft mir einen letzten vernichtenden Blick zu, der mir jedoch eher das Gefühl gibt, dass er mich in Gedanken auszieht, als dass er mich hasst.

»Bitte, geh jetzt!«

Ich lecke mir über die Lippen. »Willst du mich, weil ich dir gelegen komme oder weil du *mich* willst?«

»Du kommst mir nicht gelegen.«

Das war nicht gerade schmeichelhaft. Aber das war vermutlich auch nicht seine Absicht.

Ich will dich nicht begehren, aber ich kann nicht anders. Das ist ein Teil des Durcheinanders, über das ich keine Kontrolle habe.

Er spreizt die Hände auf dem Tisch, als wollte er ihn als Puffer zwischen uns nutzen. In der Luft liegt der Duft nach Vanille, Zucker und geschmolzener Schokolade, angereichert mit der Spannung zwischen uns beiden.

Ich könnte mich darauf einlassen.

Ich könnte mit Theo in einer Küche, zu der er sich Zutritt verschafft hat und in der er Cookies mit Schokosplittern backt, rohen, ungestümen, ungenierten Sex haben.

»Du wirst nicht alles an mir mögen, Laney«, sagt er leise und beklommen.

»Du hast für mich Cookies zum Katerfrühstück gemacht«, flüstere ich. »Deshalb warst du so lange weg. Du bist hier eingebrochen, um frische Cookies zu backen.«

»Wenn du nicht gehst, werde ich dich verderben.«

Ich verstehe genau, was er meint. *Du wirst nie wieder mit einem anderen Mann schlafen wollen, nachdem du einmal gekostet hast, was ich dir geben kann.*

Mich schaudert. Ein angenehmes Schaudern. Ein verbotenes Schaudern. Ein vergnügliches Schaudern. »Wofür hältst du mich? Für eine Gouvernante aus dem 19. Jahrhundert?«

»Wenn du nicht gehst, wirst du *mich* verderben.«

So habe ich seine Stimme noch nie gehört. Verzweifelt. Gepeinigt. Verletzlich.

»Ich will dich nicht verderben«, sage ich leise. »Ich will dich kennen.«

»Du kennst mich überhaupt nicht.«

»Doch ich kenne dich.« Ich lange hinter mich, versichere mich, dass die Tür richtig geschlossen ist, und lege den Riegel vor.

Seine braunen Augen werden mitternachtsschwarz. »Das solltest du besser bleiben lassen.«

»Ich mag dich«, flüstere ich, während meine Füße mich um die Arbeitsplatte tragen.

Er beobachtet mich wie ein gefangener, verwundeter Berglöwe. »Du solltest das lassen.«

»Du bist ein guter Mensch.«

»Du hast ja keine Ahnung, wer ich alles bin.«

»Du rettest Kätzchen und hilfst deiner Schwester so, dass sie es nicht einmal mitkriegt, und du kümmerst dich um mich, wenn ich betrunken bin.«

Er schluckt sichtlich. »Ich werde kein Spielball sein, mit dem du heute herummachen kannst, bis morgen deine Eltern hier aufschlagen.«

Ich schließe die Backofenklappe, in dem vollen Bewusstsein, dass ich nicht nur wegen der aus dem Backofen strömenden Hitze knallrot bin. »Ich habe es satt, allen das brave Mädchen vorzuspielen.«

»Heute Abend vielleicht.«

»Nein, die ganze verfluchte Zeit.«

Ich bleibe vor ihm stehen. Er stützt sich noch immer auf dem Tisch ab, den Kopf hat er mir zugekehrt, um mich anzusehen, seine Pupillen sind voll geweitet, sein Atem geht kurz und schnell.

Küss mich!

Ich will es aussprechen, doch nachdem man mir mein Leben lang weisgemacht hat, dass Sex mich verderben würde, fällt es mir schwer.

Ich kann mich kaum überwinden, den ersten Schritt zu tun und ihn zu berühren. Dennoch zwinge ich mich dazu.

Ich lege ihm eine Hand auf die Schulter, die Hitze seiner Haut brennt in meiner Handfläche, als ich ihn von der Arbeitsplatte wegschiebe, an die er sich geklammert hat.

»Du weißt gar nicht, was du tust«, brummt er mit belegter Stimme.

»Vor einem Jahr habe ich mit dem *perfekten Mann* Schluss gemacht, weil es sich irgendwie nicht richtig angefühlt hat, und jetzt weiß ich endlich auch, warum.«

»Weil er ein verdammt langweiliger Mistkerl war?«

»Genau.«

Fest packt er meine Hüften. »Und ich bin dein Spielball?«

»Nein.«

»Los, sag es: *Du bist ein Spielball, Theo. Ein Ausflug ins Abenteuer. Du bist der Mittelfinger an meine Eltern.*«

»Du lebst dein Leben nach deinen Bedingungen, ohne dich dafür zu entschuldigen, das will ich auch.«

»Mit mir rumzumachen ist keine Abkürzung, um dein Leben zu ändern, und du wirst mich nicht mehr mögen, wenn du erfährst, wer ich sonst noch bin.«

»Brutale Ehrlichkeit ist so erregend.«

Er blickt mich finster an.

Finster.

Theo, der Typ, der noch grinste, nachdem er ein Wildschwein angefahren hatte.

Auch das ist erregend.

Keine Lippenbekenntnisse à la *Du bist ja so hübsch.* Keine Lügen. Kein Zwang zu gar nichts. Kein Als-ob.

Nur ein Mann, der mich begehrt, obwohl er mich nicht begehren will.

Pure, von Hormonen gesteuerte Instinkte lenken seinen Blick auf meine Lippen, während seine Finger sich so fest in meine Hüften graben, dass ich davon vermutlich blaue Flecken kriege.

Ich begehre dich, obwohl ich dich nicht begehren will.

Als ich sehe, wie wenig er mir widerstehen kann, fühle ich mich mehr wie eine Frau, wie eine Göttin sogar, als wenn mir jemand Rosen schenkt, mich schick zum Essen ausführt oder mich zum Vorspiel mit Champagner abfüllt.

»Ich werde dich für jeden anderen Mann verderben, und ich werde mich nicht dafür entschuldigen«, knurrt er, als er näher tritt und seine harte Erektion an meinen Bauch presst.

»Versprochen?«, frage ich leise.

Seiner Kehle entsteigt ein ungezähmter Laut, dann fühle ich nur noch seine Lippen, die sich auf meine pressen, und seinen Arm, der meine Taille umschlingt, um mich fester an sich zu ziehen, während er das Becken vorschiebt, um sich an mir zu reiben.

Ein Schauer durchströmt mich. Ein Erschauern und ein Pulsieren, ein mächtiges Sehnen und ein tiefes, verzweifeltes Verlangen nach mehr.

Mehr von seinen verzweifelten Küssen. Tiefere Küsse. Seine Zunge.

Oh Gott, seine Zunge.

Sie ist köstlich.

Und sein Haar.

Sein Haar ist überraschend seidig. Und lang genug, um hineinzufassen und meine Finger darin zu verlieren.

Aber sein Hintern.

Großer Gott, sein Hintern.

Zwei runde, feste Pobacken, von denen ich nicht genug bekommen kann, und wenn ich sie drücke, zuckt sein Schwanz an meinem Bauch. Das Ziehen in meinem Unterleib wird stärker.

»Deine letzte Chance, Laney«, ächzt er, als er den Kuss kurz unterbricht. »Deine letzte Chance, bevor wir nicht mehr zurückkönnen.«

»Zieh mich aus.«

Seine Augen sind so dunkel, ich könnte darin versinken, ohne jemals auf Grund zu laufen. Sein Atem kommt in kurzen Stößen zwischen geteilten Lippen hindurch, die noch feucht sind von unserem Kuss. Alles an ihm schreit »Achtung, Gefahr!«, aber, bei Gott, ich *will* es nicht anders.

Ich will *ihn*.

Und nicht nur zum *Spaß*. Nicht nur als *Ausflug ins Abenteuer*.

Ich will ihn, weil er *Leben* bedeutet. Als würde ich nach langer Zeit unter Wasser zum ersten Mal frische Luft atmen. Ich fühle mich elektrisiert. Lebendig.

»Ich bereue nicht, was gestern Nacht passiert ist«, flüstere ich. »Keine Sekunde. Und ich erinnere mich an *alles*.«

Ich weiß nicht, wie er es anstellt, aber mit einer einzigen geschmeidigen Bewegung hat er mir mein Kleid ausgezogen.

Nun liegt es irgendwo in der Küche, nicht mehr an meinem Körper.

Warme Luft berührt meine Haut, und dann berührt Theo sie.

Er fährt mit der Hand über meinen Brustkorb, schiebt die Finger ein kleines Stück unter den Saum meines Bikinihöschens und umkreist meine Hüften, bevor er wieder über meine Rippen streicht, ohne mir das Höschen auszuziehen.

Er betrachtet mich.

Beobachtet jeden meiner Atemzüge. Jedes leise Luftschnappen. Jedes erstickte, begehrliche Stöhnen, während ich mich unter seinen Händen winde und mir wünsche, er könnte mich überall zugleich berühren.

»Halt dich jetzt nicht zurück, Prinzessin«, murmelt er, als er den Kopf auf meine Schulter senkt und mich in die Halsbeuge beißt.

Meinen Lippen entfleucht ein ersticktes »Oh Gott«.

Er greift mit einer Hand unter eines meiner Beine, hebt es an, und … Oh Gott, ja, ja, ja … Da!

Genau da.

Es fühlt sich so, so gut an, wie er seinen Schwanz an mich presst und sich mit kreisenden Hüften an mir reibt.

Seine freie Hand gleitet meinen Rücken hinauf, und dann ist auch mein BH verschwunden, aufgehakt, sodass die Körbchen und die Träger hinunterrutschen.

Jetzt stehe ich mit nichts am Leib als meinem Höschen und meinen Riemchensandalen in dieser Küche und reibe mich an Theo. Aber für Befangenheit bleibt keine Zeit.

Weil er mich in eine Brustwarze kneift und ich vor schierem Verlangen aufschreie.

»Noch mal«, japse ich.

Nun zwirbelt er die Brustwarze zwischen Daumen und Zeigefinger.

Meine Hüften drängen sich unkontrolliert gegen ihn.

»Fass meinen Schwanz an«, befiehlt er.

Ich denke nicht, und ich zögere nicht.

Ich ziehe ihm nur die Hose runter, lange zwischen uns und greife nach ihm.

»Fuck, ja«, zischt er. »Massier mich, Laney.«

Ich packe ihn fester, massiere ihn von der Wurzel bis zur Spitze und verreibe die Feuchtigkeitsperle über der Eichel.

»Braves Mädchen.« Seine Stimme klingt erstickt.

Und seine Worte ärgern mich, also packe ich noch fester zu.

Heilige Hölle! Ich stehe auf seinen Penis. Ich stehe *total* auf seinen Penis.

»Ich bin kein braves Mädchen«, bringe ich heraus.

»Du bist *so ein* braves Mädchen.«

»Ich bin … Oh Gott!«

Ich bin kein braves Mädchen.

Ich winde mich unter seiner Berührung, dann schiebt Theo mein Höschen zur Seite und lässt zwei Finger in mich gleiten, während sein Daumen meine Klitoris umkreist. Und es fühlt sich – Oh, mein Gott, oh, mein Gott, oh, mein Gott! – nicht nur gut an.

Es fühlt sich an wie der pure, rohe Himmel.

Ich lasse ihn los und fasse stattdessen nach seiner Schulter, meine Hüften zucken, während ich mein Gesicht an seinem

Hals vergrabe und seinen unverfälschten Moschusgeruch einatme. »Nicht aufhören«, presse ich erstickt hervor, während das Verlangen in mir sich mit jedem Stoß seiner Finger und jedem Kreisen seines Daumens weiter emporschraubt.

Oh Gott.

Oh Gott.

»Ich will, dass du dich auf mein Gesicht setzt, ich will dich lecken, bis du meinen Namen schreist, und dann will ich meinen Schwanz so tief in dir versenken, dass du danach nie wieder laufen kannst«, atmet er mir ins Ohr. »Ich will dich in dieser Küche vögeln. Am Strand. In einer gottverdammten Besenkammer in deinem schicken Büro. Und ich will, dass du nie wieder ein Cookie siehst, ohne daran denken zu müssen, dass ich dir die allerbesten Cookies deines Lebens gemacht habe.«

»Theo, oh Gott, ich … ich … ich …«

»Sag es, Laney.«

Ich drehe und winde mich unter seiner Berührung – Ja, genau da! – am Rand des Höhepunkts.

»Sag, dass du mich auch vögeln willst«, japst er, während seine Finger mich feuchter werden lassen als jemals zuvor und die Spannung in mir weiter und weiter ansteigt. »Sag mir, dass du meinen Schwanz willst. Sag, dass ich dich im Meer zum Orgasmus vögeln soll. Sag, dass du es mir im Kinderzimmer in deinem Elternhaus mit der Hand besorgen willst.«

Alles in mir bricht sich Bahn, und Kontraktionen überwältigen mich. »Ja«, ächze ich.

»Kommst du?«

»Ja.«

»Dann sag es, Laney. Sag es.«

»Oh Gott. Ich … ich … Theo. Ich …«

»Sag mir, dass du kommst.«

Noch immer stoßen seine Finger rhythmisch in mich. Noch immer spielt er mit meiner Klitoris. Und ich komme heftig und schnell und lang und tief, ich spüre es bis in die Magengrube, so sehr, dass ich beinahe krampfe.

»Ich komme«, keuche ich. »Oh, mein Gott, ich komme!«

»Ja, du *kommst*, meine Sexgöttin.«

Ich werde am ganzen Körper rot, als die Empfindungen mich durchströmen.

»Mach dich … nicht lustig über …«

Er verschluckt den Rest des Satzes mit einem brennend heißen Kuss, während seine Finger und sein Daumen langsamer werden.

»Fucking Göttin«, wiederholt er an meinen Lippen, ehe er seine Zunge in meinen Mund gleiten lässt.

Und ich liebe es.

Und wie.

Nicht weil mir ist, als würde ich rebellieren. Sondern weil ich mich lebendig fühle. Und frei.

Und sicher.

Als er seine Finger herausgleiten lässt, wimmere ich angesichts der plötzlichen Leere.

Doch dann spüre ich seinen Schwanz, der über meine Klitoris reibt, und … Oh wow!

Bloße Haut an bloßer Haut.

Er schiebt sich zwischen meine feuchten Schenkel.

Ich müsste ihn fragen, ob er ein Kondom hat.

Ich müsste.

Aber ich *will* nicht.

Lieber möchte ich ihn in mir aufnehmen und für ihn tun, was er gerade erst für mich getan hat.

Doch dann höre ich es.

Einen Schlüssel.

In einem Schloss.

Und einen Fluch. »Welcher verfluchte Schlüssel ist es?«, fragt jemand vor der Tür.

Mein Blick fliegt zu Theo.

Sein Blick fliegt zu meinem fast nackten Körper.

»Vordertür«, sagt er.

Ich weiß nicht, wie er es macht, aber er zieht seine Hose blitzschnell über seine Erektion, greift sich mein Kleid, streift es mir über den Kopf und stopft sich in kürzerer Zeit als wer auch immer hinter der Tür steht benötigt, um zwei weitere Schlüssel auszuprobieren, vier Cookies in die Taschen.

Und dann flitzen wir in den Gastraum des Bistros, wo Theo, ohne zu zögern, die Tür aufschließt und wir beide so unauffällig wie möglich in die Nacht verschwinden.

Keine Ahnung, ob er meinen BH mitgenommen hat.

Keine Ahnung, ob es in der Küche nach Sex riecht.

Keine Ahnung, wer versucht hat, da reinzukommen.

Aber ich weiß, dass es sich einfach himmlisch anfühlt, auf wackligen Beinen, die sich noch nicht wieder von dem Orgasmus erholt haben, aus dem Bistro zu fliehen, während Theo meine Hand umklammert hält und mich über den von tropischen Sträuchern und Petroleumfackeln gesäumten Fußweg zur Rückseite unseres Gebäudes dirigiert.

Als hätte ich endlich einen Teil von mir gefunden, nach dem ich so lange gesucht habe, dass ich darüber beinah vergessen habe, wen genau ich eigentlich gesucht habe.

Und während die alte Laney ausgeflippt wäre, weil sie um ein Haar erwischt worden ist, muss ich kichern.

Ich kichere, bis ich pruste, und dann lache ich so sehr, dass mir die Tränen kommen und wir anhalten müssen, bis ich wieder atmen kann.

Währenddessen lässt Theo mich nicht aus den Augen.

»Mehr braucht es also nicht«, sagt er leise, mit einem sanften Lächeln auf den Lippen.

»Was braucht es nicht mehr?«, japse ich zwischen Lachanfällen.

Er antwortet nicht.

Er schüttelt bloß den Kopf und beobachtet mich.

Doch als ich mich endlich so weit zusammenreiße, dass wir unseren Weg fortsetzen können, tut er das Letzte, womit ich gerechnet hätte.

Wieder einmal.

Er legt einen Arm um meine Schulter, drückt mir einen Kuss auf die Schläfe und schiebt mir einen Schokosplittercookie in den Mund.

Das, flüstert mein Herz lauter als die Geräusche meines Mundes, der dank des warmen, salzig-sahnigen Schokogenusses auf der Zunge einen Geschmacksorgasmus erlebt, *ist es, was wir bisher versäumt haben.*

Und daran ist nichts Falsches.

Und was ist ebenso kein bisschen falsch?

Theo.

Er hat mich absolut für jeden anderen Mann verdorben. Für immer. Nur mit seinen Fingern.

Und was meine übrigen Wünsche angeht – ich bin nah dran, weiche Knie zu kriegen, weil wir um ein Haar splitternackt in einer Restaurantküche erwischt worden wären, wenn nur der Nervenkitzel nicht wäre.

Der Nervenkitzel.

Und dazu noch ein sehr, sehr köstlicher Schokocookie.

»Ich bin noch nicht fertig mit dir«, lasse ich ihn mit vollem Mund wissen.

Wieder antwortet er nicht.

Doch ich sehe, wie sich seine Mundwinkel heben.

Theo Monroe bedeutet keineswegs Ärger.

Er bedeutet so viel mehr als das.

Und ich habe gerade erst angefangen zu erkunden, wie viel *mehr* das ist.

23. Kapitel

Theo

Meine Eier sind blau. Mein Schwanz ist schmerzhaft hart. Und Laney Kingston hat mich für immer für alle anderen Frauen verdorben.

Ich habe es kommen sehen, ich wusste längst, dass ich kurz davorstand, mich in sie zu verlieben. Ich wusste, es würde nur den kleinsten Anstoß brauchen, um ihr aufs Neue Hals über Kopf zu verfallen und davon zu träumen, zu wünschen und zu *hoffen*, dass es dieses Mal anders ausgehen würde als auf der Highschool, auch wenn ich es besser weiß.

Ich weiß, dass ich nur eine Ablenkung bin.

Ich weiß, dass ich nur ein Ausbruchsversuch bin.

Ich weiß, dass sie in der Minute, in der ihr Flieger in wenigen Tagen in Denver aufsetzt, wieder in die hübsche, kleine Puppenstube zurückkehren wird, die ihr Leben ist; und ich weiß, dass sie an dem Tag, an dem sie erfährt, worin meine Nebentätigkeit besteht, über sich selbst entsetzt sein wird.

Doch jetzt gerade, als ich ihr die Tür zu unserem Bungalow aufhalte, wirkt sie glücklich.

Sie glüht geradezu.

Total entspannt.

Und darauf kommt es an.

Dass sie jetzt glücklich ist.

Doch alles ist vergessen, als ich einen Blick in den Bungalow werfe. »Fuck.«

Die Tür steht offen.

Die Schlafzimmertür zu den Kätzchen.

Sie ist offen.

Mir bleibt das Herz stehen. Mein Magen sackt ins Bodenlose.

Meine Kätzchen.

Ich bin im Arsch, wenn meinen Kätzchen irgendwas zugestoßen ist …

Laney seufzt noch über meine Cookies, verstummt aber abrupt, als sie es ihrerseits bemerkt. »Oh, mein Gott, wie … Wo sind sie? Geht es ihnen gut? Sind sie überhaupt noch hier?«

Sie wirft den letzten Cookie auf die Ablage, dann saust sie noch vor mir ins Zimmer.

»Miss Doodles?«, fragt sie leise, als wir das Hauptschlafzimmer betreten, während ich noch immer im Horror gefangen bin, dass eines meiner Kätzchen verschwunden oder sogar verletzt sein könnte. »Bist du hier, Miss Doodles?«

Vom Bett miaut uns Jellybean an. Sie und Snaggleclaw tollen darauf herum, als hätten sie es dort hinauf-, aber nicht wieder heruntergeschafft.

Zwei.

Zwei Kätzchen.

Miss Doodles ist nicht im Schlafzimmer.

Fred allerdings schon.

Er kauert immer noch unterm Bett.

Drei Kätzchen also. Fuck. Wo steckt der Rest?

»Wo sind sie alle hin, Fred?«, frage ich ihn, trotz der drückenden Last meiner Angst auf der Brust.

Fred weicht zur Wand zurück, macht einen kleinen Buckel und blickt mich an, als wollte er ein großer, tapferer Kater sein, der seinen kaum ein Pfund schweren Körper ganz allein verteidigen kann.

»Sind sie da unten?« Laney geht neben mir in die Knie und späht unters Bett, ihre Schulter berührt meine, worauf meine Haut von Kopf bis Fuß zu glühen beginnt.

»Er ist scheu«, warne ich sie. »Mach langsam.«

»Oh, wie hübsch du bist«, gurrt sie leise. »Möchtest du ein Leckerchen. Hier, du süßes Ding.«

»Langsam …«, setze ich erneut an, doch sie ist nun mal Laney. Laney, die nie etwas falsch macht. Es sei denn, ich bin beteiligt.

Nun streckt sie vorsichtig die Hand aus und platziert vier der Leckerchen aus ihrer lila Tüte, so weit ihr Arm reicht, unter dem Bett und zieht sich wieder zurück. »Wir finden auch den Rest deiner Familie, Schätzchen«, sagt sie.

Wie sie dabei meinen Arm berührt, verrät mir, dass sie ebenso zu mir spricht wie zu Fred.

»Keine Sorge, du bist hier sicher. Wie die anderen auch bald wieder.«

Verrückt, in diesem Moment daran zu denken, wie sehr mir ihre Zuversicht früher auf die Nerven gegangen ist. Seit gestern Abend und dem Autounfall weiß ich, dass sie nicht immer so zuversichtlich ist. Doch jetzt rettet sie mich mit ihrer Überzeugung, dass alles wieder gut wird.

Da senkt sich mir ein Dutzend Nadeln in den Rücken. Ich unterdrücke einen bestürzten Schmerzensschrei, grunze aber laut genug, dass Laneys Kopf zu mir herumfährt.

»Katze«, winsele ich. »Rücken. Krallen.«

Sie richtet sich auf und klatscht triumphierend in die Hände. »Wo kommst du denn her, du hübsches Ding? Rauf mit dir. Rauf aufs Bett zu deinen Geschwistern. Wir haben hier drin vier Kätzchen, Theo. Wie viele fehlen noch?«

»Drei … und Miss Doodles.«

»Prima, gehen wir sie suchen.«

Nun richte ich mich, befreit vom Kätzchen auf dem Rücken, ebenfalls auf.

Laney ist bereits auf den Beinen und streckt ihre Hand aus, als würde sie glauben, sie müsste mir aufhelfen.

Würde nicht die Hälfte meiner Kätzchen fehlen, ich würde ihre Hand nehmen, sie aufs Bett werfen und so lange küssen, bis ich mir sicher wäre, dass all das real ist.

Nicht bloß ein vorübergehender Traumzustand im Paradies, bevor ihre Eltern hier erscheinen, wir alle zurückfliegen – und bevor die Realität sie in die sichere, vorhersehbare, langweilig gewinnorientierte Welt zurückholt, in der sie lebt.

Stattdessen greife ich nach ihrer Hand und erhebe mich langsam, wobei mein Daumen über ihren Handrücken streicht, ohne dass ich ihre Hilfe im Geringsten benötigen würde. »Danke.«

»G…gern geschehen«, stottert sie.

»Ich danke dir«, sage ich noch einmal.

Sie lächelt mich sanft an. »Ich kann ganz gut Probleme lösen.«

Und ich war noch nie dankbarer.

»Ich hab die Tür, als ich das letzte Mal hier war, nicht aufgemacht«, erklärt sie, als sie mich aus dem Zimmer führt. »Ehrlich.«

Ich rüttle am Türgriff, als ich ihr folge, und mache die Tür dann hinter uns wieder zu. »Wahrscheinlich weiß Miss Doodles, wie diese Türgriffe funktionieren.«

Sie müsste dazu nur richtig treffen.

»Oh, schau, Kätzchen im Sofa.«

Ich schalte die Taschenlampe an meinem Handy ein und richte sie auf das immer noch halb hochstehende Klappbett. »Zwei Kätzchen. Blinky und Panini.«

Ich atme mit jeder vergehenden Minute leichter.

Meine Kätzchen sind wohlauf.

»Dann sind es sechs. Wer fehlt jetzt noch?«

Während ich ihr antworte, eile ich zur rückwärtigen Veranda und checke die Tür. »Wir haben Jellybean, Snaggleclaw, Fred, Blinky, Panini und Cream Puff. Miss Doodles und Widget fehlen noch. Warte, Berichtigung, nur Miss Doodles fehlt noch.«

Widget erklimmt die Vorhänge vor der Tür.

Laney folgt mir auf dem Fuß. Ich entwirre Widget, drehe mich und drücke ihr das pelzige, kleine graue Biest in die Hand.

Die Balkontür ist noch verschlossen. Also Miss Doodles …

»Hab sie«, ruft Laney.

Sie deutet auf die Kitchenette, wo, ich schwöre, vor einer Minute noch keine Katze war.

Doch jetzt sitzt dort Miss Doodles auf dem Tresen und putzt ihr Hinterteil.

Sie hält inne, um mich anzuschauen: *Dummer Mensch, glaubst du, ich würde so einen angenehmen Ort mit Spielzeug und Essen und sauberem Katzenstreu aufgeben*? Dann putzt sie sich weiter.

Ich war im Leben noch nicht so froh, eine Katze ihr Hinterteil lecken zu sehen.

»Ich werde deine Kleinen im Schlafzimmer einsperren«, sage ich zu ihr.

Sie leckt sich, eine Pfote in die Luft gestreckt, weiter.

»Oh, was für eine Erleichterung«, sagt Laney. »Ich schau mal nach der Tür, ob ich herausfinde, wie …«

»Laney.«

»Ja, richtig, richtig, du kannst allein Probleme lösen. Sorry. Alte Gewohnheit. Ich kann nicht anders.«

»Das wollte ich gar nicht sagen.«

Ich nehme ihr das Kätzchen ab, dann sammle ich die beiden unter dem kaputten Sofa ein und trage alle drei zurück ins Schlafzimmer.

Ich sollte das Katzenstreu wechseln gehen. Dafür sorgen, dass sie über Nacht genug Futter haben.

Mache ich später.

Im Moment sieht mich Laney allerdings an, als hätte sie Angst, ich könnte ebenfalls die Wirklichkeit vorziehen.

»Bringst du Miss Doodles nicht ins Schlafzimmer zurück?«, fragt sie jetzt.

»Hast du schon mal eine Mama gekannt, die sich nicht gern mal eine Auszeit nimmt?«

Ihr Blick fällt wieder auf meine Brust.

Und jetzt, da ich weiß, dass meine Kätzchen in Sicherheit sind …

Ihre Augen werden dunkel, die Lider schwer, ihre rosige Zunge schnellt heraus, um über ihre Lippen zu lecken, während sie einen weiteren raschen Blick auf meinen Oberkörper wirft.

»Es ist echt sexy zu sehen, wie du Kätzchen rettest«, sagt sie, während sie den Abstand zwischen uns verkürzt.

Ich schlucke schwer. »Es ist echt sexy zu sehen, wie *du* Kätzchen rettest.«

»Ich möchte, dass du mich noch mal küsst.«

»Und wenn ich will, dass du *mich* küsst?«

Wieder leckt sie sich die Lippen, legt ihre Hände auf meine Schulter und lässt sie dann meinen Nacken hinaufgleiten. »Ich nehme an, das wäre nur fair.«

»Es dreht sich nicht immer alles um Fairness.«

Sie lässt eine Gänsehaut über meinen Körper rieseln, als ihre Finger sich ihren Weg hinter meine Ohren und in mein Haar bahnen.

»Ich will dich küssen«, haucht sie.

Jahre – Jahre! – habe ich mir gewünscht, sie diese Worte zu mir sagen zu hören. Und da sind sie nun. Und ich weiß nicht, ob ich sie festhalten kann.

Scheiß drauf!

Wir haben diese Nacht.

Um morgen sorge ich mich, wenn es so weit ist. »So schwer war das jetzt nicht, oder?«

»Brave Mädchen sollten das nicht tun.«

»Scheiß drauf!«

Ihre Lippen öffnen sich zu einem breiten Lächeln, das in ihrer rechten Wange die Andeutung eines Grübchens zum Vorschein kommen und ihre blauen Augen strahlen lässt, auch wenn sie rauchig und schwer von Verlangen blicken, und … Fuck!

Laney zum Lächeln zu bringen ist berauschender als alles andere. Und ich habe schon so manches Abenteuer erlebt.

Ich stecke in Schwierigkeiten.

Ich stecke in verflucht großen Schwierigkeiten, weil ich sie so sehr begehre.

»Scheiß drauf«, stimmt sie mir zu.

Sie reckt sich auf die Zehenspitzen und zieht meinen Kopf zu sich hinunter, und dann leckt Laney Kingston, die geschniegelte und gestriegelte, bis obenhin zugeknöpfte Prinzessin von Snaggletooth Creek, über meine Lippen und schiebt mir ihre Zunge in den Mund.

Ganz ohne Kussvorspiel.

Tief und hart und drängend springt sie kopfüber ins Wasser. Ohne vorher zu messen, wie tief der Bach ist.

Und ihr die Führung zu überlassen ist das Schwerste, was ich jemals getan habe. Aber auch das Schärfste, das ich jemals getan habe.

Wer hätte gedacht, dass Laney Kingston so küssen würde, während sie mir in die Haare greift und uns so dreht, dass sie mit mir zurück zum Schlafzimmer gehen kann?

Ich dachte, ich war gestern, als sie sich im Auto an mir gerieben hat, erregt. Ich dachte, ich wäre so hart wie nie zuvor, als sie in der Küche mit beiden Händen meinen Schwanz massiert hat. Doch als Laney mich jetzt mit ihrem Körper, ihren Händen und ihrer Zunge dirigiert, werde ich dermaßen hart, dass es wehtut.

Auf die verflucht beste Art.

»Ich will dich ausziehen«, haucht sie an meinen Lippen.

»Was immer dir vorschwebt, Prinzessin.«

»Wir überlegen uns besser ein Safeword.«

Null Chance, dass ich mit Laney ein Safeword brauche. Sie hat meine Kätzchen gerettet. Sie kann mit mir anstellen, was sie will. »Deine Entscheidung.«

»Rumpelstilzchen.«

Ich lache schallend, kann nicht anders.

»Okay.« Um ihre dunklen, weiten Pupillen ist kaum noch ein blauer Kreis zu erkennen, ihr Atem kommt in kurzen Stößen, als sie mich durch die Tür zu unserem Schlafzimmer schiebt. »Zu lang. Bohnen. Unser Safeword sollte *Bohnen* sein.«

»Wirst du dich auch noch daran erinnern, wenn ich dich unter mir habe und vögele, bis du deinen Namen nicht mehr kennst?«

»Oh, mein Gott. Mehr. Mehr davon. Sag nur so schmutzige Sachen.«

»Verdien es dir und küss mich.«

Sie wimmert leise, dann stößt sie mich aufs Bett, setzt sich rittlings auf mich und küsst mich, als müsste sie ertrinken, wenn sie es nicht tut.

Vielleicht wird sie ertrinken.

Vielleicht wird sie unter dem Gewicht all ihrer Erwartungen ersticken, und ich bin am Ende der Einzige, der ihr noch zur Seite steht und sie drängt, ihr Leben beim Schopf zu packen.

Es liegt an mir, ob sie ihr Leben für andere lebt oder so, wie es will.

»Fass mich an, Theo«, keucht sie zwischen Küssen.

»Wo?«

Da richtet sie sich auf, reißt sich ihr Kleid vom Leib, verirrt sich dabei mit den Händen und bietet mir die sagenhafteste Aussicht auf ihre wippenden, rosigen Brüste.

Ich möchte sie halten. Daran saugen. Hineinbeißen. Und sie anbeten. Und es erfordert jeden Funken Selbstkontrolle – die ich nicht besitze –, meine Hände nicht von ihren Händen zu lösen und über ihre Brüste herzufallen.

»Brauchst du Hilfe?«, wimmert sie.

Scheiß drauf!

Ich beuge mich vor, fahre mit den Händen über ihre seidig-glatten Flanken und vergrabe das Gesicht zwischen ihren Brüsten, während ich blind an ihrem Kleid herumfummle, bis es verschwunden ist.

»Oh, mehr, bitte, *mehr*«, stöhnt sie, packt meinen Kopf und zieht ihn zwischen ihre hinreißenden prallen Brüste, während ich von ihnen koste.

»Mehr wovon, Laney?«

»Zieh mich aus. Fass mich an. Leck mich. Mach alles mit mir.« Sie windet sich auf meinem Schoß, bis ich bemerke, dass sie ihr Höschen abstreifen will.

»Wo soll ich dich lecken?«

»An den B…brüsten. Den Nippeln.«

»Ich mag deine großen Worte.«

Einen Moment, bevor ich eine ihrer Brustwarzen in meinen Mund sauge, lacht sie keuchend auf, dann hört sie auf zu lachen. Nun stöhnt und japst sie nur noch, stößt die Hüften, noch im Höschen, gegen meinen Schwanz, der noch in der Hose steckt, und drückt meinen Kopf an ihre Brust.

Ich kneife in die andere Brustwarze, auch wenn sie mich nicht darum gebeten hat, ich kann einfach nicht anders.

Ich liebe es zu hören, wie sie die Kontrolle verliert. Ich liebe es, sie dazu zu bringen, die Kontrolle zu verlieren. Und all das Schöne zu fühlen, das ihr Körper ihr zu geben vermag.

»Wie ... ich kann ... ich habe ... *mehr*«, stößt sie hervor.

»Mehr wovon, Laney?«

»Hände. Du brauchst dringend mehr Hände.«

Mehr Hände.

Ich hatte immer gedacht, wenn ich mal mit Laney Sex hätte, wäre es nur solider Hasssex.

Stattdessen muss ich an ihrem Nippel grinsen.

Ich schnalze mit der Zunge dagegen, und bei dem überirdischen Laut purer Lust, der nun aus ihrem Mund dringt, ziehen sich meine Hoden zusammen.

Ich will diese Frau. Ich will in ihr sein.

Ich will ... Ich *will* einfach.

Sie langt zwischen uns, lässt ihre Hand in meine Hose gleiten. »Ich will deinen Penis anfassen«, sagt sie. »Ich will deinen Penis in die Hand nehmen, wenn wir beide splitterfasernackt sind.«

»Sag mir, dass du mich mit deiner Hand zum Kommen bringen willst.«

Als sie erschauert, weiß ich nicht, ob es an meinen Worten liegt oder an dem Entsetzen darüber, dass solche Worte auch über ihre Lippen kommen könnten.

»Ja, ich will deinen Schwanz, und dann will ich, dass du mich vögelst, bis ich nicht mehr laufen kann.«

Himmel.

»Ich will auf deinem Schwanz kommen«, ächzt sie. »Ich will so hart kommen, dass ich dir den Blutfluss zu deinem … deinem … deinem Fleischgewehr abdrücke.«

Ich habe null Ahnung, was das für ein Laut ist, der mir jetzt entkommt. Und ich wusste nicht, dass man so dermaßen erregt sein kann, dass man das Gefühl hat, dass die Hoden auf links gedreht sind und sich gleichzeitig vor Lachen ausschütten will.

»*Fleischgewehr*. Oh, großer Gott, ich habe *Fleischgewehr* gesagt, was überhaupt nicht sexy ist, sondern … Uff!«

Ja. Mit einem Kuss bringe ich sie so was von zum Schweigen.

Mit einem langen, tiefen, feuchten, gründlichen Kuss, der mich um ein Haar vorzeitig kommen lässt – schon wieder! –, während sie in meine Arme zurücksinkt.

Ich drücke ihre Brüste, dann streiche ich mit den Händen über ihre Seiten, drehe uns herum und greife nach dem Saum ihres entzückenden rosa Slips, um ihn ihr auszuziehen.

Und als ich mich über sie wälze, habe ich mir auch meine Hose von den Beinen gezerrt.

Doch vorher hab ich das Kondom aus der Gesäßtasche gefischt.

»Theo«, keucht sie. »Ich will … ich will alles.«

»Willkommen im Leben, Laney.« Ich stemme mich auf die Knie, um mir das Kondom überzuziehen.

Sie ist so perfekt.

Natürlich, so ist Laney nun mal.

Aber es gefällt mir so. Mir gefällt die hinter hellbraunen Falten verborgene glatte, feuchte rosige Haut. Ihr Duft. Wie sie sich unverkennbar unter meinem Blick windet und trotzdem ihre Schenkel spreizt, damit ich besser sehen kann.

»Darf ich oben sein?«, flüstert sie.

»Rutsch rüber, Theo, hier hab ich das Sagen«, flüstere ich grinsend zurück.

Das Lächeln, das darauf auf ihren Lippen erblüht, bedeutet mir alles. »Rutsch rüber, Großer. In diesem Bett bin ich der Boss.«

»Hilf mir.«

Wilde Entschlossenheit flammt in ihren dunklen blau umringten Augen auf, und im nächsten Moment hat sie ihre Beine um meine Hüften gehakt und dreht und windet sich, bis sie rittlings über mir auf dem Bett thront.

Dann lässt sie sich auf mich sinken.

Ganz nah.

So nah.

Und ich kann immer noch nicht glauben, dass ich der Glückspilz bin, der in dieser Frau sein wird. Sie greift nach mir, bringt sich in Stellung bringt und senkt sich ganz auf mich herab.

Fuck.

Fuck!

Sie ist heiß. Feucht. Eng.

Ich muss die Zähne zusammenbeißen, um nicht sofort zu kommen, nur weil diese Frau mich tief in sich aufnimmt.

»Gut?«, flüstert sie.

»Du bist eine verdammte Göttin«, gebe ich leise zurück.

»Du bist so groß.« Sie windet sich, während sie ihr Becken hebt und wieder senkt. »Sorry, das klang jetzt …«

»… perfekt.« Ich hebe ihr meine Hüften entgegen und werde mit dem Anblick eines ihrer Augen belohnt, das sich schließt. Während sie das andere nach oben verdreht. »Heute Nacht gehöre ich dir. Mach mit mir, was immer sich gut für dich anfühlt.«

»*Du* fühlst dich gut an. Gott, du fühlst dich so gut an.«

Ihre Brüste hüpfen, als sie schneller wird, und … Fuck!

Mit dieser Frau fehlt es mir an Ausdauer.

Ich habe sie schon zu lange begehrt. Und geleugnet, sie zu begehren. Und ich glaube noch immer nicht, dass es Bestand haben wird.

Doch sie begehrt mich. Und ich kann ihrem Begehren unmöglich widerstehen.

Ich dränge mich ihr entgegen, während sie mich reitet, ihr Atem geht schneller und schneller, verzweifelt versuche ich, ihr alles zu geben, damit sie mich aufs Neue begehren wird.

Wieder.

Und wieder.

Auch wenn ich weiß, dass es enden wird. Dass wir einander ähnlicher sind, als sie oder ich hätten erwarten können, trotzdem bin ich nicht der Typ, den Delaney Kingston für alle Zeit will oder braucht.

»Du bist verflucht umwerfend«, versichere ich ihr und reize ihre Nippel.

Sie hat sich gegen meine Schultern gestemmt, ihre Finger graben sich in meine Haut, während sie schneller und schneller auf und ab federt, ihr Atem geht ebenso stoßweise wie meiner, ihre Augen schauen ins Leere, während die heißesten Laute über ihre Lippen kommen.

»Oh Gott, Theo, das ist so gut …«, stöhnt sie. »So … so … so …«

Ich kann nicht.

Ich kann mich absolut, eindeutig keine Minute länger zurückhalten.

Nicht, wenn mein Name über ihre Lippen kommt und sie meinen Schwanz umschließt und ihre umwerfenden Brüste in meinen Händen hüpfen.

Ich hatte einen Traum. Ich hatte einen *feuchten* Traum.

»Theo«, japst sie, und das war's.

Ich komme. Ich komme heftiger als jemals zuvor in meinem

Leben. Mein Magen krampft. Meine Hoden ziehen sich fast schmerzhaft zusammen.

Und dann stöhnt sie, als wollte sie ruhig bleiben, während ihre Muskeln meinen Schwanz eng und fest umschließen.

»Lass es raus, Laney.« Ich kann kaum noch sprechen. »Halt es nicht zurück.«

»So gut«, schreit sie. »Ich kann nicht aufhören.«

»Dann hör nicht auf.«

Fuck! Ich kann auch nicht aufhören. Und jedes Mal, wenn sie um mich pulsiert und sich zusammenzieht, glaube ich, sterben zu müssen.

Empfindungen.

Wonne.

Erlösung.

Schrecken.

Mein Orgasmus hält an, dermaßen gewaltig, dass ich meine Zehen nicht mehr spüre.

Und es ist mir egal.

Dafür, so tief in Laney zu sein, während die Sehnen an ihrem schlanken Hals sich straffen, als sie sich gegen meine Hüften presst und auf den Wellen ihres Höhepunkts reitet, und dafür, zu wissen, dass *ich* das vollbracht habe, dass sie mich gewollt hat, gebe ich gern meine Zehen. Und meine Finger.

Alles gebe ich, mein Herz und meinen Schwanz und alles andere, was sie begehrt.

Ich brauche es nicht mehr.

Ich brauche nur noch sie.

Leise stöhnend bricht sie auf mir zusammen, ihr Atem kitzelt mich im Genick, während mein Orgasmus schließlich mit einer Serie kleiner Nachbeben verebbt.

Ich bekomme keine Luft mehr.

Uninteressant.

Mich interessiert nur noch, meine Arme um sie zu schlingen, während sie ihrerseits nach Luft schnappt.

»Oh, mein Gott«, haucht sie.

»Das ist aber nicht das Safeword.«

Sie kichert.

Sie holt noch einmal scharf Luft, dann kichert sie abermals.

Und eine Sekunde lang schwöre ich bei Gott, ich werde es nicht überleben.

Was soll ich mich noch wegen morgen sorgen? So lange lebe ich gar nicht mehr. Ich werde hier und jetzt sterben.

Ich muss sie bitten, sich um meine Kätzchen zu kümmern, wenn ich nicht mehr bin.

»Stehst du auf Sex unter der Dusche?«, will sie wissen.

»Ich bin ein verfluchter Gott unter der Dusche.«

Das war ambitioniert, denn ich bin mir ziemlich sicher, mich niemals wieder regen zu können.

Meine Arme rutschen jetzt schon kraftlos von Laneys Rücken.

Sie sind nur mehr Nudeln. Schlaffe Spaghetti.

Ich hätte besser einen von den Tacos gegessen.

Aber das spielt keine Rolle, denn Laney kichert schon wieder.

Sie klingt so jung. So sorglos. So verflucht perfekt.

Aber auf gute Art perfekt.

Auf *glückliche* Art perfekt.

»Können wir das morgen ausprobieren?«, fragt sie.

Morgen.

Morgen kommen ihre Eltern hier an. Wird sie mich morgen noch wollen?

»Wir können morgen alles tun, was du willst, Prinzessin. Absolut alles.«

24. Kapitel

Laney

Ich habe keine Ahnung, wo ich bin, womöglich nicht einmal, wer ich bin, doch es ist mir egal, als ich allmählich wieder zu mir komme, ohne sagen zu können, ob ich fünf Minuten oder fünf Stunden geschlafen habe.

Ich bin zufrieden.

Bis in die Zehenspitzen.

Mein Körper ist ein dicker Klumpen Zufriedenheit. Mein Verstand gaukelt mir friedvolle Vorstellungen von Sonnenuntergängen am Strand inklusive sanft rauschender Brandung vor. Etwas vibriert behaglich an meiner Hüfte. Und ich rieche den sauberen Moschusduft nach Mann und spüre seinen Körper hinter mir an mich geschmiegt.

Theo.

Oh, mein Gott.

Ich hatte Sex mit Theo.

Und es war herrlich.

Großartig.

Erderschütternd und lebensverändernd.

Und er liegt noch immer mit mir im Bett.

Im Paradies.

Und was da, an meiner Hüfte zusammengerollt, schnurrt, ist eine Katze.

Das, flüstert meine Seele, *das ist es, was du die ganze Zeit vermisst hast.*

Ich hätte niemals damit gerechnet, ausgerechnet hier solchem Frieden und solcher Geborgenheit zu begegnen. Bei Theo. Aber es ist so.

Vergnügen? Ich habe seine Fähigkeit, sich immer und überall zu amüsieren, stets beneidet. Und ich habe jahrelang in vielerlei Hinsicht extrem unvorteilhaft über sein Verantwortungsgefühl gedacht und mich gleichzeitig nach etwas Spaß verzehrt.

Aber mir war nicht klar, dass er sich amüsieren *und* Augenblicke vollkommenen Friedens erleben konnte. Dass er jemals Ruhe finden würde.

Dass er in der einen Minute den Schalk von zehntausend Waldgeistern im Nacken hatte und mir in der nächsten die Tränen aus dem Gesicht wischen würde. Und dass ich es lieben könnte, dem rhythmischen Klang seines Atems zu lauschen, oder dass er mich im Schlaf halten würde … Oder dass es mir noch mehr gefallen könnte, dass sich sein dickes, hartes *Fleischgewehr* an meine Pobacken schmiegt.

Fleischgewehr.

Oh, mein Gott.

Das habe ich wirklich gesagt.

»Bohnen«, murmelt er in mein Haar.

Und noch mal OMG. Ich habe ihm gesagt, mein Safeword sei *Bohnen.*

Wer verwendet *Bohnen* als Safeword?

Was noch übler ist, wieso habe ich überhaupt geglaubt, eines zu benötigen, wo ich doch die Führung übernommen hatte?

Fessle mich und verbinde mir die Augen, Theo.

Das wäre es gewesen. Ich bin noch immer so was von langweilig.

»Bohnen«, sagt er noch einmal, lauter diesmal, und da begreife ich, dass er das Safeword verwendet.

»Willst … willst du, dass ich verschwinde?«, frage ich leise, fahles Morgenlicht dringt durch die Vorhänge.

»Stopp! Krallen … Aua!« Er nimmt seine Hand von meinem Busen und schlägt nach etwas. »Bohnen, Miss Doodles.«

Oh.

Die Katze.

Er verscheucht die Katze.

Ich kichere, als Miss Doodles empört vom Bett springt.

Jetzt schnauft er in mein Haar, richtet seinen Körper neu aus, sodass seine Erektion fester gegen meinen Hintern drückt, und legt seine Hand wieder auf meine Brust.

Ich beiße mir auf die Zunge.

Soll ich ihn fragen, wie er geschlafen hat? Oder ob ich irgendwas tun soll, um ihm Erleichterung bezüglich seiner Erektion zu verschaffen?

Hi, mein Name ist Laney, und mein Dirty Talk ist furchtbar lahm und mies.

Wahrscheinlich hat er längst vergessen, dass ich hier mit ihm im Bett liege.

Das gehört vermutlich zu den Dingen, die er so häufig macht, dass es ihm im Grunde egal ist, wer bei ihm liegt.

Aber ist das so?

Er hat mir gesagt, ich käme ihm nicht bloß gelegen. Hat er seine Meinung geändert, seit er mich im Bistro zum Höhepunkt brachte … oder als wir miteinander geschlafen haben?

Oder ist er wählerischer, mit wem er sich trifft, als ich dachte?

»Ich war vor einem Jahr fast so weit, mich zu verloben«, beschließt mein Verstand herauszuplatzen.

Theo gähnt. »Ich nehme an, du bist wach.«

»Und ich habe seitdem mit niemandem mehr geschlafen«, fährt mein Mund für mich fort.

»Logische Logik«, brummt er in meine Haare.

Er sagt mir nicht, ich soll den Mund halten.

Er windet sich nicht.

Er ergreift nicht die Flucht.

»Du hast recht, du hast mich für Sex mit jedem anderen Mann verdorben, also werde ich jetzt zu dem durchgeknallten Weib, das dich unbedingt wegen deines Penis heiraten will.«

Er gluckst vergnügt, wodurch sein Schwanz sich mehr in meiner Pofalte reibt, und – oh, mein Gott – ich frage mich, wie es wohl wäre, wenn er *dort* ....

Und ich seufze.

Denn ich bin keine Frau, die einen Kerl auffordert, zu versuchen, ob es mich anmacht, wenn er es mit meinem Hintern treibt, ich schaffe es ja nicht mal, ihm zu sagen, dass ich ihn mag, ohne dabei wie ein Vollpfosten zu klingen.

Doch dann küsst er mich auf die Schulter. »Bereust du es, Laney?«

»Nein«, flüstere ich. »Gar nicht.«

Er reagiert darauf nicht.

Und er küsst mich auch nicht wieder.

Er kneift nicht in meine Nippel, obwohl ich weiß, dass er es könnte.

»Machst du das immer so?« Ich zucke zusammen und wünsche mir, es wäre mir besser gelungen, die bloße Verletzlichkeit vor ihm zu verbergen, die meine Frage offenbart.

Er rührt sich nicht, kann also nicht noch regloser daliegen, aber ich schwöre, er tut es trotzdem. Irgendwie angespannter. Irgendwie irgendwas.

Hat er zu atmen aufgehört? Gehe ich ihm endgültig auf die Nerven?

»Nein«, antwortet er jetzt leise, bevor ich meine Frage zurücknehmen kann.

Aber mehr sagt er nicht.

Ich stehe besser mal auf.

Oder ich drehe mich um, kümmere mich um seine Erektion und frage ihn, was er von *Vergnügen* am Morgen hält.

Stattdessen denke ich, dass ich den Moment ruiniere. »Wieso nicht?«

»Weil manches etwas bedeutet.«

Mein Herz schlägt flatternd einen Purzelbaum. »Was bedeutet dir etwas?«

»Bist du nach dem Aufwachen immer so geschwätzig?«

»Nein.«

Da holt er tief Luft, rückt näher heran und zieht mich noch fester an sich, bis sein Kinn auf meiner Schulter ruht. Ich rege mich meinerseits und drücke seinen Unterarm an mich.

Und warte.

Wieder glaube ich nicht, dass er antworten wird. Aber selbst wenn er stumm bleibt, wenn er mir nicht antwortet – und mal ehrlich, warum sollte er? –, komme ich mir keineswegs ungelegen vor.

Oder als würde ich ihn nerven.

Oder als würde er sich zurückziehen.

»Warum nein?«, fragt er.

»Es ist ja nicht so, dass ich jemanden hätte, mit dem ich mich morgens unterhalten kann.«

»Zu dem Antrag, meine ich.«

Ich krümme mich.

Er fasst fester zu.

Nicht so fest, dass ich keine Luft mehr bekäme.

Eher so, als wollte er mir zeigen, dass er mich hält, dass ich geborgen bin.

»Weil ich ihn nicht mochte«, antworte ich leise. »Ich sollte ihn heiraten, und er war ganz okay – er hat mich nicht schlecht behandelt –, aber ich mochte ihn nicht. Meine Eltern haben ihn geliebt, deshalb dachte ich, mit mir würde irgendwas nicht stimmen, weil ich ihn nicht liebte. Dass ich ihn nur erst besser kennenlernen müsste, um das geheimnisvolle gewisse Etwas zu finden, das mir in unserer Beziehung fehlte. Aber als er dann anfing, von Heirat zu reden …«

Theo sagt kein Wort.

Er liegt nur hinter mir und atmet leise.

»Als mir klar wurde, dass ich mich mehr darum sorgte, meine Eltern zu enttäuschen, als darum, ob ich mit ihm glücklich werden könnte, wusste ich, dass er nicht der Richtige für mich war.«

»Es ist schwer, sich das einzugestehen.«

»Wieso fällt es mir so leicht, dir davon zu erzählen?«

»Ich war zu lange ein Arschloch, um noch über andere zu urteilen.«

»Ich finde nicht, dass du ein Arschloch bist.«

»Ich kann aber eines sein.«

»Bist du jetzt gerade ein Arschloch?«

»Nein.«

»Würdest du es mir sagen, wenn es so wäre?«

»Ja.«

»Würde Sabrina dich für ein Arschloch halten?«

Das entlockt ihm ein leises Glucksen. »Sabrina hält mich immer für ein Arschloch.«

»Nein, das ist nicht wahr.«

Er rührt sich hinter mir, und diesmal zieht er sich zurück.

Doch nur für den Moment, dann dreht er mich auf den Rücken und krabbelt über mich. Instinktiv spreize ich die Beine und stütze seine Hüften und seine eindrucksvolle Morgenerektion.

»Hi«, hauche ich, wie eine komplette Vollidiotin.

Seine braunen Augen mustern mich. Kein freches Grinsen. Kein Spott über mein peinliches *Hi* beim ersten Blick in sein Gesicht an diesem Morgen. Nur ein ganz und gar ernsterer Theo, als ich es ihm jemals zugetraut hätte. Nicht einmal in den seltensten Momenten.

»Ich mache nicht mit Frauen rum, die ich nicht mag.«

Mein Bauch kribbelt. Meine Nippel werden hart. Und meine Vagina beschließt, eigentlich gar nicht so müde zu sein.

»Ist das … ist das hier *Rummachen*?«

»Ich mag dich, Laney. Ich habe dich immer schon gemocht, selbst dann, als ich mich dafür gehasst habe. Nichts, was ich *jemals* getan habe, war mir so unheimlich wie das hier.«

»Ich will nicht unheimlich sein.«

»Du bist schon so zur Welt gekommen.«

»Ich will so nicht sein.«

Er kneift die Augen zusammen, doch um seine Lippen spielt ein Lächeln. »Du bist meine liebste Nervensäge.«

Ich schlinge meine Arme um seinen Hals und würde ihm gerne das Muster seiner Tattoos, so weit sie reichen, vom Schlüsselbein lecken. »Ich mag dich auch.«

Da geht eines seiner Augen auf, und … Oh, mein Herz.

Fürchtet Theo Monroe, ich könnte ihm wehtun? Dass ich nur mit ihm spiele? Dass dies nur eine Ferienliebschaft ist, ein Ausflug ins Abenteuer, etwas, woran ich mich abarbeiten muss, damit ich etwas erzählen kann, wenn ich wieder zu Hause bin, um einen totalen Langweiler zu heiraten, den meine Eltern gutheißen?

Er wirkt immer so immun gegen die Meinungen anderer.

Dabei sorgt er sich wirklich.

Er sorgt sich, was Emma sagt. Es kümmert ihn, was sein Vater denkt.

Und langsam wird mir klar, dass ihn auch kümmert, was *ich* denke.

»Ich hänge jetzt seit einem Jahr in dieser Warteschleife«, erkläre ich ihm, »und warte darauf, dass irgendwas Aufregendes passiert, und genau das ist mein Problem. Ich kann es nicht erwarten, endlich zu leben. Ich muss den Sprung wagen. Und ich habe keine Ahnung, wer ich sein werde, wenn ich lande, aber das finde ich nur heraus, wenn ich springe.«

»Und willst du springen?«

»Ich wollte immer schon springen, war aber nie so tapfer, mich den Konsequenzen zu stellen.«

»Fühlst du dich jetzt tapfer?«

Nickend streiche ich ihm das Haar aus der Stirn. »Sicher.« Ich nicke noch einmal.

Wieder mustert er mich, als könnte er nicht bloß in meine Seele, sondern auch meine Zukunft sehen.

Ich halte die Luft an. Warum, weiß ich nicht, aber es erscheint mir erforderlich. Als würde mir der Sprung von einer Klippe lediglich zeigen, von wie vielen ich sonst noch springen könnte.

Meine Mutter hat immer gesagt, dass es, wenn man springt, immer nur abwärtsgeht.

Aber ich denke, sie hat unrecht.

Ich denke, wenn man springt, tut man den ersten Schritt, um abheben zu können.

Und dann verschwindet Theos ernste Miene hinter dem breitesten, boshaftesten und atemberaubend herrlichsten Grinsen der Welt. »Gut.« Damit rutscht er von mir hinunter und erhebt sich im Morgenlicht, ohne das geringste Anzeichen von Schamhaftigkeit oder Unbehagen darüber, dass er nackt ist. »Gehen wir.«

»Gehen … wohin?«

Er wuchtet meinen Koffer aufs Bett, mit ihm erscheint eines der Strickherzen, auf die man überall in der Ferienanlage trifft, bückt sich und gewährt mir für eine kurze Sekunde die Aussicht auf seine spektakulär geformten Pobacken, bevor er sie unter seiner Boxershorts zum Verschwinden bringt.

»Es ist Zeit, tapfer zu sein, Laney.«

»Aber … aber …« Ich bekomme die Worte: *Aber haben wir denn keinen Morgensex?,* nicht über die Lippen, stattdessen wedle ich mit einer Hand demonstrativ vor meinen nackten Brüsten herum.

Sein Grinsen wird doch heißer. »Nur gute Mädchen, die sich ihren Ängsten stellen, bekommen mehr Orgasmen.«

Mein Herz trippelt und trappelt.

Diesem Theo könnte ich glatt verfallen.

Mit Herz und Seele und … allem.

Ich könnte allerdings auch hart aufschlagen. Aber was, wenn nicht?

Das finde ich nur auf eine Weise heraus.

Wenn ich alles auf eine Karte setze.

25. Kapitel

Theo

»Oh, mein Gott, wir fliegen!«

Ich schaue Laney auf dem Sitz neben mir unter dem Gleitschirm grinsend an, als wir über dem Meer höher und höher aufsteigen. Ihre Augen sind riesengroß. Aber den Bruchteil einer Sekunde nach ihrem schrillen Ausruf wirft sie den Kopf zurück und lacht. »Wir fliegen!«

Unter uns brandet der Ozean strahlend blau an den meilenweiten Strand, und immer mehr wird sichtbar, je höher wir steigen. Palmen. Schwarze Lavagesteinsfelder. Der über die Insel wachende Vulkan. Vor langsam treibenden Wolken.

Das Boot, das uns zieht, teilt das Wasser zu einer weißen Spur hinter sich, während wir an Höhe gewinnen.

Und Laney lacht erneut. »Das ist der Wahnsinn!«

»Das ist pures *Vergnügen.*«

Sie sieht mich mit funkelnden Augen an. »Es ist der *Wahnsinn.*«

»Gefällt es dir?«

»Kommt auf den Augenblick an.«

Ihre Haare flattern um ihren Kopf, doch sie lässt die Stange nicht los, um sie zurückzustreichen. »Machst du so etwas dauernd?«

»So oft wie möglich.«

»Es ist so schön hier oben. Man kann in alle Ewigkeit gucken. Wie von einem Berggipfel.«

»Bloß ein bisschen wärmer.«

Wieder lacht sie.

Und es ist umwerfend.

Die Röte, die ihr in die Wangen steigt. Die wild zerzausten Haare. Der Badeanzug unter der Rettungsweste.

Dieses Lächeln.

Ich möchte dieses Lächeln für den Rest meines Lebens auf ihr Gesicht zaubern.

Nicht, dass ich mir über ihren Platz in meiner Zukunft irgendwas vormachen würde. Später am Tag werden ihre Eltern hier eintreffen. Ganz gleich, wie sehr sie sich vorstellen kann, ihr Leben nicht für ihre Eltern zu leben, mich wird sie ihnen gewiss nicht vorziehen.

Und selbst wenn, in dem Moment, in dem sie von meiner Nebentätigkeit bei *GrippaPeen* erfährt, wird es heißen: *Du kannst so was nicht machen und mit mir zusammen sein. Du musst dich zwischen deiner Nebentätigkeit und mir entscheiden.*

Wenn es nicht sogar ein klarer Fall von *Ich kann nicht glauben, dass ich mit einem Pornostar geschlafen habe,* samt einer Überdosis Entsetzen, sein wird.

Beides wäre ein Mordanschlag auf jede Beziehung und ist ein Hauptgrund, warum ich mich immer seltener mit Frauen getroffen habe, seit mein Kanal eine größere Reichweite hat.

Aber ich habe den heutigen Tag. Diesen Moment. Und ich kann ihr etwas geben, was sie nirgendwo sonst finden wird.

Einen vergnüglichen Morgen. Weitere sexuelle Höhepunkte. Das komplette Theo-Monroe-Programm vom Feinsten.

»Theo. Schau.« Sie deutet auf die Wasseroberfläche hinunter, unter der sich ein gewaltiger dunkler Umriss bewegt. »Ist das ein Wal?«

Ich lege einen Arm um sie und beuge mich so weit, wie ich es auf unserem Gleitschirmsitz vermag, zu ihr hinüber und schaue ebenfalls. »Weiß nicht.«

Der Schatten wird größer und dunkler, und dann …

»Es ist einer!«, schreit sie, als aus dem Meer eine Wasserfontäne aufsteigt. Im nächsten Moment erkennen wir die Schwanzflosse, die ausschlägt und dann wieder unter Wasser verschwindet. »Ich habe noch nie einen Wal gesehen.«

»Noch nie?«

Sie schüttelt den Kopf. »Du?«

»Ich bin nicht viel rumgekommen.«

»Dann teilen wir ein erstes Mal.« Sie lächelt mich an, dann steckt sie sich eine wild flatternde Locke hinters Ohr. Der Pferdeschwanz, zu dem sie ihr Haar vorhin gebunden hat, bewirkt nicht viel, um ihre Augen vor den Ausreißern zu bewahren. »Wo ich auch war auf der Welt, die ausgetretenen Pfade habe ich nie verlassen. Immer nur Museen und Sehenswürdigkeiten und organisierte Ausflüge. Aber du hast zu Hause bestimmt Sachen erlebt, von denen ich nicht mal träumen könnte.«

»Bist du schon mal mit dem Rucksack gewandert? Hast du schon mal unter Sternen geschlafen?«

Wieder schüttelt sie den Kopf.

»Möchtest du?«

»Im Schnee?«

»Können wir machen.«

»Das ist …« Sie fällt sich lachend selbst ins Wort. »Abenteuerlich.«

»Verrückt?«

»Ich sagte *abenteuerlich*.«

»Das war aber nicht das, was du sagen wolltest.«

»Entschuldigung. Wenn ich dich nicht *verrückt* nenne, kannst du mich nicht *langweilig* nennen.«

Ich beuge mich vor und küsse ihr Lächeln.

Ich kann nicht anders.

So viele Jahre habe ich mir gewünscht, sie würde mich so anlächeln, und nun besteht nicht mehr der geringste Zweifel daran, dass ihr Lächeln nur mir gehört.

Hier oben ist niemand sonst, den sie so anlächeln könnte.

Und als sie meine Wangen in ihre Hände nimmt und den Kuss erwidert, hundertfünfzig Meter über dem Meer, furchtlos, sorglos, achtlos …

… gehen meine sämtlichen Wünsche in Erfüllung.

»Bis du schon mal Fallschirm gesprungen?«, will sie wissen.

»Nee.«

»Nein?«

»Würde ich auch nicht.«

»Warum nicht?«

»Weil Emma mich gebeten hat, es nicht zu tun.«

Sie neigt den Kopf und sieht mich neugierig an, inzwischen so mutig, dass sie beide Hände von der Stange nimmt. Mit einer versucht sie weiter, ihr Haar zu bändigen.

Die andere landet auf meinem Oberschenkel.

Es ist schön, es Laney nicht erklären zu müssen.

Ich bin mir ziemlich sicher, sie weiß, dass Emma auf dem College bei einem Fallschirmunfall eine Freundin verloren hat.

»Das hier ist anders, oder?«, fragt sie.

»Man weiß vorher, dass der Schirm funktioniert.«

»Wirst du ihr davon erzählen?«

»Wenn sie mich fragt.« Ich lege meine Hand auf Laneys.

Sie zieht sie nicht weg.

Stattdessen kehrt sie ihre Hand um und verschränkt unsere Finger ineinander.

Als wäre das alles real.

Als wäre es etwas Ernstes.

Komm mal wieder runter, sage ich meinem Herzen.

Doch das Scheißding hört nicht auf mich.

Vor allem, weil sie wieder kreischt. »Vier Wale! Guck! Vier von ihnen!«

»Willst du mit ihnen schwimmen?«

»Oh nein, das könnte ich nicht. Das ist *ihr* Wasser. Wir sollten es ihnen überlassen.«

Ich schaue sie von der Seite an.

Sie lächelt breiter. »Das ist keine Ausrede. Es ist meine Meinung. Aber mit Delfinen würde ich schwimmen.«

»Und womit noch?«

»Stachelrochen? Andererseits, das haben wir schon mal in einer Anlage in der Karibik gemacht. *Stopp!* Mach nicht so ein Gesicht, du kennst meine Herkunft.«

»Und welche Abenteuer stehen noch auf deiner Wunschliste?«

»Mit einem Heißluftballon fahren.«

Kein Zögern. Null.

»Wird gemacht«, sage ich. »Du. Ich. Heißluftballon. In Denver. Nächste Woche.«

»Nicht vor Juni. Und komm mir gar nicht erst mit *Das macht keinen Spaß, Laney, lebe mal ein bisschen*. Ich weigere mich, Angst zu haben *und* zu frieren *und* so nah an den Bergen unberechenbaren Winterstürmen ausgesetzt zu sein.«

Offenbar hat sie sich über Heißluftballons schlaugemacht. Bezaubernd. Das gefällt mir. Das ist so Laney.

»Also im Juni«, nicke ich. »Was noch?«

»Zipline.«

»Kommt auf die Liste.«

»Warst du schon mal auf einer Zipline?«

»Yep.«

Sie zieht die Nase kraus. »Natürlich warst du schon mal …

Bestimmt auch Bungee-Jumping. Und auch so ziemlich alles, was mir in den Sinn kommt, außer vielleicht der Heißluftballon. Moment. Bist du auch schon mal mit einem Heißluftballon gefahren?«

Ich lache. »Nein, das ist etwas, das ich noch nie gemacht habe.«

»Was hast du sonst noch nie gemacht?«

Ich schaue über den Ozean. Ich liebe die Aussicht von hier oben. Eröffnet einem wirklich Perspektiven. »Nicht viel.«

»Aber etwas fehlt noch auf deiner Liste?«

In der Tat.

Etwas Großes.

»Theo?«

Ich stoße den angehaltenen Atem aus.

Hier bin ich, verschaffe Laney das Abenteuer ihres Lebens und fürchte mich davor, ihr zu verraten, was auf meiner eigenen Liste Furcht einflößender Dinge ganz oben steht.

Aber das ist für uns nicht drin, oder?

»Ich möchte mich verlieben.«

Sie macht große Augen, und ihre Lippen formen ein kleines *O*, als hätte sie nicht damit gerechnet, dass ich diese Richtung einschlage.

Habe ich aber. Und nun liegen die Karten auf dem Tisch. Ich sehe ihr unverwandt in die Augen. »Nicht auf unbeschwerte Weise. Nicht so wie Emma, wie auch immer es für sie sein mag. Es ist jedenfalls, was sie sich gewünscht hat, fein, aber ich will *mehr*. Ich will *ekstatische* Liebe. *Bewusste* Liebe. Eine Liebe, die der Grund meines Daseins ist. Ich will eine Liebe, die dem Leben Sinn verleiht, und ich will eine Liebe, die den Wunsch in mir weckt, ein besserer Mensch zu sein. Scheiß auf *unbeschwert*. Scheiß auf *sorglos*. Scheiß auf *sesshaft*. Ich will alles.«

Sie zuckt nicht mit der Wimper.

Sie wendet nicht den Blick ab.

Sie blickt mich nur an und hört zu.

Aufmerksam.

Sehnsüchtig?

Fühlt sie es? Versteht sie es? Will sie auch *alles*?

»Das hört sich Furcht einflößend an«, bemerkt sie leise.

»Ich weiß, aber so ist es richtig.«

Etwas zieht an der Leine.

Ich schaue nach unten zum Boot und winke.

Der Captain holt uns rein.

Laney sagt nichts während des Abstiegs.

Sie ist freundlich zu dem Captain, als er uns wieder an Bord hilft, uns zur Küste zurückbringt und uns schließlich am Anlegesteg absetzt.

Wir müssen zurück zur Ferienanlage.

Das ist mir klar.

Dort warten mehr Hochzeitsunternehmungen. Die Brautparty oder sonst was später am Vormittag.

Nicht, dass ich noch ein Geschenk hätte.

Ich könnte einen Abstecher in den Geschenkeladen machen, doch mir ist nicht danach.

Ich komme besser mit leeren Händen als mit irgendwas, das Chandler wieder für daneben hält.

Als wir den Steg hinter uns lassen, Laney sich etwas übergezogen hat und wir den Rückweg antreten, legt sie ihre Hand in meine. »Du bringst mich dazu, lebendiger werden zu wollen«, flüstert sie.

Hier.

Sie möchte *hier* lebendiger sein.

Aber könnte ich diesen Wunsch auch zu Hause in ihr wecken? Gehören *Dates mit einem Online-Pornostar* zu ihrer Vorstellung vom Leben? Würde sie für mich einen derart großen Sprung wagen?

Ich drücke ihre Hand. »Und du bringst mich dazu, unanständig sein zu wollen.«

Sie lacht.

Und dann macht sie, was ich Laney als Allerletztes zugetraut hätte, sie zieht mich hinter eine Hauswand und küsst mich.

Und zieht mich noch weiter hinter das Gebäude zu einem kleinen, umzäunten Garten.

Wo sie mich tiefer küsst.

Und die Hand in meine Hose schiebt und mich streichelt.

Und dann geht sie in die Knie.

Im Freien.

Wo alle Welt vorbeikommen und uns sehen könnte.

Und dann leckt sie meinen Schwanz, nimmt ihn in den Mund, streicht mit der Zunge darüber und nimmt ihn so tief, dass ich nach Luft schnappe.

Sterbe.

Und komme.

Gewaltig in ihren Hals komme.

Hier und jetzt. In aller Öffentlichkeit.

Fuck.

Ich mag diese Laney Kingston.

Ich mag sie *sehr*.

Und es wird höllisch wehtun, wenn es vorbei ist.

26. Kapitel

Laney

Fühlt es sich so an, aufgewacht zu sein?

Ich fühle mich *beschwingt*.

Ich träume nicht mehr nur davon, frei zu sein, ich fühle mich wahrhaftig frei. Als würde ich genügen. Als würde ich verstanden und akzeptiert werden und als wäre ich unvollkommen und würde für meine Unvollkommenheit gefeiert werden.

Als wüsste ich endlich, was dieses *Etwas* ist, das ich mir gewünscht, das in Worte zu fassen ich mich jedoch gefürchtet hatte.

Aber ich musste es gar nicht in Worte fassen, das hat Theo für mich übernommen.

Und es ist nicht *falsch*. Es ist dermaßen richtig, dass es wehtut, allerdings auf eine gute Art.

Ich wünsche mir, dass mein ganzer Daseinszweck darin besteht, einen Menschen mit allem, was ich habe, zu lieben. Scheiß auf unbeschwert. Ich will eine Liebe, die viel mehr ist als das.

Es ist so einfach und zugleich so alles.

Bedeutung.

Ich wünsche mir *Bedeutung*. Einen Lebenszweck. Nicht nur in meinem Arbeitsleben, auch ganz privat.

»Hier entlang.« Ich ziehe an seiner Hand, als wir uns aus dem Winkel schleichen, in dem ich ihm einen Orgasmus verschafft habe, dann ziehe ich ihn zu einem kleinen Restaurant mit einem *Open*-Schild im Fenster. Es ist wunderschön, eine niedliche kleine Hütte, und im Fenster hängt noch ein Schild, das verkündet, dass es hier den besten Bacon auf der ganzen Insel gibt.

Theo leistet Widerstand.

Ich achte nicht darauf.

Ich habe seinen Magen schon in dem Moment knurren hören, als wir vom Boot gestiegen sind. Und dann noch einmal, bevor ich ihn vom Weg zerrte. Und auch jetzt wieder, obwohl er sich wehrt.

»Wir gehen besser zurück«, sagt er.

»Wir sind mit dem Gleitschirm geflogen, und es ist nichts schiefgegangen. Wir folgen unserer Glückssträhne, und ich füttere dich mit Bacon, weil mich das anmachen wird.«

Er wimmert.

Ernsthaft, er wimmert.

Da bleibe ich stehen, wende mich ihm zu und … Oh, mein Gott.

Ich dachte, er sieht mich an, als würde er sich verlieben.

Mitnichten.

Noch mal von vorn, Laney.

Du bist eben kein Teller Bacon.

Ich tätschle ihm den Hintern. »Das hast du dir verdient. Gehen wir.«

»Ich kann nicht.«

»Wieso nicht?«

Er gibt einen frustrierten Laut von sich, zeigt auf seine Bauchmuskeln und blickt dabei in den blauen Himmel hinauf.

Ich bringe es rasch hinter mich, ihm das Hemd zuzuknöpfen, betrübt darüber, seine Haut samt Tätowierungen unter dem schrillen Hawaiihemd verschwinden zu sehen. »So, jetzt taugst du dazu, da hineinzugehen.«

Seine Lippen werden schmal, und er versucht, mich finster anzustarren.

Ich grinse.

Er ist so befriedigt, dass er nicht mal wütend auf mich sein kann. »Ich meinte, ich muss gut aussehen, Laney.«

»Ich mache ein Foto von dir, wie du den Schinken verputzt. Du wirst super aussehen.«

»Das ist nicht … Ach, was soll's?«

Da macht es klick bei mir. »Oh, mein Gott. *Oh, mein Gott!* Du bist ein Model!«

Er schließt kurz die Augen.

»Ich meine, es ist mir egal, was du machst, aber wie es scheint, isst du nicht genug, und …«

»Es ist nur nebenbei«, sagt er.

»Das ergibt Sinn. Es ist wahrscheinlich ganz ähnlich, wie Schauspieler zu sein, stimmt's? Nichts, was man jeden Tag macht, weil man gecastet werden muss? Was hast du …? Wo könnte ich dich …?« Ich unterbreche mich mit einem Kreischen. Wedle mit den Händen. Schüttle den Kopf. »Egal. Egal, das Einzige, worauf es bei einer Arbeit ankommt, ist, dass sie Spaß macht. Und wenn du darüber reden willst, redest du halt darüber.«

»Ich will nicht darüber reden.«

»Das verstehe ich. Wahrscheinlich ist es etwas, worauf die Leute, ähm … so reagieren wie ich jetzt?« Ich bin so eine Idiotin, und ich muss zu quasseln aufhören.

Doch einer seiner Mundwinkel zuckt, als wäre er amüsiert.

Nicht total amüsiert.

Aber ein bisschen. Die Frau im Vorzimmer des Arztes.

Natürlich.

Sie hat ihn erkannt, weil er ein Model ist.

Wieder knurrt sein Magen.

Ich sehe ihn streng wie eine Bibliothekarin an, auch wenn ich ihn viel lieber googeln würde, um nachzusehen, was genau er macht. Also, eigentlich jetzt.

»Fuck, das ist heiß«, brummt er. »Okay, okay, gehen wir Bacon essen.«

Ich klatsche quiekend in die Hände – sogar Models müssen essen, oder etwa nicht?

Zehn Minuten später sitzen wir vor zwei Tassen Kaffee und einem Teller Bacon, während wir auf Ananaspfannkuchen und Loco Moco warten, das man anscheinend auf Hawaii zum Frühstück isst, und ich habe kategorisch erklärt, dass wir das probieren müssen, wenn wir schon mal hier sind.

Theo beäugt den Bacon.

Ich nehme mir ein Stück und beiße hinein, und … OMG.

Liegt es daran, dass ich hier im Paradies bin? Liegt es an den Nachwirkungen multipler Orgasmen und des Gleitschirmflugs? Oder daran, dass ich mit Theo hier bin? Oder verspeise ich gerade den köstlichsten Bacon meines gesamten Lebens? Salzig, aber auch ein kleines bisschen süß und knusprig auf den Punkt. Ich ziehe einfach hierher und wohne in der Küche, in der Theo Cookies mit Schokosplittern für mich backt, und der Koch dieses Restaurants hier wird mir Bacon brutzeln, und ich werde alle Menschen von ganzem Herzen lieben, und das Leben wird vollkommen sein.

»Du stirbst für Bacon, hm?«, will Theo wissen.

»Mm…hm.«

Wenn ich mir den Teller nehmen und behaupten würde, alles wäre nur für mich, würde ihn das anstacheln, sich ein Stück zu nehmen?

Moment mal, wieso sind da zwei Theos? Ich habe nicht mal zwei Theos gesehen, als ich sturzbetrunken war.

Oha.

Ich schiele offenbar schon, weil dieser Bacon so perfekt ist. »Du solltest definitiv nichts davon essen«, teile ich ihm mit. »Es schmeckt furchtbar. Du würdest es hassen.«

Er lacht. Er lacht über meinen altväterlichen Scherz.

Ich greife mir den Teller und schlinge meine Arme darum. »Du kannst den Rest vom Frühstück haben.«

»Psychospielchen?« Der Blick seiner Augen wird wärmer.

Nein, heißer. Und dann lächelt er sein Lächeln auf eine Weise, die garantiert, dass ich diesen Bacon komplett vergesse.

Und dieser Bacon ist fucking umwerfend.

»Nein«, lüge ich. »Ich will bloß alles für mich allein. Sorry, ich dachte, uns würde etwas verbinden, aber jetzt werde ich stattdessen mit diesem Bacon durchbrennen.«

Er lacht leise.

Und ich muss lächeln.

Ich habe Theo zum Lachen gebracht. Schon wieder. Wenn man bedenkt, wie viele Jahre er mich *Prinzessin Plainy-Laney* genannt hat, ist es ein süßer Triumph, den Mann, der in unserer Heimatstadt das Thema Spaß praktisch neu definiert hat, auf irgendeine Art zu amüsieren.

Ich nehme ein Stück Bacon und streiche damit über meine Lippen, und ich muss mich nicht sonderlich verstellen, als ich langsam die Augen schließe und anerkennend stöhne.

»Mach das noch mal«, ächzt Theo heiser.

»Erst wenn du ein Stück davon nimmst und ich sehe, wie du das Gleiche damit machst.«

»Ich hasse Bacon.«

»Theo Monroe, du magst vieles sein, aber ein Lügner bist du nicht. Fang jetzt nicht damit an.«

Er schluckt sichtlich.

Ich lasse meine Zunge vorschnellen und lecke am Schinken.

Hölle und Teufel.

Gott, ist der gut.

Man bringt uns noch einen Teller. Und sechs weitere zum Mitnehmen.

Er grummelt leise, langt über den Tisch, schnappt sich ein Stück Bacon und schiebt es sich komplett in den Mund.

Und dann knurrt er erneut.

Dieses Mal wild und sinnlich und hoffnungslos …

»Heilige Scheiße«, raunt er.

Seine Lider senken sich, und er kaut langsamer, als würde er es genießen.

Worauf jede einzelne Zelle meines Körpers sich erhitzt und unruhig wird.

Meine Haut steht in Flammen. Meine Vagina pulsiert geradezu. Meine Klitoris schwillt an. Meine Nippel werden hart. Meine Brüste schmerzen. Meine Lippen und meine Zunge wollen über ihn herfallen. Ich kann den Blick nicht von ihm wenden, als er leise wimmert und sich den Mund abwischt, als könnte der Geschmack so länger andauern – oder als wollte er das Erlebnis mit noch mehr Bestandteilen seiner selbst teilen.

Was mich sogar bis in die Haarwurzeln erregt.

Es ist der Wahnsinn zu beobachten, wie ein heißer, tätowierter Gott von einem Mann durch den Bacon zu einem wimmernden Häuflein Verlangen wird, während er mit der freien Hand über den Tisch langt und mein Handgelenk umfasst.

Ich werde danach nie wieder dieselbe sein.

»Fass. Diesen. Schinken. Nicht. An!«, befiehlt er mir.

Ich klemme die Schenkel zusammen, die alte Laney in mir zischt: *Die werden euch rauswerfen, wenn ihr beide hier am Tisch zum Höhepunkt kommt*, aber die neue Laney stellt ihre verklemmte Version in die Ecke.

»Meinst du den hier?« Ich streiche mit der freien Hand darüber.

Er schluckt, stöhnt und rutscht dann mit seinem Stuhl um den viereckigen Restauranttisch, bis er so dicht neben mir sitzt, dass unsere Schenkel sich berühren. Er legt einen Arm um meinen Rücken und hebt dann das verbliebene Stück Bacon auf. »Nur ein Bissen«, sagt er und berührt damit meine Lippen.

»Ein *großer* Bissen?« Ich spüre, dass ich spreche, höre aber die Stimme von Marilyn Monroe aus meinem Mund kommen.

»Ein kleiner. Der einzige große Bissen, den du heute noch kriegst, bin ich.«

Ich bin so feucht, dass ich mein Höschen wechseln muss. Und es ist mir ziemlich egal.

Ich teile meine Lippen und lasse mich von ihm mit Schinken füttern, lecke aber über die ganze Unterseite, bevor ich die Spitze abbeiße.

»Die ungezogene Laney ist mir die liebste«, sagt er mit rauer Stimme. »Das musste ich noch loswerden, ehe meine Erektion und der Schinken, den du mir verabreichst, mich umbringen.«

»Du bist dran.« Ich greife nach seiner Hand und führe den Bacon zu seinem Mund.

Seine Augen schließen sich, während er nun seinerseits daran leckt und ein Stück abbeißt.

Ein viel größeres Stück, als ich abgebissen habe.

Aber das stört mich nicht. Nicht, wenn er so tut, als hätte er seit Monaten nichts gegessen.

»Der Theo, der wegen mir erregt ist, und Bacon sind mir das Liebste«, hauche ich, während ich die Nase an seinem Ohr reibe.

»Ich bin erst vor zehn Minuten gekommen«, brummt er um den Schinken.

»Das ist mir bewusst.«

»Fuck. Wer bist du?«

»Ich weiß nicht, aber es gefällt mir, es herauszufinden. »Willst du noch mal knabbern?«

Sein Blick fällt auf meinen Busen.

Dann tiefer.

Etwas tief in mir pulsiert erneut, weil ich weiß, dass er sich vorstellt, an mir zu knabbern.

»Pfannkuchen und Loco Moco«, verkündet unsere Bedienung, und wir fahren beide zusammen.

»Und mehr Schinken«, platze ich stotternd heraus.

Die Frau grinst.

»Vier Teller«, sagt Theo.

Seine Stimme klingt belegt und heiser und rau, und unsere Bedienung hält inne, um ihn mit einem Auge anzublinzeln. »Sind Sie zum ersten Mal hier?«

Seine Ohren laufen rot an.

Nicht bloß rosa.

Rot.

»Ja«, antwortet er.

»Sie kommen mir bekannt vor.«

Oh, mein Gott.

Er ist eine Berühmtheit auf Hawaii. Theo ist auf Hawaii ein berühmtes Model.

Und es bereitet ihm unübersehbar Unbehagen. »Ich hab ein Dutzendgesicht«, sagt er, ohne sie anzusehen. Oder mich.

»Nein, ich glaube, das ist es nicht. Aber Sie kommen mir irgendwie bekannt vor.«

Komisch. Andererseits leidet er unübersehbar, also eile ich dem armen Kerl zu Hilfe. »Mir erscheint er andauernd in meinen Träumen«, sage ich.

Theo reißt die Augen weit auf, sein Kopf fährt zu mir herum, und er blickt mich an, dann lässt er den Kopf sinken, lacht und macht sich wie ein Verhungernder über das Frühstück her.

»Er wurde unlängst aus dem Gefängnis entlassen«, füge ich

leise hinzu. »Wir waren Brieffreunde. Wir sehen uns heute zum ersten Mal.«

Sie blickt zuerst mich an.

Dann ihn.

Ich streiche über seinen Arm. »Nicht übel für Knast-Tattoos, nicht?«

Er schnaubt über seinem Pfannkuchen und schaufelt ihn dann stöhnend in seinen Mund.

Die Bedienung starrt seinen Arm an. »Stimmt wahrscheinlich, er muss wohl ein Dutzendgesicht haben«, sagt sie schließlich. »Noch Kaffee?«

»Und Schinken, bitte.« Ich schenke ihr mein schönstes *Braves-Mädchen*-Lächeln.

Sie nickt und geht zurück zur Küche, wobei sie uns über die Schulter Blicke zuwirft.

»Du ruinierst mich, Laney«, sagt Theo, während er seinen Pfannkuchen verschlingt.

»Eine Mahlzeit wird dich schon nicht ruinieren, und obwohl ich es hasse, wenn mir Leute sagen, was ich essen soll und was nicht, werde ich dir trotzdem weiter sagen, dass du dringend etwas essen musst. Und darüber hinaus verdienst du es, dann und wann mal eine Mahlzeit zu genießen, besonders nach dem ganzen Stress diese Woche.«

Ich glaube, er hört kein Wort von dem, was ich sage, während er die Pfannkuchen verschlingt. Aber er zögert kurz, blinzelt und stopft sich dann die nächste Gabel in den Mund. »Sind die so gut, wie ich glaube?«

Ich kaue gemächlich, dann lasse ich ihn mein schönstes *Ungezogene-Laney*-Grinsen sehen. »Ich mache bessere.«

»Fuck«, brummt er abermals.

»Komm doch mal vorbei, wenn wir zurück sind. Dann zeige ich es dir.«

Sein Blick hebt sich zu meinem.

Und bleibt dort.

Diesmal guckt er nicht wie ein Reh im Scheinwerferlicht.

Sondern so, als wollte er sagen: *Verarsch mich nicht.* Als wollte er sagen: *Ich habe dich immer gemocht, aber* das *habe ich nie für möglich gehalten.* Oder: *Ich habe dir gesagt, was ich mir von einer Beziehung erwarte.*

»Wir können auch versuchen, das Geheimnis des magischen Bacons zu lüften«, flüstere ich.

Er starrt mich weiter an, als wäre nicht er es gewesen, der noch vor einer Stunde oder so zu mir gesagt hat, dass er mit mir im Heißluftballon fahren würde, wenn wir wieder daheim sind. »Du wirst vieles an mir nicht mögen, wenn wir uns näher kennenlernen.«

»Das ist eine ziemlich weitreichende Unterstellung. Ich dachte, ich hätte deutlich gemacht, dass ich Perfektion für Bockmist halte und dass ich nicht länger *Prinzessin Plainy-Laney* sein will.«

Er zuckt zusammen, als würde es ihn schmerzen, dass er mich sein ganzes Leben so genannt hat. »Machst du dir keine Sorgen, was Emma davon halten wird?«

»Emma betet dich an.«

»Oder was deine Eltern sagen werden?«

»Ich kann nicht für meine Eltern leben. Und wenn sie das von mir erwarten …« *Dann liegt ein schwerer Weg vor mir.*

Aber mein Weg wird sowieso schwer sein. Das weiß ich seit einem Jahr, und seitdem warte ich ungeduldig darauf, nicht länger in Furcht leben zu müssen.

Scheiß auf die Angst.

Zur Hölle mit der Angst.

Seine braunen Augen mustern mich, als wüsste er so viel mehr über das Leben, als ich mir auch nur ansatzweise vorstellen kann. Als wüsste er, was auf mich zukommt, weil ich mich entschieden habe, mein Wohl über die Erwartungen meiner Eltern zu stellen. Als würde er erkennen, in welche unerwarteten Richtungen meine Zukunft sich entwickeln könnte. Und als könnte er mich an seinen schmerzhaft erworbenen Weisheiten teilhaben lassen, wüsste aber, dass ich mich alldem fürs Erste selbst stellen muss, um mich wirklich von der Frau, die ich einmal war, in die zu verwandeln, die ich sein will.

Einer seiner Mundwinkel verzieht sich zu einem Lächeln. »Gut für dich.«

Einmal mehr frage ich mich, wer dieser Mann ist. Weil ich das Gefühl habe, nicht nur neben demselben Mann zu sitzen, der mir letzte Nacht den Orgasmus meines Lebens beschert hat.

Eher habe ich den Eindruck, neben einem Lebensberater zu sitzen. Oder neben einem Therapeuten. Oder doch wenigstens neben jemandem, der die Welt so viel besser durchschaut, als eine wohlbehütete Frau wie ich es auch nur ansatzweise vermag.

Nun verdrückt er vor meinen Augen die Pfannkuchen, dann schnappt er sich den Teller Loco Moco, eine Art Frühstückshamburger mit Ei und allem Pipapo.

Und er isst.

Und stöhnt.

Und isst weiter.

Und stöhnt.

Und füttert mich, bis ich pappsatt bin.

Dann isst er noch mehr, bis er sich schließlich gegen seine Stuhllehne zurücksinken und langsam seine Augen zufallen lässt und eine Hand auf seinen Bauch legt.

Ich drücke seinen Oberschenkel. »Glücklich?«, frage ich leise.

»Das werde ich später umso mehr bereuen.«

»Aber bist du *jetzt* glücklich?«

Ein Auge öffnet sich kurz und sieht mich an. »Ja«, antwortet er leise. »Jetzt bin ich glücklich.«

Das Gefühl erhellt mein Herz lichter als alle Sterne des Weltalls zusammen.

Aber es ist ein kurzlebiges Gefühl.

Denn im nächsten Moment explodiert mein Handy.

So, wie er sein Gesicht verzieht, scheint das Gleiche für seines zu gelten.

»Hochzeitsnotruf. Jede Wette«, bemerke ich leise.

Er legt eine Hand in meinen Nacken und zieht mich für einen langen, tiefen Kuss an sich.

Nicht die Antwort auf meine Vermutung, mit der ich gerechnet hätte.

Aber es gefällt mir. Ich hätte gern *mehr* davon.

Und ich hoffe, ich mache mir nichts vor, wenn ich denke, wir könnten dem, was zwischen uns vorgeht, weiter auf den Grund gehen, wenn Emma erst mal glücklich verheiratet ist und wir alle wieder zu Hause sind.

27. Kapitel

Theo

Es gibt einen besonderen Moment im Leben, der geschieht, wenn ein Mensch seine Eierschale abwirft und sich aneignet, was ihm bis dahin gefehlt hat.

Zu sehen, wie Laney aufblüht? Wie sie einen Bikini anzieht und sich in die mieseste und zugleich beste Arschbombe der Welt stürzt? Zu sehen, wie sie lacht, während sie mit einem Gleitschirm übers Meer fliegt? Das Selbstvertrauen, mit dem sie mich mit ihrem Mund, während jeden Moment jemand an dem kleinen Garten vorübergehen könnte, zum Kommen gebracht hat? Die Freude und die Erregung in ihrem Gesicht während des Bacon-Frühstücks?

Das alles offenbart eine völlig neue Seite an ihr, die mir besser gefällt, als ich es jemals für möglich gehalten hätte.

Ich hätte sie nicht in dem Glauben lassen dürfen, dass ich ein Model bin. Aber ich bin noch nicht bereit dazu, das mit ihr zu beenden. Mir bleibt noch heute. Und morgen.

Ich werde einen Weg finden, ihr zu sagen, was ich nebenbei mache, ohne sie damit in die Flucht zu schlagen.

Ich muss. Denn mit jeder Minute, die ich mit ihr verbringe, wünsche ich mir zwei weitere. Ich werde tief fallen, trotzdem will ich nicht aufhören.

Es ist die Hölle zu sehen, wie sie zu Emmas Zimmer eilt, um

ihr in einem Kleidernotfall beizustehen, für den ich in keinster Weise gerüstet bin.

Ich wäre höchstens ihr Mann, wenn ich die Notlage mit Stricknadeln beheben könnte.

Aber ich weiß, hier geht es um Spitzen und Rüschen und Seide, und dafür bin ich *nicht* der Typ. Ich habe mehr Erfahrung darin, dergleichen zu zerreißen, als es zusammenzuflicken.

Was jedoch nicht heißt, dass ich nutzlos bin.

Ich verspreche Laney, mich vom Golfplatz fernzuhalten: *Um deinetwillen, Theo, denn heute ist noch nichts schiefgegangen, und du hast es nicht verdient, dass man dich wegen nichts zusammenstaucht, aber Chandler wird dich höchstwahrscheinlich, nur weil du Atemluft verbrauchst, blöd anmachen, und das ist nicht fair.* Aber ich habe ihr nicht versprochen, nicht auf andere Weise für Ärger zu sorgen.

Und *auf andere Weise* heißt, dass ich nach den Kätzchen sehe und den Bungalow anschließend verlasse, um zur unbesetzten Rezeption der Ferienanlage und in das Büro dahinter zu marschieren.

Eine Frau mit dichtem schwarzem zum Knoten gebundenen Haar, in das sie eine rote Hibiskusblüte gesteckt hat, hört auf, in einer Schublade herumzukramen, und blickt zu mir hoch. Sie trägt das hawaiianische Blumendruckmuster des Resorts, und ihr Namensschild weist sie als Kalani aus.

»Sir, Gäste haben zu diesem Bereich keinen Zutritt. Ich stehe Ihnen gleich an der Rezeption zur Verfügung.«

Lächelnd ziehe ich mir einen floral gemusterten Klappstuhl heran und setze mich vor sie. »Meine Schwester heiratet morgen hier, und ich habe gehofft, Sie könnten mir versichern, dass alles dafür bereit ist.«

»Niemand heiratet hier morgen, Sir.«

»Nennen Sie mich Theo, bitte. Meine Schwester hat eine

Resort-Hochzeit gebucht. Für morgen. Hier. Ich habe die Quittung.«

Sie kneift die Lider zusammen. »Das steht nicht im Terminkalender, Sir.«

Natürlich nicht. *Verflucht.* »Und wie bekommen wir es in den Terminkalender?«

Sie blickt mich mit unverhohlenem Misstrauen an.

Im Gegenzug schenke ich ihr ein nettes, harmloses Lächeln.

»Gehören Sie zum FBI?«, flüstert sie.

Keine Ahnung, wieso ich das nicht habe kommen sehen, aber es trifft mich dermaßen unerwartet, dass ich fast vor Lachen vom Stuhl kippe. »Entschuldigung«, stammle ich. »Entschuldigung, aber … aber das ist mir noch nie passiert.«

Sie seufzt schwer. »Ein Mädchen darf ja noch hoffen.«

»Es läuft hier nicht so toll, wie?«

In dem Blick, den sie mir jetzt zuwirft, liegt größere Wachsamkeit, als ich selbst je wegen irgendwas im Leben empfunden habe. Ich hebe abwehrend die Hände. »Muss ich ja nicht wissen. Aber schauen Sie, meine Schwester hatte, seit sie ungefähr zehn Jahre alt war, Werbeplakate von diesem Ort an der Wand hängen. Und wenn sie jetzt hier ihre Traumhochzeit haben will, werde ich dafür sorgen, dass sie ihre Traumhochzeit bekommt. Zeigen Sie mir Ihre Vorratsschränke, und verraten Sie mir, wo ich in letzter Minute einen Geistlichen buchen kann, und schon sind Sie mich los.«

»Sie sagen, Sie haben schon für eine Hochzeit bezahlt?«

Ich zucke die Achseln. »Mit dem Management rede ich später.«

»Sie benehmen sich trotz allem verdächtig gesittet.«

»Ich möchte lediglich, dass meine Schwester glücklich ist.«

Und Laney. Was allerdings nichts ist, was ich hier und heute in diesem Büro erreichen kann.

Das ist etwas, das ich regeln muss, indem ich ihr die ganze Wahrheit über mich sage.

Endlich.

»Ihr Verlobter gibt katastrophal wenig Trinkgeld«, sagt Kalani jetzt.

Das passt. »Aha, *Sie* sind hier die Beamtin«, scherze ich. »Sie wollen mich dazu verleiten, Dinge von mir zu geben, die ich später bereue.«

Das bringt mir ein Lächeln von ihr ein. »Ich würde jedenfalls nicht wollen, dass meine Schwester einen Kerl heiratet, der katastrophal wenig Trinkgeld gibt.«

»Und ich will nicht der Grund sein, warum ihre Hochzeit platzt, wenn ich die Zeit habe, es zu verhindern. Also, können Sie einem Kerl wie mir behilflich sein?«

»Warum nicht? Das neue Management hat die Anlage hier so übel gegen die Wand gefahren, dass sie vermutlich schon in einer Woche nicht mehr existieren wird. Hier, nehmen Sie meine Schlüssel. Ich habe morgen eine neue Stellung in Aussicht. Da ist es mir sogar schnuppe, ob ich meinen letzten Lohn bekomme. Ich muss bloß …«

Da klingelt viermal die Glocke an der Rezeption, und eine Stimme, bei der mir die Hoden schrumpfen, ruft: »Hallo! Hallo, wir würden gern einchecken, bitte!«

Die Kingstons.

Laneys Eltern.

Sie sind hier.

Kalani seufzt erneut. »… anscheinend noch die allerletzten Gäste einchecken, bevor ich selbst von hier verschwinde.« Damit übergibt sie mir einen Schlüsselbund. »Hinten im Bistro steht ein Vorratsschrank. Da müssten Sie finden, wonach Sie suchen. Und achten Sie um Ihrer selbst willen darauf, dass hier praktisch an jeder Hausecke Kameras installiert sind; falls

Sie sich noch mal mit Ihrer Freundin außerhalb Ihres Bungalows … Sie wissen schon … vergnügen wollen.«

Ich straffe die Schultern.

Doch Kalani lächelt, als sie zur Rezeption hinausgeht. »Die Frau hat Glück«, meint sie noch.

Ich stecke die Schlüssel ein und folge ihr, wobei ich in der Hoffnung, nicht aufzufallen, den Kopf einziehe, aber schon geht es los.

Ich vernehme ein verächtliches Schnauben.

Ich schaue hoch, um mich davon zu überzeugen, dass Laneys Eltern hier sind, und jawohl … Ich bin entdeckt.

Und ich bin kein willkommener Anblick.

Ich erschaure von Kopf bis Fuß.

Ich kann nicht anders.

Eine alte Gewohnheit.

Du schaffst das, Theo. Du kennst deinen Wert.

Womit ich nicht meinen Kontostand meine.

Sondern meinen grundlegenden Wert als menschliches Wesen.

Ich zwinge mich dazu, Gail Kingston unverwandt in die Augen zu schauen. Charles steht direkt hinter ihr. Beide tragen sie geschäftsmäßig legere Reisebekleidung, die gut zu dem Aufzug gepasst hätte, den Laney bei ihrer kürzlichen Ankunft am Leib trug.

Charles ist langsamer von Begriff, doch als er mich erkennt, verzieht er ebenfalls die Lippen.

Als wäre ich Abschaum.

Ich nicke beiden zu und will meinen Weg fortsetzen.

»Du lieber Gott, er muss sich sogar noch im Urlaub was dazuverdienen«, flüstert sie ihm zu.

Er knurrt.

Scheiß drauf, ich muss eine Hochzeit retten.

Wohin zuerst? Zurück in das Restaurant, das ich eben erst verlassen habe.

Ich habe den starken Verdacht, dass ich weiß, warum ich der Bedienung bekannt vorkam. Und ich weiß, dass ich jede um den Finger wickeln kann, und jetzt brauche ich dringend jemanden, der ein Probeabendessen zubereiten kann. Das ist alles, was zählt.

»Oh, da schau her, die Kingstons sind hier«, sagt Onkel Owen, der auch gerade die Hotelhalle betritt. Er lacht leise. »Ich war auf der Suche nach Handtüchern, und was finde ich? Die Aristokratie von Snaggletooth Creek. Schön, euch zu sehen, Em wird sich riesig freuen, dass ihr hier seid. Nicht wahr, Theo?«

»Bestimmt.« Ich komme hinter dem Empfangstresen hervor, klimpere mit den Schlüsseln in meiner Hosentasche und rede mir ein, dass die Meinung der Kingstons über mich keine Rolle spielt.

Was sie aber tut.

Weil …

»Theo war die ganzen Tage mit Delaney zusammen«, fährt Onkel Owen fort. »Ist doch nett, wenn man sieht, dass die jungen Leute sich gut verstehen, nicht?«

Nun wende ich mich ihnen zu.

Ich kann nicht anders.

Ich will sehen, ob ich es mir nur einbilde oder ob sie immer noch entsetzt sind.

Alles klar: noch immer entsetzt.

So, wie es in Gails Gesicht arbeitet, ist sie eindeutig entsetzt, während sie tatsächlich ihre Halskette umklammert; Charles Rückgrat wird zum Stock, und sein Blick verschießt Laserstrahlen, die mich bei lebendigem Leib zu grillen drohen, falls ich auch nur an die No-No-Box seiner Tochter gedacht haben sollte.

Geh einfach, Theo. Sie sind nicht wichtig.

Sind sie aber doch. Weil sie Laneys Eltern sind.

Und ich mag Laney.

Sehr sogar.

Ich möchte mit ihr in meinem Bett, in meinem eigenen verdammten Haus aufwachen und ihr helfen, Pfannkuchen zu backen. Ich möchte versuchen, diesen Bacon hinzubekommen. Ich möchte mit ihr den – übrigens übertrieben so benannten – Death Hill hinunterrodeln und hören, wie sie kreischt und schreit und lacht, wenn wir unten ankommen. Ich will sie küssen, während es schneit. Ich will mit ihr im Heißluftballon fahren.

»Ich bin sicher, es gibt einen Grund, warum sich eine Trauzeugin mit der Familie der Braut zusammentut«, bemerkt Gail scharf.

Und Charles schaut drein, als würde er überlegen, ob mich irgendwer vermissen würde, wenn er mich wie eine Garnele aufspießen und meinen Arsch in kochendem Wasser versenken würde.

»Laney ist lustig im Urlaub«, sage ich. »Ich mag sie.«

Yep.

Ich kann nicht anders.

Unter ihren stummen Blicken beschleicht mich das Gefühl absoluter Wertlosigkeit, über die ich über ein Jahrzehnt hinwegzukommen versucht habe.

Ich bin was wert. Ich bin was wert. Ich bin was wert.

Aber das bringt nichts.

Jedenfalls nicht so viel, wie ich mir wünsche.

Am wenigsten, wenn man bedenkt, dass das bisschen Hoffnung, das ich in meiner Brust genährt habe, offenbar vergeblich war.

Mein Traum von Laney in meinem Heim erfordert das Geständnis, mir mit meinem Penis jeden Monat ein hübsches Sümmchen zu verdienen.

Wie sehr sie sich verändert hat, spielt dabei keine Rolle.

Das wird für sie ein Ausschlusskriterium sein.

Ohne Zweifel.

Keine Frage.

Also werde ich der Typ bleiben, der ihr gezeigt hat, wie man sich amüsiert, der ihr gezeigt hat, dass sie mutig sein, dass sie etwas wagen und das Leben führen kann, das sie sich wünscht, bis ich es ihr sagen muss.

Was jedoch nicht vor Emmas Hochzeit passieren wird.

Kein Ärger. Keine aufgebrachte Trauzeugin. Kein weiterer Stolperstein für Emma.

Mein Handy vibriert in meiner Hand, und mein Herz macht vor Freude einen Satz, als ich sehe, wer es ist: *Das Kleid braucht noch eine Weile. Kannst du noch mal schauen, ob alles für das Probeessen heute Abend bereit ist?*

Yep.

Ich liebe es, ihren Namen auf dem Display zu sehen, selbst wenn es um eine Katastrophe geht.

Ist es nicht, aber ich bin dran. Sag bloß Emma nichts davon.

Und dann mache ich mich daran zu regeln, was ich regeln kann.

Wobei mich das Gefühl beschleicht, mich allzu bald mit etwas auseinandersetzen zu müssen, was ich *nicht* regeln kann.

28. Kapitel

Laney

Ich sehe Theo nicht wieder, bis ich wenige Minuten, bevor das Probeabendessen beginnen soll, auf die Lanai stürme und in dem Moment, als wir Blickkontakt aufnehmen, sämtliche Alarmsirenen in mir zu schrillen zu beginnen.

Meine Eltern sind hier.

Aber ich sehe sie nirgendwo.

Und ich höre sie auch nicht.

Doch ich *weiß*, sie sind hier, und das nicht nur, weil sie inzwischen hier sein müssten und weil sie mir geschrieben haben, dass sie gelandet sind und eingecheckt haben.

Es ist sein Gesichtsausdruck – seine argwöhnische Miene, die mich fragt, ob ich es ernst gemeint habe, als ich sagte, meine Eltern würden sich damit abfinden müssen, dass ich meine eigenen Entscheidungen treffe –, der mir übermittelt, dass sie hier sind, dass sie ihn gesehen und dass sie ihr Urteil gefällt haben, ohne dass er etwas anderes verbrochen hätte, als zu existieren.

Ich eile schnurstracks zu ihm, ohne Emma, Sabrina oder Claire zu verraten, wo ich hinwill.

Was sie vermutlich sowieso alle wissen.

Und Emma ist vermutlich begeistert, weil wir uns gut verstehen.

Gott sei Dank.

Irgendwer muss es ja sein.

»Kochst du?«, flüstere ich, während er sich am Rand der Lanai herumdrückt, wo er das Essen aus der Bistroküche am leichtesten auffahren könnte. Auf seinem Hemd sehe ich irgendeinen Schmierfleck.

»Ich habe Hilfe.«

»Du bist umwerfend.« Am liebsten würde ich mich ihm an den Hals werfen. Ihn küssen. Ihm danken. Ihn berühren.

Aber ich weiß, meine Eltern sind hier, und, *verdammt, verdammt, verdammt*! Sei größer als das, Laney. *Sei größer. Berühre ihn!*

»Alles gut mit dem Kleid?« Er blickt auf etwas an meiner linken Backe, statt mir in die Augen zu schauen.

»Ja, das mit dem Kleid haben wir hinbekommen. Keinen Schimmer, warum die das Kleid in die Reinigung gegeben haben oder was sie damit anzustellen gedachten, was definitiv *nicht* reinigen war, aber wir haben es zurück, wofür wir den Großteil des Tages gebraucht haben, doch der Schaden ist behoben. Alles ist gut. Bist du okay? Brauchst du irgendwas?«

Endlich sehen mich die argwöhnischen Augen unverwandt an. »Mir geht es gut.«

»So siehst du aber nicht aus.«

»Alles gut.«

»Theo, ich …«

»Delaney! Schatz! Wir haben dich so vermisst!«

Meine Schultern verspannen sich, als ich die Stimme meiner Mutter höre, aber ich drehe mich nicht um, um sie zu grüßen.

Noch nicht.

Zuerst sehe ich Theo mit einer hochgezogenen Braue an. »Haben sie irgendwas getan?«

»Ich muss los, gucken, ob das Essen fertig ist.«

»Theo!«

»War ein langer Tag. Mir brummt der Schädel. Aber ich arbeite dran.«

Er hört sich nicht an, als würde er daran arbeiten.

Doch dann dreht er sich um, geht und brummt noch: »Sie haben dich vermisst.«

»Da ist ja mein Mädchen.« Mom schließt mich von der Seite fest in ihre Arme. Ich blicke noch rechtzeitig hoch, um mitzubekommen, wie sie Theo naserümpfend nachschaut.

Und mehr braucht es nicht, damit ich nervös werde.

Als ich klein war, trug Mom bei der Arbeit Jeans und T-Shirts. Sie hatte lange Haare, die sie sich zu einem Pferdeschwanz zurückband, und *Mädelstag* hieß, dass wir zusammen in ihrem Badezimmer kampierten und uns gegenseitig die Zehennägel lackierten.

Heute lässt sie sich Botox spritzen. Und sie färbt sich das kurz gehaltene, schick frisierte Haar. Heute bedeutet *Mädelstag*, dass wir ein Abenteuer in Gestalt eines Tagesausflugs zu einem piekfeinen Badeort in Denver unternehmen – ja, das zählt in meinem Leben daheim als ein Abenteuer –, und ich glaube, Jeans hat sie wahrscheinlich vor fünfzehn Jahren zum letzten Mal getragen. »Mom, könntest du bitte nett zu Theo sein?«

»Ich bin *vollkommen* nett.«

»Du schneidest hinter seinem Rücken Gesichter.«

»Wir sind Owen begegnet, der meinte, dass du mit Emmas Bruder sehr gut klarkommst.«

»Er ist ein netter Kerl.«

»Ich weiß, Schätzchen, aber er trägt Scheuklappen, wenn es um seinen Neffen geht.«

»Theo *ist* ein netter Kerl, Mom.«

Wieder schürzt sie die Lippen. »Warum das Stirnrunzeln.

Emma heiratet. Wir sind auf Hawaii, und das Essen duftet fantastisch. Und am frühen Morgen gibt es einen Ausflug zu den Delfinen. Den machen wir am besten am Sonntag, bevor du zurückfliegen musst.«

»Mrs Kingston! Sie haben es geschafft.« Emma stürmt über die Lanai, um meine Mutter zu umarmen, dann winkt sie meinem Vater, der mit Chandlers Vater nah bei dem zum Strand führenden Fußweg steht.

»Oh, Emma, Schätzchen, Sie sehen wunderschön aus. Ich kann nicht glauben, dass morgen endlich Ihr großer Tag ist.«

Emmas Strahlen ist nur mittelhell. »Ich auch nicht. Es hat aber auch *ewig* gedauert, nicht wahr?«

»Auf Gutes lohnt es sich zu warten. Wo steckt Ihr Bräutigam? Ich habe ihn noch nicht gesehen.«

»Macht sich noch frisch nach dem Golfen. Aber er wird gleich hier sein. Darf ich mir Laney mal kurz ausleihen?«

»Aber natürlich, Schätzchen. Was immer Sie wollen.«

»Danke, Mrs Kingston. Oh, Chandlers Mom ist drüben an der Bar. Haben Sie sie schon begrüßt? Ich bin sicher, sie würde Sie sehr gern sehen.«

Meine Mutter steuert die Bar an.

Da packt Emma meinen Arm wie ein Schraubstock und zieht mich zurück in die Richtung, in die ich Theo für gewöhnlich ziehe.

»Was ist los?«, zische ich.

»Du hast ausgesehen, als würdest du deiner Mutter am liebsten den Kopf abreißen.«

»Em, ich …«

Quiekend wirft sie ihre Arme um mich. »Ich wusste es. Ich wusste, du würdest Theo mögen, wenn du ihm nur halbwegs eine Chance geben würdest. Was kann ich tun, damit du besser mit deinen Eltern klarkommst?«

Ich glotze sie mit offenem Mund an. Wie ein Fisch. Ich habe mich vollständig in einen Fisch verwandelt.

»Laney, du hast das ganze letzte Jahr nichts anderes gesagt, als dass du dich amüsieren willst. Ich kenne niemanden, mit dem man sich besser amüsieren kann als mit Theo. Und das war kein abgekartetes Spiel; ich brauchte wirklich jemanden, der ihn von Chandler fernhält. Aber du magst ihn. Und er steht schon ewig auf dich. Und das ist jetzt echt das Allergrößte.«

»Aber ... aber ... aber du wolltest nicht, dass Claire auf ihn aufpasst, weil du Angst hattest, er würde ... er würde ...«

Ich kann meiner besten Freundin gegenüber schlecht *sie verführen* aussprechen, wenn ihr Bruder derjenige welcher ist.

Oder dass ich mit ihm schlafe.

Oder dass ich ihn auch noch sehen und mit ihm zusammen sein will, wenn wir wieder zu Hause sind.

Sie zuckt die Achseln. »Deine letzte Trennung ist ein Jahr her, nicht erst eine Woche. Das ändert alles.«

Ich imitiere noch ein bisschen länger einen Fisch.

»Ich weiß, ich weiß«, sagt sie. »Das ist vielleicht nur ein Ferienflirt. Aber du hast Spaß. Das steht dir ins Gesicht geschrieben. Und wenn es nicht von Dauer ist, wäre das auch nicht schlimmer als damals, als ihr euch zehn Jahre lang aus dem Weg gegangen seid. Und wenn es von Dauer ist ... dann erlebe ich, dass meine beiden Lieblingsmenschen für immer zusammen sind. Das ist das schönste Hochzeitsgeschenk. Ernsthaft.«

»Sogar besser als die Hamsterräder?«, platze ich heraus.

Ihre Augen treten ein wenig hervor, doch dann kichert sie.

»Chandler war *stocksauer*«, flüstert sie.

»Aber lustig war's«, flüstere ich zurück.

»Ich denke, es lag bloß am Timing. Du weißt, er hätte sich vor Lachen weggeschmissen, wenn er nicht so gestresst wäre.«

Ja, ich weiß. »Ich bin so froh, dass ich Christopher nicht geheiratet habe.«

Die Worte kommen aus meinem Mund, und ich bemerke zu spät, wie sich das anhört. *Christopher wäre während unserer Hochzeit auch so ein verklemmter Arsch gewesen.*

Und Emma zuckt zusammen.

»Ich wollte damit nicht …«, setze ich an, doch sie nimmt mich in den Arm, ehe ich den Satz beenden kann.

»Ich weiß, dass er manchmal schwierig ist«, sagt sie leise. »Aber ich liebe ihn. Ich liebe ihn wirklich. Und ich weiß, wenn wir das hier erst mal hinter uns haben, werden wir glücklich sein.«

Oh Gott.

Genau das habe ich mir nach jedem miesen Date mit Christopher auch immer eingeredet.

Nach. Jedem. Einzelnen.

Wir werden glücklich sein, wenn wir uns erst an unsere Macken gewöhnt haben. Wir werden glücklich sein, wenn er erst mal befördert wurde. Wir werden glücklich sein, wenn wir erst in derselben Stadt leben. Wir werden glücklich sein, wenn wir das hier erst mal hinter uns haben.

Habe ich denn nicht aufgepasst? Hat Em schon seit Jahren so über Chandler gesprochen, und ich habe es nicht mitbekommen? Oder machen die beiden gerade wirklich nur eine schwere Zeit durch?

»Em …«

»Oh, hast du das gehört? Ich glaube, Chandler ist zurück. Er bringt einen alten Freund vom College mit. Dem ich, ist das zu fassen, noch nie begegnet bin. Ich muss los. Brautpflichten und so.« Sie drückt mich noch fester. »Sei glücklich, Laney. Sei einfach glücklich, ja? Und der Rest erledigt sich von ganz allein. Theo ist manchmal auch schwierig, aber er hat ein riesengroßes Herz. Ich liebe dich. Und ich danke dir. Du wirst nie ermessen können, wie sehr ich zu schätzen weiß, was du diese Woche alles für mich getan hast.«

Ich will noch etwas sagen, doch sie ist schon fort. Ich kneife die Augen zu und hole tief Luft. Alles hier fühlt sich falsch an.

Absolut alles.

Da schlingen sich zwei Arme um meinen Bauch.

Ich erschrecke nicht. Ich fühle mich nicht alarmiert.

Ich weiß, wer das ist.

Ich kann ihn riechen. Ich *spüre* ihn.

Und es fällt mir so leicht, mich in seine Arme zurückzulehnen, als er mir in diesem stillen, kleinen, von allen anderen abgeschiedenen Winkel einen Kuss auf die Schulter drückt.

»Morgen wird alles im Chaos versinken«, sagt er leise.

Ich fürchte, er hat recht. Blinzelnd öffne ich die Augen und betrachte die Blumen, die Bäume, die Sträucher, das hellgrüne Gras ringsherum und neige ihm den Kopf entgegen. »Wie sagt man Menschen, die man liebt, dass man fürchtet, sie könnten einen Riesenfehler begehen, wenn sie sich seit Jahren nichts anderes gewünscht haben?«

»Man kann Menschen nicht vor Fehlern bewahren.«

»Aber ich *möchte* es.«

»Bist du sicher, es ist ein Fehler?«

»Nein«, antworte ich leise. »Nicht, solange sie mir sagt, dass es das ist, was sie will. Solange sie mir sagt, dass sie es sich schon immer gewünscht hat. Andererseits frage ich mich den ganzen Tag, ob es dann so viele Katastrophen geben dürfte. Wäre es meine Hochzeit, ich würde sagen, das ist ein Omen. Aber es handelt sich um Emma, und sie würde sagen …«

»… für alles, was man haben will, lohnt es sich auch zu kämpfen«, beendet er den Satz für mich.

Ich seufze. »Und was denkst du?«

»Unwichtig.«

»Würdest du die Zeichen beachten, wenn es deine Hochzeit wäre, oder würdest du sagen, es lohnt sich, dafür zu kämpfen?«

Er küsst mich in den Nacken. »Ich interessiere mich nicht für Hochzeiten. Ich interessiere mich für Menschen.«

So einfach.

Und so Theo.

Ich schließe die Augen und fasse nach seinen Armen, während er mich hält.

Wie kann sich das *hier* so richtig und schon aus einem Meter Entfernung so kompliziert anfühlen?

»Ich habe meiner Mom gesagt, sie soll nett zu dir sein«, flüstere ich.

»Ich habe kein Problem mit Leuten, die mich nicht leiden können.«

»Aber sie gibt dir keine Chance. Und das ist nicht richtig.«

»Eins nach dem anderen. Ich war noch mal dort, wo wir gefrühstückt haben. Um jemanden aufzutreiben, der das Abendessen zubereiten kann.«

»Oh, das ist großartig. Ich kann es nicht erwarten zu sehen, was aus dem Abendessen wird?«

»Du sitzt bei den Trauzeuginnen.«

»Körperlich, ja.«

Ich spüre im Genick, wie er lächelt. »Ich wollte, dass du Bescheid weißt, damit du nicht denkst, ich flirte mit einer anderen.«

»Kein Problem. Ich weiß, dass du immer ein Flirtgesicht machst.«

Ich bilde mir nicht bloß ein, dass sein ganzer Körper sich hinter mir entspannt. Vor allem nicht, weil die Entspannung mit seinem vergnügten Glucksen einhergeht. »Ich kann nichts dafür, dass ich so sagenhaft attraktiv geboren wurde.«

Es ist so leicht, ihn anzulächeln, ein weiteres unerwartetes Geschenk dieser Woche. »Denkst du, wenn ich mich noch ein bisschen an dir reibe …?«

»Das sollten wir unbedingt ausprobieren.«

Ich lache. »Du wolltest mir gerade sicher nicht sagen, dass ich ruhig etwas sagenhafter sein könnte.«

»Sorry. Ich dachte daran, wie du dich an mir reibst, da hat mein Verstand ausgesetzt.«

In dem Moment werden die Stimmen auf der Lanai lauter, und weil ich, so heftig ich mich auch dagegen wehre, bei jeder sich bietenden Gelegenheit langweilig bin, greife ich nach meinem Handy und schaue nach, wie spät es ist.

Es ist fast so weit.

»Bleibst du heute Nacht noch bei mir?« Der heiser hoffnungsvolle Ton seiner Stimme fährt nicht nur prickelnd in meinen Unterleib.

Er zieht mir auch das Herz zusammen. »Ja.«

»Auch wenn deine Eltern es mitbekommen?«

Mich fröstelt. »Das wird nicht gut ausgehen, und das weiß ich. Aber ich darf nicht *ihr* Leben führen.« Und ich bin ehrlich entsetzt, dass ich Theo jemals so behandelt habe, wie meine Mutter es immer noch tut. »Auch wenn meine Eltern es mitbekommen.«

Wieder drückt er mir einen Kuss in den Nacken, diesmal begleitet von einem sanften Saugen, das meine Brustwarzen auf links dreht und den Wunsch in mir weckt, das Abendessen komplett zu schwänzen.

»Versprich mir, dass du was isst«, verlange ich.

»Dich werde ich fressen.«

»Zum Abendessen, Theo.«

»Dann fresse ich dich zum Abendessen.«

Ich seufze.

Er drückt mich ein letztes Mal. »Danke, dass du dich um mich sorgst, Laney.«

Und dann ist er fort, eilt zurück zur Küche, wo es ihm niemand danken wird, dass er den Abend rettet.

Nein, das stimmt nicht.

Ich werde es ihm danken.

Mit allem, was die Welt zu bieten hat.

Und ich werde die Minuten zählen, bis ich es in unserem Bungalow tun kann.

29. Kapitel

Theo

Um möglichst *nicht* wie der Kerl auszusehen, der die Hochzeit rettet, die er lieber verhindern würde, überlasse ich die Küche den sachkundigen Händen des Personals unseres Frühstückrestaurants und eile in einem frischen Hemd zurück zur Lanai.

Dort geselle ich mich zu den Drillingen, in gebührender Entfernung zu den Müttern und Trauzeuginnen, die kreischend Emma und sich selbst feiern. Sie fragen mich, ob ich später mit *Hot Pineapple* spielen möchte – auch bekannt als *Hot Potato*, in diesem Fall aber mit Ananas und jeder Menge Alkohol, eine Mischung aus *Heiß und Fettig* und *Wahrheit oder Pflicht* –, aber ich lehne dankend ab.

Lieber würde ich Ja sagen.

Doch ich will nicht der Anlass für irgendwelche Katastrophen sein. Nicht so kurz vor Emmas Hochzeit.

Nun dirigiert sie alle zu ihren Plätzen, damit das Abendessen aufgetragen werden kann.

Die Drillinge drängen mit dem Rest der Hochzeitsgesellschaft und den Eltern zu ihren Tischen in der ersten Reihe.

Ich verkrümle mich nach hinten, wo ich mit Onkel Owen und Tante Brenda sowie ein paar Typen sitze, die ich noch von der Highschool kenne und die eingeflogen sind, um das glückliche Brautpaar zu feiern.

»Wollen wir wetten, wer von den Drillingen zuerst mit Essen schmeißt?«, fragt Onkel Owen.

»Hier wird *niemand* mit Essen schmeißen«, entgegnet Tante Brenda.

Onkel Owen zwinkert ihr zu.

Sie errötet.

Nur zu, Onkel Owen, aber vielleicht nicht, wenn ich dabei bin.

Am Tisch des Brautpaars entdecke ich meinen Vater, der sich umsieht. Was vermutlich bedeutet, dass er mich sucht. Ich winke.

Er deutet auf den Platz neben sich.

Ich weise mit einer Kopfbewegung auf Chandler.

Dad seufzt.

Ich zucke mit der Schulter.

Er zuckt mit der Schulter.

Er weiß nicht, dass ich die Hochzeit bezahle. Ob er weiß, dass ich ein *GrippaPeen*-Star bin, weiß ich nicht. Was ich weiß, ist, dass er die Spannungen zwischen Chandler und mir registriert hat, und nach allem, was wir hinter uns haben, versteht er wahrscheinlich, dass ich Chandler aus dem Weg gehe, um nicht noch mehr Probleme zu provozieren.

Als wäre er nicht dabei gewesen, als ich mit einem Nieser ein Flamingo-Kostüm in Brand gesetzt habe.

Vor mir erscheint ein Teller mit Mahi Mahi in Nusskruste, mit violetten Kartoffeln und Weißkohlsalat.

»Ich habe es rausgekriegt«, flüstert mir die Bedienung von heute Morgen zu. »Ich weiß jetzt, woher ich Sie kenne. Ihre … Arme … sind unverkennbar.«

Jeder Tropfen Blut in meinem Körper rauscht in meine Zehen.

»Ich verrate es keinem.« Sie kichert. »Ich würde mich ja bloß selbst verraten, nicht?«

»Sprechen Sie lauter, junge Dame«, verlangt Tante Brenda.

»Er hat schon eine nette Freundin. Glauben wir jedenfalls«, fügt Onkel Owen hinzu. »Okay, hoffen wir, es ist nämlich schon eine Weile her, dass er eine Freundin hatte. Er könnte eine Frau gebrauchen, die ihm das Gefühl gibt, mit sich zufrieden zu sein.«

»Danke, Onkel Owen.«

»Ich stehe hinter dir, Kleiner.«

Er gibt mir einen Faustcheck.

»Was hat sie dir ins Ohr geflüstert?«, will Tante Brenda wissen, während das Servicepersonal, das ich für heute angeheuert habe, den übrigen Gästen die Teller reicht. »War es angemessen?«

»Tue ich jemals etwas, das angemessen wäre?«

Sie reagiert verschnupft.

Onkel Owen gackert vergnügt.

Ich wünschte, ich könnte irgendwo anders mit Laney allein essen. Am Strand. Oder hinten im Jeep im Vulkanpark, während wir in die Sterne hinaufschauen. In unserem Bungalow, während Kätzchen um uns herumtollen.

Ohne Eltern.

Ohne Verwandtschaft.

Ohne Hochzeit.

»Ich habe ein *Bean & Nugget* betreffendes Geheimnis gehört«, sagt Onkel Owen.

Aha. *Das* Geheimnis. Anscheinend kann ich das Thema nicht länger vermeiden. »Ja?«

Er beugt sich vor. »Ich habe gehört, sie beziehen seit Neuestem unethische Bohnen.«

»Was war das mit Bohnen?«, fragt Tante Brenda.

»Die Bohnen sind unethisch«, wiederholt Onkel Owen.

»Was ist daran unethisch?«

»Keine Ahnung. Was kann an Kaffeebohnen unethisch sein?«

Ich schaue auf meinen Teller, dann blicke ich auf zu Laney.

Sie beobachtet mich, während ihre Eltern beobachten, wie sie mich beobachtet, was mir auffällt, ihr jedoch nicht.

Sie hebt zuerst ihre Gabel, dann beide Augenbrauen.

Und bringt mich zum Lächeln.

Ich kann nicht anders.

Nun legt sie den Kopf schief. Was so viel heißt, wie: *Muss ich zu dir kommen und dich zwangsernähren*?

Nichts dagegen, Prinzessin. Ich hätte nichts dagegen.

Als könnte sie meine Gedanken hören, verfärben sich ihre Wangen hellrosa.

Ich greife zur Gabel, spieße den Fisch auf und beiße pflichtschuldig davon ab.

Sie lächelt. *Braver Junge*.

Fuck.

Ich wollte noch nie im Leben ein *braver* Junge sein, aber jetzt würde ich den ganzen Teller aufessen und Onkel Owens noch dazu, wenn sie mir das heute Nacht im Bett ins Ohr flüstern würde.

Dass der Fisch köstlich ist, ist auch kein Schaden.

Sie dreht abrupt den Kopf zur Seite, als wäre ihr gerade aufgegangen, dass jemand mit ihr spricht, und diesmal verfärbt sich ihr Gesicht mit einem Schlag tiefrot.

Ihre Mutter legt die Stirn in Falten.

Ihr Vater schaut irritiert.

Und Onkel Owen und Tante Brenda streiten noch immer darüber, ob Kaffeebohnen über eine Ethik verfügen können und wieso das so ein großes Geheimnis ist.

Ich senke den Kopf und esse.

Lecker. Und ich habe Hunger.

Ich kann ja morgen mehr trainieren. Und die Kalorien zurückfahren, wenn ich wieder zu Hause bin.

Zur Hölle, die Frauen, die meinen Kanal abonnieren, würden es sicher verstehen, wenn ich im Urlaub ein wenig zulege.

Aber was, wenn daraus nichts wird?

Was, wenn es den Frauen nicht gefällt?

Was, wenn nach diesem Ausflug alles auseinanderfällt und ich plötzlich kein höheres Ziel mehr habe?

Ich befehle den Stimmen zu schweigen und mache mich wieder daran, meinen Teller leer zu essen.

Wie ein *braver Junge*.

Ich werde Laney heute Nacht im Bett definitiv auffordern, mich einen *braven Jungen* zu nennen.

Keine Frage.

Darüber fantasiere ich noch, als ich bemerke, dass etwas nicht stimmt.

Beim Brautpaartisch kommt es zu einem Tumult.

»Was'n los?«, wundert sich Onkel Owen.

»Jemand ist gefallen«, erklärt Tante Brenda.

»Vom Stuhl gefallen?«

»Oh Gott!«, schreit Chandlers Mutter. »Ruft einen Krankenwagen!«

»Alles raus hier. Ich bin Arzt«, dröhnt Lucky.

»Du bist Krankenpfleger, du Pfosten«, brüllt Decker.

»Mehr als du«, johlt Lucky.

Laney ist aufgesprungen und stürzt an den Nachbartisch, wo … *Ach, du Scheiße.*

Es ist ihr Vater.

Er liegt am Boden.

Das muss es sein.

Niemand sonst fehlt am Tisch. Ihre Mutter ist auf den Beinen, schluchzt und deutet mit dem Finger auf ihren Mann.

Und Lucky taucht ab und macht sich an die Arbeit.

Ich erhebe mich.

Alle erheben sich.

Laney nimmt ihre Mom in den Arm, sie blickt entsetzt, und ich kann nicht … ich kann nicht …

»EpiPen!«, brüllt Lucky. »Hat irgendwer einen EpiPen?«

»Ja, ich«, bellt Chandler. »Emma! Emma? Wo ist mein EpiPen?«

»Du hast keinen EpiPen«, ruft meine Schwester.

»Ich hab meinen hier«, schreit Jack.

EpiPen. *EpiPen.*

Fuck.

Fuck!

»Meinst du, er ist gegen irgendwas im Essen allergisch?«, fragt Tante Brenda. »Wer ist denn allergisch gegen Brotkrümel und Fisch?«

»Es sind die Macadamianüsse«, bemerkt Addison am Nebentisch. »Auf dem Fisch sind zerstoßene Macadamianüsse.«

Meine Finger werden kalt. Mir wird schummrig leicht im Kopf. Und ich fühle mich, als hätte mich jemand in den Magen geboxt.

»Meinst du, er ist allergisch gegen Macadamianüsse?«, fragt Onkel Owen zurück, der auf einem Stuhl steht. »Könnte stimmen. Schaut. Seht ihr? Er fängt nach der EpiPen-Injektion schon wieder an zu atmen.«

Gail geht neben Charles zu Boden und heult.

Laney hält mit tödlichem Griff die Stuhllehne umklammert.

Alles geschieht zugleich in Zeitlupe und Warp-Geschwindigkeit.

Das Küchenpersonal ist zusammengelaufen.

Das Personal des Resorts nicht.

Die Gäste sind sämtlich aus dem Häuschen, fuchteln herum oder sitzen still – *und das ist nicht gut.*

»Esst weiter, Leute!« Jack und Decker bewegen sich und schaffen Platz. »Alles gut.«

»Ins Krankenhaus muss er trotzdem«, höre ich Lucky erwidern. »Aber sie haben recht. Alles wieder gut. Und Sie werden diese kleine Allergie für den Rest Ihres Aufenthalts auf der Insel nicht mehr vergessen, Mr K.?«

»Hat das Küchenpersonal die Allergieliste bekommen?«, wendet sich Chandler an Emma. »Was zum Henker stimmt nicht mit den Leuten?«

Nichts ist gut.

Gar nichts ist gut.

Ich sehe erneut Laney an.

Die nicht in meine Richtung blickt.

Sie flüstert energisch mit ihrer Mutter.

Ich möchte sie umarmen, ich möchte sie von hier wegbringen und diesen entsetzen, verstörten, von Kummer erfüllten Gesichtsausdruck nie wieder bei ihr sehen.

Aber ich habe das verursacht.

Ich habe das Menü zusammengestellt.

Eine Allergieliste habe ich nicht gesehen.

Und um ein Haar hätte ich jemanden umgebracht, der der Frau meiner Träume etwas bedeutet.

Und so dreht die Welt sich weiter und erinnert mich daran, wessen Träume nicht dazu bestimmt sind, wahr zu werden.

30. Kapitel

Laney

Ich werde Theo Monroe erwürgen, wenn ich ihn finde. Wenn ich ihn nicht vorher zu Tode umarme.

Mein Vater ist wohlauf. Wir bringen ihn ins Krankenhaus, wo man ihn gegen die allergische Reaktion behandeln wird, und ich helfe meiner Mutter, sich wieder zu fangen, während er zur Überwachung über Nacht aufgenommen wird.

»Ich hab's einfach vergessen«, sagt er immer wieder. »Du hast Macadamianüsse schon so lange von unserem Speiseplan gestrichen, und du sagst mir, wenn wir auswärts essen gehen, immer, was ich bestellen soll. Da hab ich es halt *vergessen.*«

»Du hättest sterben können«, hört meine Mutter nicht auf zu schluchzen. »Ich habe nicht gefragt, und du hättest sterben können.«

»Du konntest ja nicht wissen, dass es auf der Insel überall Macadamianüsse gibt.«

»Ich habe dir vor drei Wochen gesagt, dass ich die Besichtigung der Macadamia-Fabrik auf der anderen Seite der Insel nicht gebucht habe, weil du dagegen allergisch bist. Und ich habe das Allergieformular auf der Hochzeitseinladung ausgefüllt.«

Das lässt mich zusammenzucken.

Zu sehen, wie mein Dad blau anlief, während er nach Luft

schnappte, und dann ohnmächtig wurde, gehört zu den schaurigsten Erlebnissen meines Daseins.

Furcht einflößend trifft es nicht mal annähernd.

Das verschiebt so manche Perspektive.

Es bringt mich dazu, darüber nachzudenken, was wirklich wichtig ist. Was wirklich bedeutsam ist. Über Ängste, Hoffnungen, Reue. Und bestärkt mich darin, wie ich leben will.

Deshalb lasse ich meine Eltern im Krankenhaus zurück und nehme mir einen Wagen in die Ferienanlage.

Theo ist nicht in unserem Zimmer.

Er backt keine Cookies in der Bistroküche. Auch wenn es dort so riecht, als hätte er es unlängst getan.

Schließlich höre ich jemanden aus Richtung Ozean laut niesen, ich folge dem Geräusch und finde ihn am Strand sitzen.

Wo er Cookies isst.

»Lässt du mir auch welche übrig?«, frage ich, als ich mich neben ihm niederlasse.

Doch er nimmt die Tüte und platziert sie auf seiner mir abgewandten Seite, weit außerhalb meiner Reichweite. »Iss lieber nichts, ich könnte dich umbringen.«

»Theo.«

»Alles, was ich anfasse, wird zu Mist, Laney. Geh weg! Du verdienst mehr als das.«

Ich achte nicht darauf, hebe stattdessen seinen Arm und schmiege mich darunter an ihn. »Es war nicht deine Schuld.«

»Ich habe das verfluchte Menü ausgesucht.«

Dann hat er offenbar mitbekommen, dass mein Vater allergisch gegen Macadamianüsse ist.

Großartig.

Hatte ich mir schon gedacht. Deshalb hatte ich ihm die ganze Zeit geschrieben, dass es nicht seine Schuld sei.

Ohne eine Antwort zu erhalten.

»Fang gar nicht erst mit deinem *Du wusstest es nicht* und *Du konntest nichts dafür* an«, brummt er.

»Und wie wäre es mit: *Das Universum hat ihm so nur ins Gedächtnis gerufen, dass er genauso sterblich ist wie alle anderen auch*? Oder vielleicht: *Das Universum hat ihn so nur daran erinnert, in Zukunft nicht mehr so ein voreingenommener Arsch zu sein*?«

»Du solltest so etwas nicht über deine Eltern sagen, nachdem einer von ihnen beinah gestorben wäre. Glaub mir, du würdest es später garantiert bereuen.«

Ich schlinge meine Arme um ihn und ziehe ihn fest an mich.

Er seufzt schwer, als wollte er die gesamte Spannung loswerden, dann legt er auch den anderen Arm um mich.

Eine Welle rollt ans Ufer und über unsere Füße. Kühl, aber nicht kalt. So wie heute Morgen nach unserer Landung mit dem Gleitschirm.

»Dad hat *vergessen*, dass er allergisch ist, weil meine Mutter ihm schon seit zu vielen Dekaden alles abnimmt«, sage ich leise. »Und sie hat sich wegen des Abendessens auch keine Gedanken gemacht.«

»Ich hätte mich aber erkundigen müssen.«

»Du konntest nichts dafür.«

Er drückt mich fester, als wollte er sich an mir festhalten, weil er sich an meine Worte nicht klammern und sich nicht dazu bewegen kann, sie zu glauben.

»Ich habe viele Geheimnisse, Laney«, sagt er leise.

»Du arbeitest nur zum Schein als Model, in Wahrheit bist du ein Attentäter im Auftrag der Regierung, und dein letzter Einsatz ist schiefgelaufen?«

»Nein.« Er lacht nicht. Nicht mal ein bisschen. »Aber ich will es dir trotzdem nicht sagen.«

»Wieso nicht?«

Er antwortet nicht.

Schweigen kann so beredt sein. Ich möchte ihn drücken und so lange küssen, bis wir uns beide wieder beruhigen, doch dieses Schweigen … wiegt schwer.

Zu schwer.

»Lass es darauf ankommen«, flüstere ich. »Verrate mir ein Geheimnis.«

Er schüttelt den Kopf und lässt einen Arm sinken, dann stopft er sich die Hälfte eines Cookies in den Mund.

Wieder umspült die Brandung unsere Füße.

»Können wir so tun, als hätte ich keine Geheimnisse?«, fragt er leise und riecht nach Schokocookies und Paradies und nach allem, was in meiner Welt richtig läuft. »Nur noch einen Tag lang? Ich möchte Emmas Hochzeit nicht ruinieren, weil du wütend auf mich bist.«

Ihm flüsternd zu versichern, das sei okay, gehört zu den schwersten Dingen, die ich jemals getan habe.

Denn ich *will* seine Geheimnisse kennen. Ich möchte wissen, weshalb er sie für so schlimm hält. Ich möchte ihm beweisen, dass es mir nichts ausmacht, worum auch immer es sich handeln mag.

Weil dieser Theo …

Weil ich nicht glauben kann, dass dieser Theo, der Kätzchen rettet, mich mit dem Gleitschirmfliegen bekannt macht, im Handumdrehen ein Abendessen auf die Beine stellt, damit seine Schwester ihre Traumhochzeit bekommt – auch wenn er den Mann, den sie heiratet, nicht leiden kann, aber ihr Recht respektiert, selbst zu entscheiden, was sie will –, ein so furchtbares Geheimnis hat, dass ich ihn deshalb mit anderen Augen sehen würde.

Und es tut weh, dass ich mir nicht genug Vertrauen verdient habe, um ihn davon zu überzeugen.

»Geht es deinem Vater auch wirklich gut?«, fragt er.

»Die Vitalfunktionen sind in Ordnung. Das Antiallergikum schlägt an. Meine Mom ist bei ihm und lässt ihm keine Ruhe, und das Krankenhauspersonal passt auch auf ihn auf. Da müsste er sich bald erholt haben.«

Die Brandung steigt bis zu unseren Fußknöcheln.

»Du bist für mich das Beste am Paradies«, sagt er leise. »Was auch passiert, ich will, dass du das weißt – du warst das Beste hier.«

»Theo …«

Er unterbricht mich mit einem brennenden Kuss, der mich über den Ozean dorthin trägt, wo er mir gesagt hat, dass die Liebe sein Lebenszweck sein soll, dass er sich wünscht, dass die Liebe zu einem Menschen alles andere verzehren und allumfassend sein soll, *einfach alles sein soll*, das Einzige im Leben, was wirklich etwas bedeutet.

Er will *mich*.

Und er muss unbedingt wissen, dass ich ihn genauso will.

Ungeachtet seiner Geheimnisse. Ungeachtet unserer Vergangenheit. Ganz gleich, was unsere Verwandten tun, denken oder sagen.

Nie im Leben habe ich mich irgendwo so zugehörig gefühlt wie in diesem Moment, zu diesem Mann, der keinen Grund hatte, mir einen Weg zu seinem Herzen zu öffnen und mich zu küssen, als wäre ich der Sinn seines Lebens.

Aber ich habe mich auch noch nie so unzureichend gefühlt wie jetzt, da ich mich frage, ob ich überhaupt den Mumm habe, ihn so sehr zu lieben, wie er es verdient.

Bisher habe ich im Leben nur Sicherheit gekannt. Eine sichere Stadt. Eine sichere Familie. Ein sicheres College. Eine sichere Arbeit. Sichere Freunde. Geschützter Sex.

Mit Theo ist nichts *sicher*.

Er bedeutet Leben. Echtes Leben. Leben im großen Stil.

Kann ich ihm genügen? *Kann ich*?

»Ah, Laney und Theo, Robinson, Robinson, fuhr in einem Luftballon …«

Ich zucke zusammen und könnte mich in den Hintern beißen, weil ich zusammenzucke.

Die Sullivan-Drillinge. Hört man einen, hört man sie alle.

»An dem Reflex arbeite ich noch«, flüstere ich Theo zu, der mich seufzend loslässt.

»Ich weiß.«

»Ich muss auch noch gründlich an mir selbst arbeiten. Nicht du bist mir peinlich, ich bin *mir selbst* peinlich.«

Er sagt dazu nichts. Er betrachtet mich nur im Mondlicht, während die Flut an unseren Beinen leckt.

»Wie geht es deinem Dad, Laney?«, will Lucky wissen.

»Besser. Danke. Wir sind alle so, so dankbar, dass du dort warst und wusstest, was man tun muss.«

»Das war mein Bruder.«

Theo knurrt leise. »Sei jetzt kein Arsch.«

»Ja, gut, ich war's.« Lucky grinst mit im Mondschein blitzenden Zähnen. Er ist offenbar allein. Wenigstens für den Moment. »Na ja, dann lasse ich euch mal weitermachen, womit auch immer. Sah jedenfalls vergnüglich aus. Gebt Bescheid, wenn ihr einen dritten Mitspieler wollt.«

Keine Ahnung, was ich für ein Gesicht mache, doch es genügt, dass er sich lachend verzieht.

Ich stöhne still. »Es ist echt nicht einfach, Jahrzehnte als Langweilerin hinter sich zu lassen.«

»Musst du auch gar nicht«, meint Theo. »Finde einfach heraus, wobei du dich wohlfühlst und was heute das Richtige für *dich* ist.«

Nun betrachte ich ihn meinerseits im Mondlicht. Er hat die Unterarme auf die Knie gestützt und schaut nach unten, als wollte er auf die nächsten Wellen warten und herausfinden, wie nahe sie seinem Hintern kommen.

»Du kennst dich sehr gut mit menschlichen Erfahrungen aus.«

»Ich bin sehr erfahren in menschlichen Dingen.«

Ich stupse in sachte mit der Schulter an. »Möchtest du mich in einige deiner Erfahrungen einweihen, nachdem wir mit ein paar Kätzchen gespielt haben? Ich helfe dir dann bei der Hausarbeit.«

»Keine weiteren Freiluftvergnügungen?«

»Ich will nicht riskieren, dass die Flut Quallen herantreibt, während du nackt bist.«

Nun stöhnt er ebenfalls.

Dann lacht er. »Damit liegst du wahrscheinlich verflucht richtig.«

»Nimm die Cookies mit.«

»Wie könnte ich die vergessen?«

Er schnappt sie sich, dann meine Hand. Und hält sie auf dem ganzen Rückweg zu unserem Zimmer gut fest.

Und dann ist alles egal.

Außer der nagenden Angst im hintersten Winkel meines Verstandes, dass all das nur ein Traum sein könnte.

31. Kapitel

Theo

Mir ist unglaublich heiß, aber nichts im gesamten Universum wird mich jetzt von hier wegbewegen.

Nicht jetzt, da Laneys nackter Hintern sich an meinen harten Schwanz schmiegt, ihr Arm meinen Arm um sie herum festhält, ihre tiefen, gleichmäßigen Atemzüge ihren Rücken gegen meine Brust drücken und wieder von ihr lösen, während es im Schlafzimmer allmählich heller wird.

Meine Schwester heiratet heute einen Vollidioten.

Morgen verlasse ich die Insel und kehre nach Hause in die Normalität zurück. Und übermorgen – ich habe keine Ahnung, was übermorgen geschehen wird.

Wenn Laney mich dann noch sehen will, werde ich es ihr sagen müssen. Jetzt aber noch nicht. Nicht heute.

Morgen.

Oder übermorgen.

Auf dem Nachttisch vibriert ihr Handy.

Sie wird sofort wach und setzt sich, mit den Armen rudernd, auf, wobei sie sowohl mich als auch ihre Zudecke abwirft. »Kunden-Katzen-Krallen«, ächzt sie.

Ich weiche, für den Fall, dass sie noch nicht ganz wach ist, ein Stück zurück. Meine Hände sind auch wieder eingeschlafen und fangen an zu kribbeln.

Und ich sterbe vor Hunger. Bis auf die Knochen ausgehungert.

»Träumst du immer von der Arbeit?«, frage ich sie.

Sie blinzelt mich über ihre nackte Schulter an. »Ich … weiß nicht mehr. Aber das kommt durchaus vor. Einmal habe ich meinen Eltern sogar mitten in der Nacht eine Nachricht geschickt, dass wir auf Wunsch der Kunden bedruckte Felsen anbieten sollten. Dabei meinte ich Felsblöcke. In meinem Traum schrumpften sie auf die Größe von – ach, egal. So ein Blödsinn.«

Ich kann darüber nicht breit genug grinsen. »Nein, das ist bezaubernd. Mir gefällt, wie sehr du deine Arbeit magst. Das tut nicht jeder.«

Wieder vibriert ihr Handy – und, ja, das vertreibt mein Lächeln –, und sie stürzt sich mit einem verhaltenen Schrei darauf, als wäre ihr gerade eingefallen, es könnte wichtig sein.

Was es höchstwahrscheinlich auch ist.

Wahrscheinlich ihre Eltern.

Gestern hätte ich fast ihren Vater gekillt. Da kann sie ruhig rangehen.

Vor allem, weil die unliebsame Erinnerung mir nachhaltig meine Morgenlatte verdirbt und ich jetzt keine reelle Chance mehr hätte, *sie* zum Lächeln zu bringen.

»Hey, Mom. Ja. Ja. Was macht Dad?«

Ja. Und dahin ist die Morgenlatte.

Ich klettere aus dem Bett und zucke zusammen, als mein Arm heftiger zu prickeln beginnt. Laney gibt immer wieder ein »Hm« oder »Aha« von sich, während ich vom Schlafzimmer ins Bad gehe.

Miss Doodles kauert auf dem kaputten Klappbett und beobachtet mich. Wir haben sie gestern rausgelassen, weil sie eindeutig genug davon hatte, von ihren Kätzchen bestürmt zu werden.

Komische Katze.

Aber ich kann es ihr nicht verübeln. Sieben Kätzchen sind ganz schön viel.

»Möchtest du deine Babys sehen?«, frage ich sie.

Sie antwortet mir mit einem lauten Schnurren, das ich durchs ganze Zimmer hören und getrost als *Ja* interpretieren kann.

»Ja, wir helfen Emma alle, damit sie in ein paar Stunden so weit ist«, sagt Laney im Schlafzimmer. »Ich bin froh, dass es ihm heute wieder gut geht. Ihr zwei ruht euch erst mal aus. Nein, wirklich, ruht euch aus. Wir können zusammen frühstücken – und zu Mittag– und zu Abend essen, wenn wir alle wieder daheim sind. Wir sehen uns bei der Hochzeit.«

Ich hebe Miss Doodles hoch, die mir auf die Schulter krabbelt, den Kopf ablegt und wie eine verfluchte Maschine zu schnurren beginnt. »Brave Mieze.«

Sie seufzt zufrieden und schnurrt noch mehr, als ich sie ins Zimmer und zu ihren Kleinen trage, die sämtlich übereinandergekuschelt auf dem Bett liegen.

Für sie ist anscheinend noch Schlafenszeit.

Miss Doodles springt von meiner Schulter zu ihnen aufs Bett, als hätte sie sie vermisst.

Worauf die Kätzchen sich erheben und gähnend recken und strecken und sich mit ihren großen Augen und übergroßen Ohren um sie drängen und mein Herz zu einer Pfütze schierer Liebe zerfließen lassen. Da wir gerade von verflixt bezaubernd reden.

Und ihr leises Gemaunze?

Darin könnte ich glücklich ertrinken.

Als ich nach ihrem Futter und dem Katzenstreu sehe, geht hinter mir die Tür auf, und Laney schlüpft ins Zimmer, mit nichts als einem meiner T-Shirts am Leib. Es berührt gerade so ihre Schenkel.

Ihr Haar ist ein heilloses Durcheinander.

Meine Schuld.

Aber ich bereue nichts.

Ihre Wangen sind rosig. Und ihr Lächeln überstrahlt sogar den schönsten tropischen Sonnenaufgang. »Ah, sieh dir an, wie sie ihre Mama mit Liebe bestürmen. Ach, du meine Güte, sogar Fred ist obenauf. Braver Junge, Fred, ich komme dir nicht zu nah.« Ich schwöre, ihr Lächeln wird noch strahlender, als sie sich mir zuwendet. »Ist deine Hand eingeschlafen?«

Ich beuge und strecke die kribbelnden Finger übertrieben. »Ich wärme mich bloß auf, damit ich mir einen von der Palme wedeln kann, wenn du mal sauer auf mich bist.« Ein lahmer Scherz.

Sie lacht trotzdem prustend.

Mein Magen knurrt.

Sie lächelt sogar noch breiter. »Möchtest du zum Frühstück ein paar tropische Smoothies probieren? Ich hab da, wo es die Tacos gab, einen Laden entdeckt, der aussah, als könnte man dort Ananas-Mango-Irgendwas bekommen, mit Boba, wenn du magst. Und ich wette, die haben sogar geöffnet.«

»Zuerst duschen?«

Sofort verdunkeln sich ihre Augen. »Gern, du weißt doch, dass ich draußen nicht gern schmutzig bin.«

Und nun werde ich wieder hart, als ich mich erinnere, was sie gestern draußen getan hat.

Ich beeile mich mit den Kätzchen, anschließend werfe ich mir Laney über die Schulter und trage sie ins Bad, wo ich ihr eine Lektion in allerfeinstem Sex unter der Dusche erteile.

Was bedeutet, dass uns nicht viel Zeit fürs Frühstück bleibt.

Sie befiehlt mir auch nicht zu essen.

Weil ich es von ganz allein tue. Weil ich dem Hungertod nah bin.

Während des Frühstücks unterhalten wir uns über alles und nichts. Allerdings nicht über unsere Arbeit. Nicht über unsere Familien. Sondern darüber, welche Fernsehserien wir gesehen haben. Ob Skifahren oder Snowboarden besser ist. Warum sie erst einmal im Leben Wildwasserkanu-Fahren war und wieso es drei Jahre her ist, dass sie das letzte Mal eine Skipiste runtergesaust ist. Wo ich meine Tattoos herhabe. Was sie sich stechen lassen würde und wo, wenn sie den Mut dazu aufbringen würde.

Und viel zu schnell müssen wir das Frühstück hinter uns lassen, damit sie Emma helfen kann, sich für die Hochzeit zurechtzumachen.

Und alles, was sich beim Frühstück noch so richtig angefühlt hat, fühlt sich mit einem Mal falsch an.

Bevor sie, als wir wieder auf dem Parkplatz stehen, aus dem Jeep springt, umfasst sie meine Wangen. »Geht es dir gut?«

Ich könnte lügen. Es einfach abtun. Ihr sagen, dass alles okay ist. Wie noch vor zehn Minuten alles okay war, als wir eine scheinbar stinknormale Verabredung zum Frühstück hatten.

Aber das tue ich nicht.

Meine Schwester wird am Ende des Tages theoretisch bis an ihr Lebensende an Chandler Sullivan gebunden sein. Er wird an sämtlichen Feiertagen zugegen sein. Ich werde an den Geburtstagsfeiern seiner Kinder teilnehmen. Er wird da sein, wenn ich vorbeischaue, um Emma zu besuchen, und selbst wenn nicht, werde ich immer wissen, dass er mit ihr in einem Haus lebt.

Und morgen kehren wir in die Normalität zurück.

Nur dass nichts mehr normal ist.

Das *Bean & Nugget* steckt in Schwierigkeiten, und wenn Chandlers Problemlösung nicht funktioniert, werde ich mit Sabrina darüber reden müssen, wie ich ihr anonym unter die Arme greifen kann. Weil ich es so will.

Laney mag noch eine gewisse Zeit bei mir bleiben, bis sie sich mit mir zu langweilen beginnt und weiterzieht, nachdem sie ihre verspätete rebellische Phase abgehakt hat. Das heißt, *falls* sie es gut aufnimmt, wenn ich ihr meine Nebentätigkeit beichte.

Aber ich werde nie wieder *der* sein, der ich vor diesem Ausflug war.

»Ich will nicht, dass Emma ihn heiratet, aber ich kann unmöglich der Grund sein, falls sie es nicht tut«, sage ich zu Laney. »Nach dem Feuer am Pool und wie er neulich Abend auf mein Geschenk reagiert hat und nach dem *ganzen anderen* Mist … Sie hat so lange auf das alles hier gewartet, und ich warte immer noch darauf, dass er sie verlässt und irgendeinen Kniff findet, es mir in die Schuhe zu schieben, um sich nicht mit den Konsequenzen herumschlagen zu müssen.«

Sie mustert mich auf eine Weise, die mir bedeutet, dass ich weder verrückt noch paranoid bin, dass sie es genauso sieht oder, wenn sie es nicht tut, wenigstens versteht, warum ich es so sehe.

»Es ist schwer, mit ansehen zu müssen, wie ein Mensch, den man liebt, etwas tut, das man zwar versteht, aber für falsch hält«, sagt sie. »Und noch schwerer, wenn man befürchtet, dass sie sich beide damit schaden.«

Ganz genau.

»So ist es ihr während unserer Schulzeit immer mit mir ergangen. Dass sie mich geliebt hat, während ich Scheiße baute, die ihr überhaupt nicht gefiel.«

Sie schüttelt den Kopf. »Wie oft habe ich sie sagen hören: *Ich wünschte, ich wäre mehr wie Theo* … Sie bewundert dich dafür, dass du dein Leben nach deinen eigenen Bedingungen lebst.«

»Heute.«

»Nein, damals auch. Ich erinnere mich daran, weil ich es früher nicht kapiert habe. Aber es war so. Du warst alles für sie. Ich wünschte …«

»Du könntest es regeln«, sage ich an ihrer Stelle.

Sie lächelt. »Ich glaube nicht, dass ich mich auf *vergnügliche* Weise davon abbringen kann, alles Mögliche regeln zu wollen.

»Das zu können ist eine Superkraft. Du musst dich nicht dafür entschuldigen.« Ich weise mit einem Nicken hinter sie. »Da wir gerade davon sprechen … Sieht aus, als wäre deine Mitfahrgelegenheit zur Verschönerung vorgefahren.«

Sie dreht sich um und beginnt zu lachen.

Ich denke allerdings nicht, dass sie über Emma und Claire lacht, die auf den Chauffeur der Limousine einreden, der sie zu einem Wellnesszentrum kutschieren soll, wo sie sich vor der Hochzeit ihre Zehen- und Fingernägel sowie ihr Make-up und die Haare machen lassen wollen.

Ich bin mir ziemlich sicher, sie schmeißt sich über Sabrinas Ansage mittels funkelnder Sonnenbrille, rosa Federboa und neonfarben blitzender Halskette weg. Dazu trägt sie eine übergroße Tasche, in der anscheinend noch mehr Federboas und vermutlich auch weitere Sonnenbrillen und Halsketten warten.

»Ich dachte gerade, ich wünschte, ich wäre mehr wie Sabrina«, sagt Laney. »Aber dann habe ich daran gedacht, was du heute Morgen unter der Dusche gemacht hast, und ich wette, Sabrina würde gern so sein wie ich, auch wenn sie gar nicht weiß, wieso.«

Jetzt werde ich hart. »Geh schon.« Ich küsse sie auf die Wange. Gern würde ich mehr tun, doch ich weiß, das würde nur dazu führen, dass ich sie hinten in den Jeep schubse, wo es nicht genug Deckung gibt, um sie nicht vor aller Welt zu entblößen. »Bevor ich etwas tue, was du später bereuen würdest.«

»Vielleicht können wir uns von der Hochzeitsfeier fortstehlen und uns noch einmal in der Küche verstecken. Ich sorge für die Zutaten, und du hältst dich bereit, deine Klamotten auszuziehen.«

Falls es überhaupt zu einer Hochzeitsfeier kommt. Die muss ich nämlich erst noch auf die Beine stellen. Laney ist nicht die Einzige, die heute Verpflichtungen hat. »Du machst mich fertig, Süße. Du machst mich echt fertig.«

»Reservier mir einen Tanz.« Sie küsst mich heftig. Dann ist sie fort, flitzt über den Parkplatz, um sich zu meiner Schwester und ihren beiden anderen Trauzeuginnen zu gesellen.

Ich bleibe noch einen Moment im Jeep sitzen und sehe ihr nach, doch als ich mich abwende, springe ich fast aus dem Hemd.

»Nicht schlecht«, sage ich zu Decker, als ich das Seitenfenster runterfahre. »Ist gar nicht so einfach, mich so zu erschrecken.«

Er runzelt die Stirn. »Hast du gehört, was Mr K. gestern passiert ist?«

Klar. An nichts denke ich lieber. »Ich war dabei. Lucky hat sich wacker geschlagen.«

Er blickt über den Parkplatz, wo die Ladys sich reihum um den Hals fallen, und zieht die Stirn in noch tiefere Falten, nicht gerade sein normaler Gesichtsausdruck. »Nein, ich meine, hast du gehört, dass er allergisch gegen Macadamianüsse ist?«

Ich zucke zusammen. »War kaum zu überhören.«

»Meine Brüder und ich haben vor zwei Jahren DNA-Test-Sets zu Weihnachten gekriegt. Wir wollten sicher sein, dass wir miteinander verwandt sind.«

Ich mache den Mund auf, und dann grinse ich. »Ich kann nicht erkennen, wie man daran zweifeln könnte.«

»Unser Dad ist gar nicht unser Dad. Aber wir haben ihm nichts gesagt.«

Hallo, Themenwechsel. »Was?«

»Und wir sind alle gegen Macadamianüsse allergisch.«

Oh, fuck! Oh, fuck, fuck, fuck … Ich hätte auch meine

Freunde umbringen können. »Ihr … ihr habt gestern Abend nichts gegessen, richtig? Sag mir, dass ihr gestern Abend nichts gegessen habt.«

»Oh, nein, nichts da! Wir haben unseren Fisch ohne Kruste gegessen. Wir sind diese Woche überall nach Macadamianüssen gefragt worden. Aber … na ja … wo du und Laney euch jetzt doch näherkommt, haben wir uns gedacht, du könntest sie vielleicht fragen, ob sie sich auch testen lassen würde. Um zu sehen, ob wir recht haben.«

»Ob ihr verwandt seid?«

»Genau.«

»Decker. Ihr seid eineiige Drillinge.«

»Nicht miteinander. Mit Laney.«

Ich sehe ihn blinzelnd an.

Und fahre mir mit der Hand über den Mund.

Spule die Konversation zurück, um zu sehen, wo sie nach dem Themenwechsel vom Kurs abgekommen ist und wo ich den Faden verloren habe – und wieso Laney überhaupt einen Test machen muss, um herauszufinden, ob sie und die Drillinge verwandt sind.

»Du meinst … weil ihr gegen Macadamianüsse allergisch seid … und Charles Kingston ebenso … und weil ein DNA-Test euch darüber aufgeklärt hat, dass euer Vater gar nicht euer Vater ist, ist jetzt Charles euer Vater?«, sage ich langsam.

»Drei Tests haben bestätigt, dass unser Dad nicht unser Dad ist. Was Dad nur deshalb nicht weiß, weil er Computer hasst und sich nicht bei dem Account anmeldet, wo man nachschauen kann, ob man geheime Verwandtschaft hat. Außerdem finde ich, dass Jack Mr K. ein bisschen ähnlich sieht.«

»Ihr seid völlig identisch«, sage ich noch einmal.

Er schneidet ein Gesicht. »Nur genetisch. Davon abgesehen sehen wir uns überhaupt nicht ähnlich. Aber genetisch sind wir alle allergisch gegen Macadamianüsse. Und meine Großmutter hat im Leben kein freundliches Wort über die Kingstons verloren, und sie mochte sonst wirklich jeden.«

Ich fahre mir mit der Hand übers Gesicht.

Und dann steigt etwas an die Oberfläche meines Bewusstseins, das mich in einem stillen Winkel meines Verstandes schon länger beschäftigt hat.

Warum hast du Laneys Familie nicht um Geld gebeten? Was hat Sabrina noch gleich dazu gesagt? Warum kann ich mich nicht erinnern?

Ich weiß nur noch, was für ein Gesicht sie dazu gemacht hat. *Weil … Kommt gar nicht infrage.*

Das geht mich nichts an. Das geht mich, verdammt noch mal, nichts an.

Tut es aber doch, wenn ich will, dass Laney mich zukünftig etwas angeht. Ich darf ihr nichts verheimlichen. So läuft das nicht.

Und verbirgst du dein größtes Geheimnis etwa nicht vor ihr?, bohrt und stochert das ärgerliche Sorgenzentrum in meinem Schädel.

Doch plötzlich macht mir auch noch etwas anderes zu schaffen. »Werden solche Allergien denn immer vererbt?«

Ist Laney vielleicht auch allergisch?

Er schüttelt den Kopf. »Immer nicht. Laney hat vermutlich Glück gehabt. Oh Mist, es sei denn, Mr K. ist nicht ihr Vater.«

Ich kneife die Augenlider zusammen. Laney hat zu viel von ihrem Vater mitbekommen, als dass da etwas dran sein könnte.

»Aber du wirst sie fragen? Ob sie einen Test macht? Und dann vergleichst du sie online mit uns, um herauszufinden, ob wir verwandt sind?«

Moment. Moment mal.

»Ihr habt, verdammt noch mal, mit ihr geflirtet.«

Er grinst, allerdings unbehaglich. »Ja, wir haben Mr K. erst seit gestern Abend in Verdacht, womöglich unser Samenspender zu sein, aber ich habe es noch für mich behalten, und wir haben weiter mit Laney geflirtet, damit keiner Verdacht schöpft. Sorry, Mann, aber Laney sah im Bikini echt scharf aus, was aber kein Wunder ist, wenn wir die gleichen Gene haben, schließlich sehen wir alle umwerfend aus.«

»Du … du … du bist lachhaft.«

»Ja, so macht das Leben mehr Spaß. Bis damit Schluss ist. Du kennst das ja. Und, fragst du sie? Und falls wir während der Hochzeitsfeier mit ihr flirten, musst du wissen, dass es uns nur aus genetischen Gründen und weil wir etwas zu verbergen haben …«

»Ja«, lüge ich. »Ich werde sie fragen.«

»Das wäre krass. Danke.« Er schaut der Limousine nach, die gerade vom Parkplatz rollt.

»Weiß Sabrina darüber Bescheid?«, frage ich.

Er grunzt. »Sie ist halt Sabrina.« Sein Stirnrunzeln vertieft sich. »Aber ich weiß nicht, ob ihr klar ist, wie groß die Probleme des Cafés wirklich sind. Chandler hat sich nicht in die Karten schauen lassen.«

»Sie weiß es.«

»Bist du dir sicher?«

»Ja.«

Er beäugt zuerst mich, dann die Stelle, an der eben noch die Limousine stand.

»Weiß nicht, Mann. Ich meine, sie wäre doch sicher sehr viel mehr angepisst, wenn sie Bescheid wüsste. Und du weißt, dass Sabrina nicht sauer wird, ohne dass alle anderen es mitbekommen.«

In meiner Magengrube nistet sich das allerübelste Vorgefühl ein.

Die Eltern der Drillinge haben ihren Anteil am Café ebenfalls an Chandlers Familie verkauft, aber Jack, Lucky und Decker hielten, genau wie Sabrina, noch die Option, wann immer ihnen danach war, für *Bean & Nugget* zu arbeiten. Allerdings zeigte keiner von ihnen daran Interesse. Stattdessen schlugen sie ihren eigenen Weg ein. Und machten, worauf sie Lust hatten.

Trotzdem gehören sie noch zur Familie. Und sind noch immer Chandlers Cousins. Und Sabrinas. Und bald auch Emmas angeheiratete Cousins.

Ich packe meinen Kumpel beim Kragen und ziehe ihn Auge in Auge an mich heran. »Wird das Emma schaden?«

Ich erwarte, dass er abwinkt. Dass er mir versichert, sie wisse Bescheid, weil sie keine Geheimnisse voreinander hätten.

Stattdessen lässt er seine grimmig aufeinandergepressten Lippen für sich sprechen. »Sie liebt ihn, Alter. Im Herzen ist sie schon sehr lange seine Frau. Das heute ist nur eine Formalität. Ein paar Probleme für *Bean & Nugget* ändern daran gar nichts.«

Nicht gerade die Bestätigung, die ich mir gewünscht hatte.

»Ich hoffe, das mit dir und Laney haut hin.« Damit tritt er von meiner Fahrertür zurück. »Hätte nichts dagegen, mit euch *beiden* verwandt zu sein. Bis später.«

Als er sich entfernt, lasse ich den Kopf aufs Lenkrad sinken.

Ich muss noch eine Hochzeit ausrichten. Noch ein paar letzte Telefonate abhaken. Noch das eine oder andere checken.

Damit meine Schwester ihren Traum verwirklichen kann.

Aber alles, was ich will, ist Laney. Ich möchte, dass sie mir versichert, dass ich das Richtige tue.

Sie gibt mir ein gutes Gefühl. Das Gefühl, als der gewürdigt zu werden, der ich bin. Dass ich verstanden werde. Und *akzeptiert*.

An einem Tag, an dem alles schiefzulaufen scheint, könnte ich ein wenig Bestätigung gut gebrauchen.

Aber sie hat heute selbst alle Hände voll zu tun.

Höchste Zeit, meinen Part zu erledigen.

32. Kapitel

Laney

In der Limousine fließt der Champagner in Strömen, bis wir vor dem Wellnesszentrum halten, wo der Großteil unserer Hochzeitsvorbereitungen stattfinden soll: Haare, Maniküre, Pediküre.

Emma bekommt eine Ganzkörpermassage samt Packung.

Wir sind alle quietschvergnügt, weil der Tag *endlich* gekommen ist.

Aber ich tue nur so, als ob.

Noch vor zwei Wochen hatte ich keinerlei Zweifel, dass Emma genau das mit ihrem Leben anfangen sollte. Ja, Chandler hat *ewig* gewartet, bis er ihr einen Heiratsantrag gemacht hat. Ja, er ist bisweilen ein arroganter Idiot.

Aber sie hat, seit sie nach dem College wieder zusammenkamen, gesagt, er sei der Richtige.

Dass sie es wisse. Dass sie seelenverwandt seien.

Und sie war seitdem so glücklich, dass ich nie daran gezweifelt habe.

Wenn man mir vor zwei Wochen gesagt hätte, dass Theo und Chandler nicht besonders gut miteinander auskommen würden, hätte ich bloß die Augen verdreht und gesagt: *Natürlich kommen sie nicht gut miteinander aus,* und hätte Theo dafür verantwortlich gemacht.

Doch jetzt – jetzt bin ich dermaßen unentschlossen, dass mir das Lächeln wehtut.

»Was ist los mit dir?«, flüstert Sabrina, während Claire Emma hilft, in der Vorhalle des Zentrums aromatherapeutische Düfte für ihre Behandlung auszuwählen.

»Glaubst du wirklich, Chandler ist gut für Emma?«, flüstere ich zurück.

Ihr Augenlid zuckt.

Mein Herz wird schwer. »Ein Ja ist das nicht.«

»Es wäre nicht fair, Emma leiden zu lassen, weil ihr Liebster auf meiner Negativliste steht.«

»Wenn du mir sagen würdest, weshalb …«

»Weißt du, woran es diese Woche fehlt?«, unterbricht sie mich. »Es fehlt an der Sorte Typen, mit denen man sich auf heiße One-Night-Stands einlassen könnte.«

Ich seufze über den offensichtlichen Versuch, das Thema zu wechseln. »Sag mir bitte, dass diese Hochzeit eine gute Idee ist.«

Sie deutet mit einem Nicken auf Emma. »Sag du mir, dass sie keine gute Idee ist. Schau sie dir an und sag mir, die Hochzeit ist keine gute Idee.«

Ich schaue.

Wirklich.

Ich betrachte eine meiner besten Freundinnen auf der ganzen Welt, und ich weiß es nicht.

Sie lächelt. Aber deuten die Fältchen um ihre Augen auf Stress hin, oder bilde ich mir das bloß ein, weil ich ihretwegen Zweifel hege?

»Wusstest du, dass damals, als Theo wegen des Snaggletooth-Denkmals ins Gefängnis musste, in Wahrheit Chandler der Schuldige war?«, frage ich leise.

Sabrina schürzt die Lippen.

»Weiß Emma es?«, dringe ich in sie.

Nun presst sie die Lippen so fest aufeinander, dass sie sich an den Rändern weiß verfärben.

»Sie weiß es nicht?«

»Laney, Emma hat wohl oder übel und in guten wie in schlechten Zeiten Jahre mit Chandler verbracht. Ich weiß, sie behaupten immer, keine Geheimnisse voreinander zu haben, aber ich weiß ehrlich nicht, ob sie es weiß. Und wenn sie es weiß, wäre ich die Letzte, der sie es sagen würde.«

Ich weiche zurück. »Ich dachte, wir sind alle beste Freundinnen.«

»Sind wir ja auch. Aber sie hat es *nie* so weit kommen lassen, mich zu fragen, ob ich weiß, wie schlimm es Chandler früher getrieben hat. Sie weiß, dass er auf der Highschool in jedem Mathetest betrogen hat. Sie weiß, dass es Chandler war, der, kurz nachdem sie nach dem College wieder gedatet haben, den ausgestopften Nerz aus der Werkstatt ihres Vaters gestohlen hat. Und sie weiß, dass er es war, der *Bean & Nugget* nach Großmutters Tod gegen die Wand gefahren hat.«

Ich schnappe nach Luft.

Ich schnappe so laut nach Luft, dass Em und Claire aufblicken.

»Oh, mein Gott, Walpenisse … Die sind nicht mal so viel größer als dein Hund«, speie ich aus.

Sabrina schließt kurz ihre Augen, dann strahlt sie mich an. »Überraschung!«

Em und Claire kichern und wenden sich wieder ihrer Aromatherapie zu.

Während ich mit gesenkter Stimme mein Gespräch mit Sabrina fortsetze. »Ich wusste nicht, dass er das war.«

»Das war auch nicht nötig. Sie war schon sauer genug, dass ich darüber Bescheid wusste, und ich musste ihr schwören, keiner Seele etwas davon zu sagen, weil es ihm leidtun und weil er so etwas nie, nie, *niemals* wieder tun würde. Und es war nicht nur sie, die sich für ihn starkgemacht hat. Und das war das einzige Mal, dass ich ernsthaft dachte, dass er das Café hasst und dass Em bloß so wütend war, weil … na ja … weil es etwas war, dass sie eher Theo zugetraut hätte. Und weil sie *ihn*, bei aller Liebe für ihn, schließlich nicht heiraten wollte, weißt du?«

»Das war vor drei Jahren, als sie sich beinah getrennt hätten«, flüstere ich.

Sie nickt. »Es gibt eine rote Linie, Laney. Es hat immer eine rote Linie gegeben, und er hat ihr so viel von dem Mist erzählt, den er früher gebaut hat, dass ich denke, sie weiß wahrscheinlich Bescheid. Hat dir Theo gesagt, dass die Zeit im Knast sein Leben verändert hat?«

»Ja, schon, aber es war trotzdem nicht richtig.«

»Aber das war vor über zehn Jahren. Neu ist diese Ungerechtigkeit nur für dich. Für den Rest von uns …«

»Aber *alles* fühlt sich falsch an. Im Moment fühlt sich einfach alles falsch an.«

Sie widerspricht nicht. Nicht wirklich. »Dann leitet ihre Hochzeit die schlechten Zeiten ein. Und bekräftigt bloß offiziell, dass sie ihn nie verlassen wird, ganz egal, was er anstellt. Sie weiß, dass Männer Blödsinn machen. Sie würde behaupten, sie selbst sei auch nicht besser.«

Ich schnaube.

»Ich weiß, aber *du* weißt, dass sie genau das sagen würde.«

»Oha, warum so ernst?«, will Emma wissen, als sie und Claire sich uns zuwenden.

Wir machen beide einen Satz.

»Laney hat sich nur vergewissert, ob ich Kondome zur Hand habe, und ich habe sie zusammengestaucht, weil sie überhaupt gefragt hat«, sagt Sabrina aalglatt.

»Brauchtet ihr die für ein Kunstprojekt?«, fragt Emma.

Sabrina schnappt nach Luft.

Ich lache laut los.

Claire lächelt in die Runde. »Hast du gestern an der Bar jemanden kennengelernt?«, fragt sie Sabrina.

»Nein, aber ich setze große Hoffnungen auf heute Abend.«

Claire und ich kichern.

Emma zieht die Nase kraus. »Aber amüsiert ihr euch auch gut genug?«

Sabrina japst übertrieben. »Emma. Wir amüsieren uns alle prächtig.«

»Sicher?«

»Ja.«

»Ich habe mich die ganze Woche so gesorgt, dass die Leute sich auch genug amüsieren. Ich will, dass *alle* so glücklich sind wie ich.«

Sabrina hakt sich bei Emma ein. »Niemand hier kann so viel Spaß haben wie du. Aber wir belegen diese Woche einen guten zweiten Platz.«

Wir belegen *nicht* den zweiten Platz.

Bei Weitem nicht.

Aber genau das will Emma jetzt hören, und die Bestätigung lässt sie wieder weich und zufrieden lächeln.

Ich bin da ganz bei Theo. Ich will nicht der Grund dafür sein, dass sie heute womöglich nicht heiratet. Nicht wenn die Hochzeit immer schon ihr größter Wunsch war.

Und gemessen daran, wie schnell Sabrina ihr Lächeln aus dem Gesicht fällt, als Emma den Blick abwendet, nehme ich an, dass es ihr genauso geht.

Da nähert sich uns eine Frau in Schwarz mit einem Klemmbrett. »Ms Monroe? Wir sind so weit, Sie und Ihre Begleiterinnen können sich jetzt umziehen, Ihr Massagetherapeut wird dann sehr bald bei Ihnen sein.«

»Ich kann nicht glauben, dass endlich *heute* ist.« Emma dreht sich, strahlend und sorglos lächelnd, mit ihrem Bademantel.

»Das Warten hat sich gelohnt, hm?«, ruft Claire.

Emma lächelt.

Sabrina zwingt sich zu lächeln.

Ich gebe mir Mühe, ebenfalls die Lippen zu verziehen.

Sie stupst mich an.

Und statt mich zu einer Szene hinreißen zu lassen, die Emma nur zu der Frage provozieren würde, was, um alles in der Welt, mit uns nicht stimmt, schlüpfe ich in eine der kleinen Umkleidekabinen. »Die Letzte kriegt in der Entspannungslounge das nicht so noble Gebäck zum Tee ab«, sage ich.

Doch als wir erst in der Lounge sind – wo Sabrina, Claire und ich uns vorgeblich entspannen, während Emma massiert wird –, lächelt keine von uns mehr.

Claire beobachtet uns und schweigt zumeist. Bis auf eine Bemerkung: »Es gibt keine größeren Dramen als Kleinstadtdramen, nicht?«

Sabrina verzieht das Gesicht.

Ich winde mich.

Damit liegt sie nicht falsch.

Und während ein Teil von mir dem gern entgangen wäre, wünscht sich der andere Teil …

»Also, du und Emmas Bruder, wie?«, spricht Claire weiter.

Ja.

Der andere Teil.

Bereut nichts.

Theo näher kennenzulernen – zu verstehen, wie er tickt, hinter mir zu lassen, wofür ich ihn auf der Highschool gehalten habe, und zu sehen, wie er heute wirklich ist, ihn zu mögen,

Spaß mit ihm zu haben – wiegt sämtliche Sorgen und Irritationen auf.

»Er ist viel mehr, als ich ihm jemals zugetraut hätte«, teile ich ihr mit. »Ich hoffe bloß, ich bin gut genug für ihn.«

Sabrina lächelt mich an. »Die bloße Tatsache, dass du dich fragst, ob du gut genug für *Theo* bist, sagt alles, was man wissen muss, darüber, wir sehr ihr zwei einander verdient.«

»Ich kann nicht glauben, dass ich das noch vor zwei Wochen für eine Beleidigung gehalten hätte.«

Sie lacht.

Ich ebenso.

Was auch immer während Emmas Hochzeit passieren wird, Theo ist das Einzige daran, das ich *niemals* bereuen werde.

»Wusstest du, dass er als Model arbeitet?«, frage ich sie.

Sie nagelt mich mit einem Blick fest, den ich nicht zu deuten vermag. »Das … hat er dir erzählt?«

»Nicht direkt. Ich habe es mir zusammengereimt. Aber dann habe ich nichts weiter dazu gesagt. Wir sprechen nicht über unsere Arbeit. Und ich will nicht langweilig sein.«

Sie starrt mich an, als wäre mir gerade ein zweiter Kopf gewachsen.

»Was?« Eine gruselige Gänsehaut kriecht mir über die Haut. Hier stimmt was nicht.

»Ich bin bloß sehr, sehr froh, dass du endlich Spaß am Leben gefunden hast, und sehr, sehr froh, dass du endlich aus dem Loch gekrabbelt bist, in dem du bisher gelebt hast. Die Aufgeschlossenheit steht dir gut zu Gesicht.«

»Was verschweigst du mir?«

Sie nimmt meine Hand. »Laney, ich bete dich an. Ich bin gerade ein bisschen sauer auf Theo, doch ich werde darüber hinwegkommen, aber bis es so weit ist, sollst du wissen, dass er, wenn das zwischen euch beiden Bestand hat, das Allerallerallerbeste sein wird, was dir im Leben begegnet ist, welche Hürden du bis dahin auch überwinden musst.«

»Das klingt irgendwie unheilschwanger«, meint Claire.

Sabrina zuckt nicht mit der Wimper. »Die beiden sind sehr unterschiedlich. Aber siehst du das, siehst du, wie Laney leuchtet? *Das* ist keine Lüge.«

Claire schaut mich an, als wollte sie sagen: *Sie spricht in Rätseln*, während Sabrina sich erhebt und ihre Teetasse auffüllt.

»Deine Eltern werden tot umfallen, wenn sie rauskriegen, dass du mit Emmas Bruder geschlafen hast, nicht wahr?«, fragt sie schließlich, während Sabrina sich auf der anderen Seite der Lounge Zeit lässt.

Ich zucke zusammen. »Wahrscheinlich.«

»Aber du wirst dir davon nicht die Tour vermasseln lassen?«

»Für alles, was man haben will, lohnt es sich auch zu kämpfen.«

Sie nickt langsam. »Chandler musste nie um Emma kämpfen. Sie nimmt ihn einfach so, wie er ist, auch wenn wir anderen uns fragen, ob er überhaupt gut genug für sie ist. Eigentlich sollten alle ein wenig um ihre Liebe kämpfen. Und um jeden Menschen sollte jemand kämpfen.«

Ich stutze. »So habe ich das noch nie gesehen.«

Sie grinst. »Gern geschehen.«

»Ich hatte echt gehofft, dass wenigstens eine von uns wegen heute nicht nervös wäre.«

»Emma hat sich schon vor langer Zeit so entschieden. Aber du – du hast gerade erst etwas Gutes gefunden. Lass dich nicht davon abbringen, weil du Angst hast, darum zu kämpfen.«

»Dann haben deine Eltern auch unvernünftig hohe Erwartungen?«

Sie lacht. Dann windet sie sich.

Und dann fangen wir beide wieder an zu lachen.

Ich hebe meine Teetasse. »Auf eine sehr erinnerungswürdige Hochzeit.«

Claire stößt mit mir an.

Sabrina hebt ihre Tasse und prostet uns von der anderen Seite zu.

Und als wir trinken, überkommt mich der Verdacht, dass wir uns alle wünschen, wir hätten Tee mit Schuss.

33. Kapitel

Theo

Etwa eine Stunde, nachdem Laney mit den Trauzeuginnen verschwunden ist, stelle ich gerade auf der Lanai Stühle für Emmas Hochzeit auf, als mein Vater und Onkel Owen sich mir anschließen.

»Also hier hast du dich versteckt«, sagt Dad.

»Ich denke nicht, dass er sich hier versteckt«, meint Onkel Owen. »Sieht für mich eher so aus, als würde er die Arbeit des Resorts machen.«

»Ist nicht ganz das, was Emma sich vorgestellt hat, was?«

»Im Vergleich zu den Fotos jedenfalls nicht.«

Dad klopft mir auf den Rücken und geht dann zu dem mit Stühlen beladenen Wagen und packt ebenfalls mit an. »Behandelt Hawaii dich gut, mein Sohn?«

»Ja.«

»Wie es aussieht, nicht nur Hawaii«, sagt Onkel Owen, als er seinerseits mithilft.

Beide Männer grinsen mich vergnügt an.

»Seid ihr bereit, Em verheiratet zu sehen?«, frage ich und ignoriere ihre Fragen zu Laney, die sie mir gar nicht stellen.

»Das hat sie immer schon so gewollt.« Dad klemmt sich unter jeden Arm einen Stuhl. »Schon klar, es ist schwer für dich, immer nur das Beste für sie zu wollen und zu denken, dass niemand sonst dem gerecht wird, aber das wird schon alles. Nächstes Jahr um diese Zeit werden wir uns darum zanken, wer ihr erstes Baby halten darf, und keiner wird sich mehr dafür interessieren, was bei dieser Hochzeit schiefgegangen ist.«

»Hoffentlich sieht es auch aus wie Em«, wirft Onkel Owen gackernd ein.

»Also kein Grund zur Sorge?«, frage ich.

Dad schüttelt den Kopf. »Deine Mom wäre so stolz auf alles, was Emma getan hat.«

Das hilft mir auch nicht weiter.

Einer von uns hat Scheuklappen an, so viel steht fest.

Wahrscheinlich ich.

Und mir zu sagen, dass Laney Zweifel hegt, hilft mir auch nicht. Was auch auf meine Kappe geht. Die hätte sie nämlich nicht, wenn ich sie nicht beeinflussen würde.

»Ja, das wäre sie«, pflichte ich meinem Vater bei.

»Du und Laney, ihr schaut euch an, wie ihr es immer getan habt, und in vierzehn Jahren stehen wir wieder so da wie jetzt«, sagt Onkel Owen.

Ich kann über die Andeutung, Laney und ich könnten Chandlers und Emmas Beispiel folgen und ewig daten, ohne zu heiraten, nicht lachen. Nichts daran kommt mir heute komisch vor.

Dad lacht auch nicht.

Sondern stellt bloß weitere Stühle auf.

Später muss ich nach den Cateringleuten in der Bistroküche sehen. So viele Blumen, wie sie sich gewünscht hat, wird Emma nicht bekommen, dafür aber ein Spalier.

Keine Ahnung, wo Chandler steckt.

Allerdings bin ich froh, dass er nicht hier ist; er würde mir vermutlich bloß sagen, dass ich die Stühle falsch aufstelle.

»Komisch auf so einer Hochzeit«, bemerkt Onkel Owen.

»War es nicht auch auf einer Hochzeit, ungefähr die passende Anzahl Monate, bevor die Drillinge auf die Welt kamen, als Charles Sullivan ein Techtelmechtel mit Sherry Sullivan hatte?

Ich verschlucke mich.

»Das war eine Beerdigung«, korrigiert ihn Dad.

Ich sehe die beiden an. Keiner mich.

»Oh ja, richtig, richtig«, sagt Onkel Owen.

»Ich höre mir das alles nicht an«, teile ich ihnen mit. »Ich will nichts von alldem wissen.«

»Solltest du aber vermutlich«, sagt Dad.

»Du wirst eigene Munition brauchen, wenn dir irgendwer weismachen will, du seist nicht gut genug für ihre Tochter«, schaltet sich Onkel Owen ein.

Dad nickt. »Unschön, aber wahr.«

»Kein Interesse«, wende ich mich an beide. »Aber vielen Dank.«

»Sie werden dir einiges nachtragen, mein Junge«, sagt Dad. »Andere Welten, andere Regeln.«

Fuck.

Werden ihre Eltern mir zuhören, falls Laney es tut, und mich ausreden lassen, wenn ich von meinem *GrippaPeen*-Kanal berichte?

Werden sie Laney aus der Firma entlassen, falls sie mich ihnen vorziehen sollte?

Sie *liebt* ihren Job. Sie reißt sich den Hintern dafür auf. Sie *träumt* sogar davon.

»Ist es in Ordnung, wenn ihr zwei hier allein weitermacht?«, frage ich. »Ich muss mich vergewissern, dass der Geistliche unterwegs ist.«

»Wir versuchen, uns nützlich zu machen«, ruft Onkel Owen, als ich von der Lanai stapfe.

»Wir wollen nur nicht, dass du im Nachteil bist«, lässt Dad sich vernehmen.

Es nagt an mir, dass sie mir nicht zugutehalten, mein Leben in den letzten zehn Jahren geändert zu haben.

Was sie sonst durchaus tun.

Was bedeutet … Ich drehe mich noch mal um. »Habt ihr zwei mir noch irgendwas Unverblümteres zu sagen?«

»Wir waren ziemlich unverblümt«, antwortet Onkel Owen.

»Das ist es nicht, was er meint, Owen«, brummt Dad.

»Oh. Dann meint er … die andere Sache.«

»Ja.«

»Die … *nackte* Sache.«

Dad seufzt.

»Wie …? Wer …? Egal.«

»Emma war gestern Abend ein wenig beschwipst«, sagt Dad jetzt.

»Und wir sind verschwiegener als Sabrina«, ergänzt Onkel Owen.

»Uns ist bloß bewusst, dass Leute im Geschäftsleben gewisse Erwartungen haben, die sich unterscheiden von …«

»Ich trete nicht ins Geschäftsleben ein.«

Sie wechseln einen Blick. Und sehen dann wieder mich an.

Ich weiß, dass sie es gut meinen. Das weiß ich wirklich. Trotzdem fühle ich mich in diesem Augenblick wieder wie ein Teenager, der alle enttäuscht.

»Wir stehen hinter dir, mein Sohn«, sagt Dad.

»Aber wir wissen auch, dass wir womöglich nicht genügen«, fügt Onkel Owen hinzu und verzieht das Gesicht.

Ich stoße langsam Luft aus und schicke mich erneut an, die Lanai zu verlassen.

Der Tag gestern hat mir wesentlich besser gefallen.

»Wenn ihr mit den Stühlen fertig seid, seht mal nach, ob ihr in dem offenen Lagerraum hinter dem Bistro noch mehr Blumen findet«, rufe ich über die Schulter.

Ich habe keine Lust, mich um die Verpflegung zu kümmern.

Ich habe keine Lust, mich um den Geistlichen, die Fotografin oder die Musik zu kümmern.

Ich habe keine Lust, mich um die Hochzeitstorte in letzter Minute zu kümmern, für die ich um ein Haar sexuelle Gefälligkeiten anbieten musste. Und, ja, ich habe Laney gestern Abend davon erzählt, nachdem ich mich von dem Schrecken erholt hatte, dass ich beinah ihren Vater umgebracht hätte. Und, ja, sie hat sich darüber vor Lachen weggeschmissen, bevor sie mich küsste, bis ich vergessen habe, dass in der Weltgeschichte jemals irgendwas falschgelaufen ist.

Doch ich will, dass meine Schwester den schönsten Tag ihres Lebens bekommt.

Ich bin tief in Gedanken versunken, als ich zu meinem Mietwagen eile, was bedeutet, dass ich erst mitbekomme, was auf mich zukommt, als es bereits zu spät ist.

Chandler.

Und die Drillinge.

Ich dachte, er sei beim Golfen.

»Würde einer von euch bitte dafür sorgen, dass er mir nicht die Klamotten anzündet?«, fragt Chandler und tritt an den äußersten Rand des Gehwegs.

Er hat seinen Ungeziefer-Elektroschocker dabei.

»Chand, mein Alter«, sagt Lucky, »jetzt ist der Augenblick gekommen, in dem du dich damit abfinden musst, dass Theo dir hier die obligatorische Standpauke vor der Hochzeit hält, dass er dich umbringt, wenn du seiner Schwester irgendwas zuleide tust.«

»Das macht man so«, sagt Decker nickend.

»Daran können nicht mal Trauzeugen etwas ändern«, ergänzt Jack.

Chandler beäugt mich misstrauisch. »Stimmt das?«

»Ich suche nur was zu essen.«

»Du bist ein Weichei geworden, seit du dich fürs Ausziehen bezahlen lässt«, sagt Chandler.

»Holla, Mann, wir stehen hinter dir, aber das geht vielleicht ein bisschen zu weit«, meint Lucky.

»Willst du *wirklich*, dass die Hochzeit abgesagt wird?«, fügt Jack hinzu. »Sogar Em kennt Grenzen.«

Hitze steigt mir ins Gesicht.

Nicht weil sich mir plötzlich der Gedanke aufdrängt, dass Chandler Emma sitzen lassen könnte. Sondern vielmehr, weil keiner der Drillinge überrascht wirkt. Oder verwirrt.

Dad und Onkel Owen wissen über *GrippaPeen* Bescheid. Die Drillinge wissen über *GrippaPeen* Bescheid. Sabrina weiß über *GrippaPeen* Bescheid.

Wer weiß eigentlich nicht darüber Bescheid?

Und was passiert, wenn irgendjemand Laney davon berichtet, bevor ich es tun kann?

Ich mag mein Leben.

Ich bewirke etwas in der Welt.

Aber das reicht jetzt nicht mehr. Jetzt will ich etwas in Laneys Welt bewirken.

»Ich übernehme das für dich, Chandler«, sagt Decker. »Viel besser, wenn ich mich vor deiner Hochzeit prügle.« Damit packt er mich beim Kragen und zieht mich, vorbei an seinen Brüdern und Chandler, ein Stück den Weg hinauf.

»Ich prügle mich aber nicht mit dir«, brumme ich.

»Der Bursche kriegt kalte Füße«, brummt er zurück. »Aber so leicht lassen wir ihn nicht davonkommen.«

»Ich schwöre bei Gott, wenn er Emma wehtut …«

»Wissen wir.«

Ich sehe ihn schräg an.

»Wissen wir«, wiederholt er. »Und wenn du mich fragst, drücken wir dir die Daumen, wenn du Laney sagst, was Sache ist. Das wird sicher … na ja … noch heikler, als erfolgreich mit ihr anzubandeln es jemals hätte sein können. Ich schätze, es ist gut, dass du wahrscheinlich nicht ihr Halbbruder bist.«

»Kann ich mich jetzt bitte um die verfluchte Hochzeitstorte kümmern?«, presse ich durch zusammengebissene Zähne.

»Oh ja, super Idee. Entschuldigung wegen Chandler. Er ist allergisch gegen Hochzeiten. Wenn die Feier erst mal vorbei ist, wird er wieder besser drauf sein. Normaler. Ich schwöre.«

Das bezweifle ich. Nichts wird jemals wieder *normal* sein.

Ich liebe Veränderungen.

Aber ich weiß nicht, ob mir die Veränderungen gefallen, die diese Woche mit sich bringen wird.

34. Kapitel

Laney

Ich habe keine Ahnung, was ich machen soll.

Em hat schon das Hochzeitskleid an. In fünfzehn Minuten geht es los. Seit wir aus dem Wellnesszentrum gekommen sind, hatte ich keine Minute Zeit, auf mein Handy zu gucken, und wir haben Emma ohnehin versprochen, heute für den Augenblick zu leben statt in unseren Handys.

Was bedeutet, dass ich nicht weiß, wo Theo steckt.

Aber ihr Dad ist hier.

Ihm kommen beim Anblick von Emmas hinreißendem Kleid die Tränen, er schließt sie in seine Arme und sagt ihr, wie sehr er sich wünschte, ihre Mutter könnte hier sein und sie sehen.

Während ich mir wünsche, dass Theo in diesem Moment hier wäre.

»Müsste er auch«, murmelt Sabrina neben mir.

Ich weiß sicher, ich habe das nicht laut gesagt.

Sie schüttelt den Kopf. »Dir steht immer alles ins Gesicht geschrieben, Laney. Und du hast recht. Er sollte hier sein. Sie sind eine Familie. Er sollte nicht das Gefühl haben, nicht zu seiner eigenen Familie zu gehören.«

Scheiß drauf.

Ja, scheiß drauf!

Ich gebe meinen Trauzeuginnen-Strauß Sabrina und suche in meiner Handtasche nach meinem Handy.

Ich rufe ihn an.

Doch als ich mein Handy gefunden habe, wird mir klar, dass ich ihn schon vor Stunden hätte anrufen sollen.

Neunundvierzig verpasste Nachrichten.

Vier von meiner Mom, die mich über die zukünftige Vermeidung von Macadamianüssen seitens meines Vaters sowie seinen guten Gesundheitszustand heute auf den neuesten Stand bringt.

Drei von Leuten auf der Arbeit, mit denen ich mich befasse, wenn ich am Montag wieder im Büro bin.

Was bedeutet, dass die verbleibenden zweiundvierzig von Theo sind.

Ich öffne den Thread und beginne, die Nachrichten zu überfliegen:

Du liest das hier vermutlich erst nach der Hochzeit. Aber falls du dir Sorgen machst und deine Nachrichten checkst, alles ist unter Kontrolle.

Die Hochzeitstorte ist nicht ganz so wie erhofft, aber es ist immerhin eine Torte. Decker hat versprochen, rein zufällig auszurutschen und hineinzufallen, bevor irgendwer merkt, dass Chandler und Ella *auf der Torte steht. Oder Jack schubst ihn. Wenn ich weit, weit weg bin und nicht dafür verantwortlich gemacht werden kann.*

Nicht, dass Em sich daran stören würde. Ich weiß, heute ist der Tag ihrer Träume.

Du sollst wissen, wenn Chandler sie sitzen lässt und ich ihn schlage und deshalb im Gefängnis lande, ich bereue nichts.

Aber ich hoffe, das macht er nicht.

Denke ich.

Um ihretwillen.

Ich will nur, dass sie glücklich ist. Warum fühlt sich das so kompliziert an?

Ich bitte dich nicht, das zu regeln. Ich weiß ja, das lässt sich nicht so einfach regeln. Ich lasse bloß Dampf ab.

»Wieso glaubt er, Chandler könnte sie sitzen lassen?«, fragt Sabrina leise über meine Schulter.

»Weil er viel länger gebraucht hat, ihr einen Heiratsantrag zu machen, als angemessen gewesen wäre?«, flüstere ich zurück.

Sie schaut sich über die Schulter kurz nach Emma um, dann blickt sie wieder auf mein Handy. »Richtet Theo wirklich heute die komplette Hochzeit aus?«

»Es gibt kein Personal, und nichts war fertig. Die Hochzeit war aus dem Terminkalender gestrichen.«

Sie starrt mich an.

Dann wieder das Handy.

Und dann schaut sie wieder hoch zu mir. »Er ist *wirklich* ein guter Kerl, Laney.«

»Ich weiß.«

»Niemand macht sich solche Umstände, damit seine Schwester einen Vollpfosten heiratet.« Sie schüttelt den Kopf. »Ich gehe ihn suchen.«

»Theo?«

»Ja. Er sollte hier sein.«

»Sabrina?«, sagt Emma. »Was ist los?«

»Hab was vergessen«, gibt sie zurück. »Bin gleich wieder da.«

Bevor ich sagen kann, dass *ich* ihn suchen gehe, eilt sie schon zum Ausgang.

»Alles gut«, versichere ich Emma. »Alles ist gut.«

Sie legt die Stirn in Falten.

Bin ich gerade die schlechteste Freundin der Welt?

Oder bin ich die beste?

Ich weiß es nicht.

Ich weiß es nicht.

Aber Sabrina hat recht. Theo sollte hier sein, und ich bin in Gedanken viel zu sehr damit beschäftigt, was er *mir* bedeutet, um mich daran zu erinnern, dass er Emmas Bruder ist.

Und wisst ihr, was echt zum Kotzen ist?

Zum Kotzen ist zu sehen, wie Theo sich krummlegt, um dafür zu sorgen, dass Emma ihre Traumhochzeit bekommt, während Chandler irgendwo Golf spielt oder den ganzen Tag am Pool herumsitzt.

Was durchaus in Ordnung wäre – schließlich ist Chandler der Bräutigam. Heute ist auch *sein* großer Tag.

Nur dass er Theo *null* Anerkennung dafür zollt.

So war er früher nicht. Wirklich nicht.

Emma macht riesengroße Augen. »Oh, mein Gott, ist das Catering für die Feier geplatzt?«

»Nein! Nein, ich meine, ja, aber Theo hat sich darum gekümmert, und er hat jetzt auch die Allergieliste sämtlicher Gäste, die den neuen Caterern übergeben wurde, und …«

Sie blinzelt zweimal, ihr Blick wird tränenblind. »Theo ist der Größte.«

»Und ich sollte dir das eigentlich gar nicht sagen«, schließe ich. »Sabrina ist ihn suchen gegangen.«

»Es war alles nicht ganz so, wie ich es mir erträumt hatte«, sagt sie nun, leise lachend. »Aber ich heirate heute. Endlich.«

»Du hast hart dafür gearbeitet und es dir verdient.«

Sie rümpft die Nase.

Und, ganz ehrlich, ich tue das Gleiche.

Du hast es dir verdient zu heiraten? »Das wollte ich eigentlich nicht …«

»Ich weiß.« Sie lächelt. »Ich weiß, wie du es gemeint hast.«

»Wir freuen uns alle so, dass heute all deine Träume wahr werden«, sagt Claire, legt ihr den Arm um die Schulter und drückt sie leicht.

»Ich auch.« Lachend tupft sie sich vorsichtig die Augen. »Endlich.«

»Nicht ohne die eine oder andere Panne, nicht wahr?«, sagt Mr Monroe.

»Kann man wohl sagen.«

»Zum Beispiel damals, als er fast wegen einer Erdnussbuttertorte mit dir Schluss gemacht hat.«

Emma lacht erneut. »Ich kann nicht glauben, dass er dachte, es wären Buttertoffees. Wer macht denn bitte eine Torte mit Buttertoffees? Und nennt das Ganze dann nur so zum Spaß Erdnussbutter? Oh, mein Gott, und wisst ihr noch, wie er mich überzeugen wollte, dass ich mir das falsche Auto kaufe?«

»Oder wie er dachte, meine ausgestopfte Meerkatze sei ein Eichhörnchen?«

»Oder als er so krank wurde, weil er sich nicht genau an Moms Rezept gehalten, und die Eier in dem Geburtstagskuchen, den wir anderen uns an meinem Geburtstag zu essen geweigert hatten, schlecht wurden?«

Mr Monroe gluckst. »Den hätte er wirklich nicht schon zwei Tage vorher machen dürfen. Erinnert ihr euch, wie er Theos Schneestiefel genommen und gedacht hat, seine Füße seien geschrumpft, weil sie ihm viel zu groß waren?«

Emma ist jetzt in Fahrt. »Und die Handschuhe! Er hatte auch Theos Handschuhe an und dachte, seine Hände wären kleiner geworden.«

»Nur gut, dass er es nicht auch noch mit Theos Schneeanzug probiert hat.«

Emma wiehert.

Sie wiehert nahezu vor Vergnügen, dann seufzt sie glücklich und fährt sich noch mal über die Augen. »Wir haben so viel gemeinsam erlebt.«

»Durchgemacht«, sagt ihr Vater. »Ich werde nie vergessen, wie er mit dir aufgeblieben ist, nachdem Theo ins Gefängnis musste.«

Emma seufzt. »Er war so verständnisvoll.«

»Das war auch angebracht, wenn man bedenkt, dass es seine Schuld war«, spricht es aus meinem Mund.

Sie blinzelt. »Was?«

Mr Monroe sieht mich stirnrunzelnd an. »Was?«

Oh Mist.

Oh Mist, Mist.

Mist!

»Wieso soll das Chandlers Schuld gewesen sein?«, will sie wissen.

Wieder öffne ich den Mund, doch dieses Mal kommt nur Schweigen heraus.

Claire glotzt mich an.

Nein.

Nein, nein, nein …

Ich habe das nicht gesagt. Bitte, sagt mir, dass ich das nicht gesagt habe.

Ich schaue Mr Monroe an, und ich schwöre, es ist, als würde ich Theos Zukunft vor mir sehen. Groß. Schlank. Falten zieren sein Gesicht. Jede Menge Lachfalten. Das Haar dünner werdend, aber nicht zurückweichend.

Und vollkommen verwirrt.

Ich sehe Emma an und bete, dass ihr Blick mir bedeutet: *Mein Vater hat keine Ahnung, also lass dir schnell eine Ausrede einfallen.*

Stattdessen sehe ich nichts als Bestürzung. »Was hat Chandler damit zu tun, dass Theo ins Gefängnis musste?«, flüstert sie.

»Ich … ich habe da wohl etwas falsch verstanden«, stammle ich.

»Die Snaggletooth-Gokart-Katastrophe«, sagt sie nun. »Ist es das, wovon du sprichst?«

Ich schlucke. »Du … du weißt doch, wie ich immer alles durcheinanderbringe. Ich war ja nicht mal da. Hatte in dem Semester spät noch Vorlesungen und so.«

»Was hast du gehört?«

»Das ist jetzt zehn Jahre her, nicht wahr?«, wirft Mr Monroe ein. »Oder sogar elf?«

»Laney«, drängt Emma.

Ich schlucke wieder.

Und noch einmal.

Ich wünschte, Sabrina wäre hier. »Ich habe gehört, dass Chandler gefahren ist und dass Theo den Kopf für ihn hingehalten hat«, flüstere ich.

Emmas Lippen teilen sich.

In Mr Monroes Gesicht zuckt es.

»Aber wie ich schon sagte, ich habe mich bestimmt verhört. Das hätten andere sicher mitbekommen. Die beiden waren ja nicht die Einzigen, die dabei waren.«

»Chandler war nicht dabei«, entgegnet Emma langsam. »Er hat mir gesagt, er sei nicht mal dabei gewesen.«

Und Theo lügt nicht.

Jedenfalls nicht bei solchen Sachen.

Er steht dazu.

Er *steht dazu*, wenn er gegen Regeln verstößt.

»Em, Theo möchte, dass du glücklich bist«, sage ich, wobei sich Verzweiflung in meine Stimme schleicht. »Alles, was er will, ist, dass du deine Traumhochzeit mit dem Mann deiner Träume bekommst. Nicht, dass du alte Geschichten wieder aufwärmst. Er ist sogar froh, dass er im Gefängnis war. Er hat gesagt, dass ihm im Leben noch nichts Besseres passiert ist. Es macht ihm überhaupt nichts aus. Wirklich nicht. Es tut mir leid. Es ist der Stress. Ich habe mir solche Sorgen gemacht, ich könnte irgendwas vermasselt oder an der falschen Stelle geregelt haben, und …«

»Laney«, flüstert sie. »Schon gut.«

Aber es fühlt sich gar nicht gut an. Eher so, als hätte ich gerade ihr Lieblingskätzchen erdrosselt.

Sie greift nach dem Ellbogen ihres Vaters. »Du setzt dich jetzt besser, nicht wahr? Es ist gleich so weit.«

Er schaut von einer zur anderen, dann nickt er und nimmt sie fest in den Arm. »Wunderschön«, höre ich ihn sagen. »Du siehst genauso aus wie deine Mom.«

Es gibt kein Gewese darum, dass sie selbst zum Altar gehen will. Mr Monroe ist nicht der Typ, der sich über die Wünsche seiner Kinder hinwegsetzt.

Und meistens ist er ziemlich still.

Ich denke, er zieht es vor, nicht im Mittelpunkt zu stehen.

Und als er gegangen ist, zwingt sich Emma dazu, mich anzulächeln. »Danke«, haucht sie.

»Em …«

»Nein, Laney, ich meine es ernst. Danke. Für alles. Ich habe dir das Schlimmste abverlangt, das ich einem Menschen hätte abverlangen können, aber du hast trotzdem keinen Augenblick gezögert. Ich weiß, wie sehr du es darauf anlegst, dass alles so abläuft, wie ich es mir gewünscht habe, und das ist … das ist so viel mehr, als mir zusteht oder als ich von anderen erwarten dürfte. Ich möchte keine Bridezilla sein …«

»Emma Monroe, du bist doch keine Bridezilla.«

»Aber ich habe alle dazu genötigt, wegen meiner blödsinnigen Fantasievorstellung von einer perfekten Hochzeit hier nach Hawaii zu kommen …«

»Du hast uns alle eingeladen, und alle sind freiwillig gekommen, weil wir dich alle vergöttern.«

»Und jetzt bricht alles auseinander.«

Ich ziehe sie in eine heftige, anhaltende Umarmung, weil mir klar wird, dass ich nicht alles regeln kann.

Nicht mal annähernd.

»Willst du Chandler heute heiraten?«, frage ich sie.

Ich bemerke ein kurzes Zögern, bei dem mein Herz die Luft anhält.

Doch dann … sagt sie leise: »Ja.«

»Ist es das, was du willst?«

Sie zögert erneut.

Aber dann nickt sie. »Das ist, was ich will.«

Verdammt.

Verdammt!

Ich ziehe mich zurück und nicke ihr zu. »Okay. Okay, wenn es das ist, was du willst, lass es uns angehen.«

»Was immer du brauchst, hat uns hierhergeführt«, stimmt Claire mit ein.

Da platzt Sabrina in den Saal. »Oh, mein Gott, ich habe mein Zeitgefühl verloren. Ich kriege Theo nirgends zu fassen. Es tut mir leid, Em. Ich … Was ist passiert?«

»Die Braut hat Muffensausen«, erklärt Claire.

»Ich kann einfach nicht fassen, dass es so weit ist«, nickt Em, sieht aber eher krank als aufgeregt aus.

»Wir auch nicht«, stimmt ihr Sabrina zu.

»Wir freuen uns so für dich«, sage ich. Was ich auch zu tun versuche.

Aber es ist nicht leicht, wenn die beste Freundin einen Mann heiratet, der vielleicht vor langer, langer Zeit mal gut genug für sie war, der aber mit jeder Minute weniger wie der Traumprinz irgendeiner Frau wirkt.

35. Kapitel

Theo

Sie tut es.

Fuck, sie tut es wirklich.

Emma heiratet.

Mein Anzug sitzt zu eng. Und ich verfluche die Krawatte. Ich hasse Krawatten. Sie erwürgen mich.

Und heiß ist es.

Warum mussten wir uns für eine Hochzeit am Strand in Schale werfen?

Warum habe ich mich überschlagen, um ihr das zu ermöglichen?

Hör auf, so ein selbstsüchtiger Arsch zu sein, Theo. Sie hat es so gewollt.

Aber ich habe es nicht so gewollt.

Was ich will, ist, dass Laney meine Hand hält und mir versichert, dass alles gut ist. Stattdessen kann ich nicht einmal sagen, ob sie meine Nachrichten gelesen hat, weil ihr Handy mir keine Empfangsbestätigungen schickt.

Vor mir liegt das Meer. Direkt vor meiner Nase. Ich könnte hinter diese Stuhlreihe treten und umstandslos zum Wasser gehen und weiter hinein, bis ich schwimme, und erst wieder an den Strand zurückkommen, wenn alles vorbei ist.

Aber ich bleibe, weil Laney in einem verflucht hinreißenden rosa-violetten Kleid, das Haar schick hochgesteckt und umwerfend geschminkt, zum Altar schreitet und weil ich den Blick nicht von ihr nehmen kann.

Als sie vorbeikommt, späht sie in meine Reihe und schiebt ein halbherziges Lächeln zu mir rüber, und ... Jawohl, ich würde selbst in der Hölle schmoren, um einen Blick auf dieses Lächeln zu erhaschen, das nur für mich bestimmt ist.

Selbst wenn es nur ein halbherziges Lächeln ist.

Heißt das, sie hat meine Nachrichten gelesen?

Bedeutet es, dass heute etwas geschehen ist?

Bedeutet es, dass sie mir lediglich unterschwellig signalisiert: *Ich weiß, es ist hart, und ich wünschte, ich könnte es dir leichter machen.* Also so, als wäre alles noch so wie nach dem Frühstück?

Als hätte ihr heute niemand mein Geheimnis verraten und als könnte ich noch mit ihr reden, sobald Emma die Hochzeitsfeier hinter sich hat, in der Hoffnung, dass sie es besser aufnimmt, als die Laney von vor einer Woche es getan hätte.

Hinter mir gibt ihre Mutter Laut.

Ich achte nicht darauf, sondern konzentriere mich auf die Tatsache, dass mir mein Platz in der ersten Reihe inmitten der Brautfamilie verheißt, Laney kaum einen Meter fern zu sein, als sie Stellung bezieht und darauf wartet, dass Sabrina als Emmas nächste Trauzeugin den Mittelgang hinunterkommt.

Unhörbar formt sie etwas mit den Lippen.

Sieht aus wie: *Ich bin geil.* Aber das kann nicht sein.

Claire steht bereits mit vollkommen ausdruckslosem Gesicht neben ihr.

Ich ignoriere tatkräftig Chandler und seine drei Trauzeugen, die auf der anderen Seite des mit tropischen Blumen geschmückten Spaliers warten, das mein Vater und Onkel Owen zurechtgemacht haben, nachdem ich mich verabschiedet habe, um die Torte zu holen.

Jetzt schreitet Sabrina zum Altar.

Ich müsste sie anschauen, doch ich kann nicht aufhören, Laney anzusehen, die wiederum Sabrina ansieht und versucht, nicht zusammenzuzucken.

Warum versucht sie, nicht zusammenzuzucken?

Wieso versucht Laney, nicht zusammenzuzucken?

»Und ich hab noch zu ihr gesagt, die Trauzeuginnen sollten vor der Hochzeit was gegen Blähungen einnehmen«, sagt Gail hinter mir. »Meinst du, sie hat es vergessen?«

Charles grunzt eine Antwort.

Sabrina kommt vorn an und bleibt neben Laney stehen.

Die Musik wechselt, dann kommt Emma allein den Mittelgang herunter, in einem wundervollen Kleid und einem langen Schleier, in dem sich für den Rest seiner Lebensspanne Sand festsetzen wird, aber Emma hat es so gewollt.

Es macht sie glücklich.

Also ist es das, was sie bekommt.

Neben mir schnieft mein Dad stolz.

Wie jemand, der vor Stolz schniefend Tränen verdrückt. Nicht wie jemand, der vornehm schniefend seine Zustimmung kundtut.

»Sie ist so eine hübsche Braut«, murmelt Gail hinter mir. »Sie verdient jedes Glück.«

Darin sind wir uns einig.

Alle drei Sullivan-Drillinge halten den Blick hinter mich gerichtet, wo auch Charles sitzt.

Onkel Owen windet sich, als wollte er sich umdrehen, um nachzusehen, ob Charles und die Drillinge ebenfalls identische Nasen haben.

Heute sollte eigentlich Emmas Fantasie Wirklichkeit werden, stattdessen spielt sich hier das Drama kleinstädtischer Geheimnisse ab.

Ich richte meinen Blick auf Laney.

Wie gern hätte ich sie bei mir zu Hause. Ich möchte sie mit den Kätzchen spielen sehen. Und zuschauen, wie sie zu Katzen heranwachsen. Im Garten Schneeballschlachten mit ihr machen. Dann ein Feuer anzünden, damit sie sich aufwärmen kann.

Und sie ins Bett bringen, um sie noch mehr zu wärmen.

Die Pfannkuchen kosten, mit denen sie mich heute nach dem Frühstück abermals aufgezogen hat.

Aber ich will ihr nicht sagen, was ich ihr sagen *muss*.

Ich will nicht wissen, ob sie mich dafür verurteilen wird.

Ob es etwas an ihren Gefühlen für mich ändern wird.

Ich kann nicht aufhören und es einfach unter den Teppich kehren, als wäre es niemals geschehen. Aber sie wird es irgendwann sowieso erfahren.

Noch sieht sie mich kein bisschen anders an, was vermutlich bedeutet, dass sie noch nichts darüber gehört hat.

Nun erreicht Emma die Höhe der vordersten Stuhlreihe, was ich indes bloß mitbekomme, weil Dad sich neben mir rührt. Ich reiße meinen Blick von Laney los, um zu beobachten, wie meine Schwester am Ende unserer Reihe innehält.

Sie zieht meinen Vater in eine Umarmung, und als sie es tut, schaut sie über seine Schulter hinweg mich an.

Fuck.

Den Blick kenne ich.

Etwas belastet sie.

Sie ist gestresst und will, dass ich einen Witz reiße, um ihre Spannung zu zerstreuen und alles zu regeln.

»Hab dich lieb, Daddy«, flüstert sie unserem alten Herrn ins Ohr, dann tritt sie vor den Geistlichen unter dem Spalier, wo Chandler sie anstrahlt und sich die Augen wischt.

Der Wichser hat sich nicht verpisst.

Ist das ein gutes Zeichen?

Keine Ahnung.

»Heilige Scheiße, siehst du heiß aus«, sagt er zu meiner Schwester, während er sie von Kopf bis Fuß mustert. Er sagt es nicht laut. Gerade so laut, dass die gesamte erste Reihe es mitbekommt.

Seine Eltern kichern, als wären sie weiß Gott wie stolz darauf, einen Sohn zu haben, der erkennt, was er sich Gutes geschnappt hat.

Wir nehmen Platz.

Alle.

Ich auch, auch wenn ich dem Kerl lieber eine scheuern gehen würde, weil er seiner Braut gerade gesagt hat, dass sie *heiß* aussieht.

»Liebes Brautpaar, wir haben uns heute hier versammelt …«, beginnt der Geistliche. Der, verdammt noch mal, von *mir* aufgetriebene Geistliche.

Ich habe das vollbracht.

Damit ist auch das hier meine Schuld.

Als Laney mir einen Blick zuwirft, merke ich, dass meine Knie hibbelig werden.

Was ich sofort stoppe.

Ihre Lippen zittern, als wollte sie mir übermitteln, ich sei ein *braver Junge*, doch sie wirkt bedrückt.

Verdammt!

Sie wirkt bedrückt, weil ich ihr gesagt habe, dass ich nicht will, dass Emma einen Fuckaroni mit Käse heiratet. Das hätte ich mal lieber gelassen. Ich hätte ihr das nicht aufbürden dürfen.

»Welch schöner Tag, zwei Seelen miteinander zu verbinden, die seit ihrer Jugend ineinander verliebt sind, die Prüfungen, Herausforderungen und Entbehrungen überwunden haben, um gemeinsam zu diesem Tag zu gelangen, und heute ihre

Liebe füreinander vor Ihnen, ihren engsten Freunden und ihren Familien, kundzutun …«, leiert der Geistliche runter.

Ich hab einen Schwätzer erwischt.

Was auch sonst?

Ein Geistlicher, der einfach das Pflaster abreißt und es schnell hinter sich bringt, war offenbar nicht drin.

Ich musste den Schwätzer nehmen, der die beiden nicht einmal kennt, aber tönt, als hätte er mit ihnen im Sandkasten gespielt.

Laney wirft mir einen weiteren Blick zu.

Während ich erneut mein hibbeliges Bein beruhige.

Doch da passiert es.

Ich spüre das Prickeln.

Nicht das Prickeln meiner eben noch eingeschlafenen Hand.

Sondern das Kitzeln in der Nase, bevor ich niesen muss.

Nee. Nee, nee, nee, nee. Nicht niesen. *Lass es, Theo.*

Emma hasst es, wenn ich niese.

Ich niese laut.

Ich kann nicht anders. Ich habe alles versucht. Ich war deswegen sogar mal beim Doktor.

Atme, Volltrottel. Atme einfach.

»Bevor wir fortfahren, wenn jemand der Anwesenden etwas gegen diese Verbindung einzuwenden hat, so möge er jetzt sprechen oder für immer schweigen.«

Ich verziehe meine Nase, hierhin und dorthin, um das Kitzeln abzustellen, ich setze mich sogar auf meine verfluchten Hände.

Der Geistliche lugt in meine Richtung.

Auch Laney sieht mich an.

Ich ziehe den Kopf ein und rümpfe weiter die Nase.

Ich werde nicht niesen. Ich werde nicht niesen. Ich werde nicht niesen.

Der Geistliche beginnt wieder zu sprechen.

Es wird stärker.

Das Kitzeln wird stärker.

Ich niese nicht häufig. Aber wenn ich es tue, treibe ich es damit auf die verdammte Spitze. Und hier und jetzt ist weder die Zeit noch der Ort dafür.

Warum zum Henker habe ich einen schwatzhaften Geistlichen erwischt?

Scheiße.

Scheiße!

Ich werde jetzt niesen. Ich kann es nicht zurückhalten. Aber ich versuche es. Ich versuche es weiter.

Ich muss es unterdrücken.

Ich muss …

HAAAAATSCHIIIII!!!!!

Onkel Owen erschreckt sich so sehr, dass sein Stuhl wackelt und er um ein Haar zu Boden geht.

Hinter mir kreischt jemand.

»Wirklich jetzt, Junge?«, zischt mein Vater.

»Krank«, sagt einer der Drillinge. Auf durchaus bewundernde Art.

Ich hebe den Blick. Der Geistliche sieht mich wieder an. Chandler starrt mich an, sein Blick sagt: *Du bist so ein Vollpfosten.*

Ich hoffe wirklich, Emma erlaubt mir eines Tages, ihn zu schlagen.

Meine Schwester dreht sich um und sieht mich an, ihr Gesicht ist ein Spiegelbild widerstreitender Emotionen.

Laneys Augen springen ihr fast aus dem Kopf. Schlimmer noch, ihre Lippen zittern.

»Heuschnupfen«, presse ich heraus und winke: *weitermachen!*

Emma starrt mich noch immer an.

Laney kneift jetzt die Lippen zusammen, in ihren Augen flackert es. Nicht nur amüsiert, sondern freundlich.

Nur du, Theo, löst auf diese Weise die Spannung.

Der Geistliche holt tief Luft. »Gut, dann fahren wir jetzt fort. Emma. Chandler. Im Angesicht eurer Familien und Freunde und dieser majestätischen Welt lade ich euch ein, eure Gelübde zu leisten.«

»Moment«, sagt Emma.

Ich schnappe nach Luft und hebe fast von meinem Stuhl ab.

Aber Dad legt mir eine Hand auf die Schulter und drückt mich wieder auf meinen Platz. Diesmal legt sich seine Stirn in tiefere Falten als bei meinem Nieser.

Onkel Owen kichert. »Oh, oh, das wird jetzt echt spannend«, flüstert er mir zu.

»Schatz, es geht ihm gut«, sagt Chandler. »Machen wir weiter.«

Sie sieht mich über die Schulter noch einmal an, und mir bleibt das Herz stehen.

Dann sinkt es durch die Sitzfläche und weiter durch den Sand darunter, während Emma sich langsam wieder Chandler zuwendet.

»Es ist nicht, weil Theo geniest hat, Chandler«, sagt sie. »Es ist, weil du zugelassen hast, dass mein Bruder für dich ins Gefängnis gegangen ist.«

Jede Zelle in meinem Körper erstarrt.

Ich kann fühlen, wie mein Blut heiß durch meinen Körper stürzt.

Laney gibt einen erstickten Laut von sich.

Würde ich auch, aber ich kann mich nicht bewegen.

Das ist übel. *Das ist echt übel.*

»Schatz, *was?*«, sagt Chandler. »Das ist doch Blödsinn. Wer hat dir das gesagt?«

»Hast du?«

Nein.

Nein!

Das geschieht gerade nicht. Wenn sie ihn nicht heiraten will, fantastisch. Aber doch nicht wegen mir!

»Em, ich liebe dich. Und ich habe mich wirklich angestrengt, uns von diesem Versager nicht alles verderben zu …«, setzt Chandler an, wird aber jäh unterbrochen.

Allerdings nicht von Emma, sondern von Laney, die sich vernehmlich räuspert.

Laney.

»Wen nennst du hier einen Versager, Junge?«, folgt Onkel Owen Laneys Unterbrechung auf dem Fuße.

Ich schaffe es, mich so weit zu rühren, um jetzt *ihn* auf seinen Stuhl zurückzudrücken.

»Hast. Du. Meinen. Bruder. Für. Dich. Ins. Gefängnis. Gehen. Lassen?«, wiederholt Emma.

Und diesmal gibt es absolut niemanden in der Hochzeitsgesellschaft, der sie nicht gehört hat.

Wahrscheinlich auch niemanden, dem bei diesem Ton, der besagt *Du hast dir so eine tiefe Grube gegraben, dass du in deinem ganzen Leben nicht mehr herausklettern kannst* nicht die Nüsse schrumpeln.

Chandler blickt an ihr vorbei. Genau in meine Richtung.

Wenn Blicke einen Menschen an Ort und Stelle einäschern könnten, dann würde ich jetzt als *Theo der Geist* für einen kurzen Moment über der Lanai schweben, ehe ich mich friedlich verabschieden und herausfinden würde, ob Seelen zum Himmel fahren.

»Was zum Teufel denkst du dir dabei, *meiner* Braut so einen Scheiß über …?«

»Ich habe es ihr gesagt«, fällt ihm Laney ins Wort.

Gail japst.

Ich verschlucke mich an meiner Zunge. Warum, zur Hölle?

»Was hat sie gesagt?«, fragt Charles. »Was hat sie gesagt?«

Chandler schenkt Laney einen finsteren Blick. »Da beschert dir ein Kerl zum ersten Mal in deinem Leben eine gute Zeit, und du kaufst ihm jeden Bockmist ab, den er dir hinrotzt?«

Onkel Owen und mein Vater packen jeweils einen meiner Arme und zerren mich auf meinen Stuhl zurück.

Die beiden sind ganz schön kräftig für so alte Männer.

»Du hast es ihr nie gesagt«, wendet sich Sabrina an Chandler. »Du hast es ihr nie gesagt?«

»Du hast es gewusst?«, flüstert Emma. Dann sieht sie wieder Chandler an. »Was sonst noch? Was hast du mir sonst noch nicht gesagt?«

»Nichts«, antwortet Chandler. »Die denken sich irgendeinen Scheiß aus, um unseren Tag zu ruinieren.«

»Alter«, sagt Jack leise.

»Was. Noch?«, fragt Emma. Und zum ersten Mal bebt ihre Stimme.

Worauf ich am liebsten aufspringen, sie über meine Schulter legen und irgendwohin in Sicherheit bringen würde.

Decker hustet etwas, das verdächtig nach »Wer hat eigentlich die Hochzeit bezahlt?« klingt.

Wieder erstarre ich.

Chandler sieht sich über die Schulter nach seinen Trauzeugen um. »Also, darauf läuft es hinaus. Ihr zieht einen verfluchten Pornostar eurem eigenen Fleisch und Blut vor?«

Dann sieht er wieder Emma an, und das Geräusch sinkt ein, bevor mein Verstand begreift, was ich gerade mit ansehe.

Meine Schwester, das heiterste Gemüt und die größte Pazifistin, diejenige, die auf der Highschool ganz unten auf der Liste der Schülerinnen landete, die an einer Rauferei beteiligt sein könnten, und ganz oben auf der Liste derer, denen man zutraute, sich friedlich aus einer Geiselnahme herauszureden, verpasst ihrem Verlobten eine Ohrfeige.

Was ich aus der Menge vernehme, ist kein kollektives entsetztes Japsen.

Es ist mehr als das.

Größer.

Endlich gelingt es mir aufzuspringen, flankiert von meinem Vater und meinem Onkel, bereit zu tun, was getan werden muss, wenn er auch nur eine Fingerspitze gegen sie erhebt, doch da drängt sich der Geistliche zwischen uns, während die Trauzeuginnen sich um Emma versammeln und die Drillinge sich Chandler nähern.

»Mach. Dich. Nicht. Über. Meinen. Bruder. Lustig«, grollt Emma, während Chandler sich das Kinn reibt und sie fassungslos anglotzt.

»*Vor* allem nicht, wenn er deine verdammte Hochzeit bezahlt«, ergänzt Sabrina.

Laney sieht ihn an.

Dann wieder Emma, die mich jetzt ebenfalls anstarrt. Dann wieder Sabrina und schließlich wieder mich.

Ich winde mich.

Der Geistliche schiebt mich einen halben Schritt zurück.

»Wer ist ein Pornostar?«, will Charles hinter mir wissen. Und er ist nicht der Einzige. Irgendwo hinter mir höre ich Addison kichern.

Verdammte Tratschtante.

Shit.

Wie viele Leute zeichnen das auf?

Laney ist nicht die Einzige, die mich anblickt.

Alle blicken mich an.

Einfach alle.

Ich kann Laney unmöglich ansehen. Ich will nicht mit ansehen, wie ihr klar wird, dass sie mit einem Kerl rumgemacht hat, der seinen Schwanz der ganzen Welt zeigt.

Ich will das Entsetzen nicht sehen. Die Beschämung.

So hatte ich es ihr nicht sagen wollen.

»Theo«, sagt Emma. »Bezahlst du meine Hochzeit?«

Ich räuspere mich und senke den Blick.

»Theo!«

»Theo?«, sagt Dad. »Das hättest du mir sagen müssen. Ich hatte dafür gespart.«

»Das habe ich übernommen, ja«, presse ich heraus.

»Wovon bezahlst du die Hochzeit?«, fragt Laney leise.

»Oh, mein Gott, die Presse«, sagt Gail hinter mir. »Die werden sie bei lebendigem Leib auffressen.«

Hitze erfasst meinen Körper.

Damit liegt sie nicht falsch.

Zukünftige CEO datet Pornostar – eine Wahnsinns-Schlagzeile.

Laney liebt ihre Arbeit. Sie wurde dafür geboren. Die Arbeit ist ihr Erbe, und sie steht ihr gut zu Gesicht.

»Du hast meine Hochzeit bezahlt«, sagt Emma noch einmal.

Endlich finde ich meine Stimme wieder und meinen Mumm, und ich schaue auf, wohl wissend, dass mein Gesicht in Flammen steht.

»Er hat ni…«, beginnt Chandler.

Ich falle ihm ins Wort. »Ich zahle für deine Hochzeit, weil ich dich liebe, Em, und weil ich will, dass du deine Träume leben kannst.«

Emmas Atem kommt schnell und heftig, als sie sich erneut Chandler zuwendet. »Wieso zahlt mein Bruder für die Hochzeit, obwohl du behauptet hast, du könntest dir die Ausgaben locker leisten?«

»Weil das *Bean & Nugget* Steuerschulden und er kein Geld mehr hat«, antwortet Sabrina an seiner Stelle.

Emma schnappt nach Luft. »Wolltest du deshalb nicht, dass ich die *Bean & Nugget*-Steuererklärung mache? Damit ich nicht herausfinde, dass du die Steuern nicht bezahlt hattest?«

»*Bean & Nugget* hat keine Steuerschulden mehr«, lässt sich Addison aus dem Zuschauerraum vernehmen, während Chandler stottert, dass Sabrina Lügenmärchen erzählt. »Er hat das Geschäft verkauft, um die Schulden zu begleichen, es ist nichts mehr davon übrig. Meine Kanzlei hat heute Morgen in Denver die Abwicklung vollzogen.«

Chandler wird leichenblass. Leichenblass wie jemand, der gerade *ertappt* wurde.

Ich schlucke schwer.

Aus der Menge ist vielfaches Ächzen zu hören.

Und Sabrina – ach, du Scheiße.

Fuck, fuck, fuck …

Sabrina sieht aus, als wäre *sie* geohrfeigt worden. »Nein«, bringt sie schluchzend heraus.

»Was zur Hölle?«, knurrt Jack.

»*Was zur Hölle?*«, echot Lucky.

»Du kannst *Bean & Nugget* nicht verkaufen«, sagt Decker. »Was, wenn meine Kinder irgendwann mal da arbeiten wollen?«

»Das hast du nicht getan«, ruft jemand von seiner Seite der Hochzeitsgesellschaft. »Chandler. Rechtfertige dich!«

Da erhebt sich Tante Brendas Stimme über alle anderen. »Das darf nicht wahr sein, du kleiner Hosenscheißer.«

»Du hast verkauft?«, flüstert Sabrina. Laney ergreift sie beim Ellbogen, als sie zu wanken beginnt. »Ich hatte eine Lösung. Ich hatte eine Lösung.«

»Ich nehme nicht noch mehr Pornostar-Geld von dem Arschloch«, blafft Chandler.

»Hör auf!«, schreit Emma.

»Du hast verkauft?«, sagt Sabrina noch einmal. »Das ist *mein* Leben. Ich hätte die Chance bekommen müssen, *Bean & Nugget* selbst zu kaufen. Wie … *Nein!*«

Wir hätten zwei Monate Zeit haben sollen.

Ich habe Nein gesagt.

Ich hätte alles regeln können.

Aber ich habe es nicht getan.

Chandler streckt die Hand nach Emma aus. »Schatz. Schatz! Du weißt doch, wir kriegen das hin. Lass uns jetzt erst mal heiraten …«

»Sieben Jahre!«, brüllt Emma. »Sieben Jahre lang wolltest du nicht heiraten, und jetzt, nachdem du gelogen, betrogen und wahrscheinlich jeden und jede hier bestohlen und so getan hast, als wäre alles gut, nachdem du meinen Bruder an deiner Stelle ins Gefängnis geschickt und nicht im Traum daran gedacht hast, mir irgendwas davon zu sagen, und nachdem du mich über die Probleme auf der Arbeit belogen hast, jetzt, nachdem du ertappt wurdest und hoffst, Theo könnte uns unterstützen, jetzt willst du plötzlich heiraten?«

»Denk an deine Babys«, erwidert er.

Sie schnappt nach Luft.

Hörbar, qualvoll.

Ich balle die Fäuste und wippe auf den Fußballen.

Das hier war ihr einziger Wunsch.

Zu heiraten, Kinder zu bekommen, eine Familie zu gründen. Eine normale Familie, mit einer Mom, einem Dad und der entschiedenen Abwesenheit von ausgestopften Tieren, die ihr in jedem Winkel ihres früheren Heims auflauern.

»Wie. Kannst. Du. Es. Wagen?«, ächzt Emma.

»Schatz. Schatz, du weißt, ich will sein Geld nicht.«

»Ich kenne dich seit verdammten fünfzehn Jahren, Chandler«, schreit Emma. »Du kannst es nicht ertragen, dass Theo viel Geld verdient …«

»Mit seinem Penis«, bemerkt Chandler.

Er weicht zurück, als Emma gegen ihn vorrückt.

»… und du nicht«, beendet sie ihren Satz.

»Wieso nennen die dich einen Pornostar?«, wendet sich Laney an mich.

Noch ein Mensch, den ich heute enttäuscht habe.

Emmas Hochzeit ist geplatzt. Sabrinas Café ist Geschichte.

Und Laney …

Laney erfährt auf die schlimmstmögliche Weise, dass ich einer nicht im Geringsten achtbaren Nebentätigkeit nachgehe.

Ich straffe die Schultern und blicke ihr unverwandt in die Augen. »Weil ich einer bin.«

»Oh, mein lieber Herr im Himmel«, ruft Gail aus.

»Sei still, Mom«, blafft Laney sie an.

»Und ein verdammt begabter dazu«, füge ich hinzu.

»Theo, stopp!«, sagt Emma.

Ich sehe sie nicht an. Stattdessen blicke ich weiter Laney direkt in die Augen. Ich will es sehen. Ich *muss* es sehen.

Ich muss sehen, ob sie mit mir leben kann, mit *allem*, was ich bin, auch wenn ich es ihr so nicht sagen wollte, oder ob sie nur ein weiterer Mensch ist, den ich heute enttäuscht habe.

»Ich ziehe mich aus«, sage ich. »Ich zeige, was ich habe. Alles. Ich stelle es ins Internet. Und ich bekomme dafür tonnenweise Geld. So eine Sorte Model bin ich.«

Laney schnappt so heftig nach Luft, als würde sie körperliche Schmerzen erleiden.

Und ich würde sie am liebsten in den Arm nehmen.

Ich möchte sie umarmen und ihr sagen, dass ich es nie wieder tun werde, wenn sie mir nur eine Chance gibt. Eine echte Chance. Zu Hause, wo alles in normalen Bahnen verläuft.

Andererseits will ich etwas so Gutes nicht aufgeben – etwas Gutes, womit ich, verdammt noch mal, etwas bewirke –, nur um dem zu genügen, was andere für *normal* halten.

So bin ich einfach nicht.

»Das ist nicht das, was du machst«, wirft Sabrina ein.

»Nein?«

»Theo …«

»Ich bezahle meine Rechnungen mit meinem Penis.«

Laney starrt mich mit offenem Mund an.

Als hätte ich soeben ihre Welt in Stücke gesprengt, blickt sie zwischen mir und ihren Eltern hin und her.

Und Emma … Emma gibt einen Laut von sich, der noch viel schlimmer ist.

»Bist du hier fertig?«, frage ich meine Schwester behutsam. Ich muss behutsam vorgehen.

Schließlich geht es um Emma.

Und gerade ist ihr Traum geplatzt. Auf mich kommt es da nicht mehr an. Nur auf sie kommt es an.

Ihre Augen füllen sich mit Tränen.

Mein Herz kassiert einen Tritt in die Eier.

»Wenn du *Pornostar* sagst …«, setzt Laney an.

»Er ist der verdammte Platzhirsch auf *GrippaPeen.com*, aber das reicht dem Arschloch noch nicht«, sagt Chandler. »Ich hätte wissen müssen, dass ich ihn nicht mal um einen Gefallen für seine Schwester bitten konnte. Er muss auch noch allen anderen alles verderben … Hey. Hey! Lass mich los, Schwachkopf.«

»Ich tue das bloß, damit Emma dir nicht noch eine scheuert und dafür verhaftet wird«, sagt Lucky, als er Chandler unter dem Spalier hervorzerrt. »Und ich schlage dich nur deshalb nicht dafür, dass du den verdammten Laden verkauft hast, weil ich dich dann auch wieder zusammenflicken müsste, und das würde mir echt die Laune verderben.«

Der Geistliche steht wie eine Mauer zwischen der übrigen Hochzeitsgesellschaft einerseits und Dad, Onkel Owen und mir andererseits und sieht uns alle an wie die beste Reality-Show, die er jemals gesehen hat.

Addison, die verfluchte Tratschtante, gackert hinter mir.

Allmählich erst dämmert mir, dass aus allen Richtungen Handys auf mich gerichtet sind. Angehörige. Hochzeitsgäste. Schaulustige vom Strand, die stehen geblieben sind, um einer Hochzeit beizuwohnen, und so viel mehr als das bekommen haben.

Und jetzt reicht's.

Game over!

Mein Gesicht wird binnen einer Stunde in den Nachrichten erscheinen. Wenn nicht wegen Addison, dann wegen irgendwem sonst.

Man wird nicht der am höchsten bezahlte Gesichtslose auf einer Seite wie *GrippaPeen*, ohne dass die Welt wissen will, wer man in Wahrheit ist.

Und jetzt werden es alle herausfinden.

»Du hast mir gesagt, du wärst Model«, flüstert Laney. »Ich dachte nicht, du meinst … Das ist doch etwas ganz anderes als … Oh, mein Gott.«

Ich fühle nicht allein meine Scham.

Es ist ihre. Ich fühle ihre Scham gleich mit.

Mit dem Bad Boy der Stadt gehen? Mit dem *Spaßvogel*, der nach seinen Problemen während der Schulzeit die Kurve gekriegt hat? Klar, warum nicht?

Aber mit einem Pornostar, auch wenn er solo auftritt?

Es gibt Dinge, die eine Kingston einfach nicht macht.

Und der absolute Horror in ihrem Gesicht, während Sabrina, der Tränen übers Gesicht strömen, weil auch ihr Traum geplatzt ist, neben ihr steht, ist einfach zu viel.

Also sage ich das Einzige, das mir jetzt einfällt: »Einmal eine Enttäuschung, immer eine Enttäuschung. Wenigstens kannst du nicht sagen, ich hätte dich nicht gewarnt.«

»Oh, mein Gott, du *Arsch*«, sagt Sabrina.

Dieses Mal zu mir.

Und vermutlich hochverdient.

»Oh Gott«, sagt Emma, und dann fängt sie, der hellste Sonnenschein von ganz Snaggletooth Creek, an zu schluchzen.

Worauf Sabrina zu ihr stürzt.

Laney auch.

Dann folgt Claire, die dabei beinah meinen Vater umpflügt, der sich seinerseits beeilt, zu Emma zu gelangen.

Ich dahingegen nicht.

Ich weiß nicht, wie ich das für sie regeln soll, und ich kann es nicht ertragen, dass sich ihre Träume nicht erfüllen, weil sie *für mich* eingetreten ist.

Ich liebe meine Schwester.

Sie ist einer meiner Lieblingsmenschen auf der Welt.

Trotzdem habe ich sie enttäuscht.

Sie braucht jetzt Abstand.

Ich werde mich später um sie kümmern. Nachdem alle anderen sie erdrückt haben. Später, wenn sie allein ist.

»Wie können Sie es wagen, unserer Tochter nichts gesagt zu haben …«

Ich drehe mich um und sehe Gail Kingston unverwandt in die Augen. »Sie ist eine erwachsene Frau, klug, freundlich, großzügig und hinreißend, und sie verdient weit mehr als *irgendeinen* von uns.«

Die Kingstons glotzen mich an.

»Und werfen Sie, verdammt noch mal, keine Steine, wenn Sie selbst mitten im Glashaus sitzen«, knurre ich jetzt Charles direkt an.

Nun werden beide Kingstons blass.

Onkel Owen klatscht in die Hände.

Ich brauche eine halbe Sekunde, bis ich mitkriege, dass auch Tante Brenda in die Hände klatscht.

Was allerdings auch egal ist.

Als ich mich wieder zu Emma umdrehe, ist sie verschwunden.

Wie ihre Trauzeuginnen.

Und Dad.

»Das ist alles deine Schuld, du beschissener …«

Chandler kommt mit seinem Wüten gegen mich nicht zum Ende.

Keine Ahnung, ob einer seiner enttäuschten Angehörigen auf ihn losgegangen ist oder ob ich endlich darin geübt bin, seine Stimme auszublenden.

Ich weiß nur noch, dass ich hier fertig bin.

Fertig.

Es ist Zeit, meine Katzen zu nehmen und heimzukehren.

36. Kapitel

Laney

Das allerschlimmste Geräusch der Welt ist Emmas Weinen.

Als würden Regenbogen nach Schwefel riechen. Oder als wären Einhörner Meuchelmörder. Oder als würde Schokolade nach Leber schmecken.

»Ich wollte doch bloß heiraten und Kinder kriegen und Hunde haben und ein ganz normales Leben führen«, schluchzt sie. »Aber dann lässt er Theo für sich ins Gefängnis gehen. Und keiner hat es mir gesagt.«

»Es tut mir so leid, Em.« Sabrina weint ebenfalls, als wir Emma in die Ferienanlage zurückbefördern, fort von all den neugierigen Blicken und den Gästen, die den Zusammenbruch sogar auf ihre Handys gebannt haben. »Ich wollte nicht … ich hätte das nicht … zehn Jahre lang vor dir verheimlichen dürfen.«

Okay.

Das ist schlimmer.

Das ist ohne jeden Zweifel schlimmer als Emmas Weinen.

Ich drücke Emmas Hand. »Niemand wusste, dass du keine Ahnung hattest.«

»Ich würde im Leben nicht mit einem Mann zusammen sein wollen, wenn ich wüsste, dass er meinen Bruder ins Gefängnis gebracht hat.«

Okay, im Nachhinein hätte ich mir das wahrscheinlich denken können.

»Wir dachten, du hättest ihm verziehen«, sagt Sabrina.

»Weil ich nett bin? Und freundlich? Macht mich das zu einer Idiotin?«

»Nein, es macht dich zu der Sorte Mensch, die wir anderen gern wären.«

Als ich Sabrina das letzte Mal weinen sah – wir gingen damals noch auf die Middleschool –, zog sie Emma gerade aus dem Bach, der durch den Stadtkern von Snaggletooth Creek fließt, todsicher, dass Emma nicht lange, nachdem wir uns nach Mrs Monroes Beerdigung die Augen ausgeweint hatten, ertrunken war.

Wir haben Trennungen von Jungs überstanden. Trennungen, weil wir unterschiedliche Colleges besuchten. Todesfälle in unseren Familien. Alles ohne die Tränen, wie sie Sabrina in diesem Moment vergießt.

Damit zerfällt auch ihre Welt in ihre Bestandteile.

»Es tut mir so leid, Em.«

»Du hast immer gesagt, ihr hättet keine Geheimnisse voreinander«, sage ich. »Deshalb dachten wir, du wüsstest Bescheid und wolltest uns einfach nicht sagen, was …«

»Lasst. Mich. Bitte. Allein«, sagt Emma.

Sabrina verschluckt ein weiteres Schluchzen.

Keine Ahnung, wieso meine Augen trocken bleiben.

Wahrscheinlich der Schock.

Pornostar?

Theo ist ein Pornostar.

Und Emmas Hochzeit ist geplatzt.

Und Sabrinas Familienbetrieb ist Geschichte.

Und Theo ist ein Pornostar.

»Gut«, sagt Sabrina, und ihre Stimme bricht, wie ich sie noch nie brechen gehört habe. »Gut, aber wenn du mich brauchst, ich bin hier. Und es tut mir leid. Ich liebe dich, Em.«

»Kann ich dir …«, hebe ich an, doch Emma sieht auch mich finster an.

»Kurz vor meiner Hochzeit?«, schreit sie. »Du erzählst mir das kurz vor meiner Hochzeit?«

Ich zucke zusammen und schlucke meine Verteidigung hinunter. Es spielt keine Rolle, dass ich es selbst erst gestern erfahren habe.

Oder dass ich dachte, sie wüsste es längst.

Wenn ich etwas so Bedeutsames über irgendwen sonst erfahren hätte, zu irgendeinem anderen Zeitpunkt, wäre ich damit umstandslos zu Emma und Sabrina gegangen und hätte sie gefragt, ob sie Bescheid wussten. Und ob es irgendwie wichtig war.

Aber das habe ich nicht getan.

»Es tut mir leid, Em«, sage ich meinerseits leise.

»Ich will allein sein«, gibt sie zurück.

Da schiebt sich Claire zwischen uns und nimmt ihren Arm. »Sobald ich dich auf dein Zimmer gebracht habe, sorge ich dafür, dass du Zeit für dich allein findest. Nenn mich deine Leibwächterin, okay?«

Emma nickt.

Ihr Make-up läuft ihr übers Gesicht. Ihre Frisur sitzt noch perfekt. Ihr Kleid ist makellos.

»Ich habe ihn geohrfeigt«, flüstert sie.

»Das hatte er verdient, weil er dich als selbstverständlich angesehen hat. Du hast das Richtige getan, Em. Ich weiß, im Moment tut es noch weh, aber wir alle stehen hinter dir«, sagt Claire, als sie Emma von uns wegführt.

»Aber ich muss ganz von vorn anfangen«, schluchzt Emma. »Jetzt wird es mindestens *drei Jahre* dauern, bis ich ein Kind bekommen kann.«

Claire sieht sich nach uns um.

Keineswegs vorwurfsvoll.

Eher so, als wollte sie uns versprechen, sich um alles zu kümmern und die Dinge mit Emma wieder ins Lot zu bringen.

Ich lege meine Arme um Sabrina und ziehe sie an mich, als die beiden im Gebäude verschwinden. »Alles gut bei dir?«

Sie sträubt sich gegen meine Umarmung. »Er hat das Café verkauft, Laney. Mein Café. Es ist weg.«

»Wir regeln das.«

»Das können wir nicht. Und Emma hasst mich jetzt, und ich hasse es, immer alles zu wissen, und ich will *niemals wieder* irgendwas wissen. Ich werde Einsiedlerin. Ich werde Pilze suchen und Eisfischen gehen, um mich zu ernähren, und in einer Geheimhöhle leben, von der keiner von euch irgendwas weiß.«

»Ich bin sicher, du wirst es dir mit den Bären gemütlich machen.«

Aber sie lacht nicht. »Sag mir bitte, dass du mich nicht auch hasst.«

»Warum sollte ich dich hassen?«

»Weil ich von Theo und *GrippaPeen* wusste. Ich wusste, dass er die Hochzeit bezahlt hat. Und ich wusste, dass er dir nichts gesagt hat.«

Mein Herz windet sich. *Einmal eine Enttäuschung, immer eine Enttäuschung.*

Ich hatte mir gesagt, dass ich mich, sobald es Emma besser gehen würde, auf die Suche nach ihm machen wollte.

Aber ehrlich, ich fürchte mich vor dem, was ich finden könnte.

»Aber es ist nicht so, wie es sich anhört.« Sie schluchzt und versucht, *mich* zu trösten. »Er … er tritt solo auf. Er vögelt keine Frauen in Videos. Und es ist geschmackvoll. Ernsthaft. Sogar inspirierend. Nein, nein, werd jetzt nicht wütend, weil ich es gesehen habe. Ich bin zufällig darauf gestoßen. Und als ich bemerkt habe, dass er es ist, habe ich keine Sekunde länger zugeschaut.«

Ich stoße einen tiefen Atemzug aus.

Das muss ich jetzt erst mal eine Minute verdauen.

»Bist du *deshalb* sauer auf ihn?«, frage ich.

Ihr entringt sich ein neuerliches Schluchzen. »Nein.«

»Warum dann?«

»Ich wusste, dass *Bean & Nugget* Steuerrückstände hatte. Ich habe Theo um Geld gebeten, aber er gab vor, nur ein durchschnittlicher Bauarbeiter zu sein, obwohl ich längst wusste, dass die Arbeit auf dem Bau nur Tarnung ist.«

»Er … hat dir nicht geholfen?«

»Sei nicht wütend auf Theo, Laney. Ich verstehe ihn. Er wollte mir nicht helfen, weil es ihm nicht gefiel, dass ich wusste, er würde mir helfen *können*. Er will nicht, dass *irgendjemand* weiß, wie stinkreich er ist. Und das verstehe ich. Wirklich. Er hat während unserer Kindheit so lange in dem Glauben gelebt, eine Enttäuschung zu sein, dass er nicht wollte, dass die Leute ihn auf einmal mögen, weil er auf einem Riesenhaufen Geld sitzt, während ihm zugleich bewusst war, dass sich alle total aufregen würden, weil er sein Geld damit verdient, dass er im Internet die Hüllen fallen lässt. Andererseits, es ging um das *Bean & Nugget*. Um mein Leben.«

»Sabrina. Wieso bist du nicht zu mir gekommen? Du weißt, ich hätte mich an meine Eltern gewendet, und wir hätten dir geholfen. Wir hätten eine Lösung gefunden.«

Sie zieht sich zurück und sieht mich an.

Sie sieht mich *ganz genau* an. »Ich konnte nicht.«

»Warum nicht?«

»Gott, Laney, ich will es dir nicht sagen. Zwing mich bitte nicht dazu, es dir zu sagen. Es ist nicht wegen dir. Du hast nichts Falsches getan. Es geht um etwas, das älter ist als wir alle, und du und ich können nichts mehr daran ändern. Es ist zu spät. Das *Bean & Nugget* gibt es nicht mehr. Und das ist noch etwas, womit ich mich heute nicht beschäftigen kann.« Sie wischt sich über die Augen. »Und du musst jetzt gehen. Geh zu Theo.«

Ich zucke zusammen.

»Laney.«

»Er will mich nicht«, sage ich leise.

»Laney.«

»Ich weiß. Ich weiß es. Wir sind ja nicht einmal offiziell zusammen, aber du hast ihn gehört. *Du hast ihn gehört.* Ich war nur eine Urlaubsliebschaft, er steht nicht auf *Plainy-Laney.* Er will nicht, dass ich über ihn urteile. Er will nicht, dass ich irgendwas von ihm erwarte.« Meine Augen brennen. »Und er will nicht, dass ich ihm wehtue.«

Sie packt mich am Arm und zieht mich den Gehweg hinunter.

Der zu meinem Bungalow führt.

Den ich mir mit Theo teile.

»Er hat einen Wurf Kätzchen und ihre Mama gerettet, deshalb hat er das andere Schlafzimmer in seinem Bungalow abgesperrt«, flüstere ich. »Er hat einen Wurf Kätzchen gerettet. Er hat auch Emmas Hochzeit zu retten versucht. Und er ist ein Pornostar. Meine Mutter hat recht. Die Presse … wird sich dafür interessieren. Ich möchte mich lieber nicht dafür interessieren. Aber die ganze Welt hat ihn nackt gesehen. Und ich kann nicht … ich will nicht … ich kann nicht …« Ich kann das nicht durchwinken.

Sämtliche Frauen auf dem Planeten können den Penis von meinem Freund sehen.

Oh, mein Gott.

Einige haben wahrscheinlich mehr davon gesehen als ich.

Und er will ja auch gar nicht mein Freund sein.

»Geh. Und. Rede. Mit. Ihm.« Sabrina stupst mich leicht an, als wir vor dem Bungalow stehen.

Ich wühle meinen Schlüssel aus der Geheimtasche an meinem Kleid – mein Handy werde ich später aus der Hochzeitssuite holen – und schließe auf.

Im Wohnzimmer ragt noch immer das Klappbett seltsam schräg in die Höhe.

Ich hole tief Luft, als ich die Tür zum Hauptschlafzimmer offen stehen sehe, und husche über den Teppich, um einen Blick hineinzuwerfen. Und als ich vor der Tür stehe, verkneife ich mir ein Schluchzen.

Theo ist hier, er hat sein Jackett abgelegt und das weiße Button-down-Hemd über dem kurzärmeligen weißen Unterhemd halb aufgeknöpft, während er im Raum umhergeht und die Kätzchen in einer Katzenbox verstaut.

»Was tust du?«

Er sieht nicht zu mir auf. Und antwortet nicht.

Als würde er darauf warten, dass ich ihn zurückweise, damit er mich nicht aufs Neue zurückweisen muss.

Aber das kann ich nicht.

Ich benötige Antworten, aber ich werde nicht in mein früheres Leben zurückkehren, und ich möchte glauben, dass es eine tragfähige Erklärung hierfür gibt. »Theo, was tust du da?«

»Der Urlaub ist vorbei. Ich gehe zurück nach Hause. An die Arbeit.«

Ich zucke zusammen.

Und das bekommt er mit.

Er sieht mich zum ersten Mal, seit ich ins Zimmer gekommen bin, an und bekommt mit, wie ich zusammenzucke, weil er zu seiner *Arbeit* zurückwill.

Als hätte er gewusst, dass ich deshalb zucken würde, und als hätte ich ihn gerade in seiner Annahme bestätigt.

»Warum?«

»Damit ich mehr Geld verdiene. Darum dreht sich doch alles, oder?«

»Warum ist das dein … Weg?«

Er schnappt sich Jellybean von der Ablage und setzt sie zu ihren übrigen Brüdern und Schwestern in die Katzenbox, die allesamt miauen, als wären sie verwirrt und ängstlich. »Weil ich verflucht gut darin bin. Stört dich das?«

Ich schlucke schwer.

Ja.

Ja, es stört mich. Aber ich strenge mich sehr, sehr an, meine Lektion aus Kindertagen, der zufolge Pornografie nur was für schmutzige Sexsüchtige ist, von meinem Wissen als Erwachsene zu trennen, dass Theo Monroe ein guter Mann mit einem großen Herzen ist, der sein Leben lang von zu vielen Menschen übergangen wurde.

»Ich mag dich«, sage ich leise. »Ich mag dich sehr. Und ich würde es gern verstehen, damit …«

»Damit was? Damit du mich überreden kannst, damit aufzuhören? Damit du mich im Stillen dafür verurteilen kannst, während du mir ins Gesicht sagst, dass du mich nicht verurteilst? Damit ich das schmutzige kleine Geheimnis bin, über das deine Eltern nicht reden, weil sie es lieber sehen, wenn du mit Langweilern ausgehst, die es zwar nie in die Nachrichten schaffen, aber einen G-Punkt nicht von einem Arschloch unterscheiden können? Ich bin eine große Nummer, Laney. Ich bin eine verflucht große Nummer, und die ganzen Handyvideos, die vorhin alle aufgenommen haben, werden in weniger als einer Stunde in den Nachrichten laufen. Möchtest du, dass du dich auf der Arbeit als Nächstes damit herumschlagen musst? Willst du deine Tage in dem Wissen zubringen, dass sich alle um dich herum fragen, ob wir abgedrehten oder stinknormalen Sex haben? Willst du wissen, dass sie sich fragen, mit wie vielen Frauen ich es treibe? Ob es Videos *von uns* gibt? Willst du das?«

Ich blinzle gegen das Brennen in meinen Augen an und presse die Lippen aufeinander, damit sie nicht länger zittern.

Er hat ja recht.

Ich habe selbst an all das gedacht.

Aber ich *will* es nicht.

Ich will …

Ich will, dass er etwas anderes macht, damit wir es leichter haben. Und das ist nicht fair.

Was bedeutet: Wenn ich ihn will, muss ich herausfinden, wie ich ihn mit *allem*, was er ist, akzeptieren kann.

Aber das wird er nicht zulassen.

»Das war's dann also«, zwinge ich mich schließlich zu sagen, als er das letzte Kätzchen in die Box schiebt. »Du entscheidest für mich, was ich will und was nicht?«

Er schiebt sich mit der behutsam an sich gedrückten Katzenbox an mir vorbei. »Ich habe gerade ein paar größere Probleme.«

»Hast du?«

»Das musste ja schlussendlich so kommen, Prinzessin. Reißen wir das Pflaster lieber jetzt ab, bevor es zu fest sitzt und ekligen Kleber auf unserer Haut hinterlässt.«

»Ich mag dich trotzdem, auch wenn du so ein Hornochse bist, der mir keine Chance lässt, einen Ausweg für uns zu finden.«

Seine Schultern zucken.

»Und ich weiß, du bist so ein Hornochse, weil du Angst hast und weil du dir nicht wehtun willst, aber weißt du was? Ich habe auch Angst. Und ich will mir auch nicht wehtun. Aber so werden wir unsere Probleme nicht lösen.«

»Da gibt es nichts zu lösen«, knurrt er.

»Wenn es dir nichts ausmachen würde, wärst du nicht so gemein.«

Jetzt bleibt er wie angewurzelt stehen.

Er weiß es.

Er weiß genau, worauf ich anspiele.

Ich war gemein, weil ich dich mochte und nicht wusste, wie ich damit umgehen sollte.

Als er sich schließlich langsam umdreht, um mich unverwandt anzusehen, wallt die Angst so heftig in meiner Magengrube auf, dass sich in meinem Unterleib alles zusammenzieht.

»Ich schätze, das ist dann wohl die Antwort«, sagt er. »Ich tue dir nicht gut. Ich habe dir noch nie gutgetan. Und das werde ich auch nie. Viel Glück, Laney. Ich hoffe, du findest, wonach auch immer du suchst. Ich bin es jedenfalls nicht. Das war niemals meine Bestimmung.«

Und dann ist er fort, er nimmt die Katzen und marschiert so schnell zur Tür hinaus, dass ich unmöglich mit ihm mithalten kann.

Ohne seine Reisetasche zu packen. Ohne seinen Koffer mitzunehmen. Ohne das Ringlicht unter dem Bett hervorzuziehen, das nicht länger meine Neugier erregt, sondern ein schlagender Beweis dafür ist, dass ich hätte ahnen können, womit er sich seinen Lebensunterhalt verdient.

Aber ich nehme an: Wenn man einer der größten Internet-Pornostars der Welt ist, interessiert es einen nicht, ob man sich eine neue Zahnbürste oder ein neues Ringlicht kaufen muss.

»Du bist ein riesengroßer Idiot«, höre ich Sabrina vor dem Bungalow sagen.

Worauf Theo abermals knurrt.

Dann hält sie die Tür auf und schaut nach mir, ihr Make-up ist verlaufen, ihr Haar ist ein Chaos, in ihren Augen glänzt Kummer der allerübelsten Sorte.

»Wollen wir uns betrinken gehen?«, flüstert sie.

Nein, ich will mich nicht betrinken gehen. Ich will keine Qualen leiden. Trotzdem nicke ich ihr zu, denn was, zum Teufel, sollen wir sonst tun? »Ja.«

37. Kapitel

Laney

Riecht ihr das?

So riecht es, wenn man im frischen Pulverschnee, unter einem strahlend blauen Winterhimmel in Colorado blaumacht.

Sabrina konnte nicht kommen. Sie hat alle Hände voll damit zu tun, einen Weg zu finden, das *Bean & Nugget* zurückzubekommen. Emma ist allein in ihre Flitterwochen gefahren. Wenigstens hat Claire es uns so erzählt. Em hat seit der Hochzeit, die keine war, tatsächlich mit keiner von uns mehr gesprochen.

Meine Eltern sind über die Idee, mir nach meiner Rückkehr von Hawaii noch einen weiteren Tag freizunehmen, weniger entsetzt, als ich es angenommen hatte.

Also habe ich eine Nachbarin überredet, mich zu begleiten, und nun tue ich so, als würde ich ihrem freundlichen Geschnatter aufmerksam lauschen, während wir mit dem Lift den Hang hinauffahren.

Theo ist ein Arsch.

Mir tut das Herz weh.

Und ich gehe nicht zurück.

Zurück zur Arbeit schon. Morgen. Ich liebe meinen Job immer noch, ganz gleich, welchen Fragen ich mich stellen muss, wenn ich wieder einen Fuß ins Büro setze.

Aber zurück in mein sicheres kleines Loch freudloser, tagtäglicher, althergebrachter Routine, wenn ich abends nach Hause komme?

Nein.

Scheiß auf Theo!

Ich gehe Skilaufen.

Es ist schon einige Jahre her, doch meine Skischuhe tun es noch. Der Helm sitzt. Und die Skihosen passen auch.

Das Prachtexemplar von einem Kater nach meinem letzten Abend auf Hawaii ist beinah verflogen.

Und jetzt gehe ich, verdammt noch mal, Skilaufen.

Scheiß auf den verfickten Anfängerhang.

Ich muss Tempo machen.

Ich muss mich amüsieren.

Ich muss mir beweisen, dass ich keine Langweilerin bin und dass meine Reaktion darauf, mich bis über beide Ohren in einen Mann zu verlieben, der es versäumt hat, mir zu sagen, dass er ein Pornostar ist und sogar, da hat er ganz recht, ein *großer* – das soll kein Wortspiel sein, verdammt –, sogar für die abenteuerlustigsten Frauen der Welt vollkommen normal wäre.

Scheiß auf Theo!

Scheiß auf Theo und das beschissene Video von ihm, das Sabrina mich genötigt hat, mir anzusehen, als wir in der Bar waren.

Sie hat mir seinen Penis auf dem *GrippaPeen*-Kanal gezeigt.

Seinen prächtigen, wunderbaren Penis, wie er vollständig erigiert vor dem Hintergrund der Tätowierungen auf seinem harten Bauch stand, während er knapp über der Spitze eines der Herzen strickte, die überall in der Ferienanlage herumlagen, und seine Stimme in meine Ohren drang: *Leute werden dir sagen, dass du manchmal nervst. Aber das sind nicht die Leute, auf die es ankommt. Diese Leute interessieren sich einen*

Scheißdreck für dich. Die interessiert nur, wie sie sich mit dir wohler fühlen. Scheiß auf diese Leute. Verbanne sie aus deinem Leben. Du verdienst Menschen, die dich bedingungslos lieben und dir bedingungslos vergeben. Und wenn du solche Menschen findest, mach dasselbe für sie. Wenn du sie nicht liebst, wenn dir nicht zusagt, was sie für das Beste für sich selbst halten, wenn du ihnen nicht vergeben kannst, dann bist du vielleicht auch nicht die Freundin, die sie brauchen.

Ich schüttle den Kopf, während mir der Wind auf dem Weg den Berg hinauf das Gesicht kühlt.

Als hätte er ohne Umschweife zu sich selbst gesprochen.

Emma muss ihre eigenen Fehler machen. Du kannst sie nicht zwingen, Chandler nicht *zu heiraten, nur weil er dir gerade nicht in den Kram passt.*

Er wollte nicht, dass sie heiratet.

Trotzdem hat er ihre Hochzeit bezahlt. Er hat das Ganze ausgerichtet. Er hat sämtliche Probleme mit dem Resort geregelt, wo man uns am Morgen unserer Abreise nicht mal mehr auscheckte, weil es endgültig kein Personal mehr gab und der Laden dichtgemacht hatte.

Weil es das war, was sie wollte.

Er traute ihr zu, ihr Leben nach ihren eigenen Vorstellungen zu leben, und er sorgte dafür, dass sie sich nicht von äußeren Einflüssen zu einer Entscheidung drängen ließ, die sie dann ihr Leben lang infrage stellen würde.

Ich weiß nicht, ob ich so etwas jemals für einen anderen Menschen tun könnte.

Und ich weiß nicht, wie viele Menschen in meinem Leben erkennen würden, welches Geschenk er ihr damit gemacht hatte.

Doch ich weiß, dass ich niemals das Gefühl hatte, von meinen Eltern so reich beschenkt worden zu sein.

Mit der Gewissheit, meine eigenen Fehler machen zu können, wie groß oder klein auch immer sie sein mochten.

Ich hatte immer das Gefühl, überhaupt keine Fehler machen zu dürfen.

Ich weiß, es ist kompliziert.

Und ich weiß, das liegt daran, dass die Menschen, die uns lieben, nicht wollen, dass wir uns schaden.

Aber wie sollen wir sonst lernen? Wie sollen wir wachsen? Wie sollen wir *leben*, wenn wir es nicht gelegentlich verkacken können?

Als ich vom Skilift springe, falle ich fast auf die Nase – was gewiss an der Ablenkung liegt, weil ich an Theo denke, *keineswegs* daran, dass ich ungeschickt wäre –, doch ich fange mich noch und schlage mit meiner Begleiterin den Weg zum Beginn der Abfahrt ein.

Ein gutes Gefühl, endlich wieder etwas mit meinem Körper anzufangen.

Die Muskeln anspannen. Frieren vor der Abfahrt. Die Skier, die Skischuhe, die Stöcke – alte Freunde.

Fühlen.

Leben.

Scheiß auf die Leute, die dich wegen deines Körpers verurteilen, sagte er in einem der anderen Videos, die ich mir gestern, spät am Abend, als ich nicht einschlafen konnte, angemeldet als Sabrina, angesehen habe. Und, ja, danach habe ich eine Summe in der Höhe eines Monatslohns an eine Katzenpension gespendet, gegen das schlechte Gewissen, das mich überfallen hat, weil mir bewusst wurde, dass ich gegen die Regel verstieß, mir niemals etwas anzusehen, wofür ich nicht vorher bezahlt habe. Scheiß auf Theo!

Scheiß auf Theo und sein … *Dein Körper ist ein verdammt machtvoller Schatz. Er erzählt deine Geschichte. Er trägt die Kin-*

der aus. Er bewältigt deine Trauer. Er birgt die Knochen, die du dir brichst, er trägt die Narben auf deiner Haut, und er lebt dein Leben. Dein Körper ist stark, er dient dir, während du allen dienst, die dich umgeben und dir so viel abverlangen, ohne jemals daran zu denken, dass du ein menschliches Wesen bist. Und dein Körper verdient, dass du ihn ebenso sehr liebst, wie er dich liebt.

Für einen Mann, der sich aus Angst, vor der Kamera nicht gut auszusehen, weigert, genug zu essen, weiß er, was er Frauen sagen muss, die sich körperlich verunsichert fühlen.

Noch mal: Scheiß auf Theo!

Er besetzt nicht noch mehr Platz in meinem Kopf.

Nicht heute.

Heute geht es darum, diese Piste hinunterzujagen und mich wieder lebendig zu fühlen.

Kalte Luft schlägt mir ins Gesicht.

Meine Skier weisen in die Richtung, in die ich sie lenke.

Meine Knie beugen sich, wie ich sie beugen will.

Mein Körper fliegt schneller, schneller und schneller den Berg hinunter.

Du kannst abheben. Du kannst, verflucht noch mal, abheben. Und wer dir einredet, dass du es nicht kannst, hat entweder Angst oder sucht nach jemandem, der nicht du ist. Ich bin in einer Welt aufgewachsen, die mir weisgemacht hat, ich müsse Angst haben. Dass hinter jeder Ecke Gefahren lauern könnten. Aber das habe ich nie so gesehen. Ich habe es nie so gesehen, und ich wollte es auch nie so sehen. Ich wollte lieber lachen. Ich wollte rennen. Ich wollte fliegen. Und ich wollte mich amüsieren. Ich wollte Abenteuer erleben. Ich wollte mehr als nur überleben. Und ich suche immer noch danach. Ich hoffe, du auch. Ich hoffe, du fliegst hoch in deinen verdammten Träumen und dass du es, wenn dir jemand »Nein, lass es!« sagt, trotzdem tust. Es könnte Blödsinn sein. Es könnte aber auch das verflucht Beste sein, was du jemals für dich getan hast. Alle mög-

lichen hochtrabenden Philosophen würden es sicher eleganter ausdrücken. Scheiß auf Eleganz! Wer hat schon Zeit, darauf zu achten, wie etwas rüberkommt, wenn es Zeit für uns ist, aufzusteigen und zu fliegen?

Ich hasse ihn so sehr.

Ich *hasse* ihn.

Seine ganze Weisheit.

Seine ganze aus jahrelanger Erfahrung geborene Weisheit. Aus dem jahrelangen Gefühl, ein totaler Versager zu sein. Und trotzdem so gelebt zu haben, wie er es wollte.

Deshalb lieben sie ihn.

Sie haben sich angemeldet, um den prächtigen Penis an einem Mann zu sehen, der Herzen strickt, und sie bleiben dabei, weil er sie versteht.

Weil er weiß, was es bedeutet, unsicher zu sein.

Weil er weiß, was Angst bedeutet.

Weil er weiß, wie es ist, enttäuscht zu sein. Und eine Enttäuschung zu sein.

Und er weiß, es wird besser.

Er weiß, man kann es besser *machen.*

Aber nicht mit mir.

Im Leben nicht mit mir.

Ich genüge ihm nicht. Er wird nicht zulassen, dass ich lerne, wie ich ihm genügen kann.

Scheiß auf Theo!

Scheiß einfach auf ihn.

Scheiß auf ihn bis …

»Aaaaahhhhh!!!!!« Zur Hölle.

Scheiß auf alles bis zur Hölle.

Scheiß auf Theo.

Scheiß auf diesen Berg.

Scheiß auf die Person, die nicht auf diesem Berg sein sollte, die mir in diesem Moment aus dem Nirgendwo in die Quere kommt, mit wedelnden Armen und vollkommen ohne Beherrschung.

Scheiß aufs Stürzen.

Scheiß auf meinen Ski, der sich nicht so löst, wie er es sollte.

Und scheiß auf den Schmerz, der mir durchs Bein fährt, das definitiv nicht so schräg abgeknickt aussehen sollte.

38. Kapitel

Theo

Nichts katapultiert einen Mann so in höchste Alarmbereitschaft wie das unverkennbare Geräusch von Autoreifen auf komprimiertem Schnee über Schotter.

Ich bin draußen, hinterm Haus, beim Holzhacken.

Und mir ist heiß.

Dauernd ist mir verflixt heiß.

Trotzdem greife ich nach einem verdammten Flanellhemd und streife es über. Das müsste, zusammen mit dem Holzfällerhut, den Stiefeln und dem weiten orangefarbenen Overall, reichen, um weitere Fotoversessene in die Flucht zu schlagen.

Die Hinweisschilder bringen nichts.

Ich werde noch umziehen müssen.

Und mein Handy zerstören.

Ich wünschte, ich hätte genug Geld, um jemanden dafür zu bezahlen, das Internet komplett abzuschalten. Oder dass ich auf Emma gehört hätte, als sie mir riet, mein Gewerbe anzumelden und meine Privatsphäre schützen zu lassen.

Das Auto vor dem Haus hält an.

Für den Bruchteil einer Sekunde hoffe ich, es ist Laney.

Ich hoffe, sie kommt, um mich wegen meiner blödsinnigen Rechtfertigung dafür, dass ich sie verlassen habe, zur Rede zu stellen.

Aber das hat sie ja längst getan, oder etwa nicht?

Du bist so ein Arsch, weil du Angst hast, und ich gebe dir noch die Gelegenheit, mir auf halbem Weg entgegenzukommen …

Und ich war der Idiot, der trotzdem gegangen ist.

Weil ich sie mag.

Weil ich sie *zu sehr* mag.

Sie hat recht: Ich habe eine Scheißangst.

Ich habe auf Hawaii meinen Lebensgrund gefunden. Meinen Lebenssinn. Was ich für den Rest meines Lebens tun will.

Ich habe *sie* gefunden. Ich habe erlebt, wie sie lacht. Wie sie aus purer Freude quiekt. Wie sie Neues ausprobiert. Und aus ihrer Komfortzone kommt.

Und die ganze Zeit hatte ich das Gefühl, als würde sie mich endlich sehen.

Als würde sie meine Zuneigung erwidern.

Angst ist eigentlich nicht so meins.

Aber jetzt fürchte ich, dass es sie dermaßen verletzen könnte, wer ich bin und was ich tue, dass sie daran zugrunde geht.

Und sosehr ich es auch vor mir rechtfertige, dass es richtig und notwendig war, was ich getan habe, so sehr hasse ich mich jetzt trotzdem dafür.

Von vorn vernehme ich das Knirschen von Stiefeln auf altem Schnee. Auf meinem Rücken lastet eine so große Anspannung, dass ich nicht mal mehr weiß, wer ich bin.

»Nette Schilder. Nutzen die was?«, ruft Sabrina irgendwo auf der anderen Seite meiner Hütte und lässt damit sämtliche Luft aus mir ab. Es ist nicht Laney. Und auch sonst niemand aus der Stadt. Eine Menge Leute waren hier, um nach mir zu sehen. Jeder Einzelne von ihnen durchaus wohlmeinend. Aber ich habe es langsam satt.

»Wenn nicht, ist mir meistens meine riesige Axt von Nutzen«, teile ich ihr mit.

Sie ignoriert die subtile Drohung und kommt nach hinten geschlendert. Während ich wie ein Holzfäller aussehe, der einen Schlag zu viel mit der stumpfen Seite seines Hammers abbekommen hat, wirkt sie in schwarzen Leggings, schwarzen Schneestiefeln, schwarzem Wollmantel, schwarzen Handschuhen und einem schwarzem Beanie über der gewaltigen schwarzen Sonnenbrille beinah wie gemalt – wenn auch mit Hundehaaren bestäubt.

Vielleicht wirkt sie auch nur wie gemalt, weil sie wie ein rothaariger, grimmig dreinschauender, in Hunde vernarrter Sensenmann aussieht und der Tod mir gerade eine gute Gesellschaft zu sein scheint.

»Hast du dich inzwischen eingekriegt«, erkundigt sie sich.

»Es gibt nichts, worüber ich mich einkriegen könnte.«

»Mir ist aufgefallen, dass du nichts mehr ins Netz gestellt hast, seit wir wieder hier sind.«

»Seitdem sind erst drei verfluchte Tage vergangen. Danke, dass du dich angemeldet hast. Es freut mich immer, wenn ich Geld von den Freundinnen meiner Schwester einsacken kann.«

Über uns nähert sich das Knattern von Hubschrauberrotoren.

Ich zucke zusammen.

Sie blickt hoch. »Wow, die kommen sogar von oben, um dich auszuspionieren.«

Ich laufe zur Hintertür meiner Hütte. Weil ich nicht hier draußen hocken bleibe, um auf noch mehr durchgeknallte Reporter zu warten, die ein Foto von mir schießen wollen, auch wenn ich angezogen bin.

Sabrina eilt ihrerseits hinter mir her in meine gemütliche kleine Küche, bevor sie die Tür hinter uns schließt. Sofort wuseln drei meiner Kätzchen um uns herum. Fred verharrt derweil hinter meiner leeren Kaffeetasse neben der Spüle. Ich hab sie extra für ihn dort gelassen. Er versteckt sich gern, auch wenn er mich allmählich ein bisschen besser leiden kann.

»Hey, du hast wirklich einen ganzen Wurf Kätzchen aus Hawaii mitgebracht.«

»Keine Ahnung, wovon du redest.«

Sie gibt einen frustrierten Laut von sich. »Laney denkt, du wohnst noch in dem Trailer auf dem Grundstück deines Vaters.«

Ich schlucke den Köder nicht und frage nicht, wie es Laney geht.

Geht mich nichts an.

Was mich was angeht, ist, mir *keinen* Tratsch über irgendwen sonst in dieser Stadt anzuhören – nie wieder! – und Holz zu hacken und im Internet auf die Suche nach Leuten zu gehen, die ein bisschen Geld gebrauchen können.

Für Benzin oder Lebensmittel.

Für Behandlungskosten.

Für eine nackt auftretende Polka-Band, die die Hochzeit der Schwester aufmischt, weil sie einen Vollpfosten heiraten will.

Das traf es fast genau.

Und war mein erster Akt menschlicher Güte, nachdem ich beschlossen hatte, mein Bankkonto komplett aufzubrauchen, was sich seitdem als weit schwieriger erwiesen hat, als es sein sollte.

»Was von Emma gehört?«, fragt Sabrina.

Ich schüttle den Kopf und überwinde mich, sie ungeachtet des schlechten Gewissens, das ihre Frage schlagartig auslöst, anzusehen.

Ich habe es versucht. Ich habe getan, was ich konnte, um dafür zu sorgen, dass sich ihre Wünsche erfüllen. Trotzdem fühle ich mich, als hätte ich sie im Stich gelassen.

Und wie könnte ich mich anders fühlen?

Bevor ich die Katzen eingepackt und nach Hause zurückgeflogen bin, habe ich mich zu ihrem Bungalow geschlichen, doch sie sagte nur, ich solle gehen. Dass sie das gerade nicht mit mir durchgehen wolle und dass wir reden würden, wenn sie wieder zu Hause sei.

Ich weiß, sie wird mir vergeben. Das macht sie immer.

Und sie wird alles unternehmen, um nicht den Eindruck zu erwecken, sie würde mir nur aus Pflichtgefühl vergeben, doch es wird mir trotzdem so vorkommen.

Aber das ist meine Sache.

Noch etwas, woran ich arbeiten muss.

Sabrinas Körper erschlafft. »Kannst du, wenn sie wieder nach Hause kommt … Kannst du dann ein gutes Wort für mich einlegen?«

»Klar.«

»Ich bin fertig mit den Gerüchten.«

»Aha.«

»Ja, wirklich. Für immer. Ich habe genug davon.«

Ich blicke sie an.

Sie verschränkt die Arme und erwidert meinen Blick, während die Kätzchen an ihren Stiefeln schnüffeln.

Sabrina kam in der Küche des ersten *Bean & Nugget* hier in Snaggletooth Creek zur Welt, und ihre Seele wird für immer dort verweilen. Sie hat in dem kleinen Café Gerüchte aufgeschnappt, seit sie alt genug war, um zu verstehen, worum es dabei ging, und seit der Highschool, als sie für sich selbst herausfand, wie weit sie gehen konnte, macht sie sich Gerüchte effektiv zunutze.

Vermutlich sind ihre Grenzen in der letzten Woche verschwommen.

»Das ist mein Ernst«, sagt sie, als sie sich hinsetzt, um Jellybeans kleinen Kopf zu streicheln. »Ich bin fertig mit dem Getratsche. Siehst du, das bin ich, die dich nicht fragt, wie viele Reporter du hier oben gesehen hast, und die dir nicht berichtet, wie viele wir unten aus der Stadt gejagt haben.«

Ich lüpfe eine Braue.

Sie schneidet eine Grimasse. »Und es bin ich, die dir nicht erzählt, dass mir mein neuer Chef, das Arschloch, durch seine Sekretärin Nachrichten hat zukommen lassen, dass wir ganz normal weitermachen sollen – falls wir weiter dort arbeiten wollen –, bis er irgendwann nächste Woche eintrudelt. Was alles *keine* Gerüchte sind. Nur so fürs Protokoll. Sondern das ist jetzt meine Realität. Was auch kein Gerücht ist, weil ich finde, das solltest du wissen … Erinnerst du dich an Chandlers Telefonat, das du mit angehört hast? Da hat er mit meinem neuen Chef telefoniert. Chandler wollte sogar, dass das Arschloch inkognito zur Hochzeit kommt und uns alle ausspioniert, um herauszufinden, wie er am besten mit uns umgeht, wenn er auftaucht, um seine neue Stellung anzutreten, während Chandler in den Flitterwochen sein sollte. Kannst du das glauben?«

»Chandler kann mich so was von am Arsch lecken.«

»Ganz meine Meinung. Es interessiert mich nicht, wie sehr er bei allen in der Stadt untendurch ist, weil das längst noch nicht reicht.«

Ich schlendere in der kleinen Küche an ihr vorbei und werfe noch ein Holzscheit in den Ofen. Jetzt fühle ich mich mehr als nur ein bisschen schuldig, weil ich Sabrina nicht geholfen habe, als sie mich darum bat. Mir einzureden, dass es da wahrscheinlich schon zu spät war, hilft mir auch nicht weiter.

Ich hätte es in aller Stille tun können, ohne mich zu erkennen zu geben.

»Und ich bin nicht mehr sauer auf dich«, fügt Sabrina leise

hinzu. »Es war nicht richtig von mir, dich um Hilfe zu bitten. Ich entschuldige mich dafür, dich in diese Lage gebracht zu haben.«

»Ich hätte an deiner Stelle das Gleiche getan.«

Miss Doodles sieht vom Teppich vor dem Herd zu mir auf, wo sie praktisch mit dem Fußboden verschmolzen und ihr leise hin- und herwischender Schwanz ihre einzige Regung ist.

»Brave Mieze«, sage ich und bücke mich, um sie hinter den Ohren zu kraulen.

Sie blinzelt mir zu, dann erhebt sie ein lautes, zufriedenes Schnurren und versinkt noch tiefer im Boden.

»Ich werde die Kohle zusammenkriegen«, sagt Sabrina und folgt mir, mit drei Kätzchen auf den Fersen, ins Wohnzimmer. »Ich will mein Café zurück. Wenn du also Lust bekommst, in deiner Heimatstadt in etwas von Wert zu investieren, statt dein Geld nur hier und dort unter interessanten Wohltätigkeitsorganisationen zu verteilen, würde ich mich sehr freuen, mit dir über eine äußerst faire Gewinnbeteiligung zu verhandeln.«

Nun starre ich sie an.

»Das ist kein Gerücht. Du bist bloß so berechenbar. Und ich *bitte* dich auch nicht um Hilfe, ich teile dir lediglich mit, dass ich Investoren sammle. Und es wäre mir eine Ehre, wenn du in Erwägung ziehen würdest, dass das *Bean & Nugget* dein Geld und deine Zeit wert wäre.«

Ich lasse mich grunzend in meinen Lehnstuhl fallen, wobei ich Snaggleclaw, der sich hinter dem Quilt versteckt hat, den meine Mutter zu meiner Geburt für mich gemacht hat, nur knapp verfehle. Würden mein Dad und Onkel Owen mich nicht dann und wann besuchen, wäre der Lehnstuhl das einzige Möbelstück im Wohnzimmer.

Irgendwann werde ich mir mehr anschaffen.

Aber ich lebe noch nicht so lange hier. Es war nicht einfach, ein ganzes verfluchtes Haus haben zu wollen und zu akzeptieren, dass es okay ist, dein Geld dafür auszugeben, wenn du früher nie so viel Geld gehabt hast. Ich hab mich vor Lachen weggeschmissen, als die Sullivan-Drillinge zum ersten Mal hier vorbeikamen und mir sagten, ich würde mehr Möbel benötigen. Ich hatte hier draußen sonst noch nicht viele Besucher, würde mich aber darüber freuen.

Und da mich jetzt niemand mehr fragen wird, wie ich mir meine Traumhütte auf fünfzehn Morgen Land in den Bergen leisten kann, wäre es auch nicht mehr so peinlich.

Höchstens, wenn ich ein paar meiner Kumpels vom Bau hierher einladen würde. Den Job habe ich verloren, als mein Chef dahintergekommen ist, dass seine Frau meine Videos geguckt hat. Das war die erste Nachricht, die ich bekam, nachdem ich in Denver gelandet bin.

Sabrina setzt sich Gott sei Dank nicht auf eine Katze, als sie in dem Extralehnstuhl Platz nimmt, lässt jedoch die drei Kätzchen auf ihren Schoß krabbeln.

»Ich überlege es mir«, knurre ich.

Sie greift nach einem Strickherz auf dem Beistelltisch und neckt die Kätzchen damit. »Ich habe einen Teil der Munition, die ich gegen Chandler in der Hand habe, verwendet, um an die Buchhaltung der letzten zehn Jahre zu kommen. Ich weiß, wo das Übel angefangen hat. Und ich weiß, wie ich es beheben kann. Ich habe einen Business-Plan. Ich weiß, was ich tue. Ich werde nicht scheitern. Und ich werde dich nicht noch mal bitten. Deine Taschen sind womöglich tiefer als die der meisten anderen in der Stadt, aber es ist mir gleich, ob ich am Ende fünf Investoren habe oder hundert. Ich kriege das Geld zusammen, um diesen Dreckskerl auszuzahlen.«

»Hast du Laney gefragt?« Verdammt. Das wollte ich nicht sagen. Das wollte ich *nicht* sagen.

Sie zuckt die Achseln. »Es ist mir gleich, dass der Rest meiner Familie so arschig und nachtragend ist, weil alle denken, ihr Dad sei der biologische Vater der Drillinge. Was auch wieder kein Gerücht ist. Ich habe gehört, dass du davon gehört hast. Ein Gerücht wäre es nur, wenn du es nicht schon wüsstest.«

»Schau, Sabrina, ich mag dich, aber jetzt nicht. Es ist mein Problem. Kannst du jetzt bitte gehen?«

»Ich habe deine Frage noch nicht beantwortet.«

»Die nehme ich zurück. Ich will es gar nicht wissen.«

»Natürlich willst du es wissen, sonst hättest du nicht gefragt.«

»Alte Gewohnheit. Ich wollte nur höflich sein. Ihr seid Freundinnen. Ich hatte ein schlechtes Gewissen, weil ich dir nicht geholfen habe, als du mich zum ersten Mal gefragt hast.«

»Du bist nie nur höflich, um höflich zu sein, und deine Schuldgefühle jetzt sind nur ein Abfallprodukt der Schuldgefühle, die dich sowieso plagen. Schließlich ist Emmas Hochzeit geplatzt, Chandler hat hinterrücks das Café verschachert und uns alle hinters Licht geführt, und dann hast du Laney abserviert. Auch wenn nur das, was du Laney angetan hast, deine Schuld ist.«

Damit hat sie mich erwischt. »Geh weg, es ist Zeit, neue Videos aufzunehmen. Ob du dann noch hier bist oder nicht, in drei Minuten werde ich mich ausziehen und mir einen runterholen.«

»Du holst dir in deinen Videos keinen runter, und ich weiß, dass du weißt, dass ich das weiß.« Sie verdreht die Augen, als wüsste sie außerdem, dass ich meinen Nebenjob dauerhaft eingestellt habe.

Als wäre sie stinksauer auf mich.

Vielleicht bin ich ja selbst stinksauer auf mich.

Aber das mit Laney hätte unmöglich anders laufen können.

Wenn ich nicht gehört hätte, dass man sich ein bisschen was

dazuverdienen kann, wenn man auf *GrippaPeen.com* mit seinem Schwanz wedelt, hätte ich mich nie auf so etwas eingelassen. Wäre ich nicht unversehens an die Spitze der Charts geklettert – wer hätte gedacht, dass Stricken und mein Penis in Kombi so ein Erfolg sein könnten? –, hätte ich nicht die Kohle gehabt, um für Emmas Hochzeit zu bezahlen, Chandler hätte mich nicht gebeten, dafür aufzukommen, keiner von uns wäre nach Hawaii geflogen, und die vergangene Woche mit Laney hätte es nie gegeben.

Ergo: Wäre ich keine Internet-Porno-Sensation, hätte ich keine Gelegenheit gehabt, mich so heftig in Laney zu verlieben.

Aber so weit, dass Laney mit einer Internet-Porno-Sensation zusammen ist, wird es nicht kommen. Das ist nicht drin. Das geht einfach zu weit für sie.

Und jetzt benehme ich mich Sabrina gegenüber wie ein Riesenarschloch, weil ich damit nicht klarkomme.

Aber sie hat recht. Ich hole mir vor der Kamera keinen runter.

»Ich werde sie fragen, ob sie investieren will«, sagt Sabrina. »Aber noch nicht jetzt. Sie hat schon genug um die Ohren.«

Fuck! Wann hört das endlich auf? Wann hören alle endlich damit auf, nur immer noch mehr Schuld anzuhäufen? Meint sie wirklich, was ich am Samstag getan habe, würde mir nichts ausmachen? »Wenn du mir etwas mitteilen willst, sag es einfach, und dann geh.«

Diesmal wird mir ein klassischer Sabrina-Sullivan-Blick zuteil, der mir bedeutet, ein totaler Hornochse zu sein. »Wenn ich sage, *sie hat schon genug um die Ohren,* dann meine ich damit nicht, dass sie in ihr Kissen heult, weil du sie wie ein Arschloch abgefertigt hast. Also bitte. Laney hat ausreichend Selbstachtung, um zu wissen, dass sie etwas Besseres verdient als einen Kerl, der ihr das Herz bricht, weil er Angst davor hat, etwas für so eine Klassefrau zu empfinden. Was ich meine, ist, dass man jemandem, der sich beim Skilaufen ein Bein gebrochen hat, ein wenig Zeit lässt, sich davon zu erholen. Du bist ganz schön egozentrisch, Theo, was?«

Ich springe aus dem Sessel, als wäre in meinem Hintern ein Knallfrosch explodiert, und verschrecke damit sämtliche Kätzchen inklusive Miss Doodles. Alle setzen sich wieder in Richtung meines Schlafzimmers ab. »Sie hat *was*?«

»Sie hat ausreichend Selbstachtung …«

»Nein, das mit dem gebrochenen Bein«, quetsche ich zwischen zusammengepressten Kiefern hervor.

»Oh, das wusstest du nicht?« Sie legt ein Bein über das andere und lehnt sich zurück. »Sorry, aber ich tratsche nicht mehr. Und wenn du es nicht wusstest, wäre es Tratsch. Meine Lippen sind versiegelt.«

»Sabrina.«

»Würdest du zur Familie gehören, wäre das was anderes, aber du bist ja nur der Kerl, der nicht genug Mumm hat, ihr zuzutrauen, dass sie dir zuhören würde, wenn du ihr erläuterst, warum du gern Geld damit verdienst, dein bestes Stück im Internet feilzubieten. Also erfährst du nicht, wie sie beschlossen hat, ihre Arbeit erst mal sausen zu lassen und Skilaufen zu gehen, sich zu amüsieren und ihr Leben über ihre Arbeit zu stellen, denn du würdest gewisse Voraussetzungen erfüllen müssen, um das Eingemachte über die Menschen zu erfahren, die du dir in deinem Leben wünschst, anstatt nur zu behaupten, du *würdest* gewisse Voraussetzungen erfüllen.«

Himmel, der neue Eigentümer des Cafés hat nicht die geringste Chance, wenn das auch nur ein Bruchteil dessen ist, was sie ihm um die Ohren hauen will. »Geht es Laney gut?«

»Ich würde sagen, so gut, wie es jemand mit einem gebrochenen Bein gehen kann.«

»Hat sie sich wirklich ein Bein gebrochen, oder verarschst du mich nur?«

»Um deinetwillen will ich mal so tun, als hättest du mich das jetzt nicht gefragt.«

»Wo ist sie?«

Sabrina macht die *Ich-verschließe-meinen-Mund-und-werfe-den-Schlüssel-weg*-Geste.

Emma wird … Fuck.

Fuck!

Emma wird während ihrer einsamen Flitterwochen nicht ans Telefon gehen. Sie leidet. Und ich kann nichts daran ändern.

Genauso wie … Fuck!

Genauso wie ich leide. Und Laney.

Ich raufe mir die Haare und unterdrücke ein Stöhnen. »Ich will nicht, dass die Leute sie wegen dem, was ich mache, verurteilen und wie den letzten Dreck behandeln, aber das würden sie. *Das würden sie*. Ich bin ein verdammter Pornostar, Sabrina. Und sie ist *Laney Fucking Kingston.* Sie verdient was Besseres, als dass alle jedes Mal, wenn sie ihr begegnen, über ihr Liebesleben nachdenken, und du weißt verdammt gut, dass genau das passieren würde.«

»Du bist kein Pornostar. Du ziehst dich aus und hältst inspirierende Reden. Aber wenn du dich lieber als Pornostar siehst, bitte sehr. Steck dich in eine bestimmte Schublade. Grenze deine Möglichkeiten mit Etiketten und Vorausdeutungen ein. Hege so viele Zweifel an einer meiner allerbesten Freundinnen auf der ganzen Welt, wie du willst. Sie würde dich herzlich gern mit allem, was sie zu bieten hat, lieben, wenn du nur deinen Arsch hochkriegen würdest, weil sie nämlich nicht wie ihre verfluchten Eltern ist und weil sie nämlich ein wenig *verfluchte* Anerkennung verdient.« Sie erhebt sich. »Und jetzt hast du mich wütend gemacht. Ich nehme alles zurück: Ich habe kein Interesse daran, dass du dich irgendwie an meinem Versuch beteiligst, das *Bean & Nugget* durch eine feindliche Übernahme zurückzubekommen.«

»Feindliche Übernahmen sind bei Privatunternehmen nicht möglich.«

»Ah, nun hör sich einer den Klugscheißer an. Und ich dachte, du hättest dich die ganze Zeit nur zum Spaß auf *Reddit* rumgetrieben und dein Vermögen mit diesem Börsenspiel verdreifacht.«

Meint sie das ernst? Meint sie das jetzt wirklich ernst? Ich habe nicht einmal Emma erzählt, dass ich letztes Jahr bei einem kleinen *Fick-die-Hedgefonds-Manager*-Spiel mitgemacht habe, und meinen Kontostand kennt sie noch gar nicht.

Und da wäre noch etwas, das mich in Schwierigkeiten bringen wird: meine fehlende korrekte Steuerschätzung.

Manchmal hasse ich die richtige Welt, obwohl ich viele Menschen in ihr sehr mag. »Wie zum Henker …«

Sie winkt ab und lässt ein Lächeln aufblitzen. »Oh, entschuldige. Ich hatte vergessen, dass ich mit den Gerüchten fertig bin. Und jetzt bin ich sauer, weil du mich ausgetrickst hast.«

»Wo ist Laney?«

»Noch mal trickst du mich nicht aus. Das musst du dir verdienen.« Sie wischt sich die Hände ab. »Niedliche Kätzchen. Die gefallen mir. Sag mir Bescheid, wenn du welche verkaufst. Ich habe das Gefühl, das *Bean & Nugget* könnte sich mit Katzen verbessern. Das heißt, wenn mein Hund sie nicht frisst. Was er wahrscheinlich nicht tun würde. Wahrscheinlich.«

»*Ich* verkaufe meine verdammten Katzen nicht. Das sind meine Katzen. Wer was findet, darf es behalten. Und ich werde, verdammt noch mal, jeden vernichten, der ihnen Leid zufügt oder sich zwischen uns stellt.«

»Uff. Da ist aber jemand mieser Stimmung. Dann lasse ich dich lieber mal allein.«

»Wo zum Teufel ist Laney?«

»Du fluchst zu viel, Theo. Ich mag es nicht, wenn jemand so viel vor mir rumschimpft. Du bist auf dich selbst gestellt. Tschüss, Kätzchen, passt auf, dass er nicht so viel vor euch flucht, ja?«

Sie schlendert durch meine Küche zurück, und einen Augenblick darauf fällt die Hintertür ins Schloss.

Ich stürze mich auf mein Handy und rufe meine Nachbarschafts-App auf, die zweitbeste Informationsquelle für Snaggletooth Creek nach Sabrina.

Die ich in letzter Zeit gemieden habe, weil …

Theo Monroe ist ein Pornostar.

Das ist Theos GrippaPeen-*Profil.*

Hat er wirklich einen so Großen?

Es ist unangemessen, das hier zu diskutieren. Hier haben auch KINDER Zugang.

Wow, er mach damit JEDEN MONAT ÜBER EINE MILLION DOLLAR. Ob er vielleicht jemanden braucht, der sich um sein Erscheinungsbild kümmert? So was wie eine Agentin? Ich könnte lernen, wie man Agentin wird.

Heute früh habe ich im Bean & Nugget *drei weitere Reporter gesehen, die hofften, Theo zu sichten. Wir haben jetzt eine BERÜHMTHEIT in unserer Stadt. Wie aufregend!*

Gebt KEINE, ich wiederhole, gebt KEINERLEI Informationen über Theo raus. ES GIBT EINEN GRUND, WARUM ER SEIN GESICHT NICHT GEZEIGT HAT. Und er gehört zu uns. Also, schützt ihn um jeden Preis!

Ja, schützt ihn. Er ist UNSER Pornostar. Die werden kein Stück von ihm bekommen.

Ich lege Scheuklappen an und tue so, als ginge es bei *Theo*

Monroe und *GrippaPeen* um jemand anderen, und suche nach Laneys Namen.

Und da ist er auch schon.

Umarmungen für Laney Kingston. Armes Ding. Habt ihr ihren Gips gesehen? Ich habe mich für alle, die ihr helfen wollen, bei Meal Train *angemeldet.*

Sie hat sich ein Bein gebrochen.

Sie hat sich einen Tag freigenommen, war Skilaufen und hat sich dabei ein Bein gebrochen.

Und dann hat sie jemandem erzählt, der es anschließend für alle zur Ansicht gepostet hat, dass sie, hätte sie gewusst, dass sie sich ein Bein brechen würde, noch einen draufgelegt und sich eine Double-Black-Diamond-Piste ausgesucht hätte, um mit einer besseren Geschichte aufwarten zu können als lediglich damit, auf einer Aufwärmabfahrt mit einem Anfänger zusammengekracht zu sein.

Sie meint es ernst.

Sie will *leben*. Sich amüsieren. Es darauf ankommen lassen.

Und dann bricht sie sich bereits beim ersten Anlauf ein Bein.

Scheiße.

Scheiße!

Wahrscheinlich hockt sie jetzt zu Hause und redet sich ein, dass sie nicht dafür geschaffen ist, sich richtig zu amüsieren. Dass sie nicht dafür geschaffen ist, Abenteuer zu erleben. Dass der Beinbruch ein Zeichen ist und dass sie sich wieder in das altbackene, grottenöde Loch zurückziehen muss, in dem sie als die perfekte, kleine *Prinzessin Plainy-Laney* gehaust hat.

Ich muss etwas unternehmen.

Ich muss.

Auch wenn sie gar nicht will, dass ich es tue, muss ich dafür sorgen, dass sie trotz allem noch *leben* will.

39. Kapitel

Laney

Wenn meine Mutter nicht aufhört, so einen Wirbel darum zu machen, ob ich auch genug Kissen unter meinem Gips habe, werde ich schreien. »Mom, bitte! Alles gut!«

Sie ist gleich herbeigeeilt, als sie in den sozialen Medien Wind von meinem Unfall bekommen hat – noch bevor ich ihr Bescheid geben konnte. Ich habe mir bereits einiges darüber anhören müssen, warum ich sie nicht sofort verständigt habe, und sie meinerseits bereits geschimpft, dass sie so viel Aufhebens um mich macht, obwohl ich sehr gut allein mit einem gebrochenen Bein zurechtkomme.

Was womöglich übertrieben ist, andererseits ist Sabrina zur Stelle, und unsere frühere Biologielehrerin von der Middleschool ist seit Kurzem pensioniert, langweilt sich und hat eine komplette Mannschaft aufgestellt, die nach mir sieht und mir mindestens dreimal täglich Essen bringt – und meine arme Nachbarin, die bei dem Unfall bei mir war, kümmert sich ebenfalls um mich.

Die gute Seite des Kleinstadtlebens. Wenn die Verwandtschaft abwesend ist, bleibt einem die Ortsfamilie.

»Bei uns hat sich noch nie einer ein Bein gebrochen«, sagt Mom. »Ich bin entsetzt.«

»Der Doktor meint, es würde prima heilen. Ich kann ein

paar Wochen gut von zu Hause arbeiten.« Und wenn ich dann den verfluchten Gips los bin, kann ich wieder auf Abenteuersuche gehen. Mir freinehmen, um vielleicht sogar mit Sabrina eine Nachtwanderung zu unternehmen. Emma fragen, ob sie mit mir in Denver mit einem Heißluftballon fahren will, wenn sie wieder hier ist; vorausgesetzt, es ist dafür schon warm genug, wenn ich wieder freie Bahn für *Vergnügungen* habe.«

Was ich meiner Mutter allerdings nicht sagen werde. Jedenfalls nicht heute.

»Hast du Hunger?«, fragt sie. »Betty hat Linseneintopf zum Mittag gebracht. Den kann ich dir aufwärmen. Sie macht die besten Linsen.«

»Ich habe alles, Mom. Wirklich.« Ich habe *nicht* alles.

Mein Bein juckt. Und bis ich es kratzen kann, werden sechs verdammte Wochen ins Land gehen. Die Schmerzmittel wirken zwar, trotzdem tut mein Schienbein noch weh. Und geschlafen habe ich beschissen. Und ständig mache ich mir Sorgen um Emma in ihren Solo-Flitterwochen.

Und dann frage ich mich, was Theo wohl macht.

Ob er in der Stadt ist oder ob er ein Versteck aufgetan hat, während es in Snaggletooth Creek vor Reportern wimmelt, die sich ein Exklusivfoto von ihm erhoffen.

Die durchgeknallte Addison hat das Video von Emmas Hochzeit auf TikTok gepostet.

Ich hoffe, sie bekommt Flöhe an einer Stelle, an der sie sich nicht kratzen kann. Das Video stellt meine *sämtlichen* besten Freunde in unseren schlimmsten Augenblicken bloß.

Mom sieht mich an und schürzt die Lippen.

Sie trägt eine Leinenhose und eine Seidenbluse. Perlenohrringe. Make-up. Und den mit einem Diamanten nachgerüsteten Ehering, den Dad ihr in dem Jahr gekauft hat, in dem die Firma zum ersten Mal über eine Million Gewinn abwarf.

»Hat Dad dich betrogen, als ich ein Baby war?«, frage ich leise.

Ich kann nicht anders.

Sabrina hatte recht. Ich wollte es gar nicht wissen. Trotzdem habe ich es ihr gestern Abend, nachdem sie alles stehen und liegen gelassen hatte, um mit mir in der Notaufnahme zu sitzen, aus ihr herausgekitzelt.

Mom schnappt nach Luft, und ihr Kinn zuckt. »Wer hat dir das gesagt?«

»Darauf kommt es eigentlich nicht an, oder?«

Sie seufzt und dreht sich zum Fenster um. »Laney, Schätzchen, das Leben ist kompliziert, und du brauchst deine Ruhe.«

»Ich brauche ein wenig mehr als das, Mom.«

»Zuerst ausruhen.«

»Ich *will* mich aber nicht ausruhen. Ich will rodeln, ich will einen gefrorenen Wasserfall sehen. Ich will mitten in der Nacht und mitten in der Stadt Gokart fahren. Ich möchte zu viel trinken, sodass Sabrina und Emma mich nach Hause bringen müssen. Ich möchte einen Tauchkurs machen und zurück nach Hawaii, um mit den Schildkröten zu planschen. Ich will nicht *sicher* sein. Ich will nicht *schlau* sein. Ich will nicht mit vierundsiebzig zu mir kommen und erkennen, dass mein gesamtes Leben an mir vorbeigegangen ist und ich nichts darüber zu erzählen habe, außer über die beste verkorkste Woche im Leben meiner besten Freundin, in der ich eine echt heiße Affäre mit einem saukomischen, abenteuerlustigen Kerl hatte, für den es keine Regeln gab. Und ich will wissen, wie viele Leute in dieser Stadt mitbekommen haben, dass Dad dich betrogen hat, und bloß nicht darüber sprechen, weil *niemand* schlecht über uns redet, weil wir die verfluchten *Kingstons* sind, die zu viel in der Stadt finanzieren, um uns womöglich ans Bein zu pinkeln.«

Sie glotzt mich an, als hätte ich den Verstand verloren.

Hab ich wahrscheinlich auch.

Ich habe nichts dagegen. Ich will meinen Verstand gar nicht zurück. Ich will *mein Herz* zurück.

Ich lasse mich in das zerknautschte Kissen in meinem Rücken fallen und verkneife mir ein schmerzverzerrtes Gesicht.

Solche Regungen sollte ich besser unterlassen, solange ich einen Gips trage. »Lass es gut sein. Ich mache ein verdammtes Nickerchen.«

»Du bist nur aufgebracht, weil wir nicht angeboten haben, dem *Bean & Nugget* unter die Arme zu greifen«, sagt Mom leise.

»Wusstest du Bescheid?«

Sie seufzt. »Du bist aufgebracht, weil wir nicht gebeten wurden, dem *Bean & Nugget* unter die Arme zu greifen.«

»Und der Grund dafür ist …«

Es dauert lange, bis sie antwortet, und als sie es tut, seufzt sie dabei noch tiefer. »Christopher hätte dich nicht betrogen.«

Das ist es also.

Sie sucht mir Männer aus, von denen sie glaubt, sie würden mich nicht betrügen.

Theo hätte mich auch nicht betrogen.

Oder doch?

Ich weiß es nicht. *Ich weiß es schlicht nicht.*

Scheiß auf Theo!

Scheiß auf Theo, weil er dafür gesorgt hat, dass ich mich in ihn verliebe, ohne den Mumm zu haben, meine Liebe zu erwidern.

Ich wende den Kopf ab und schließe die Augen. »Ich würde lieber überhaupt nicht heiraten, als jemanden zu nehmen, der die Persönlichkeit einer orthopädischen Einlage besitzt. Falls du also beabsichtigst, mir für den Rest meines Lebens nur solche Typen vorzustellen, verschwende bitte nicht weiter deine Zeit.«

»Einlagen mit Gel oder die altmodischen?«, fragt sie.

Ich reiße die Augen auf. Das war buchstäblich das Komischste, was sie seit einer Dekade gesagt hat. »Wir haben früher dauernd gelacht. Jetzt geht es nur noch um die Arbeit und um Verantwortung und darum, was für eine *Familie wie unsere* richtig ist. Mir ist klar, du und Dad, ihr habt hart dafür gearbeitet, das alles aufzubauen, und ich liebe unseren Einsatz und unsere Zielsetzung bei der Arbeit, aber daheim … daheim will ich glücklich sein. Ich will lachen. Ich will mein Leben lieben und wissen, dass ich mit vierundsiebzig vielleicht manches bereuen werde, aber nicht, dass ich bloß auf dem Sofa herumgesessen habe und langweilig war und Angst davor hatte, dass mir jenseits meiner Türschwelle irgendwas schaden könnte. Wozu *ausdrücklich* auch Sex gehört.«

Sie rümpft die Nase, ihre Wangen färben sich rosa.

Da klingelt es an meiner Haustür.

Seufzend greife ich nach meinem Handy, um nachzusehen, wer es ist, und in dem Augenblick, in dem ich erkenne, wen die Kamera der Gegensprechanlage auf meiner Verandastufe einfängt, bleibt mir die Luft weg.

»Was?« Mom stürzt durchs Zimmer wie eine verfluchte Berglöwin. »Was ist?«

Es ist Theo.

Es ist Theo, aber nicht *einfach nur* Theo.

Es ist Theo in schlabbrigen Jeans, dicker Winterjacke und schwarzer Wollmütze, als hätte er sich verkleidet, und über seiner Schulter hängt etwas, das wie eine Katzenbox aussieht.

Er tritt von einem Fuß auf den anderen und starrt die Haustür eine Minute lang nur an, dann schaut er auf die Türklingel. Hinter ihm steht ein alter Geländewagen in meiner Einfahrt.

Was so was von Theo ist.

Eine halbe Milliarde Dollar auf der Bank, fährt aber immer noch den alten Truck, der ihn erdet.

»Was will *er* hier?«, fragt Mom.

»Pst.«

Nun geht er vor der Gegensprechanlage in die Hocke und blickt direkt hinein. »Hey, ich weiß nicht, ob du da drin bist«, sagt er. »Ich weiß nicht, ob du mich hören kannst. Aber falls du mich hörst … Ich verstehe dich, wenn du nicht mit mir reden willst. Ich war ein Hornochse. Ich war nachweislich ein Hornochse, dabei verdienst du so viel mehr als das. Es tut mir leid. Es tut mir so leid, Laney. Deshalb habe ich dir die Kätzchen mitgebracht. Ich muss ja nicht bleiben. Wenn du es sagst, gehe ich wieder. Aber wenn es dir mit den Kätzchen vielleicht besser geht, wenn sie dich aufmuntern – dann gehören sie dir. Heute. Morgen. Für immer. Du kannst meine Kätzchen so lange behalten, wie du willst. *Wenn* du sie willst. Wenn du nicht zu Hause bist und das hier später siehst, gilt das Angebot auch noch. Lass sie Sabrina abholen, wenn du nicht mit mir sprechen willst. Ich möchte … ich möchte nur etwas tun – irgendwas –, das dir hilft, wieder auf die Beine zu kommen. Und das war das Beste, was mir eingefallen ist.«

»Kätzchen«, sagt meine Mutter. »Kätzchen sind …«

»Lass ihn rein.« Ich fahre mir über Augen und Wangen. Dieses *Arschloch*. Jetzt besticht er mich mit seinen Kätzchen. Dabei *weiß* ich, wie sehr er seine Katzen liebt. »Lass ihn rein. Oder ich tue es selbst.«

Ich muss sie nicht zweimal auffordern.

»Ich bleibe und warte noch ein paar Minuten, für den Fall, dass du das hier siehst«, sagt Theo über die Gegensprechanlage. »Aber wenn es den Kätzchen kalt wird, muss ich … Gail. Hallo.«

Meine Mom reagiert nicht sofort, und als sie es tut, wappne ich mich.

Aber ihr höfliches »Treten Sie ein!« verrät keinerlei Kälte. Sondern Wärme. Sogar Freundlichkeit.

Wäre ich eine x-beliebige Stubenfliege, ich würde nicht merken, dass sie ihn nicht leiden kann. Aber ich *weiß*, dass sie ihn nicht leiden kann, doch nicht mal ich spüre irgendeine Feindseligkeit.

Ich schalte die Übertragung aus, als Theo hereinkommt. Mein Flur ist klein, daher vergeht nur ein Moment, ehe Mom ihn ins Wohnzimmer führt, wo ich auf dem Sofa liege.

Seine braunen Augen richten sich auf mich, und ich bin dermaßen wütend, dass ich sofort losheule.

Aber ich will nicht, dass er mich weinen sieht.

Ich will nicht, dass er weiß, dass er mir wehgetan hat.

Scheiß auf Theo!

Aber ich liebe ihn.

So sehr ich ihn auch nicht lieben will.

Er senkt den Blick, durchquert das Zimmer, sinkt vor mir auf ein Knie und stellt die Katzenbox behutsam auf dem Teppich ab. »Kätzchen gefällig?«, fragt er leise.

»Die Kätzchen nehme ich gern.«

»Geht es dir gut?«

»Ich bin wahnsinnig wütend auf dich.«

Er zuckt zusammen, öffnet die Box und hebt ein graues Kätzchen heraus.

Jellybean.

Es ist Jellybean.

Und sie miaut, als er sie mir vorsichtig auf den Schoß setzt.

»Fred habe ich zu Hause bei Miss Doodles gelassen, aber alle anderen sind hier. Das Katzenklo ist noch im Auto. Ich komme es sauber machen. Oder ich schicke jemanden her, wenn du mich nicht sehen willst.«

»Wieso bist du noch immer so ein Arsch?« Das bin nicht

ich. Echt nicht. Ich bin die höfliche Frau, zu der meine Mutter mich erzogen hat. Aber ich bin so wütend auf ihn. Und so froh, ihn zu sehen. Und er passt so verdammt *gut* hierher. Als wäre er das i-Tüpfelchen, das den salbeigrünen Sofas und den lavendelblauen Wänden und dem elfenbeinfarben gemauerten Kamin noch gefehlt hat.

Als würde das alles erst durch ihn zu einem Zuhause.

Sein Blick flackert, als er mich wieder ansieht. »Hoffen liegt mir nicht. Handeln mehr.«

»Und Selbstschädigung.«

»Du hast heute aber keinen Filter.«

»Sollte ich denn?«

Er setzt mir noch ein Kätzchen auf den Schoß, während Jellybean an meiner Brust hochklettert, um mir das Kinn zu lecken. Ich schließe die Augen und lasse sie gewähren, während ich den Tränen Einhalt gebiete.

Jellybean ist so bezaubernd, das macht mein Herz auf jede erdenkliche Weise weich, verletzlich und empfänglich.

Ich darf nie wieder für diesen Mann empfänglich sein.

Nicht, solange ihn lediglich Schuldgefühle oder Verpflichtung oder irgendetwas anderes als der reine Wunsch, hier zu sein, zu mir geführt haben, weil ich ihm genug bedeute, um auch die ernsten Auseinandersetzungen mit mir zu führen.

»Es tut mir leid, Laney«, sagt er leise. »Ich bin so ein Idiot.«

»Das musst du nicht sein.«

Ein weiteres Kätzchen landet auf meinem Schoß.

Ich weiß, meine Mutter ist noch da und sieht das alles mit an. Doch sie sagt kein Wort.

Und Theo ist auch noch da und legt mir Kätzchen in den Schoß. Er drückt mir auf der gesunden Seite den Oberschenkel. »Möchtest du, dass ich sie so lange hierlasse, dass sie ihre Katzenklos brauchen?«

»Ja.« Ja, das möchte ich, ich will sie hier haben, bei mir, ich möchte, dass sie auf mir herumkrabbeln, ihr leises Maunzen von sich geben und mir das Kinn lecken und auf meine Schulter klettern, um an meinem Ohr zu schnüffeln und es mit ihren winzigen Schnurrhaaren zu kitzeln.

Ich möchte sie hier haben, damit er wiederkommen muss, um nach ihnen zu sehen.

»Gut. Bin gleich wieder da.«

Die Wärme, die mich in seiner bloßen Nähe erfüllt, verfliegt, und ich öffne vorsichtig die Augen, als ich die Haustür zufallen höre.

Mom beobachtet mich, mit den Fingern an den Lippen.

»Bitte, tu's nicht«, sage ich, während ich Widget streichle, der sich auf meinem Schoß dreimal umgedreht hat und jetzt über meinen Oberschenkel gebreitet daliegt und schnurrt, als würde die Welt davon abhängen, wie kraftvoll er klingt.

Mom blinzelt in rascher Folge. »Ich … ich wusste nicht, wie ernst es dir damit war, eine Katze zu wollen.«

»Es gibt so vieles, was ich momentan selbst nicht über mich weiß.«

Da geht die Tür auf, und Theo ist im Handumdrehen mit einem Sack Katzenstreu und drei Katzenklos zurück.

Ich deute den Flur hinunter. »Ins Badezimmer, bitte.«

Er nickt und verschwindet wieder.

Mom betrachtet sein Hinterteil.

Ich schließe erneut die Augen und lehne mich, von sechs Kätzchen bestürmt, auf der Couch zurück und bemerke verspätet, dass eines auf meinem Kopf sitzt, allerdings mit eingezogenen Krallen.

Ich kraule Widget, streichle Jellybean, die mir wieder das Kinn leckt, dann hebe ich Snaggleclaw von meiner Schulter, deren Zunge mich am Hals kitzelt. Blinky und Panini raufen auf der über meinem Schoß ausgebreiteten Wolldecke. Cream Puff massiert mir die Kopfhaut, lässt aber rechtzeitig, bevor Theo ins Zimmer zurückkommt, von mir ab.

»Hübsch«, kommentiert er etwas über meinem Kopf. »Aber die Drapierung stimmt nicht. Daran arbeiten wir noch.«

Ich schaue auf und sehe, wie er Cream Puff aus meinen Vorhängen pflückt, bevor er ihn wieder in meinen Schoß setzt.

Wieder treffen sich unsere Blicke, und wenn ich nicht nach meinen Gehhilfen greifen müsste, um von der Couch aufstehen zu können, würde ich mich ihm jetzt an den Hals werfen.

Das letzte Mal habe ich bei der Beerdigung seiner Mutter so viel Trauer und Reue im Gesicht eines Menschen gesehen.

Ich habe Großeltern verloren. Auch einen Onkel. Und im Lauf der Jahre durch Tragödien ein oder zwei Bekannte.

Aber der Ausdruck absoluter Hoffnungs- und Hilflosigkeit in Theos Gesicht, als seine Mutter beigesetzt wurde, war etwas, was mich insgeheim jahrelang verfolgt hat, bis es mir auf der Highschool gelang, nicht mehr daran zu denken, weil er damals so ein Vollidiot war. Aber heute stürmt die Erinnerung daran erneut auf mich ein.

»Tut es weh?«, fragt er, als sein Blick auf den unter der Decke hervorlugenden Gips fällt.

Ich schüttle den Kopf. »Nicht sehr. Gute Schmerzmittel.«

»Solche, mit denen man bis zum nächsten Morgen alles vergessen hat?«

Ich schüttle abermals den Kopf.

Er nickt einmal, dann ist er wieder fort.

Spaziert mit in den Hosentaschen vergrabenen Händen nach draußen.

»Er mag dich«, bemerkt Mom.

Sie klingt überrascht. Als hätte sie nicht gedacht, dass er überhaupt irgendwen mögen könnte.

Oder als hätte sie nicht gedacht, dass er eine wie mich mögen könnte.

»Er ist ein wirklich guter Kerl«, sage ich leise, »und ich bin sehr, sehr wütend auf ihn.«

Sie beäugt mich, als hätte sie Angst, die Frage zu stellen.

Die Frage. Die *einzige* Frage.

Bist du wütend auf ihn, weil er ein Pornostar ist?

Überraschend genug, bin ich genau das nicht. Ich möchte wissen, warum. Und ich möchte wissen, wie es dazu gekommen ist. Aber tief in mir bin ich überzeugt, dass es einen guten Grund dafür gibt.

Ein Mann wird nicht ohne eine gute Vorgeschichte für den inspirierendsten Penis im Internet berühmt.

Und die will ich hören. Von ihm selbst.

Unvoreingenommen.

Gleichgültig, wie es mit seiner Karriere weitergehen soll.

»Ich bin wütend auf ihn, weil er nicht genug an sich selbst oder an mich geglaubt hat, um um mich zu kämpfen«, antworte ich meiner Mutter flüsternd.

Sie schaut zur Tür, die sich wieder öffnet.

Da ist Theo wieder, mit einer weiteren Tragetasche Katzenzubehör.

Umstandslos passt er dorthin, wo er geht und steht, ob er Chaos verursacht oder Kätzchen mit Futter, Spielzeug und Katzenstreu versorgt.

Nur glaube ich nicht, dass ihm bewusst ist, wie goldrichtig er an jedem beliebigen Ort wirkt, am allermeisten hier.

Ist er deshalb so still? Ich hätte nicht gedacht, dass er irgendetwas so still tun würde.

Aber so ist es.

Und in diesem Augenblick leidet er sogar still.

Ich kann es spüren.

Dann verschwindet er in meiner Küche, und ich höre, wie er Fressnäpfe aufstellt.

Was auch die Katzen mitbekommen.

Alle sechs spitzen ihre Ohren und wenden ihre Köpfchen der Küche zu.

»Ihr seid alle so bezaubernd«, flüstere ich ihnen zu.

Cream Puff springt zuerst vom Sofa, mit einem Riesensatz, der zur Ermutigung ein Extrawackeln mit dem Hinterteil erfordert, dann nähert er sich vorsichtig schnüffelnd der Küche, im Schleichgang, als wüsste er, dass er in *meiner* Umgebung sicher ist, während der Rest des Hauses ihm verdächtig bleibt.

Jellybean folgt ihm, dann Widget und schließlich die übrigen drei gemeinsam, als strauchelndes Knäuel.

Theo streckt den Kopf aus der Küche, entdeckt die Kätzchen, nickt und taucht wieder ab.

»Er ist seltsamer, als ich dachte«, murmelt Mom.

Er ist offensichtlich nervös.

Mom macht ihn nervös.

Dabei müsste er lächeln. Einen Witz reißen. Sich entspannen.

Doch er versteckt sich nicht lange in der Küche. Und als er, nachdem er mehrfach Wasser ins Spülbecken hat laufen lassen, zurückkehrt, trägt er ein kleines Lunchpaket und einen Haartrockner.

Er wirft meiner Mutter einen Blick zu, dann durchquert er das Zimmer und lässt sich auf dem Platz neben mir nieder, so nah, dass ich seine Wärme spüre, aber nicht so nah, dass sich unsere Schenkel berühren würden.

Ohne ein Wort reicht er mir das Lunchpaket.

Ich rieche, was darin ist, noch ehe ich es öffne. »Du schummelst«, flüstere ich.

»Hast du was anderes erwartet?«

»Nein.«

Mir läuft das Wasser im Mund zusammen.

Ich *will* diese Cookies.

Ich will sie so sehr.

Trotzdem zwinge ich mich, das Päckchen wegzulegen.

Er beäugt mich, als würde er darauf warten, dass das Geschrei losgeht.

Aber ich will gar nicht schreien.

Ich will nur, dass er mir den *Grund* verrät. Warum er hier ist. Was er will. Was er zu tun bereit ist, um zu bekommen, was er will.

Ohne Tricks, ohne Kätzchen und frisch gebackene Schokoladencookies.

Nur mit mir.

Ich will wissen, was er mit *mir* anfangen will.

Er blickt auf den Föhn hinunter. »Es heißt immer, man kann sich unter dem Gips nicht kratzen. Den Föhn hier kann man superniedrig einstellen. Richte ihn auf den Schlitz zwischen Gips und Haut, wenn es dich juckt. Das wird helfen.«

»Danke.«

»Ja, wenigstens kann ich … egal. Kann sein, ich verlange das Ding zurück, wenn ich mir wieder Mal einen Knochen breche.«

»Wieder mal?«

Er beugt den linken Arm. »Kletterunfall. Da warst du auf dem College.«

Wir verstummen beide.

Es ist das behaglichste *unangenehme* Schweigen, das ich jemals erlebt habe.

Oder das unangenehmste behagliche Schweigen?

Ich vermisse ihn.

Ich hatte drei Tage Zeit, um zu begreifen, dass ich keine Ahnung hatte, wer Theo in Wahrheit ist, und trotzdem jede Minute mit ihm mehr und mehr und mehr genossen habe.

Und nun möchte ich Abenteuer erleben. Und neue Orte sehen. Und ausprobieren, was ich noch nie getan habe.

Lachen.

Grenzen austesten.

Erkennen, dass das Leben weitergeht, auch wenn es nicht perfekt ist.

Und ich will all das *mit ihm* erleben.

Wieder hebt er den Blick zu mir. Holt tief Luft.

Und schaut weg.

Ich könnte Mom bitten zu gehen.

Andererseits geht mir etwas, das Claire gesagt hat, nicht aus dem Kopf: *Ich will nicht einfach zu haben sein, ich will wissen, dass ich es wert bin, um mich zu kämpfen.*

Ich liebe meine Eltern. Manchmal treiben sie mich in den Wahnsinn, aber ich liebe sie. Und ich bin bis über beide Ohren in Theo verliebt. Was ich nicht sein will.

Leider kann ich nicht anders.

Er ist alles, was ich im Leben vermisst habe, und noch viel mehr.

Aber ich will nicht leicht zu haben sein.

Ich will mich nicht mehr krummlegen, damit alle anderen sich wohlfühlen. Ich will wissen, dass ich es wert bin, um mich zu kämpfen.

Ich will wissen, ob er bereit ist, um mich zu kämpfen.

Aber werde ich auch um ihn kämpfen?

Total. Absolut. Ohne zu zögern.

Aber er hat mich verlassen.

Er hat mich verlassen, ohne mir Gelegenheit zu geben, es ihm zu beweisen.

Warum sollte ich um ihn kämpfen, wenn ihn lediglich Verbindlichkeit oder Freundlichkeit unter Nachbarn hierhergeführt hat, wenn er nicht mit vollem Einsatz dabei ist?

Wie weh es auch tun mag?

Du kannst niemanden zwingen, dich zu lieben.

»Am Anfang stand eine Mutprobe.« Seine Worte kommen so leise heraus, dass ich sie zuerst gar nicht registriere. »Das – das war bescheuert. Die Mutprobe. Die Mutprobe war bescheuert. Und je betrunkener ich wurde, desto bescheuerter wurde sie. Also sagte ich: ›Ja, ich mache es‹, und postete ein Video von mir, wie ich ein Herz stricke, nackt, während ich etwas herunterleiere, das ich im Radio gehört hatte, über die Doppelmoral, an den Feiertagen zu entfernten Verwandten nett sein zu müssen, während die sich über deine Klamotten, dein Auto oder deine Arbeit lustig machen.«

Ich habe das Video gesehen.

Und es hat mich wütend gemacht.

Vor allem deshalb, weil ich mit solchen Familien-Feiertagsessen aufgewachsen bin und sie gehasst habe und weil es mir deshalb vorkam, als würde er über mich sprechen. Darüber, was meine Eltern jedes Mal ertragen mussten, wenn wir die Familie mütterlicherseits in Denver besuchten.

»Ich hatte gedacht, ich kriege keine fünf Follower zusammen, aber dann fingen die Leute in manchen Winkeln des Internets an darüber zu diskutieren, und schnell hatte ich zweihundert Follower. Also postete ich noch so ein Video. Derselbe Aufbau. Ich stricke ein Herz, lasse meinen Penis raushängen und spreche darüber, wie man herausfindet, wo man hingehört, nachdem man jahrelang eine beständige Enttäuschung war.«

Das trifft mich schmerzhaft ins Herz.

Auch dieses Video habe ich gesehen.

Erst gestern Abend.

Ich hätte irgendwen anders anrufen sollen, um mir im Krankenhaus Gesellschaft zu leisten.

Sabrina hat mich dazu gebracht, mir noch mehr von seinen Videos anzuschauen.

Ich war ausreichend mit Schmerzmitteln zugedröhnt, um ihr nicht zu widersprechen, und gerade noch klar genug, um mich später noch daran zu erinnern.

»Als Nächstes kamen die Kommentare«, fährt er fort. »*Du siehst mich. Danke. Das habe ich heute gebraucht.* Und zum ersten Mal im Leben tat ich etwas von Bedeutung. Etwas Gutes. Es gab Frauen, die mir mitteilten, dass sie nach Jahren des Missbrauchs und der Geringschätzung ihre Männer verließen, weil ich sie davon überzeugt hatte, dass sie Liebe verdienten. Es gab Frauen, die mir mitteilten, dass sie den Sprung wagten, wieder zur Schule zu gehen. Oder eine neue Arbeit anzunehmen. Oder ihren Chefs, Kindern oder Eltern Grenzen zu setzen. Und es gab Typen, die mir schrieben, dass ich sie inspiriert hätte, sich in ihren Familien zu outen und *ihre* Wahrheit zu leben. Und es wurde immer größer und größer. Und dann kam das Geld und mit dem Geld die Paranoia, und alles wurde immer noch größer. Ich arbeitete parallel weiter auf dem Bau, damit mich keiner fragte, warum ich nicht arbeiten ging, und Emma sich nicht fragen musste, wovon ich überhaupt lebte. Doch irgendwann bat ich sie, meine Steuererklärung zu übernehmen, und dann *musste* ich es ihr erzählen. Ich hörte auf zu prüfen, wem ich vertrauen konnte und wie ich mich verhalten sollte. Ich achtete nicht mehr darauf, ob die Frauen, die mich in Bars ansprachen, mein wirkliches Selbst sahen – und ob es ihnen gefiel – oder ob sie insgeheim irgendwie über meinen *GrippaPeen*-Kanal Bescheid wussten. Ob sie vielleicht meine Tattoos oder meine Stimme wiedererkannten. Ich war so verflucht froh, auf dem Bildschirm mein Gesicht nie gezeigt zu haben, und litt trotzdem an dem Verfolgungswahn, dass sie …«

»Dass sie Sie nur wegen Ihres Geldes mochten«, wirft meine Mutter ein.

Theo und ich machen beide einen Satz.

Er beäugt sie misstrauisch.

Ich starre sie an.

Sie blinzelt rasch, als würde auch sie versuchen, nicht in Tränen auszubrechen.

»Genau«, sagt er leise. »Ganz genau.«

Sie nickt.

Dann nickt sie noch einmal.

Als würde sie *ganz genau* wissen, dass *sie* diejenige ist, von der er am wenigsten verstanden werden wollte.

Er wollte *ihr* Verständnis nicht, weil sie gerade herausgefunden hatte, dass er über ein prall gefülltes Bankkonto verfügt.

»Es … es tut mir leid, wenn es den Anschein hat, als gehörte ich zu diesen Leuten«, sagt sie leise. »Ich versuche, Sie mir bloß als Pornostar vorzustellen.«

Ich ersticke fast an einem Laut, der ein Lachen sein könnte, vielleicht aber auch ein Schluchzen. Ich bin mir da nicht ganz sicher.

»Ich bin kein Pornostar«, entgegnet er. »Ich bin nur ein nackter, strickender Motivator.«

»Natürlich, ich werde darauf achten, es Charles so zu sagen.«

»Meint ihr zwei das jetzt ernst?«

Keiner der beiden achtet auf mich.

»Ich dachte, Sie nehmen es schlechter auf«, sagt Theo zu meiner Mutter. »*Sie* brauchen mein Geld ja schließlich nicht.«

Sie sieht mich an, lässt meine Frage aber weiter in der Luft hängen.

»Man könnte darin eine Aufforderung sehen, sich ein Video

von Laney anzuschauen, in dem sie Sie wegen Ihrer Reaktion auf den bevorzugten nackten, strickenden Motivator anschreit, den Mund zu halten; anschließend würden Sie vielleicht erkennen, dass alles, was Sie unternommen haben, um Laney zu beschützen, auf Sie zurückgefallen ist, wie auch alles, was *Ihre eigenen* Eltern unternommen haben, um Sie für die Welt fit zu machen, schlussendlich nur Ihren Groll gegen sie begründet hat.«

Moms Gesicht zeigt jetzt rote Flecken.

Theo mustert sie eine Weile, dann nickt er. »Ich könnte Ihnen bestimmt eine Hörprobe meiner Ratschläge zum Thema Eltern und ihren Respekt vor den Entscheidungen ihrer Kinder liefern.«

»Das wird nicht nötig sein. Aber vielen Dank.«

»Das Angebot steht.«

»Was ist los?« Ich deute zwischen ihnen hin und her. »Was ist hier los?«

»Mir fällt gerade ein, dass ich noch zu spät komme, um zu Hause das Essen auf den Herd zu stellen«, gibt Mom zurück. »Laney, Sweetheart, wenn du *irgendwas* brauchst ... Du weißt, dein Vater und ich können in fünf Minuten hier sein. Tag und Nacht. Was immer es ist. Theo, es war ... es war schön, Sie mal wiederzusehen.«

»Soll das so was wie eine Psychospiegelung sein?«, frage ich sie.

Kopfschüttelnd betritt sie den Hausflur. »Hab dich lieb, Sweetheart.«

Und dann öffnet sie, ohne vorher Mantel und Stiefel anzuziehen, die Haustür.

Und nur Theo und ich bleiben zurück.

Theo, ich und die Kätzchen, die aus der Küche zu uns hereinspähen.

»Warum bist du hier?«, will ich von ihm wissen.

Er hält meinem Blick eine Ewigkeit stand. Eine Ewigkeit, während der ich ihn umarmen, ihn küssen und ihm sagen will, dass ich ihn liebe, aber dass ich nicht sicher bin, ob ich ihn so innig lieben kann, wie er es verdient; eine Ewigkeit, in der ich mir wünsche, er würde mich in seine Arme ziehen und mir sagen, dass er mich will, ausschließlich mich, und dass er alles tun würde, um mich zurückzubekommen.

Was echt lachhaft ist.

Weil ich *Plainy-Laney* bin.

Was um alles in der Welt könnte ich ihm bieten, was er nicht auch überall sonst finden könnte?

Er ist nur hier, weil er gehört hat, dass ich beim Versuch, ein Abenteuer zu erleben, verletzt wurde, und weil er sich deshalb mies fühlt.

»Was soll's.« Ich winde mich auf der Couch. Wie gern würde ich jetzt aufstehen.

»Weil du mein Lebenszweck bist«, antwortet er leise. »Und selbst wenn du mich nicht mehr willst, sollst du wissen, wie besonders du bist und wie leid es mir tut, so ein Arsch gewesen zu sein.«

Mein Puls geht durch die Decke. »Wenn es dir nur um einen Haufen Schuldgefühle …«

»Mein Herz ist in tausend Stücke zersprungen, als ich hörte, dass du einen Unfall hattest, aber nicht, weil ich gern dabei gewesen wäre, um dich zu beschützen. Sondern weil ich zu sehen versäumt habe, wie du fliegst. Wie du abhebst. Wie du tust, was du, wie ich mir eingeredet habe, niemals tun würdest, damit ich mich selbst belügen und mir einbilden könnte, dass ich mich dir gegenüber am Samstagabend aus Freundlichkeit wie ein Arsch benommen habe, statt um dich zu kämpfen, wie ich es hätte tun müssen. Ich will nicht, dass du ohne mich weitermachst. Ich will, dass du mit mir weitermachst. Ich habe viele Jahre lang mit Schuldgefühlen gelebt, bis ich einen Weg fand, mich selbst so zu akzeptieren, wie ich bin. Und ich habe deshalb einen Haufen Mist gebaut. Ich möchte nicht mit neuen Schuldgefühlen leben, weil ich dich von mir gestoßen habe, obwohl du der einzige Mensch bist, den ich jemals wirklich wollte.«

»Aber wieso? Wieso ich?«

Er beugt sich vor und hebt zwei Kätzchen auf, die er für sich behält. »Weil du meine dunkelsten und hässlichsten Seiten kennst. Du hast eine Million Gründe, um mich zu hassen. Um mich nie im Leben wiedersehen zu wollen. Aber in der letzten Woche hast du an mich als einen der Guten geglaubt. Du, Laney Kingston, hast mich akzeptiert. Du hast mich in dein Herz geschlossen. Du hast sogar mit mir zusammengewohnt. Es gibt für mich keine andere auf der Welt, Laney. Keine andere, die verstehen könnte, was Erwartungen und Grenzen bedeuten und was es heißt, wenn man darum kämpfen muss, nach eigenen Vorstellungen leben zu können. Keine andere, die mich so wie du herausfordern könnte. Keine andere, die mir das Gefühl geben könnte, kein größeres Abenteuer erleben zu können als das Abenteuer mit dir. Ich will es mir nicht leicht machen. Ich will nichts Oberflächliches. Ich habe es ernst gemeint, als ich dir sagte, dass ich keine lauwarme Liebe will. Ich will alles. Und ich will es … mit dir.«

Mein Herz schwillt über die Grenzen meiner Brust hinaus an. Von meiner Nase tropfen Tränen. »Für jemanden, der mich unser Leben lang immer nur *Plainy-Laney* genannt hat, hast du es echt drauf, einer Frau zu sagen, dass sie etwas Besonderes ist.«

Er lächelt sanft und streicht mir eine Locke aus dem Gesicht. »Von einem grottenöden Banker würdest du so was nicht zu hören bekommen.«

»Es ist mir egal, was du arbeitest«, flüstere ich. »Immerhin bewirkst du etwas in der Welt.«

Er schüttelt den Kopf. »Es ist Zeit für was Neues.«

»Theo …«

»Ich habe heute mein letztes Video gepostet.«

»Du hörst wegen mir auf.«

»Ich höre nicht auf, ich denke lediglich darüber nach, wie es weitergehen soll. Penisse gibt es im Dutzend billiger. Ich hab selbst einen ganz netten, aber die Frauen haben nicht immer wieder meinen Kanal besucht, weil sie meinen Schwanz sehen wollten. Sie wollten hören, was ich zu sagen habe. Und wie mir letzte Woche jemand sehr Kluges ins Gedächtnis gerufen hat … esse ich sehr gern.«

Ich kriege den Mund kaum wieder zu. *»Penisse gibt es im Dutzend billiger?«*

Er grinst.

Dann grinst er immer breiter.

Und dann fängt das Arschgesicht an leise zu lachen.

Was so niedlich klingt, dass ich den Kopf an seine Schulter sinken lasse und ebenfalls zu lachen anfange.

»Vor zehn Minuten war ich noch stinksauer auf dich«, schnaufe ich an seiner Schulter.

Er legt einen Arm um mich und küsst mich auf die Schläfe, Wärme strahlt von seinem Körper aus. Er muss dringend seine Jacke ausziehen. Ständig ist ihm heiß.

»Ich liebe es, dich zum Lachen zu bringen«, sagt er. »Das ist der schönste Laut auf der Welt.«

»Nein, ist es nicht.«

»Doch, ist es. Darauf habe ich ewig gewartet. Das ist nicht selbstverständlich für mich.«

Drei weitere Kätzchen strecken ihre Köpfchen aus der Küche.

Theo küsst mich erneut aufs Haar.

Mein Lachen weicht einem tiefen, zufriedenen Seufzen. »Sabrina hat dir von meinem Bein erzählt, stimmt's?«

»Ja.«

»Hat sie dich deshalb genervt?«

»Ja.«

»Gut.«

»Sie hätte mich ruhig noch mehr nerven können. Ich hatte es nicht besser verdient.«

»Du hast *echt* Glück, dass ich zurzeit ein Gipsbein habe, sonst würde ich dich jetzt in den Schwitzkasten nehmen, bis du drei nette Sachen über dich selbst gesagt hättest.«

»Oh, guck mal, das letzte Kätzchen. Hey, hast du eigentlich mitbekommen, dass ich dir Cookies mit Schokosplittern gebracht habe?«

Dieser Mann …

… ist ein bisschen Chaos. Das bin ich aber auch. Und unser Spaß miteinander fängt gerade erst an.

Ich lehne mich ein Stück zurück, um besser zu ihm hochschauen zu können. »Ich erwarte anständige Verabredungen.«

»Wie die mit dem Bacon?«

»Genau.«

Er lächelt mich an, und dann küsst er mich.

Sachte und langsam und zart, als hätte er Sorge, ich könnte von Kopf bis Fuß so angeschlagen sein wie mein Bein.

»Ich habe dich vermisst«, sage ich an seinen Lippen.

»Ich habe noch immer Angst, das hier könnte nur ein Traum sein und du würdest mir niemals vergeben.«

»Es ist kein Traum.«

»Bist du dir sicher?«

Ich küsse ihn abermals. »Nein. Denn du hast recht, es fühlt sich an wie ein Traum.«

Er lächelt mich an. »Wie ein wahr gewordener Traum.«

»Ich bin dein Traum?«

»Du warst immer schon mein Traum, Laney. *Immer!*«

»Das muss ziemlich furchtbar gewesen sein.«

»Aber es hat sich gelohnt.«

Ich gebe sein Lächeln zurück. Die Worte sind ihm so leicht über die Lippen gekommen, doch ich glaube ihm vollständig.

Nach all den Jahren, in denen ich mich über ihn geärgert habe, weiß ich genau, wie er sich fühlt.

Wieder beginnt er zu lachen. »Du denkst sicher, für dich war es viel schlimmer, oder?«

Ich schüttle den Kopf. »Bleibst du heute Nacht hier?«

»Jede Nacht.«

»Ich fürchte bloß, ich kann dir ein paar Tage lang keine Pfannkuchen backen.«

»Ich will nicht wegen der Pfannkuchen bleiben.«

»Nicht mal wegen *dieser* Pfannkuchen?« Ich hebe seine Hand an meine Brust.

Er drückt sie.

Sofort durchfährt mich ein Kribbeln.

Worauf ich meine gestrige Entscheidung, zum Skilaufen zu gehen, offiziell bereue. Mal davon abgesehen, dass mir der Beinbruch Theo zurückgebracht hat.

»Wie wäre es, wenn ich in den kommenden Wochen die Verantwortung für alles übernehme, was mit dir und deinen Pfannkuchen zu tun hat?«, raunt er.

»Das kommt mir dir gegenüber nicht fair vor.«

»Dann betrachte es als erweiterte Entschuldigung, an der ich allerdings sehr, sehr viel Vergnügen haben werde.«

»Dir ist schon klar, dass ich dir verzeihe, ja? Du hast an mir nichts wiedergutzumachen.«

Er hebt wieder den Blick und betrachtet mich neugierig.

Aber ich glaube nicht, dass er es tut, weil ich falsche, voreilige Schlüsse ziehe.

Ich glaube vielmehr, er tut es, weil er überrascht ist, dass ich genau den richtigen Schluss ziehe.

»Weißt du, was mir gerade am meisten Angst macht?«, fragt er leise.

»Dass du überhaupt vor etwas Angst hast?«

Er schüttelt den Kopf. »Dass es so einfach ist, dich zu lieben.«

Und das, als ich gerade dachte, ich hätte für heute genug Tränen vergossen. »Das bedeutet dann wohl, dass wir irgendwas richtig machen.«

»Stimmt, und ich war noch nie besonders verklemmt.«

»Keine Sorge. Ich bin bei dir. Das kriegen wir hin.«

Wieder lächelt er mich an.

Wieder küsse ich ihn.

Anscheinend kann ich mich nicht zurückhalten. Was ich auch gar nicht will. »Ich liebe dich auch«, hauche ich zwischen zwei Küssen. »Aber ich denke, ich habe von uns beiden die schwerere Aufgabe.«

Diesmal lacht er schallend. Und dann zeigt er mir, wie wenig ein Gipsbein stört.

Und es war ihm ernst, als er sagte, er würde sich um all meine Pfannkuchen kümmern.

Epilog

Theo

Nach einer Presseverlautbarung seitens *Kingston Photo Gifts*, mit der Gail und Charles kundtaten, dass ihre Tochter eine Beziehung mit einem unlängst ausgeschiedenen *GrippaPeen*-Star habe, dass sie voll hinter ihrer Entscheidung stehen würden und dass jeder, der anderer Meinung sei, gern zur Hölle fahren könne – ich paraphrasiere hier –, haben die Reporter Snaggletooth mangels saftiger Klatschgeschichten den Rücken gekehrt.

Schon ganz gut, dass die beiden Privateigentümer sind und deshalb keinem Aufsichtsrat und keinen Anteilseignern wegen des Privatlebens ihrer zukünftigen CEO Rede und Antwort stehen müssen.

Ich mache mich trotzdem weiter rar.

Vor allem deshalb, weil ich nichts Besseres mit meiner Zeit anfangen kann, als sie mit Laney zu verbringen.

Und heute gehe ich zum ersten Mal seit ihrem Unfall mit ihr aus. Bis ganz ans andere Ende der Stadt, ist das zu fassen?

Den ganzen Weg bis …

… zu meinem Haus.

»Oh, schau sich einer deine Hütte an«, ruft sie auf dem Beifahrersitz ihres Volvos, den ich, wenn die Sprache vor ihren Eltern das nächste Mal auf ihr Auto kommt, offiziell, absichtlich-versehentlich ihre *Vulva* nennen werde.

Schließlich muss ich mich vergewissern, ob sie es ernst meinen, wenn sie mich zu akzeptieren behaupten, so, wie ich bin. Und ich werde es nur einmal sagen.

Wahrscheinlich.

»Heißt *Schau sich einer deine Hütte an*, dass sie dir gefällt, oder willst du damit andeuten, dass du sie hasst und dass ich ausziehen muss?«

»Sie ist bezaubernd. Ich liebe sie.«

»Auf den Tapeten da drin siehst du nur Ärsche.«

»Ach was, auf den Tapeten ist dein Gesicht? Das finde ich auch bezaubernd.«

Ich trete zu hart auf die Bremse, als mein Kopf zu ihr herumfährt, nicht ganz sicher, ob ich richtig gehört habe.

Sie biegt sich vor Lachen und stößt dabei um ein Haar mit dem Kopf ans Armaturenbrett. »Oh, dein Gesicht«, japst sie.

»Verflixt und zugenäht.«

»Du müsstest dein Gesicht sehen.«

»Hätte nicht gedacht, dass ich so schnell auf dich abfärbe.«

»Du hast deine *Farbe* heute Morgen im Bett über mich verspritzt.«

Jetzt bin ich nicht nur von ihren Zweideutigkeiten beeindruckt, sondern trage auch erkennbar den Beweis meiner Erregung mit mir herum, weil ich erlebe, wie schnell Laney ihre eigenen Grenzen einreißt.

Ihr Gips ist Mist.

Man kann ihn umgehen, aber er ist trotzdem Mist. Vor allem, wenn ich wegen ihr hart werde.

Sie mit dem Badeschwamm zu waschen ist allerdings kein Mist.

Was nicht heißt, dass ich sie auf ewig mit einem Gips will, trotzdem werde ich sie höchstwahrscheinlich für den Rest ihres Lebens regelmäßig mit dem Badeschwamm waschen. Irgendwann werde ich wieder etwas finden, womit ich meine Zeit verbringen und mir meinen Lebensunterhalt verdienen kann, fürs Erste allerdings …? Fürs Erste ist alles, was meinem Leben einen Sinn gibt, Laneys persönlicher Leibdiener zu sein.

»Und, kann ich mithalten?«, fragt sie. »Komme ich für den Moment wenigstens in die Nähe deiner Zweideutigkeiten?«

Ihre Augen funkeln. So breit habe ich sie noch nie grinsen sehen. Und sie drückt mir den Oberschenkel, während ich nicht mal versuche, dem Drang zu widerstehen, ihr Grinsen zu erwidern. »Du würdest voll auf Tapeten mit meinem Gesicht drauf abfahren.«

»Wir experimentieren bei *Kingston Photo Gifts* mit Tapeten nach Wunsch. Hier. Bitte lächeln. Ich werde eine versehentlich fehlgeleitete Rolle an die Adresse meiner Eltern schicken.«

»Schnall dich ab, kleine Troublemakerin. Keine Garage. Ich trage dich rein.«

Ihr Blick verschleiert sich, ihr Lächeln bleibt, wo es ist. »So hab ich es am liebsten.«

Ich schaffe sie, ohne auszurutschen, ins Haus, und sie quiekt von Neuem. »Da sind Fred und Miss Doodles!«

Ich bin zwischen meinem Heim und Laneys hin- und hergependelt, um nach den beiden zu sehen. Aber früher oder später schütten wir unser Katzenstreu wieder zusammen. Eher früher.

Wir müssen bloß entscheiden, in wessen Haus die Katzen leben oder wie oft wir sie zwischen unseren Häusern hin- und hertransportieren sollen.

Aber das ist gerade nicht das größte Problem. »Mist.«

»Was? Sollte das eine Überraschung sein? Das konnte unmöglich eine Überraschung sein. Ich wusste doch, dass es sie gibt, und du bist ständig verschwunden, um dich um sie zu kümmern.«

Nein, *Mist* bezieht sich eher auf meine Einrichtung. Zwei Sessel im Wohnzimmer.

Kein Sofa.

Ha.

Vielleicht ist nicht alles verloren.

Dann muss sie auf meinem Schoß sitzen.

Oder wir müssen zusammen im Bett sitzen.

Habe ich das Bett gemacht?

Ist mir doch egal.

»Nichts, worauf du dein Bein legen kannst«, teile ich ihr mit.

Sie kneift die Augen zusammen, was bedeutet, dass sie überlegt, ob sie mir glaubt oder nicht.

Ich habe nicht gelogen.

Das gehört definitiv zu den zahllosen Gedanken, die mir durch den Kopf gehen.

»In die Küche mit dir«, sage ich zu ihr. »Momentan die beste Option für Langweiler mit geregelter Arbeit.«

Sie rauft mir die Haare und küsst mich auf die Wange.

Es gefällt mir, dass sie weiß, ich ziehe sie nur auf.

Und es gefällt mir, dass sie lange genug von zu Hause arbeiten wird, sodass die Gerüchte über uns in ihrem Büro wahrscheinlich abgeebbt sind, wenn sie es wieder dorthin schafft. Außerdem sagt sie, ihre Eltern würden uns den Rücken freihalten. *Du hast hinter einer Bezahlschranke gearbeitet*, sagt sie immer wieder. *Du bist nicht draußen rumgelaufen und hast jedem deinen Penis gezeigt. Alle, die deinen Penis gesehen haben, wussten, wo sie sich registriert hatten, das geht auf deren Konto. Jemanden zu einem erfolgreichen nackten, strickenden Motivator zu machen ist keine Einbahnstraße.*

»Wenn du früh mit der Arbeit fertig wirst«, sage ich, »gehen wir Schlittenfahren.«

»Fiesling.«

»Nein, ernsthaft. Dein Bein ist gut verpackt, vermutlich besser als letzte Woche. Und ich suche uns einen kleinen Hügel aus.«

»Sag mir, du hast dir deinen Arm nicht beim Schlittenfahren gebrochen.«

»Ich habe mir meinen Arm nicht beim Schlittenfahren gebrochen.«

Sie sieht mich mit hochgezogenen Brauen an, während ich sie an den Küchentisch setze und einen zweiten Stuhl für ihr Bein heranziehe.

Und ich grinse. »Es war September, es hatte noch nicht geschneit. Bin gleich wieder da. Könnte sein, dass Fred dich beschnüffelt; er wird langsam mutiger. Hier sind Leckerchen, falls du es damit versuchen möchtest.«

Ich lasse sie mit einer Tüte Knabberkram für Katzen allein und gehe zu ihrem Wagen zurück, um ihre Gehhilfen und die mörderisch große Tasche mit ihrem Computer zu holen. Ich habe beides kaum aus dem Auto gezogen, als ich einmal mehr zusammenzucke, weil ich ein Geräusch höre.

Warum knirschen Reifen auf meinem Schotter?

Ich könnte schwören, es ist jemand, der hier herausgefahren ist, um Laney und mich auszuspionieren, sogar nachdem ich das Video, in dem ich vollständig bekleidet bin und mein Gesicht zeige, aufgenommen habe, um meinen Zuschauerinnen mitzuteilen, dass ich den Laden dichtmache und meinen Körper für eine Frau und eine Frau allein aufspare. Und nach der Presseverlautbarung …

Oh.

Es ist Sabrina.

Trotzdem ärgerlich.

Abgesehen davon, dass Laney und ich heute noch nichts von ihr gehört haben.

Wir haben Kontakt gehalten, um uns zu benachrichtigen, wenn Emma ihr oder uns aus ihren Solo-Flitterwochen schreibt.

Und Laney steht mit Claire in Verbindung.

Aber bisher herrscht Funkstille.

Sabrina hält mit quietschenden Bremsen Millimeter vor Laneys Stoßstange und springt aus ihrem Auto.

Und sie ist nicht glücklich. »Wo ist Laney?«

»Geht es um Emma?«

»Nein. Wo ist Laney?«

Ich deute aufs Haus.

Und obwohl ich längere Beine habe und der Tür zweimal so nah bin wie sie und obwohl sie Stiefel mit hohen Absätzen trägt und obwohl eine Tonne Schnee liegt, kommt sie mir zuvor.

»Steh nicht auf!«, rufe ich Laney zu, als ich hinter ihrer rothaarigen Freundin hereile.

»Sabrina. Oh, mein Gott, was ist los? Was ist los?«

Ich komme schlitternd in der Küche zum Stehen und sehe, wie Sabrina meine Schränke durchwühlt.

»Sabrina!«, ruft Laney noch einmal. Sie wedelt mit der Hand in meine Richtung, um mir stumm zu bedeuten, ihr die Krücken zu reichen.

»Wo bewahrst du die verfluchten Papiertüten auf?«, ruft Sabrina.

Ich lange über den Kühlschrank, lasse einen Schrank aufspringen, der für Sabrina zu hoch hängt, und ziehe eine einzelne Papiertüte daraus hervor.

Sie stürzt sich darauf und beginnt hineinzuatmen, während sie sich auf die unteren Schränke an der Küchenrückwand stützt und sich langsam auf den Fußboden sinken lässt.

»Emma?«, fragt Laney.

Sabrina schüttelt den Kopf und japst: »Ich.«

»Oh, mein Gott, bist du schwanger?«, schreit Laney.

Fred jault, und Miss Doodles stimmt mit einem scharfen Miau ihrerseits ein.

»Schlimmer«, stöhnt Sabrina in ihre Tüte. »So. Viel. Schlimmer.«

»Musst du sterben«, flüstert Laney.

Da ich mir irgendwie nutzlos vorkomme, stelle ich mich hinter Laneys Stuhl und lege ihr die Hände auf die Schultern.

»Stand … Hawaii … Chef«, sagt Sabrina zwischen Atemzügen.

Laney glotzt sie an. »Langsamer.«

»Nacht … auf Hawaii …«

»In der Nacht, nachdem ich so um sieben betrunken aus den Latschen gekippt bin und du den Rest der Nacht weitergezogen und erst am Morgen zurückgekommen bist?«, souffliert Laney.

Dann sieht sie mich an. »Claire war dabei. Ich war nicht allein. Ehrenwort.«

Ich nicke.

Sabrinas Tüte verknittert, als sie scharf einatmet. »Heißer Typ … Bar … Sex mit …«

Laney quietscht begeistert. »Du hattest in der Nacht einen heißen One-Night-Stand?«

»Schlechtes Gewissen … wollte das nicht … hat auch Spaß gemacht … aber jetzt … jetzt …« Sabrina unterbricht sich, als sie in der Tüte nach Luft schnappt.

»Warte mal«, sagt Laney. »Warte, warte, hast du eben ›Chef‹ gesagt?«

Sabrina nickt schnell und grimmig.

»Er war … Nein?«

Sabrina nickt weiter, während sie in die Tüte schnauft.

»Dein heißer One-Night-Stand war der neue Eigentümer des *Bean & Nugget*?«, brüllt Laney.

Sabrina stöhnt. »Ja.«

Und nun, da ich weiß, dass die Welt nicht explodiert, dass es keine *schlechten* Nachrichten von Emma gibt und dass Sabrina uns vermutlich alle wieder um Geld bitten wird, was kein Problem ist – sie bekommt ihr Geld –, beginne ich, um einiges leichter zu atmen.

»Oh Gott«, haucht Laney.

Sabrina nickt wieder. »Schlimmer.«

»Du erwartest ein Kind von deinem One-Night-Stand Schrägstrich Chef?«

Sabrina wirft die Papiertüte nach ihr. »Ich bin nicht schwanger. Aber ich will, dass er verschwindet. Und ich will nicht – ich kann nicht – ich werde nicht – Laney. *Laney!!* Er ist nicht so, wie er auf Hawaii war. Ganz und gar nicht. Er will nicht an mich verkaufen. Und ich denke, er wird mich bei der ersten Gelegenheit feuern. Das *Bean & Nugget* ist eine aussichtslose Sache.«

Oh scheiße.

Scheiße, scheiße, scheiße!

Sabrina wird gleich losheulen.

Womit ich nicht umgehen kann. Ich *kann* damit nicht umgehen.

Wenn Laney weint? Okay. Bitte sehr. Ich meine, nicht *bitte sehr*, aber wenn sie schon heulen muss, dann lasst mich, bitte, derjenige sein, der sie wieder aufrichtet.

Aber Sabrina?

Schafft mich, Teufel noch mal, hier raus.

»Theo. Krücken, bitte!«, raunt Laney.

Kaum hält Laney eine Gehhilfe in der Hand, stemmt sie sich daran hoch.

Die zweite Krücke folgt, und schon hat sie in vier Zügen die Küche durchquert, die Umrundung des Tisches eingeschlossen.

Ich folge ihr auf dem Fuß, weil ich momentan im Grunde ihr Schoßtier bin. Und es gefällt mir so.

Sie schwingt ihr Gipsbein zur Seite aus und geht, um sich auf die Höhe ihrer Freundin zu begeben, mit dem anderen in die Hocke.

»Sabrina Sullivan, du hörst mir jetzt zu«, sagt Laney. »Hörst du mir zu?«

Sabrina nickt.

»Das *Bean & Nugget* ist *nicht* verloren. Wer bist du?«

»Du hast meinen Namen gerade gesagt.«

»Wer bist du?

»Ja, gut. *Gut.* Ich bin Sabrina Sullivan.«

»Nein. Du bist *Sabrina Fucking Sullivan.* Und du wirst dich von keinem *dahergelaufenen* Kerl, nur weil du ihn nackt gesehen hast, von deinen Träumen abbringen lassen, weil wir nämlich die *Hässlichen Erbinnen* sind, denen sich kein Mann in den Weg stellen wird. Hab ich recht?«

Sabrina nickt, fängt aber gleich wieder an, zu hastig zu atmen.

Ich hole eine frische Papiertüte und gebe sie ihr. »Dann weißt du auch, was du zu tun hast.«

Ist es heiß diesen Winter, oder liegt es an meiner Freundin?

Außerdem macht es mich jedes Mal, wenn sie sich den Spitznamen aneignet, den ich ihr vor Jahrzehnten gegeben habe, mehr an.

»Ich kann nicht, Laney«, flüstert Sabrina in die Papiertüte. »Ich gebe auf. *Ich gebe auf.* Theo, sag ihr, dass ich aufgebe.«

»Ich werde das aussitzen«, sage ich. »Ich bin gerade erst wieder gut mit ihr«, hauche ich fast. »Außerdem denke ich, du wärst nicht hier, wenn du nicht wolltest, dass sie diese Sache für dich regelt. An deiner Stelle würde ich tun, was Laney sagt.«

»Du kannst nicht aufgeben, und das weißt du auch«, sagt Laney zu ihr. »Das Café liegt dir im Blut. Das ist es, was du bist. Du weißt, was dafür zu tun ist. Also, steh auf, steig wieder in dein Auto, mach dich an die Arbeit. Und finde heraus, was *alles* über den Mann getratscht wird. Verwende die Gerüchte gegen ihn. *Hol dir dein verfluchtes Café zurück*. Habe ich mich klar ausgedrückt?«

Sabrina holt tief und schaudernd Luft. »Und wenn Emma mich deshalb noch weniger leiden kann?«

Laney streckt seufzend die Arme nach Sabrina aus und gibt ein ersticktes Ächzen von sich, als sie, Kopf voran, gegen ihre Freundin wankt.

Blödes, verfluchtes Gipsbein.

»Blödes, verfluchtes Gipsbein«, stammelt sie.

»Färbst du ernsthaft auf sie ab?«, wendet sich Sabrina mysteriös an mich.

»Das ist der Hammer«, bestätige ich, während ich Laney vorsichtig stütze und zu ihrem Stuhl zurückführe. »Alles okay?«

»Ich hab das absichtlich gemacht«, brummt Laney.

Ich küsse sie auf den Scheitel. »Perfekte Vermeidung der Frage.«

»Emma wird dich nicht dafür hassen, dass du tust, was du am besten kannst, um dein Café zurückzubekommen«, sagt Laney nun zu Sabrina. »Stell dir vor, ich nehme dich in den Arm, während ich dir Mut mache. Und hör mir zu. *Hör mir zu.* Sie hasst dich auch jetzt nicht.«

Sabrina zuckt zusammen.

Zur Hölle, ich zucke ebenfalls zusammen.

Laney hat mir erzählt, was passiert ist, als ich mich in ein Arschloch verwandelt habe und einfach abgetaucht bin.

Das einzige andere Mal, als Emma, soviel ich weiß, dermaßen wütend war, war, als sie zum ersten Mal mit Chandler

Schluss machte, nicht lange, nachdem sie auf ihre jeweiligen Colleges gegangen waren. Warum sie mit ihm Schluss gemacht hatte, hat sie mir nie verraten, aber das spielte auch keine Rolle.

Weil sie dermaßen sauer war.

Ich habe so ein Gefühl, als wäre es diesmal schlimmer.

Womöglich ist sie sogar darüber hinaus, anderen eine zweite Chance zu gewähren.

»Ich drücke dir die Daumen«, versichere ich Sabrina.

»Sie wird dir verzeihen«, bleibt Laney beharrlich. »Aber ich nicht, wenn du nicht gehst und für das kämpfst, was du willst. Und wenn du mich dir nicht bei jedem Schritt dorthin helfen lässt.«

»Okay.« Sabrina holt tief und scharf Luft. »Aber das ist das allerletzte Mal, dass ich Gerüchte als Waffe einsetze. Ich schwöre es. *Ich schwöre.*«

Sabrina atmet noch ein paarmal kräftig ein und lang aus, greift nach beiden Papiertüten, umarmt zuerst Laney, dann mich und geht zur Tür.

»Schreib mir, wenn du so weit bist, einen Plan zu schmieden«, ruft Laney ihr hinterher. »Und drück deinen Hund. Dann geht es dir besser.«

»Du bist zu gut für mich«, ruft Sabrina zurück.

Sie klingt schon stabiler.

Noch nicht ganz die Alte, aber besser.

Laney sieht zu mir hoch.

Ich drücke ihr einen Kuss auf den Kopf. »Unangenehm. Aber vielleicht sind wir jetzt nicht mehr so lange das Hauptstadtgespräch.«

Darüber lacht sie ein bisschen. Und dann seufzt sie. »Meinst du, ich habe ihr den richtigen Rat gegeben?«

»Prinzessin, du hast ihr den einzig richtigen Rat gegeben. Mach dir keine Sorgen. Wir reden über Sabrina. Sie hat es drauf. Und sie hat dich an ihrer Seite. Und du hast mich. Emma kommt bald heim, und wenn ihr drei erst wieder vereint seid, kann euch keiner mehr aufhalten. Dieses Arschgesicht hat nicht die geringste Chance.«

Sie lugt zu mir hoch.

Ich küsse sie noch einmal.

Ob für Sabrina wirklich alles gut ausgeht?

Keine Ahnung. Ich weiß nicht, womit sie es aufnehmen muss.

Aber ich verstehe mich auf Veränderungen.

Was auch geschieht, wir lassen es darauf ankommen, und ich habe vor, jede verdammte Minute mit Laney an meiner Seite auszukosten.

Bonus Epilog

Fred, das Kätzchen,
alias ein superschlauer kleiner Kerl,
der jeden Moment erwischt wird

Die Menschen schlafen. Diesmal wirklich. Diesmal geben sie keine ihrer komischen Hundegeräusche von sich, die mir verraten, dass sie bloß so tun, als würden sie schlafen. Oder die Schreie, weswegen Panini manchmal ausflippt, obwohl Mama sagt, Menschen sind nicht unbedingt verletzt, wenn sie so schreien.

Ich klettere die Stufen hoch, die sie extra für uns am Ende ihres Bettes angebracht haben, und tappe leise an Jellybean und Blinky vorüber, die neben den Beinen der Menschen ebenfalls eingeschlafen sind, um an den Gesichtern meiner Menschen zu schnüffeln.

Mein Frau-Mensch macht ein leises Geräusch und zuckt mit der Schulter, doch davon abgesehen rührt sie sich nicht.

Aber als ich am Gesicht meines Mann-Menschen rieche, niest er.

So was von laut.

Lauter als der Motor von dem großen Flugdings, das uns hierher an den kalten Ort gebracht hat. Lauter als Mama, wenn sie uns anschreit. Lauter als der Alarm, den wir in der Nacht, bevor unser Mann-Mensch uns fand und uns Leckeres gab, gehört haben.

Sofort setzt sich unser Frau-Mensch auf und schreit, und Jellybean und Blinky jaulen beide gequält auf und springen pfeilschnell vom Bett.

Und Panini und Cream Puff kommen unter dem Bett hervorgeschossen.

Ich hänge schon an den Vorhängen über dem Bett, wo sie mich nicht sehen können, denn, ja, das war echt beängstigend.

»Sorry«, japst der Mann-Mensch. »Gekitzelt. Mich hat was gekitzelt.«

»Die Kätzchen«, sagt der Frau-Mensch. »Die Kätzchen haben mein Gesicht beschnüffelt. Mich hat es auch gekitzelt. Au. Au. Autsch. Krampf!«

»Wo? Ich küsse die Stelle, dann wird es besser.«

Sie lacht. Stöhnt aber auch. »Unter dem Gips.«

Ich klettere seitlich am Vorhang hoch, bis ich auf die Lampe springen kann. Um ein Haar verfehle ich mein Ziel, aber ich habe einige Übung darin und fange mich deshalb noch.

Jellybean und Blinky warten an der Tür und lugen herein.

Der Mann-Mensch klettert grunzend aus dem Bett. »Bleib, wo du bist, Prinzessin. Bin gleich mit Schmerzmitteln wieder da. Und mit mehr Kissen für dein Bein.«

»Theo, wir müssen die Kätzchen aussperren.«

»Ich weiß.«

Ja.

Ich verziehe mich hinter den Lampenschirm, während der Mann-Mensch das Flurlicht einschaltet.

Der Frau-Mensch macht Geräusche, während sie auf dem Bett Sachen hin- und herbewegt.

»Husch, Katzenkinder«, sagt der Mann-Mensch im Nebenzimmer. »Ich schlage euch euer Lager hier draußen auf.«

Ich recke abermals den Kopf.

Widget funkelt mich von dem Stuhl in der Ecke aus an. »Du

kannst nicht einfach eine normale Schmusekatze sein«, sagt er zu mir. »Du musst sie beschnüffeln, bis sie davon niesen müssen.«

Ich tue so, als könnte ich ihn nicht hören, und ducke mich wieder hinter den Lampenschirm.

»Hier drin ist noch eines, Theo«, ruft der Frau-Mensch, »ich kann es wirklich nicht erwarten, wieder aufstehen zu können und dir wie ein normaler Mensch zur Hand zu gehen.«

»Schmerzmittel für dich, meine Liebe.« Seine Stimme ist jetzt wieder nah.

Sie machen ihre Küsschengeräusche, dann entfernt sich der Schatten von dem Mann-Mensch.

Widget fängt wieder an zu schreien: »Fred ist in der Lampe. *Fred ist in der Lampe.*«

»Ah, ich weiß«, sagt der Mann-Mensch zu ihm. »Du hattest es dir so gemütlich gemacht. Aber mach dir keine Sorgen, Widget. Ich wärme dir dein Bettchen an. Und deine Mama ist auch hier draußen.«

»Hast du Fred gefunden?«, ruft der Frau-Mensch.

»Der ist ziemlich sicher unter dem Sofa«, ruft der Mann-Mensch.

»Leg ihm Extraleckerchen hin.«

»Hab ich schon.«

»Arme Mieze. Ich wünschte, er wäre nicht so scheu.«

He, he. Ich hab sie reingelegt.

Alle.

Ich bin gar nicht scheu. Ich bin ein Superhirn.

Weil sie mich für scheu halten, geben sie mir zusätzliche Leckerchen. Und wenn ich mich raustraue und tapfer bin, wie sie sagen, kriege ich zusätzliche Streicheleinheiten. Und sie schubsen meine Brüder und Schwestern aus dem Weg, damit ich leichter an den Fressnapf komme.

Wenn ich jetzt aus dem Zimmer laufen und so tun würde, als hätte ich Schiss, dann würden sie mich mitten auf das warme Bett setzen, das man in der Wand versenken kann, und alle anderen um mich versammeln.

Aber ich bin nicht doof.

Ich gehe nicht raus.

Ich verstecke mich im Lampenschirm, bis sie die Tür schließen und wieder einschlafen, damit ich das große Bett und die Menschen ganz für mich allein habe.

Ha. Ha, ha, ha.

Ich lach mich schlapp.

Ich habe hier das allerbeste Leben.

Ihr könnt mich gern *Fred das Katzengenie* nennen.

»Fred!«, schreit Mama hinter der Tür.

Oh, oh.

So schreit Mama normalerweise nicht.

Solche Laute gibt sie nur von sich, wenn irgendwer in Schwierigkeiten steckt.

So wie gestern, als Jellybean in dem Sack mit Katzenfutter ertappt wurde.

Nachdem ich sie herausgefordert hatte, in den Sack zu klettern. He, he.

»Fred!«, schreit Mama noch einmal.

»Darf Miss Doodles reinkommen?«, fragt der Mann-Mensch den Frau-Mensch.

»Na klar«, antwortet der Frau-Mensch. »Das arme Ding braucht auch mal eine Pause von ihren Kleinen. Und sie schnüffelt einem eigentlich auch nicht im Gesicht herum.«

»Fred, ich weiß genau, was du treibst!«, schimpft Mama.

Der Mann-Mensch öffnet die Tür.

Ich bleibe im Lampenschirm sitzen. Hier kann Mama mich nicht sehen. Ich bin unsichtbar.

Und dann wird sie sich sorgen, ich könnte weggelaufen sein, und wenn ich dann am Morgen wieder auftauche, wird sie so froh sein, mich zu sehen, dass alles gut ist.

»Miss Doodles!«, japst der Frau-Mensch, während der Lampenschirm sanft schaukelt.

»Hab ich dich, du kleiner Schlingel«, sagt Mama unter mir.

Jaulend tue ich so, als würde ich hier festsitzen.

Sie beäugt mich, offenbar glaubt sie mir nicht und klettert nun ihrerseits in den Lampenschirm.

»Was zum Teufel«, sagt der Mann-Mensch. »Miss Doodles, das ist aber nicht die … oh.«

Was bedeutet, Mama packt mich im Genick und zieht mich aus dem Lampenschirm.

Sie knurrt etwas in Richtung der Menschen, dann springt sie, während ich ihr aus dem Maul baumle, vom Nachttisch und marschiert mit mir aus dem Schlafzimmer.

Ich miaue.

Ich miaue laut. Und traurig. Und ängstlich.

Hinter der Tür bleibt Mama stehen und dreht sich noch mal nach den Menschen um.

Die uns beide mit offenen Mündern anstarren.

»Hat sie … hat sie uns gerade geholfen, die Kätzchen aus dem Zimmer zu schaffen?«, fragt der Frau-Mensch leise.

Der Mann-Mensch fängt an zu lachen. »Hab dir doch gesagt, bessere Katzen gibt es nicht.«

»Hat Fred dich zum Niesen gebracht?«

Sie sehen sich an.

Dann mich und Mama, die nickt.

Sie *nickt*.

Jetzt machen die Menschen noch größere Augen.

»Zu viele Schmerzmittel«, meint der Frau-Mensch schließlich.

Der Mann-Mensch braucht eine Minute, ehe er antwortet. »Oder zu wenig Schlaf?«

»Kannst du die Tür schließen?«

»Gute Idee.«

Mama nickt abermals.

Und kaum ist die Schlafzimmertür zu, lässt sie mich fallen und sieht mich mit ihrem Mörderblick an. »Schluss mit den Extrawürsten für deine Tricks, junger Mann.«

Ich gucke sie mit Miezekatzenaugen an.

So, wie Welpen gucken, schätze ich, nur noch niedlicher.

Und Mama seufzt.

Sie schaut wieder zur Tür. Dann wieder zu mir.

»Los jetzt. Ab ins Bett. Es hat ja keinen Zweck, bei so vielen Flausen im Kopf. Der Mann-Mensch wird dich sowieso am liebsten haben. Weil du genau wie er bist.«

Ich schwebe auf meinen Pfötchen, um meinen Platz am Rand des warmen Betts einzunehmen, von wo meine sämtlichen Geschwister mir böse Blicke zuwerfen.

Ich mache es wieder gut und teile meine zusätzlichen Leckerchen mit ihnen.

Hin und wieder.

Und irgendwann werden sie meine Vorstellung von Vergnügen lieben.

Mama hat recht.

Ich werde der Liebling von allen sein.

Theos Schokosplitter-Cookies

Zutaten

2 Tassen Mehl
2 Teelöffel Backpulver
1 Tasse ungesalzene Butter, in Stücke geschnitten
1 ¼ Tasse (165 g) brauner Zucker
1 Teelöffel Salz
2 Teelöffel Vanilleextrakt
2 Eier
1 Tüte halbbittere Schokoladensplitter
Meersalz

So wird's gemacht:

1. Backofen auf 180° Ober-/Unterhitze (160° Umluft) vorheizen.
2. Geben Sie Mehl und Backpulver in eine Rührschüssel und tun Sie während der nächsten beiden Schritte so, als würden Sie nicht existieren.
3. Lassen Sie etwa die Hälfte der ungesalzenen Butter (8 bis 10 Esslöffel) in einer Pfanne zergehen und leicht braun werden.
4. Geben Sie die geschmolzene Butter in eine Schüssel,

füġen Sie die restliche Butter hinzu und rühren Sie, bis es eine einheitliche Masse ist.

5. Geben Sie den braunen Zucker, das Salz, die Vanille und die Eier zur Butter hinzu. Rühren Sie das Ganze fünf Minuten, bis sich eine sämige Masse bildet.
6. Nun geben Sie die Mehl- und Backpulvermixtur hinzu und rühren sie gründlich unter. Fügen Sie dann beliebig viele Schokoladensplitter hinein.
7. Rollen Sie den Teig zu Bällchen. Legen Sie Ihre Teigkugeln auf ein Backblech, streuen Sie Meersalz darüber, und schieben Sie das Blech für 8 bis 10 Minuten in den Backofen.

Viel Spaß beim Backen. Und nach dem Abkühlen guten Appetit!

Sie denkt, es hat nichts zu bedeuten. Für ihn bedeutet es alles

Elsie Silver
FLAWLESS
Aus dem kanadischen Englisch von Maike Hallmann
368 Seiten
ISBN 978-3-7363-2241-7

Die Regeln sind klar, als der Sportler Rhett Eaton von seinem Agenten nach einem PR-Skandal zu einer Zwangspause verdonnert wird: ruhig verhalten und Hände weg von seiner Tochter Summer! Denn genau die soll jetzt für Rhett den Babysitter spielen und raubt ihm damit den letzten Nerv. Die Anziehung zwischen ihnen lässt sich bald nicht mehr leugnen, und als sie nach einem Termin zusammen feststecken und sich sogar ein Bett teilen, stellt sich die Frage, ob sie einander widerstehen können ...

»*FLAWLESS* ist mein neues Lieblingsbuch! Ich kann nicht genug von den Eaton-Jungs bekommen!« *BOOKBABESUNITED*

LYX